suhrkamp taschenbuch 296

Hermann Broch, geboren am 1. November 1886 in Wien, ist am 30. Mai 1951 in New Haven gestorben. Auf Wunsch seines Vaters absolvierte er eine technische Ausbildung, die er 1907 mit der Qualifikation eines Textilingenieurs abschloß. Ab 1913 erste schriftstellerische Publikationen. Bis 1927 war er leitender Direktor der Firma seines Vaters; danach Verkauf der Fabriken und von 1925-1929 Studium der Mathematik, Philosophie und Psychologie. 1938 bei der nationalsozialistischen Okkupation Österreichs Verhaftung durch die Gestapo. Emigration in die USA dank einer Intervention von James Joyce. 1950 Honorary Lecturer für deutsche Literatur an der Yale University, New Haven.

Das Werk Hermann Brochs erscheint im Suhrkamp Verlag, herausgegeben von Paul Michael Lützeler, Germanistikprofessor an der Washington University, St. Louis (USA).

Die kommentierte Werkausgabe umfaßt folgende Bände:

I. *Das dichterische Werk:* Band 1, Die Schlafwandler. Eine Romantrilogie: 1978. Band 2, Die Unbekannte Größe. Roman: 1977. Band 3, Die Verzauberung. Roman: 1976. Band 4, Der Tod des Vergil. Roman: 1976. Band 5, Die Schuldlosen. Roman in elf Erzählungen: 1974. Band 6, Novellen, Prosa. Fragmente: 1979. Band 7, Dramen: 1979. Band 8, Gedichte: 1980.

II. *Das essayistische Werk:* Band 9/1, Schriften zur Literatur/Kritik: 1975. Band 9/2, Schriften zur Literatur/Theorie: 1975. Band 10/1, Philosophische Schriften/Kritik: 1977. Band 10/2, Philosophische Schriften/Theorie: 1977. Band 11, Politische Schriften: 1978. Band 12, Massenwahntheorie: 1979.

III. *Briefe:* Band 13/1, Briefe bis 1938: 1980. Band 13/2, Briefe aus dem Exil: 1980.

»Das Buch schildert die letzten achtzehn Stunden des sterbenden Vergil, beginnend mit seiner Ankunft im Hafen von Brundisium bis zu seinem Tod am darauffolgenden Nachmittag im Palast des Augustus. Obwohl in der dritten Person dargestellt, ist es ein innerer Monolog des Dichters. Es ist daher vor allem eine Auseinandersetzung mit seinem eigenen Leben, mit der moralischen Richtigkeit oder Unrichtigkeit dieses Lebens, mit der Berechtigung und Nichtberechtigung der dichterischen Arbeit, der dieses Leben geweiht war.«

Hermann Broch

»Brochs *Vergil* ist eines der ungewöhnlichsten und gründlichsten Experimente, das je mit dem flexiblen Medium des Romans unternommen wurde.«

Thomas Mann

Hermann Broch
Kommentierte Werkausgabe

Herausgegeben von
Paul Michael Lützeler

Band 4

Parallel zur
Kommentierten Werkausgabe
in den suhrkamp taschenbüchern
erscheint, in limitierter Auflage,
die vorliegende textidentische
Leinenausgabe.

Hermann Broch
Der Tod des Vergil

Roman

Suhrkamp

suhrkamp taschenbuch 296
Erste Auflage 1976

Satz: IBV Lichtsatz KG, Berlin
Druck: Nomos Verlagsgesellschaft, Baden-Baden
Printed in Germany
Umschlag nach Entwürfen von
Willy Fleckhaus und Rolf Staudt

6 7 8 9 10 – 89 88 87 86

Inhalt

Der Tod des Vergil

Hermann Brochs Kommentare

Anmerkungen des Herausgebers

In Memoriam Stephen Hudson

. . . fato profugus . . . VERGIL: AENEIS 1, 2

. . . Da iungere dextram,
da, genitor, teque amplexu ne subtrahe nostro.
Sic memorans largo fletu simul ora rigabat.
Ter conatus ibi collo dare bracchia circum,
ter frustra comprensa manus effugit imago,
par levibus ventis volucrique simillima somno.

VERGIL: AENEIS, VI, 697-702

Lo duca ed io per quel cammino ascoso
    Entrammo a ritornar nel chiaro mondo;
    E, senza cura aver d'alcun riposo,
Salimmo su, ei primo ed io secondo,
    Tanto ch'io vidi delle cose belle
    Che porta il ciel, per un pertugio tondo;
E quindi uscimmo a riveder le stelle.

DANTE: DIVINA COMMEDIA, INFERNO XXXIV, 133-139

Wasser – Die Ankunft

Stahlblau und leicht, bewegt von einem leisen, kaum merklichen Gegenwind, waren die Wellen des adriatischen Meeres dem kaiserlichen Geschwader entgegengeströmt, als dieses, die mählich anrückenden Flachhügel der kalabrischen Küste zur Linken, dem Hafen Brundisium zusteuerte, und jetzt, da die sonnige, dennoch so todesahnende Einsamkeit der See sich ins friedvoll Freudige menschlicher Tätigkeit wandelte, da die Fluten, sanft überglänzt von der Nähe menschlichen Seins und Hausens, sich mit vielerlei Schiffen bevölkerten, mit solchen, die gleicherweise dem Hafen zustrebten, mit solchen, die aus ihm ausgelaufen waren, jetzt, da die braunsegeligen Fischerboote bereits überall die kleinen Schutzmolen all der vielen Dörfer und Ansiedlungen längs der weißbespülten Ufer verließen, um zum abendlichen Fang auszuziehen, da war das Wasser beinahe spiegelglatt geworden; perlmuttern war darüber die Muschel des Himmels geöffnet, es wurde Abend, und man roch das Holzfeuer der Herdstätten, so oft die Töne des Lebens, ein Hämmern oder ein Ruf von dort hergeweht und herangetragen wurden.

Von den sieben hochbordigen Fahrzeugen, die in entwickelter Kiellinie einander folgten, gehörten bloß das erste und das letzte, beides schlanke, rammspornige Penteren, der Kriegsflotte an; die übrigen fünf, schwerfälliger und imposanter, zehnruderreihig, zwölfruderreihig, waren von der prunkvollen Bauart, die der augusteischen Hofhaltung ziemte, und das mittlere, prächtigste, goldglänzend sein bronzebeschlagener Bug, goldglänzend die ringtragenden Löwenköpfe unter der Reling, buntbewimpelt die Wanten, trug unter Purpursegeln feierlich und groß das Zelt des Cäsars. Doch auf dem unmittelbar hinterdrein folgenden Schiffe befand sich der Dichter der Äneis, und das Zeichen des Todes stand auf seine Stirne geschrieben.

Der Seekrankheit ausgeliefert, von ihrem ständig drohenden Ausbruch in Spannung gehalten, hatte er den ganzen Tag hindurch nicht gewagt sich zu rühren, indes, wenn auch gefesselt an sein Lager, das mittschiffs für ihn aufgeschlagen war, er fühlte nunmehr sich, oder richtiger seinen Körper und sein körperliches Leben, das er schon seit vielen Jahren kaum mehr als sein eigenes anzuerkennen vermochte, wie ein einziges nachtastendes, nachkostendes Erinnern an die Entspannung, von der er mit einem Male durchflutet gewesen, als die stillere Küstenzone erreicht worden war, und diese flutende, beruhigt beruhigende Müdigkeit wäre vielleicht eine geradezu vollkommene Beglückung geworden, hätte sich nicht, ungeachtet der heilsam kräftigen Meeresluft, neuerdings der plagende Husten eingestellt, die Erschlaffung durch das allabendliche Fieber, die allabendliche Beängstigung. So lag er da, er, der Dichter der Äneis, er, Publius Vergilius Maro, er lag da mit herabgemindertem Bewußtsein, beinahe beschämt ob seiner Hilflosigkeit, beinahe erbost ob solchen Schicksals, und er starrte in das perlmutterne Rund der Himmelsschale: warum nur hatte er dem Drängen des Augustus nachgegeben? Warum nur hatte er Athen verlassen? hingeschwunden war nun die Hoffnung, es werde der heilig heitere Himmel Homers hold die Fertigstellung der Äneis begünstigen, hingeschwunden jegliche Hoffnung auf das unermeßlich Neue, das hernach hätte anheben sollen, die Hoffnung auf ein kunstabgewandtes, dichtungsfreies Leben der Philosophie und der Wissenschaft in der Stadt Platons, hingeschwunden die Hoffnung, das ionische Land je noch betreten zu dürfen, oh, hingeschwunden war die Hoffnung auf das Wunder der Erkenntnis und auf die Heilung in der Erkenntnis. Warum hatte er darauf verzichtet? Freiwillig? Nein! es war wie ein Befehl der unabweislichen Lebensgewalten gewesen, jener unabweislichen Schicksalsgewalten, die niemals völlig verschwinden, mögen sie auch zeitweise ins Unterirdische, Unsichtbare, Unerlauschbare tauchen, dennoch ungebrochen gegenwärtig als unerforschliche Drohung der Mächte, denen man sich niemals entziehen kann, denen man sich stets zu unterwerfen hat; es war das Schicksal. Er hatte sich vom Schicksal treiben lassen, und das Schicksal trieb ihn dem Ende zu. War dies nicht stets die Form seines Lebens gewesen? hatte er jemals anders gelebt? hatte ihm die perlmutterne Schale des Himmels, hatte ihm das lenzliche Meer, hatte ihm das Singen der Berge und das, was schmerzend in der Brust ihm sang, hatte der Flötenton des Gottes ihm je etwas anderes bedeutet als ein Geschehnis, das wie ein Gefäß der Sphären ihn bald aufnehmen sollte, um ihn ins Unendliche zu tragen? Ein Landmann war er von Geburt, einer, der den Frieden des irdischen Seins liebt, einer, dem ein schlichtes und gefestigtes Leben in der ländlichen Gemeinschaft getaugt hätte, einer, dem es seiner Abstammung nach beschieden gewesen wäre, bleiben zu dürfen, bleiben zu müssen, und den es, einem höheren Schicksal gemäß, von der Heimat nicht losgelassen, dennoch nicht in ihr belassen hatte; es hatte ihn hinausgetrieben, hinaus aus der Gemeinschaft, hinein in die nackteste, böseste, wildeste Einsamkeit des Menschengewühles, es hatte ihn weggejagt von der Einfachheit seines Ursprunges, gejagt ins Weite zu immer größer werdender Vielfalt, und wenn hierdurch irgend etwas größer oder weiter geworden war, so war es lediglich der Abstand vom eigentlichen Leben, denn wahrlich, der allein war gewachsen: bloß am Rande seiner Felder war er geschritten, bloß am Rande seines Lebens hatte er gelebt; er war zu einem Ruhelosen geworden, den Tod fliehend, den Tod suchend, das Werk suchend, das Werk fliehend, ein Liebender und dabei doch ein Gehetzter, ein Irrender durch die Leidenschaften des Innen und Außen, ein Gast seines Lebens. Und heute, fast am Ende seiner Kräfte, am Ende seiner Flucht, am Ende seiner Suche, da er sich durchgerungen hatte und abschiedsbereit geworden war, durchgerungen zur Bereitschaft und bereit, die letzte Einsamkeit auf sich zu nehmen, den innern Rückweg zu ihr anzutreten, da hatte das Schicksal mit seinen Gewalten sich nochmals seiner bemächtigt, hatte ihm nochmals die Einfachheit und den Ursprung und das Innen verwehrt, hatte den Rückweg ihm wieder abgebogen, verbogen zum Weg in die Vielfalt des Außen, hatte ihn rückgezwungen zu dem Übel, das sein ganzes Leben überschattet hatte, ja es war als hätte das Schicksal nur noch eine einzige Schlichtheit für ihn übrig – die Schlichtheit des Sterbens. Über ihm knarrten die Rahen in den Tauen, dazwischen dröhnte es weich in der Segelleinwand, er hörte das gleitende Schäumen des Kielwassers und den silbernen Guß, der mit jedem Herausheben der Ruder zu sprühen begann, er hörte deren schweres Kreischen in den Dollen und den klatschenden Wasserschnitt ihres Wiedereintauchens, er spürte den weich-gleichmäßigen Vorstoß des Schiffes im Takte der vielhundertfachen Rudermasse, er sah die weißbesäumte Strandlinie vorbeigleiten, und er gedachte der angeketteten stummen Knechtsleiber im stikkig-zugigen, stinkenden, donnernden Schiffsrumpf. Der nämliche dumpfdonnernde, silberumsprühte Rucktakt tönte von den beiden Nachbarschiffen herüber, von dem nächsten und übernächsten, einem Echo gleichend, das sich über alle Meere hin fortsetzte und von allen Meeren her beantwortet wurde, denn überall fuhren sie so, beladen mit Menschen, beladen mit Waffen, beladen mit Korn und Weizen, beladen mit Marmor, mit Öl, mit Wein, mit Spezereien, mit Seide, beladen mit Sklaven, allüberall die Schiffahrt, die tauscht und handelt, unter den vielen Verderbtheiten der Welt eine der ärgsten. Hier freilich wurden nicht Waren, sondern Freßbäuche befördert, die Leute des Hofstaates: das gesamte Hinterschiff bis zum Heck hin war für ihre Ernährung in Anspruch genommen, seit dem frühen Morgen erscholl es dort von Eßgeräuschen, und immer noch umstanden Scharen von Eßlustigen den Gastraum, lauernd, daß daselbst ein Triklinenplatz frei werde, gewärtig, sich im Kampfe mit Nebenbuhlern darauf zu stürzen, gierig, sich endlich selber hinzulegen, um ihrerseits mit dem Tafeln beginnen oder wiederbeginnen zu dürfen; die Aufwärter, leichtfüßige, elegant herausgeputzte Burschen, nicht wenig Hübschlinge unter ihnen, jetzt jedoch verschwitzt und zerhetzt, kamen nicht zu Atem, und ihr ewig lächelnder Vorsteher, mit dem kalten Blick in den Augenwinkeln und den höflich trinkgeldgeöffneten Händen, trieb sie dahin und dorthin, eilte selber deckauf und deckab, weil neben dem Betriebe des Gelages nicht minder für jene gesorgt werden mußte, welche – wundersam genug – bereits gesättigt schienen und sich nun auf andere Weise vergnügten, manche umherwandelnd, die Hände vor dem Bauch oder hinter dem Gesäße gefaltet, manche hingegen mit weitausholenden Gesten diskutierend, manche auf ihren Ruhebetten schlummernd oder schnarchend, das Gesicht von der Toga bedeckt, manche beim Brettspiel sitzend, sie mußten unaufhörlich umsorgt und umhegt werden, mit kleinen Imbissen, welche die Decks entlang auf großen Silberplatten herumgereicht und ihnen angeboten wurden, bedacht auf einen Hunger, der sich jeden Augenblick frisch anmelden konnte, bedacht auf eine Freßgier, deren Ausdruck ihnen allen, den Wohlgenährten ebensosehr wie den Hageren, den Langsamen wie den Behenden, den Wandelnden wie den Sitzenden, den Wachenden wie den Schlafenden unverlöschbar und unverkennbar ins Gesicht eingezeichnet war, mitunter eingemeißelt, mitunter eingeknetet, scharf oder weich, bösartiger oder gutmütiger, wölfisch, füchsig, katzig, papageiig, pferdig, haiig, immer aber einem gräßlichen, irgendwie in sich beschlossenen Genusse zugekehrt, süchtig nach einem unstillbaren Haben, süchtig nach einem Schachern um Waren, Geld, Stellen und Ehren, süchtig nach der geschäftigen Untätigkeit des Besitzes. Überall gab es einen, der etwas in den Mund steckte, überall schwelte Begehrlichkeit, schwelte Habsucht, wurzellos, schlingbereit, allesverschlingend, ihr Brodem flackerte über das Deck hin, wurde im Rucktakte der Ruder mitbefördert, unentrinnbar, unabstellbar: das ganze Schiff war von Gier umflackert. Oh, sie verdienten es, einmal richtig dargestellt zu werden! Ein Gesang der Gier müßte ihnen gewidmet werden! Doch was sollte dies schon nützen?! nichts vermag der Dichter, keinem Übel vermag er abzuhelfen; er wird nur dann gehört, wenn er die Welt verherrlicht, nicht jedoch, wenn er sie darstellt, wie sie ist. Bloß die Lüge ist Ruhm, nicht die Erkenntnis! Und wäre es da denkbar, daß der Äneis eine andere, eine bessere Wirkung vergönnt sein sollte? Ach, man wird sie preisen, weil noch alles, was er geschrieben hatte, gepriesen worden war, weil auch aus ihr lediglich das Genehme herausgelesen werden wird, und weil weder die Gefahr noch die Aussicht bestand, daß Mahnungen gehört werden könnten; ach, es war ihm verwehrt, sich etwas vorzutäuschen oder vortäuschen zu lassen, nur allzugut kannte er dieses Publikum, dem die schwere, die erkenntniserleidende und eigentliche Arbeit des Dichters genau so wenig Beachtung abringt wie die bitterniserfüllte, bitterschwere der Ruderknechte, dem die eine wie die andere genau das nämliche gilt: ein gebührender Tribut für den Nutznießer, als Tributgenuß empfangen und hingenommen! Dabei waren es keineswegs nur Schmarotzer, die da um ihn herumfaulenzten und schmatzten, mochte auch der Augustus so manche dieser Art in seiner Umgebung dulden müssen, nein, viele von ihnen hatten schon allerlei Verdienstliches und Ersprießliches geleistet, aber von dem, was sie sonst waren, hatten sie mit einer geradezu genießerischen Selbstentblößung während der Reiseuntätigkeit das meiste abgestreift, und ungebrochen war ihnen bloß ihr blinder Hochmut in dämmerhafter Gier, in giererfülltem Dahindämmern geblieben. Unten, in der Dämmerhaftigkeit des Unten, da arbeitete Schub um Schub, großartig, wild, viehisch, untermenschlich die gebändigte Rudermasse. Die dort unten verstanden ihn nicht und kümmerten sich nicht um ihn, die hier oben behaupteten, daß sie ihn verehrten, ja, sie glaubten es sogar, indes, wie immer dem auch war, gleichgültig ob sie aus geschmäcklicher Verlogenheit seine Werke zu lieben vermeinten, oder ob sie, nicht minder verlogen, ihm als Freund des Cäsars ihre Ergebenheit bekundeten, er, Publius Vergilius Maro, er hatte nichts mit ihnen gemein, obschon das Schicksal ihn in ihren Kreis getrieben hatte, sie ekelten ihn an, und hätte nicht, den Sonnenuntergang vorbegrüßend, die Küstenbrise zu wehen begonnen, hätte sie nicht den Stank des Gelages und der Küche vom Schiffe weggeblasen, es hätte die Seekrankheit ihn neuerlich angefallen. Er vergewisserte sich, daß der Koffer mit dem Manuskript der Äneis unberührt neben ihm stand, und in das tiefsinkende westliche Gestirn blinzelnd, zog er den Mantel bis unters Kinn; er fror.

Von Zeit zu Zeit lüstete es ihn, sich doch nach der lärmenden Menschenhorde da hinten umzuwenden, beinah neugierig, was sie noch alles treiben würden; allein er tat es nicht, und es war besser es nicht zu tun, ja es deuchte ihm mehr und mehr, daß solche Umwendung geradezu verboten wäre.

So lag er ruhig. Die erste Vordämmerung überspannte klar den Himmel, überspannte zart die Welt, als man bei Brundisiums schmaler, flußartiger Einfahrt anlangte; kühler, doch auch milder war es geworden, der Salzhauch mischte sich mit der satteren Luft des Landes, in dessen Kanal die Schiffe, eines nach dem andern die Fahrgeschwindigkeit verlangsamend, nun eindrangen. Eisengrau, bleifarben wurde das poseidonische Element, von keiner Welle mehr gekräuselt. Auf den Zinnen der Kastelle links und rechts des Kanales waren dem Cäsar zu Ehren Truppen der Besatzung aufgestellt, vielleicht auch als erster Geburtstagsgruß, denn zum Wiegenfeste kehrte der Octavianus Augustus heim; in zwei Tagen, ja wahrhaftig, schon am übernächsten Tage sollte es in Rom gefeiert werden, und dreiundvierzig Jahre wurde nun der Octavian, der dort vorne fuhr. Rauhkehlig flogen die Heilrufe der Mannschaften von den Ufern auf, die Fahnenträger an den Flügeln der Manipeln stießen zu den Rufen knapp und gedrillt das rote Vexillum hoch, um es hernach vor dem Herrscher zu senken, schräg die Stange gegen den Boden gehalten, kurzum, was hier stattfand, war die kräftig nüchterne Begrüßungsveranstaltung, wie sie das Militärreglement vorschrieb, reglement-richtig in ihrer soldatischen Rauheit, und sie war trotzalledem merkwürdig sanft, merkwürdig abendhaft; fast hätte man es als verträumt bezeichnen können, so sehr und so überaus klein verflatterten die Rufe in der Größe des Lichtes, so sehr und so überaus herbstlich verwelkte das Fahnenrot, überschattet von dem zum Grau abglühenden Firmamente. Größer als die Erde ist das Licht, größer als der Mensch ist die Erde, und nimmermehr vermag der Mensch zu bestehen, insolange er nicht heimatwärts atmet, heimkehrend zur Erde, irdisch heimkehrend zum Lichte, auf der Erde irdisch das Licht empfangend, nur durch sie vom Lichte empfangen, Erde, die zum Lichte wird. Und niemals ist die Erde von inniger Lichtnähe, das Licht von vertrauterer Erdnähe als in der anhebenden Dämmerung der beiden Nachtgrenzen. Noch schlummerte die Nacht in den Tiefen der Gewässer, aber mit winzig lautlosen Wellen begann sie emporzusickern, überall im Spiegel des Meeres, ununterscheidbar das Oben und Unten, tauchten die sammetstummen Wellen des Nachthintergrundes auf, die Wellen der zweiten Unendlichkeit, der gebärend sprießenden Überunendlichkeit, und sachte begannen sie das Glitzernde mit Stille zu überhauchen. Das Licht kam nicht mehr von oben, es hing in sich selber, und in sich selber hängend leuchtete es zwar noch, aber es beleuchtete nichts mehr, so daß auch die Landschaft, über der es hing, auf ein seltsames Eigenlicht beschränkt schien. Grillengezirpe, myriadenhaft, dennoch in einem einzigen anhaltenden Ton, durchdringend, dennoch still vor Gleichmäßigkeit, weder anschwellend, noch abschwellend, erfüllte mit seinem Schwirren das dämmernde Land; endlos. Unterhalb der Befestigungen, herab bis zum steinigen Ufer, waren die Hänge mit spärlichem Gras bewachsen, und so karg dieses auch war, das Sprießende war Frieden, war Nachtstille, war Wurzeldunkelheit, war Dunkel der Erde, ausgebreitet unter dem scheidenden Licht. Dann wurde der Bestand zusammenhängender und pflanzenreicher, voller in der Farbe, und sehr bald war auch Buschwerk darein eingesprengt, während auf den Hügelkuppen, droben zwischen bäuerlichen Steinwallgevierten, sich die ersten Ölbäume zeigten, grau wie das hauchdünne Nebelgestrahle der dichter werdenden Dämmerung. Oh, unbändig wurde da der Wunsch, die Hand nach diesen, ach so sehr entfernten Ufern auszustrecken, in die Dunkelheit der Gebüsche zu greifen, das erdentsprossene Laub zwischen den Fingern zu spüren, es festzuhalten für immerdar –, der Wunsch zuckte in seinen Händen, zuckte in den Fingern vor unzügelbarem Begehren nach dem grünen Blattwerk, nach den geschmeidigen Blattstengeln, nach den scharf-milden Blatträndern, nach dem harten lebendigen Blattfleisch, er spürte es sehnend, wenn er die Augen schloß, und es war eine geradezu sinnliche Sehnsucht, sinnlich einfältig und zupackend wie die männliche Grobknochigkeit seiner Bauernfaust, sinnlich auskostend und empfindungsreich wie deren schmalfesselige, beinahe weibliche Feinnervigkeit; oh, Gras, oh, Laub, oh, Rindenglätte und Rindenrauheit, Lebendigkeit des Sprießens, vielfältige, in sich verzweigte und körperlich gewordene Erddunkelheit! oh, Hand, fühlende, tastende, aufnehmende, einschließende Hand, oh, Finger und Fingerspitze, rauh und zart und weich, lebendige Haut, oberste Oberfläche der Seelendunkelheit, aufgeschlossen in den erhobenen Händen! Stets hatte er dieses seltsame, beinahe vulkanische Pulsieren in seinen Händen gespürt, stets hatte ihn Ahnung um ein seltsames Eigenleben seiner Hände begleitet, eine Ahnung, der es ein für allemal verboten war, die Schwelle des Wissens zu überschreiten, gleichsam als lauerte trübe Gefahr in solchem Wissen, und wenn er seiner Gewohnheit gemäß, wie er es auch jetzt tat, an dem Siegelring drehte, der feingearbeitet und fast ein wenig unmännlich ob solcher Feinarbeit auf dem Finger seiner Rechten saß, so war es als könnte er damit jene trübe Gefahr bannen, als könnte er damit die Sehnsucht der Hände beschwichtigen, als könnte er sie damit zu einer Art Selbstzügelung bringen, abdämpfend ihre Angst, die sehnsüchtige Angst von Bauernhänden, die nie mehr den Pflug, nie mehr das Saatgut fassen durften und daher das Unfaßbare zu fassen gelernt hatten, die ahnende Angst von Händen, deren Formwillen, beraubt der Erde, nichts geblieben war als ihr Eigenleben, im unerfaßlichen All, gefährdet und gefährdend, so tief ins Nichts greifend und von seiner Gefährlichkeit ergriffen, daß die Angstahnung, gewissermaßen über sich selber gehoben, zu einem übermächtigen Bemühen wurde, zum Bemühen, die Einheit des menschlichen Lebens festzuhalten, die Einheit menschlicher Sehnsucht zu bewahren, um solcherweise ihren Zerfall in eine Vielfalt einzelhaft sehnsuchtskleiner und kleinsehnsüchtiger Teilleben zu verhüten, denn unzureichend ist die Sehnsucht der Hände, unzureichend ist die Sehnsucht des Auges, unzureichend ist die Sehnsucht des Hörens, denn zureichend allein ist die Sehnsucht des Herzens und des Denkens in ihrer Gemeinsamkeit, die sehnsüchtige Ganzheit des unendlichen Innen und Außen, schauend, lauschend, erfassend, atmend in doppelveratmeter Einheit, denn ihr allein ist es vergönnt, die trüb hoffnungslose Blindheit angstvoller Vereinzelung zu überwinden, allein in ihr begibt sich die zweifache Entfaltung aus den Erkenntniswurzeln des Seins, und dies ahnte er, dies hatte er stets geahnt – oh, Sehnsucht desjenigen, der immer nur Gast ist, immer nur Gast sein darf, oh, Sehnsucht des Menschen –, dies war sein ahnendes Lauschen, sein ahnendes Atmen, sein ahnendes Denken stets gewesen, einverlauscht, einveratmet, eingedacht in das flutende Licht des Alls, in das unerreichbare Wissen um das All, in die niemals vollendbare Annäherung an des Alls Unendlichkeit, unerreichbar sogar ihr äußerster Saum, so daß die sehnsüchtig begehrende Hand nicht einmal an diesen zu rühren wagt. Doch Annäherung war es trotzdem, Annäherung blieb es, und atmendes, wartendes Lauschen blieb sein Denken, lauschend in den zwiefachen Abgrund der poseidonischen und vulkanischen Sphären, vereinigt sie beide, weil sie gemeinsam von Jupiters Himmel überwölbt sind. Aufgetan und gleitend war das Dämmerlicht, war das Atembare, so gleitend wie das Flutende, in das die Kiele tauchten, flüssiges Bad des Innen und Außen, flüssiges Bad der Seele, das Atembare fließend aus dem Diesseitigen ins Jenseitige, aus dem Jenseitigen ins Diesseitige, enthüllte Pforte des Wissens, nimmermehr dieses selber, dennoch schon Wissensahnung, Ahnung um den Eingang, Ahnung um den Weg, dämmernde Ahnung dämmerhafter Fahrt. Vorne am Bug sang ein Musikantensklave; vermutlich hatte die dort versammelte Gesellschaft, deren Lärm von der Stille des Abends aufgesogen war, den Knaben zu sich beschieden, heimkehrahnend selbst sie, und nach einer kurzen Pause für das Stimmen der Leier sowie nach einem kurzen, kunstgerechten Zuwarten war es aufgeklungen, wurde es herbeigeweht, das namenlose Lied des namenlosen Knaben, mild strahlend das Lied, hauchschwebend wie die Farben eines Regenbogens im Nachthimmel, mild strahlend das Saitenspiel, elfenbeinzart, Menschenwerk das

Lied, Menschenwerk das Saitenspiel, aber über den menschlichen Ursprung hinaus menschenentfernt, menschenentlöst, leidenentlöst, Sphärenluft, die sich selber singt. Es wurde dunkler, die Gesichter wurden undeutlicher, die Ufer verblaßten, das Schiff wurde undeutlicher, lediglich die Stimme blieb, sie wurde klarer und beherrschender, als wollte sie das Schiff und den Takt seiner Ruder lenken, vergessen der Ursprung der Stimme und trotzdem lenkende Stimme eines Sklavenknaben; wegweisend war das Lied, ruhend in sich selbst und eben darum wegweisend, eben darum ewigkeitsgeöffnet, denn nur das Ruhende ist zur Wegweisung imstande, nur das Einmalige, das aus dem Fluß der Dinge herausgegriffen, nein, herausgerettet ist, öffnet sich zur Unendlichkeit, nur das Festgehaltene – ach, war ihm selber jemals solch wahrhaft wegweisende Festhaltung gelungen? – nur das wahrhaft Festgehaltene, und sei es nur ein einziger Augenblick aus dem Meere der Jahrmillionen, wird zur zeitlosen Dauer, wird zum richtunggebenden Gesang, wird Führerschaft; oh, ein einziger Lebensaugenblick, geweitet zur Ganzheit, geweitet zum Kreise des Ganzheiterkennens, unendlichkeitsgeöffnet; hoch über dem strahlenden Liede, hoch über der strahlenden Dämmerung atmete der Himmel, dessen klarherbe Herbstessüße seit Jahrhunderttausenden sich unverändert wiederholt hatte und noch Jahrhunderttausende unverändert sich wiederholen wird, einmalig trotzdem in seinem Hier und Jetzt, und seiner Kuppel heller Seidenglanz war von der Stille der anbrechenden Nacht überhaucht.

Das Lied führte, allerdings nicht mehr sehr lange; die Fahrt zwischen den Ufern des Eingangskanals war bald zu Ende, und das Lied erlosch in der allgemeinen Unruhe, die sich an Bord entwickelte, als sich die innere Hafenbucht auftat, schwarzglänzend schon ihr bleierner Spiegel, und die im Fächerhalbkreis um das Becken gelagerte Stadt mit ihrer Lichtermenge, im Dämmernebel sternhimmelgleich schimmernd, sichtbar wurde. Jäh war es warm geworden. Das Geschwader hielt an, um das Schiff des Cäsars an die Spitze zu lassen, und nun – auch dieses Geschehen unter der weichen Unabänderlichkeit des Herbsthimmels hätte als unendliche Einmaligkeit festgehalten werden müssen – begann ein vorsichtiges Manövrieren, um ohne Fährlichkeit zwischen den allseits verankerten Booten, Seglern, Fischkuttern, Tartanen und Transportschiffen sich hindurchzulotsen; je weiter man kam, desto schmäler wurde die freie Fahrrinne, desto gedrängter die Masse der Schiffsleiber ringsum, desto dichter das Gewirr der Maste und der Taue und der gerefften Segel, tot in ihrer Starrheit, lebendig in ihrer Ruhe, ein sonderbar finsteres, verkreuztes und verworrenes Wurzelwerk, das düster aus der glänzenden ölig-dunklen Wasserfläche emporwuchs zu des Himmels unbewegter Abendhelle, ein schwarzes Spinnengewebe aus Holz und Hanf, gespenstisch sich in den Wassern unten spiegelnd, gespenstisch oben durchzuckt von dem wilden Geflacker der zum Willkomm allerwärts auf den Verdecken johlend geschwungenen Fackeln, gespenstisch durchleuchtet von dem Lichterprunk auf dem Hafenplatze: in der Reihe der Hafenhäuser war Fenster um Fenster erleuchtet, bis hinauf zu den Dachgeschossen, erleuchtet war eine Osteria neben der andern unter den Kolonnaden, quer über den Platz zog sich ein fackeltragendes Doppelspalier von Soldaten, funkelnd die Helme, Mann an Mann, welche offenbar den Weg von der Landungsstelle in die Stadt freizuhalten hatten, fackelbeleuchtet waren die Zollschuppen und Zollämter an den Molen, es war ein funkelnder Riesenraum, vollgestopft mit Menschenleibern, ein funkelnder Riesenbehälter für ein ebenso gewaltiges wie gewalttätiges Warten, erfüllt von einem Rauschen, das Hunderttausende von Füßen schleifend, schlurfend, tretend, scharrend auf dem Steinpflaster erzeugten, eine brodelnde Riesenarena, erfüllt von einem auf- und abschwellenden schwarzen Summen, von einem Tosen der Ungeduld, das aber plötzlich verstummte und in Spannung erstarrte, als das Kaiserschiff, nur noch von einem Dutzend Ruder getrieben, mit sanfter Wendung den Kai erreichte und an der vorbestimmten Stelle – dort erwartet von den Stadtwürdenträgern in der Mitte des militärischen Fackelkarrees – beinahe lautlos anlegte; da freilich war der Augenblick gekommen, den das dumpf brütende Massentier erwartet hatte, um sein Jubelgeheul ausstoßen zu können, und da brach es los, ohne Pause und ohne Ende, sieghaft, erschütternd, ungezügelt, furchteinflößend, großartig, geduckt, sich selbst anbetend in der Person des Einen.

Dies also war die Masse, für die der Cäsar lebte, für die das Imperium geschaffen worden war, für die Gallien hatte erobert werden müssen, für die das Partherreich besiegt, Germanien bekämpft wurde, dies war die Masse, für die des Augustus großer Frieden geschaffen wurde und die für solches Friedenswerk wieder zu staatlicher Zucht und Ordnung gebracht werden sollte, zum Glauben an die Götter und zur göttlich-menschlichen Sittlichkeit. Und dies war die Masse, ohne die keine Politik betrieben werden konnte und auf die auch der Augustus sich stützen mußte, soferne er sich zu behaupten wünschte; und natürlich hatte der Augustus keinen andern Wunsch. Ja, und dies war das Volk, das römische Volk, dessen Geist und dessen Ehre er, Publius Vergilius Maro, er, ein echter Bauernsohn aus Andes bei Mantua, zwar nicht geschildert, wohl aber zu verherrlichen versucht hatte! Verherrlicht und nicht geschildert, das war der Fehler gewesen, oh, und dies hier waren die Italer der Äneis! Unheil, ein Schwall von Unheil, ein ungeheurer Schwall unsäglichen, unaussprechbaren, unerfaßlichen Unheils brodelte in dem Behälter des Platzes, fünfzigtausend, hunderttausend Münder brüllten das Unheil aus sich heraus, brüllten es einander zu, ohne es zu hören, ohne um das Unheil zu wissen, dennoch gewillt, es in höllischem Gebrüll, in Lärm und Geschrei zu ersticken und zu übertäuben; welch ein Geburtstagsgruß! wußte bloß er allein darum? Steinschwer die Erde, bleischwer die Flut, und hier war der Dämonenkrater des Unheils, aufgerissen von Vulcanus selber, ein Lärmkrater am Rande des poseidonischen Bereiches. Wußte der Augustus nicht, daß dies keine Geburtstagsbegrüßung war, sondern etwas ganz anderes? Ein Gefühl gequältesten Mitleides stieg in ihm auf, eines Mitleides, das ebensowohl dem Octavianus Augustus wie den Menschenmassen hier galt, ebensowohl dem Herrscher wie den Beherrschten, und es war von dem Gefühl einer nicht minder gequälten und eigentlich unerträglichen Verantwortung begleitet, über die er sich kaum Rechenschaft geben konnte, nur noch gerade wissend, daß sie mit einer Last, wie sie der Cäsar auf sich genommen hatte, wenig Ähnlichkeit aufwies, vielmehr eine Verantwortung ganz anderer Art war, denn unerreichbar jeder staatlichen Maßnahme, unerreichbar jeder noch so großen irdischen Gewalt, vielleicht sogar den Göttern unerreichbar war dieses dämmerig brodelnde, unbekannt geheimnisvolle Unheil, und keinerlei Massengeschrei vermochte es zu übertäuben, eher noch die schwache Seelenstimme, welche Gesang heißt und mit des Unheils Ahnung doch auch schon das erwekkende Heil verkündet, erkenntnisahnend, erkenntnisträchtig, erkenntnisweisend jedes wahre Lied. Die Verantwortung des Sängers, seine Erkenntnisverantwortung, die zu tragen und zu erfüllen er trotzdem für ewig unfähig bleibt –, oh, warum war es ihm nicht erlaubt gewesen, über die Ahnung hinaus vorzudringen hin zum echten Wissen, von dem allein das Heil zu erwarten sein wird?! Warum hatte ihn das Schicksal gezwungen, hierher zurückzukehren?! Hier war nichts als Tod, nichts als Tod und Abertod! Mit entsetzensvoll geöffneten Augen hatte er sich halb aufgerichtet, jetzt fiel er auf das Lager zurück, übermannt von Grauen, von Mitleid, von Jammer, von Verantwortungswillen, von Hilflosigkeit, von Schwäche; nicht Haß war es, was er gegen die Masse empfand, nicht einmal Verachtung, nicht einmal Abneigung, so wenig wie eh und je wollte er sich vom Volke absondern oder gar sich über das Volk erheben, aber es war etwas Neues in Erscheinung getreten, etwas, das er bei all seiner Berührung mit dem Volke niemals hatte zur Kenntnis nehmen wollen, obwohl überall, wo er gewesen, gleichgültig ob in Neapel oder in Rom oder in Athen, mehr als genug Gelegenheit hierzu gegeben war, und das sich nun hier in Brundisium überraschend aufdrängte, nämlich des Volkes Unheilsabgründigkeit in ihrem ganzen Umfang, des Menschen Absinken zum Großstadtpöbel und damit die Verkehrung des Menschen ins Gegenmenschliche, bewirkt durch die Aushöhlung des Seins, durch des Seins Verwandlung zum bloßen Gierleben der Oberfläche, verlustig seines Wurzelursprunges und von diesem abgeschnitten, so daß nichts anderes mehr als das gefährlich abgelöste Eigenleben eines trüben schieren Außen vorhanden bleibt, unheilschwanger, todesschwanger, oh, schwanger eines geheimnisvoll höllischen Endes. War es dies, was das Schicksal ihn hatte lehren wollen, da er zurückgezwungen worden war in die Vielfalt, zurück in den Kessel grausam aufgewühlter Diesseitigkeit? war dies die Rache für seine frühere Blindheit? niemals hatte er das Massenunheil in solcher Unmittelbarkeit erfahren; jetzt war er gezwungen, es zu sehen, es zu hören, bis in die letzten Wurzelgründe seines eigenen Seins zu erfahren, denn die Blindheit ist selber ein Teil des Unheils. Wieder und immer wieder erscholl das unfrohe Jubelgebrüll der Selbstbetäubung; Fackeln wurden geschwungen, Befehle durchhallten das Schiff, dumpf flog ein vom Lande hergeschleudertes Tau auf die Deckplanken, und das Unheil lärmte, und die Qual lärmte, und der Tod lärmte, es lärmte das unheilsträchtige Geheimnis, unentdeckbar, dennoch unverhüllt überall gegenwärtig. Inmitten des Getrappels vieler eiliger Füße lag er still, seine Hand hielt den einen Henkel des ledernen Manuskriptkoffers fest umklammert, damit ihm dieser nicht etwa entrissen werde, doch müde des Lärmes, müde des Fiebers wie des Hustens, müde der Reise, müde des Kommenden, stellte er sich vor, daß diese Ankunftsstunde leichtlich auch zu seiner Sterbestunde werden könnte, und fast war es ein Wunsch, obwohl oder weil er genau spürte, daß die Zeit hierfür noch nicht gekommen war, ja, fast war es Wunsch, obwohl oder weil es ein verwunderlich verwildertes, verwunderlich lärmendes Sterben gewesen wäre, es erschien ihm nicht unannehmbar und eben fast wünschenswert, denn gezwungen in die Feuerhölle zu schauen, gezwungen sie zu hören, wurde sein Herz zum Wissen um das unterweltlich Schwelende des Untermenschlichen gezwungen.

Nun, so verlockend es gewesen wäre, sich schwindenden Sinnes davontragen zu lassen, um sich so dem Gelärm zu entziehen, sich dem Gejohle der Menge zu verschließen, dem vulkanischen und unterirdischen, das ohne Unterlaß, als wollte es nimmer enden, trägwellig über den Platz herflutete, es war solche Flucht verboten, geschweige denn daß sie bis ins Sterben führen durfte, denn überstark war das Geheiß, jedes kleinste Teilchen der Zeit, jedes kleinste Teilchen des Geschehens festzuhalten und der Erinnerung einzuverleiben, als könnte es mit dieser durch alle Tode hindurch für alle Zeiten aufbewahrt werden; er klammerte sich an das Bewußtsein, er klammerte sich daran mit der Kraft desjenigen, der das Bedeutsamste seines irdischen Lebens nahen fühlt und voller Angst ist, daß er es versäumen könnte, und das Bewußtsein, wachgehalten von der wachen Angst, gehorchte seinem Willen: nichts entging ihm, weder die vorsorglichen Gesten und der leere Zuspruch des glattgesichtig-jungen, überaus geschniegelten Hilfsarztes, der auf Befehl des Augustus nun an seiner Seite war, noch die stur befremdeten Gesichter der Träger, die eine Sänfte an Bord gebracht hatten, um ihn, den Kranken und Kraftlosen, wie eine gebrechliche und vornehme Ware abzuholen; er vermerkte alles, er mußte alles festhalten, er vermerkte den eingekerkerten Blick ihrer Augen, er vermerkte die mürrischen Knurrtöne, mit denen die vier Männer sich veständigten, als sie die Last auf die Schultern hoben, er vermerkte den angriffswilden, bösartigen Schweißgeruch ihrer Körper, aber es entging ihm auch nicht, daß sein Mantel liegen geblieben war und von einem recht kindlich aussehenden, dunkellockigen Knaben, der raschen Zusprunges das Kleidungsstück aufgerafft hatte, ihm nun nachgetragen wurde. Freilich war der Mantel weniger wichtig als der Manuskriptkoffer, dessen beide Träger er knapp neben die Sänfte beordert hatte, indes, ein kleines Stück der Wachsamkeit, zu der er sich, gegen alle eindämmerungssüchtigen Müdigkeitsanwandlungen, verpflichtet fühlte und selbst verpflichtete, konnte auch dem Mantel zugute kommen, und er fragte sich, woher der Knabe, der ihm verwunderlich vertraut und bekannt dünkte, wohl aufgetaucht sein mochte, da er ihm während der ganzen Reise nicht aufgefallen war: es war ein etwas unhübscher, bäuerisch tapsiger Bursche, sicherlich kein Sklave, sicherlich keiner der Aufwärter, und wie er dort, sehr jungenhaft, die hellen Augen in dem bräunlichen Gesicht, an der Reling stand, wartend, weil es überall Stauungen gab, warf er von Zeit zu Zeit verstohlen einen Blick zur Sänfte herauf, sanft und belustigt und schüchtern wegschauend, sobald er sich hierbei beobachtet fühlte. Augenspiel? Liebesspiel? sollte er, ein Kranker, da nochmals in das schmerzliche Spiel töricht lieblichen Lebens hineingezogen werden, er, ein Hingestreckter, nochmals hineingezogen in das Spiel der Aufgerichteten? oh, in ihrer Aufgerichtetheit wissen sie nicht, wie sehr der Tod ihren Augen und ihren Gesichtern einverwoben ist, sie lehnen es ab, dies zu wissen, sie wollen nur das Spiel ihrer Anlockungen und ihres Ineinanderverstrickens weiter spielen, das Spiel ihres Vor-Kusses, töricht-lieblich Auge ins Auge gesenkt, und sie wissen nicht, daß alles Hinliegen zur Liebe stets auch ein Hinliegen zum Tode ist; aber der unabänderlich Hingestreckte weiß darum, und fast schämt er sich, einstmals selber aufgerichtet einhergeschritten zu sein, einstmals selber – wann war es? war es vor unvordenklichen Zeiten, war es erst vor Monaten? – an dem lieblich dämmerigen, lieblich blinden Lebensspiele teilgenommen zu haben, ja, und fast ist ihm die Verachtung, mit der ihn die Spielverstrickten bedenken, weil er nunmehr ausgeschlossen ist und hilflos daliegt, fast ist sie ihm wie ein Lob. Denn nicht süße Verlockung ist die Wahrheit des Auges, nein, erst mit seinen Tränen wird es sehend, erst im Leide wird es zum sehenden Auge, erst mit seinen eigenen Tränen wird es von denen der Welt erfüllt, wahrheitserfüllt vom Vergessenheits-Naß allen Seins! Oh, erst im Erwachen unter Tränen wird das Diesseits-Sterben, in dem die Spielverstrickten sich befinden und an dem sie hängen, zum todeserschauenden, alles-erschauenden Leben. Und eben darum sollte auch der Knabe – wessen Züge trug er doch? waren es die einer unvordenklichen oder einer jüngsten Vergangenheit? –, ebendarum sollte er lieber den Blick abwenden und nicht ein Spiel fortsetzen wollen, das als Zeitvertreib nicht mehr an der Zeit war; allzu unstimmig war es, daß dieser Blick über die eigene Todesverwobenheit hinwegzulächeln vermochte, allzu unstimmig war es, daß er zu einem Hingestreckten heraufgesandt wurde, dessen Auge nicht mehr Antwort geben konnte, ach, nicht mehr geben wollte, allzu unstimmig war das Törichte, das Liebliche, das Schmerzliche inmitten einer Lärm– und Feuerhölle, die von blindem Getriebe starrte, menschdurchhetzt, menschheitserschlafft. Drei Brücken waren vom Schiff zum Kai hinüber gelegt worden, die heckseitige den Fahrgästen vorbehalten, freilich das plötzlich ungeduldig gewordene Gedränge bei weitem nicht aufnehmend, hingegen die zwei anderen für die Waren- und Gepäckentladung bestimmt, und während die hiezu befohlenen Sklaven in langer Schlangenreihe, oftmals wie Hunde paarweise mit Halsringen und Verbindungsketten aneinandergekoppelt, vielfarbenes Volk entwürdigten Blickes, menschlich noch und doch nicht mehr menschlich, nur noch bewegte und gehetzte Kreatürlichkeit, Gestalten in Hemdfetzen oder halbnackt, schweißglänzend im rohen Fackelscheine, oh, entsetzlich, oh, gräßlich, während sie so auf dem mittleren Stege an Bord liefen, um auf dem bugseitigen das Schiff wieder zu verlassen, den Leib unter der Last der Kisten, Säcke und Koffer nahezu rechtwinklig abgebogen, während all das geschah, schwangen die beaufsichtigenden Schiffsmeister, von denen je einer an den Kopfenden der beiden Planken stand, auf gut Glück die kurze Geißel über die vorbeiziehenden Leiber, ohne Wahl und einfach drauflos, hinschlagend mit der sinnlosen, kaum mehr grausamen Grausamkeit uneingeschränkter Macht, bar jedes eigentlichen Zweckes, da die Leute ohnehin hasteten, was ihre Lungen hergaben, kaum mehr wissend, wie ihnen geschah, ja sich nicht einmal mehr duckten, wenn der Riemen aufklatschte, sondern eher noch dazu grinsten; ein kleiner schwarzer Syrer, den es beim Erreichen des Decks gerade getroffen, stopfte gleichmütig und des Striemens auf seinem Rücken nicht achtend, die Lappen zurecht, die er dem Halsring unterlegt hatte, damit es ihm die Schlüsselbeine möglichst wenig aufscheuere, und er feixte bloß, feixte auf zu der emporgehobenen Sänfte: »Komm mal runter, großer König, komm runter, kannst auch mal versuchen, wie's unsereinem schmeckt!« –, ein nochmaliges Ausholen der Geißel war die Antwort, indes da hatte der Kleine, derselben schon gewärtig, einen flinken Satz getan, die Verbindungskette straffte sich jäh, und der Schlag sauste auf die Achsel des durch den Ruck vorwärtsgerissenen Kettengenossen, eines stämmigen, rothaarig filzbärtigen Parthers, der gleichsam erstaunt den Kopf drehte und auf der zugewandten Gesichtshälfte inmitten mißfarbenen Narbengewirres, er war wohl ein Kriegsgefangener, rot und blutig und starrend ein ausgeschossenes, ausgerissenes, ausgestochenes Auge zeigte, starrend und bei aller Blindheit richtig überrascht, denn bevor er noch von der vorwärtsdrängenden, kettenklirrenden Reihe weitergestoßen worden war, hatte es ihm, offenbar weil es schon in einem abging, nochmals um den Kopf gepfiffen und ihm das Ohr mit einem blutigen Schnitt gespalten. Dies alles hatte nur einen kurzen Herzschlag lang gedauert, nichtsdestoweniger lang genug, um den Herzschlag aussetzen zu lassen: schmachvoll war es, hinzublicken und nicht den leisesten Versuch eines Eingreifens zu unternehmen, unfähig und vielleicht sogar unwillig zu solchem Eingreifen, schmachvoll war es selbst noch dieses Geschehen festhalten zu wollen, schmachvoll eine Erinnerung, in die selbst dieses noch für ewig eingeschrieben werden sollte! Erinnerungslos hatte der kleine Syrer gefeixt, erinnerungslos, als gäbe es nichts als eine verwüstete, vergewaltigte Gegenwart, ohne Zukunft und daher auch ohne Vergangenheit, ohne Nachher und darum auch ohne Vorher, als wären die beiden Verketteten niemals Knaben gewesen, spielend in den Gefilden der Jugend, als gäbe es in ihrer Heimat keine Berge, keine Matten, keine Blumen und nicht einmal einen Bach, der des Abends im fernen Tal lauscht und rauscht –, oh, schmachvoll war es, der eigenen Erinnerung nachzuhängen, sich um sie zu bemühen und sie zu pflegen! Oh, Erinnerung, unverlierbare, Erinnerung voll des Weizengewoges, voll der Felder, voll des knisternd rauschenden, kühlwandigen Waldes, voll der Jugendhaine, augentrunken am Morgen, herzenstrunken am Abend, aufzitterndes Grün und verzitterndes Grau, oh, Wissen um die Herkunft und um die Rückkehr, Gepränge der Erinnerung! Doch gegeißelt der Besiegte, jubelbrüllend der Sieger, steinern der Raum, in dem es geschieht, brennend das Auge, brennend die Blindheit –, für welch unauffindbares Sein galt es da noch sich wach zu erhalten? für welche Zukunft galt da noch das unsägliche Bemühen um Erinnerung? in welche Zukunft sollte Erinnerung da noch eingehen? gab es da überhaupt noch Zukunft?

Die Brückenplanken wippten steif, als die Sänfte im gemessenen Gleichschritt der Träger darüber hin befördert wurde; unten schwappte bedächtig das schwarze Wasser, eingeengt zwischen dem schwarzen schweren Schiffskörper und der schwarzen schweren Kaimauer, das schwerflüssige glatte Element, sich selbst ausatmend, Unrat ausatmend, Abfälle und Gemüseblätter und verfaulte Melonen, alles was da unten herumsuppte, schlaffe Wellen eines schweren süßlichen Todeshauches, Wellen eines verfaulenden Lebens, des einzigen, das zwischen den Steinen bestehen kann, lebend nur noch in der Hoffnung auf die Wiedergeburt aus seiner Verwesung. So sah es dort unten aus; hier oben hingegen lagen die makellos gearbeiteten, vergoldeten und verzierten Tragstangen der Sänfte auf den Schultern von Lasttieren in Menschengestalt, menschlich gefütterten, menschlich redenden, menschlich schlafenden, menschlich denkenden Lasttieren, und in dem makellos gearbeiteten, geschnitzten Sänftensessel, dessen Lehne und Seitenteile mit goldblechernen Sternen geschmückt waren, ruhte ein makelbehafteter Kranker, in dem die Verwesung bereits lauernd hauste. Dies alles war von äußerster Unstimmigkeit, in all dem barg sich das versteckte Unheil, die Starrheit eines Geschehens, das vollkommener ist als der Mensch, obwohl er selber es ist, der die Mauern baut, der schnitzt und hämmert, den Geißelstrang flicht und Ketten schmiedet. Unmöglich, sich davor zu verschließen, unmöglich war es, zu vergessen. Und was immer man vergessen wollte, in stets erneuter Wirklichkeitsgestalt war es wieder da, kam es wieder zurück, als neue Augen, als neuer Lärm, als neue Geißelhiebe, als neue Starrheit, als neues Unheil, jedes für sich seinen Eigenraum fordernd, eines das andere in furchtbarer Berührung einengend und bezwingend, und doch höchst seltsam und unstimmig alles miteinander verwoben. Unstimmig wie die Berührung der Dinge untereinander, war auch der Zeitablauf geworden; die einzelnen Zeitabschnitte wollten nicht mehr zueinander passen: niemals noch war das Jetzt so eindeutig vom Vorher geschieden gewesen; eine tiefeinschneidende Kluft, durch keinen Steg überbrückbar, hatte dieses Jetzt zu etwas Selbständigem gemacht, hatte es von dem Vorher, von der Seereise und allem, was vorangegangen war, unweigerlich abgetrennt, hatte ihn von dem ganzen vorangegangenen Leben abgeschieden, und doch hätte er, im leisen Schaukeln der Sänfte, kaum anzugeben gewußt, ob die Fahrt noch währte, oder ob man sich wirklich schon an Land befand. Über ein Meer von Köpfen schaute er, über einem Meere von Köpfen schwebte er, umgeben von Menschenbrandung, freilich bisher nur an ihrem Rande, da die ersten Versuche zur Überwindung solch wogenden Widerstandes bisher allesamt gescheitert waren. Hier beim Anlegeplatz der Begleitschiffe war die polizeiliche Ordnung eben weit weniger straff als drüben beim Augustusempfang, und mochte es auch einigen Fahrgästen geglückt sein sich mit eiligem Anlauf dorthin durchzuschlagen, so daß sie sich dem feierlichen Zuge, welcher sich innerhalb der Absperrung bildete und den Cäsar in die Stadt und zum Palast hinaufbringen sollte, noch anschließen konnten, so wäre derlei für den Sänftentransport schlechterdings unmöglich gewesen; der kaiserliche Diener, den man der kleinen Eskorte zur Begleitung, zur Führung und sozusagen zur Bewachung beigegeben hatte, war zu bejahrt, zu beleibt, zu weichlich und wohl auch zu gutmütig, um sich zu einem gewaltsamen Durchbruch aufzuraffen, er war machtlos, und weil er machtlos war, mußte er sich auf Klagen gegen die Polizei beschränken, die diese Pöbelansammlungen zuließ und ihm doch wenigstens eine anständige Bedeckung hätte beistellen müssen, und so wurde man schließlich recht ziellos über den Platz hingepufft und fortgetrieben, zeitweise auch bewegungslos eingekeilt, im stockenden Zickzack, einmal dahin, einmal dorthin geschoben und herumgestoßen. Daß der Knabe mitgekommen war, erwies sich da als unverhoffte Erleichterung; als wäre ihm, und dies war äußerst seltsam, von irgendwoher Kenntnis um die Wichtigkeit des Manuskriptkoffers geworden, achtete er darauf, daß dessen Träger sich stets knapp neben der Sänfte hielten, und während er, immerzu selber daneben und den Mantel über die Schulter geworfen, keinerlei Abdrängung zuließ, blinzelte er manchmal mit helldurchsichtigen Augen belustigt und verehrungsvoll herauf. Von den Häuserfronten und aus den Gassen strömte brütende Schwüle entgegen, sie kam in breiten queren Wogen angeflutet, immer wieder von dem nicht endenwollenden Geschrei und Gerufe, vom Summen und Brausen des atmenden Massentieres zerspellt, dennoch unbewegt; Wasseratem, Pflanzenatem, Stadtatem: ein einziger schwerer Brodem des in Steinquadern eingezwängten Lebens und seiner verfaulenden Scheinlebendigkeit, Humus des Seins, verwesungsnah und unermeßlich aufsteigend aus den überhitzten Steinschächten, aufsteigend zu den kühlsteinernen Sternen, mit denen die innerste, zu tiefmilder Schwärze abdunkelnde Himmelsschale sich zu bedecken begann. Aus unerschließbaren Tiefen sprießt das Leben empor, durch das Gestein sich zwängend, sterbend schon auf diesem Wege, sterbend und verwesend und erkaltend schon in seinem Aufsteigen, im Aufsteigen auch schon ein Sich-Verflüchtigen, aber aus unerschließbaren Höhen sinkt das Unabänderliche steinkühl herab, ein sinkender, dunkelleuchtender Hauch, bezwingend mit seiner Berührung, erstarrend zum Gestein der Tiefe, oben wie unten das Steinerne, als wäre es die letzte Wirklichkeit der diesseitigen Welt –, und zwischen solchem Strom und Gegenstrom, zwischen Nacht und Gegennacht, rotglühend unten, klarflimmernd oben, in dieser verdoppelten Nächtlichkeit schwebte er auf seiner Sänfte, als wäre sie eine Barke, eintauchend in die Wellenkämme des Pflanzlich-Tierischen, emporgehoben in den Hauch des Unabänderlich-Kühlen, vorwärtsgetragen zu Meeren von so großer Rätselhaftigkeit und Unbekanntheit, daß es wie Rückkehr war; denn Welle um Welle, die großen Flächen, die sein Kiel bereits durchfurcht hatte, Wellenflächen der Erinnerung, Wellenflächen der Meere, sie waren nicht durchsichtig geworden, nichts in ihnen hatte sich zur Bekanntheit enthüllt, bloß das Rätsel war geblieben, und rätselerfüllt reichte die Vergangenheit über ihre Ufer hin bis in die Gegenwart herein, so daß er inmitten des harzigen Fackelqualmes, inmitten des brütenden Stadtdunstes, inmitten des wildtierhaften, dunkelatmigen Körperbrodems, inmitten des Platzes und seiner Unbekanntheit, unverwischbar unverkennbar des Meeres Geruch und das groß-unvergängliche Sein des Meeres spürte: hinter ihm lagen die Schiffe, die seltsamen Vögel der Unbekanntheit, noch klingen Kommandoworte von dorther herüber, dann das ruckweise Knarrknirschen einer Holzwinde, dann ein tieftönend singender Beckenschlag, der wie ein letzter Nachhall des ins Meer gesunkenen Tagesgestirnes weitertönt, und dahinter ist der großflächige Wind der See, ist ihre billionenhaft weißgekrönte Unruhe, das Lächeln Poseidons, stets bereit in brüllendes Gelächter umzuschlagen, wenn der Gott seine Pferde antreibt, und hinter der See, aber zugleich sie umschließend, sind die meeresbespülten Länder, sie alle, die er durchschritten hatte, über deren Gestein, über deren Humus er gegangen war, teilnehmend am Pflanzlichen und Menschlichen und Tierischen, verwoben dem allen, ohnmächtig vor so viel Unbekanntheit, unfähig sie zu bewältigen, einverwoben und einverirrt in das Geschehen und in die Dinge, einverwoben-einverirrt in die Länder und in deren Städte, wie sehr ist dies alles versunken und trotzdem nahe, Dinge, Länder, Städte, wie liegen sie alle hinter ihm, um ihn, in ihm, wie sehr sind sie sein eigen, besonnt und schattentief, rauschend und nächtlich, bekannt und rätselhaft, Athen und Mantua und Neapel und Cremona und Mailand und Brundisium, ach, und Andes –, alles wurde herbeigetragen, es war hier, umbrandet vom Lichterwust des Hafenplatzes, umatmet vom Unatembaren, umgrölt vom Unverständlichen, vereinigt zu einer einzigen Einheit, in der die Ferne mühelos zur Nähe wurde, die Nähe zur Ferne, und ihn, den Darüberhinschwebenden, umgeben von Wildheit, zu mühelos schwebender Wachheit werden ließ; das unterweltlich Schwelende vor seinen Augen und in seinem Wissen, wußte er zugleich sein Leben, wußte es vom Strom und Gegenstrom der Nacht getragen, in der sich Vergangenheit und Zukunft kreuzen, er wußte es hier an diesem Verkreuzungspunkt in der feuergetauchten, feuerumflossenen Gegenwart des Uferplatzes, zwischen Vergangenheit und Zukunft, zwischen Meer und Land, er selber in der Mitte des Platzes, als hätte man ihn zum Mittelpunkt seines eigenen Seins, zum Kreuzungspunkt seiner Welten, zu seinem Weltmittelpunkt bringen wollen, schicksalsbestimmt. Doch es war nur Brundisiums Hafenplatz.

Und selbst, wenn es der Weltmittelpunkt gewesen wäre, es wäre erst recht hier kein Bleiben gewesen; immer mehr Volk strömte aus den Gassen, deren Mündungen mit freudig-feurigen Transparenten überwölbt waren, auf den Platz heraus, und immer mehr wurden die Träger nun von der Platzmitte wieder abgedrängt, so daß es überhaupt keine Möglichkeit mehr gab, das Soldatenspalier und den Augustuszug, der sich unter Fanfaren bereits in Bewegung gesetzt hatte, von hier aus zu erreichen. Nicht wenig war da auch noch der Lärm angeschwollen, da ja nun auch die Musik überschrieen, überjohlt, überpfiffen werden mußte, und mit dem steigenden Lärm stieg desgleichen die Gewaltsamkeit und Rücksichtslosigkeit des Schiebens und Drängens, das schier zum Selbstzweck und zur Eigenbelustigung wurde, allein, bei all dieser Gewaltsamkeit, es schien sich die Mühelosigkeit und Leichtigkeit der schwebenden Wachheit, die ihn selber umfangen hielt, dem ganzen Platze mitgeteilt zu haben, gleichsam wie eine zweite Beleuchtung, welche sich zu der ersten, augensichtbaren dazugesellt hat und, ohne an ihrer harten, schattenverflackernden Grellheit etwas zu ändern, sie eher sogar noch vertieft, trotzdem aber einen zweiten Seinszusammenhang in der sichtbaren Dinggegenwart aufdeckt, den traumwachen Seinszusammenhang der Ferne, der jedweder Nähe, selbst der handgreiflichsten und unmittelbarsten, noch innewohnt. Und als sollte diese fernleichte Selbstverständlichkeit eines zweiten Zusammenhanges auch noch bewiesen werden, befand sich der Knabe nun plötzlich an der Spitze der Eskorte, ohne daß man recht gewahr geworden, wann dies geschehen war, und, gleichsam wie im Spiele, leicht eine Fackel schwingend, die er offenbar dem Nächstbesten abgenommen hatte, benütze er sie als Waffe, um damit einen Weg durch die Menge zu bahnen: »Platz für den Vergil!«, schrie er dazu den Leuten fröhlich ins Gesicht, »Platz für eueren Dichter!«, und wenn die Leute vielleicht auch nur auswichen, weil da einer getragen wurde, der zum Cäsar gehörte, oder weil ihnen die fieberglänzenden Augen in dem gelbdunklen Gesicht des Kranken unheimlich waren, so hatte man es doch dem kleinen Führer zu verdanken, daß ihre Aufmerksamkeit überhaupt erregt und hierdurch ein Vorwärtskommen schlecht und recht ermöglicht wurde. Freilich, es gab Verknäulungen, gegen die weder mit der spitzbübischen Gelassenheit des jungen Mantelträgers, noch mit seinen Fackelbränden etwas auszurichten war, und bei diesen Stockungen nützte auch nichts das unheimliche Aussehen des kranken Mannes, im Gegenteil, jedesmal steigerte sich dann das anfänglich bloß abwehrend gleichgültige Wegschauen zu einem offenen Widerwillen gegen den unheimlichen Anblick, zu einem halb scheuen, halb angriffslustigen Geraune, es wurde zu einer nahezu bedrohlichen Stimmung, für die ein Spaßvogel, ebenso wohlgelaunt wie übelwollend, in dem Rufe: »Ein Zauberer, der Zauberer vom Cäsar!«, den richtigen Ausdruck fand. »Versteht sich, du Tölpel«, schrie der Junge zurück, »so einen Zauberer hast du überhaupt noch nicht in deinem dummen Leben gesehen; unser größter, unser allergrößter Zauberer ist er!« Ein paar Hände mit ausgestreckten Fingern, die vor dem bösen Blick schützen sollten, flogen auf, und eine weißgeschminkte Hure, blonde Perücke schiefsitzend auf ihrem Schädel, kreischte zur Sänfte hin: »Gib mir einen Liebeszauber!« – »Ja, zwischen die Beine, und kräftig«, ergänzte mit nachahmender Fistelstimme ein gänserichähnlicher, sonnverbrannter Bursche, offenbar ein Matrose, und erwischte mit seinen blautätowierten Armen die vergnügt-zärtlich Aufquietschende beidhändig von hinten, »so'nen Zauber kriegst auch von mir gut und gerne geliefert; den kannst bekommen!« – »Platz für den Zauberer, Platz da!«, kommandierte der Junge, puffte mit dem Ellbogen resolut den Gänserich zur Seite und schwenkte, schnell-entschlossen und einigermaßen überraschend, nach rechts gegen den Platzrand hin ab; willig folgten die Träger mit dem Manuskriptkoffer, etwas weniger willig der Wächter-Diener, es folgte die Sänfte und die übrigen Sklaven, gleichsam sie alle von unsichtbarer Kette hinter dem Knaben hergezogen. Wohin führte da der Knabe? aus welcher Ferne, aus welcher Erinnerungstiefe war er aufgetaucht? von welcher Vergangenheit, von welcher Zukunft wurde er bestimmt? von welch geheimnisvoller Notwendigkeit? und aus welch vergangenem, zu welch künftigem Geheimnis wurde er selber da getragen? war es nicht weit eher ein ständiges Schweben in unermeßlicher Gegenwart? Um ihn herum waren die Freßmäuler, die Brüllmäuler, die Gesangmäuler, die Staunmäuler, die geöffneten Mäuler in den verschlossenen Gesichtern, sie alle waren geöffnet, waren aufgerissen, zahnbesetzt hinter roten und braunen und blassen Lippen, mit Zunge bewehrt, er sah hinab auf die moosig-wolligen Rundköpfe der Tragsklaven, sah von seitwärts ihre Kiefer und die finnige Wangenhaut, er wußte von dem Blute, das in ihnen schlug, von dem Speichel, den sie zu schlucken hatten, und er wußte manches von den Gedanken, die in diesen ungefügen, ungelenken, ungezügelten Freß- und Muskelmaschinen zwar verloren, dennoch ewiglich unverlierbar, zart und dumpf, durchsichtig und dunkel, sickernd Tropfen um Tropfen, fallen und vergehen, die Tropfen der Seele; er wußte um die Sehnsucht, die selbst in der schmerzlich wüstesten Brunst und Fleischlichkeit nicht zur Ruhe kommt, ihnen allen eingeboren, dem Gänserich ebensosehr wie seiner Hure, unaustilgbare Sehnsucht des Menschen, die sich niemals vernichten, höchstens ins Bösartige und Feindliche abbiegen läßt, dennoch Sehnsucht bleibend. Entrückt, dennoch unaussprechlich nahe, schwebend vor Wachheit, dennoch allem Dumpfen vermengt, sah er die Stumpfheit der samenspritzenden und samentrinkenden, gesichtslosen Leiber, ihre Schwellungen und ihre Gliedhärten, er sah und hörte die Verborgenheiten in dem Auf und Ab ihrer Zufallsbrunst, den wilden, stumpf-kriegerischen Jubel ihrer Vereinigungen und das blöd-weise Verwelken ihres Alterns, und fast war es, als würde ihm dies alles, dieses ganze Wissen durch die Nase zugemittelt werden, eingeatmet mit dem betäubenden Dunst, in dem das Sichtbare und Hörbare eingebettet war, eingeatmet mit dem vielfältigen Dunst der Menschentiere und ihres täglich zusammengesuchten, täglich durch sie hindurchgekauten Futters, indes jetzt, da man sich endlich einen Weg zwischen den Leibern erkämpft hatte, und die Menge, gleich den zum Platzrande hin spärlicher werdenden Lichtern, endlich schütterer wurde, um dunkelheitsversickernd sich schließlich ganz zu verlaufen, wurde ihr Geruch, mochte er auch noch immer nachschwelen, von dem glatten glitzerigfauligen Gestank der Fischmarktstände abgelöst, die hier den Hafenplatz begrenzten, stillverlassen zu dieser Abendstunde. Süßlich, nicht minder faulig, schlug sich auch noch der Geruch des Obstmarktes hinzu, voll von Gärungshauch, ununterscheidbar geworden der Duft der rötlichen Trauben, der wachsgelben Pflaumen, der goldenen Äpfel, der unterirdisch schwarzen Feigen, vermengt und ununterscheidbar geworden vor gemeinsamer Verwesung, und die Steinplatten des Pflasters glänzten schlüpfrig von feucht Zertretenem und Verschmiertem. Sehr fern war nun der Mittelpunkt des Platzes dahinten, sehr fern die Schiffe am Kai, sehr fern das Meer, sehr fern, wenn auch nicht endgültig verloren; das Menschengeheul dort war nur noch ein fernes Brummen, und von der Fanfarenmusik war nichts mehr zu hören.

Mit großer Sicherheit, als wie von genauester Ortskenntnis gelenkt, hatte der Knabe seine Gefolgschaft durch das Budenwerk hindurchgesteuert, um nun in das Gebiet der Warenspeicher und Werftanlagen einzudringen, das mit düster unbeleuchteten Gebäuden sich unmittelbar an das Marktgelände anschloß und, in der Dunkelheit kaum erkennbar, höchstens erfühlbar sich von hierab weithin ausdehnte. Und da wechselte nochmals der Geruch: man roch das ganze Schaffen des Landes, man roch die ungeheuren Lebensmittelmengen, die hier vorbereitet waren, vorbereitet zum Austausch innerhalb des Reichsgebietes, immer aber dazu bestimmt, ob da oder dort, sich nach Kauf und Verkauf zuletzt durch die Menschenkörper und deren Eingeweideschlangen hindurchzuschlacken, und man roch die trockene Süße des Getreides, dessen Feimen vor den schwarzen Silos sich häuften, wartend, daß sie hineingeschaufelt würden, man roch die staubige Trockenheit der Kornsäcke, der Weizensäcke, der Hafersäcke, der Dinkelsäcke, man roch die säuerliche Milde der Öltonnen und Ölkufen, und ebenso die beizende Herbheit der Weinlager, die sich die Kais entlang hinerstreckten, man roch die Zimmermannswerkstätten, die Massen der irgendwo im Dunkeln aufgestapelten Eichenstämme, deren Holz niemals stirbt, man roch ihre Rinde, aber nicht minder den geschmeidigen Widerstand ihres Stammkernes, man roch die zubehauenen Blöcke, in denen noch die Axt steckt, wie sie der Werkmann nach Arbeitsschluß zurückgelassen hat, und neben dem Geruch der schöngehobelten neuen Schiffsplanken, neben dem der Hobelscharten und der Sägespäne, roch man den müden des ausgebrochenen, weißlichgrünen, glitschig-modrigen, muschelbesäten alten Schiffsholzes, das in großen Haufen hier des Verbrennens harrte. Der Kreislauf des Schaffens. Ein unendlicher Friede atmete aus der duftgeschwängerten Arbeitsnächtlichkeit, der Friede eines werkenden Landes, der Friede von Äckern, von Weinbergen, von Wäldern, von Ölhainen, der bäuerliche Friede, aus dem er selber, der Bauernsohn, hervorgegangen war, der Friede seines steten Heimwehs und seiner erdgebundenen, erdzugekehrten, irdisch-steten Sehnsucht, der Friede, dem seit jeher sein Gesang gegolten hatte, oh, sein Sehnsuchtsfrieden, unerreichbar. Und als sollte diese Unerreichbarkeit sich auch hier widerspiegeln, als müßte allüberall alles zum Bild seines Selbst werden, war auch dieser Friede hier zwischen den Steinen eingezwängt, war gebändigt und mißbraucht zum Ehrgeiz, zum Nutzen, zur Verkäuflichkeit, zur Hetzjagd, zur Außenweltlichkeit, zur Verknechtung, zum Unfrieden. Innen und Außen sind das nämliche, sind Bild und Gegenbild, und doch noch nicht die Einheit, die das Wissen ist. Überall fand er sich selber, und wenn er alles festhalten mußte, aber auch festhalten konnte, wenn es ihm gelang, die Weltenvielfalt zu erhaschen, zu der es ihn verpflichtet hatte, zu der es ihn drängte, traumwach an sie hingegeben, mühelos ihr angehörend, mühelos sie besitzend, so war dem so, weil sie von Anbeginn an, ja, noch vor allem Erspähen, Erlauschen, Erfühlen, sein Eigen gewesen war, weil Erinnern und Festhalten niemals etwas anderes als selbst-erinnertes Eigen-Ich ist, erinnertes Eigen-Einst, ein Einst, in dem er den Wein getrunken, das Holz betastet, das Öl geschmeckt haben mußte, ehe es noch Öl, Wein und Holz gegeben hatte, das ungekannt Wiedererkannte, weil die Fülle der Gesichter und Ungesichter, samt ihrer Brunst, samt ihrer Gier, samt ihrer Fleischlichkeit, samt ihrer habsüchtigen Kälte, samt ihrem tierhaft körperlichen Sein, aber auch samt ihrer großen nächtlichen Sehnsucht, weil sie allesamt, mochte er sie je gesehen haben oder nicht, mochten sie je gelebt haben oder nicht, ihm einverleibt waren von seinem Urbeginn an, als der chaotische Ur-Humus seines eigenen Seins, als seine eigene Fleischlichkeit, als seine eigene Brunst, als seine eigene Gier, als sein eigenes Ungesicht, aber auch als seine eigene Sehnsucht: und hatte sich seine Sehnsucht im Verlaufe seiner irdischen Wanderung auch sehr gewandelt und sich dem Erkennen zugekehrt, so sehr, daß sie zuletzt, schmerzlicher und schmerzlicher geworden, kaum mehr Sehnsucht, ja, kaum mehr Sehnsucht nach der Sehnsucht zu nennen war, und war dies auch vom Schicksal vorbestimmt gewesen, von Anbeginn an, als ein Hinausgetriebensein und als eine Abgeschiedenheit, unheilsträchtig jenes, heilsbeglückend dieses, beides jedoch fast untragbar für ein menschliches Wesen, es war trotzdem geblieben, unverlierbar das Eingeborene, unverlierbar des Seins Ur-Humus, der Boden des Erkennens und Wiedererkennens, aus dem die Erinnerung gespeist wird und zu dem sie zurückkehrt, Schutz vor Glück wie Unglück, Schutz vor dem Untragbaren, eine letzte Sehnsucht, so sehr Sehnsucht, daß sie schier körperlich in jedem Streben nach Erinnerungstiefe, und sei es die erkenntnisreifste, ein für allemal und für ewig mitschwingt. Wahrlich, es war eine körperliche Sehnsucht und unauslöschbar. Er hielt die Finger ineinanderverkrampft, er spürte den Ring, der sich hart in Haut und Fleischflachsen drückte, er spürte steinhart die Knochen seiner Hand, er spürte sein Blut, er spürte die Erinnerungstiefe seines Körpers, die Schattentiefe der Fernvergangenheit einsgeworden mit ihrem gegenwartsnahen, gegenwartserhellenden Leuchten, und er erinnerte sich der Knabenzeit in Andes, er erinnerte sich des Hauses, der Stallungen, der Speicher, der Bäume, er erinnerte sich der hellen Augen in dem immer lachbereiten stets ein wenig sonnverbrannten Gesicht der Mutter, die dunkellockig im Hause schaffte – oh, sie hieß Maja, und kein Name hätte sommerlicher klingen können, keinen gab es, der besser zu ihr gepaßt hätte –, und er erinnerte sich, wie sie mit ihrem fröhlichen Gewerk alles um sie herum erwärmte, unerschütterlich in ihrer heiteren Unermüdlichkeit, auch wenn sie dem Großvater, der in der Stube saß, ständig zu Diensten sein mußte, ständig von ihm zu irgendeiner Handreichung gerufen wurde, oder wenn sie, nicht weniger häufig, den Alten und sein wütendes, markerschütterndes, kindererschreckendes Geschrei zu beschwichtigen hatte, dieses beschwichtigungssüchtige Geschrei, das anzustimmen er bei keiner Gelegenheit unterließ, besonders wenn Vieh- und Getreidepreise zur Frage standen und er, der halb freigebige, halb knauserige, weißhaarige Magus Polla unfehlbar, ob Kauf oder Verkauf, sich von den Händlern übertölpelt glaubte; ach, wie erinnerungsstark war dieser Lärm, wie erinnerungsmild die Ruhe, die dann immer wieder von der Mutter mit einer beinahe belustigten Fröhlichkeit dem Hause zurückgegeben worden war, und er erinnerte sich des Vaters, der erst mit der Heirat zum richtigen Bauern hatte werden können und dessen einstmaliger Töpferberuf dem Sohn gering gedeucht hatte, obwohl es sehr schön gewesen war den abendlichen Erzählungen von der Arbeit an den bauchigen Weinfässern und edelgeschwungenen Ölkrügen, die der Vater verfertigt hatte, zu lauschen, den Erzählungen von dem lehm-formenden Daumen, von den Spachteln und von der surrenden Drehscheibe, und von der Kunst des Brennens, schönen Erzählungen, unterbrochen von manchem alten Töpferlied. Oh, Gesichter der Zeit, verharrend in der Zeit, oh, Gesicht der Mutter, erinnert als Jugendgesicht und dann immer verflüchtigt und vertieft, so daß es im Tode schon jenseits alles Gesichtlichen, ja fast wie ewige Landschaft gewesen war, oh, Gesicht des Vaters, unerinnert am Anfang und dann immer weiter gewachsen ins Lebensmenschliche, ins Ebenbildhafte, bis es im Tode zum unverlierbaren Menschenantlitz geworden war, gebildet aus hartem, braunsteifem Lehm, gütig stark im letzten Lächeln, unvergeßbar. Oh, nichts vermag zur Wirklichkeit zu reifen, das nicht in der Erinnerung verwurzelt ist, oh, nichts ist dem Menschen erfaßbar, das ihm nicht von Anfang an beigegeben wäre, überschattet von den Gesichtern seiner Jugend. Denn immer steht die Seele an ihrem Anfang, sie steht zur Erwachensgröße ihres Anfanges, selbst das Ende hat für sie die Würde des Beginns; kein Lied geht verloren, das je die Saiten ihrer Leier berührt, und zu ewig erneuter Bereitschaft aufgetan, bewahrt sie in sich jegliches Tönen, mit dem sie je aufgeklungen. Unvergänglich ist es, stets kommt es wieder, auch hier war es wieder vorhanden, und er sog die Luft ein, um den kühlen Geruch der irdenen Krüge und der aufgestapelten Tonnen, der leicht und schwarz manchmal aus den geöffneten Schuppentüren herausquoll, zu erhaschen und in seine wehen Lungen einzuatmen. Hernach mußte er freilich husten, als hätte er etwas Unzuträgliches oder Verbotenes getan. Die Nagelschuhe der Träger trabten indessen weiter, sie klappten auf Steinboden, knirschten auf Kiesboden, die Fackel des jungen Führers, der mitunter sich umwandte, um zu der Sänfte heraufzulächeln, glimmte und leuchtete voran, man kam jetzt recht tüchtig ins Marschieren und recht rasch vorwärts, zu rasch für den im bequemeren Hofdienst ergrauten und beleibt gewordenen, bejahrten Diener, der nun hintendrein nachwatschelte und vernehmlichst seufzte; es ragte das Gewirr der Magazins- und Silodächer mit vielerlei Formen teils spitz, teils flach, teils schwachschräg zum sterndichten, wenn auch noch nicht vollnächtlichen Himmel empor, Krane und Gestänge warfen drohende Schatten unter dem vorüberziehenden Lichte, man kam an leeren und beladenen Karren vorbei, ein paar Ratten kreuzten den Weg, ein Nachtfalter verirrte sich auf die Sänftenlehne und blieb daran haften; sachte wollte sich neuerlich Müdigkeit und Schlaf melden, sechs Beine hatte der Falter und sehr viele, wenn nicht gar unbestimmbar viele das Trägergespann, dem die Sänfte, dem er selber mitsamt dem Falter als vornehm-gebrechliche Warenlast anvertraut war, schon wollte er sich umwenden, um vielleicht doch noch die Anzahl der hinter ihm befindlichen Tragsklaven sowie die ihrer Beine feststellen zu können, allein, ehe er noch dies bewerkstelligen konnte, war man in einen engen Durchlaß zwischen zwei Schuppen gelangt, und gleich danach stand man höchst überraschenderweise wieder vor den Stadthäusern, stand vor dem Eingang einer ziemlich steil ansteigenden, sehr schmalen, sehr verwitterten, sehr wäschebehangenen Mietskasernengasse: tatsächlich, man stand, denn der Knabe hatte die Träger, die ja sonst wahrscheinlich weitergetrottet wären – und tatsächlich, nun waren es ihrer wieder nur vier wie ehedem – kurzerhand in ihrem Marsche aufgehalten, und gerade diese plötzliche Unterbrechung, vereint mit dem unerwarteten Anblick, wirkte wie Wiedersehensfreude, wirkte derart überraschend und verblüffend, daß sie allesamt, Herr und Diener und Sklave, laut herauslachten, um so mehr, als der Knabe, angefeuert von ihrem Lachen, sich leicht verbeugte und mit einer stolzen Weisegeste zum Einzug in die Gasse einlud.

Es gab aber eigentlich wenig Anlaß zur Heiterkeit; am allerwenigsten wurde ein solcher von diesem Gassenschlunde geboten. Dunkel lag der flachstufige Stiegenweg da, bevölkert mit allerhand Schattenhaftem, vor allem mit Rudeln von Kindern, welche trotz der vorgerückten Stunde treppauf und treppab tollten, schattenhaft zweifüßig, und zu denen sich, bei näherer Sicht, dann auch noch Vierfüßiges gesellte, da überall längs der Mauern, mehr oder minder kurz angeseilt, Ziegen angepflockt waren; schwarz blickten die glaslosen und zumeist auch lädenlosen Fenster in den Schlund, schwarz die kellerigen, dunkelhöhligen Verkaufsgewölbe, aus denen allerhand billiges Gefeilsche herausschnatterte, das Gefeilsche der Armut, das Gefeilsche für die Bedürfnisse der nächsten Stunden, kaum des nächsten Tages, während daneben die klopfende, schnarrende, klempernde, kleinkümmerliche Handwerkerarbeit, von Schatten bedient, für Schatten bestimmt, dünn lärmend vonstatten ging und augenscheinlich zu ihrer Ausführung überhaupt keines Lichtes mehr benötigte, denn selbst wo der Schein einer Ölfunzel oder eines Kerzenstumpens sich hervorwagte, blieben die Menschen im Schatten verkrochen. Alltagsleben im elendsten Elendsgange, unabhängig von jedem äußeren Ereignis, vollzog sich hier, vollzog sich schier zeitlos, als wäre das Kaiserfest meilenweit von dieser Gasse enfernt, als wüßten ihre Bewohner nichts von dem, was in anderen Stadtteilen sich zutrug, und so bedeutete der auftauchende Sänftenzug nichts Staunenerregendes, wohl aber unliebsamste oder richtiger feindseligste Störung. Es begann koboldhaft, nämlich mit den Kindern, ja, sogar mit den Ziegen, da sowohl die einen wie die anderen den Trägern zwischen die Beine gerieten und nicht auswichen, mekkernd die Vierfüßler, kreischend die kleinen Zweifüßler, die aus allen Schattenwinkeln hervorbrachen, um sich dann wieder darein zu verstecken; es begann damit, daß sie dem jungen Führer, freilich erfolglos vor seiner wilden Wehrhaftigkeit, die Fackel entreißen wollten, indes, dies wäre nicht das Ärgste gewesen, und wenn auch langsam, man kam trotzdem vorwärts – Stufe um Stufe ging es die Elendsgasse hinan –, nein, nicht diese Behelligungen waren arg, sondern die Weiber waren es, sie waren das Ärgste, sie, diese aus den Fenstern herausgelehnten Weiber, brustzerquetscht auf den Brüstungen, herabbaumelnd schlangengleich ihre nackten Arme mit den züngelnden Händen daran, und waren es auch nur irr keifende Schimpfworte, in die ihr Geschwätz umkippte, sowie sie des Zuges ansichtig wurden, es war zugleich ein keifendes Irresein, groß wie jedes Irresein, übersteigert zur Anklage, übersteigert zur Wahrheit, da es Schimpf war. Und hier nun, wo Haus um Haus bestialischen Fäkaliengestank aus dem geöffneten Tormaul entließ, hier in diesem verwitterten Wohnkanal, durch den er auf hocherhobener Sänfte getragen wurde, so daß er in die ärmlichen Stuben blicken konnte, blicken mußte, getroffen von den wütend und sinnlos ihm ins Gesicht geschleuderten Verwünschungen der Weiber, getroffen vom Gegreine der auf Fetzen und Lumpen gebetteten, nirgends fehlenden kränklichen Säuglinge, getroffen vom Qualm der an den rissigen Wänden befestigten Kienspäne, getroffen von der dunstigen Abgestandenheit der Kochstellen und ihrer verschmorten, altverschmierten Eisenpfannen, getroffen von dem Grauensbild der da in den schwarzen Lochbehausungen allenthalben herumhockenden, nahezu unbekleideten, mummelnden Greise, hier begann Verzweiflung ihn zu überkommen, und hier zwischen den Höhlen des Ungeziefers, hier vor dieser äußersten Verkommenheit und elendigsten Verwesung, hier vor dieser tiefst irdischen Verkerkerung, vor dieser Stelle bösartig kreißender Geburt und bösartig krepierenden Todes, des Lebens Ein- und Ausgang verwoben zu engster Verschwisterung, finstere Ahnung das eine wie das andere, namenlos das eine wie das andere im Schattentraum zeitlosen Übels, hier in dieser namenlosesten Nächtlichkeit und Unzucht, hier mußte er zum erstenmal das Gesicht verhüllen, mußte es tun unter dem keifenden Jubelgelächter der Weiber, mußte es zur gewollten Blindheit tun, während er hinangetragen wurde, Stufe um Stufe, über die Treppe der Elendsgasse –

–: »Lümmel, du Sänftenlümmel!«, »Glaubt, er ist was Besseres als unsereins!«, »Geldsack auf dem Thron«, »Hätt'st kein Geld, möcht'st laufen!«, »Läßt sich zur Arbeit tragen!«, gellten die Weiber –

–: sinnlos war der Hagel der Schimpfworte, der auf ihn niederprasselte, sinnlos, sinnlos, sinnlos, dennoch berechtigt, dennoch Mahnung, dennoch Wahrheit, dennoch zur Wahrheit übersteigerter Irrsinn, und jede Schmähung riß ein Stück Überheblichkeit von seiner Seele, so daß sie nackt wurde, so nackt wie die Säuglinge, so nackt wie die Greise auf ihren Lumpen, nackt vor Finsternis, nackt vor Erinnerungslosigkeit, nackt vor Schuld, eingegangen in die flutende Nacktheit des Ununterscheidbaren–

–: Stufe um Stufe ging es durch die Elendsgasse, auf jedem Treppenabsatz stockend –

–: Flut der nackten Geschöpflichkeit, die über die atmende Erde hin ausgebreitet ist, hingebreitet unter dem atmenden Himmel der Tag- und Nachtwandlung, umschlossen von den unveränderlichen Ufern der Jahrmillionen, der breit sich hinwälzende, nackte Herdenstrom des Lebens, aufsickernd aus dem Humus des Seins, immer wieder darin einsickernd, die unentrinnbare Verbundenheit alles Kreatürlichen –

–: »Wenn du verreckt bist, stinkst du wie jeder andere!«, »Leichenträger, schmeißt ihn runter, laßt ihn fallen den Leichnam!« –

–: Zeitberge und Zeittäler, oh, Myriaden Geschöpfe, die von den Äonen darüber hinweggetragen worden waren, die immerfort aufs neue darüber hinweggetragen werden im Dämmerstrom, im unendlichen Strom ihrer Gesamtheit, und keines von ihnen, das nicht gemeint hätte, das nicht meinen würde, für ewig zu schweben als ewige Seele im Zeitlosen, in zeitloser Freiheit freischwebend, abgesondert von dem Strome, abgelöst aus dem Gewühl, unabstürzbar, kein Geschöpf mehr, nur noch eine einsam bis zu den Sternen emporgewachsene, emporgerankte durchsichtige Blume, abgelöst und abgesondert, das Herz zitternd wie eine durchsichtige Blüte auf unsichtbar gewordenem Geranke –

–: hingetragen durch die Schmähungen der Elendsgasse, Stufe um Stufe –

–: oh, um dieses Wahngebilde der Zeitlosigkeit geht es, und auch sein Leben, emporgeschossen aus dem chaotischen Humus des nächtlich Unbenannten, emporgewachsen aus dem Gestrüpp des Kreatürlichen, emporgerankt in unzähligen Windungen, da und dort anhaftend, an Unreinem und an Reinem, an Vergänglichem und Unvergänglichem, an Dingen, an Besitz, an Menschen und abermals Menschen, an Worten und an Landschaften, dieses immer wieder verachtete und immer wieder gelebte Leben, er hatte Mißbrauch damit getrieben, er hatte es mißbraucht, um sich selbst zu übersteigen, um sich über sich selbst hinauszuheben, über jede Grenze hinaus, über alle Zeitlichkeit hinaus, als gäbe es für ihn keinen Absturz, als hätte er nicht zurückzukehren in die Zeit, in die irdische Verkerkerung, zurück ins Kreatürliche, als gähnte für ihn nicht der Abgrund –

–: »Säugling!«, »Windelnässer!«, »Kacker!«, »Bist schlimm gewesen, mußt heimgetragen werden!«, »Kriegst eine Spritze, aufs Töpfchen gesetzt!«, regnete das Lachen allenthalben aus den Fenstern –

–: es hallte die Gasse vom Hohne der Weiber, aber es war ihnen nicht zu entkommen; nur ganz langsam, Stufe um Stufe, ging es vorwärts –

–: doch waren es überhaupt noch die Stimmen der Weiber, die da mit gerechtem Hohn ihn beschimpften und seinen fruchtlosen Wahn aufdeckten? war das, was hier gellte, nicht stärker als die Stimmen irdischer Weiber, als die Stimmen irdischer Menschen, als die Stimmen irdischer Irrsinnsgeschöpfe? oh, es war die Zeit selber, welche ihn höhnend rief, die unabänderlich dahinflutende Zeit mit der ganzen Mannigfaltigkeit ihrer Stimmen und mit der ganzen saugenden Kraft, die ihr und nur ihr innewohnt, sie hatte sich in den Stimmen der Weiber verkörpert, auf daß durch deren Schimpfworte sein Name ausgelöscht werde, er aber, entkleidet des Namens, entkleidet seiner Seele, entkleidet jeglichen Liedes, entkleidet der liedhaften Zeitlosigkeit seines Herzens, zurückfalle ins nächtlich Unsagbare und in den Humus des Seins, erniedrigt zu jener bittersten Scham, die der letzte Rest eines erloschenen Gedächtnisses ist –

–: wissende Stimmen der Zeit, ihr Wissen um die Unentrinnbarkeit und um die unentrinnbaren Fänge des Schicksals! Oh, sie wußten, daß auch er dem Unabänderlichen nicht hatte entrinnen können, daß es ein Schiff gab, das er, allem Wahn zu Trotz, hatte besteigen müssen und das ihn zurückgetragen hatte, schicksalshaft; oh, sie wußten um den Strom des Kreatürlichen, der nackt zwischen nackten Ufern, berandet von deren Ur-Lehm träge seinen Weg nimmt, von keinem Schiff befahren, von keinem Pflanzenwuchs besäumt, durchsichtiger Wahn beides, dennoch Wirklichkeit als Schicksal, die unsichtbare Wirklichkeit des Wahnes, und sie wußten, daß jeder schicksalsvorbezeichnet wieder in den Strom tauchen muß und daß er die Stelle seines Wiedereintauchens nicht von jener zu unterscheiden vermag, aus der aufzutauchen er einstens gewähnt hatte, denn die Rückkehr hat den Schicksalskreis zu schließen –

–: »Wir holen dich schon noch, du Schwanz, du Hängeschwanz!«, keifte es –

–: und doch nur Weiberstimmen, höhnend, als wäre er eben nichts anderes als ein unfolgsames Kind gewesen, das eine trügerische Freiheit gesucht hat und sich nun nach Hause zurückstehlen wollte, mehr noch, das man auf umständlichen und sogar gefährlichen Umwegen hatte zurückbringen müssen, so daß es schon ob solchen Unheilsweges, ja schon allein deshalb ausgescholten werden mußte; aber war es auch Keifen, die schweren Stimmen der Mütter, erfüllt von Zeitdunkelheit, sie wußten, daß der Kreis des Schicksalsweges den Abgrund des Nichts umschließt, sie wußten von all den Verzweifelten, all den Verirrten, all den Ermatteten, die unweigerlich in den Abgrund der Mitte stürzen, sobald sie gezwungen sind den Weg vorzeitig abzubrechen – oh, war nicht ein jeder hierzu gezwungen? vermochte jemals einer wirklich den Weg auszuschreiten? –, und angstvollst schwang in dem wütenden Schelten unsäglich der ewige Mutterwunsch mit, es möge jegliches Kind für immer so nackt bleiben, wie es geboren worden ist, nackt einverkerkert in seine erste Geborgenheit, eingebettet in den dahinflutenden Zeiten der Erde, eingebettet im Strom der Geschöpflichkeit, sanft emporgehoben und sanft wieder darein verschwindend, gleichsam ohne Schicksal –

–: »Du Nackter, du Nackter, du ganz Nackter!« –

–: unentrinnbar die Mutter –, was hatte den Führerknaben bewogen, diesen Weg zu wählen, wird er nun nicht versagen? gebannt vom Mutterrufe stockte der Zug, als sollte er sich niemals mehr weiterbewegen, stockte in gräßlichem Warten, doch dann, nochmals losgelöst, ging es trotzdem weiter, Stufe um Stufe, die Elendsgasse hinanklimmend –

–: reichte also die Mutterkraft der Stimmen doch nicht aus, um für ewig zu binden? war ihr Wissen so mangelhaft, war es so lükkenhaft, daß sie den Gebannten doch wieder freigeben mußten? oh, Schwäche der Mutter, die selber Geburt ist und daher von der Wiedergeburt nichts weiß, nichts um sie wissen will, unfähig zu erfassen, daß Geburt, um gültig zu sein, nach Wiedergeburt verlangt, daß aber beides, Geburt wie Wiedergeburt, nimmermehr geschehen könnte, geschähe neben beiden nicht das Nichts, stünde nicht das Nichts ewiglich und unabänderlich als letzte Zeugung hinter ihnen, ja, daß erst aus diesem unlöslichen Zusammenhang von Sein und Nicht-Sein in schweigend raunender Verschwisterung wesensgroß die Zeitlosigkeit aufzustrahlen beginnt, die Freiheit der Menschenseele, untrügerisch ihr Ewigkeitslied, kein Wahngebilde, keine Überheblichkeit, wohl aber unverhöhnbar das Schicksal des Menschen, die furchtbare Herrlichkeit des menschlichen Loses –

–: oh, es ist das Gottesschicksal des Menschen und es ist das menschlich Erschaubare im Schicksal der Götter, es ist ihrer beider unabänderliche Bestimmung, stets aufs neue zum Wege der Wiedergeburt gelenkt zu werden, es ist ihrer beider untilgbare Schicksalshoffnung, nochmals den Kreis ausschreiten zu dürfen, damit das Nachher zum Vorher werde und jeder Punkt des Weges alle Vergangenheit und alle Zukunft in sich vereinige, stillhaltend im Liede gegenwärtiger Einmaligkeit, tragend den Augenblick der vollkommenen Freiheit, den Augenblick der Gott-Werdung, dieses Zeit-Nichts eines Augenblikkes, von dem aus trotzdem das All wie eine einzig zeitlose Erinnerung umfaßt wird –

–: tobende Gasse des Unheils, die kein Ende nehmen wollte, vielleicht kein Ende nehmen durfte, ehe sie nicht ihr Letztes an Schimpf und Sünde und Fluch hergegeben haben würde, und immer langsamer, Stufe um Stufe, ging es durch sie hindurch –

–: die Aufdeckung der nackten Schuld, das Irresein der nackten Wahrheit –

–: oh, unabänderliches Menschenschicksal des Gottes, herabsteigen zu müssen, herabsteigen in die irdische Verkerkerung, ins Böse, ins Sündige, auf das zuerst im Irdischen sich das Unheil erschöpfe, auf daß zuerst im Irdischen sich der Kreislauf vollende und immer enger sich um die Unerforschlichkeit des Nichts schließe, um den unerforschlichen Seinsgrund der Geburt, der einstmals zu dem der Wiedergeburt aller Schöpfung sich verwandeln wird, sobald Gott und Mensch ihre Aufgabe erfüllt haben werden –

–: oh, unabänderliche Schicksalspflicht des Menschen, dem Gotte willig den Weg zu ebnen, den Weg der Unverhöhnbarkeit, den Weg der zeitlosen Wiedergeburt, in deren Erstrebung sich Gott und Mensch vereinigen, entlassen der Mutter –

–: aber hier war die Elendsgasse, durch die es Stufe um Stufe hinanging, hier war die Furchtbarkeit der Verwünschung, die Furchtbarkeit des berechtigten Hohnes, herausgespieen aus dem Elend, oh, und er, elendsgeblendet, verwünschungsgeblendet, ja er, verhüllten Hauptes, er mußte es dennoch hören. Warum war er hierher geführt worden? sollte ihm gezeigt werden, daß es ihm nicht vergönnt gewesen war, den Kreis zu schließen? daß er seinen Lebensbogen nur immer weiter und weiter ins Übermäßige ausgespannt hatte, das Nichts der Mitte vergrößernd, statt es zu verkleinern? daß er sich mit solcher Schein-Unendlichkeit, mit solcher Schein-Zeitlosigkeit, mit solcher Schein-Absonderung nur immer mehr vom Ziele der

Wiedergeburt entfernt hatte, daß er in wachsendem Maße absturzgefährdeter geworden? war dies hier jetzt Warnung? oder schon Drohung? oder war es wirklich schon der endgültige Absturz? Bloße Schein-Göttlichkeit war der Gipfel seiner überweiterten Bahn gewesen, wahnhaft überweitert zu Jubel und Rausch, zur Erlebnisgröße der Macht und des Ruhmes, überweitert hierzu durch das, was er wahnhaft sein Dichten und seine Erkenntnis genannt hatte, wähnend, er bräuchte nur alles festzuhalten, um die Erinnerungsstärke niemals-endender Gegenwart zu ergattern, die niemals-endende Stete göttlicher Kindheit, und nun erwies sich eben dies als kindische Scheingöttlichkeit, als unzüchtige Göttlichkeitsanmaßung, ausgeliefert jedwedem Gelächter, dem nackten Gelächter der Weiber, dem Gelächter der betrogen-unbetrügbaren Mütter, deren Obhut zu entrinnen er zu schwach gewesen war, am schwächlichsten aber in seinem kindischen Götterspiel. Oh, nichts ist der Nacktheit des Gelächters entgegenzusetzen, kein Gegengelächter vermag dem Hohn standzuhalten, nichts bleibt übrig, als davor die eigene Nacktheit zu verhüllen, die Nacktheit des eigenen Antlitzes, und mit verhülltem Antlitz lag er in dem Tragsessel, verhüllt auch dann noch, als man schließlich doch, allen Aufenthalten zu Trotz, Stufe um Stufe sich vorwärtsschiebend, wahrlich wider alles Erwarten, aus dem höllischen Gassenschlund, aus der höllischen Lachenswildnis entlassen wurde, und ein ruhigeres Wiegen der Sänfte verriet, daß man wieder auf ebenerem Wege sich fortbewegte.

Freilich ging die Fortbewegung deshalb noch nicht wesentlich geschwinder vor sich; wiederum rückte man bloß Schritt für Schritt vorwärts, vielleicht sogar noch langsamer als vorher, wenn auch, wie deutlich spürbar, nicht mehr infolge böswilliger Hindernisse, sondern weil hier, merkbar am Menschengemurmel, merkbar am Menschengeruch, merkbar an der dickdunstiger werdenden Menschenwärme, sich das Gedränge neuerdings gesteigert hatte und offenbar sich noch weiter steigerte. Allein, obwohl dem Hörbereich der Elendsgasse entronnen, er glaubte die keifend-gellenden Schimpfreden nach wie vor in seinem Ohre zu spüren, ja fast dünkte ihm, als wären sie ihm eigens nachgefolgt, erinnyengleich ihn als Jagdwild zu hetzen und zu quälen, nicht minder aber, um sich mit dem ringsum aufkeimenden, rasch anschwellenden Massenlärm, der die wiedererreichte Nähe des Kaiserfestes anzeigte, zu vereinigen, auf daß die Hetzqual, einvermählt all diesem Jubellärm, all diesem Machtlärm, all diesem Rauschlärm, unverringert weiterwirke, und während ihm dies inne wurde, unabwehrbar die Stimmenmasse des Innen und Außen, so sehr unabwehrbar, daß ihn deren grelle Qual schier zum Vergehen brachte, wurde mit gleicher Unabwehrbarkeit auch das Licht so unerträglich lärmend, so unerträglich grell, daß es scharf durch die noch geschlossenen Lider drang und diese zu einem Aufblinzeln nötigte, dessen zuerst widerwilliges Zögern sich allerdings sehr bald zu großgeöffnetem Entsetzen weitete: unterweltsfeurig strahlte es ihm entgegen, strahlte vom Ausgang der mäßig breiten Straße her, durch die sich, Kopf an Kopf, die Menschenmenge vorwärtsschob, entsetzenerregend grell strahlte es ihm von dorther in die Augen, strahlte wie ein magischer Lichtquell, der alles, was sich da bewegte, in ein schier zwangsläufig-selbsttätiges Hinströmen verwandelte, beinahe hätte man meinen können, daß sogar auch die Sänfte selbsttätig mitschwamm, gleichsam mitgeschwemmt, kaum mehr, daß sie getragen wurde, und mit jedem Schritt, mit jedem Vorwärtsgleiten ward die Macht jener geheimnisvollen, unheilsträchtigen, sinnlos-großartigen Anziehungskraft deutlicher fühlbar, wurde furchtbarer, wurde dringlicher, wurde eindringlicher, wurde herznah und herznäher, anwachsend und anwachsend, um endlich mit einem Schlag sich zur Gänze zu enthüllen, enthüllt in dem Augenblick, da die Sänfte, geschoben, gezogen, getragen, hoch in ihrem schwimmenden Schweben, auf einmal an der Straßenausmündung sich befand, denn jählings wurde nun hier, feuerumkränzt und lärmumringt, bar jedes Lichtschattens, bar jedes Lautschattens, in schattenloser Licht- und Lärmblendung, schimmerstrahlend der kaiserliche Palast sichtbar, halb Stadthaus und halb Festung, in vulkanisch unterweltlichem Leuchten emporgehoben aus der Mitte eines schildförmig aufgebuckelten, fast kreisrunden Platzes, und dieser Platz war eine einzige Flut zusammengeballter Geschöpflichkeit, war zusammengeballter, formgewordener, formwerdender, brodelnder Menschenhumus, war eine Flut glosender Augen und glosender Blicke, die allesamt inbrünstig steif, gleichsam jeglichen anderen Inhaltes verlustig, auf das eineinzige, schattenlos glühende Ziel gerichtet waren, eine menschliche Feuerflut, gierig an dieser Feuerküste zu lekken. So ragte die Burg, umbrandet von Fackeln, unwiderstehlich und verlockend, das sinngebende Richtungsziel für die unwiderstehlich angelockte, drängende, schnaubende, stampfende Herdengesamtheit, unbändig sehnsüchtiges Willensbewußtsein der Herde, das Ziel ihrer unbändigen Richtungsgier, eben darum aber auch das Bild einer entsetzenerregenden, dumpfsprühenden, niemals auffindbaren Rätselmacht, unbegreiflich für das Einzeltier, unbegreiflich für den Einzelmenschen, oh, derart unverständlich, daß die Frage nach dem Sinn und nach dem Grunde der in dem Flammenhaus eingefangenen und daraus hervorstrahlenden übermächtigen Anziehung wohl in einem jeden von ihnen wühlte, antwortsbangend, antwortshoffend, und wenn auch keiner sich eine wirkliche Antwort zu geben vermochte, so war selbst die bescheidenste und unzureichendste danach angetan, hoffnungserfüllend zu wirken, als Rettung des Bewußtseins, als Rettung der Menschlichkeit und der Seele, als eine Seinsrettung, die stolz zu verkünden sich verlohnte –; »Wein« hieß es, »Freiwein«, und »Die Prätorianer« hieß es, und »Der Cäsar wird sprechen«, hieß es, und plötzlich verkündete einer mit japsender Stimme: »Sie teilen schon das Geld aus!« So strahlte die Burg ihnen die Verlockung zu, so stachelten sie sich selber und einander an, damit ihnen die große Verlockung nicht zweifelhaft werde und damit die Angst vor der sicheren Enttäuschung, die an dem sehnsuchtbegehrten Geheimnisgemäuer sie erwartete, nimmermehr das wilde Begehren ermatten ließe, die große Sehnsucht nach der Teilhaberschaft: billige Antworten für so große Hoffnung, billige Zurufe, billige Anstachelungen, doch jedesmal ging ein Ruck durch die Masse, durch die Körper, durch die Seelen, stierhaft, unzüchtig, unwiderstehlich, dumpf auf das gemeinsame Ziel vorstoßend, ein zusammengeballtes Gebrause und Gestampfe, Vorstoß um Vorstoß hinein in ein loderndes Nichts. Und dick zusammengeballt schwelte der Herdengeruch über den Köpfen, überhangen vom Fackelqualm, glühend der Rauch, unatembar, hustenreizend, erstickend, dicke braune Schwaden, die träge aufeinandergelagert, Schicht um Schicht, in der unbewegten Luft stecken blieben, oh, des Höllennebels schwere, unzerteilbare undurchdringliche Schichten, die Decke des Höllennebels! Gab es da keinen Ausweg mehr? gab es keine Flucht? oh, zurück! zurück zu dem Schiff, um dort ruhig sterben zu dürfen! Wo war der Knabe?! der mußte, der sollte den Weg zurück weisen! Bei wem lag die Entscheidung?! Ach, eingefügt in die Masse und in das Gefüge ihrer Bewegung gab es da nichts mehr zu entscheiden, und die Stimme, welche zur Entscheidung aufrufen wollte, löste sich nicht mehr aus dem Atem; die Stimme blieb blind! Indes der Knabe, als hätte er den stummen Ruf gehört, sandte ein Lächeln herauf, ein Augenlächeln voll heiterer Entschuldigung, voll heiterer Zuversicht, voll eines heiteren Trostes, welcher weiß, daß man schon längst jeglicher Entscheidung enthoben war, ja, daß die getroffene die richtige sein würde, und dies machte froh, ungeachtet all der Furchtbarkeit des Kommenden. Ringsumher waren die Gesichter, Kopf an Kopf, Alltagsgesichter mit ihrer alltäglichen, freilich auch schon weitaus übersteigerten Sauf- und Freßlust, und diese Übersteigerung, sich selber übersteigend, war zu einer geradezu jenseitigen Inbrunst geworden, zu einem brutalen Jenseits, das jedweden Alltag weltenferne hinter sich gelassen hatte und nichts anderes mehr kannte als das Sekunden-Jetzt des übermächtigen, des leuchtenden Zieles, inbrünstig ersehnt, inbrünstig begehrt, inbrünstig gefordert, auf daß dieses Jetzt den Kreis ihres ganzen Lebens beschatte und zur Teilhaberschaft bringe, zur Teilhaberschaft an der Macht, an der Vergottung, an der Freiheitsgröße, an der Unendlichkeit des Einen, der dort im Palaste saß. Ruckweise, wellenartig, zuckend, angestrengt, explosiv, keuchend und stöhnend bewegte sich das Gefüge vorwärts, gewissermaßen gegen einen elastischen Widerstand vorstoßend, der unzweifelhaft vorhanden war, da er sich in ebenso ruckartigen Gegenwellen äußerte, und in diesem gewaltig-gewaltsamen Vor und Zurück wurden allenthalben die Schreie der Strauchelnden, der Niedergetretenen, der Verletzten, vielleicht sogar die von Sterbenden vernehmbar, mitleidlos unbeachtet oder gar verspottet, immer wieder jedoch übertönt von den jubelnden Heilrufen, erstickt von dem wütenden Getöse, zerfetzt vom Gesprassel der Feuer. Ein ungeheuerliches Jetzt stand auf dem Spiele, ein unendlich vervielfachtes, ein Herdenjetzt, aufgeworfen vom Gebrüll der Herden, ein ins Getöse gestürztes Jetzt und zugleich herausgestürzt aus dem Getöse, aufgeworfen von Sinnesverwirrten, von

Sinnesverlorenen, von Irrsinnigen, sinnesentblößt aus Seelenverlust, dennoch so sinnübersteigert in der Gesamtheit, daß alles Vergangene und alles Zukünftige darein verschlungen war, das Tosen aller Erinnerungstiefen in sich aufnehmend, die fernste Vergangenheit und die fernste Zukunft in seinem Brausen bergend! Oh, Größe der Menschenvielfalt, Weite der Menschensehnsucht! Und schwebend in seiner Wachheit, schwebend emporgetragen über den brüllenden Köpfen, schwebend emporgehoben über den Jubelbrand des tosenden Brundisium, schwebend emporgehalten in den schwebenden Augenblicken des Jetzt, erlebte er die grenzenlose Verkürzung des Zeitablaufes im Kreis der Unabänderlichkeit: alles war ihm zu eigen, alles war ihm einverleibt, war ihm angehörig, so sehr wie es ihm von Anbeginn angehörig gewesen war zur ewigwährenden Gleichzeitigkeit, und es war Troja, das um ihn brannte, es war der niemals verlöschende Weltenbrand, doch er, der über den Bränden schwebte, er war Anchises, blind und sehend in einem, Kind und Greis gleichzeitig kraft unsäglicher Erinnerung, getragen von den Schultern des Sohnes, er selber Weltengegenwart, getragen von des Atlas Schultern, von den Schultern des Riesen. Und so ging es Schritt für Schritt dem Palaste zu.

Der engere Umkreis des Palastes war von einem Polizeikordon abgesperrt; Mann an Mann, mit quer gelegten Lanzen, fingen die Bewaffneten den Ansturm der heranflutenden Menge auf und leisteten ihr eben jenen elastischen Widerstand, welcher in dem wellenartigen Zurückfluten, das schon am Rande des Platzes bemerkbar gewesen war, sich immer wieder und wieder auswirkte. Hinter dem Kordon aber hatte die Prätorianerkohorte, deren Eintreffen aus Rom offenkundig ein besonderes Ereignis bedeutete, die Ehrenwache bezogen, und ihr Dasein war breitspurig hochwüchsiges, furchteinflößendes Nichtstun in kriegsmäßiger Aufmachung mit Patrouillen und Wachtfeuern und großaufgeschlagenen Kantinenzelten, aus denen die Hoffnung und der Duft des Freiweines aufstieg, trügerisch wahrscheinlich, aber gerne geglaubt. Bis hierher konnten die Schaulustigen gelangen; weiter nicht. Und hier war der Punkt, in dem Hoffnung und Enttäuschung einander die Waage hielten, unheimlich und gespannt wie jede Entscheidung zwischen Leben und Tod, wie jede Lebenssekunde, weil jede beides enthält, und wenn der warme Hauch der Feuer über das

Getriebe hinstrich, die hohen Federbüsche der Helme aufplusterte und die vergoldeten Rüstungen aufglänzen ließ, wenn das heiser-überlegene »Zurück!« der Polizeimannschaft sich dem lärmenden Ansturm entgegenwarf, dann stieg die Besessenheit stichflammengleich ins Atemlose, und die Gesichter mit trockenen Lippen und züngelnden Zungen starrten stuff und begehrlich in das Sekundenfeuerwerk der Unsterblichkeit, denn es stand die Zeit auf des Messers Schneide. Am wüstesten ging es natürlich vor dem Palasteingang zu, besonders da nach dem Eintritt des Cäsars unbedachterweise die Doppelspaliere, durch die er heraufgezogen war, aufgelöst worden waren und nichts mehr der Entfesselung Einhalt gebieten konnte; bar jeglicher Ordnung, wie von einem Trichterwirbel erfaßt, strudelte es zähflüssig dieser Toreinfahrt zu, die mit ihrer beidseitigen dichten Fackelreihe einem Feuerrachen glich, strudelte hinein, gestaut und wieder ausgestoßen, gellend, verbissen, roh, trampelnd, vor Verlangen tobsüchtig: weit eher hätte man sich vor einem Zirkuseingang als vor einer kaiserlichen Behausung wähnen mögen, so toll war das Treiben und der Hader, der da statthatte und gegen die Einlaßkontrolle ankämpfte, so mannigfach die Listigkeit der Unbefugten, welche die Beamten zu übertölpeln und zu überrennen versuchten, so wütend das Geschrei der Befugten, denen man die Berechtigung nicht glaubte oder ein ungebührlich langes Warten zumutete, und gar, als auf ein Wort des alten Palastdieners, dessen Nutzen sich erst hiermit enthüllte, die Eskorte sofort eingelassen wurde, da stieg der Zorn derjenigen, die ohne Ansehen der Person mit den Kontrollformalitäten belästigt wurden, jäh bis zur Siedehitze; sie fühlten sich ob ihrer Zurücksetzung verächtlich gemacht, sie fühlten die Verächtlichkeit alles Menschlichen und aller menschlichen Einrichtungen, und es wurde ihnen dies jählings bewußt, weil ein Einzelner ausgenommen wurde, ausgenommen werden durfte, und daran verschlug nichts, daß es nur jene Ausnahme war, die einem Sterbenskranken und dem Tode gebührt. Keinen gibt es, der nicht den Nebenmenschen zu verachten geneigt ist, und in dem Gewimmel der Verächtlichkeit, das namenlos und unsäglich sich stets aufs neue auftut und schließt, dämmert das Wissen des Menschen um sein eigenes Unvermögen zum Menschentum, sein Bangen um eine Würde, die ihm verliehen ist, ohne daß er ihrer habhaft zu werden vermöchte.

Verachtung kämpfte gegen Verachtung im engen heißen Trichter der Toreinfahrt. Kein Wunder also, daß dahinter, im Innern des Hofes, entronnen dem gierigen Kampfe, entronnen der unterweltlich rauhfarbenen Lichtgrelle, er von all dem Schimpf sich befreit wähnte, der ihn in den Gassen und auf dem Platze draußen verfolgt hatte, und fast war es die nämliche Erleichterung wie jene, die ihm nach dem Schwinden der Seekrankheit zuteil geworden war, die nämliche Beruhigung, obwohl der Ort, wo er jetzt landete, sich wahrlich nicht als Ruhe zeigte, vielmehr der Hof vor Unordnung geradezu zu bersten schien. Immerhin, es war nur eine scheinbare Unordnung; die kaiserliche Dienerschaft, an derartige Vorfälle gewohnt, hielt genaue Disziplin, und alsbald trat auch einer der Hofbeamten, versehen mit einer Gästeliste, an die Sänfte heran, um den Ankömmling in Empfang zu nehmen, gleichmütig zu dem Diener gewandt, von dem er sich des Gastes Namen zuraunen ließ, gleichmütig den Namen zur Kenntnis nehmend und ihn in der Liste abstreichend, so gleichmütig und gleichgültig, daß es einen berühmten Dichter schlechterdings beleidigend anmuten mußte, so beleidigend, daß er die Notwendigkeit empfand, die Angabe des Dieners zu bestätigen und zu verstärken: »Ja, Publius Vergilius Maro, so heiße ich«, sagte er und wurde bitterböse, als er sogar hierfür nur eine kurze höfliche, doch nicht minder gleichgültige Verbeugung einheimste, und selbst der Knabe, von dem er Unterstützung erhofft hatte, nichts verlauten ließ, sondern sich bloß gehorsam dem Zuge anschloß, der nun auf den Wink des Beamten sich dem zweiten Peristylhof zubewegte. Allerdings, der Ärger währte nicht lange, er schwand vor der Ruhe, die den Ankömmling nun wirklich umfing, da die Sänfte in diesen beinahe vollkommen stillen, springbrunnendurchrieselten Gartenhof getragen und daselbst vor dem Megaron abgesetzt wurde, das der Cäsar als Wohntrakt für seine Gäste bestimmt hatte; vor dem Eingang waren die Haussklaven zum Empfange aufgestellt, und es wurden die fremden Träger abgefertigt. Auch dem Knaben ging es nicht anders; es wurde ihm der Mantel abgenommen, und da er sich nicht vom Platze rührte und bloß lächelte, herrschte ihn der Hofbeamte an: »Was stehst du da noch herum? mach, daß du fortkommst!« Der Knabe blieb stehen, freundlich und spitzbübisch, und desgleichen hielt sein Lächeln an, vielleicht ob der rüden Form, mit der seine Führung bedankt wurde, vielleicht aber auch ob der Vergeblichkeit einer Bemühung, die nie und nimmer imstande sein würde ihn wegzubringen. Nichtsdestoweniger –, hatte dieses Bleiben irgend einen Sinn? war dieses Bleiben zu wünschen? was sollte er, ein müder, einsamkeitsbedürftiger Kranker da mit dem Jungen anfangen?! Und doch, welch sonderbare Angst, allein zu bleiben! welch sonderbare Angst, den jungen Führer nunmehr verlieren zu müssen! –: »Mein Schreiber«, sagte er, und es war beinahe gegen seinen eigenen Willen gesagt, es war, als hätte etwas Fremdes in ihm, aus ihm gesprochen, fremd und dabei dunkelvertraut, Wille, der größer als der eigene ist, ein willenloser Wille, dennoch zwingend und übermächtig, die Nacht. Leises mächtiges Wollen, aus der Nacht entfaltet. Leise war der Gartenhof, leise der Blumenatem, leise plätscherten die beiden Springbrunnen; ein dunkelzarter leis-feuchter Duft, nachtfrühlingshaft im Herbste, webte kühl und feingesponnen über den Beeten, und darein verwoben wehte schleierstreifengleich, einmal näher, einmal entfernter, die Musik aus dem Vordergebäude, Klangschleier um Klangschleier, bestickt mit Zymbelpunkten, eingebettet in den grauen Nebel der Stimmen, mit dem das Fest dort über sich selbst hinaussickerte, dort ein klingender schmetternder Lichterlärm, hier nur noch ein weicher Klangnebel, der im ungeheueren Nacht-Raum verrieselte; das über den Hof gespannte Himmelsviereck ließ nun wieder die Sterne sehen, sichtbar wieder ihr Atemlicht, obschon von den darunterhinziehenden Qualmwolken hier und da verdeckt, aber selbst diese waren durchsickert von dem weichrieselnden Klangnebel, nahmen teil an dem wehend-verwehenden Nebelgemurmel, das den Hof durchschwängerte, jedwedes Ding einhüllte, einverschmolzen Ding und Duft und Klang, himmelwärtssteigend in die Stille der Nacht, und drüben an der Mauer stand, den hartbastenen Stamm undeutlich beleuchtet, ragend bis zur Dachhöhe, in steifer Herbheit schwarzfächerig und abweisend eine Palme, nachttragend auch sie.

Oh, Sterne, oh Nacht! oh, es war die Nacht, endlich die Nacht! Und es war des Nachtklingens feucht-tiefer Dunkelheitsatem, den er, schmerzender Brust, tief in sich einsog. Doch allzulange verweilte er schon, er mußte Anstalten treffen sich aus der Sänfte zu erheben, und er war ein wenig verärgert, daß die Fürsorglichkeit des Cäsars, der ihm den lästigen Arzt aufs Schiff geschickt hatte, nicht bis hierher reichte, und daß augenscheinlich niemand wußte, wie sehr gebrechlich er war; dabei hatten sie den Koffer mit der Äneis bereits ins Haus geschafft, und es galt eilends zu folgen. »Komm, hilf mir«, befahl er den Knaben zu sich, indem er sich aufrichtete, und dann, auf des Knaben Schulter gestützt, versuchte er die ersten Treppenstufen zu bewältigen, freilich um sofort zu merken, daß Herz, Brust und Knie versagten und daß er sich überschätzt hatte; er mußte sich von zwei Sklaven hinauftragen lassen. Drei Stockwerke ging es hinan, vorne der gleichgültige Hofbeamte, der die Gästerolle wie einen Feldherrnstab gegen die Hüfte gestemmt hielt, hinterdrein vieltrittig die Sklaven mit dem Gepäck, und als man droben in dem vorbereiteten luftigen Gastgemach anlangte, da war leicht zu erkennen, daß sich dieses in der turmartigen südwestlichen Palastecke befand; durch die offenen Rundbogenfenster, die ein gutes Stück oberhalb der Stadtdächer lagen, strich ein kühler Hauch, eine kühle Erinnerung an vergessenes Land, an vergessenes Meer, strich meerhaft und erdhaft der Hauch der Nacht durch das Zimmer; schräg abgeweht brannten Kerzenflammen auf dem vielarmigen blumenbekränzten Kandelaber in der Mitte des Raumes, kühl ließ der Wandbrunnen einen zartfächrigen Wasserschleier über die Marmortreppchen seines Aufbaues herabrieseln, das Bett unter dem Moskitonetz war gerüstet, und auf dem Tisch neben dem Lager waren Speisen und Wein angerichtet. Nichts fehlte, ein Lehnsessel stand zur Beschaulichkeit beim Erkerfenster und der Leibstuhl in der Zimmerecke; das Gepäck wurde griffbequem aufgestapelt, der Manuskriptkoffer auf besonderes Geheiß zum Bette hingerückt, es klappte alles so genau und so geräuschlos, wie ein Kranker es sich nur wünschen konnte, aber freilich, dies war schon nicht mehr das Verdienst des Augustus, dies war bloß die glatte Fürsorglichkeit einer tadellos arbeitenden, großausgestatteten Hofhaltung, es war ohne Freundschaft. Man mußte es hinnehmen, man mußte es annehmen, die Krankheit nötigte hierzu, es war ein Muß der Krankheit, ein lästiges, bitterkeitserzeugendes Muß, und dabei richtete sich diese Bitterkeit nicht einmal so sehr gegen das Siechtum selber als gegen den Augustus, offenbar, weil der die Gabe hatte jegliche Dankbarkeit unweigerlich zu vereiteln. Die Bitterkeit gegen den Augustus –, war sie nicht von Anfang an vorhanden gewesen? wahrlich, alles war dem Augustus zu verdanken, Frieden und Ordnung und die eigene Sicherheit, kein anderer hätte es zustandegebracht, und wäre statt seiner der Antonius zur Herrschaft gelangt, es hätte Rom niemals zum Frieden zurückgefunden, wahrlich, und doch! ja, und doch! und doch noch immer Mißtrauen gegen diesen Menschen, der nun die vierzig bereits überschritten hatte, ohne daß er wirklich gealtert wäre, unverändert seit fünfundzwanzig Jahren, und der mit der nämlichen frühreifen Glätte und Schlauheit heute wie damals die Fäden der Politik in gewandten Händen hielt –, war das bittere Mißtrauen gegen diesen überalterten Jüngling, dem man alles verdankte, nicht vollkommen berechtigt? nichts als Glätte war es, was ihn auszeichnete, glatt seine Schönheit, glatt seine Freundlichkeit, die man so gerne als Freundschaft auffassen möchte und die doch keine Freundschaft war, sondern immer nur selbstischen Zwecken diente, und jeder ging ihm ins Garn, in solch glattes Garn! Und nun war es wieder so weit, nun gab es wiederum jene Freundschaftsheuchelei –, warum nur hatte der Heuchler darauf bestanden einen Kranken in seinem Troß nach Italien zurückzuschleppen? Ach, besser wäre es noch gewesen auf dem Schiffe zu sterben, besser als hier liegen zu müssen, inmitten dieser glatten Hofhaltung, wo alles zu makellos war, nur allzu makellos, während drüben beim Kaiserfeste unter Lichter- und Musikgeschmetter sich der kaiserliche Un-Jüngling lärmend umfeiern ließ. Als fernes und fremdes Brausen, unzüchtig auf- und abschwellend, kam der Lärm von dort herüber, den Nachthauch verunreinigend.

Aber im Nachthauch war alles vereinigt, Festgebraus und Bergesstille und das Glitzern des Meeres, das Einst und das Jetzt und wiederum das Einst, eines ins andere einfließend, eines ins andere verflossen – würde er nochmals nach Andes zurückkehren dürfen? Hier war Brundisium, dächerreich und gassenerleuchtet, ausgebreitet unter dem Erkerfenster, zu dem er sich hatte bringen lassen und vor dem er nun im Lehnsessel saß, hier war bloß Brundisium, und er lauschte in die Nacht hinaus, lauschte in die Ferne des Einst, dorthin, wo das Sterben gut sein sollte; nein, er hätte nicht hierher kommen sollen, am allerwenigsten in dieses unfreundschaftlich wohleingerichtete Gastgemach. An den schrägbrennenden Kandelaberkerzen baute sich, Wachstropfen um Wachstropfen, einseitig an einer jeden von ihnen, ein rasch dicker werdender, zackiger, wächserner Steg an.

»Herr...« Der Hofbeamte stand vor ihm.

»Ich habe keine Wünsche mehr.«

Der Beamte wies auf den Knaben hin: »Haben wir deinen Sklaven unterzubringen? es war nicht vorgesehen...«

Wahrlich, der Lästige hatte recht; es war nicht vorgesehen gewesen.

»Doch, wenn du ihn hier in deiner Nähe untergebracht zu haben wünschest, so wollen wir uns sicherlich sofort bemühen, oh Herr, dir gefällig zu sein...«

»Es ist nicht nötig... er wird in die Stadt gehen.«

»Außerdem wird dieser hier« – der Beamte wies nun auf einen Mann in der Sklavengruppe – »sich nachtsüber zu deinem Geheiß im Nebenraum aufhalten.«

»Gut... ich hoffe seiner nicht zu bedürfen.«

»So darf ich mich entfernen...«

»Tue dies.«

Zu viel der Vorbereitungen waren es bereits; ungeduldig die Hände verschränkend, ungeduldig an dem Siegelring drehend, wartete er, daß der kalt Beflissene mitsamt seinen Leuten endlich das Zimmer verlassen würde, aber als es geschehen, da war wider Erwarten der von dem Beamten bezeichnete Sklave, ein Mann mit orientalisch dicker Nase im strengen Lakaiengesicht, nicht mit den anderen gegangen, sondern war, als wäre es so bestellt, an der Türe zurückgeblieben.

»Schicke ihn fort«, bat der Knabe.

Der Sklave fragte: »Befiehlst du bei Sonnenaufgang geweckt zu werden?«

»Bei Sonnenaufgang? warum?« Für einen Augenblick war es, als ob die Sonne, trotz der nächtlichen Stunde, nicht vom Himmel verschwunden wäre, zwar versteckt in westlichen Regionen, dennoch anwesend, Helios, nachtüberdauernd, nachtbezwingend, gewaltiger als die Mutter, aus deren Schoß er hervorgegangen ist.

Nichtsdestoweniger, man mußte dem Sklaven, der des Bescheides harrte, Antwort geben: »Du mußt mich nicht wecken; ich werde wohl wach sein...«

Man hätte meinen können, daß der Mann die Antwort nicht gehört hatte; er blieb unbewegt stehen. Was sollte dies bedeuten? was wollte der Mann damit ausdrücken? etwa, daß für den, der nicht geweckt wird, kein neuer Tag anbrechen würde? Nacht war es, mütterlich ruhige Nacht, milde ihr Hauch, und mild war es sich vorzustellen, daß sie ewig währen könnte; nein, der Sklave war unerwünscht, ebenso unerwünscht wie die Aussicht von ihm geweckt zu werden: »Du kannst dich zur Ruhe begeben...«

»Endlich«, bemerkte der Knabe, als der Sklave die Türe hinter sich zugezogen hatte.

»Endlich, ja doch... nun aber zu dir, kleiner Führer... was machst du eigentlich noch hier? hast du ein Anliegen an mich? ich will es gerne erfüllen...«

Der kleine Führer stand auf gegrätschten Beinen da, das runde, etwas derbe und, man mußte es leider zugeben, eher unschöne Bauernjungengesicht ein wenig gesenkt, freilich auch ein wenig beleidigt, tolpatschig mit vorgeschobener Unterlippe: »Du willst auch mich fortschicken...«

»Die anderen habe ich fortgeschickt, dich nicht... dich frage ich bloß...«

»Du sollst mich nicht fortschicken...« Die rauhleise Jungenstimme klang vertraut, beinahe heimatlich ihr eigentümlich bäurischer Unterton. Die Stimme war wie ein fernes, kaum erinnerbares Einverständnis, war Einverständnis in einem unerforschlich fernen, mütterlichen Einst, von dem auch ein Wissen in den hellen Augen des Knaben glänzte.

»Ich habe nicht die Absicht, mich deiner zu entledigen, aber ich nehme an, daß es dich wie so viele andere zum Fest des Cäsars gedrängt hat...«

»Das Fest ist mir gleichgültig.«

»Alle Jungen wollen zum Fest; du bräuchtest dich dessen nicht zu schämen, und mein Dank für deine Führerschaft würde darum nicht geringer werden...«

Die Hände auf dem Rücken, wandte sich der Knabe ein bißchen hin und her: »Ich mag nicht zum Fest.«

»In deinem Alter wäre ich sicherlich hingegangen, und sogar heute täte ich es noch, wenn ich gesünder wäre, aber gingest du an meiner Statt, es wäre mir fast, als würde ich selber daran teilnehmen... spaßig eingeschmuggelt in anderer Gestalt... sieh, hier sind Blumen; mach dir einen Kranz, der Augustus möge Gefallen an dir finden.«

»Ich will nicht.«

»Schade... was willst du denn?«

»Hier bei dir bleiben.«

Das Bild der Festhallen, in die der Junge hätte eingeschmuggelt werden sollen, um vor das Gesicht des Augustus zu treten, das Bild verflüchtigte sich: »Du willst bei mir bleiben...«

»Immer.«

Ewigwährende Nacht, in der die Mutter waltet, das Kind hinschlummernd im Unveränderbaren, dunkelheitsschlummernd aus dem Dunkel ins Dunkle, oh, süße Unveränderlichkeit des Immer.

»Wen suchst du?«

»Dich.«

Der Knabe irrte sich. Was wir suchen ist versunken, und wir sollen es nicht suchen, da es mit seiner Unauffindbarkeit uns nur verhöhnt.

»Nein, mein kleiner Führer, du hast mich geführt, doch nicht mich gesucht.«

»Dein Weg ist der meine.«

»Von wo kommst du?«

»Du schifftest dich in Epirus ein.«

»Und du kamst mit mir?«

Ein Lächeln bejahte die Frage.

»Aus Epirus, aus Griechenland... indes, du sprichst die Sprache Mantuas.«

Wiederum lächelte der Knabe: »Es ist deine Sprache.«

»Die Sprache meiner Mutter.«

»Zum Gesang wurde die Sprache in deinem Munde.«

Gesang –, Sphärenluft, die sich selber singt, über alles Menschliche hinausreichend: »Warst du es, der auf dem Schiffe sang?«

»Ich lauschte.«

Oh, mütterlicher Gesang der Nacht, durchklingend durch die Nacht, seit jeher erklungen, immer gesucht, so oft der Tag angebrochen war: »Ich war so alt, wie du heute es bist, ja, sogar noch um ein weniges jünger, als ich meine ersten Verse schrieb, allerhand durcheinander... ja, so war es damals; ich mußte mich finden... meine Mutter war damals gestorben, nur der

Klang ihrer Stimme war geblieben ... nochmals, wen suchst du?«

»Ich brauche nicht zu suchen, da du es tatest.«

»Stehe ich also doch an deiner Stelle, obwohl du nicht statt meiner zum Fest gehen willst? und schreibst du vielleicht ebenfalls Verse, wie ich es getan habe?«

Verneinend abweisende Lustigkeit zeigte sich in dem vertrauten Jungengesicht; auch die Sommersprossen auf der Nasenwurzel waren ein durchaus vertrauter Anblick.

»Also du schreibst keine Verse... ich hatte dich bereits im Verdacht, daß du einer von jenen wärest, die es darauf angelegt haben mir ihre Gedichte und Dramen vorzulesen...«

Der Knabe schien nicht begriffen zu haben, oder er kehrte sich nicht daran: »Dein Weg ist Dichtung, dein Ziel ist jenseits der Dichtung...«

Das Ziel lag jenseits der Dunkelheit, lag jenseits der Gefilde des mütterlich behüteten Einst; mochte der Knabe auch von einem Ziele reden, er wußte nichts davon, er war zu jung dazu, er hatte geführt, aber nicht um des Zieles willen: »Wie immer es sei, du kamst zu mir, weil ich ein Dichter bin... oder nicht?«

»Du bist Vergil.«

»Das weiß ich... außerdem hast du es den Leuten da drunten auf dem Hafenplatz deutlich genug in die Ohren geschrieen.«

»Es hat aber nicht viel genützt.« Die Lustigkeit in dem Jungengesicht wurde zu einem Zwinkern, zu einem komischen Nasenrümpfen, so daß sich das Sommersprossenband an der Wurzel zu vielen kleinen Falten zusammenzog, und die entblößten weiß-regelmäßigen, sehr starken Zähne schimmerten im Kerzenlicht; es war die nämliche Lustigkeit, mit der er drunten auf dem Platze versucht hatte, die Bahn für den Dichter Vergil freizubekommen, und es war die nämliche Lustigkeit, die von einem sehr fernen Einst herstammte.

Irgend etwas zwang zum Sprechen, zwang dazu, selbst auf die Gefahr hin, daß es ein Knabe nicht verstehen würde: »Der Name ist wie ein Kleid, das uns nicht gehört; nackt sind wir unter unserem Namen, nackter noch als das Kind, das der Vater vom Boden aufgehoben hat, um ihm den Namen zu geben. Und je mehr wir den Namen mit Sein erfüllen, desto fremder wird er uns, desto unabhängiger wird er von uns, desto verlassener werden wir selber. Erborgt ist der Name, den wir tragen, erborgt das Brot, das wir essen, erborgt sind wir selber, nackt hineingehalten ins Fremde, und nur derjenige, der allen erborgten Flitter von sich abgetan hat, der wird des Zieles ansichtig, der wird zum Ziele gerufen, auf daß er sich mit seinem Namen endgültig vereinige.«

»Du bist Vergil.«

»Ich war es einstens; vielleicht werde ich es wieder sein.«

»Noch nicht, und doch schon«, kam es wie Bestätigung von des Knaben Lippen.

Es war Trost, freilich bloß der Trost, den ein Kind zu spenden vermag, und das war kein ausreichender Trost.

»Dies ist ein Haus der erborgten Namen... warum hast du mich hergeführt? ein Haus der Gäste ist es.«

Aufs neue zeigte sich das Lächeln des Einverständnisses, kindlich und fast spitzbübisch, doch eingebettet in eine sehr große, ja, zeitlose Vertrautheit: »Ich bin zu dir gekommen.«

Und sonderbar, nun genügte die Antwort, gleichsam als wäre sie ein ausreichender Trost, und sie genügte sogar auch schon für die nächste Frage, welche sich, womöglich noch sonderbarer, daraufhin einstellte, sonderbar in ihrer Unabweisbarkeit: »Kommst du aus Andes? führst du nach Andes?« Er wußte nicht, ob er die Frage tatsächlich laut ausgesprochen hatte, allein er wußte, daß er keine Antwort hören wollte, weder eine bejahende, noch eine verneinende, denn weder durfte der Knabe aus Andes stammen, noch durfte er es nicht, allzu erschreckend wäre das erste, allzu sinnlos das zweite gewesen. Nein, keine Antwort sollte erfolgen, und daß sie nicht erfolgte, war richtig; aber überaus mächtig war der Wunsch, den Knaben hier behalten zu dürfen, mächtig war der Wunsch, atmen zu dürfen, atmend zur Ruhe hin und zur Ahnung, oh, der Wunsch war selber Ahnung. Schräg brannten die Kerzen in dem weichen Lufthauch, der wie eine kühle, zarte und mächtige Sehnsucht einherflutete, dahinflutete, aus der Nacht kommend, in die Nacht sich ergießend; die Silberampel neben dem Ruhelager pendelte leise an ihrer langen Kette, und draußen vor dem Fenster verzitterte und verebbte über die Dächer hin der Dunst der Stadt, löste sich purpurn auf, purpurviolett im Dunkelblauen und Schwarzen und Unbegreiflichen und Wogenden.

Atmen, ruhen, warten, schweigen. Aus der Nacht kommend, in die Nacht sich ergießend, strömte das Schweigen, und lange währte es, bis er es unterbrach: »Komm, setze dich zu mir«, beschied er den Jungen an seine Seite, und auch als sich dieser zu ihm hingekauert hatte, hielt das Schweigen an, blieben sie vom Schweigen umfangen, hingegeben der schweigenden Nacht. Von ferneher tobte es, tobte der Lärm der Schauwütigen, tobte das Getöse des Festes, brodelte das Kreatürliche, orkusartig, dumpf, unabwendbar, verlockend, unzüchtig und unwiderstehlich, wild und satt zugleich, blind und starrend, die stampfende Herde, die im schattenlosen Truglicht der Fackeln und Brände sich an den Unheilsabgrund des Nichts drängt, fast unrettbar, fast unerrettbar, würde nicht selbst auch noch hierin – und je länger man hinlauschte, desto deutlicher wurde es vernehmbar – ja würde nicht auch noch hierin der Gesang des Schweigens enthalten gewesen sein, enthalten seit jeher, enthalten für immer, des Schweigens Glockengeläute, anschwellend zum erzenen Geläute der Nacht und zum Geläut aller Menschenherden, leise singend die Herdennacht, aufseufzend die Herde in ihrem großen Schlaf: tief unter dem Humus des Seins, schattenrauschend und kindheitsverborgen, schicksalsentlöst, zufallsentlöst und unzuchtsfrei wohnet die Nacht; aus ihr sprießt das Kreatürliche, durchflutet vom Rauschen der Nachtsäfte, geschwängert vom Schlafe, ewig befruchtet vom Quell aller Innigkeit, es sprießen aus ihr in unsäglicher Verwebung und einander einverleibt Pflanze, Tier und Mensch, einander verschattet, denn der Fluch der Rückkehr ist im Segen des Schlafes geborgen, und es ist die holde Decke des Seins, ein Traum-Nichts über das Nichts gebreitet.

Oh, das Irdische! Ätherwelt und Nachtwelt im unablässigen Ein- und Ausatmen, schwebend zwischen der doppelten Verlockung der Schattengröße und der Schattenlosigkeit, unabänderlich die Gezeiten des Ablaufs eingespannt zwischen den beiden Polen der Zeitaufhebung, der tierischen und der göttlichen Zeitlosigkeit – oh, in allen Adern des Irdischen, in allem was der Erde entsprossen ist, strömt die Nacht aufwärts, unaufhörlich zu Wachheit und Bewußtheit verwandelt, Innen und Außen zugleich, das Gestaltlose zum dunkelhaltigen, schattenbergenden Gebilde formend, und zwischen dem Nichts und dem Sein, schwebend in solchem Schweben, wird die Welt zu Dunkelheit und Licht, wird sie erkennbar in ihrer Schatten- und Lichthaftigkeit. Immer tönt in der Seele, ob leiser, ob lauter, niemals jedoch verlierbar, das Glockengeläute der Nacht, das Glockengeläute der Herden, immer das Löwengebrüll des Tages, erschütternd im Lichte und in der Erkanntheit, der goldene Sturm, der das Kreatürliche verschlingt –, oh, Erkenntnis des Menschen, noch nicht Erkenntnis, nicht mehr Weisheit, aufsteigend aus dem Humus des Seins, aufsteigend aus dem Ur-Lebenden, aufsteigend aus der Mütter Weisheit, emporsteigend in die tödliche Klarheit der Über-Helle, des Über-Lebens, emporsteigend zur brennenden Vater-Erkenntnis, emporsteigend zur Kälte, oh, Erkenntnis des Menschen, unverwurzelte, ewig bewegte, die nicht unten und nicht oben ist, sondern stets an der Dämmerschwelle zwischen Nacht und Tag schwebt, ein Aufatmen und ein Atmen im Zwischenreich der Sternendämmerung, zwischen dem Leben der nächtlichen Herde und dem Tode der lichtumflossenen Vereinzelung, zwischen dem Schweigen und dem Worte, das wieder ins Schweigen zurückkehrt. Nichts Irdisches vermag wahrhaft den Schlaf zu verlassen, und nur wer niemals der Nacht vergißt, die in ihm wohnt, vermag den Ring zu schließen, vermag aus der Zeitlosigkeit des Anfanges zu der des Endes heimzukehren, vermag den Kreislauf stets aufs neue zu beginnen, er selber Gestirn im Unwandelbaren des Zeitenablaufes, aus der Dämmerung aufsteigend, in der Dämmerung verschwindend, Geburt und Wiedergeburt im Nächtlichen und aus dem Nächtlichen, empfangen vom Tage, dessen Helle in das Dunkel eingegangen ist, nachtbergender Tag: ja, so waren die Nächte gewesen, all die Nächte seines Lebens, all die Nächte, durch die er gewandert war, die Nächte, die er durchwacht hatte, voll Angst vor der Bewußtlosigkeit, die unter den Nächten droht, voll Angst vor der Schattenlosigkeit, die über ihnen ist, voll Angst, den Pan zu verlassen, voll einer Angst, die um die Gefahr der zwiefachen Zeitlosigkeit weiß, ja, so waren jene Nächte gewesen, gebannt an die Schwelle des doppelten Abschiedes, Nächte des unabänderlich gleichbleibenden Weltenschlafes, obwohl auf den Plätzen, auf den Gassen, in den Schenken, unweigerlich gleichbleibend in Städten und Aber-Städten von Anbeginn an, unhörbar hertönend aus allen Zeitenfernen und eben darum um so eindringlicher gewußt, die Menschen tobten, Schlaf auch dies, obwohl in

Festräumen und Aberfesträumen sich die Machthaber der Welt feiern ließen, umbrandet von Fackeln und Musik, angelächelt von Gesichtern und Aber-Gesichtern, umworben von Leibern und Aber-Leibern und selber lächelnd, selber werbend, Schlaf auch dies, obwohl die Wachtfeuer brannten, nicht nur vor den Burgen, sondern ebenso draußen, wo Krieg war, an den Grenzen, an den nachtschwarzen Flüssen und an den nachtrauschenden Waldrändern und unter dem blinkenden Angriffsgegröle der aus dem Dunkel hervorbrechenden Barbaren, Schlaf auch dies, Schlaf und Aber-Schlaf wie jener der nackten Greise, die in stinkenden Höhlen sich ihren letzten Rest Wachheit vom Leibe schliefen, wie jener der Säuglinge, die aus dem Elend ihrer Geburt heraus in die dumpfe Wachheit eines künftigen Lebens traumlos hineinträumten, wie jener der angeketteten Knechtsrotte in den Schiffsbäuchen, die wie betäubtes Gewürm auf den Bänken, auf den Planken, auf den Taubündeln hingestreckt waren, Schlaf und Aber-Schlaf, Herde und Aber-Herde, heraufgehoben aus der Ununterscheidbarkeit ihres Urbodens gleich Nachthügelketten, die in der Ebene ruhen, eingesenkt ins unabänderlich Mütterliche, in die ständige Wiederkehr, die noch nicht Zeitlosigkeit ist und sie trotzdem in jeder irdischen Nacht neu gebiert; ja, so waren diese Nächte gewesen, so waren sie es noch immer, so war es auch diese, vielleicht für immerdar, Nacht an der Schwellenkippe von Zeitlosigkeit und Zeit, von Abschied und Wiederkunft, von Herdengemeinschaft und einsamster Einsamkeit, von Angst und von Rettung, und er, an die Schwelle gebannt, Nacht für Nacht an der Schwelle wartend, trübsichtig im Zwielicht des Nachtrandes, in des Weltenrandes Dämmerung, er, wissend um das Geschehen des Schlafes, er war heraufgehoben worden ins Unabänderliche, und selber Gestalt werdend, wurde er zurückgestürzt und aufwärtsgestürzt in die Sphäre der Verse, in das Zwischenreich des irdischen Erkennens, in das Zwischenreich der Mütter, der Weisheit und der Dichtung, in den Traum, der jenseits des Traumes ist und an die Wiedergeburt rührt, Ziel unserer Flucht, die Dichtung.

Flucht, oh, Flucht! oh Nacht, die Stunde der Dichtung. Denn Dichtung ist schauendes Warten im Zwielicht, Dichtung ist dämmerahnender Abgrund, ist Warten an der Schwelle, ist Gemeinschaft und Einsamkeit zugleich, ist Vermischung und

Angst vor der Vermischung, unzuchtsfrei in der Vermischung, so unzuchtsfrei wie der Traum der schlafenden Herde und doch Angst vor solcher Unzucht: oh, Dichtung ist Warten, noch nicht Aufbruch, aber immerwährender Abschied. Er spürte an seinem Knie, unmerklich fast, die Schulter des hingekauerten Knaben, er sah nicht das Antlitz, spürte nur, wie es im eigenen Schatten versunken war, indes, er sah das wirrdunkle Haar, in dem das Kerzenlicht spielte, und er gedachte jener fürchterlichen, glückhaft-glücklosen Nacht, in der er, vom Schicksal getrieben, ein Liebender und Gehetzter auch hier, zu der Plotia Hieria gekommen war und ihr, der Hingekauerten, der winterlich Harrenden, winterlich Unerschlossenen nur eben Verse vorgelesen hatte –, es war die Ekloge von der Zauberin gewesen, jene auf Wunsch und Auftrag des Asinius Pollio verfertigte Ekloge, die ihm niemals so gut geglückt wäre, wenn nicht der Gedanke an die Plotia, wenn nicht die Sehnsucht und die Lustbangigkeit nach dem Weib dabei Pate gestanden hätten, und die ihm doch nur so gut geglückt war, weil er von allem Anfang an gewußt hatte, daß es ihm niemals vergönnt sein würde die Schwelle zu verlassen und in die vollkommene Nacht der Gemeinschaft einzugehen; ach, weil der Wille zur Flucht ihm seit jeher auferlegt war, hatte er die Ekloge vorlesen müssen, und Furcht wie Hoffnung hatten sich erfüllt, es war zum Abschied geworden. Und ebenderselbe Abschied war es gewesen, der dann nochmals und später und größer von dem Äneas erlebt werden sollte, da er, bemüßigt vom rätselhaft unergründlichen Schicksalsablauf der Dichtung, mit flüchtenden Schiffen ins Unwiderrufliche ziehend, die Dido verlassen hatte, für immer verzichtend bei ihr zu liegen, mit ihr zu jagen, für immer geschieden von ihr, die ihm süßer Schatten der Wirklichkeit gewesen, der süße Schatten der Lust, für ewig geschieden von der Nachthöhle der Liebe unter den Gewittern. Ja, Äneas und er, er und Äneas, sie waren geflohen in einem wirklichen Aufbruch, nicht nur im verharrenden Abschiednehmen der Dichtung, sie waren aus deren Zwischenreich geflohen, als taugte es nicht für den Lebenden, obwohl es auch jenes der Liebe ist –, wohin ging diese Flucht? aus welcher Tiefe stammte diese Furcht vor Junos mütterlichem Geheiß? Ach, die Liebe ist bereits Hinabsinken unter den Spiegel der Nacht, ist Hinabsinken zu dem nächtlichen Urgrund, an dem der Traum zur Zeitlosigkeit wird, die Schwelle seiner selbst unterschreitend, zum Urgrund des Ungestalteten, des Unerschaubaren, das stets lauernd bereit ist, gewittergleich zerstörerisch hervorzubrechen: nur die Tage verändern sich, nur durch die Tage rinnt die Zeit, und am taghell Bewegten ist es die Zeit, die vom Auge geschaut wird; unbeweglich groß hingegen ist das Auge der Nacht, in dessen Tiefe die Liebe ruht, das Auge, das leer und brennend und starr im Sternenscheine, unabänderlich und unablässig, Nacht für Nacht, über alle Zeiten hinweg die irdische Zeitlosigkeit in sich erneuert –, weltenschöpfend und weltenverschlingend aus seiner tiefsten Augentiefe heraus, nichts mehr schauend, nichts als die blendende Blitztiefe des Nichts, nimmt es alle Augen in sich auf, die Augen der Liebenden, die Augen der Erwachenden, die Augen der Sterbenden, brechend in Liebe, brechend im Tode, das Auge des Menschen, brechend, weil es in die Zeitlosigkeit schaut.

Flucht, oh Flucht! Gestaltwerdung des Tages und Gestaltenruhe der Nacht, beides hingewendet zum ruhenden Geschehen der Zeitlosigkeit! Mählich verkrusteten die Kandelaberkerzen, um die mit bös-monotonem, ungestalthartem Summen pausenlos die Mücken schwärmten, pausenlos rieselte das Wasser des Wandbrunnens, und das Rieseln war wie ein Teil seines unsäglich zeitlosen, unbewegten, ozeanischen Dahinflutens; es spielten unbewegt die Amoretten in dem Wandfries, erstarrt zu einer Überfriedlichkeit, zu einer Überruhe, die kaum mehr Gestalt war, vielmehr teilhatte an der weiträumig-welträumig starrbrausenden, jenseitigen Nachtstille, an ihrer äonenhaften Unabänderlichkeit, die – schattengebärend und schattendurchtränkt – als atemumwandete Höhle der Traumgezeiten ringsum sich aufbaute, gestaltloses Schweigen, überschwebt von der Lautlosigkeit der Donnervögel unter den unbewölkten Sternen. Denn was immer in der Nacht ruht, den Frieden trinkend, einander trinkend, von Schatten durchpulst, einander verschattend, Seele an Seele gepreßt, Gatte und Gattin vereint, das Mädchen in den Armen des Jünglings geborgen, der Knabe im Arme des Liebhabers, was immer in der Nacht sich begibt, ist teilhabend-dunkler Widerschein ihrer noch größeren Dunkelheit, ist Abbild ihrer dunkelzuckenden Blitze, ist Sturz in den Gewitterabgrund, aufgerissen die Decke des Traumes, und wenn wir auch nach der Mutter schreien, auf daß sie uns vor dem Nachtgewitter beschütze, sie ist so weit und so erinnerungsverloren, daß nur mehr hie und da ein Schauer der Kindheit zu uns geweht wird, kein Trost und kein Schutz mehr, höchstens der vertrautfremde Hauch längstentschwundener Heimat, der Ruhehauch, der dem Gewitter vorangeht: ja, so war es, und mochte die Nachtbrise noch so lau und so milde, mochte sie noch so kühl durch das Fenster hereinstreichen, mochte sie auch alles Irdische in ihren Gezeiten umfassen, Olivenhain und Weizenmahd und Weinberg und Fischerstrand umhauchend wie ein einigend einziger, wogender Nachtatem der Länder und Meere, ihre Ernten in sanfter Windhand tragend und vermengend, und mochte die sanftwehende Hand noch so linde herabsinken, hinstreichend über die Straßen und Plätze, die Gesichter kühlend, den Qualm zerteilend, die Brunst beschwichtigend, ja mag dieser wehende Atem, von dem die Gestalt der Nacht bis zu ihrer äußersten Oberfläche erfüllt wird, sogar noch über sie hinausgewachsen sein, verwandelt zu dem bebenden Höhlengebirge, das unerfaßlich, kaum noch ein Außen, zutiefst im eigensten Innern ruht, im Herzen und tiefer als das Herz, in der Seele und tiefer als die Seele, in unserem tiefsten Ich, das selber zur Nacht geworden ist, mochte dies alles auch sein und werden, es nützte nichts; es nützte nichts, es war zu spät an der Zeit, es nützte nichts mehr; unheilschwanger bleibt der Schlaf der Herden, unbeschwichtigt bleibt das irdische Toben, unverlöschbar das Feuer, ausgeliefert bleibt die Liebe dem schmetternden Blitze des Nichts, und über der Höhle der Nacht steht zeitlos das Gewitter.

Flucht, oh, Flucht! die Mutter bleibt unerrrufbar. Wir sind verwaist am Herdenursprung, kein Name ist uns im Traume errufbar, keiner hat Geltung in der Dunkelheit des vollkommenen Zusammenschlusses –, und du, mein kleiner Nachtgefährte, der du dich mir wie ein Führer zugesellt hast, sollst du mir da wirklich noch errufbar werden? bist du von deinem, bist du von meinem Schicksal zu mir gesandt worden, daß ich zu dir spreche? fühlst auch du dich von der Zeitlosigkeit bedroht? ist sie auch unter deiner Nacht verborgen – und kamst du deshalb zu mir? oh, lehne dich an mich, mein kleiner Zwillingsbruder, oh, lehne dich an mich; ich wende meine Augen von der Bedrohung ab und wende sie zu dir hin, hoffend, ein letztes Mal noch hoffend, aus der Verlassenheit heimkehren zu können, mit dir heimzukehren in das dunkle Gewölbe, das in mir errichtet ist wie eine Heimstatt, die ich nicht mehr kenne, oh, kehre ein mit mir in diese Vertrautheit, die als Fremdestes wiedervertraut in meinen Adern schlägt, und an der ich dich teilhaben lassen möchte: vielleicht wird mir dann auch das Fremdeste, vielleicht werde auch ich mir dann nicht mehr fremd sein; oh, schmieg dich an mich, mein kleiner Zwillingsbruder, schmieg dich an mich, und wenn du die verlorene Kindheit, wenn du die verlorene Mutter betrauerst, du sollst sie bei mir wiederfinden, da ich dich in meinen Arm und in meinen Schutz nehme. Noch einmal laß uns verharren in der schwebenden Höhle der Nacht, nur noch ein einziges Mal, und laß uns gemeinsam der Nacht und ihrem Traumschweben lauschen, dem Trotzdem ihres Zwischenreiches und ihrer süßen Wirklichkeit –, noch weißt du es nicht, mein kleiner Bruder, denn du bist jung, aus welch tiefstem Innern unseres Selbst die Nachthoffnung emporsteigt, so allumfassend und so allumseelt in ihrer Unabänderlichkeit, so sehr zärtlich leises Sehnsuchtsversprechen in ihrer Bedrängnis, daß wir sehr lange Zeit brauchen, ehe wir sie hören, sie und ihre Bangigkeit, die wie ein Echogebirge um uns errichtet ist, Echowand um Echowand, wie eine unbekannte Landschaft und trotzdem wie ein Rufen unseres eigenen Herzens, ja, trotzdem und trotzdem, so befehlshaberisch, als wollte nochmals aller Nachglanz einer längstgelebten Vergangenheit neu aufglänzen, trotzdem so zuversichtlich, als sei alle Verheißung des Endgültigen darin beschlossen –, oh, kleiner Bruder, ich habe es erlebt, weil ich ein alter Mann geworden bin, älter als meine Jahre, weil ich jede Brüchigkeit und jede Verweslichkeit in mir spüre, ich habe es erlebt, weil es mit mir zu Ende geht; ach, erst im Verlangen nach dem Tode verlangen wir nach dem Leben, und in mir ist die unterhöhlende, die gefügelockernde Arbeit jedweder Todesgier, pausenlos, soweit ich zurückdenken kann, unaufhörlich pochend; so habe ich sie stets gespürt, Lebensbangigkeit und Todesbangigkeit zugleich, in all den vielen Nächten, an deren Schwelle ich gestanden habe, an den Ufern der Nächte und Abernächte, die an mir vorbeigerauscht sind, im Rauschen anschwellend das Wissen um sie, das Wissen um die Trennung, das Wissen um den Abschied, der mit der Dämmerung anhebt, und es war Sterben, das an mir vorbeifloß, mich mit steigender Flut berührte, benetzte, umfing, von außen kommend und doch aus mir geboren, mein Sterben: erst der Sterbende erkennt die Gemeinschaft, erkennt die Liebe, erkennt das Zwischenreich, erst in der Dämmerung und im Abschied erkennen wir den Schlaf, dessen dunkelste Gemeinschaft ohne Unzucht ist, erkennen wir, daß unserem Aufbruch niemals mehr eine Rückkehr folgen darf, erkennen wir den Keim der Unzucht, der in der Rückkehr und nur in der Rückkehr eingebettet liegt; ach, mein kleiner Nachtgefährte, auch du wirst dies einstmals erkennen, auch du wirst einst an der Uferschwelle sitzen, am Ufer deines Zwischenreiches, am Ufer des Abschiedes und der Dämmerung, und auch dein Schiff wird zur Flucht gerüstet sein, zu jener stolzen Flucht, welche Erwachen heißt und von der es keine Rückkehr gibt. Traum, oh, Traum! So lange wir dichten, brechen wir nicht auf, so lange wir ausharren im Zwischenreich unseres Nachttages, schenken wir einander alle Traumeshoffnung, alle Sehnsuchtsgemeinschaft, alle Hoffnung der Liebe, und darum, mein kleiner Bruder, um dieser Hoffnung, um dieser Sehnsucht willen, geh nicht mehr fort von mir; ich will deinen Namen nicht wissen, den schattenwerfenden, ich will dich nicht rufen, weder zum Aufbruch, noch zur Rückkehr, doch unerrufbar und ungerufen bleibe bei mir, damit die Liebe bleibe in der Verheißung ihrer Endgültigkeit, bleibe bei mir in der Dämmerung, bleibe bei mir am Ufer des Flusses, den wir schauen wollen, ohne uns ihm anzuvertrauen, fern seinem Quell, ferne seiner Mündung, gefeit vor dem urdunklen Zusammenschluß des Anfanges und gefeit vor der letzten, vor der schattenlosen Lichtvereinzelung Apollos, oh, bleibe bei mir, schützend und beschützt, wie ich für immerdar bei dir bleiben will, noch einmal die Liebe: hörst du mich? hörst du mein Bitten? vermag mein Bitten noch dich zu hören, sich selber erhörend, schicksalsentronnen, leidensentlöst?

Unbewegt lag die Nacht, gestaltenstarr in all ihrer nahen und all ihrer weiten Sichtbarkeit, eingeschlossen im Raume hier, eingeschlossen in immer weiteren Räumen, hinausgebreitet aus der Unmittelbarkeit des Handgreiflichen zu immer weiteren Unmittelbarkeiten, hin über die Berge und Meere, ausgebreitet in stetem Dahinfluten bis zu den nimmererreichbaren Traumgewölben, aber dieses Fluten, aus dem Herzen entspringend, an den Gewölbegrenzen verbrandend und wieder heimflutend ins Herz, nahm Sehnsuchtswelle um Sehnsuchtswelle in sich auf, zerlöste selbst die Sehnsucht nach der Sehnsucht, brachte die dämmerungsschwingende mütterliche Sternwiege ihres Urbeginns zum Stillstand, und umzuckt von den dunklen Blitzen des Unten, von den hellen des Oben, geschieden in Licht und Finsternis, in Schwärze und Grellheit, zweifarbig die Wolke, zwiefach der Ursprung, gewitterschwül, lautlos, raumlos, zeitlos, – oh, aufgebrochene Höhle des Innen und Außen, oh, groß hinziehende Erde! –, so klaffte die Nacht auf, zerbarst der Schlaf des Seins; stumm hinweggespült waren Dämmerung und Dichtung, hinweggespült ihr Reich, zerbrochen die Echowände des Traumes, und verhöhnt von den stummen Stimmen der Erinnerung, schuldbeladen und hoffnungsgebrochen, flutenüberströmt, flutenentführt, versank des Lebens übergroßes Aufgebot zum schieren Nichts. Es war zu spät geworden, es gab nur noch Flucht, das Schiff lag bereit, der Anker wurde hochgezogen; es war zu spät.

Noch wartete er, wartete, daß die Nacht sich nochmals melde, daß sie ihm Endgültiges und Tröstliches zuraune, daß sie mit ihrem Rieseln nochmals seine Sehnsucht wachriefe. Kaum war es noch Hoffnung zu nennen, eher Hoffnung auf die Hoffnung, kaum noch Flucht vor der Zeitlosigkeit, eher Flucht vor der Flucht. Es gab keine Zeit, keine Sehnsucht, keine Hoffnung mehr, weder für das Leben, noch für das Sterben; es gab keine Nacht mehr. Es gab kaum ein Warten mehr, höchstens noch Ungeduld, welche Ungeduld erwartete. Er hielt die Hände verschränkt, und der Daumen der Linken rührte an den Stein des Ringes. So saß er, spürte an seinem Knie die Wärme der bis zur Anlehnungsnähe herangerückten, dennoch nicht angelehnten Knabenschulter, und es verlangte ihn sehr, die verschränkten Finger aus ihrer zunehmenden Verkrampfung zu lösen, um unbemerkt-sachte über die nachtdunklen wirren, kindlichen Haare, auf die er hinabschaute, zu streichen, um das nächtlich Sprießende, nächtlich Menschliche des nachtweichen knisternden Flors durch die Finger gleiten zu lassen, nachtsehnsüchtig nach Sehnsucht; indes, er tat keine Bewegung, und schließlich, obwohl es ihm schwer fiel, die Starrheit des Wartens zu unterbrechen, sagte er: »Es ist zu spät.« Der Knabe hob langsam das Gesicht zu ihm empor, so verständnisvoll und fragend, als wäre ihm etwas vorgelesen worden, dessen Fortsetzung nun folgen müßte, und dieser Frage gehorchend, sein eigenes Gesicht dem des Knaben sanft zugenähert, wiederholte er sehr leise: »Es ist zu spät.« War es noch Warten? War er enttäuscht, weil die Nacht sich nicht mehr regte, weil der Knabe sich nicht regte und nur der Knabenblick, grau, kindlich, unverwandt, selber fragend, auf ihn geheftet blieb? die Ungeduld, deren Kommen er herbeigewünscht hatte, stellte sich plötzlich ein: »Ja, es ist spät ... geh zum Fest.« Jählings fühlte er sich übermäßig alt; das unmittelbar Irdische meldete sich mit dem Bedürfnis nach Schlaf und Eindämmern, mit der Sehnsucht ins Bewußtlose versinken zu dürfen und das Nie-mehr zu vergessen, es meldete sich mit einer Schwäche im Unterkiefer und dazu noch mit einem so argen Hustenreiz, daß der Wunsch, unbeobachtet allein zu bleiben, übermächtig wurde: »Geh ... geh zum Feste«, brachte er noch heiser hervor, während seine flach aufwärts gerichtete Hand, allerdings bloß in Andeutung und über einen wachsenden Abstand hin, den zögernd zurückweichenden Knaben nun mit kurzen Rucken zur Türe hinschob. »Geh ... geh«, rasselte es nochmals in ihm mit bereits versagendem Atem, und als er dann tatsächlich allein war, da war es als führe ein schwarzer Blitz in seine Brust, es brach der Husten aus ihr hervor, nachtblutgemischt, gestaltlos, zerschüttelt und zerstarrt, aufklaffend und berstend, bewußtseinsberaubend, ein würgender Krampf am Rande des Abgrundes, und daß es ihn diesmal nicht hineingestürzt hatte, daß es noch einmal vorbeigegangen war, daß er nochmals das Rieseln des Brunnens und das Knistern der Kerzen vernehmen konnte, das erschien ihm nachher wie ein Wunder. Er hatte sich, mühselig genug, von dem Lehnsessel zum Bett hinübergeschleppt, hatte sich hineinfallen lassen und war regungslos liegen geblieben.

Die Hände wiederum verschränkt spürte er wieder den Stein des Ringes, spürte die geflügelte Geniengestalt, die in den Carneol der Gemme eingraviert war, und er wartete, lauschend ob es sich zum Tod, ob es sich zum Leben wenden werde. Aber langsam wurde es besser – langsam zwar und sehr mühselig und sehr bedrängt – es wurde wieder zu Atem, zu Ruhen, zu Schweigen.

Feuer – Der Abstieg

Er lag und lauschte. Von Zeit zu Zeit, wenn auch in immer größeren Abständen und ohne neuerlichen Blutauswurf, packte es ihn aufs neue, und anfangs hatte er sogar geglaubt, nun doch den Sklaven aus dem Nebenraum herrufen zu müssen, damit der Arzt geholt werde; aber das Rufen hätte zu viel Mühe gekostet, und die Störung durch den Arzt wäre unerträglich gewesen: er wollte allein bleiben –, nichts war dringlicher als allein zu bleiben, um nochmals und nochmals alles Sein in sich zu versammeln, um lauschen zu können; dies war das Dringlichste. Die Beine ein wenig hochgezogen, hatte er sich zur Seite gerollt, sein Kopf ruhte auf den Kissen, die Hüfte drückte sich in die Matratze ein, die Knie waren aufeinander geschichtet wie zwei fremde Wesen, und in einer sehr großen Entfernung wohnten die Fußknöchel, desgleichen die Fersen. Wie oft, oh, wie oft schon hatte er so auf die Erscheinungen des Liegens achtgehabt! Ja, es war geradezu beschämend, daß er sich von dieser kindischen Gewohnheit nicht losreißen konnte! Er erinnerte sich genau jener für ihn höchst merkwürdigen Nacht, in welcher er – als Achtjähriger – erstmalig dessen inne geworden war, daß es am bloßen Liegen etwas zu beobachten gab: es war in Cremona zur Winterszeit; er lag in seiner Kammer, die Tür, welche zu dem stillen Peristylhof hinausführte, war rissig, schloß schlecht, bewegte sich ein wenig, und das war unheimlich; draußen strich der Wind raschelnd über die winterlich mit Stroh zugedeckten Beete, und von irgendwoher, wahrscheinlich von der baumelnden Laterne unter dem Torweg, kam taktmäßig pendelnd der schwache Widerschein eines Lichtes in die Kammer geglitten, kam immer wieder, kam wie ein letztes Echo unendlichen Flutens, wie ein letztes Echo unendlicher Zeitabläufe, wie ein letztes Echo eines unendlich fernen Auges, so verloren, so gebrochen, so drohend vor Ferne, so fernerträchtig, daß es gleichsam eine Aufforderung war, nach dem Bestand und Nichtbestand des eigenen Selbst zu fragen –, und genau so wie damals, freilich durch die seitdem allnächtlich angestellte Wiederholung auch bewußter gemacht und verdeutlicht, genau so wie damals nach Bestand und Nichtbestand seiner Körperlichkeit fragend, genau so spürte er auch heute jede einzelne der

Stellen, an denen sein Körper am Lager aufruhte, und genau so wie damals waren sie Wogenkämme, über die sein Schiff mit leichtem Eintauchen hinwegschwamm, während sich dazwischen unermeßlich tiefe Wogentäler auftaten. Gewiß, es ging nicht darum, und wenn er jetzt hatte allein bleiben wollen, so war es wahrlich nicht geschehen um kindische Beobachtungen fortzusetzen, zu denen er den kleinen Nachtgefährten ohne weiteres hätte hierbehalten können, nein, es ging um Wesentlicheres und Endgültigeres, um Etwas, dessen Wirklichkeit sehr groß sein mußte, so groß, daß sie sogar die der Dichtung und ihres Zwischenreiches zu übertreffen hatte, es ging um etwas, das wirklicher sein mußte als Nacht und Dämmerung, und nicht nur wirklicher sondern damit auch irdischer sogar, es ging um etwas, für das es sich verlohnte alles Sein in sich zu versammeln, und verwunderlich war nur, daß sich das Kindische und Nebensächliche nicht gründlicher zurückdrängen ließ, daß es mit seinen Bildern und Aberbildern wie eh und je vorhanden war, daß in der Kette der Erinnerung, in die wir geschmiedet sind, die ersten Glieder die gewichtigsten sein sollten, als wären sie, gerade sie, die wirklichste Wirklichkeit. Fast schien es unmöglich, mehr noch, fast schien es unstatthaft, daß unsere letzterreichbare, wirklichste Wirklichkeit sich darauf beschränkte bloßes Erinnerungsbild zu sein! Nichtsdestoweniger, bildgesegnet und bildverflucht ist das menschliche Leben; nur in Bildern vermag es sich selbst zu erfassen, unbannbar sind die Bilder, sie sind in uns seit Herdenbeginn, sie sind früher und mächtiger als unser Denken, sie sind im Zeitlosen, schließen Vergangenheit und Zukunft in sich ein, doppelte Traumerinnerung sind sie, und sie sind mächtiger als wir: Bild sich selber war er, der hier lag, und hinsteuernd zu wirklichster Wirklichkeit, getragen von unsichtbaren Wogen, eintauchend in sie, war das Bild des Schiffes sein eigenes Bild, aus der Dunkelheit kommend, in die Dunkelheit ziehend, in die Dunkelheit sinkend, er war selber das unermeßliche Schiff, das zugleich selber die Unermeßlichkeit ist, und er war selber die Flucht, die in diese Unermeßlichkeit zielt, er selber das fliehende Schiff, er selber das Ziel, unermeßlich er selber, unermeßlich, unübersehbar, unausdenkbar, eine unendliche Körperlandschaft die Landschaft seines Körpers, ein gewaltig hingebreitetes Unterweltsbild der Nacht, so daß er, verlustig der Einheit menschlichen Lebens, verlustig der Einheit menschlicher Sehnsucht, schon längst nicht mehr sich für fähig hielt die Herrschaft über sein Selbst auszuüben, wissend um all die getrennten Regionen und Provinzen, in welche sich das eineinzig über das Unendliche hingebreitete Ich hatte zerteilen müssen, wissend um all die Dämonenherrschaften, welche statt seiner deren Verwaltung übernommen hatten, abgesondert nach Bezirken in ihrer Vielfalt; ach, es waren die aufgewühlten, aufgeackerten Bezirke der schmerzenden Lunge, es waren die des Fiebers, des unheimlichen, das aus unbekanntesten rotglühenden Tiefen zur Haut heraufwellt, und es waren die Bezirke der Eingeweideabgründe sowie die noch fürchterlicheren der Geschlechtlichkeit, die einen wie die andern schlangenerfüllt, schlangendurchwachsen, es waren die Bezirke der Gliedmaßen in ihrem ungezügelten Eigenleben, nicht zuletzt die der Finger, und all diese Dämonenbezirke, manche näher, manche ferner von ihm angesiedelt, manche freundlicher, manche feindlicher sowohl zueinander wie auch zu ihm eingestellt – am nächsten und ihm am meisten zu eigen war ihm noch das Sinnhafte, waren ihm Auge und Ohr und deren Bezirke –, all diese Bereiche des Körperlichen und Überkörperlichen, harte Wirklichkeit des steinernen Knochengerüstes, sie wurden in ihrer ganzen Fremdheit, in ihrer zerfallenen Brüchigkeit, in ihrer Entlegenheit, in ihrer Feindlichkeit, in ihrer unerfaßlichen Unendlichkeit von ihm gewußt, sinnenhaft und übersinnenhaft, denn sie waren insgesamt, und er mit ihnen, als wäre dies das gegenseitige Wissen, in jenem großen Fluten eingebettet, das über alles Menschliche und alles Ozeanische hinausreicht, in jenem gezeitenschweren, aus- und zurückwogenden, aus- und zurückschwingenden Fluten, dessen heimkehrende Brandung stets an des Herzens Küste schlägt und es zum unablässigen Pochen bringt, Bildwirklichkeit und Wirklichkeitsbild in einem, so wogentief, daß in seiner Tiefe sich das Getrennteste versammelt, unvereinigt noch, doch vereinigt zu künftiger Wiedergeburt; oh, Uferbrandung der Erkenntnis, ihre ewig steigende Flut keimgesättigt von jedwedem Trost und jedweder Hoffnung, oh, nachtschwere, keimschwere, raumschwere Frühlingsflut, und, wissend von diesem seinem gewaltigsten Ichbild, wußte er von der Überwindung des Dämonischen durch eine Wirklichkeitssicherheit, deren Bild im Unbeschreiblichen liegt und trotzdem schon die Welteneinheit umschließt. Denn prall von Wirklichkeit sind die Bilder, weil Wirklichkeit stets nur wieder durch Wirklichkeit versinnbildlicht wird –, Bilder und Aberbilder, Wirklichkeiten und Aberwirklichkeiten, keine wahrhaft wirklich, solange sie alleine steht, dennoch jede einzelne Sinnbild einer letztwirklichen Unerkennbarkeit, die ihre Gesamtheit ist. Und hatte er in den vielen vergangenen Jahren immer gieriger und neugieriger den Zerfall und die Brüchigkeit verfolgt, die er in seinem Körper arbeiten spürte, hatte er, um dieser verwunderlichen und verwunderten Neugierde willen, gerne das Ungemach der Krankheit und der Schmerzen auf sich genommen, ja, hatte er – und was immer der Mensch tut, es wird ihm zu deutlicherem oder undeutlicherem Sinnbild – unausgesetzt den Wunsch in sich getragen, den selten bewußten, dennoch stets ungeduldigen Wunsch, es möge seine körperliche Einheit, die ihm mehr und mehr zu einer Scheineinheit geworden war, endlich aufgelöst werden, je rascher desto lieber, damit das Außergewöhnliche erfolge, damit Auflösung zur Erlösung werde, zur neuen Einheit, zum endgültigen Sinn, und hatte ihn dies alles von frühester Jugend an begleitet und verfolgt, zumindest seit jener Nacht in Cremona, vermutlich jedoch schon seit der Kinderzeit in Andes, sei es zuerst als spielerisch leichte, kindische Ängstlichkeit, sei es als wuchtig gedächtnisauslöschende Furcht, unerinnerbar heute das eine wie das andere, es hatte ihn zugleich auch die Frage nach der Bedeutung solchen Geschehens nie verlassen, sie war in all seinem Vorlauschen, Vorsuchen, Vorfühlen allnächtlich enthalten gewesen, und genau so wie er einst, das Kind in Andes, der Knabe in Cremona, auf seinem Bette gelegen hatte, Knie an Knie gepreßt, eingesenkt sein Geist ins Vorträumen, eingesenkt Geist wie Körper in das Schiff seines Seins, hingebreitet über die weiten Erdflächen, er selber Berg, selber Feld, selber Erde, selber das Schiff, er selber der Ozean, lauschend in die Nacht des Innen und Außen, ahnend wohl seit jeher, daß dieses Lauschen bereits einer Erkenntniserfüllung galt, für die sein ganzes Leben gelebt werden sollte, genau so geschah es ihm wiederum, geschah es ihm hier und jetzt, geschah es ihm heute; es geschah ihm das, was ihm seit jeher, deutlicher und deutlicher werdend, stets aufs neue geschehen war, er tat das, was er ein ganzes Leben lang getan hatte, aber nun wußte er die Antwort: er lauschte dem Sterben.

Konnte es anders sein?! Aufgerichtet ist der Mensch, er allein, doch ruhend zum Schlaf, zur Liebe, zum Tode hingestreckt –, auch in solch dreifacher Eigenschaft seines Liegens unterscheidet er sich von sämtlichen andern Wesen. Aufrecht, zum Wachsen bestimmt, reicht des Menschen Seele aus ihren dunklen Wurzelabgründen im Humus des Seins hinauf bis zum sonnendurchfluteten Sternenrund, aufwärtstragend ihren poseidonisch-vulkanisch finsteren Ursprung, abwärtsbringend das Durchsichtige ihres apollinischen Zieles, und je mehr sie kraft ihres Aufwärtswachsens zur lichtdurchtränkten Form wird, je mehr sie sich zur Form verschattet, baumgleich sich verzweigend und entfaltend, desto mehr wird sie befähigt, im Schattenlaub ihrer Äste das Dunkle mit dem Lichten zu vereinen; aber wenn sie zum Schlaf, zur Liebe, zum Tode sich hingestreckt hat, wenn sie selber zur hingebreiteten Landschaft geworden ist, dann ist es nicht mehr ihre Aufgabe, das Entgegengesetzte zu verschmelzen, denn schlafend, liebend, sterbend schließt sie die Augen, und sie ist nicht mehr gut oder böse, sie ist nur noch ein einziges, unendliches Lauschen: unendlich hingebreitete Seele, unendlich vom Zeitenring umschlossen, unendlich in ihrem Ruhen und sohin jeglichem Wachstum enthoben, wachstumlos wie die Landschaft, die sie ist, reicht sie mit dieser als unveränderter, als unveränderbarer saturnischer Bereich durch alle Zeiten hindurch, reicht vom goldenen bis zum erzenen Zeitalter, ja darüber hinaus bis zur Wiederkehr des goldenen, und kraft ihrer Eingeschmiegtheit ins Landschaftliche, kraft ihrer Verkerkerung ins Irdische und in die irdischen Gefilde, an deren Fläche die Sphären des Himmelslichtes und der Erddunkelheit sich scheiden, ist sie gleicherweis sphärentrennende, sphärenverbindende Grenze zwischen den oberen und unteren Regionen, janusartig stets beiden angehörig, denen des Sternschwebens wie denen der Steinschwere, denen des Äthers wie denen der Unterweltfeuer, janushaft die doppelgerichtete Unendlichkeit, janushaft die unendlich hinerstreckte, dämmerhaft ruhende Seele, so daß ihrem lauschenden Erwissen das Oben und das Unten, ohne vereinigt zu werden, bedeutungsgleiche Zonen sein dürfen; bedeutungslos hingegen, keines Erlauschens und Erwissens wert, wird ihr das Geschehen als solches, da sie es weder als Wachstum, noch als Verwelken oder Verdorren, weder als Beglückung, noch als Beschwernis, wohl aber als ständige Wiederkehr empfindet, als die ständige Wiederkehr innerhalb ihres eigenen Seins, als die Wiederkehr des allumfassenden saturnischen Ablaufes, in dem die Landschaften der Seele und der Erde sich unendlich erstrecken, ununterscheidbar in ihrem Ein- und Ausatmen, in ihrem Keimen und Reifen, in ihren Ernten und Fehlernten, in ihrem Vergehen und Auferstehen, in den Jahreszeiten ihrer Grenzenlosigkeit, einverwoben der ewigen Wiederkehr, umfangen vom Ring des ewig Gleichen und daher ruhend hingestreckt zum Schlaf, zur Liebe, zum Tode –, ein Lauschen der Landschaft und der Seele, das saturnische Selbstbelauschen sterbensenthobenen Sterbens, golden und erzen in einem.

Er lauschte dem Sterben; es konnte nicht anders sein. Das Bewußtsein dieser Tatsache war ohne Schrecken über ihn gekommen, höchstens mit jener außergewöhnlichen Klarheit, die sich gemeiniglich mit zunehmendem Fieber einstellt. Und jetzt, in der Dunkelheit liegend, in die Dunkelheit lauschend, verstand er sein Leben, und er verstand wie sehr es ein fortwährendes Lauschen nach der Sterbensentfaltung gewesen war, entfaltet das Bewußtsein, entfaltet der Sterbenskeim, der von Anbeginn an in jegliches Leben gelegt ist und es ausmacht, doppelte und dreifache Entfaltung, eine aus der anderen hervorgehend und an ihr sich entfaltend, jede das Bild der vorausgegangenen und ebenhiedurch sie verwirklichend –, war dies nicht die Traumeskraft aller Bilder und gar jener, welche befähigt sind ein Leben zu bestimmen? verhielt es sich nicht ebenso auch mit dem Bild der Weltennachthöhle, die wundersam und bangniserregend vor Zeitlosigkeit, sternenschwer und ewigkeitverheißend den Tod über das gesamte Sein wölbt? Denn was einstmals, zur Knabenzeit, eine kindlich-kindische Todesvorstellung gewesen war, die Vorstellung vom Grabe, in das der Leib versenkt wird, das hatte sich zu dem großen Höhlenbild entfaltet, und die Erbauung der Gruft an der neapolitanischen Bucht, dort bei der posilippischen Grotte, war daher mehr als eine bloße Wiederholung und Sichtbarmachung der alten Kindheitsvorstellung gewesen; nein, mit dem Bauwerk war des Todes All-Gewölbe sinnbildhaft zum Ausdruck gebracht worden, vielleicht noch immer kindisch infolge solch irdischer Verkleinerung, dennoch Sinnbild des mächtig-allumfassenden Todesraums, in dem er, das Ziel seit jeher wissend und trotzdem es suchend, er, ein

Wegesuchender im Gewölbe des Todes, ein ganzes Leben wachend verträumt hatte. Um der allumfassenden Macht dieses Zieles willen hatte er so lange, wahrlich überlange nach seiner eigentlichen Bestimmung gefahndet, um dieses immer gewußten, trotzdem niemals bewußten Zieles willen hatte er, von jeder Laufbahn unbefriedigt, jede vorzeitig abgebrochen und hatte weder beim Beruf des Arztes, noch bei dem des Sternkundigen, noch bei dem des philosophischen Gelehrten und Lehrers verbleiben oder gar sich beruhigen dürfen: das heischende, das unerfüllte Erkenntnisbild, das ernste Erkenntnisbild des Todes war unentwegt vor seinen Augen gestanden, und kein Beruf vermochte dem gerecht zu werden, da es keinen gibt, der nicht ausschließlich der Lebenserkenntnis untertan wäre, keinen, mit Ausnahme jenes einzigen, zu dem es ihn schließlich getrieben hatte, und der Dichtung heißt, dieser seltsamsten aller menschlichen Tätigkeiten, der einzigen, die der Todeserkenntnis dient. Nur wer im Zwischenreich des Abschiedes lebt – oh, es lag hinter ihm, und es gab keine Rückkehr –, nur wer am Ufer des Flusses verharrt, quellenfern, mündungsfern in der Dämmerung, nur der ahnt den Tod, nur der ist dem Tode verhaftet, und dem Tode dienend, gleicht er dem Priester, der kraft seines Amtes, seines über dem persönlichen Beruf stehenden Priesteramtes, vermittelnd zwischen dem Oben und Unten, dem Dienst am Tode verpflichtet und damit ebenfalls in ein Zwischenreich des Abschiedes verwiesen ist; ja, priesterlich hatte ihm stets die Aufgabe des Sängers gedünkt, vielleicht ob der seltsamen Todesweihe, die der entzückten Inbrunst jeglichen Kunstwerkes innewohnt, und hatte er es sich auch bisher bloß selten einzugestehen gewagt, vielleicht sogar manchmal abgelehnt, genau so wie er in seinen ersten Dichtungen es nicht gewagt hatte an den Tod heranzutreten, vielmehr bemüht gewesen war, mit der lieblich-liebenden Gewalt inniger Liebe zum Sein sich des Dräuenden, dennoch schon Anwesenden zu erwehren, er hatte solchen Widerstand mehr und mehr aufgeben müssen, da die dichtende Gewalt des Todes gar bald als die stärkere sich erwiesen hatte, Schritt für Schritt ein Heimatsrecht sich erobernd, das dann in der Äneis zum vollen Herrschaftsrecht geworden war, dem Göttersinn folgend: die klirrende, blutige, mahnende, unabänderliche Herrschaft des Schicksals, die allüberwindende Herrschaft des Todes, die eben darum auch sich selbst überwindet und sich selbst aufhebt. In den Tod nämlich ist jedwede Gleichzeitigkeit eingesenkt, alle Gleichzeitigkeit des Lebens und der Dichtung ist in seiner Allesaufhebung für ewig aufbewahrt, er ist erfüllt von Tag und Nacht, und sie durchdringen einander zur zwiefarbenen Wolke der Dämmerung; oh, der Tod ist erfüllt von all der Vielfalt, die aus der Einheit hervorgegangen war, um sich in ihm wieder zur Einheit zu schließen, er ist erfüllt von der Herdenweisheit des Beginns und von der Vereinzelungserkenntnis des Endes, sie beide zu einer einzigen Sekunde des Seins zusammenfassend, zu jener Sekunde, die bereits die des Nicht-Seins ist, denn in unaufhörlichem Wechselspiel mit dem Seinsablauf steht der Tod, und unablässig wird der in ihn einmündende, von ihm empfangene und ursprungswärts rückgewandte Zeitenablauf zur Einheit des Gedächtnisses verwandelt, zum Gedächtnis der Welten und Aberwelten, zum Gedächtnis des Gottes: nur wer den Tod auf sich nimmt, vermag den Ring im Irdischen zu schließen, nur wer des Todes Auge sucht, dem bricht nicht das eigene, wenn es ins Nichts schauen soll, nur wer zum Tode hinlauscht, der braucht nicht zu flüchten, der darf bleiben, denn seine Erinnerung wird zur Gleichzeitigkeitstiefe, und wer in die Erinnerung taucht, dem erklingt der Harfenton jenes Augenblickes, in dem das Irdische sich zum unbekannt Unendlichen öffnen soll, geöffnet zur Wiedergeburt und Auferstehung unendlicher Erinnerung –, Kindheitslandschaft, Lebenslandschaft, Todeslandschaft, sie sind Eines in ihrer unwandelbaren Gleichzeitigkeit, heraufahnend die Landschaft der Götter, die Landschaft des Ur-Anfanges und des Ur-Endes, unwandelbar geeint von dem Reif des über sie hingespannten, siebenfarbig regenverhauchten Bogens, oh, die Gefilde der Väter. Vieles geschieht der Erinnerung zuliebe und enthüllt sich zuletzt doch als ein Lauschen nach dem Tode, und vieles, das dem Tode gelten will, ist bloß Erinnerung, bange Sehnsuchtserinnerung, die ängstlich behütet wird, auf daß sie nimmermehr verloren gehe. So auch und nicht anders war es um die meeresumwehte, frühlingsverschattete, laubbegrünte Gruft bei der posilippischen Höhle bestellt, um diese beinahe spielerisch erbaute Heimstätte des Todes, voll von Erinnerung, von Kindheitserinnerungen, die er, ohne sich davon Rechenschaft zu geben, in diese gärtnerische Heiterkeit miteingebaut hatte, so daß alles, was von den

Kinderaugen im väterlichen Hofe zu Andes erblickt worden war, sich nun in verkleinertem Maße und nur wenig verändert hier wiederfand, so die Zufahrtsstraße zum Hoftor, nun als Hauptweg durch den Garten, ausgestattet mit der nämlichen Doppelbiegung, links von dem nämlichen Lorbeergebüsch besäumt, rechts an den Hügel seiner Kinderspiele heranführend, mochte hier dieser Hügel auch nur von einigen Zypressen statt mit dem alten Ölbaumhain bekrönt sein, während hinter dem Gebäude, mächtig-ruhend da wie dort, verhangen mit Vogelgezwitscher da wie dort, sich die Ulmen erhoben, damals wie heute Schutz der Einsamkeit und des Friedens, und wie einst als Knabe hätte er mit der Hand über die Zaunhecken hinstreichen können, derart deutlich ließ sich alles zurückträumen, derart deutlich und für alle Zeiten gültig war es vorwärtsgeträumt gewesen, dem Tode zugeträumt und dem Sterben, dem Ziel alles träumenden Lauschens seit den Kindheitstagen, dem Ziel und dem Quell seiner Erinnerung, klar, unverlierbar, erkenntnissucherisch, obwohl das Bild der Gruft nur einen kleinen, einen überaus kleinen Gedächtnisausschnitt im Vergangenheitsstrom darstellte, eine recht handgreifliche Insel, fast zufallsmäßig aufgetaucht in ihrer kleinen Handgreiflichkeit, verschwindend und geradezu vergessenswürdig vor der rauschenden Flutenbreite, die in sein unablässiges Lauschen sich ergoß; unablässig wurde Unverlorenes ihm zugeflutet, gedächtnisbreit und wellenbreit, unablässig und weich und groß rollte es daher, Welle um Welle des jemals Erschauten, aufstrahlend in Harfenklang, in unbeschreiblich-bleibendem, immerwährendem Anklang – oh, holde Verkerkerung der Jugend, geborgen und befreiungsbereit –, und es war, als ergössen sich alle Bäche und Teiche des Einst in diesen Strom der Erinnerung, rieselnd zwischen den duftenden Weiden, rieselnd zwischen den schilfbebend begrünten Ufern, liebliche Bilder ohne Ende, sie selber ein von Kinderhand gepflückter Strauß aus Lilien und Levkojen, Mohn, Narzissen und Dotterblumen, das Bild der Kindheit in ewig erwanderter, ewig erdichteter Landschaft, das Bild der Vätergefilde, die er, wohin auch immer er getrieben worden war, überall hatte suchen müssen, Bild seiner einzigen und niemals verlaßbaren Lebenslandschaft, unbeschreiblich-unbeschreibbares Bild trotz sehr großer Helligkeit, Schärfe, Besonnntheit, Durchsichtigkeit, trotz dieser niemals erlahmenden farbenreichen Klarheit, mit der es ihn begleitete, so unbeschreibbar, daß es, so oft er es auch geschildert hatte, doch nur im Ungesagten aufgeklungen war, immer nur dort, wo die Sprache nicht mehr ausreicht, wo sie über ihre eigenen, irdisch-sterblichen Grenzen schlägt und ins Unaussprechliche dringt, den Wortausdruck verläßt und – bloß sich selber noch im Gefüge der Verse singend – den atembeklommenen, atemraubenden Sekundenabgrund zwischen den Worten aufreißt, um todesahnend und lebensumspannend in dieser stummen Tiefe, selber stumm geworden, die Ganzheit des Alls zu zeigen, die fließende Gleichzeitigkeit, in der das Ewige ruht: oh Ziel aller Dichtung, Augenaufschlag der Sprache, wenn sie über alle Mitteilung und über alles Beschreiben hinweg sich selbst aufhebt, oh die Augenblicke der Sprache, in denen sie selber in die Gleichzeitigkeit eintaucht, so daß es unentschieden bleibt, ob Erinnerung aus der Sprache, oder ob Sprache aus der Erinnerung quillt! oh in diesen Augenblicken war es gewesen, daß die Kindheitslandschaft zu blühen begonnen hatte, sich selbst zurücklassend, über sich selbst und jede Erinnerung hinauswachsend, über jeden Anfang und über jedes Ende, verwandelt zu den schlicht ländlichen Hirtenordnungen eines goldenen Zeitalters, verwandelt zur Landschaft des latinischen Aufbruchs, verwandelt zur Wirklichkeit der dahinschreitenden herrschend-dienenden Götter, sicherlich noch nicht Ur-Anfang, noch nicht Ur-Ordnung, noch nicht Ur-Wirklichkeit, wohl aber deren Sinnbild, sicherlich noch nicht die Stimme, die aus dem Unbekanntesten, aus dem unausdrückbarst Außergewöhnlichen, aus dem unabänderlich Übergöttlichen hertönen soll, wohl aber ihr Sinnbild, wohl aber die echogleiche Ahnung ihres Seins und fast ihre Gewißheit, – Sinnbild, das Wirklichkeit ist, Wirklichkeit, die Sinnbild wird im Angesicht des Todes. Es waren die Augenblicke der klanggewordenen Todlosigkeit, die lebendig dämmerungsentlösten Augenblicke des Lebens schlechthin, und es waren jene, in denen des Todes wahre Gestalt sich am reinsten offenbarte: seltenste Augenblicke der Gnade, seltenste Augenblicke der vollkommenen Freiheit, den meisten unbekannt, von manchen angestrebt, von sehr wenigen erreicht –, doch wem von diesen wenigen es vergönnt ist solchen Augenblick festzuhalten, wem es verliehen worden ist, die flüchtige Flüchtigkeit der Todesgestalt zu erhaschen, wem es im unablässigen Lauschen und Suchen gelingt den Tod zur Gestalt zu bringen, der hat mit deren Echtheit auch die seiner eigenen Gestalt gefunden, er hat seinen eigenen Tod gestaltet und damit sich selbst zur Gestalt gebracht, und er ist vor dem Rückfall in den Humus der Gestaltlosigkeit gefeit. Siebenfarbig und göttermild wölbt sich ihm der Regenbogen der Kindheit über das Sein, täglich neu gesehen, täglich neu geschaffen, die gemeinsame Schöpfung des Menschen und des Gottes, die Schöpfung aus der Stärke des todeserkennenden Wortes: war dies nicht die Hoffnung gewesen, um derentwillen er die Qual eines gehetzten Lebens, bar jedes friedlichen Glückes, hatte ertragen müssen? er blickte zurück auf dieses Leben des Verzichtes und einer noch heute fortgesetzten Entsagung, auf dieses Leben, das ohne Widerstand gegen das Sterben, wohl aber voller Widerstand gegen Gemeinschaft und Liebe gewesen war, er blickte zurück auf dieses im Dämmerlicht der Flüsse, im Dämmerlicht der Dichtung hinter ihm liegende Abschiedsleben, und deutlicher denn je wußte er heute, daß er all dies um jener Hoffnung willen auf sich genommen hatte; vielleicht war er zu verhöhnen und zu schmähen, weil solch großes Lebensaufgebot bisher zu keinerlei Hoffnungserfüllung geführt hatte, weil die Aufgabe, die er hatte lösen wollen, für seine schwachen Kräfte eine übergroße gewesen war, und vielleicht, weil die Mittel der Dichtkunst sich hiefür überhaupt nicht eigneten, allein, er wußte nun auch, daß es darauf nicht ankommt, mehr noch, daß die Berechtigung oder Nichtberechtigung einer Aufgabe nichts mit ihrer irdischen Lösbarkeit zu schaffen hat, daß es gleichgültig war, ob seine eigenen Kräfte ausreichten oder nicht, ob irgendein anderer Mann mit besseren Kräften geboren würde, oder ob ein besserer Lösungsbereich als der, den die Dichtung darstellt, irgend einmal sich finden lassen könnte, all dies war belanglos, denn es war nicht seine eigene Wahl gewesen: sicherlich, Tag um Tag, unzählige Male an jedem Tag hatte er nach freier Wahl entschieden und gehandelt, oder hatte geglaubt, daß es freie Entscheidungen gewesen waren, doch die große Linie seines Lebens war nicht eigene Wahl nach freiem Willen, sie war ein Müssen gewesen, ein Müssen, eingeordnet in das Heil und Unheil des Seins, ein schicksalsbefohlenes, trotzdem befehlsüberhobenes Müssen, befehlend, daß er seine eigene Gestalt in der des Todes suche, um hiedurch der Seele Freiheit zu gewinnen; denn die Freiheit ist ein Müssen der Seele, deren Heil und Unheil stets auf dem Spiele steht, und er hatte sich dem Befehl gefügt, gehorsam seiner Schicksalsaufgabe.

Er rückte ein wenig in den Kissen hinauf, um die schmerzende Brust zu entlasten, sehr vorsichtig, damit die hingebreiteten Landschaften seines Ichs, die ihm Klarheit zu verbürgen schienen, nicht in Unordnung gerieten und nicht etwa sich ineinanderschüttelten, wie dies beim aufgerichteten Menschen der Fall ist, und dann tastete er neben sich nach dem Manuskriptkoffer hin, über dessen rauhlederne Deckelfläche er beinahe zärtlich die Hand hinfingern ließ: heiß und erregend war das Gefühl der Arbeit, das zwingende Entdeckergefühl, das große Wanderergefühl des Schaffens in ihm erwacht, und wäre nicht zugleich auch die große Wanderangst aufgekeimt, die gräßliche Angst des Wegverlorenen, der im Nachtdickicht umherirrt, diese seltsam tiefste Angst, von der alles Schaffen begleitet wird, es hätte das heiß-glückhaft Aufwallende in seiner Brust sogar die Todesbereitschaft der mahnenden Schmerzen übertönt, hätte vielleicht sogar die Atemnot gelindert, hätte Fieberhitze und Fieberkälte zum Vergessen gebracht, und nichts hätte ihn mehr hindern dürfen sich sofort an die Arbeit zu setzen, leistungsbereit aufs neue zu beginnen, eingedenk jener Aufgabe, die er bis zum letzten Atemzuge zu erfüllen hatte und die ihm erst mit dem letzten Atemzuge wahrhafte Erfüllung bringen sollte. Nein, nichts hätte ihn von der Arbeit abhalten können, nichts hätte ihn davon abhalten dürfen, und alles hielt ihn ab, tat es so sehr, daß die Fertigstellung der Äneis nun schon seit Monaten völlig stockte und nichts übrig geblieben war als Flucht und wieder Flucht. Und nicht die Krankheit, nicht die Schmerzen, die längst gewohnten, längst gemeisterten, waren daran schuld, wohl aber die unentfliehbare, unerklärbare Beunruhigung, dieses beängstigte Gefühl ausweglosen Verirrtseins, dieses deutlich wissende Ahnen um ein ständig drohendes, ständig vorhandenes übermächtiges Unheil, dessen Wesen unerkennbar war, unentscheidbar seine Herkunft, unentscheidbar ob es im Innen oder Außen lauerte. Sehr vorsichtig atmend, lauschte er regungslos ins Dunkel. Die Kerzen auf dem Kandelaber erloschen eine nach der anderen, bloß der Öllampe kleingeduldiges Licht neben dem Lager harrte aus, manchmal im Lufthauch an der leise klingenden Silberkette sanft hin und her baumelnd, widergespiegelt in einem schmetterlingsweichen, spinnwebigen Schattenpendeln an der Wand, und während draußen mählich die Straßenwildheit erstarb, und das wirre, ununterscheidbare Getöse sich zu allerlei Gewieher, Gejaunze, Gequake auflöste, das Geschwirr des Festes sich herausschied, mit hellerem und tieferem Gesumm in dem kaleidoskopisch gewordenen Lärmbild versprenkelt, wurde grundbaßähnlich der Gleichschritt abziehender Truppen vernehmbar, anzeigend, daß ein Teil der Wache in die Quartiere einrückte; dann wurde es still, freilich in einer Stille, die alsbald, seltsam schwirrend, ja sie selber das Schwirren, sich zu beleben begann, da plötzlich von weither, von überallher – kam es von den Feldern vor der Stadt, von denen in Andes? – das Grillengezirpe zu hören war, der Myriadenton der Myriadengeschöpflichkeit, endlos in der Stille, die über das Endlose sich hinerdehnte. Still und mählich verblaßte nun auch der rötliche Widerschein des lichtglänzenden Straßenfestes, schwarz wurde die Zimmerdecke, schwarz bis auf den hellen Fleck oberhalb der Lampe, der nun wie ein sanft hin und her gleitendes Pendelmalen war, und die Sterne vor dem Fenster standen im Schwarzen. War dies das Beunruhigende, nach dessen Ursprung er suchte? Warum war es beunruhigend, da doch das Abflauen des niedrigverzweifelten Gegröles weit eher eine allgemeine Befriedigung hätte bedeuten können? Nein, das Unheil war geblieben, und nun erkannte er es, mußte er es erkennen: es war das Unheil der eingekerkerten Menschenseele, für die jede Befreiung immer nur wieder neue Einkerkerung ist.

Er starrte zum Fenster hin, und die Nacht kreiste in ihrem ungeheueren Raum, die Kuppel von Atlas gedreht, ruhend auf der Schulter des Riesen und besät mit funkelnden Gestirnen, die ungeheuere Nachthöhle, die nichts entläßt; er lauschte den Geräuschen der Nacht, und sie wurden ihm, dem Fiebernden, den es hingestreckt hatte, daß er unter seiner Decke friere und glühe, sie wurden ihm in seiner Überwachheit mit verschärfter Gleichzeitigkeit zur Wahrnehmung angetragen, die Bilder, die Gerüche, die Geräusche des Jetzt zusammen mit denen eines jeden gelebten und erlebbaren Einst, in zweifachem Erinnern des Rückwärts und Vorwärts, so sehr geschwellt von der unabweislichen, unerklärlichen Unheimlichkeit, so sehr unhabhaft entfliehend, so sehr geheimnisverborgen trotz all ihrer Nacktheit, daß er, aufgepeitscht und erlahmt zugleich, ins Chaotische zurückgestürzt wurde, in das Dickicht aller Einzelstimmen –, das Gestaltlose, dem er zu entrinnen geglaubt hatte, war neuerdings über ihn gekommen, nicht als das Ununterscheidbare des Herdenanfangs, hingegen sehr unmittelbar, ja geradezu handgreiflich, als das Chaos der Vereinzelung und einer Auflösung, die durch kein Belauschen, durch kein Festhalten je wieder zur Einheit zu fügen war; das dämonische Chaos aller Einzelstimmen, aller Einzelerkenntnisse, aller Einzeldinge, gleichgültig ob sie der Gegenwart oder der Vergangenheit oder der Zukunft angehören, dieses Chaos drang jetzt auf ihn ein, diesem Chaos war er ausgeliefert, ja, dies war es gewesen, seitdem der brausend ununterscheidbare Lärm der Straße sich zu einem Dikkicht von Einzelstimmen zu verwandeln angehoben hatte. Dies war es. Oh, jeder ist vom Stimmengestrüpp umgeben, jeder wandert sein Leben lang darin umher, wandert und wandert und ist dennoch in der Undurchdringlichkeit des Stimmenwaldes an die Stelle gebannt, ist verfangen im Nachtsprießenden, verfangen in Waldeswurzeln, die jenseits jeglicher Zeit und jeglichen Raumes ansetzen, oh, jeder ist von den unzähmbaren Stimmen und deren Fangarmen bedroht, von Stimmengezweige, von den Aststimmen, die einander umschlingend ihn umschlingen, die auseinander herauswachsen, gerade aufschießend und wieder ineinander verkrümmt, dämonisch in ihrer Selbständigkeit, dämonisch in ihrer Vereinzelung, Sekundenstimmen, Jahrstimmen, Äonenstimmen, die sich zum Weltengeflecht, zum Zeitengeflecht verschränken, unverständlich und undurchdringlich in ihrer brüllenden Stummheit, feucht von Schmerzensgestöhn und harsch von der Freudenwildheit einer ganzen Welt; oh, keiner entgeht dem Urgetöse, keinem ist es zu ersparen, da jeder, ob wissend oder nicht, selber nichts anderes ist als eine der Stimmen, selber zu ihnen gehört und zu ihrer unauflösbar-unzerteilbar undurchdringlichen Drohung –, wie konnte man da noch Hoffnung hegen! unrettbar ist der Verirrte im Dickicht eingekerkert, keine Bresche, keine Lichtung ist zu legen, und wollte er seine Hoffnung noch darüber hinausspannen, darüber hinausschicken, dorthin ins unausdehnbar Unendliche, wo die Einheit, die Ordnung, die Allerkenntnis der Stimmengesamtheit erahnt werden darf, der ahnungsvoll große Akkord ihrer selbst, stimmenschließend, stimmenlösend, der aus letzten Räumen wiedererklingende Echoakkord der Welteneinheit, der Weltenordnung, der Weltenallerkenntnis, die letzte Echolösung der Weltenaufgabe, es wäre solche Hoffnung des Sterblichen vermessen und den Göttern ein Greuel, sie zerbräche an den Wänden der Unhörbarkeit, verhallend im Stimmendickicht, im Erkenntnisdickicht, im Zeitendickicht, verhallend zu einem sterbenden Seufzen; denn unerreichbar ist der Stimmenquell des Zeitenanfanges, er liegt unter allen Wurzeltiefen, er liegt unter allen Stimmen, er liegt unter aller Stummheit, unerdringlich der Wurzelbrunnen der Wälder, in dem der Sternenplan der Einheit der Ordnungen und der Sprache aufbewahrt wird, unerschaubar das Sinnbild aller Sinnbilder, denn unendlich und mehr als unendlich ist die Vielfalt der Richtungen im überunendlichen Raume, unendlich ist die Anzahl der Vereinzelungen, unendlich ist die Anzahl der Wege und ihrer Verschlingungen, und sogar die Vielräumigkeiten der Sprache und Erinnerung, sogar deren Richtungsreichtum und deren eigene Abgrundsunendlichkeit sind nur ein sehr schwacher, ein sehr spärlicher, ein in den irdisch-geringen Bildern gewobener Widerschein dessen, das von keinem Denken zu erfassen ist, dessen, das in seinem Atem jeglichen Sphärenraum aufbewahrt und dabei von jedem noch so kleinen Sphärenpunkt aufbewahrt wird, sich selbst ein- und ausatmend, sich selbst ein- und ausstrahlend, Widerschein eines vor Sinnbildhaftigkeit schier unaussprechbaren, schier unerinnerbaren, schier unverkündbaren Erkenntnisheils, das mit seinen Strahlen jeglichen Zeitenablauf überholt und jeden Sekundenbruchteil zur Zeitlosigkeit verwandelt: Kreuzungspunkt aller Wege, auf keinem errreichbar, das unverrückbar ewige, das unverrückbar entrückte Wegziel! schon der erste, der allererste Schritt, der in irgendeiner Richtung des Wegdickichts erfolgte, würde zu seiner Ausführung, und sei sie noch so eilig, ein ganzes Leben und mehr als ein ganzes Leben erfordern, es wäre ein unendliches Leben nötig, um eine einzige dürftige Erinnerungssekunde festzuhalten, ein unendliches Leben, um einen einzigen Sekundenblick in die Tiefe des Sprachabgrundes zu werfen! Lauschend in diese Sprachentiefe, hatte er gehofft das Sterben belauschen zu dürfen, hatte er gehofft ein Wissen, wenn auch nur den ahnenden Schimmer eines Vorwissens um jene Grenzerkenntnis zu erhaschen, die bereits Erkenntnis außerhalb der irdischen Erkenntnis wäre, doch selbst die Hoffnung war bereits Vermessenheit angesichts des Unerhaschbaren, das aus den Echowänden des Abgrundes heraufdrang, ein Blinken, das kaum mehr Blinken war, kaum mehr die Erinnerung an ein Blinken, kaum mehr das Echo einer Erinnerung, ein hauchflüchtiger Hauch, so unsichtbar, daß nicht einmal Musik ausgereicht hätte, solche Unsichtbarkeit festzuhalten, geschweige denn sie als Ahnung des unfaßbar Unendlichen zum Ausdruck zu bringen; nein, nichts Irdisches vermag das Dickicht zu zerreißen, kein irdisches Mittel reicht aus die ewige Aufgabe zu lösen, die Ordnung aufzudecken und zu verkünden, vorstoßend zur Erkenntnis jenseits der Erkenntnis, nein, überirdischen Mächten und überirdischen Mitteln ist dies vorbehalten, einer Ausdruckskraft, die jeden irdischen Ausdruck weit hinter sich läßt, einer Sprache, die außerhalb des Stimmengestrüpps und aller irdischen Sprachlichkeit stehen müßte, einer Sprache, die mehr wäre als Musik, einer Sprache, die es dem Auge gestattete, herzschlagend und herzschlagrasch, die Erkenntniseinheit des Seins zu erfassen, wahrlich einer neuen, einer noch nicht gefundenen, überirdischen Sprache bedürfte es, um diese Leistung zu vollbringen, und Vermessenheit war die Bemühung, mit armseligen Versen sich an solche Sprache heranzuwagen, fruchtlose Bemühung und lästerliche Vermessenheit! ach, es war ihm vergönnt gewesen die ewige Aufgabe zu sehen, des Seelenheiles Aufgabe, es war ihm vergönnt gewesen den Spaten anzusetzen, und er hatte nicht gemerkt, daß er sein ganzes Leben hieran verschwendet hatte, das Leben verschwendet, die Jahre vergeudet, die Zeit vertan, nicht etwa, weil er gescheitert war und sich unfähig erwiesen hatte, unfähig nur ein einziges Würzelchen freizulegen, sondern weil schon der bloße Entschluß den Spaten anzusetzen, ein unendliches Leben erschöpfen würde, mehr noch, weil der Tod jedwede Seele überholt und selber durch nichts einholbar ist, auch nicht mit Hilfe der belauschten Sprache und einer vorbelauschten Erinnerung, übermächtig der Tod, übermächtig das Dickicht, das durch nichts zu lichten ist und den Verirrten unbarmherzig verkerkert, hilflos der Verirrte, er selber nur eine hilflose Stimme im Gestrüpp der Vereinzelungen. Wie konnte man da noch Hoffnung hegen?! entpuppte sich da das menschliche Geschehen, wie immer und wo immer es statthatte, nicht unweigerlich als Ausfluß der kreatürlichen Angst, als ein besessenes Angstgeschehen, aus dessen Dämmerkerker es kein Entrinnen und kein Ausbrechen mehr gibt, da es die Angst der im Dickicht verirrten Kreatur ist? Tiefer denn je war er dieser Angst inne geworden, besser denn je verstand er der verirrten Seele niemals erschweigenden Wunsch nach todesaufhebender Zeitüberwindung, besser denn je verstand er die unverlöschliche Hoffnung der kreatürlichen Massen, verstand er, was die dort drunten, Stimmen und Aberstimmen auch sie, mit ihrem wildverzweifelten Gegröle begehrten, verstand er sie, wenn sie an ihrer Inbrunst, an ihrer Pöbelinbrunst unverbrüchlich und unbelehrbar hafteten, aus sich herausschreiend, in sich hineinschreiend, es möge und es müsse in dem Gestrüpp eine ausgezeichnete, eine stärkste, eine außergewöhnliche Stimme geben, eine Führerstimme, der sie sich bloß anzuschließen brauchten, um in deren Abglanz, im Abglanz des Jubels, des Rausches, der Nacht, der cäsarischen Gottähnlichkeit sich mit einem letztatmig wilden, stierhaft machtbrüllenden Anstürmen doch noch einen irdischen Weg aus der Verstrickung ihres Daseins bahnen zu können, und dies erkennend sah er, verstand er, erkannte er besser denn je, daß sein eigenes Trachten zwar in der Form und in der Überheblichkeit, nicht jedoch durch Sinn und Inhalt, sich von diesem rohen, aber ehrlicheren Vergewaltigungswillen der rasend gewordenen Herde unterschied, daß er die schlichte, kreatürliche Angst, die ihn mit genau derselben Stärke umfangen hielt, nur getarnt hatte, umgelogen in eine Sehnsucht nach allerkennender Ordnungseinheit, umgelogen in ein vergebliches und darum doppelt scheinheiliges Lauschen und Vorlauschen, daß er die Hoffnung auf die wegbereitende, außergewöhnliche Führerstimme, diese irdischeste Pöbelhoffnung, die auch die seine war, einfach an den Rand des Irdischen geschoben hatte, sich vortäuschend, daß sie ihm einstens von dorther ertönen und dann überirdisch sein werde, Phantom seiner Überheblichkeit, dem Irdischen verhaftet und der Vergeblichkeit alles Irdischen verfallen; oh, er erkannte besser denn je die Vergeblichkeit der massentierischen Ausbruchsversuche und ihrer Furchtgejagtheit, deren Fluchtangriffe, aufbrüllend vor Hoffnung, abschweigend vor Enttäuschung, immer wieder in die starre Schattenlosigkeit des Nichts münden mußten, zeitenverirrt und der Zeit nicht entrinnend, und er erkannte, daß ihm das nämliche Los beschieden war, ebenso unausbleiblich, ebenso unentrinnbar, der Absturz in die Starrheit eines Nichts, das den Tod nicht aufhebt, sondern selber der Tod ist. Oh, sein Leben war verirrt und vertan, denn der Weg, den er gegangen war, der war von vorneherein Ausweglosigkeit gewesen, beladen mit dem Wissen um die falsche Richtung, beladen mit dem Wissen um die Verirrtheit, von vorneherein ein Irren und Herumtasten und Herumdämmern im Dickicht, ein Leben des falschen Verzichtes und des falschen Abschiedes, beladen mit der Furcht vor der unausbleiblichen Enttäuschung, die er ebendeshalb, nicht anders eben wie die Hoffnung, an den Rand des Lebens und des Irdischen geschoben hatte. War dieser Rand nun erreicht, da nichts geblieben war als die Enttäuschung? da nichts geblieben war als der kalte Schrecken, lähmend und atemberaubend, uneingestanden vielleicht, der Schrecken des Sterbens, sicher aber und vielleicht noch stärker der Schrecken der Enttäuschung? nichts war geblieben als die Erstarrung, die wie eine geheimnisvolle, von den Sternen bestimmte Strafe auf ihm lastete, eine Sünde bestrafend, die aus dem vorschicksalshaft Unwiederbringlichen herstammte, eine Sünde, die er nicht begangen hatte, und die, ehe sie noch begangen werden konnte, Vermessenheit war, eine ewig unbegangene Sünde, ewig hinter ihm stehend, ewig der ewigen Erkenntnisaufgabe entgegenstehend, ewig ihm auferlegt, damit er seine Aufgabe, damit er die Erfüllung nicht sehe, unsichtbare Strafe in unsichtbarer Erstarrung, die Sünde und die Strafe der Nicht-Erweckung, zeiterstarrend, spracherstarrend, erinnerungserstarrend, das Dämmerlauschen, erstarrt im Nichts, im Ödfeld des Todes, und sehr verlassen in solcher Starrheit lag sein Leib da, siech und müdegealtert, hingebreitet und saturnisch hingedämmert über die Zonen seines Ichs, die durchsichtiger und durchsichtiger, verschwindender und verschwindender wurden, und die, verlassen sogar von den Dämonen, immer mehr und mehr verödeten, regungslos, als wären sie leere Fenster ohne Aussicht: nichts war daneben geblieben, nichts war daneben noch erinnerbar, da alles, was ihm einstmals Lebensgewinn bedeutet hatte, das einstmals Zeitlose, das einstmals Erinnerungspflichtige, ihm vorgealtert war, noch rascher gealtert als er selber, ihm entschwunden und versunken ins Kaum-Erschaffene, Kaum-Gelebte, und gealtert und verwelkt und abgestorben waren die einstmals so überaus hellen, durchklärt-hartschimmernden Bilder seiner Lebenslandschaft, abgestorben und abgefallen waren die Verse, die er darum gerankt hatte, dies alles war verweht wie braunes Laub, nicht mehr erinnert, nur noch gewußt, jahrzeitverweht, jahrzeiterschöpft, ein vergessenes Rascheln; vieles, oh, vieles war gewesen, Altvergangenes, Jüngstvergangenes, war gewesen in tausendfacher Vielfalt und millionenfacher Vereinzelung, doch nie war es bis zu ihm gelangt, nie hat es zur Gesamtheit werden dürfen, unabgeschlossen der Gedächtnisring, nie wird es bis zu ihm gelangen, es war bereits im Erleben abgelehnt zum Nichterlebten und blieb ungetan, gleichwie die Erfüllung seiner unendlichen Aufgabe im Ungetanen versandete, stockend bereits in ihrem ersten Schritte, gleichwie dieser Schritt, obwohl er nun schon ein ganzes Leben andauerte, noch immer, ja sogar von vorneherein ungetan war, verharrend in einer schaurig-unüberwindlichen Lähmung, für die es kein Vor und kein Zurück mehr gab, so daß auf den ersten ungetanen Schritt kein zweiter mehr wird folgen können, weil der Abstand zwischen den einzelnen Lebenssekunden zu einem unermeßlich unüberbrückbaren leeren Raum gewachsen ist und von hier aus überhaupt nichts mehr folgen kann, weder rasch noch langsam, weil sich überhaupt nichts mehr fortsetzen läßt, unfortsetzbar das Getane und Ungetane, unfortsetzbar das Gedachte und Ungedachte, das Ausgesprochene und Unausgesprochene, das Gedichtete und Ungedichtete, oh, – ihr Götter! auch die Äneis wird unabgeschlossen bleiben müssen, unfortsetzbar, unabgeschlossen wie dieses ganze Leben! Sollte dies tatsächlich so von den Sternen bestimmt sein? sollte dies tatsächlich das Los des Gedichtes werden?! das Schicksal der Äneis, sein eigenes Schicksal, unvollendet! War dies denkbar, oh war dies denkbar?! Das schwere Tor des Schreckens war aufgesprungen, und dahinter tat sich mächtig-allumfassend das Gewölbe des Entsetzens auf. Etwas Fürchterliches, das ihn von außen und von innen zugleich anpackte, etwas gräßlich Unbekanntes riß ihn hoch, jählings, aufschmetternd-bösartig, überschmerzlich-schmerzhaft, riß ihn hoch mit all der wüsten, lähmungsprengenden, erstickungsverzweifelten Kraft, die dem ersten Blitzdonner eines ausbrechenden Gewitters innewohnt, so fuhr es würgend in ihn hinein, todbringend, toddrohend, dennoch die Sekunden wieder aneinanderrückend und den Leerraum zwischen ihnen blitzartig mit jener Unfaßbarkeit anreichernd, welche Leben heißt, und fast war es ihm, als blitzte in dem Blitz nochmals die Hoffnung auf, fast war es ihm, während er, gefügt unter die eherne Klammer, atemrasch, blickrasch emporgerissen wurde, als geschähe es, damit das Versäumte und Verlorene und Nichtfertiggestellte nun doch noch, vielleicht sogar nur in dem Nu des wiederaufgelebten Sekundenatems nachgeholt werden könne; Hoffnung oder Nichthoffnung, er wußte es nicht, schmerzbetäubt, schreckensbetäubt, lähmungsbetäubt, wußte er es nicht, aber er wußte, daß jede Sekunde neuaufgelebten Lebens sehr vonnöten und wichtig war, er wußte, daß er nur für dieses Lebensaufflammen, mochte es kurz oder lang währen, emporgejagt wurde, weggejagt vom Lager der Starrheit, er wußte, daß er der Unatembarkeit des starrumwandeten geschlossenen Raumes zu entrinnen hatte, daß er den Blick nochmals hinaussenden mußte, abgewendet von sich, abgewendet von den Zonen des Ichs, abgewendet vom Ödfeld des Todes, daß er noch einmal, ein einziges Mal noch, vielleicht das letzte Mal, den All-Raum des Lebens würde umfassen müssen, oh, er mußte noch einmal, ein einziges Mal die Sterne sehen, und steif vor dem Bett emporgerichtet, gehalten von der Klammerfaust, die seinen ganzen Körper durchgriff und doch von außen umfing, bewegte er sich steifgliederig, marionettenhaft geleitet, drahtig-eckig und unsicher-stelzig zum Erkerfenster zurück, an dessen Wandung er erschöpft sich anlehnte, ein wenig abgeknickt wegen seiner Schwäche, trotzdem noch aufgerichtet, um mit zurückgezogenen Ellbogen und taktmäßig tiefem Atem seinem Lufthunger Genüge zu tun, damit das Sein sich wieder öffne, teilnehmend am Atemfluten der wiederersehnten Sphären.

Notwendigkeit des Atems, die Notwendigkeit des kreatürlichen Atems hatte ihn hergetrieben, aber zugleich war es eine unkörperliche Notwendigkeit gewesen, eine Sehnsucht nach dem Sichtbaren, nach der Weltsichtbarkeit, nach dem Atembaren in der Gewißheit des sichtbaren Alls. Erstickungsbetäubt stand er am Fenster, gehalten von der ihn umfangenden machtvollen Hand, und er wußte nicht, wie lange er schon so gestanden hatte, es hätten ebensogut Augenblicke wie Stunden gewesen sein können; nur unvollkommen und bruchstückweise floß das Zeitwissen wieder in ihn ein, nur bruchstückweise, auf weite Strecken von der Erstickungsangst, von der Erstickungspein überdeckt, baute sich die Welt wieder auf, wurde Wissen wieder zu Wissen, und bruchstückweise nur wurde er des Geschehenen gewärtig, Stück um Stück begreifend, daß es nicht bloß um die Äneis gegangen war, sondern um etwas, das er erst zu finden hatte.

Still lag nun die Welt vor ihm, nach all dem vorangegangenen und überstandenen Getöse fast überraschend still, und es war vermutlich schon spät in der Nacht, vermutlich ihre Mitte schon überschritten; die Sterne brannten groß in ihrem großen Wandelgang, tröstlich und stark und ruheflimmernd vor beruhigender Wiedererkanntheit, allerdings bei aller Wolkenlosigkeit beunruhigend eingetrübt, als wäre zwischen ihrem Raum und dem der untern Welt mittendurch eine gleichsam hart-undurchdringliche, gerade noch für den Blick durchlässige, trübkristallene Wölbung einverspannt, und fast war es ihm, als ob die dämonische Zonenzerspaltung, der er mitsamt seinem Leib vordem im liegenden Lauschen, im lauschenden Liegen unterworfen gewesen war, sich hier auf die Außenwelt übertragen hätte, ja als ob sie hier so scharf, so unermeßlich geworden wäre, wie er es an sich selber niemals erfahren hatte. Der irdische Raum war derart scharf gegen den oberen abgewölbt und abgekapselt, daß nichts von dem ersehnten Wehen des Grenzenlosen spürbar wurde und nicht einmal der Lufthunger gestillt, nicht einmal diese Pein gelindert werden konnte, da der Dunst, in den die Stadt vorher eingehüllt gewesen, nun trotz der Abendbrise nicht verflüchtigt, kaum zerteilt, vielmehr zu einer Art fiebriger Durchsichtigkeit geworden war, gewissermaßen unter dem Druck der Weltabkapselung zu einer Art dunkler Gallerte gestockt, die unbewegt unbewegbar in der Luft schwebte, heißer als die Luft sich anfühlte und in ihrer Unatembarkeit beinahe ebenso bedrückend war wie die Stickigkeit im Zimmer drinnen. Unbarmherzig war das Unatembare vom Atembaren geschieden, unbarmherzig undurchdringlich war die kristallene Schale dunkel darüber gespannt, eine streng abdichtende Trennungswand für den Vorhof der Sphären, für den Vorhof des Atems, für den Weltenvorhof, in dem er stand, aufgerichtet von der ehernen Hand, gehalten von ihr, und während er einstens, eingeschmiegt ins irdisch Flächenhafte und hinerstreckt über die saturnischen Gefilde, selber die Grenze zwischen dem Oben und Unten gebildet hatte, unmittelbar den beiden Zonen angehörig und ihnen einverwoben, durchragte er sie jetzt als eine zum Wachsen bestimmte Einzelseele, welche in ihrer Vereinzelung und Vereinsamung weiß, daß sie, will sie die Tiefen des Oben und Unten erlauschen, sich selbst zu erlauschen hat: unmittelbare Teilhaberschaft an der Sphärengröße ist demjenigen verwehrt, der in der irdischen Zeit, im irdischmenschlichen Wachstum steht, wiederbeschenkt mit beidem; nur mit seinem Blick, nur mit seinem Wissen vermag er die unermeßliche Getrenntheit der Sphären zu durchdringen, nur mit seiner schauenden Frage vermag er sie verbindend zu umfassen, nur aus seiner fragenden Erkenntnis heraus und in ihr vermag er die Einheit, die Gleichzeitigkeits-Einheit der Welt und ihrer Sphären wiederherzustellen, nur im strömenden Kreislauf der Frage vollbringt er das Jetzt seiner Seele, ihre innerste irdische *Notwendigkeit*, ihre Erkenntnisaufgabe von Anbeginn an.

Zeit strömte oben, Zeit strömte unten, die verborgene Zeit der Nacht, wiedereingeströmt in seine Adern, wiedereingeströmt in die Bahnen der Gestirne, raumlos Sekunde an Sekunde gefügt, die wiedergeschenkte, wiedererwachte Zeit, überschicksalshaft, zufallsaufhebend, ablaufsentbunden das unabänderliche Gesetz der Zeit, das ewigwährende Jetzt, in das er hinausgehalten wurde:
Gesetz und Zeit,
auseinander geboren,
einander aufhebend und stets aufs neu sich gebärend,
einander spiegelnd und nur hiedurch erschaubar,
Ketten der Bilder und Gegenbilder
die Zeit umschließend, das Urbild umschließend,
keines von beiden jemals zur Gänze erfassend und dennoch
zeitloser und zeitloser werdend,
bis im letzten Echo ihres Zusammenklanges,
bis in einem letzten Sinnbild
sich das des Todes mit dem alles Lebens vereinigt,
die Bildwirklichkeit der Seele,
ihre Wohnstatt, ihr zeitloses Jetzt und daher
das in ihr verwirklichte Gesetz,
ihre Notwendigkeit.

Und in Notwendigkeit hatte sich alles vollzogen, notwendig war sogar der Weg einer Erkenntnis gewesen, welche das Innen und Außen ins unkenntlich Unermeßliche auflöste, zur völligen Fremdheit zertrennt und zerteilt. Doch ist in dieser unabweisbaren, unentrinnbaren Notwendigkeit nicht auch die Hoffnung auf den Wiederzusammenklang des Seins, auf die Nicht-Vergeblichkeit des Geschehens und Geschehenen beschlossen? in Notwendigkeit sind die Bilder aufgetaucht und in Notwendigkeit führen sie näher und näher an die Wirklichkeit heran! Oh, Nähe des Urbildes, Nähe der Ur-Wirklichkeit, in deren Vorhof er stand –, wird die kristallene Decke der Himmelsverborgenheiten nun zerreißen? wird die Nacht ihm nun ihr letztes Sinnbild enthüllen, ihm, dessen Auge zum Brechen bestimmt ist, wenn sie das ihre aufschlägt? er starrte zu den Sternen empor, deren schicksalsbestimmt schicksalsbestimmender, zweitausendjähriger Umlauf sich nun bald runden mußte, Bahn um Bahn dem Schicksal folgend und selber das Schicksal weitertragend vom Vater zum Sohne hin im Zeitengeschlecht, und es grüßte ihn das Himmelsjetzt, sich ausweitend aus dem Sichtbaren ins Unsichtbare zum vollen Kreis des wiedergeschenkten Wissens, es grüßte ihn drüben am südwestlichen Rande, vertraut und unheimlich, des Skorpionen Schicksalsbild, den gefährlich gekrümmten Leib vom milden Strom der Milchstraße umfangen, es schmiegte Andromeda ihr Haupt an des Pegasus geflügelte Schulter, es strahlte unsichtbar grüßend das Niemalsentschwindende, und aus dem vorväterlich jenseitserschaffenen Äon grüßt zehnfach entzündet das Drachengestirn, verlustig des einstigen Thrones; er starrte empor ins Kühlsteinerne, in dem das Bild des Gesetzes kreist, abgeschieden von ihm der dunkel leuchtende Hauch, abgeschieden von ihm die nimmer sich herabsenkende, immer nur erahnbare Wahrheit in ihrer menschenentrückten Notwendigkeit, und ihr Bild nun sehend, ihr Bild ahnend in der Bilderfülle, die sie ist, wußte er um das in ihm webende Erkennen, wußte er, daß dieses dem Zufall enthoben ist, wußte er um das erwartungslose Warten seiner Erkenntniskraft, befreit von jeder Ungeduld, und er ward bereit für die notwendige Vollendung im Unvollendeten. Da wurde die Hand, die ihn hielt, sanfter und sanfter und wurde Geborgenheit. Und auf den Dächern der Stadt lag grünlich staubkühl das östliche Mondlicht; das Irdische wurde nahe.

Denn wer die erste Pforte des Schreckens hinter sich gelassen hat, der ist umfangen vom Vorhof einer neuen und größeren Unbekanntheit, umfangen und befangen von einer neuen Besinnung, die ihn wieder ins eigene Geschehen stellt, ins eigene Gesetz, entlöst dem der Wiederkehr, entlöst dem saturnischen Ablauf, entlöst seiner Lauschens-Ungeduld, er ist der Wieder-Aufgerichtete und Aufwärtswachsende, der zu sich selber zurückfindet, und seine Barke gleitet nur noch mit eingezogenen Rudern dahin, leise und erwartungslos in geschenkter Zeit, als stünde die Landung unmittelbar bevor, die Landung am Ufer zufallsenthobener letzter Wirklichkeit;
denn wer die erste Pforte des Schreckens hinter sich gelassen hat,
der ist in den Vorhof der Wirklichkeit eingezogen,
da seine Erkenntnis, sich selbst entdeckend und wie zum ersten Male
auf sich selbst gerichtet,
das Notwendige im All, das Notwendige jeglichen Geschehens
als das Notwendige der eigenen Seele zu begreifen anhebt;
denn der, dem solches widerfährt,
der ist hinausgehalten in die Einheit des Seins,
in das reine Jetzt, das dem All und dem Menschen gemeinsam ist,
seiner Seele unveräußerlichster Besitzstand,
kraft welchem sie schwebt, schwebend vor Notwendigkeit,
überschwebend den drohend geöffneten Nichts-Abgrund,
überschwebend die Blindheit des Menschen;
denn er ist hinausgehalten in das ewigwährende Jetzt der Frage,
in das ewigwährende Jetzt nicht-wissenden Wissens, in des Menschen göttliches Vor-Wissen,
nicht-wissend weil es fragt und fragen muß,
wissend weil es jeder Frage vorangeht,
göttlich dem Menschen und nur ihm von Anbeginn verliehen
als seine innerste menschliche Notwendigkeit,
um derentwillen
er stets aufs neu die Erkenntnis zu befragen hat und
stets aufs neu von ihr befragt wird,
antwortsbang der Mensch, antwortsbang die Erkenntnis,
erkenntnisgebunden der Mensch, menschheitsgebunden die Erkenntnis,

sie beide ineinandergebunden und antwortsbang,
überwältigt von der Gotteswirklichkeit des Vor-Wissens,
von der Wirklichkeitsweite der wissenden Frage, die
von keiner irdischen Antwort, von keiner irdischen Erkenntniswahrheit
je zu erreichen ist und doch nur hier
im Irdischen beantwortet werden kann, beantwortet werden muß,
im Irdischen verwirklicht
als das Wechselspiel der verdoppelten Weltgestaltung,
Wirklichkeit zur Wahrheit umgestaltet, Wahrheit zur Wirklichkeit,
gemäß dem Befehl, dem die Seele untertan ist,
ihre Notwendigkeit;
denn die zur Frage gespannte Seele
ist hineingehalten in ihr Wahrheitsheil, das
erkenntnisbefohlen, fragebefohlen, gestaltungsbefohlen,
gespannt zwischen Wissenssicherheit und Erkenntnisfähigkeit,
die Wirklichkeit sucht,
und solcherart
aufgerufen vom Ur-Wissen, aufgerufen von dieser wissenden Frage,
die um des Seins einheitsstiftende Zufallslosigkeit weiß,
hingerufen darob zum erkenntnisgeborenen Wissen,
hingerufen zu seiner Verwirklichung,
hingerufen zur Erkenntnis des Gesetzes, des zufallsentblößten,
ist die Seele in stetem Aufbruch begriffen,
aufbruchsbereit und aufbrechend zur eigenen Wesenheit hin,
zu ihrer Kreatürlichkeit und Außerkreatürlichkeit,
zufallsentblößt beides in der Erkenntnis des Gesetzes,
ihr Ausgangspunkt und ihr Ziel sphärenvereinigt,
den Menschen zum Menschen machend;
denn in den wissenden Erkenntnisgrund seiner Seele
ist der Mensch hineingehalten,
in den Erkenntnisgrund
seines Tuns und Suchens, seines Wollens und Denkens, seines Träumens,
und er ist aufgetan der unendlichen Zufallslosigkeit im Wirklichen,
diesem umfassendsten und gewaltigsten,

ehernsanft wahrhaftigsten Wirklichkeitssinnbild seines Selbst,
in das er heimkehren will und heimkehrt
für immerdar,
hineingehalten in das Jetzt seines eigenen Sinnbildes,
auf daß es ihm zur steten Wirklichkeit werde;
denn es ist das Trotzdem seines Aufrufs,
in das der Mensch hineingehalten ist,
das Trotzdem des Eingekerkerten,
das Trotzdem seiner unverlöschlichen Freiheit
und seines unverlöschlichen Erkenntniswillens,
so unbeugsam,
daß er größer als die irdische Unzulänglichkeit wird,
über sich hinauswachsend
das titanische Trotzdem des Menschentums;
wahrlich, in seine Erkenntnisaufgabe ist der Mensch hineingehalten,
und nichts vermag ihn davon abzubringen,
auch nicht die Unentrinnbarkeit des Irrtums,
verschwindend dessen Zufälligkeit vor der
zufallsenthobenen Aufgabe;
denn so sehr der Mensch in der Verkerkerung seiner irdischen Unzulänglichkeit gehalten wird – und gar einer, der mühselig ans Fenstersims angeklammert als ein Kranker und Todesgezeichneter mühselig nach Atem ringt –, und so sehr er bestimmt ist zur Enttäuschung, ausgeliefert jeglicher Enttäuschung im Großen wie im Kleinen, vergeblich jegliche Bemühungen, fruchtlos im Vergangenen, hoffnungslos im Zukünftigen, und so sehr ihn die Enttäuschung vorwärtsgejagt haben mag, von Ungeduld zu Ungeduld, von Ruhelosigkeit zu Ruhelosigkeit, den Tod fliehend, den Tod suchend, das Werk suchend, das Werk fliehend, gehetzt und liebend und nochmals gehetzt, schicksalsgetrieben von einem Erkennen zum andern, weggetrieben vom einstigheimatlichen Leben eines schlichten Schaffens und hingetrieben zur Mannigfaltigkeit jedweden Wissens und weitergetrieben zur Dichtung und weitergetrieben zur Erforschung der alten und verborgensten Weisheit, erkenntnisungeduldig, wahrheitsungeduldig, und wieder zurückgetrieben zur Dichtung, als könnte sie sich für eine letzte Wirklichkeitserfüllung mit dem Tode verschwistern – oh, Enttäuschung auch dies, Fehlweg auch dies – , oh, so sehr dies alles als schierer

Fehlweg gelten mußte, ja, einfach Fehlweg war und ist, ja, kaum ein Ansatz zu einem ersten Schritt und bereits fehlgeschlagen vor dem ersten Ansatz, oh, so sehr dieses ganze Leben sich nun als gescheitert zeigt, gescheitert ist, versandet im Unzulänglichen von Anbeginn an, für immer und ewig zum Scheitern verdammt weil nichts das Gestrüpp je zu durchbrechen vermag, weil der Sterbliche dem Dickicht niemals entkommt, weil er im bewegungslosen Herumirren auf der Stelle, verzweiflungsgebunden und zufallsgebunden, jedweder Furchtbarkeit des Irrtums verhaftet bleibt, oh, trotzdem und trotzdem, nichts ist ohne Notwendigkeit erfolgt, nichts erfolgt ohne Notwendigkeit, da das Notwendige der Menschenseele, da das Notwendige der menschlichen Aufgabe alles Geschehen und sogar den Fehlweg, sogar den Irrtum überwaltet;
denn nur im Irrtum, nur durch den Irrtum,
in den er unentrinnbar hineingehalten ist,
wird der Mensch zum Suchenden
der er ist,
der suchende Mensch;
denn der Mensch braucht die Erkenntnis der Vergeblichkeit,
er muß ihren Schrecken, den Schrecken jeden Irrtums
auf sich nehmen und, ihn erkennend, bis zur Neige auskosten,
er muß des Schreckens inne werden,
nicht aus Selbstqual, wohl aber
weil nur in solch erkennendem Innewerden
der Schrecken zu überwinden ist,
weil nur dann es möglich wird,
durch des Schreckens hörnerne Pforte hindurch
ins Sein zu gelangen;
darum ist der Mensch hineingehalten in den Raum aller Unsicherheit,
hineingehalten, als trüge kein Schiff ihn mehr,
obwohl er dahinschwebt auf schwebender Barke;
darum ist er hineingehalten in die Räume und Aber-Räume
seines Innewerdens,
in die Räume seines innewerdenden Ichs,
Schicksal der menschlichen Seele,
aber derjenige, hinter dem
die schweren Torflügel des Schreckens sich geschlossen haben,
der hat den Vorhof der Wirklichkeit erreicht, und

das nicht-erkannt Fließende, über das er schwebend dahinglei-
tet,
das Nicht-Erkennen, es wird ihm zum Wissensgrund,
da es das fließende Wachstum seiner Seele ist,
das unvollendbar Unvollendete des eigenen Selbst,
dennoch als Einheit sich entfaltend,
sobald das Ich seiner selbst inne wird,
unvergänglich vor Wachstum die fließende Einheit des Alls
ihm inne geworden, von ihm gesehen
in einer Gleichzeitigkeit, die kraft ihres Jetzt
all die Räume, in die er gehalten ist, zu einem einzigen macht,
zum ein-einzigen Raum des Ursprunges,
und gleich diesem
das Ich in sich birgt, um doch vom Ich gehalten zu werden,
von der Seele umfangen wird und doch die Seele umfängt,
in der Zeit ruhend und die Zeiten bestimmend,
dem Gesetz der Erkenntnis verhaftet und die Erkenntnis schaf-
fend,
mitschwebend in ihrem fließenden Wachsen,
mitschwebend in ihrem schwebend wachsenden Werden, das
allein
der Wirklichkeitsursprung ist,
so jenseitsgroß die Ineinanderverstrahlung des Innen und
Außen,
daß Schweben und Gehaltenwerden, daß Befreiung und Ein-
kerkerung
zu ununterscheidbar gemeinsamer Durchsichtigkeit verfließen,
oh, so unvergänglich notwendig,
oh, so über alle Maßen durchsichtig,
daß in der abgeschlossen-oberen Sphäre,
allein dem Blick erreichbar, allein der Zeit erreichbar,
gewußt in beiden,
widergespiegelt in beiden, gespiegelt in dem geöffneten
und von ehern-sanfter Hand himmelwärts gerichteten Men-
schenantlitz
schicksalsumwoben
sternenumwoben
das verheißene Geschenk der Nichtvergeblichkeit aufleuchtet,
zufallsbefreit geschenkte Zeit für immerdar,
erkenntnisoffen der Trost im Irdischen –,

und tröstlich im Mondüberrieselten verbanden sich die Sphären, die Himmels- und Erdsphären für immerdar miteinander verbunden, tröstlich gleich dem Atem, der aus mondüberrieseltem All in die Brust zurückkehren soll, tröstlich verkündend, daß nichts umsonst gewesen, daß das um der Erkenntnis willen Getane nicht umsonst getan worden ist und dank seiner Notwendigkeit nicht umsonst gewesen sein konnte. Hoffnung im Nichtvollendeten und Nichtvollendbaren, und daneben, ganz schüchtern, die Hoffnung auf Fertigstellung der Äneis. Hoffnunghallendes Echo der Verheißung im Irdischen, rückhallend in der irdischen Zuversicht; empfangsbereit ist der Sterbliche, umgeben vom irdischen Sein.

Trost und Zuversicht, der Trost der Nichtvergeblichkeit, obwohl die kristallene Decke der Himmelsverborgenheiten sich nicht geöffnet hatte, obwohl kein Bild dort erschienen war, geschweige denn ein letztes Sinnbild; verhüllt war das Auge der Nacht geblieben, ungebrochen sein eigenes, und nach wie vor waren die Unermeßlichkeitszonen bloß in Spiegelung und Gegenspiegelung zu verbinden, nach wie vor war es bloß gewußte, vom Blick erschaffene Einheit, zu der sich die unermeßlichen Getrenntheiten des Oben und Unten zusammenfügen ließen, nach wie vor war es bloß der Vorhof der Wirklichkeit, in dem er stand, war es bloß der Raum der irdischen Frage, in deren Jetzt er hineingehalten wurde, verwehrt die Vollwirklichkeit letzter Einheit, und trotzdem war es Trost und Zuversicht. Kühlstaubig rann das Mondlicht durch die Nachthitze, durchtränkte sie, ohne sie zu mindern, ohne sich ihr mitteilen zu können, blindkühles Echo des steinernen Himmelsblinkens, gemalt in die hitzige Finsternis. Oh des Menschen Zuversicht, welche weiß, daß nichts umsonst geschehen ist, daß nichts umsonst geschieht, obwohl es bloß Enttäuschung gibt und kein Weg aus dem Dickicht hinausführt; oh Zuversicht, welche weiß, daß selbst dort, wo es zum Unheil ausschlägt, der Erkenntnisgewinn des Erlebten gewachsen ist, bleibend der Erkenntniszuwachs in der Welt, bleibend in ihr das kühlhelle Echo der Zufallslosigkeit, zu der das irdische Handeln des Menschen sich durchzuringen vermag, so oft es seiner erkenntnisbestimmten Notwendigkeit folgt und zu einer ersten Erhellung der Irdischkeit und ihres Herdenschlafes gelangt. Oh Zuversicht voller Zuversicht, nicht herabgestrahlt vom Himmel, sondern in der menschlichen

Seele kraft der ihr auferlegten Pflicht zur Erkenntnis irdisch entstanden –, wird also nicht auch die Erfüllung der Zuversicht, sofern sie erfüllbar ist, ebenso irdisch erfolgen müssen? Das Notwendige vollendet sich stets im schlicht Irdischen; der strömende Kreislauf der Frage wird immer nur im Irdischen seine Schließungsstelle finden, und mag die Erkenntnisaufgabe auch oft und oft bis ins Überirdische reichen, mag ihr sogar die Vereinigung der getrennten All-Sphären aufgetragen sein, es gibt keine echte Aufgabe ohne irdischen Ausgangspunkt, keine, die nicht mit Möglichkeiten ihrer Lösung irdisch verwurzelt wäre. Mondverweht, mondflüchtig lag nun die irdische Welt vor ihm hingebreitet, hatte sich das Menschliche unter sich selbst zurückgezogen, geflüchtet in den Schlaf, verborgen in den schlafsatten Häusern, abgesunken unter sich selbst, abgeschieden von den hinaufgesunkenen Sternen, und die Stille der Welt war zwiefache Verlassenheit zwischen der oberen und der unteren Zone; keine Stimme unterbrach die hauchlose Ruhe, nichts war vernehmbar außer dem leisen Auf- und Abprasseln der Wachtfeuer und den gelangweilt schweren Tritten des längs der äußern Umfassungsmauer patrouillierenden Postens, die rundenmäßig näherkamen und wieder verhallten, doch horchte man genauer hin, so war es, als schwänge auch hier ein leises Echo von irgendwoher mit, ein begleitender Laut, kaum mehr Widerhall, kaum mehr gebrochen, nur noch zerstäubt, dennoch widergebrochen an den Hauswänden des Platzrandes, gebrochen im Winkelwerk der Gassen und der Wohnhöhlen, gebrochen am großen Steingefüge der Stadt und der Städte, gebrochen an den Wänden der Gebirge und Meere, gebrochen an der trüb-kristallenen Unterwölbung des Himmels, gebrochen am Sternenlicht, gebrochen am Unerkennbaren, hingehaucht und zerstäubungsgebrochen, in Zitterwellchen heranschwingend, alsogleich jedoch wieder wegschwindend, sobald man es erhaschen wollte. Aber irdisch vorhanden und dabei seltsam sphärenverbunden hielt das schwache Geprassel der Feuer hinter der Mauer weiter an, und wenn auch manchmal gleicherweise bis ins Echohafte und Unsichtbare verebbend, wenn auch selber eingereiht in die Kette der Bilder und Aber-Bilder, es war wie ein Hinweis auf die Nicht-Vergeblichkeit der menschlichen Bemühung, wie ein Hinweis auf den irdischen Ursprung des der Menschenseele eingeborenen titanischen Einheits-Willens; es war wie eine Aufforderung an die Erkenntnis, sich zur Erde hinab und ins Irdische zu wenden, um hier ihre Erneuerungskraft zu finden, das Prometheische, das aus dem unteren Bereich und nicht aus dem oberen herstammt. Ja, dem irdischen Bereich hatte er seine Aufmerksamkeit zuzuwenden, und aufmerksam wartete er, sehr atemmüde über die Fensterbrüstung gebeugt, das Notwendige erwartend, das da kommen sollte.

Unter ihm gähnte es in brunnengleicher Schwärze, der schmale Raum zwischen dem Palast und der Umfassungsmauer, unbeleuchtet tief der schwarze Grund des Schachtes, während hinter der Mauer, völlig von ihr verdeckt, lediglich im Widerschein sichtbar, eines der Wachtfeuer brannte, und wenn der Wachtposten auf seinem Gang den kleinen Flackerbereich durchquerte, dann glitt über das mattrötlich beschienene Steinpflaster undeutlich der Schatten des Mannes hin, ein dunkles Schattenhauchen, das manchmal an der gegenüberliegenden Gebäudewand hochsprang, zackig und augenblicksrasch, fast unwirklich vor seltsam unvermuteter Beweglichkeit. Was dort unten, verdeckt von der Mauer, vor sich ging, war simpelste militärische Pflichterfüllung, nichtsdestoweniger, eben wie jede menschliche Pflichterfüllung, seltsam mit dem Wissensgrund der Erkenntnis, mit der Erkenntnisaufgabe schlechthin und ihrer Nichtvergeblichkeit verbunden; was da geschah, ging im Vorhof der Wirklichkeit vor sich, in der Nähe des Endgültigen. Und nicht aus der Sternensphäre, und nicht aus der Zwischensphäre unter den Sternen wird der Durchbruch zur Ur-Wirklichkeit erfolgen, nicht dort wird sich die verheißene Nichtvergeblichkeit erfüllen, wohl aber in der Sphäre des Menschen, und vom Menschen aus wird der Anstoß zur Durchbrechung der Grenzen erfolgen; göttlich ist der Mensch hiezu vorbestimmt, göttlich ist ihm die Zuversicht hiezu verliehen, göttlich seine Notwendigkeit, und mag auch der Zeitpunkt des großen Wirklichkeitsgelingens so wenig voraussagbar sein, daß keiner erforschen kann, ob das schicksalsverborgene Ereignis in unerlebbarer Zukunft oder in unmittelbarem Jetzt statthaben wird, oder ob es nicht sogar schon eingetreten ist, unabweislich ergeht aus dem Schicksalsverborgenen, drängend und mahnend, das Geheiß zur Wachsamkeit, das Geheiß jeden Augenblick festzuhalten, gewärtig des Augenblicks der Offenbarung, der Offenbarung im Zufallslosen, im Gesetze, im Menschlichen. Der

Befehl tönte aus dem Unerforschlichen, und er tönte in dem verloren-unhörbaren, pochenden Klingen des müd-heißen, fiebrigen, monddurchflossen-schwarzen Glastes, der das Irdische umfing, unbeweglich über die Dächer hinfloß, zum Fenster herfloß und auch ihn, der hier stand, umfangen hielt, ihn mit dem Befehl zur Wachsamkeit einhüllend, als wäre diese ein Teil des Fiebers. Und fiebernd richtete er seine Wachsamkeit auf das Sichtbare, schier sehnsüchtig, daß dort irgendwo ein menschliches Lebewesen sich zeige. Nichts zeigte sich. Landwärts im Südwesten stand das dräuend hellglänzende Bild des Skorpions, stand über einer verflimmernden Erde, es verflimmerte die Grenze zwischen den Stadthäusern da draußen und den von ihnen halbverdeckten Nachthügelwellen der Landschaft, es verflimmerten die auf- und abwogenden Wellen der Felder und Haine und Wiesen, ihre Halmwellen, ihre Laubwellen, vom Monde kühlsteinern durchflossen und von letzter Unendlichkeitsschwärze hinterwölbt, sie verflimmerten in den steinern tönenden, steinern kühlen, steinern bebenden Fieberwellen des eingefluteten Sternenraumes, nachtgetränkt, lichtgetränkt, dahingleitend und vergleitend, dahinströmend, und das blasse Glänzen hatte kein Ende im Unsichtbaren. So flutete es dorthin und flutete zurück, heißkühl und schattenlicht im doppelten Ursprung, hinabgesenkt in die Schwärze, hinabgeflossen in die Schächte der Höfe, der Plätze, der Gassen, hingebreitet über das Sichtbar-Unsichtbare des Irdischen. Schräg gegenüber mündete eine Gasse in den Platz; in ihrer geraden Strecke dem Blicke geöffnet, war sie vom Monde hell durchstrichen, nur hie und da war sie von höheren Häusern überdunkelt, und an der Dächerflucht war zu erkennen, daß sie in ihrem weitern Verlaufe zum Stadtrande hinführte, in einer leichten Doppelbiegung, die der des Skorpionenbildes dort drüben glich und darauf hinzielte, verführerisch die Formähnlichkeit, verführerisch das Hinzielen, ja so sehr verführerische Verlockung, daß sie zu Bangigkeit wurde, zu einer Sehnsucht, hinwandern zu dürfen, die Straße entlang, ihre Biegungen leicht durcheilend, ins Land hinaus, dem Sternbilde zu, Heimat um Heimat durchwandernd, die Haine der Lichtfieber und der Schattenfieber durchquerend, heiter der Traumesschritt, der sie durchfliegt; oh, hinauszuwandern über die Blickstraßen, die im Ziele wieder den Ursprung enthalten, für ewig und ohne Umkehrung.

Keines Führers bedarf es auf solch leichtem Wege, aber auch keines strengen Erweckers, denn ohne Unterlaß währt der durchleuchtet-schimmernde Schlummer der Welt; es galt bloß vorwärtszuschreiten, vorwärtszuwandern im Unerrufbaren, geöffnet alle Grenzen, und nichts vermag den Wandelnden mehr aufzuhalten, niemand überholt ihn, niemand kommt ihm entgegen, das Göttliche eilt ihm nicht voraus, und er begegnet nicht dem Tierischen, unbeschwert von beiden ist sein Fuß, aber die Richtung, die er geht, ist die des Trostes und der Zuversicht, ist die der Notwendigkeit, ist die des Gottes. War es so? gab es hier wirklich keine Gegenrichtung mehr? Wird nicht doch noch einer in der Gegenrichtung daherkommen, zurückstrebend ins Tierische, zurückfallend ins Untierische?

Es hieß warten, mit großer Geduld warten, und es dauerte lange, unerträglich lange. Dann jedoch, dann kam etwas. Und sonderbar, das was kam, obwohl das Gegenteil alles Erwartbaren, war gleichfalls wie von Notwendigkeit herbefohlen. Zuerst kam es als Hörbild, nämlich als das langsam aus der Stille sich lösende Hörbild von Schlurfschritten und undeutlichem Gemurmel, und es blieb eine geraume Zeit im Schatten versteckt, ehe die zugehörigen Gestalten auftauchten, drei undeutliche weiße Flecken, die schwankend und oftmals stockend, ineinander verfließend und wieder auseinanderstrebend, sichtbar im Mondlicht, untertauchend ins Dunkel, gleichsam widerwillig sich heranschoben. Atemlos vor gespannter Wachsamkeit, atemlos vor Beklommenheit im unatembaren Nachtglast, krampfverschränkt die Hände, krampfhaft die Finger über den Ring verschränkt, krampfhaft zum Fenster hin vorgebeugt und den Kopf weit vorgestreckt, verfolgte er das Herannahen der drei Erscheinungen. Für eine Weile blieben sie nun stumm, dann aber, im Gegensatz zu dem vorhergegangenen undeutlichen Gemurmel, plötzlich scharf und äußerst deutlich, wurde eine Stimme laut, eine krähende Tenorstimme; beinahe schreiend, als hätte sich ihr Träger zu einem unwiderstehlich endgültigen Entschluß aufgerafft, erfolgte die Verkündigung: »Sechs Sesterzen.« Wieder wurde es stumm, fast hatte es den Anschein, als ließe das Endgültige überhaupt keine Antwort mehr zu, doch dann wurde sie trotzdem erteilt: »Fünf«, sagte eine zweite Mannsstimme, unwohlwollend-wohlgelaunt, in einem ruhigen, nahezu schläfrigen Baß, der zweifelsohne jede weitere

Verhandlung abschneiden wollte: »Fünf.« – »Scheiße, sechs!«, krähte uneingeschüchtert die erste Stimme, worauf sich nach einigem unverständlichen Hin und Her der Baß ins ruhig Endgültige zurückzog: »Fünf, und nicht ein As mehr.« Sie blieben stehen. Bisher war nicht zu ergründen, um was da gehandelt wurde, indes nun mischte sich die dritte Stimme ein, und es war die eines betrunkenen Weibes: »Sechse gibst ihm!«, befahl sie mit einem umkippend fettigen Kreischen, hinter dessen ungeduldig fordernder Dringlichkeit irgend etwas kriecherisch Erbötiges herauslugte, freilich ohne damit viel zu erreichen, denn nun bestand die Antwort bloß aus einem kehlig-höhnischen Lachen. Und gereizt von dem Lachen und dem unangreifbaren Hohn, überschlug sich die Weibsstimme zur Wut: »Am meisten fressen, aber nix zahlen... Fleisch willst haben, und Fisch willst haben, und alles...«; und als daraufhin wiederum nur das bellende Mannslachen ertönte, ging es weiter: »Mehl soll ich kaufen, und Zwiebel, und alles, und Eier und Knoblauch, und Öl, und Knoblauch... und Knoblauch...« – betrunken japsend, begleitet von dem sie anfeuernden Mannslachen, das in ein breitkeuchendes Gurgeln übergegangen war, hielt sie sich an der Unerschwinglichkeit des Knoblauchs fest –, »Knoblauch willst ham... Knoblauch...« – »Hast recht«, krähte der Tenor dazwischen und entschied sich mit unvermitteltem Gedankensprung zu einem »Gib Ruh!« Sie jedoch, als hätte das Wort aufklärerische Kraft, ließ sich nicht abhalten: »...Knoblauch... Knoblauch soll ich kaufen...« Sie waren neuerlich von der Dunkelheit aufgenommen worden, aus der Dunkelheit erscholl der Ruf nach Knoblauch weiter, und wirklich wie aufs Stichwort war mit einemmal die fiebrige Finsternis der Nacht von sämtlichen Küchengerüchen, welche die Stadt nur aushauchen konnte, beladen und geschwängert, schwer, satt, geil, ölig, bequem und furchtbar, verdauend und verwest, verprasselt, pfannenstinkend, wiederkäuerisch, die schlafsüchtige Nahrung der Stadt. Für einige Augenblicke wurde es still, sonderbar erstickt, als wären von dem trägen Dunst auch die drei da drunten verschluckt worden, und selbst nach ihrem Wiedereintritt ins Helle hatten sie nichts mehr zu sagen; das Argument des Knoblauchs war ausgeschöpft, sie kamen stumm heran, deutlicher und deutlicher werdend, allerdings bei aller Stummheit keineswegs friedfertig geworden: zuvorderst zeigte sich ein auffallend dürrer Kerl, der mit hochgezogener Schulter an einem Stocke hinkte und diesen drohend hob, so oft er stehenbleiben mußte, um die beiden anderen nachfolgen zu lassen, in einiger Entfernung hinter ihm das Weib, dick und massig, und schließlich, womöglich noch dicker, womöglich noch besoffener, jedenfalls noch schwerfälliger, der andere Mann, ein breitbauchiger Turm, der den ständig wachsenden Abstand zu der Frau hin nicht aufzuholen vermochte und endlich mit einem greinenden Piepsen und aufgehobenen Kinderhänden sie aufzuhalten trachtete; so kamen sie daher, ein schwankend unsicherer Anblick, der noch ein wenig unsicherer wurde, als sie an der Straßenmündung in den schwankenden Schein des Wachtfeuers gerieten; so waren sie hier vor seinen Augen angelangt mitsamt ihrem neuausbrechenden Hader, da der hinkende Anführer mit einer hafenwärts gerichteten Linkswendung sich anschickte den Platz zu überschreiten, und die Frau ihm ein »Scheißkerl!« nachgellte, so daß er, haltmachend und sein Vorhaben aufgebend, sich umkehrte und mit fuchtelndem Stock auf sie losging, zwar nicht furchteinflößend für die unentwegt Weiterkeifende, wohl aber für den dicken Turm, der sich piepsend zur Flucht wandte und damit die Frau zwang ihm nachzulaufen und ihn zurückzuzerren –, ein Erfolg, der für den andern so erfreulich war, daß er den Stock sinken ließ, um nun erst recht jenes bellend dickkehlige Hohnlachen auszustoßen, das schon vordem die Frau zur Raserei gebracht hatte. Alsogleich stellte sich das nämliche Ergebnis ein, die Frau wurde rasend: »Heimgehen!«, herrschte sie den dürren Lacher an, und als dieser mit hin- und herwippendem, ausgestrecktem Finger, seine frühere Absicht unterstreichend, in die Hafenrichtung wies, streckte sie, keuchend vor schwabbelnder Aufregung, ihrerseits den Arm in die entgegengesetzte Richtung aus: »Mach, daß du heimkommst, in der Stadt hast nix mehr zu suchen... mir machst nix vor, ich weiß schon, was du dorten hast, ich kenn sie schon, deine Schlampen...« – »Hoh?«, der wippende Finger kam zur Ruhe, die Hand formte sich zum Becher und zur Trinkgebärde. Dies war für den Dicken, der sich an die Hausmauer gelehnt hatte, so einleuchtend, daß er zu der Endgültigkeit seiner Entschlüsse zurückfand: »Wein«, gluckste er verklärt, und setzte sich in Bewegung. Die Frau versperrte ihm den Weg: »Ah, Wein«, geiferte sie, »Wein?... zu seiner Schlampen will er, und ich, ich soll ihm kochen... Schweinefleich will er haben und alles will er haben...« – »Schweinchenfleisch«, krähte der Tenor. Verächtlich stieß sie ihn zu der Mauer zurück, aber beinahe weinerlich wandte sie sich dem andern zu: »Alles willst haben von mir, aber nix zahlen...« – »Fünfe zahl ich ihm, hab ich gesagt... komm mit, kriegst Wein.« – »Pfeif auf dein' Wein... sechse zahlst ihm.« – »Er kriegt auch Wein.« – »Er braucht dein' Wein nicht.« – »Das geht dich ein Dreck an, du Aas; fünfe zahl ich ihm, nicht ein Deut mehr, und Wein kriegt er.« – »Fünfe«, erklärte mit Würde der Fettwanst an der Mauer. Das Weib fuhr auf ihn los: »Was hast gesagt? was hast gesagt?!« Erschrocken suchte er nach einer Ausrede; schließlich äußerte er freundlich-verbindlich: »Scheiße.« – »Was hast ihm gesagt?!« Sie ließ nicht locker, und in die Enge getrieben, wiederholte er voll erzwungenen Mutes seiner neuen Überzeugung gemäß: »Fünfe.« – »Das sagst noch, du Schlauch, du Weinbauch... und's Fressen soll ich für Euch herschaffen... ohne Geld soll ich's schaffen...« Es machte auf den Dicken keinen Eindruck: »Wein... kriegst auch Wein«, fistelte er glückselig, als müßte er jetzt für seinen Mut belohnt werden. Sie hatte ihn an der Tunica gepackt: »Das ganze Geld tragt er zu der Schlampen... sechse muß er zahlen, hörst, sechse...« – »Sechse«, sprach der Turm fügsam nach und machte Anstalten, sich niederzusetzen, was ihm freilich unter der haltenden Hand der Frau nicht gelang. Für den Dürren war es ein Quell nicht enden wollenden, grölenden, stockfuchtelnden Vergnügens: »Fünfe hat er gesagt, und fünfe zahl ich ihm; dabei bleibt's!« – »Nicht wahr is«, fauchte sie, und den Fettwanst immer noch an der Tunica haltend, schrie sie ihm ins Gesicht: »Sag's ihm, sechse sind's, sag's ihm!« Bei alldem verlor ihre Stimme, mochte sie sich auch noch so sehr überschlagen, nicht den werbend anbieterischen Unterton; nur war nicht festzustellen, wem der zu gelten hatte. Immerhin wurde der Dürre, seine Heiterkeit etwas unterbrechend, jetzt um einen Grad versöhnlicher: »Was willst denn? Mehl kriegst sowieso vom Cäsar umsonst...« Sie stutzte, und dies gab dem Dicken, der sich unter ihrem zerrenden Griff wand, nicht nur eine Atempause, sondern auch die Gelegenheit, von der leidigen Sesterzenangelegenheit endlich loszukommen: »Heil dem Augustus!« krähte er zu der kaiserlichen Wohnstatt herüber, und hochgezückten Stockes bekräftigte der andere, der sich gleichfalls dem Palaste zugewandt hatte, den fröhlich quäkenden Ruf mit einem dröhnenden »Heil ihm!«, und nochmals erscholl es quäkend begeistert »Heil dem Augustus!«, und nochmals salutierte der Dürre mit dröhnendem »Heil ihm!« – »Maul halten, Maul halten, alle beide!«, fuhr das Weib angewidert zornig dazwischen, und tatsächlich, für ein paar Sekunden hatte es eine Wirkung: wohl nicht gerade aus Achtung vor dem Befehl der Frau, eher noch aus Achtung vor dem angerufenen Cäsar, es verstummten die beiden, ja sie erstarrten sogar, offenen Mundes der Dicke, erhobenen Stockes der Dürre, und während der stockbewehrte Schatten im aufprasselnden Feuerschein an der Mauer hochflackte und die Frau, die schweren Arme in die Hüften gestützt, die schöne Wirkung betrachtete, hätte man meinen können, es würde die Regungslosigkeit nunmehr für alle Ewigkeit andauern, bis sie eben doch durch das neuanhebende, neuaufdröhnende Lachgebell abgebrochen wurde, jählings abgehackt durch ein Lachen, in das nun auch das dicke Paar einstimmte, zuerst tenorig hell, geradezu rosig zwitschernd der Fettwanst, sodann willenlos kollernd, schwabbelig gackernd die Frau, und der Stock schlug den Takt, dreimäulig das Lachen, das schüttelnde Lachen, das aus einer unbekannten Feuertiefe feucht heraufquoll, dreiköpfig der Hohn, mit dem sie sich selbst und einander verspotteten, dreileibig der unbekannte, der unbekannteste Gott. Es drängte zu einem Höhepunkt, und der Magere fand ihn: »Wein«, schrie er, »kriegst dein Wein, Dicker, Wein für alle, Wein aufs Wohl vom Cäsar!« – »Hui, hui, hui«, gackerte die Frau, und ihr Lachen purzelte über sich hinaus, ins Zornige und dabei erst recht ins anbieterisch Unzüchtige, »dein Cäsar, den kenn ich...« – »Mehl vom Cäsar«, belehrte sie hold der patriotische Turm und begann, sich von der Mauer zu lösen, »Mehl vom Cäsar, hast es selbst gehört... Heil ihm!« Fast wäre zu erwarten gewesen, daß sie daraufhin wieder ihren Knoblauchruf hätte ausstoßen müssen, so sehr war es wie ein Herumirren auf der nämlichen Stelle, und als nun gar noch der andere, grölend und sich verschluckend, mit der Bestätigung anrückte: »Jawohl, morgen wird's austeilt, morgen läßt er's austeilen... kost dich garnix!«, da riß ihr die Geduld: »Ein Dreck wird austeilt«, – sie kreischte, daß es über den ganzen Platz hingellte–, »einen Dreck gibt der Cäsar her... ein Dreck is dein Cäsar, ein Dreck ist er, der Cäsar; tanzen und singen und ficken und huren kann er, der Herr Cäsar, aber sonst kann er nix, und ein Dreck gibt er her!« – »Ficken... ficken... ficken...«, wiederholte der Dicke beseligt, als hätte sich ihm mit diesem einen zufälligen Wort die gesamte Weltgeilheit in ihrer ganzen Zufallsbrunst eröffnet, »der Cäsar fickt, Heil dem Cäsar!« Der Dürre war unterdessen einige Schritte weitergehumpelt, möglicherweise besorgend, daß die Wache sich nähern könnte, und obschon sein Nachtlachen nach wie vor kehlgrölig anhielt, so klang es doch beunruhigt, als er jetzt über die hochgezogene Schulter hin zurückrief: »Vorwärts... kriegst Wein, vorwärts!« Freilich fruchtete es nichts, und vermutlich gab es da überhaupt nichts mehr, was hätte fruchten können, denn der Dickwanst, obstinat entzückt von dem tanzenden und fickenden Cäsar, war unmißverständlich darauf aus, es dem Erhabenen gleichzutun, und patriotisch bemüht, sein Liebeswerben mit Heilrufen auf den Augustus Vater, auf den Augustus Cäsar, auf den Retter Augustus, vornehm zu unterstützen, trachtete er, lüstern bittend die Hände vorgestreckt, an die schimpfend und fluchend zurückweichende Frau heranzugelangen, tappend und täppisch, kleine Krählaute ausstoßend, ein vergnüglich zwitschernder, begattungsbereiter Koloß, der infolge seiner Giertrunkenheit in hüpfendes, geradezu leichtfüßiges Tänzeln geraten war, taubblind auf sein Ziel gerichtet und sicherlich nicht gewillt davon abzulassen, hätte nicht ein überraschender Stockhieb des leise Herbeigehinkten dem Spiel plötzlich ein Ende bereitet: es war unbeschreiblich rasch und still vor sich gegangen, man hatte nichts gehört, es war, als hätte der Stock in einen Haufen Daunen geschlagen, und auch nicht ein einziger Laut des Erschrekkens oder des Schmerzes war hörbar geworden, kein Ächzer und kein Seufzer wurde vernommen, der Dicke war einfach hingeplumpst, wälzte sich ein wenig und blieb dann ruhig liegen –, der Mörder jedoch scherte sich nicht weiter um ihn, sondern entfernte sich, ohne sich auch nur umzuschauen, er hinkte gleichmütig von dannen, allerdings nicht dem Hafen und dem Weine und der Schlampen zu, vielmehr trat er den ihm von der Frau befohlenen Heimweg an, bekümmert um diese, die wie unschlüssig – vielleicht betroffen und gerührt ob der Plötzlichkeit des Verlöschens oder ob der so plötzlich verloschenen Zufallsbrunst – sich in einem gleichsam theaterhaft trauernden

Verweilen über den Leichnam gebeugt hatte, ehe sie es nach wenigen Augenblicken von sich abtat und entscheidungsrasch sich beeilte den Davonhinkenden einzuholen; dies alles geschah derart geschwind, derart ferne, derart tief eingewoben in den fiebrig unbeweglichen Nachtglast, daß wohl niemand vermocht hätte, hier hindernd einzugreifen, am allerwenigsten ein Kranker, der vom Fenster aus den Vorgang hatte verfolgen müssen, unfähig zu einem Schrei, unfähig zu einem Winken, gelähmt und erstarrt und gebannt infolge der ihm geheißenen Wachsamkeit, infolge der ihm auferlegten Pein, überdies aber weil er kaum zur Besinnung des Geschehenen hatte gelangen können, denn bevor noch das flüchtende Mörderpaar dort unten hinter dem zinnengekrönten, scharf vorspringenden Eck der Umfassungsmauer verschwunden war, da regte sich der Gefallene, und nachdem er es zustande gebracht hatte, sich in die Bauchlage zu drehen, krabbelte er auf allen vieren wie ein Tier, wie ein großer plumper Käfer, der ein Beinpaar verloren hat, eilends den Gefährten nach. Nicht Komik, nein, Schrecknis und Furchtbarkeit umwitterten das Fabeltier, und Schrecknis wie Furchtbarkeit hielten noch an, als es sich endlich auf die Hinterbeine stellte, um sein Wasser an der Hausmauer abzuschlagen, hernach aber, bei jedem Schritt den Halt verlierend und die Mauer abtastend, an ihr weitertorkelte. Wer waren die drei gewesen? waren sie Abgesandte der Hölle, entsandt aus dem Elendsquartier, in dessen Fensterreihen er geblickt hatte, unbarmherzig vom Schicksal zum Blick genötigt?! was würde er noch alles sehen, was noch alles antreffen müssen? war es noch immer, noch immer nicht genug?! Oh, nicht ihm hatten diesmal die Schimpfworte gegolten, nicht ihm galt der Hohn und das Lachen, von dem die drei geschüttelt worden waren, dieses grölende, bellende, mitreißende Mannslachen, das mit dem Weiberlachen aus der Elendsgasse keinerlei Ähnlichkeit besaß, nein, Ärgeres regte sich in diesem Lachen, Schrecknis und Furchtbarkeit, und es war die Furchtbarkeit des Sachlichen, das sich nicht mehr an den Menschen wendet, weder an ihn, der es hier am Fenster gesehen und vernommen hatte, noch sonst an irgendeinen Menschen, gleichsam eine Sprache, die nicht mehr Brücke zwischen Menschen ist, gleichsam ein außermenschliches Lachen, dessen Hohnbereich den sachlichen Weltbestand als solchen umfaßt, und das, über jeden menschlichen Bereich hinausreichend, den Menschen nicht mehr verlacht, wohl aber mit der Bloßstellung der Welt ihn einfach vernichtet; oh, so hatte es im Lachen der drei Gestalten geklungen, Entsetzen ausdrückend, Entsetzen vermittelnd, das Mannslachen, das spaßgrölende Lachen des Entsetzens! Warum, oh, warum war es zu ihm geschickt worden?! welche Notwendigkeit hatte es hergeschickt? Er beugte sich hinaus, um den dreien nachzulauschen –, dort am Südhimmel, dort spannte unbewegt-stumm der Schütze den Bogen gegen den Skorpion hin, schützenwärts waren die drei verschwunden, und aus der Stummheit flatterten noch ein und das andere Mal, erst roh zerrissen, dann leicht zerfranst, erst bunt, dann grau, und schließlich verflatternd die restlichen Unflatsfetzen ihrer Schimpfreden heran, ein glitschig fettes, keifendes Auflachen der Weibsstimme, anbieterisch-gebieterisch in ihrem greinenden Jammer, ein paar Worte aus dem kehligen Baß des Hinkenden, ein und das andere Mal seine bellende Lache, zuletzt nur noch ein Dämmerfluchen, beinahe fernwehhaft, beinahe zart geworden und eingegangen in die übrigen Geräusche der Nachtferne, eingesponnen und einsgeworden mit jedem Ton, mit jedem letzten Tonrest, der sich der Ferne entlöste, einsgeworden mit dem Traumkrähen eines silberschläfrigen Hahnes, einsgeworden mit dem Verlorenheitsbellen zweier Hunde, die irgendwo draußen im verschimmernd Freien, vielleicht auf irgendeiner Baustelle, vielleicht bei irgendeinem Landhaus, einander ihr Monddasein zuriefen, das brückenlose Zwiegespräch des Tieres, einsgeworden mit den Tönen eines Menschenliedes, das bruchstückweise aus der Hafenzone heraufdrang, erkennbar zwar noch in seinem Ursprung, nördlich herangeweht, dennoch schon beinahe richtungslos, zart auch dies, obwohl es vermutlich zu einem lachenumbrüllten obszönen Matrosensang aus weinstinkender Taverne gehörte, zart und fernwehhaft, als sei die stumme Ferne, als sei das starr Jenseitige in ihr der Ort, an dem die stumme Sprache des Lachens und die stumme Sprache der Musik, beides Sprache außerhalb der Sprache, unterhalb und oberhalb der Grenze menschlicher Gebundenheit, sich zu neuer Sprache verbündeten, zu einer Sprache, in der die Furchtbarkeit des Lachens wundersam von der Holdheit des Schönen aufgenommen, indes nicht aufgehoben, sondern zu verdoppelter Furchtbarkeit verstärkt wird, zur stummen Sprache der außermenschlich-erstarrtesten Ferne und Verlassenheit, zur Sprache außerhalb jeglicher Muttersprache, zur unerforschlichen Sprache der vollkommenen Unübersetzbarkeit, unverständlich in die Welt eingegangen, unverständlich und unerforschlich die Welt mit ihrer eigenen Ferne durchdringend, notwendig in der Welt vorhanden ohne sie verändert zu haben, und eben darum doppelt unverständlich, unsagbar unverständlich als die notwendige Unwirklichkeit im unverändert Wirklichen!

Denn nichts hatte sich verändert: gestaltenerstarrt und stumm, unverändert im Sichtbaren, tiefeingesenkt unter die Oberfläche des Himmels stand die Vielfalt der Sterne, nordwärts die vom Arme des Herkules bezwungene Schlange, südwärts der drohende Schütze, unverändert drunten im Unsichtbaren standen die dunkelheitstarrenden Wälder durchschlängelt von mondknisternden Nachtwegen, durcheilt vom traumsatten Wild, das die glitzernde Tränke sucht, unverändert im fernheimatlichsten Unsichtbaren grüßten mit leuchtenden Gipfeln stillüberglänzt die Berge den bergüberglänzenden Mond, unsichtbar-fernst ein silbernes Rauschen das Meer, so stand die Nacht aufgetan im Sichtbaren und Unsichtbaren unverändert vor ihm, eine von den Nachtmyriaden in unabänderlicher Unveränderlichkeit seit Urbeginn, aufgetan die Welt im Aberunsichtbaren, Sphäre um Sphäre voneinander getrennt, unverändert der Vorhof der Wirklichkeit; oh, nichts hatte sich verändert, doch alles war in jene neue Ferne gerückt, welche jegliche Nähe aufhebt, jegliche Nähe durchdringt und sie ins Unerforschliche übersetzt, die eigene Hand fremd macht und den eigenen Blick zum Unsichtbaren hin erstreckt, in eine allgegenwärtige Ferne, die das Licht und selbst da unten den mauerverdeckt abprasselnden Feuerschein in ihr Nirgendwo aufsaugt, Ferne, die jeden Ton des Lebens, ja selbst auch da unten den einsam seltenen Wachtpostenschritt entsinnlicht und im Unerlauschbaren beheimatet, Ferne in der Nähe, Überferne in der Ferne, äußerste und zugleich innerste Grenze beider, das Unwirkliche in ihrer beider Wirklichkeit, verzaubert in ihnen beiden das Fern-Entrückte –, die Schönheit.

Denn
an der entrücktesten Grenze strahlt die Schönheit auf,
aus entrücktester Ferne strahlt sie in den Menschen

erkenntnisentrückt, frageentrückt,
mühelos
nur noch dem Blick erfaßbar,
die von der Schönheit gestiftete Einheit der Welt,
gegründet auf dem schönen Gleichgewicht der Überferne,
die alle Punkte des Raumes durchdringt, mit Ferne sie sättigend
und – schier dämonisch – nicht nur das Widersprechendste
in Gleichrangigkeit und Bedeutungsgleichheit auflöst,
sondern – noch dämonischer – an jedem Punkt auch
die Raumesferne mit Zeitenferne erfüllt,
stillstehend die Flutwaage der Zeit an jedem Punkt,
nochmals ihr saturnischer Stillstand,
nicht Aufhebung der Zeit, wohl aber ihr ewigwährendes Jetzt,
das Jetzt der Schönheit, als dürfte in ihrem Anblick
der Mensch, obwohl aufgerichtet und aufwärtswachsend, wieder zurücksinken
in sein dämmerig liegendes Lauschen,
neuerlich hinerstreckt zwischen den Tiefen des Oben und Unten,
neuerlich einswerdend mit dem lauschenden Blick, den er aussendet,
als erlaubte die Tiefe ein neuerliches Teilhaftigwerden, das
frei von Erkenntnis und Frage
urzeitlich und vor-urzeitlich auf Erkenntnis und Frage verzichten darf,
verzichtend auf die Unterscheidung von Gut und Böse,
entfliehend der menschlichen Erkenntnispflicht,
fliehend in eine neuerliche und darum falsche Unschuld, auf daß
das Verwerfliche und das Pflichtgebotene, das Unheil und das Heil,
das Grausame und das Gütige, das Leben und der Tod,
das Unverständliche und das Verständliche
zu einer einzigen unterscheidungslosen Gemeinsamkeit werden mögen,
umschlossen von dem einheitsstiftenden Band der Schönheit,
mühelos einverstrahlt in den sie umfassenden Blick,
und ebendarum ist es wie Verzauberung, und verzaubert-verzaubernd,

dämonisch allesaufnehmend ist die Schönheit,
alleseinschließend ihr saturnisches Gleichgewicht,
ebendarum aber auch ein Rückfall ins Vor-Göttliche,
ebendarum Erinnerung des Menschen an etwas, das noch
vor seinem Vor-Wissen stattgehabt hat,
Erinnerung an eine vor-göttliche Werdezeit der Schöpfung,
Erinnerung an eine unterscheidungslos dämmerhafte Zwischenschöpfung,
bar des Eides, bar des Wachstums, bar der Erneuerung,
dennoch Erinnerung und als solche fromm, wenngleich
eidlose, wachstumslose, erneuerungslose Frömmigkeit,
die dämonische Frömmigkeit der Schönheitsentrückung
in die Entrücktheit äußerster Grenzen,
doch ohne den Willen, die Grenze zu überschreiten,
rückgewendet zum Vor-Anfang,
das Vor-Göttliche göttlichen Anscheins,
die Schönheit;
denn so allesaufnehmend war die Nacht vor ihm hingebreitet, so sehr entrückt, so sehr erfüllt von dem silbernen Echostaub, der aus ihren fernsten Grenzen hertönte, daß sie mit allem, was sie barg, ununterscheidbar wurde, ein Sang, ein Lachensgegröle, ein Tierstimmenhauch, ein Windesrauschen, man wußte es nicht. Und dieses wissensfeindliche Nichtwissen, mit dem die Schönheit sich wie zum Schutz ihrer Zartheit und Zerbrechlichkeit einhüllt, ja einhüllen muß, weil die von ihr gestiftete Welteneinheit flüchtiger, widerstandsloser, anfechtbarer ist als die der Erkenntnis, außerdem aber, im Gegensatz zu jener, jederzeit vom Wissen beschädigt werden kann, dieses Nichtwissen wurde ihm vom ganzen Rund des Erschaubaren zusammen mit der Schönheit zugestrahlt, zart und dabei fast dämonisch als Verlockung, als die überhebliche Verführung der Bedeutungsgleichheit, dämonisch von der äußersten Grenze her zugeflüstert, zur innersten hindringend, ein schimmerndes ozeanisches Flüstern, monddurchströmt ihn durchströmend, gleichgewichtig wie die schwebenden Gezeiten des Alls, deren flüsternde Gewalt das Sichtbare und das Unsichtbare ineinandervertauscht, die Dingvielfalt in die Einheit des Selbst, die Denkvielfalt in die Einheit der Welt bindet, beides aber zur Schönheit entwirklicht: Wissenlosigkeit ist das Wissen der Schönheit, Erkenntnislosigkeit ist ihr Erkennen, jenes ohne Vorsprung von

Denken, dieses ohne Überschuß von Wirklichkeit und in der Erstarrung ihres Gleichgewichtes, erstarrt das flutende Gleichgewicht zwischen Denken und Wirklichkeit, erstarrt das weltzeugende Wechselspiel von Frage und Antwort, des Erfragbaren und des Beantwortbaren, bringt die Schönheit die Flutwaage des Innen und Außen zum Stillstand, wird sie erstarrten Gleichgewichtes zum Sinnbild des Sinnbildes. So war die Nacht um ihn herumgewölbt, gleichgewichtig in ebenmäßiger Schönheit, der dunkelglänzende Raum der Nacht saturnisch über alle Zeiten hinerstreckt, freilich so auch in der Zeit verbleibend und nicht über das Irdische hinausreichend, von Grenze zu Grenze gespannt und selber äußerste wie innerste Grenze an jedem Punkt, so war die Nacht um ihn und in ihm ausgespannt, und es ward ihm von ihr, von ihrem irdischen Gleichgewicht her, mit ihrer Schönheit das Sinnbild des Sinnbildes zugeflutet, alle Fremdheit der äußersten und innersten Grenzfernen mit sich bringend und dabei doch von seltsamer Vertrautheit, verhüllt im Nichtwissen und dabei doch seltsam enthüllt, da es sich ihm nun, wie unter einer zauberhaft plötzlichen zweiten Beleuchtung, als das Sinnbild seines eigenen Bildes zeigte, bei aller Überferne, so deutlich als wäre es von ihm selber geschaffen, die Versinnbildlichung des Ichs im All, die Versinnbildlichung des Alls im Ich, das ineinanderverschränkte Doppelsinnbild des irdischen Seins: die Nacht durchglänzend, die Welt durchglänzend, erfüllte die Schönheit alle Grenzen des grenzenlosen Raumes, und mit diesem in die Zeit gesenkt, durch die Zeiten hindurchgetragen, wurde sie zu deren ewigwährendem Jetzt, wurde sie zur grenzenlosen Begrenztheit der Zeit, wurde sie zum Ganzheits-Sinnbild der zeiträumlich begrenzten Irdischkeit, die Trauer der Begrenztheit offenbarend, und ebendarum Schönheit im Diesseitigen;
also in trauernder Traurigkeit,
also enthüllt sich dem Menschen die Schönheit,
enthüllt sich ihm in ihrer Insichgeschlossenheit, welche die des Sinnbildes und des Gleichgewichtes ist,
verzaubernd schwebend in dem Gegenüber
von schönheitsschauendem Ich und schönheitserfüllter Welt,
ein jedes der beiden im eigenen Raum, ein jedes der beiden in sich begrenzt,
ein jedes insichgeschlossen im eigenen Gleichgewicht, und

ebendeshalb beides
im Gleichgewicht zueinander, ebendeshalb in einem gemeinsamen Raum;
es enthüllt sich darin dem Menschen
die Insichgeschlossenheit der schönen Irdischkeit,
die Insichgeschlossenheit des zeitgetragenen, zeiterstarrten Raumes, des schwebend hingebreiteten, des zauberhaft schönen, der sich an keiner Frage mehr erneuert, an keiner Erkenntnis mehr erweitert,
die unerneuerbar-unerweiterbar stete Raumesganzheit, gehalten vom Gleichgewicht
der in ihr wirkenden Schönheit, und diese insichgeschlossene
Ganzheit des Raumes offenbart sich in jedem seiner Teile,
in jedem seiner Punkte, als sei ein jeder seine innerste Grenze,
offenbart sich in jeder einzelnen Gestalt, in jedem Ding, in jedem Menschenwerk,
in jedem als das Sinnbild seiner eigenen Raumhaftigkeit,
als deren innerste Grenze, an der jede Wesenheit sich selbst aufhebt,
das raumaufhebende Sinnbild, die raumaufhebende Schönheit, raumaufhebend
kraft der Einheit, die sie zwischen innerer und äußerer Grenze herstellt,
kraft der Insichgeschlossenheit des unendlich Begrenzten,
die begrenzte Unendlichkeit, die Trauer des Menschen;
also enthüllt sich ihm die Schönheit als ein Geschehen der Grenze,
und die Grenze, die äußere wie die innere,
sei sie die des fernsten Horizontes, sei sie die eines einzigen Punktes,
ist zwischen dem Unendlichen und dem Endlichen gespannt
im Entrücktesten, trotzdem immer noch im Irdischen, immer
noch in der irdischen Zeit, ja sie begrenzt die Zeit und bewirkt deren Verweilen,
ihr in sich ruhendes Verweilen an der Raumesgrenze,
doch sie hebt die Zeit nicht auf,
ist bloßes Sinnbild, irdisches Sinnbild der Zeitaufhebung,
bloßes Sinnbild der Todesaufhebung, nimmermehr diese selber,
Grenze des Menschlichen, das noch nicht über sich hin-

ausgelangt ist
und sohin auch Grenze des Unmenschlichen;
es enthüllt sich dem Menschen das Geschehen der Schönheit
als das, was es ist, als das, was die Schönheit ist,
als das Unendliche im Endlichen,
als die irdische Scheinunendlichkeit
und darum Spiel,
als das Unendlichkeitsspiel des irdischen Menschen in seiner Irdischkeit,
als das Sinnbildspiel an der äußersten irdischen Grenze,
Schönheit, das Spiel an sich,
das Spiel, das der Mensch mit seinem eigenen Sinnbild spielt, um damit
sinnbildhaft – anders glückt's nicht – der Einsamkeitsangst zu entgehen,
die schöne Selbsttäuschung aufs neu und aufs neu wiederholt,
die Flucht in die Schönheit, das Fluchtspiel;
da enthüllt sich dem Menschen die Starrheit der verschönten Welt,
ihre Unfähigkeit zu jeglichem Wachstum, die Begrenzung ihrer Vollkommenheit,
die bloß in der Wiederholung unvergänglich wird und
um solcher Schein-Vollkommenheit willen stets aufs neue gesucht werden muß,
es enthüllt sich ihm das Spiel der schönheitsdienenden Kunst,
ihre Verzweiflung, ihr verzweifelter Versuch,
aus vergänglichem Sein das Unvergängliche zu schaffen,
aus Worten, aus Tönen, aus Steinen, aus Farben,
auf daß der gestaltete Raum
die Zeiten überdauere
als schönheitstragendes Mal für kommende Geschlechter, die Kunst
raumbauend in jedem Bilde,
das Unsterbliche im Raum, nicht im Menschen
und darum wachstumslos,
gebunden an nur wiederholbare, wachstumslose Vollkommenheit, die niemals sich selbst erreicht, wachsend verzweifelt je vollkommener sie wird,
verkerkert der ewigen Wiederkehr zu ihrem Ausgang in sich selber

und darum hart,
hart gegen menschliches Leid, weil es ihr nicht mehr bedeutet
als vergängliches Sein, nicht mehr als Wort, Gestein, Getön oder Farbe,
benützt zur Schönheitssuche und Schönheitsentdeckung
in steter Wiederholung;
und es enthüllt sich dem Menschen die Schönheit als Grausamkeit,
als die wachsende Grausamkeit des ungezügelten Spieles, das
im Sinnbild Unendlichkeitsgenuß verspricht,
erkenntnisverachtenden, genießerischen Genuß
irdischer Schein-Unendlichkeit
und darob unbedenklich Leid und Tod zuzufügen vermag,
da es im grenzentrückten Gebiet der Schönheit geschieht,
nur dem Blick noch erreichbar, nur der Zeit noch erreichbar,
aber nicht mehr der Menschlichkeit und der menschlichen Pflicht;
so enthüllt sich dem Menschen die Schönheit als Gesetz ohne Erkenntnis,
die Verworfenheit einer Schönheit, die sich selbst zum Gesetz gesetzt hat
um ihrer selbst willen
insichbeschlossen, unerneuerbar, unerweiterbar, unentwickelbar,
der Genuß als Spielgesetz der Schönheit
genießerisch, wollüstig, unkeusch, unveränderbar
das schönheitsdurchtränkte, schönheitsdurchtränkende Spiel, das selber schönheitsverspielt
an der Wirklichkeitsgrenze abläuft und
die Zeit vertreibend, doch nicht sie aufhebend,
den Zufall ausspielend, doch ihn nicht beherrschend,
endlos wiederholbar, endlos fortsetzbar, dennoch
von vorneherein zum Abbruch bestimmt,
weil nur das Menschliche göttlich ist;
und so enthüllt sich dem Menschen der Schönheitsrausch
als das von vorneherein verlorene Spiel, verloren
trotz der Unvergänglichkeit des Gleichgewichtes, in dem es statthat,
trotz der Notwendigkeit, in der es immer wiederholt werden muß,

verloren, weil die Unvermeidlichkeit der Wiederholung zugleich auch
die Unvermeidlichkeit des Verlustes ist,
unvermeidlich einander verhaftet
der Rausch der Wiederholung und der des Spieles,
beide der Dauer untertan,
beide dämmerhaft,
wachstumslos sie beide, freilich in wachsender Grausamkeit,
indes das wahre Wachstum,
das Wissenswachstum des erkennenden Menschen
unbegrenzt von Dauer und frei von Wiederholung sich in der Zeit entfaltet,
entfaltend die Zeit zur Zeitlosigkeit, so daß
sie, die jede Dauer verzehrt, mit wachsender Wirklichkeit
Grenze um Grenze, innerste wie äußerste, aufreißt und überschreitet,
Sinnbild um Sinnbild hinter sich zurücklassend, und mag auch
der Schönheit letzte Sinnbildhaftigkeit nicht dadurch zerstört werden,
unangetastet die Notwendigkeit ihres letzten Ebenmaßes,
es wird, nicht minder notwendig, das Irdische ihres Spieles entlarvt,
entlarvt die Unzulänglichkeit des irdischen Sinnbildes,
es wird der Schönheit Trauer und Verzweiflung aufgedeckt,
aufgedeckt der ernüchterte Schönheitsrausch,
erkenntnisverlustig und verloren in Erkenntnislosigkeit
das ernüchterte Ich,
seine Armut –,
und er, dem dieses Ich als Sinnbild, dem diese Schönheit, dem dieses Spiel, dem dieser Ablauf einverstrahlt wurde, zugestrahlt in unentrinnbarer Notwendigkeit von den innersten und äußersten Grenzen der Welt, von den innersten und äußersten Raumesgrenzen der Nacht, so daß er dieses ganze Geschehen in sich trug, in sich barg und zugleich davon eingeschlossen wurde, hineingehalten in den Raum der Notwendigkeit, in den Grenzraum seines Ichs, hineingehalten in den Grenzraum der Welt, in das Sinnbild ihrer Raumlosigkeit, hineingehalten in den Raum des Spieles, den Raum der überfernen Nähe, den Schönheitsraum, den Sinnbildsraum, der in jedem seiner Punkte fraglich ist und doch alle Fragen verwehrt und erstarrt, hineingehal-

ten in alle Räume der Erstarrung, erstarrt er selber, erstickt von der Erstarrung, er fühlte, er erfaßte, daß keiner dieser Räume über die durchsichtige Decke hinausreicht, welche zwischen dem Oben und Unten gespannt ist, daß sie alle noch im Zwischenreich des Noch-nicht-Unendlichen liegen, daß ihre Grenze wohl schon die zum Unendlichen ist, selbst aber noch zum Irdischen gehört: das Noch-Irdische, der Bereich der Schönheit, das irdisch, das noch-irdisch Unendliche! in dieses war er hineingehalten, von diesem war er eingeschlossen; er war eingeschlossen vom Raum des irdischen Atmens, doch ausgeschlossen aus dem Raum der Sphären, aus dem Raum des wahrhaften Atmens. Und fühlend die Eingeschlossenheit, fühlend in ihr den Grund aller Erstarrung, den Grund aller Atem-Erstarrung, fühlte er ringsum die Zersprengungsgewalt, die sich gegen das Einschließende richtete, fühlte er die Notwendigkeit, die Unausweichlichkeit der Zersprengung, fühlte sie bis in die Tiefe seines Selbst, bis in die Tiefe seiner Seele, bis in die Tiefe seines Atmens und Nicht-Atmens; er spürte diese Zersprengung und er wußte um sie, spürend und wissend, wie sie sich in ihm und in der Welt vorbereitete, wie sie in ihm saß und zugleich ihn umschloß, er spürte sie geradezu körperlich, als ein körperlich lauerndes Etwas, das ihm wie der ganzen sichtbar-unsichtbaren Welt würgend den Atem raubte, trotzdem aber als dämonische Verlockung in ihm und um ihn webte, zu ihm heranwallend und in ihm hochwallend und über ihm zusammenschlagend, körperlich-entkörperlicht, die Verlockung zur Vernichtung und Allvernichtung, zur Zerschmetterung und Allzerschmetterung, zur Selbstpreisgabe, Selbstverhöhnung, Selbstvernichtung, erstickend, würgend, durchschüttelnd, dennoch befreiungsversprechend, so fühlte er die lauernde Sprungbereitschaft und Sprengungsbereitschaft, die Nähe einer unerforschlich vorzeithaften Unerinnerung, so spürte er es, so wußte er es, so wünschte er es sich herbei, in einer schier urzeitlichen Auflehnung gegen das Starre, gegen das Gewordene, gegen das Gehäuse des begrenzten Raumes, gegen das Unstimmige, gegen das Noch-Bestehende, aber daneben auch gegen die Trauer, die allem Spiel und aller Schönheit hintergründig innewohnt, oh, es war die Verlockung einer ungeheuren Ur-Lust, es war eine ungeheure Kitzel-Lust, der Kitzel zur Allzersprengung, zur Weltzersprengung und zur Ich-Zersprengung,

durchschüttelt von der Lust eines noch größeren, noch vorzeitigeren Wissens, oh, es war Erfühlen, es war Erspüren, es war Erwissen und darüber hinaus sogar ein Erkennen, es wurde ihm zum Erkennen, ja zum Selbsterkennen, da ihm aus dem Raum seines tiefsten Vor-Wissens, in den er hineingehalten war, ein letztes Begreifen zugeflutet wurde und er blitzhaft erkannte, daß die Zersprengung der Schönheit einfach das nackte Lachen ist und das Lachen die vorbestimmte Aufsprengung der Weltenschönheit, daß das Lachen von Anbeginn an der Schönheit beigegeben ist und ihr für immerdar innewohnt, daß es als Lächeln in ihr schillert an den Unwirklichkeitsgrenzen der Überferne, dann aber brüllend aus ihr hervorbricht an der Wendegrenze ihrer Dauer, hervorbricht als die dröhnende, donnernde Zeitenzertrümmerung, als die dämonische Kraft zur Alleszertrümmerung, das Lachen, Widerpart der Weltenschönheit, das Lachen, verzweifelter Ersatz für die verlorene Erkenntniszuversicht, das Lachen als Ende für die abgebrochene Flucht in die Schönheit, das Ende des abgebrochenen Schönheitsspieles; oh, Trauer ob der Trauer, Spiel mit dem Spiele, Genuß an der Austreibung des Genusses, verdoppelte Trauer, verdoppeltes Spiel, verdoppelter Genuß, es ist das Lachen immer wieder die Flucht aus der Zufluchtsstätte, spielüberhoben, weltenüberhoben, erkenntnisüberhoben, die Zersprengung der Weltentrauer, der in den Mannskehlen sitzende Unendlichkeitskitzel, die Zersprengung des schönheitserstarrten Raumes zu einem Aufklaffen, in dessen namenloser Sprachlosigkeit sogar das Nichts verloren geht, wild vor Stummheit, wild vor Lachen, göttlich auch dies noch:
denn
Vorrecht der Götter und der Menschen ist das Lachen,
urferne stammt es von dem Gott, der sich selbst erkannt hat,
stumm-ahnend stammt es aus seinem Vorwissen,
aus seinem Vorwissen um die eigene Vernichtbarkeit,
aus seinem Vorwissen um die Vernichtbarkeit des Geschaffenen, in dem
er als mitgeschaffener und mitschaffender Teil sein Dasein lebt,
wachsend kraft Welterkenntnis zur Selbsterkenntnis und über diese hinaus
rückgewendet zum Vorwissen,
aus der das Lachen stammt;

oh, Göttergeburt und Menschengeburt, oh, Göttertod und Menschentod,
oh, ihrer beider Anfang und Ende für ewig miteinander verstrickt,
oh, es stammt das Lachen aus dem Wissen um die Ungöttlichkeit der Götter,
aus diesem dem Gott und dem Menschen gemeinsamen Wissen,
es stammt aus jener unruhigen, beunruhigend durchsichtigen
Zone der Gemeinsamkeit,
die dämonisch zwischen dem Jenseitigen und dem Diesseitigen gespannt ist,
damit in ihr, in solch dämmerhafter Dämonenzone
Gott und Mensch einander begegnen können, begegnen mögen,
und ist es Zeus, der das Lachen im Kreise der Göttermänner
anstimmt,
so ist es der Mensch, der das Lachen der Götter erweckt,
gleichwie
in unaufhörlichem Kreislauf spaßig-ernsten Wiedererkennens
das Lachen des Menschen vom Gebaren des Tieres erweckt
wird,
gleichwie
der Gott sich im Menschen, der Mensch sich im Tiere wiederfindet,
so daß das Tier vom Menschen zum Gott erhoben wird,
der Gott aber durch das Tier in den Menschen zurückkehrt,
Gott und Mensch trauernd vereint, trotzdem vom Lachen übermannt, weil es
das Spiel der urplötzlichen Vermischung aller Sphären ist, von dessen
Schicksalsregel
sie erfaßt worden sind,
das Spiel der urplötzlich enthüllten Ur-Nachbarschaft,
das große Spiel des Sphären-Durcheinanders,
ein Götterspiel, das schönheitsvernichtend und ordnungsaufhebend,
Schöpfungs-Gottheit und Geschöpflichkeit unheimlich miteinander verquickt
und beides lustig dem Zufall preisgibt,
Greuel und Zorn der wissenden Muttergöttin,

Spaß und Wagnis des erkenntnisbefreiten, erkenntnisverachtenden Gottes,
lachensüberströmt,
weil solcher Spaß jähester Sphärenvereinigung, ohne daß hiezu
auch nur die leiseste Spur von Erkenntnis oder von Frage
oder sonst irgendeiner Leistung vonnöten gewesen wäre, sich
als Selbstpreisgabe vollzieht, als fröhlich leichtsinnige
Preisgabe
an den Zufall, an die Zeit,
an das unvermutet Vorgewußte, vorgewußt Unvermutete,
ans lustvoll Unvermittelte des Vorwissens und,
sei's drum,
auch an den Tod;
Spaß aus dem Unerforschlichen, Spaß, der so groß ist, daß mit
der spaßigen Zerschlagung der letzten Gesetzlichkeitsreste,
mit dem spaßigen Zusammenbruch der Ordnungen, der Grenzen und der Brücken,
mit dem Zusammenbruch der Raumerstarrungen und deren Schönheit,
daß mit dem Zusammenbruch des Schönheitsraumes
urgültig und endgültig die Umkehrung erfolgt,
die Umkehrung
ins grenzenlos Erkenntnislose, namenlos Sprachlose, brückenlos Raumlose,
ineinanderstürzend die Trennungen,
ineinanderstürzend das Vorwissen des Gottes mit dem des Menschen,
zusammenstürzend ihre gemeinsame Schöpfung, und dagegen
aufbrechend die zur unmittelbaren Nähe umgestülpte Äonenferne,
aufbrechend die Äonenferne der Vorschöpfung,
aufbrechend das Vorschöpfungsbild in einer Unerinnerung, die nicht
einmal dem Vorwissen des Gottes zugänglich ist,
aufbrechend zu einer Ununterscheidbarkeit, in der
Wirkliches und Unwirkliches,
Lebendes und Lebloses,
Sinnvolles und Gräßliches
zu nämlicher Ungedachtheit vergattet sind,
aufbrechend das unerahnbare Nirgendwo, in dem

die Sterne auf dem Grund der Gewässer fluten
und nichts so weit auseinanderliegen könnte,
daß es sich nicht als ineinanderverschachtelt zeigte,
witzig vor Auseinandergestülptheit und Ineinandergestülptheit, zufällig ineinandergeraten und zufällig auseinander hervorgesprossen,
witzig
die ununterscheidbaren Zufallswesenheiten des Zeitenablaufs,
Götterherden, Menschenherden, Tierherden, Pflanzenherden, Sternherden
ineinander verhaust;
aufgebrochen das Nirgendwo des Gelächters,
lachend aufgebrochen die Weltenumstülpung schlechthin,
als hätte es niemals jenen Eid der Schöpfung gegeben,
den Eid, mit dem Gott und Mensch sich gegenseitig verpflichtet haben,
verpflichtet zur Erkenntnis und wirklichkeitsschaffenden Ordnung,
verpflichtet zur Hilfe, welche die Pflicht zur Pflicht ist;
oh, es ist das Lachen des Verrates,
das Lachen der unbeschwert mühelosen Treulosigkeit,
es ist das Ungute und Unverpflichtete der Vorschöpfung,
dies ist es,
das ungute Erbe, der gelächter-verhaltene Zersprengungskeim,
der aller Weltenschöpfung von Anbeginn eingeboren ist,
unausrottbar,
aufscheinend bereits in der lächelnd heitern Hintergründigkeit, mit der
sie sich vorschöpferisch-lieblich als Anmut kundtut,
aufscheinend in dem vorschöpferisch-erbarmungslosen Wissen, mit dem
selbst das Gräßliche schönheitsverspielt
zur mitleidsbaren, mitleidserstarrenden Ferne verklärt wird,
und darüber hinaus, über jedwede Ferne hinaus, äußerste und innerste vereint,
aufscheinend in des raumlosen Un-Raumes witzig furchtbarer Oberfläche, zu der
die Schönheit, ist die Zeitengrenze erreicht, sich umstülpt, aufstülpend
ihren innersten, hintergründigsten Hintergrund,

die ihr eingeborene und immer wieder aus ihr herausgeborene ungestaltbar ungestaltete Unerschaffenheit,
aus ihr herausgeboren, aus ihr herausgestülpt, aus ihr herausgestürzt
das Lachen,
die Sprache der Vorschöpfung –,
denn nichts hatte sich verändert, oh nichts: doch gestaltenstarr und stumm, tiefeingesenkt in die Wölbung des Himmels, lauerte der lachenumwitterte Meineid, doch in dem unantastbaren Sternengesang, die Erde mit Schweigen schwängernd, vom irdischen Schweigen geschwängert, im groß-schimmernden Weiterbestand der Welt, im Sichtbaren wie im Unsichtbaren und in der zum Liede verklingenden Schönheit, lauerte bebendgespannt und ausbruchsbereit, kitzel-gewaltsam und atemerstikkend, lauerte gewitterig das schönheitsverschwisterte Lachen, die zersprengungssüchtig lauernde Verlockung des Innen und Außen, sie umfing ihn und saß in ihm, entsetzenausdrückend, entsetzenvermittelnd, die Sprache der Vorschöpfung, die Sprache einer Unüberbrückbarkeit, für die es niemals etwas zu überbrücken gegeben hatte, namenlos der Raum, in dem sie wirkte, namenlos die Sterne, die darüber standen, namenlos, beziehungslos, ausdruckslos die Einsamkeit im Sprachraum der Sphärenvermischung, dem unausweichlichen Auflösungsraum jeglicher Schönheit, und im Anblick der Schönheit, doch bereits hineingehalten in den neuen Raum, entsetzensfiebernd der Raum, entsetzensfiebernd er selber, wurde ihm inne, daß sich kein Zugang zur Wirklichkeit mehr bot, kein Zurück mehr und keine Erneuerung, nur noch wirklichkeitsvernichtendes Gelächter, ja, daß der vom Gelächter bloßgestellte Bestand der Welt überhaupt kaum mehr eine gültige Wirklichkeit besaß, aufgehoben die Antwort, aufgehoben die Pflicht zur Erkenntnis und aufgehoben die große Hoffnung auf die Nicht-Vergeblichkeit der Erkenntnispflicht, nicht etwa wegen ihrer Vergeblichkeit, wohl aber wegen ihrer Überflüssigkeit im Raum der erstarrenden Schönheit, im Raume ihres Zusammenbruchs, im Raum des Gelächters –; böser und bösartiger als der Herdenschlaf ist das Gelächter, keiner lacht im Traume, es sei denn unter Schmerzen, es sei denn unter der Bösheit wachsender Todesgrausamkeit, wie sie ihm höchst spaßig von der Schönheit vorgegaukelt wird, oh, nichts ist der Bösheit so nahe, nichts ist

ihr näher als der ins Scheinmenschentum abwärtsstürzende Gott oder der in eine Scheingöttlichkeit aufwärtsstürzende Mensch, sie beide zur Bösheit, zum Unheil, zum vorschöpferisch Tierhaften hingelockt, sie beide mit der Vernichtung, mit einer dämonischen Selbstvernichtung spielend, von der sie nur durch eine Zufallsspanne getrennt sind, da die pausenlos dahinrollende Zeit in jedem Augenblick alles erwarten läßt: sie beide lachend ob der zufallsanheimgegebenen Ungewißheit, lachend ob des hurtigen Umsprungs in ungewisser Zeitspanne, sie beide einem Gelächter verfallen, das sich der Mühelosigkeit gebrochener Pflicht und gebrochenen Eides freut, zufallsgekitzelt, zufallserregt, lachend ob der Aufhebung des Göttlichen wie des Menschlichen in der Überflüssigkeit jedweder Erkenntnis, lachend ob des Unheilsträchtigen, das aus der schönen Bösheit entsprungen ist, lachend ob der Wirklichkeit alles Unwirklichen, jubelnd, weil der Schöpfungseid gebrochen ist, toll geworden im Jauchzen über die gelungene Tat, die betrügerische Untat und Nicht-Tat, die Frucht gebrochenen Schwures. Da verstand er: jene drei, die drei Torkelnden da drunten, sie waren die Zeugen des Meineides gewesen.

Und sie hatten Zeugenschaft wider ihn abgelegt. Dies war ihre Notwendigkeit; dafür waren sie gekommen. Und dafür hatte er sie erwarten müssen. Als Zeugen und Ankläger waren sie erschienen, ihn bezichtigend, daß er mitschuldig war an ihrer Schuld, daß er als Komplice zu ihnen gehörte, eidbrüchig gleich ihnen und ebenso schuldig wie sie, weil er, gleich ihnen, nichts von dem Schwur wußte, der da gebrochen worden war und weiter gebrochen wurde, eidvergessen und pflichtvergessen von vorneherein, ja, die Schuld hiedurch sogar vergrößernd, ungeachtet der Notwendigkeit, mit der sein Leben, nicht anders wie das ihre, schicksalsbefohlen zu solchem Punkt zugesteuert hatte, zum Punkt der Wiederpreisgegebenheit: wiederpreisgegeben war die Schöpfung, wiederpreisgegeben Gott und Mensch, wiederpreisgegeben an die vorschöpferische Ungeborenheit, die das Leben wie das Sterben gleicherweise zu Sinnlosigkeit verdammt, denn allein vom Eide her stammt die Pflicht, denn allein vom Eide her stammt der Sinn, der pflichtverhaftete Sinn alles Seins, und nichts mehr ist sinnvoll, wo pflichtvergessen der Eid gebrochen ist, der zum verborgenen Ur-Anfang gesetzte Schwur, den die Götter wie die Menschen zu halten haben, obwohl keiner ihn kennt, keiner außer dem unbekannten Gott, da von ihm, dem verborgensten der Himmlischen, alle Sprache ausgeht, um zu ihm zurückzukehren, zu ihm, dem Hüter des Eides und des Gebetes, dem Hüter der Pflicht. Ihn, den unbekannten Gott zu erwarten, war sein Blick erdwärts gezwungen worden, ihm entgegenspähend, dessen erlösendes Wort, pflichtgeboren und pflichtgebärend aufs neu die Sprache zu der einer eidtragenden Gemeinschaft hätte beleben sollen, hoffend, daß sie solcherart aus der Über- und Untersprachlichkeit, in die der Mensch – auch dies noch sein Vorrecht – sie gestürzt hat, nochmals zurückgebracht werden könnte, errettet aus der Wolkigkeit der Schönheit, aus der Zerfetztheit des Lachens, errettet aus diesem Dickicht der Undurchsichtigkeit, in die sie vertan worden war, wiederhergestellt als Werkzeug des Eides. Es war vergebliche Hoffnung gewesen, und zurückgesunken ins Vorschöpferische, zurückgesunken ins Sinn-Entleerte, zurückgesunken ins Ungeborene, umrandet von dem Schattengebirge ihrer Vorgestorbenheit, das von keinem irdischen Sterben zu überflügeln ist, lag die Welt vor ihm hingebreitet, schönheitsdurchwirkt und lachenszersprengt, sprachverlustig und gemeinschaftslos, Folge des Eidbruches, dessen sie schuldig geworden war; statt dem unbekannten Gott, statt dem pflichtzugekehrten Eidträger waren die drei dahergekommen, die Träger der Unpflicht.

Die Pflicht, die irdische Pflicht, die Pflicht zur Hilfe, die Erweckungspflicht; es gibt keine andere Pflicht, und selbst die Gottesverpflichtung des Menschen, die Menschheitsverpflichtung des Gottes ist Hilfe. Und er, der vom Schicksal notwendig und unvermeidlich den Trägern der Unpflicht zugesellt worden war, er war ebenso pflichtunwillig wie sie, ebenso hilfsunwillig wie sie, und wahrscheinlich war seine angebliche Bedürfnislosigkeit nichts anderes als Auflehnung gegen die Hilfe, die ihm von allen Seiten zufloß, und die er ohne Dank empfing, auch hierin dem Pöbel gleichend, der zwar nach vielerlei Gaben verlangt, aber infolge der eigenen Hilfsunfähigkeit jegliche wirkliche Hilfe zurückweist: wer von vorneherein dem Eidbruch verfallen ist, wer in Steinhöhlen aufgewachsen ist und lebt, wer solcherart von vorneherein die Angst des Eidbrüchigen im Nacken sitzen hat, der ist von Jugend an viel zu wisserisch, viel zu gefinkelt, viel zu genießerisch, viel zu witzig, um irgend etwas gelten zu lassen, das der dämmernden Gier nicht unmittelbaren Genuß verspricht, das nicht auf zotige Paarung in alleserlaubender Gesetzlosigkeit hinzielte oder, wenn schon nicht dies, so doch wenigstens einen in Sesterzen ausdrückbaren Vorteil brächte; gleichgültig ob die da unten nach Mehl und Knoblauch und Wein verlangt hatten, oder ob andere nach Zirkusspielen begehrten, um in blutiger Possenreißerei ihre Angst zu übertäuben und in Selbstbetrug und Götterbetrug mit solch mörderisch fratzenhaftem Spiel, das an der Kippgrenze zwischen der Schönheit und dem Lachen als deren beider grausam gräßliche Einheit vonstatten geht, den himmlischen Mächten ein betrügerisches Sühnopfer für den Meineid darzubringen, gleichgültig ob Genuß oder Götterversöhnung, es wird nicht Erweckung, es wird nicht Hilfe, nicht echte Hilfe, sondern Vorteil, echter Vorteil damit gefordert, und wenn der Cäsar die Gesetzlosen wieder zu Gesetzlichkeit zu zügeln wünschte, so waren Zirkusspiele, Wein und Mehl einfach der Preis, den er für ihren Gehorsam zu zahlen hatte. Und doch, seltsam unberechenbar, sie liebten ihn noch außerdem, obschon sie niemand liebten, obschon sie keinerlei Gemeinschaft hielten, es sei denn die Nicht-Gemeinschaft des Pöbels, in der mangels jeder gemeinsamen Erkenntnis keiner den andern liebt, keiner dem andern hilft, keiner den andern versteht, keiner dem andern vertraut, keiner des andern Stimme vernimmt, die Nicht-Gemeinschaft der Sprachstummheit, die sprachberaubte Nicht-Gemeinschaft der Vereinzelten: nicht nur daß für ihre gefinkelte Angst und ihr besserwisserisches Mißtrauen die Erkenntnis zu einer schieren Überflüssigkeit geworden ist, zu einem bloßen Wortschwindel, der weder Genuß noch Vorteil verschafft und überdies, drechselt man noch schlauere Worte, jederzeit übertölpelt werden kann, und nicht nur daß hiedurch Liebe, Hilfe, Verständigung, Vertrauen, Sprache, eines das andere bedingend, zu einem leeren Nichts aufgelöst werden, und nicht nur daß infolgedessen die reine Abzählbarkeit allein noch als ein zuverlässiger Halt übrigzubleiben scheint, es ist ihnen auch dies noch nicht zuverlässig genug, und so leidenschaftlich sie sich dem Sesterzenzählen und der Sesterzenrechnerei ergeben haben, sie vermögen damit ihre Angst kaum mehr zu beruhigen, sie durchschauen auch dies noch als Windigkeit, und darob nahezu verzweifelt, fühlen sie sich in eine letzte, wenngleich noch immer witzig-wisserische, witzig-genießerische Selbstverspottung getrieben, lachensgeschüttelt, weil vor der innersten Angst nichts standhält und sogar das Ausrechenbare nicht eher als glaubwürdig und zuverlässig sich erweisen will, bevor man nicht unter Anwendung der passenden Zauberformel die Münze bespuckt hat; leichtgläubig dem Wunder gegenüber – im Grunde ihre menschlichste und immerhin freundlichste Eigenschaft – waren sie schwergläubig für die Wahrheit, und gerade das machte sie, die so überaus berechnend zu sein glaubten, völlig unberechenbar, machte ihre Angstversperrtheit schlechthin undurchschaubar und am Ende völlig unzugänglich. Hätte er sich ihnen, seinen Jugendplänen gemäß, als Arzt genähert, sie hätten seine Hilfe, und wäre sie noch so kostenlos gewesen, verspottet und verschmäht, um ihr die irgendeiner Kräuterhexe vorzuziehen; so verhielten sie sich, so verhielt es sich, und daß dem so war, hatte mit zu den Gründen seines schließlichen Berufswechsels gehört, doch so stichhaltig diese Gründe ihm damals gedünkt hatten, es zeigte sich heute, daß sie bereits seinen eigenen Abstieg zur Pöbelhaftigkeit eingeleitet hatten, daß er die ärztliche Wissenschaft nie hätte verlassen dürfen, daß selbst die von ihr gebotene Nicht-Hilfe ehrenhafter gewesen wäre als die verlogenen Hilfeleistungs-Hoffnungen, mit denen er seitdem sein Dichtertum ausgestattet hatte, wider besseres Wissen hoffend es werde die Macht der Schönheit, es werde des Liedes Zauberkraft den Abgrund der Sprachstummheit zu guter Letzt überbrücken und ihn, den Dichter, zum Erkenntnisbringer in der wiederhergestellten Menschengemeinschaft erhöhen, enthoben der Pöbelhaftigkeit und ebenhiedurch auch die Pöbelhaftigkeit selber aufhebend, Orpheus erkoren zum Führer der Menschen. Ach, nicht einmal Orpheus hatte solches je erreicht, nicht einmal er in seiner Unsterblichkeitsgröße rechtfertigte solch überheblich eitle Ehrgeizträume und solch sträfliche Überschätzung des Dichtertums! Gewiß, vielerlei in der irdischen Schönheit, ein Lied, die dämmernde See, ein Leierton, eine Knabenstimme, ein Vers, ein Bildwerk, eine Säule, ein Garten, eine einzige Blume, dies alles besitzt die göttliche Gabe den Menschen zu den innersten und äußersten Grenzen seines Daseins hinlauschen zu lassen, und kaum verwunderlich ist es daher, daß der orphischen Kunst und Erhabenheit die Macht zugemessen wurde, die Ströme zur Änderung ihres Laufes zu nötigen, das wilde Getier des Waldes sanftgebannt heranzulokken, das weidende Vieh auf den Triften zu leisem Innehalten zu bewegen, traumhaft und verzaubert erfüllt der Traumeswunsch alles Künstlertums: die zum Lauschen unterworfene Welt, empfangsbereit für den Gesang und die ihm entströmende Hilfe. Indes, selbst wenn dem so war, nicht länger als der Gesang währet die Hilfe, währet das lauschende Innehalten, und es darf das Lied beileibe nicht zu lange erklingen, sollen die Ströme nicht schon vorher zu ihrem alten Bett sich heimstehlen, soll nicht schon vorher das wilde Getier des Waldes würgend wieder das unschuldige Weidevieh anfallen, soll nicht schon vorher der Mensch in seine altgewohnte Grausamkeit zurückstürzen, denn nicht nur, daß kein Rausch, also auch nicht der von der Schönheit erzeugte lange vorhält, es ist überdies auch die Milde, der Mensch und Tier sich da gefangen gegeben haben, bloß die eine Hälfte des Schönheitsrausches, während die andere, nicht minder starke und zumeist sogar weitaus stärkere die der ärgsten Grausamkeitsübersteigerung ist – gerade der Grausamste liebt es, sich an einer Blume zu entzücken –, so daß die Schönheit und gar die von der Kunst getragene Schönheit sehr bald ihre Wirkung verliert, wenn sie, des waaghaltenden Wechselspieles ihrer beiden Hälften nicht achtend, sich bloß mit einer von ihnen an den Menschen wenden will. Wo immer, wie immer Kunst geübt wird, sie folgt dieser Regel, ja ihre Befolgung ist eine der wesentlichsten Tugenden des Künstlers und sehr oft, wenngleich nicht immer, auch die seines Helden: wäre der tugendhafte Äneas so weichherzig geblieben, wie man es einen Augenblick lang hätte erwarten können, als er, ob in aufkeimendem Mitleid oder um des Gedichtes schöner Spannung willen, zögernd zurückschreckte, den Todfeind zu erschlagen, hätte er sich da nicht alsobald eines Bessern besonnen und zur grausen Tat entschlossen, er wäre keineswegs zu einem Beispiel nachstrebenswerter Milde, vielmehr zu dem eines langweiligen Unhelden geworden, den darzustellen kein Gedicht hätte wagen dürfen; sei es Äneas, sei es sonst irgendein Held und seine Taten, es geht allüberall in der Kunst um das waaghaltende Gleichgewicht, um das große Grenzgleichgewicht entrücktester Ferne, es geht um ihr unsäglich schwebendes, unsäglich flüchtiges Sinnbild, und dieses nimmt überhaupt keine einzelnen Inhalte, sondern immer nur deren Zusammenhänge in sich auf, weil nur von hier aus die Absicht zu erreichen ist, weil nur in ihren Zusammenhängen die Gegensätzlichkeiten des Seins sich zum Gleichgewicht fügen, vereinigt die Gegensätze aller menschlichen Triebe – wie anders könnte Kunst sonst vom Menschen geschaffen und begriffen werden! – Milde und Grausamkeit vereinigt im Gleichgewicht der Schönheitssprache, im Sinnbild des Gleichgewichtes zwischen dem Ich und dem All, in der rauschhaften Verzauberung einer Einheit, die so lange währt wie der Gesang, doch nicht länger. Und nicht anders mußte es um Orpheus und um sein Gedicht bestellt gewesen sein, da er ein Künstler, da er ein Dichter gewesen war, ein Bezauberer der Lauschenden, Sänger wie Hörer gleicherweise dämmerungsumfangen, er wie sie dämonisch der Schönheit verhaftet, dämonisch trotz seiner göttlichen Gabe, ein Rauschbringer, doch nicht ein Heilsbringer der Menschen – und das durfte er niemals werden: der heilsbringende Führer nämlich hat die Sprache der Schönheit abgestreift, er ist unter ihre kalte Oberfläche, unter die Oberfläche der Dichtung gelangt, er ist zu den schlichten Worten vorgedrungen, die kraft ihrer Todesnähe und Todeserkenntnis die Fähigkeit gewonnen haben, an die Versperrtheit des Nebenmenschen zu pochen, seine Angst und seine Grausamkeit zu beruhigen und ihn der echten Hilfe zugänglich zu machen, er ist vorgedrungen zu der schlichten Sprache unmittelbarer Güte, zur Sprache der unmittelbaren menschlichen Tugend, zur Sprache der Erweckung. War es nicht auch eben diese Sprache, die Orpheus gesucht hatte, als er, Eurydike zu suchen, sich aufgemacht hatte zum Abstieg ins Schattenreich? war nicht er gleichfalls ein Verzweifelter gewesen, einer, der des Künstlers Ohnmacht zur Bewältigung menschlicher Pflicht erkannt hat? Oh, wen das Schicksal in den Kerker der Kunst geworfen hat, der vermag diesem kaum mehr zu entweichen; er bleibt von der unüberschreitbaren Grenze eingeschlossen, an der das entrückt schöne Geschehen abläuft, und ist er unzureichend, so wird er in solcher Abgeschlossenheit zum eitlen Träumer, zum Ehrgeizling der Unkunst, ist er jedoch ein echter Künstler, so wird er zum Verzweifelten, da er den Ruf jenseits der Grenze hört und ihn bloß im Gedicht festhalten, nicht aber ihn befolgen darf, verbotsgelähmt an die Stelle gebannt, ein Schreibender diesseits der Grenze, obwohl er den sibyllischen Auftrag entgegengenommen und fromm gleich

Äneas, eidleistend, der Priesterin hohen Altar berührt hat –

– leicht ist der Pfad, der zum Hades hinabführt, und immer findest du offen die plutonischen Tore, doch schwer ist die Rückkehr, denn sie ist bedroht von dunklen Forsten, bedroht vom kokytischen Strom, von seinen Buchten und Wirbeln, und sie glücket nur jenen, die tugendgekrönt oder von Göttergeblüt dem Jupiter selber genehm sind; du aber, lüstet dein Mut, dein Übermut nach solch zweifacher Fahrt über den Styx in des Tartaros Grauen, höre was nottut: geheiligt der unterweltlichen Göttin, sprießt inmitten dämmernder Täler, inmitten wildesten Waldes, inmitten dichtesten Strauchwerks goldschimmernd ein Zweig mit goldenen Blättern, und nicht eher wird dir der Abstieg gelingen, eh du nicht Proserpina zu Ehren, ihrem Willen gemäß, von des Baumes goldenem Gelaub, das sich ewig erneuert, den glänzenden Schößling gebrochen; nach ihm also hast du spähend zu fahnden, und ist das Schicksal dir hold, so wirst du mit flüchtigstem Griff bloßhändig den Zweig dir erpflücken, indes, weder mit stärkster Gewalt, noch mit schneidendem Stahl reißt du ihn ab, wird's dir vom Schicksal verboten, dem allesgebietenden, das zudem noch andere Pflicht für dich bereit hält, da vorerst, fordernd das Sühnopfer von dir, des entseelten Freundes unbestatteter Leib nach dem Grabe verlangt, sein Recht und deine Verpflichtung –

–, also vom Gott wie vom Schicksal berufen, gemeinsam ihr Wille, ist jenem die Grenze geöffnet, dem die Heiligkeit letzter Pflichterfüllung und Hilfeleistung zusteht, doch wen solch schicksals-göttlicher Doppelwille zum Künstler bestimmt hat, verdammt hat zum bloßen Wissen und Ahnen, zum bloßen Aufschreiben und bloßen Sagen, dem ist im Leben und Sterben die Entsühnung verwehrt, und selbst das Grabmal ist ihm nichts anderes als ein schönes Bauwerk, eine weltliche Behausung für den eigenen Leib, ist ihm weder Eingang noch Ausgang, weder Eingang des unermeßlichen Abstiegs, noch Ausgang der unermeßlichen Wiederkunft; das Schicksal versagt ihm den goldenen Zweig der Führung, den Zweig der Erkenntnis, und Jupiters Schuldspruch trifft ihn darob. So war auch er zum Eidbruch und zugleich zur Preisgegebenheit des Eidbrüchigen verurteilt worden, und sein Blick, erdwärts gezwungen, hatte bloß die drei über das Steinpflaster einhertorkelnden Komplicen des Eidbruches, die Bringer des Schuldspruches treffen dürfen, sein

Blick durfte nicht tiefer dringen, nicht unter die Oberfläche der Steine, nicht unter die Oberfläche der Welt, nicht unter die der Sprache, nicht unter die der Kunst; verwehrt war ihm der Abstieg, verwehrt erst recht die titanische Wiederkunft aus der Tiefe, die Wiederkunft, an der das Menschliche sich bestätigt, verwehrt war der Aufstieg zur Erneuerung des Schöpfungseides, und hatte er es stets gewußt, er wußte jetzt deutlicher denn je zuvor, daß er von der Eideshilfe des Heilbringers ausgeschlossen war, ein für allemal, weil Eideshilfe und Menschenhilfe einander bedingen und nur in ihrem Zusammenhalt die gemeinschaftstiftende, die menschheitstiftende Aufgabe des Titans sich erfüllt, erdgeboren, himmelszugekehrt, weil nur in der Menschheit, weil nur in der echten Gemeinschaft, spiegelnd die Ganzheit alles Menschentums, spiegelnd die Menschheit, der erkenntnisgetragene, erkenntnistragende Kreislauf göttlicher Frage und Antwort sich vollzieht, ausschließend den Hilfsunfähigen, den Pflichtunfähigen, den Eidunfähigen, ihn ausschließend, weil er sich von der titanischen Bewältigung und Verwirklichung und Vergöttlichung des Menschen-Seins, um das es da geht, selber ausgeschlossen hat; wahrlich, dies wußte er,

und er wußte auch, daß das nämliche für die Kunst zu gelten hat, daß sie desgleichen nur so weit besteht – oh, besteht sie noch, darf sie noch bestehen? – so weit sie Eid und Erkenntnis enthält, so weit sie Menschenschicksal ist und Seinsbewältigung, so weit sie sich am Unbewältigten erneuert, so weit sie solches bewerkstelligt, indem sie die Seele zu fortgesetzter Selbstbewältigung aufruft und sie solcherweise Schichte um Schichte ihrer Wirklichkeit aufdecken, Schichte um Schichte tiefer dringen läßt, Schichte um Schichte ihres innersten Seins-Gestrüpps durchdringend, Schichte um Schichte hinabdringend zu den niemals erreichbaren, trotzdem stets erahnten, stets gewußten Dunkelheiten, aus denen das Ich stammt und zu denen es einkehrt, die Dunkelheitsregionen des Ich-Werdens und des Ich-Verlöschens, der Seele Eingang und Ausgang, doch zugleich auch Eingang und Ausgang alles dessen, was ihr Wahrheit ist, ihr angezeigt von dem wegweisenden, dem goldleuchtenden Zweig im Schattendunkel, vom goldenen Zweig der Wahrheit, der durch keine Gewaltsanstrengung gefunden und gebrochen werden kann, weil die Gnade des Fundes und die des

Abstiegs ein und dieselbe ist, die Gnade eines Selbsterkennens, das ebensowohl der Seele wie der Kunst angehört, als ihre gemeinsame Wahrheit, als ihre gemeinsame Wirklichkeitserkenntnis; wahrlich, dies wußte er,

und so wußte er auch, daß in solcher Wahrheit die Pflicht allen Künstlertums liegt, die Pflicht zur selbsterkennenden Wahrheitsfindung und Wahrheitsäußerung, dem Künstler zur Aufgabe gesetzt, damit die Seele, gewahr des großen Gleichgewichts zwischen dem Ich und dem All, sich im All wiederfinde, damit sie das, was dem Ich durch die Selbsterkenntnis zugewachsen ist, wiedererkenne als Seins-Zuwachs im All, in der Welt, ja im Menschentum überhaupt, und wenn dieser doppelte Zuwachs auch immer nur sinnbildhaft sein kann, gebunden von vorneherein an die Sinnbildhaftigkeit des Schönen, an die Sinnbildhaftigkeit der schönen Grenze, wenn es also auch immer nur sinnbildhafte Erkenntnis bleibt, sie ist gerade infolge solcher Sinnbildhaftigkeit imstande, die unüberschreitbaren innersten und äußersten Grenzen des Seins trotzdem zu neuen Wirklichkeiten auszudehnen, keineswegs bloß zu neuen Formen, nein, zu neuen Inhalten der Wirklichkeit, weil sich eben hierin das tiefste Wirklichkeitsgeheimnis, das Geheimnis der Entsprechung auftut, die gegenseitige Entsprechung von Ich-Wirklichkeit und Welt-Wirklichkeit, jene Entsprechung, welche dem Sinnbild die Schärfe der Richtigkeit verleiht und es zum Wahrheits-Sinnbild erhebt, die wahrheitsgebärende Entsprechung, von der alle Wirklichkeitsschöpfung ausgeht, Schichte um Schichte vordringend, vortastend, vorahnend bis zu den unerreichbaren Dunkelheitsregionen des Anfangs und des Endes, vordringend zum unerforschlich Göttlichen im All, in der Welt, in der Seele des Nebenmenschen, vordringend zu jener letzten Gottesverborgenheit, die aufdeckungs- und erweckungsbereit allüberall und selbst noch in der verworfensten Seele da ist –, dies, die Aufdeckung des Göttlichen durch das selbsterkennende Wissen um die eigene Seele, das ist die menschliche Aufgabe der Kunst, ihre Menschheitsaufgabe, ihre Erkenntnisaufgabe und ebendarum ihre Daseinsberechtigung, erwiesen an der ihr auferlegten dunklen Todesnähe, weil sie bloß in solcher Nähe zur echten Kunst zu werden vermag, weil sie bloß darum die zum Sinnbild entfaltete Menschenseele ist; wahrlich, dies wußte er, doch er wußte auch, daß die Schönheit des Sinnbildes, und sei es noch so sehr richtigkeits-scharfes Sinnbild, niemals Selbstzweck werden darf, daß immer wenn solches geschieht und die Schönheit sich als Selbstzweck vordrängt, die Kunst in ihren Wurzeln angegriffen wird, weil dann ihre Schöpfungstat unweigerlich sich umkehrt, weil dann plötzlich das Erzeugende durch das Erzeugte ersetzt ist, der Wirklichkeitsinhalt durch die leere Form, das erkenntnishaft Richtige eben durch das bloß Schöne, in einer ständigen Verwechslung, in einem ständigen Vertauschungs- und Umkehrungskreis, dessen Insichgeschlossenheit keinerlei Erneuerung mehr zuläßt, nichts mehr erweitert, nichts mehr entdeckt, weder das Göttliche im Verworfenen, noch das Verworfene in des Menschen Göttlichkeit, sondern sich einfach an leeren Formen, an leeren Worten berauscht und in solcher Unterscheidungslosigkeit, ja Eidlosigkeit, die Kunst zur Unkunst, die Dichtung aber zum Literatentum herabwürdigt; wahrlich, dies wußte er, wußte es sehr schmerzlich,

und ebendarum wußte er auch um die innersten Gefahren alles Künstlertums, ebendarum wußte er um die innerste Einsamkeit des zum Künstler bestimmten Menschen, um diese ihm eingeborene Einsamkeit, die ihn in die noch tiefere der Kunst und in die Sprachlosigkeit der Schönheit treibt, und er wußte, daß die meisten an solcher Vereinsamung scheitern, daß sie einsamkeitsblind werden, blind für die Welt, blind für das Göttliche in ihr und im Nebenmenschen, daß sie, einsamkeitsberauscht, nur noch die eigene Gottähnlichkeit, als wäre sie eine ihnen allein zukommende Auszeichnung, zu sehen vermögen, und daß sie daher solch anerkennungslüsterne Selbstvergötzung mehr und mehr zum einzigen Inhalt ihres Schaffens machen –, Verrat am Göttlichen wie an der Kunst, Verrat, weil auf diese Weise das Kunstwerk zum Un-Kunstwerk wird, zu einem unkeuschen Mantel der Künstlereitelkeit, zu einem Flitterstaat, in dessen Unehrlichkeit sogar die selbstgefällig zur Schau gestellte eigene Nacktheit sich zur Maske verfälscht, und wenn auch das unkeusch Selbstgenießerische, das Schönheitsverspielte und Wirkungsbedachte, das unerneuerbar Kurzfristige und unerweiterbar Begrenzte solcher Unkunst einen leichteren Weg zu den Menschen hat, als echte Kunst ihn je finden könnte, es ist nur ein Schein-Weg, ein Ausweg aus der Einsamkeit, nicht jedoch der Anschluß an die Menschengemeinschaft, den die echte Kunst in ihrem Menschheitsstreben sucht, nein, es ist der Anschluß an die Pöbelhaftigkeit, ist Anschluß an deren eidbrüchige und eidunfähige Nicht-Gemeinschaft, die keinerlei Wirklichkeit bewältigt oder schafft, auch gar nicht gewillt ist solches zu tun, vielmehr im Wirklichkeitsvergessen dahindämmert, wirklichkeitsverlustig wie die Unkunst, wirklichkeitsverlustig wie das Literatentum, die innerste und tiefste Gefahr aller Künstlerschaft; oh, wie sehr schmerzlich wußte er darum,

und er wußte deshalb auch, daß die Gefahr der Unkunst und des Literatentums ihn seit jeher umfangen gehalten hatte, ihn immerzu gefangen hielt, daß er daher – hatte er auch niemals gewagt sich dies ehrlich einzugestehen – seine Dichtung eigentlich nicht mehr Kunst nennen durfte, da sie, bar jeglicher Erneuerung und Erweiterung, nichts als unkeusche Schönheitserzeugung ohne Wirklichkeitsschöpfung gewesen war, da sie vom Anfang bis zum Ende, vom Ätnagesang bis zur Äneis lediglich der Schönheit gefrönt hatte, selbstgenügsam auf die Verschönerung von längst Vorgedachtem, längst Vorerkanntem, längst Vorgeformtem beschränkt, ohne richtigen innern Fortschritt, es sei denn der einer ständig zunehmenden Pracht und Überladung, eine Unkunst, die niemals imstande gewesen war, aus sich selbst heraus das Sein zu bewältigen und zu wirklichem Sinnbild zu erheben. Oh, an seinem eigenen Leben, am eigenen Werk hatte er die Verlockung der Unkunst erfahren, die Vertauschungsverlockung, die das Erzeugte an die Stelle des Erzeugenden setzt, das Spiel an die Stelle der Gemeinschaft, das Erstarrte an die Stelle der lebendig fortwirkenden Schöpfung, das Schöne an die Stelle der Erkenntnis, er wußte um diese Vertauschung und Umwendung, wußte es um so mehr, als es auch die seines Lebensweges gewesen war, des Unheilsweges, der ihn von der Heimaterde zur Großstadt geführt hatte, vom werktätigen Schaffen bis hinab zur selbstbetrügerischen Schönrednerei, von der Verantwortungspflicht der Menschlichkeit bis hinab zu einem verlogenen Scheinmitleid, das die Dinge von oben herab betrachtet und zu keiner wirklichen Hilfe sich aufrafft, sänftengetragen, sänftendurchtragen, ein Weg von der gesetzesbedingten Gemeinschaft hinab in die zufallsüberantwortete Vereinzelung, der Weg, nein, der Absturz in die Pöbelhaftigkeit und dorthin, wo sie am ärgsten ist, ins Literatentum! War es ihm auch selten bewußt geworden, er war immer wieder dem Rauschhaften erlegen, möge es sich ihm als Schönheit, als Eitelkeit, als künstlerische Verspieltheit, als spielerisches Vergessen dargeboten haben, von hier aus war sein Leben bestimmt worden, als ob es von kreisend gleitenden Schlangenringen umfangen gewesen wäre, schwindelerregend der Rausch der unablässigen Umwendung und Umkehrung, der verlokkende Rausch der Unkunst, und mochte er jetzt, da er auf dieses Leben zurückblickte, auch Scham darob empfinden, mochte er jetzt, da die Zeitengrenze erreicht war und der Abbruch des Spieles bevorstand, sich auch in kalter Rauschernüchterung sagen müssen, daß er ein nichtswürdig armseliges Literatenleben geführt hatte, nicht besser als das eines Bavius oder Mävius oder das irgendeines andern der von ihm so verachteten eitlen Wortemacher, ja, mochte sich gerade daran wieder zeigen, daß in jeder Verachtung auch ein Stück Selbstverachtung steckt, da diese jetzt mit einer so schamerfüllten und so schneidenden Schmerzhaftikeit in ihm hochstieg und ihn aufwühlte, daß es nur noch eine einzige, zulässige und wünschenswerte Lösung gab, nämlich Selbstauslöschung und Tod, so war trotzdem das, was ihn überkommen hatte, etwas anderes als Scham, war mehr als Scham: wer ernüchtert auf sein Leben zurückblickt und hiebei erkennt, daß jeder Schritt seines Fehlweges notwendig und unvermeidlich, ja selbstverständlich gewesen war, daß durch Schicksalsgewalt und Göttergewalt der Umkehrungsweg ihm vorgeschrieben ist, daß es ihn deshalb unbeweglich an den Platz gebannt hält, unbeweglich bei all seinem Vorwärtsstreben, verirrt im Gestrüpp der Bilder, der Sprache, der Worte, der Töne, schicksalsbefohlen die Verstrickung im Gezweige des Innen und Außen, schicksalsverboten, götterverboten die Hoffnung des Führerlosen, die Hoffnung auf den golden aufleuchtenden Zweig im Gestrüpp der Kerkerwände, wer solches erkannt hat, wer solches erkennt, der ist noch mehr beschämt, der ist von Entsetzen erfüllt, denn er erkennt, daß für die Himmlischen alles Geschehen in Gleichzeitigkeit vor sich geht, daß eben darum Jupiters Wille und der des Schicksals zu einem einzigen hatten werden können, in furchtbarer Gleichzeitigkeit als unzersprengbare Einheit von Schuld und Strafe sich dem Irdischen offenbarend. Oh, tugendhaft ist nur der, den das Schicksal zur gemeinschaftstragenden, helfenden Pflichterfüllung bestimmt hat, nur er wird von Jupiter auserwählt, auf daß aus dem Dikkicht das Schicksal ihn führe, doch wenn ihr gemeinsames Wollen die Pflichterfüllung nicht zuläßt, dann gilt ihnen Hilfsunfähigkeit und Hilfsunwilligkeit gleich, und sie bestrafen beides mit Hilflosigkeit: hilfsunfähig, hilfsunwillig, hilflos in der Gemeinschaft, gemeinschaftsscheu und eingeschlossen in den Kerker der Kunst ist der Dichter, führungslos und führungsunfähig in seiner Preisgegebenheit, und wollte er sich auflehnen, wollte er trotzdem zum Helfenden, zum Erwecker in der Dämmerung werden, um damit zum Eid und zur Gemeinschaft zurückzufinden, er wäre mit solchem Streben – oh, daß er mit entsetzter Scham dessen gewahr werde, waren die drei zu ihm hergesandt worden! – von vorneherein zum Scheitern verurteilt; seine Hilfe wäre Scheinhilfe, seine Erkenntnisse wären Scheinerkenntnisse, und würden sie von den Menschen überhaupt angenommen werden, sie wären ihnen immer nur unheilbringende Mißleitung, fern jeder heilsweisenden Leitung, fern dem Heile. Ja, das war das Ergebnis: der Erkenntnislose als Erkenntnisbringer für die Erkenntnisunwilligen, der Wortemacher als Spracherwecker für die Stummen, der Pflichtvergessene als Verpflichter der Pflichtunwissenden, der Lahme als Lehrer der Torkelnden.

Wiederpreisgegeben war er, preisgegeben an eine wiederpreisgegebene Welt, oh, keine Hand hielt ihn mehr, nichts war mehr da, das ihn barg und aufrichtete; er war fallengelassen worden, und hingebrochen über die Fensterbrüstung, leblos an die staubig heiße Leblosigkeit der Ziegel angeklammert, die Staubigkeit dieses überhitzten Ur-Lehms scharf unter den Fingernägeln spürend, angeklammert an das erstarrte Ur-Erdige, hörte er das schweigende Lachen im steinheißen, gestaltstarren Nachtschweigen ringsum, hörte er darin das Schweigen des vollzogenen Eidbruches, das verstockte Schweigen des sprachberaubten, erkenntnisberaubten, erinnerungsberaubten Schuldbewußtseins, das Schweigen der Vorschöpfung und ihres grausam anwachsenden Todes, für dessen Unbedingtheit es keine Wiedergeburt und keine Erneuerung der Weltschöpfung gibt, weil das von ihm verhängte Sterben keinerlei Göttlichkeit kennt: oh, kein anderes Geschöpf ist so unbedingt und so ungöttlich sterblich, wie der Mensch es ist, denn kein anderes kann so eidbrüchig werden wie der Mensch, und je verworfener er wird, desto sterblicher wird er, aber am eidbrüchigsten und sterblichsten ist jener, dessen Fuß sich der Erde entwöhnt hat und nur noch Steinpflaster berührt, der Mensch, der nicht mehr ackert und nicht mehr säet, für den sich nichts mehr nach dem Rund der Gestirne vollzieht, dem der Wald nicht mehr singt und nicht die grünenden Felder; wahrlich, niemand und nichts ist so sterblich wie der Großstadtpöbel, der durch die Straßen hinkrabbelt, hinschleicht, hinwimmelt und vor lauter Getorkel das Gehen verlernt hat, von keinem Gesetz mehr getragen, keines in sich tragend, die wiederzersplitterte Herde, verlustig ihrer einstigen Weisheit, unwillig der Erkenntnis, tierhaft, ja untertierhaft jeglichem Zufall anheimgegeben und schließlich dem Zufallsverlöschen ohne Erinnerung, ohne Hoffnung, ohne Unsterblichkeit; so war es ihm gleichfalls beschieden, ihm zusammen mit der aufgesplitterten Pöbelherde, der er als einer ihrer Splitter angehörte, so war es ihm mit Schicksalsnotwendigkeit auferlegt, unvermeidlich. Die Regionen des Schreckens hatte er hinter sich gelassen, doch nur, um mit Entsetzen zu sehen, wie er ins Pöbelhafte abgestürzt war, abgestürzt zu einer Oberfläche, die zu keiner Tiefe Einlaß bietet – , wird sich dieser Absturz noch weiter fortsetzen, sich noch weiter fortsetzen müssen? von Oberfläche zu Oberfläche bis hinab zur letzten, bis zu der des schieren Nichts? bis zur Oberfläche des letzten Vergessens? Immer stehen die plutonischen Tore geöffnet, unvermeidlich ist der Absturz, von dem es keine Rückkehr gibt, und im Rausch des Sturzes meint der Mensch, es sei ein Sturz nach aufwärts, meint es so lange, bis er dort, wo die Zeitlosigkeit der himmlischen Geschehnisse sich plötzlich als Gleichzeitigkeit und als ein Zusammentreffen im irdischen Bereich offenbart, bis er an solcher Zeitgrenze dem entgöttlichten Gott begegnet, eingeholt und überholt von ihm, der ummantelt und umflattert vom Äonengelächter gleicherweis abwärtsstürzt, sie beide in die selbige Ernüchterung und Selbstpreisgabe geschleudert, einem Entsetzen preisgegeben, das in verstockt trotziger Scham zwar noch lacht, doch zugleich auch schon ein künftiges, noch entsetzlicheres Entsetzen ahnt und dieses weglachen will: zu noch nackterem Entsetzen, zu noch nackterer Scham, zu noch nackterer Entlarvung ging die schicksalsgetriebene Fahrt, ging der Absturz, es ging in eine neue Vernichtung und Selbstvernichtung, ärger als alle bisherige, in eine neue Abgeschiedenheit, die alle bisherige Einsamkeit, alle Nachteinsamkeit, alle

Welteinsamkeit übertreffen sollte, verlassen nicht nur von jedwedem Menschentum, sondern sogar auch von jedweder Dinglichkeit; die leere Oberfläche des unbewältigten Seins hatte sich mit einem Male da entblößt, und in der Unzulänglichkeit der inneren und äußeren Sphären hatte die Nacht, obwohl unverändert strahlend im vollen Rund ihrer Dunkelheit, sich zu einem Nirgendwo aufgelöst, das mit seiner Zufallsanheimgegebenheit sowohl Erkenntnis wie Wissen überflüssig macht und in Nutzlosigkeit hinschwinden läßt. Verschwunden waren Erinnerung wie Hoffnung, verschwunden vor der Gewalt des unbewältigten Zufalls, denn dieser war es, der sich in alldem zeigte, unentrinnbar der die Unschöpfung beherrschende Zufall, und umwittert vom Rausch und von der Unerinnerung aller vorschöpferischen Preisgegebenheit, umblinkt von den kalten Flammen der Vorschöpfung, von ihrer Ungeborenheit und Vorgestorbenheit, meldete er, der nackte Zufall, der die namenloseste Einsamkeit ist, nun seinen Herrschaftsanspruch wieder an –, dies war das Ziel der Fahrt, das nun sichtbare Ziel des Absturzes, das Namenlose selber.

Die namenlose Zufallseinsamkeit, ja, die sah er vor sich, der sturzbereit und doch schon stürzend hier am Fenster stand. Unbewältigt und unbewältigbar in ihrer Preisgegebenheit war die fremd gewordene Nacht vor seinen fiebernden Blicken aufgetan, unverändert unbeweglich, dennoch fremd, wurde sie von des Mondes mildhartem Atem bestrichen, unverändert unbeweglich von der Milchstraße sanftleise durchflutet, einversenkt in das schweigende Sternsingen, einversenkt in die Schönheit und in ihre verzauberte Zaubereinheit, in die verschwebende Einheit der schöngewordenen Welt, einversenkt in deren erstarrt-erstarrende Überferne, und raumschön, raumstarr, raumgroß wie diese, dämonisch gleich dieser zu Fremdheit verzaubert, wurde sie mit ihr durch die Zeiten dahingetragen, Nacht und doch das Unsterbliche innerhalb der Zeit, äonisch und doch ohne Ewigkeit, fremdgeworden allem Menschlichen, fremd der Menschenseele, da die stille Einswerdung, die sich fernedurchtränkt, fernedurchtränkend so vollzog, keinerlei Teilhaftigwerden mehr erlaubte; der Vorhof der Wirklichkeit hatte sich zu dem der Unwirklichkeit verwandelt. Erloschen waren die Sphärenordnungen des Seins, es schwieg ihr stummklingender Silberraum, eingeschlossen und entfremdet vom

Überunerfaßlichen, als Fremdheit das Überunerfaßliche jedweden Menschentums in sich einschließend, und Mond und Milchstraße und Gestirne, sie hatten keine Namen mehr, unbekannt waren sie ihm im Unzugänglichen, in ihrer Abgeschiedenheit, die unüberbrückbar-unüberrufbar war und trotzdem auf ihm lastete, niederzwingend und drohend, durchsichtig und heiß, die überhitzte Kälte des Weltenraumes; was um ihn herum war, umschloß ihn nicht mehr, und obschon von ihr umschlossen, stand er außerhalb der Nachthöhle, abgeschieden vom Schicksal, sowohl vom eigenen wie vom fremden, abgeschieden vom Schicksal der unsichtbar-sichtbaren Welt, abgeschieden von allem Göttlichen, abgeschieden von allem Menschlichen, abgeschieden von der Erkenntnis, abgeschieden von der Schönheit, denn auch die Schönheit der sichtbar-unsichtbaren Welt war im Namenlosen entschwunden, war kaum mehr Erinnerung –

– oh Plotia, weiß ich noch deinen Namen? in deinen Haaren wohnte die Nacht, sternenübersät, sehnsuchterahnend, lichtverheißend, und ich, über ihre Nächtlichkeit gebeugt, trunken des glitzernd süßen Nachtatems, ich bin nicht in sie versunken! oh, verlorenes Sein, vertrauteste Fremdheit, fremdeste Vertrautheit, du fernste Nähe, allernächste aller Fernen, erstes und letztes Lächeln der Seele in ihrer Ernsthaftigkeit, du, oh du, die du alles warst und bist, vertraut und fremd und ein nahfernes Lächeln, du schicksalstragende Blume, ich konnte dein Leben nicht in mich eindringen lassen ob seiner überschweren Ferne, ob seiner überschweren Fremdheit, ob seiner überschweren Nähe und Vertrautheit, ob seines überschweren Nachtlächelns, ob des Schicksals, ob deines Schicksals, das du in dir trugst und immer tragen wirst, unerreichbar für dich, unerreichbar für mich, das ich nicht auf mich nehmen durfte, da seine überschwere Unerreichbarkeit mein Herz gesprengt hätte, und ich habe bloß deine Schönheit, nicht dein Leben gesehen! oh, du zögernd Hinweggeeilte, die ich nicht zurückrief, du Sehnsuchtsbegnadete, die zurückzurufen mir verwehrt war, du nimmerwiederkehrender, ach, so leichter Schritt im unerforschlich Unerlauschbaren, du verlorener Schein hinter den Schatten, wo ist deine Heimkehr? wo bist du?! du warst; und du ließest mir den Ring von deinem Finger und stecktest ihn an meine Hand, und es war, mit Dunkel uns einschließend, die dunkelheits-umschlossene, dunkelheits-einschließende, die hinrauschende Zeit, oh, Plotia, ich weiß es nicht mehr –

– kaum mehr Erinnerung war das Entschwundene, das einstmals Wirkliche und mehr als Wirkliche, kaum mehr ein Name war die Frau, die er geliebt hatte, kaum mehr ein Schein, kaum mehr ein Schatten, sie war ihm ins unerforschlich Zufällige zurückversunken, und nichts war geblieben als das verwunderte Wissen um ein Gewesenes, um ein Verklungenes, um die verklungene Musik der Schönheit, um eine einstmalige Verwunderung und ein einstmaliges unerklärlich gewaltiges Vergessen, nach dem er mit all der verwunderten Beharrlichkeit eines Rauschsüchtigen gefahndet hatte, oh, selbst noch in der Erinnerung verwundert, daß es vorhanden gewesen war, daß Schönheit aufgeklungen hatte, daß sie hatte aufklingen können, daß sie, eingesenkt in das Menschenantlitz wie ein leiser, ewigkeitsgeborener, ewigkeitsentatmeter Rauch, immer wieder aus dem menschlichen Antlitz leuchtet, vertrautfernes, fremdnahes nachtlächelndes Schimmern und Verschimmern, verwelkbar wie weißer Liguster, das zarte Schleiergewebe des Sterbens, das über alles Menschliche gebreitet ist, der Schleier des Menschlichen, verdichtet in der Schönheit, doch zugleich auch in ihr durchsichtiger geworden, als hätte sich damit das Vergessen selber in die Seele eingeschmiegt, als hätte sich die Seele selber zu ihrer irdischen Unsterblichkeit in der Schönheit vergessen, zum Schönheitsvergessen schlechthin, als schimmerte in der menschlichen Schönheit noch ein letzter Rest jener längst entlarvten Hoffnung auf, die dem unerlauschbar unerreichbaren Wissen um das Sterben zugewandt ist: nichts war davon geblieben, nur der unbewältigbare Tod stand hinter der immerwiederkehrenden sterbenssüßen Gestalt, unbewältigt und großaufgerichtet erhob er sich im Unermeßbaren, aufgerichtet bis zu den Sternen, sphärenerfüllend, sphärenverbindend, und zusamt mit ihm, aufgerufen von seiner Stummheit, von ihr bewegt, sie erfüllend, sie seiend, war jählings all das aufgerauscht, was von ihm umfaßt wird, stummaufrauschend der Tod, stummaufrauschend das von ihm Umfaßte, das Todesverfallene, Todesgebannte, das Zufallsgeborene und Zufallsverhaftete, die todeserwartende Gestaltenvielfalt der Menschen, vervielfältigt das Hinkende, vervielfältigt das Fettwanstige, vervielfältigt das Schwabbelnde und Keifende, vervielfältigt zu einem so dichten Gestaltengewimmel, daß das leere Steingehäuse des Platzes davon überquoll, daß es in alle Sphärenräume drang, freilich ohne die Leere des Platzes, ohne die Leere der Räume zu verändern, daß es wie ein Aufbrechen und Ausschütten der Zeit selber war, die Totenherde der Gleichzeitigkeit, die irdisch-menschliche Mannigfaltigkeit, der irdische Mensch im Mannigfaltigkeitskreis seiner Abwandlungen, mitsamt seinem Knochengerüst und seinem Schädel, mit seinem Rundschädel, seinem Flachschädel, seinem Turmschädel, bewollt, begrast, beflachst, glatzig und besträhnt, Schädel an Schädel, der schädeltragende Mensch mit seiner Gesichtsvielfalt, tiergesichtig, pflanzengesichtig, steingesichtig, seltsam hautüberzogen, glatt oder finnig oder runzelig, fleischgepolstert oder schlaff, mit seinen Kau- und Sprechkiefern, steinern zahnbesetzt in seiner Gesichtshöhle, der gesichtstragende Mensch mit seinen vielfältigen Haut- und Höhlungsgerüchen, mit seinem Lächeln, dem blöden wie dem listigen, dem bleckenden wie dem hilflosen, mit seinem selbst in letzter Verworfenheit göttlich-rührenden Lächeln, das ihm das Gesicht öffnet, ehe das Lachen es wieder ihm schließt, auf daß sein Auge nicht das Unmenschliche der Schöpfungszertrümmerung sehe, der blickbegnadete Mensch, augengroß, augenstarr, augenkristallen, augendunkel, augenlebend, im Auge sein Schicksal enthüllend, sich selber im Auge verborgen, der schicksalstragende Mensch, gerade in seiner Augenkraft vom Schicksal zur Scham verurteilt, der schamerfüllte und dennoch sprechende Mensch mit seiner schamlos von Kiefer, Zunge, Lippe feucht gelenkten Stimme, der atemtragenden Stimme, der worttragenden, gemeinschaftstragenden Stimme, die aus ihm herausdringt, rauh, fett, schmeichlerisch, dröhnend, beweglich und steif, japsend, dürr, quäkend, bellend, und doch immer fähig, sich zum Liede zu verklären, der Mensch, dieses wunderbare und entsetzliche Ganzheitswerk aus anatomischem Sein, aus Sprache, aus Ausdruck, aus Erkenntnis und Nicht-Erkenntnis, aus stumpfem Dahindämmern, aus Sesterzenrechnerei, aus Begierden, aus Rätselhaftigkeit, dieses Ganzheitswesen, zerteilt in Organe, in Lebenszonen, in Substanzen, in Atome, vervielfältigt und abervervielfältigt, all diese Wesensvielfalt, dieses Gewirr von Menschenbestandteilen, kaum richtig zusammengesetzt, dieses Geschöpflichkeitsdickicht, irdisch in seiner Wirklichkeit, irdisch wie ihr steinernes Knochengerüst, irdisch wie das Knochengerüst des Todes, all dieses Leibergestrüpp, Gliedergestrüpp, Augengestrüpp, Stimmengestrüpp, dieses Dickicht der Halb-Erschaffenheit und Unfertigkeit, entstanden aus Zufallsbrunst und immer wieder auseinander hervorsprießend, in stets erneuter Zufallsbrunst verpaart, vermengt, verfickt, verflochten, verzweigt, immer weiter sich verzweigend und sich erneuernd, um dabei unaufhörlich abzusterben, so daß das Abgestorbene, das Verdorrte und Verwelkte zur Erde fällt, dieses Menschen-Dickicht in seiner pflanzlich-tierischen Lebendigkeit und Todgeweihtheit, es war nun mit der Gestalt des Todes aufgeflutet, war mit dem Tod aufgerauscht, aufgelärmt und aufgestummt, es war selber der sphärenfüllende Tod, das menschliche Zufallschaos, so zufällig und so sterblich, daß wir kaum wissen, ob der, welcher als Lebender zufällig vor uns auftaucht, nicht etwa schon im Einst verstorben oder noch nicht einmal geboren ist, in Vorgestorbenheit, in Ungeborenheit –, Plotia, oh Plotia, niemals Gefundene, Unauffindbare! Oh, sie war ihm unauffindbar im Totengestrüpp, sie war ihm ins untergründig Wiederpreisgegebene zurückgesunken, und er hatte weniger Gemeinschaft mit ihr als mit einer Toten, da er selber gestorben war, abgestorben in den Vortod der Unschöpfung, abgestorben ins Meineidige, ins Hinkende, ins Verbogene, abgestorben in die Wiederpreisgegebenheit eines städtisch verpöbelten Literatentums, das in den Scheinweg seiner Scheinumkehrungen sogar auch noch den Tod einbezieht, den Tod mit der Schönheit, die Schönheit mit dem Tode verquickend, um an solch unkeuscher, verwesungslüsterner Gleichsetzung selbstbetrügerisch die Erreichung des Unerreichbaren zu gewinnen, um sich das unerlauschbare Sterbenswissen vorzutäuschen, sicherlich aber auch, um das Genießerische solcher Vertauschungen selbst auf die Liebe auszudehnen, ja um in ihr das spielerisch-unkeusche Spiel zu seinem eigentlichen Höhepunkt zu treiben; denn wer zur Liebe unfähig ist, wer unfähig ist zu ihrer Gemeinschaft, der muß aus der Brückenlosigkeit seiner Vereinsamung sich in die Schönheit retten, grausamkeitsgekitzelt wird er zum Schönheitssucher, zum Schönheitsanbeter werden, niemals zum Liebenden, wohl aber statt dessen zu einem Beobachter der Schönheit in der Liebe, zu einem, der Liebe durch Schönheit erzeugen will, weil er das Erzeugte mit dem Erzeugenden verwechselt, weil er auch in der Liebe den Rausch erahnt und aufspürt, den Todesrausch, den Schönheitsrausch, den Rausch des Vergessens, weil er in der dämmerigen Versunkenheit des Schönheitsspieles und der Todesliebe sich den Genuß dieses Vergessens verschafft, willig und willentlich vergessend, daß Liebe, obwohl zur Schönheitsschaffung begnadet, nimmermehr auf Schönheit, sondern einzig und allein auf ihre ureigenste Aufgabe gerichtet ist, auf jene menschlichste aller Aufgaben, die allzeit und ausschließlich Schicksal-auf-sich-nehmen heißt; oh, dies allein ist Liebe, doch es halten die Toten keinerlei Gemeinschaft untereinander, sie haben einander vergessen –

– oh, Plotia! unvergeßbar Unvergessene! Schönheitsumflossene! oh, gäbe es Liebe, gäbe es der Liebe Schiedkraft im Menschen-Dickicht, es hieße, daß wir gemeinsam den goldenen Zweig finden dürften, daß wir gemeinsam hinabstiegen zum Quell des Vergessenheit-Nichts, zur letzten Unterwelts-Nüchternheit, daß wir hinabstiegen, wir selber traumlos nüchtern, hinab zum Urgrund, nicht durch die elfenbeinern schöne Traumespforte, die keinen mehr entläßt, sondern durch den nüchtern hörnernen Eingang, der uns die Rückkehr gestattet, den gemeinsamen Wiederaufstieg, heimbringend aus letztem Schicksalsverlöschen das neue Schicksal, heimbringend aus letzter Nicht-Liebe die Liebe, das neugeschaffene, das werdende Schicksal! oh, Plotia, du Kindhafte und doch nicht mehr Kindhafte! nur das werdende, nicht das gewordene Schicksal können wir auf uns nehmen, nur das werdende ist die Liebeswirklichkeit, die wir in allem frühlingshaft Keimenden und Aufblühenden, in jedem Grashalm, in jeder Blume, in jeder wachsend jungen Geschöpflichkeit, am innigsten aber wohl im Kinde suchen, aufnehmend des unentfalteten Schicksals Formungsbereitschaft um derentwillen wir uns allem Unberührten zuneigen, aufnehmend das Werdende in das Gewordene, aufnehmend den Knaben in die Formungsstärke des Mannes, oh, Plotia, es ist das werdende Schicksal, es ist dieses, das uns beschieden wäre, wenn es Liebe gäbe, wenn ihre Schiedkraft, enthoben aller Zufallsbrunst, wahrste Liebessicherheit verbürgen könnte, und es wäre dann das Schicksal selber die Liebe, wäre sie in ihrem Werden und in ihrem Sein, wäre sie als Abstieg in tiefste Un-Erinnerung und Wiederaufstieg ins All-Erinnerte, als Auslöschung zum Nichts und als Heimkunft ins unverändert

Gleiche, wäre sie als Grashalm und Blume und Kind, so unverändert, wie Grashalm, Blume, Kind es immer gewesen sind, dennoch gewandelt zur Liebe, überglänzt vom goldenen Zweig der Liebe, dem unauffindbaren –

–, oh, von keinem goldenen Zweig überglänzt, halten die Toten keinerlei Gemeinschaft untereinander, sie haben einander vergessen, und Plotias Gestalt, Plotias unvergessen-vergessenes Sein, das ihm einstmals der Lichtschimmer hinter allen Schatten gewesen war, hatte sich in die Schatten verflüchtigt, war ununterscheidbar geworden im Schattenreich, war hineingesunken in das Totengewimmel, ein Teil und kaum mehr ein Teil in der Fülle der Abgestorbenheit, in der Fülle der Gesichter, der Schädel, der Gestalten, sie allesamt für ihn ununterscheidbar, sie allesamt für ihn namenlos, sie allesamt für ihn verschwunden und verflüchtigt, da sie für ihn von vorneherein verstorben gewesen waren, da er nicht einmal den Lebenden je wirklich werktätige Hilfe hatte sein wollen, vielmehr – vom Schicksal wie von den Göttern zu solchem Nicht-Wollen verdammt, unschuldig und trotzdem schuldig – schon für den ersten ungetanen Versuch zur Hilfe, schon für den ersten ungetanen Schritt, schon für den ersten ungetanen Scheinansatz zu solchem Scheinschritt ein ganzes Leben gebraucht hatte, außerstande, sich in irgendeine lebendige Hilfsgemeinschaft einzureihen, geschweige also, daß er irgendeines lebendigen Wesens Schicksal hiefür auf sich hätte nehmen können, oh, er hatte ein Leben in der Nicht-Gemeinschaft der Toten verbracht, er hatte immer nur mit Toten gelebt und desgleichen die Lebenden zu ihnen gerechnet, er hatte die Menschen immer nur als Tote gesehen, hatte sie immer nur als Bausteine zur Errichtung und Erzeugung von todeserstarrter Schönheit genommen, und es waren die Menschen ihm darum allesamt ins Unbewältigte entschwunden, in die Unerkenntnis ewiger Unerschaffenheit. Denn nur in den Aufgaben, die der Mensch menschlich auf sich nimmt, liegt auch sein Erkenntnisheil, und ohne Aufgabe hat er auch dieses verwirkt. Unfähig war er zur tätigen Hilfe, unfähig war er zur liebenden Tat, unbewegt hatte er Menschenleid beobachtet, lediglich um des zur Unkeuschheit erstarrten Gedächtnisses willen, lediglich um der unkeusch schönen Aufzeichnung willen hatte er die Geschehensfurchtbarkeit betrachtet, und ebendarum war es ihm niemals gelungen, wahrhaft Menschen zu gestalten, Menschen, die essen und trinken, die lieben und geliebt werden können, und noch viel weniger solche, die durch die Straßen dahinhinken und dahinfluchen, ungestaltbar für ihn, ungestaltbar in ihrer Tierhaftigkeit, ungestaltbar in deren übergroßer Hilfsbedürftigkeit, ungestaltbar erst recht das Menschenwunder, mit dem selbst solche Tierhaftigkeit begnadet ist; nichts waren ihm die Menschen, Fabelwesen waren sie ihm, schönheitsumhüllte Schönheitsschauspieler, und als solche hatte er sie gebildet, als Fabelkönige, als Fabelhelden, als Fabelhirten, als Traumgeschöpfe, an deren schönheitsverspielter, schönheitsverträumter, unwirklicher Gottähnlichkeit er selber, sogar noch hierin dem Pöbel gleichend, gerne teilgenommen hätte, vielleicht auch hätte teilnehmen dürfen, soferne sie echte Traumerscheinungen gewesen wären, indes, weit davon entfernt, waren sie nichts als bloße Wortgebilde, kaum lebend in seinem Gedicht, tot jedoch, sobald sie um die nächste Ecke biegen, aufgetaucht aus dem Dunkel des Sprachgestrüpps und wieder eingegangen in den Zufall, ins Ungeliebte, in die Erstarrung, in den Tod, in die Stummheit, ins Unwirkliche, genau so wie jene drei, die nun auf Nimmerwiedersehen verschwunden waren. Und aus ihrer Entflüchtung dröhnte weltenzersprengend die böse Stummheit des Hohngelächters, von dem sie durchschüttelt worden waren, dröhnte als eine zweite Stille bösartig durch die Stille des Platzes und der Gassen da unten, dröhnte durch die Stille der Nacht, zufallsgeboren, fremdheitserfüllt, dröhnte raumzersprengend, raumaufhebend, freilich nicht zeitaufhebend das Gelächter des vollzogenen Eidbruches, das stumme Dröhnen der im Stiche gelassenen zersprengten Schöpfung.

Nichts war geblieben als die hohngeblendete Scham eines erloschenen Gedächtnisses, das zur Unkeuschheit eines toten Scheingedächtnisses geworden ist. Von keiner irdischen Flamme erweckt, waren die Feuer des Himmels zur Namenlosigkeit erschwiegen; es schwieg die Mitte, zugedeckt von den Steinplatten der Städte, sie waren einsgeworden mit den äußersten Grenzen, erkaltet unter dem Hauche des Nichts, und es erstarrte nun auch die fließende Gleichzeitigkeit, in der das Ewige ruht: wehe den Scheinumkehrungen des Irrweges, sie täuschen den großen Kreislauf vor, in welchem das Vergangene und das Zukünftige sich zum ewigen Jetzt der Zeitlosigkeit binden sollen, wehe der eidbrüchigen Umkehrung, wehe dieser Schein-Zeitlosigkeit, die das Wesen alles Rausches ist und zur Aufrechterhaltung solcher Belustigung stets aufs neue das Erzeugte für das Erzeugende setzen muß, schönheitsdürstig, blutdürstig, todesdürstig, das Opfer umgelogen und umgebogen zum genießerischen Lustrausch, wehe der unkeuschen Eitelkeit eines Gedächtnisses, für das es niemals Wirklichkeit gegeben hat, und das sich bloß um der schieren Erinnerung willen erinnert, wehe dieser Umkehrung des Seins, unerneuerbar bleibt der Eid, unanfachbar die Flamme, das Spielerische muß da versagen und versagt, mag noch so viel Schönheit, noch so viel Blut, noch so viel Tod hiezu aufgeboten werden, wirkungslos bleibt es an der Zeitenwende, und an ihr zerreißt die irdische Unendlichkeit; wahrlich, solange Opferung nicht wieder zu echtem Opfer geworden sein wird, ist das Unheil unabwendbar, gibt es keine Erweckung aus dem Dämmerschlaf, und gefangen im Unheilkreis bleibt der Überhebliche ein für allemal verkerkert, der Überhebliche, der sich zur Vernachlässigung seines Eides berechtigt erachtet, weil er die verlockende Gleichzeitigkeit des Innen und Außen, weil er die ein- und ausströmenden Gezeiten der Welt, weil er den verlockenden Anblick der schönheitsumsäumten Weltengrenzen, weil er die Verlockung als Erlaubnis zu jener Scheinumkehrung nimmt, die ebensowohl die des Erinnerungs- wie die des Vergessensberauschten ist, in beiden gleicherweise wirklichkeitsverlustig –, wehe dem Berauschten, der überheblich verstockt im Meineidigen verharrt und, ob erinnerungsüberflutet oder nicht, hiebei seines Menschentums vergißt, er hat die flammende Mitte des Seins verloren, und er weiß nicht mehr, ob er aufwärts oder abwärts stürzt, ob er vorwärts oder rückwärts blickt, richtungslos ist die Kreisbahn, aber sein Kopf ist in den Nacken gedreht, starr und lächerlich. Unerweckbar sind die Toten, unerweckbar war die Tote, der Raum des Vergessens war grauflutig über ihr zusammengeschlagen, und es war, als hätten die Weiber in der Elendsgasse gewußt, daß da einer, der sein Leben nicht gesehen hatte, in seine letzte Ernüchterung und in sein letztes Vergessen getragen wurde. Hatte nun wirklich ihr Hohn sich gerechtfertigt? gab es wirklich nur noch den schamvollen Absturz ins Nichts und in die Regionen der leeren Oberfläche, die unter der Grenze des Nichts sich unterweltlich breiten? Oh, sie hatten Recht behalten, und mit entsetzter Scham hatte er die höhnischen Verwünschungen hinzunehmen, denn die Unkeuschheit, deren er schuldlos sich schuldig gemacht hatte, war verworfener als jede noch so schamlose Zufallsunzucht der Pöbelmasse, denn er war der Unkeuschheit des freiwilligen Absturzes schuldig geworden, und wenn auch schicksalsbefohlen, er hatte sich freiwillig eingereiht in das meineidige und verlorene Geschlecht, das bar jeder Bindung über die Steinfliesen des Nichts dahintorkelt, feuerlos wie das Tier, kalt wie die Pflanze, unerweckbar wie der Stein, verirrt im Gestrüpp und selber Gestrüpp, untergegangen im Ununterscheidbaren einer endgültigen Versteinerung; er war der Bedrohung anheimgefallen, von der die Verworfenen, er verworfen mit ihnen, umfangen wurden, er war versteckt mit den Versteckten, und die Bedrohung, schicksalsgewaltig aus dem Überbedrohlichen stammend, durch keinerlei Lachensgedröhn aufzuhalten, schweigend und aberschweigend, tonzerstarrend, lichtzerstarrend in dem kristallenen Dunkel steinerner Unentrinnbarkeit, nachtaufgelöst und nachterstarrt, die Bedrohung stieg und stieg. Alles war bedroht, alles unsicher geworden, sogar die Bedrohung selber, da die Gefahr sich gewandelt hatte, übersetzt aus der Zone des Geschehens in die des Verharrens. Unerschütterlich verharrte die Nacht, kaltglühend ihr schwarzdurchsichtiger goldener Fittich, gespannt über das Menschenbehauste ringsum, das steinern auf der Erderstarrung lastete, bemalt von trockenem Mondlicht, und das Erstarrte trank das Licht der Gestirne tief in sich hinein, war bis in seine tiefsten Feuertiefen zu durchsichtigem Stein verwandelt, ward zum durchsichtigen Steinschatten in den geöffneten Kristallschächten der Erde, zum Kristallecho des Unerlauschbaren, hinabwebend bis ins Unerforschliche, heraufwebend bis ins Hörbare, so daß dieses wie ein letztes atemloses Atemringen der Versteinerung war, ein Steinkeuchen, flehend um den Atem des Seins; schattenversteinert, schattenversteinernd wallte es auf und ab, selbst die Postenschritte hinter der Mauer, nach wie vor beharrlich die Zeit abzählend, nahmen daran teil, sie waren dem Stein einverleibt, klingende, feierliche Schattenschritte des Nichts, die aus dem klingenden Pflaster heraus- und wieder in es hineinwuchsen, und während unter dem ständig härter werdenden Lichte nun der steifspitzige, scharfschattige Kamm der Eisenbolzen am Saume der Mauerkrone sichtbar wurde, tat sich nicht minder lichtaufgehellt und schattenklar, der Schacht zwischen Mauer und Haus auf, bis in seine Tiefe silbergrün vom Sphärenschein durchflossen, lichtversteint, lichttrocken, lichtklingend vor Stummheit bis hinunter zum sandig-kiesigen Boden, bis in das scharfregungslose Ungefähr des Schachtgrundes, das im trockenen Schatten etlichen Gesträuches allerlei Rümpelwerk zeigte, kaum benennbar, halb von den grünversilberten Zweigen des Gestrüpps verdeckt, Bretterzeug und Gerät, selber schattenwerfend, dabei aber auf eine so fürchterliche Art feierlich, daß es wie einsames und seltsam würdeloses Echo zu der steinernen Allstummheit war, gefahrspiegelnd, rachespiegelnd, drohungspiegelnd, weil das Nichts sich im Nichts spiegelte, das Durchsichtige gespiegelt im Staube, das eine wie das andere bestrichen von dem unbewegten Fittich, beides von Trauer gelähmt, dennoch in beiden, zerhetzt und zerrissen, das unhörbare Keuchen des Todes –

– aber kikonische Weiber, die er aus Liebe zur Toten verschmäht, rissen in Stücke den Mann beim Feste der Götter im bacchantischen Taumel, und weit umher in den Feldern zerstreut westen die Glieder; auch sein Haupt war vom marmornen Nacken gerissen, allein es hatte noch Stimme, und, bereits vom väterlichen Strom des Hebrus im rollenden Strudel ergriffen, »Eurydike«, rief es mit fliehendem Hauche, »Eurydike, du Arme«, und von den Ufern am Strome »Eurydike« hallt es zurück –

–, und echolos war er, echolos toter Widerhall in den zu unabänderlicher Endgültigkeit emporgeschossenen Wüstenbergen des Tartarus, stummer Widerhall im regungslos versiegenden Innen und Außen, stummer Widerhall stumm-atemringenden Keuchens in den trockenen Schluchten und in den Kristallschächten der Versteinerung, er war ein blickloser Schädel, hingerollt in das Steingeröll am Schattengestade des Vergessens, hingerollt unter das dürr-undurchdringliche Ufergebüsch am Dämmerstrom, hingerollt zum Nichts, vor dessen Ausweglosigkeit sogar das Vergessen erlischt, er war nichts als ein blindstarrendes Auge, er war rumpflos, stimmlos, lungenlos, atmungsentblößt, ja, so war er hingeschleudert zur unterweltlich luftleeren Blindheit: Schatten zu lösen war sein Auftrag gewesen, und er hatte Schatten geschaffen, der große Bündniseid der Erde war ihm auferlegt worden, und er war von vorneherein eidbrüchig gewesen, oh, es war der Auftrag an ihn ergangen, noch einmal die Steine des Grabes zu rücken, auf daß das Menschliche zur Wiedergeburt erstehe, auf daß die lebendige Schöpfung als Gesetz, auf daß diese ständige Gleichzeitigkeit in allem Zeitenablauf nicht unterbrochen werde, auf daß der Gott immer wieder vom Jetzt der Opferflamme zur Gleichzeitigkeit erweckt und zum Eide seiner Selbsterschaffung zurückgezwungen werden möge, vom Eide der Gott erschüttert, vom Eide die Erstarrung hintangehalten, vom Eide die Flamme geschürt, oh, dies war sein Auftrag gewesen, und er hatte ihn nicht ausgeführt, hatte ihn nicht ausführen dürfen; noch ehe es ihm gestattet gewesen war, zur Erfüllung des unbekannten Eides die Gruftplatten zu rücken, ja, auch nur anzutasten, noch ehe er die Arme hatte heben können, waren sie ihm schwer und gelähmt und durchsichtig geworden, waren hineingewachsen in die Steinversteinerung, sie waren hineingewachsen in das unbeweglich-ununterscheidbare, trocken-durchsichtige Steinfluten, und dieses unbewegliche Fluten, versteinert und versteinernd, aus allen Sphären bis zur Mitte herandringend und wieder zurückbebend bis zu den Sphärengrenzen, Lebendiges wie Unlebendiges ins Schattenkristallene aufsaugend, wurde ein einziger Stein, wurde zum Opferstein des Alls, unbekränzt, unerwärmt, unerschüttert, unverrückbar, wurde zum opferentblößten Weltengrabstein, der das Unerfaßliche zudeckt und selber es ist. Oh, Los des Dichters! *Der Liebe Erinnerungsstärke hatte Orpheus den Eintritt in die Hadestiefe erzwungen, allerdings um ihm zugleich den letzten Abstieg zu verwehren, so daß er, verloren in der Unterweltlichkeit des Gedächtnisses, zur vorzeitigen Umkehr genötigt war, unkeusch noch in der Keuschheit und zerrissen im Unheil. Er hingegen, liebelos von Anbeginn, unfähig das liebende Gedächtnis voranzuschicken und von keiner Erinnerung geführt, er war nicht einmal in die ersten Tiefen des erzbeherrschenden Vulcanus gelangt, geschweige denn zu den Bereichen der gesetzes-stiftenden Väter, geschweige denn noch tiefer in die des weltgebärenden erinnerung-gebärenden, heil-gebärenden Nichts, und er war in der erstarrten Leere der Oberfläche geblieben.* Die Unbewältigung, einmal geschehen, läßt nichts zurück, was noch zu bewältigen wäre, und, aufgesaugt vom großen Schweigen der erkenntnisentleerten, gesetzesentleerten Namenlosigkeit, waren nun auch die lebenstragenden

Großgezeiten des Entflammens und Verlöschens erschwiegen; es erschwiegen die Gezeiten des Anfanges und des Endes, die Gezeiten der feuerleuchtenden Erschütterung und der mildrieselnden Beruhigung, es erschwieg ihre wechselseitige Zeugung, die das eine zum andern macht, es wurde die Weltganzheit unabänderlich ihres Atems, ihrer Dinglichkeit, ihres Geschehens, ihres Ablaufes verlustig, und umgeben vom Allschweigen wurde sie zum schweigenden Blick entblößt, zum Allblick der sichtbar-unsichtbaren Nacktheit schlechthin, entblößt zu ihrer blicklos-blickenden, unabänderlich endgültigen Nicht-mehr-Vorhandenheit: steinern starrendes Auge oben, steinern starrendes Auge unten, oh, nun war es da, das seit langem Erwartete, immer Gefürchtete, endlich war es da, nun sah er es, nun mußte er hineinblicken in das namenlos Unerahnbare, in die unerahnbare Namenlosigkeit, um derentwillen er ein Leben hindurchgeflüchtet war, um derentwillen er alles getan hatte, um diesem Leben ein vorzeitiges Ende zu bereiten, und es war nicht das Auge der Nacht, denn die Nacht war in die Versteinerung verflüchtigt, und es war nicht Furcht und nicht Entsetzen, denn es war größer als jede Furcht und jedes Entsetzen, es war das Auge der steinernen Leere, das aufgerissene Schicksalsauge, das an keinem Geschehen mehr teilhat, nicht am Zeitenablauf und nicht an der Zeitenaufhebung, nicht am Raum und nicht an der Raumlosigkeit, nicht am Tode und nicht am Leben, nicht an der Schöpfung und nicht an der Unschöpfung, ein unteilhaftiges Auge, in dessen Blick es keinerlei Anfang und keinerlei Ende und keine Gleichzeitigkeit gibt, abgelöst von allem Bestehenden und Noch-Bestehenden, mit diesem nur noch durch das Drohen und das dräuende Zuwarten, durch die Zeithaftigkeit der noch bestehenden Wartensfrist verbunden, widergespiegelt im Noch-Bestand des Bedrohten und in seinem drohungsfürchtenden Blick, aneinanderverbannt das Drohende und das Bedrohte im letzten Zeitenrest. Und es gab keine Flucht mehr, nur noch ihr atemloses Keuchen, es gab für sie kein Vorwärts mehr – wohin hätte sie noch führen sollen?! –, und das Keuchen glich dem des Läufers, der hinter dem Ziele erkennt, daß er nicht angelangt ist und niemals anlangen wird, weil im Unraum der Eidbrüchigkeit, durch den es ihn hindurchgehetzt hat, um ihn immer weiter zu hetzen, das Ziel nicht zu beschwören ist und unbeschworen bleibt, ziellos die Schöpfung, ziellos der Gott, ziellos der Mensch, echolos die Schöpfung, echolos Gott und Mensch im gesetzlos Wiederpreisgegebenen, das den Unraum gebiert. Was um ihn herum war, versinnbildlichte nichts mehr, war Nicht-Sinnbild, war das Unspiegelbare, das Nichts-mehr-Spiegelnde an sich, und darüber hinaus war es die Trauer der Sinnbildverarmung, jene Trauer des Unraumes, die unräumlich allem Raumgeschaffenen und auch schon dem schlafenden Ur-Humus träumend einversenkt ist, sinnbildentblößt, dennoch den Keim eines jeden Sinnbildes in sich bergend, enträumlicht, dennoch wie ein letzter Rest der zeitengetragenen Schönheit vom Raume bedingt, die Traumestrauer, die auf dem Grunde eines jeden Auges wohnt, im Tierauge, wie im Menschenauge, wie im Gottesauge, ja, selbst auch noch im All-Auge der Leerheit gleich einem letzten Hauch der Schöpfung schimmert, trauernd und betrauert in der Qual einer fernsterinnerten Vorerschaffenheit, als höbe der Unraum in der Trauer an und doch zugleich auch die Trauer immer wieder im Unraume, als wäre in diese Einheit unabänderlich das Ur-Verhängnis aller Schöpfung eingekeimt, das Unheil, von dem alles Menschliche und alles Göttliche urschicksalhaft bedroht wird, ihrer beider gemeinsame Schicksalsfurcht, ihrer beider gemeinsame Schicksalsstrafe, die Furcht des Meineidigen, der von vorneherein zum Abfall verdammt ist, und die von vorneherein für ungetanes Tun, für nicht begangene Untat verhängte Sühne, mit der das Schicksal selbst die Götter beherrscht, die vom unerkennbaren Gesetz verhängte Strafe des Erkenntnisverlustes und der Verlassenheit im Kerker des blind-notwendigen Dahindämmerns, die *Verlassenheit der Nicht-Erkenntnis in unerkennbarer Notwendigkeit:* näher und näher rückte es heran, gehetzt von stummkeuchender, atemloser Unheilstraurigkeit, trotzdem unbewegt langsam, verloren in Trauer und Unheil, verloren in einer Inhaltlosigkeit, die sogar Trauer und Unheil in sich aufsaugte; aus allen Schächten des Innen und Außen stieg es steinbleiern auf, als Vollzug der Drohung, ansteigend die blickende Leere, gewittergleich stieg es auf, drohender und drohender wurde das Noch-nicht-Eingetroffene, steinerner die Blickeinschließung, herangeschoben als Schweigenswand, herangeschoben in einer betäubenden Stummheit, die ebensowohl die eigene wie die aller Sphären war, lastend und aberlastend, beklemmend und beklemmender, der blickwachsende Blick des Grauens, der sich der toten Mitte näherte, und das Ich, umfangen von der Mitte, eingekreist in ihr, eingepreßt zwischen den Blickwänden, gepreßt in die Ununterscheidbarkeit des Innen und Außen, erstickt von solch verdoppelter Trauer, von dieser grenzenlosen Alltrauer des noch bestehenden Seins, die jedwede Vielfalt und jedwede Verdoppelung ins Übermaß der eigenen Grenzenlosigkeit hebt und damit aufhebt, mitaufgehoben das Ich, aufgesaugt und erdrückt von der Grenzenlosigkeit und ihrer trauernden Leere, deren Grauensahnung den verdoppelten Schrecken, das verdoppelte Entsetzen heranträgt und zugleich in sich auflöst, mitaufgelöst das Ich, aufgelöst und einverstarrt in den Blick des ringsum Drohenden, das blickbedrohte Ich, längst selber nur noch starrender Blick, das drohungsunterworfene Ich, es ward auf den letzten Rest seiner Wesenheit zusammengepreßt, ward vernichtet zum Unraum seiner Unerschaffenheit, seines Undenkens, ward auf den kleinsten Punkt eines nicht mehr erkennbaren, nicht mehr erkennenden Dahinwesens zurückgeworfen, regungslos ausgeliefert der Leerheitsumschlingung, oh, es war zurückgeworfen und zurückgeschleudert, hineingeschleudert in die Zerknirschung seines Selbst, geschleudert in Zerknirschung und Aberzerknirschung, es war gedemütigt zur Notwendigkeit, ausweglos, zur Notwendigkeit seiner Zerknirschung, hineingedemütigt in die Zerknirschung des leeren, des schieren Nicht-mehr-Bestehens; das Ich war seiner selbst verlustigt geworden, war beraubt seines Menschentums, von dem nichts geblieben war, nichts als die nackteste Nacktheits-Schuld der Seele, so daß auch sie, ich-verlustig und doch unzerstörbar als Menschenseele, nun nichts mehr war als zerknirscht leere Nacktheit, niedergezwungen und aufgesaugt von der spiegellosen Leere des drohungsschweigenden Auges, spiegellos die Zerknirschung, spiegellos das Ich, spiegellos die Seele, spiegellos preisgegeben der Kraft des erlöschenden Blickes und selber erloschen –; Schweigen, Leere, Unraum, stumm, aber hinter den schwarzkristallenen Wänden der Allstummheit, in der fernlosen Überferne grenzenloser Grenzenlosigkeit, verschwindend und vernehmbar, gleichsam ein verlassenstes Hörbild des Seins und bereits jenseits allen Seins, dünn und hell und weiblich und fürchterlich in unsäglicher Kleinheit, tönte ein einziger Punkt, tönte der entlegenste Punktton der Sphären, tönte ein winziges

Kichern, und es war das leere Kichern der Leerheit, das Kichern des leeren Nichts. Oh, wo war noch Rettung?! wo waren die Götter?! war das, was geschah, ihre letzte Machtausstrahlung, ihre Rache und die Vergeltung für ihre Wiederpreisgegebenheit, die Rache an den preisgegeben-preisgebenden Menschen?! waren es die Gottweiber, welche ob der menschlichen Zerknirschung sich erfreuten und darob kicherten?! freuten sie sich ob des verlorenen Menschentums, freuten sie sich ob der Unentrinnbarkeit des Welten-Meineides?! Ertaubt für jede Antwort, horchte er ins Ununterscheidbare hinein, und die Antwort kam nicht, denn der Meineidige vermag keine Frage zu stellen, so wenig wie das Tier zu fragen vermag, und tot war der Stein, tot und ohne Widerhall für die ungefragte Frage, tot war das Steinlabyrinth des Alls, tot der Schacht, auf dessen tiefstem Grunde frageentkleidet und antwortentkleidet das zum Nichts zerknirschte nackte Ich weset. Oh, zurück! zurück ins Dunkle, in den Traum, in den Schlaf, in den Tod! oh zurück, noch ein einziges Mal zurück, oh fliehen, noch einmal zurückfliehen ins Seiende! oh Flucht! Indes nochmalige Flucht? gab es überhaupt noch Flucht? war überhaupt noch Flucht gemeint? Er wußte es nicht; er hatte es vielleicht gewußt, und er wußte nichts mehr, er war jenseits aller Wissensfähigkeit, er war in der Wissens-Leerheit, er war in der All-Leerheit und damit sogar jenseits alles Gehetztseins, ach der Zerknirschte ist bereits jenseits aller Flucht: aber nun, jenseits der Flucht, niedergezwungen vom Meineid, als müßte der Eidbrüchige selber gebrochen werden, als dürfte er nie und nimmermehr aufrecht stehen, fühlte er sich auf die Knie geschleudert; und tiefgebückt unter der ungeheueren Last der blind-unbewegten, unsichtbar-durchsichtigen Weltenleere, fluchterstarrt, fluchtgelähmt, und die belasteten Schultern niedergebeugt, und mit trocken-leblosen Händen blindfingerig nach der Zimmerwand suchend, blindfingerig den blindfingerigen Schatten auf der mondhellen, mondtrockenen Fläche berührend, tastete er sich an ihr entlang, begleitet von seinem neben ihm hergleitenden tiefgebückten Schatten, tastete er sich hartzitternd ins Dunkle zurück, unwissend dessen was er tat oder nicht tat, tastete er sich zu dem Wandbrunnen hin, tierartig vom Wasser angelockt, tierartig nach dem Noch-Irdischen, nach dem Noch-Lebendigen, nach dem Noch-Bewegten lechzend; und so, schädelhängend, tierartig kroch er durch die erstarrte Trockenheit dem ur-tierischesten aller Ziele, dem Wasser zu, um in ur-tierischester Notwendigkeit tiefgebückt wie ein Tier an der silberrieselnden Feuchte zu lecken.

Wehe dem Menschen, der sich der ihm widerfahrenen Gnade nicht gewachsen zeigt, wehe dem Zerknirschten, der seine Zerknirschung nicht erträgt, wehe dem kreatürlichen Seinsrest, der das Seiende nicht abtun will, ach, nicht abtun kann, weil das ausgelöschte Gedächtnis in Leerheit weiter besteht; wehe dem Menschen, der trotz seiner Zerknirschung und unabänderlich-ungelöst zum Kreatürlichen verdammt bleibt! um ihn herum bricht aufs neue das Lachen auf, und es ist das Lachen des Grauens, kein Weibslachen mehr und kein Mannslachen, nicht das der Götter und nicht das der Göttinnen, es ist das leere Kichern des Nichts, es ist der für den Sterblichen niemals verschwindende Seinsrest im Nichts, der kichert und zum Lachen aufbricht, der damit sich selbst als das Seiende im Nichts, als das Nichts im Seienden enthüllt, als die Vereinigung von Scheinsein und Scheintod, als das lachen-nahe Wissen um solch scheintotes Sein, als der furchtbare und furchttragende Wissensrest innerhalb der Leerheit, irrsinnsgeschwängert, irrsinnsverlockend in seinem stummen Lachen, das anschwillt und anschwillt, bis die Leerheit in nacktes Grauen umgeschlagen ist. Denn je mehr die Zerknirschung das Menschliche in seinen wesenhaften Eigenschaften ergreift, desto unmittelbarer greift sie auch das kreatürlich Tierhafte im Menschen an, desto unmittelbarer schießt ihr die tierische Angst entgegen, die entsetzensgejagte Angst des Menschen, der in seine kreatürliche Einsamkeit geschleudert worden ist und wie ein versprengt-verirrtes Herdenstück nicht mehr zur Herde zurückfindet; es ist die allem Herdengeborenen von Urbeginn an einverpflanzte Grauensangst vor einer außerkreatürlichen Todesleere, es ist – in letzter Angstübersteigerung, in letzter Angstausgeliefertheit, fast schon jenseits des Todes – das stumme Grauen des Tieres, das klein-einsam im unsichtbar Übermächtigen bewußtseinsbar und zitternd unter das dunkle Gebüsch kriecht, damit kein Auge es sterben sehen möge. Wehe dem Zerknirschten, dessen Seele unfähig ist, die ihm auferlegte Einsamkeitskleinheit auf sich zu nehmen, es wird ihm die Kleinheit zur Bewußtlosigkeit, und die Gnade der Demut verwandelt sich ihm zur leeren Erniedrigung. War es schon so weit? zerknirscht war sein Denken, soweit es noch statthatte, tierhaft war sein Tun, soweit noch etwas geschah, und im Unhörbaren stand blind das Gelächter; er war plötzlich und ohne irgendwelche Überlegung in das Bett geraten, und erbärmlich in dieses eingeduckt, zugeschnürt die Kehle, trockene Kälte in allen Gliedern, bewußtlos anheimgegeben der schwarzunsichtbaren, über der Zerknirschung und dem Tierhaften verdoppelt ausgebreiteten Übermacht, bewußtlos anheimgegeben einem Bereiche jenseits der Furcht, jenseits des Schreckens, jenseits des Entsetzens, jenseits des Todes, dennoch einem neuen Aufbrechen von Furcht, Schrekken, Entsetzen, Tod preisgegeben, das Grauen im Unerfühlbaren erfühlend, im Unerkennbaren erkennend, war er fallen gelassen, dennoch gehalten, noch immer gehalten, hineingehalten in den Leerheitsraum des Grauens, oh, er war hineingehalten in das Grauen und zugleich vom Grauen erfüllt: Anfangserinnerung und Enderinnerung berührten einander, sie beide verirrt eingeschlossene Einsamkeit im Lebensdickicht, im Stimmendickicht, im Bilderdickicht, im Erinnerungsdickicht, niemals erloschen der Anfang, mochte er von noch so vielen Jahren verschattet sein, niemals erloschen die Erinnerung des versprengten Herdentieres, die Erinnerung des Ur-Grauens, die einzige, welche geblieben war, und alle anderen waren wie Abwandlungen dieser grauenvoll einzigen, die auf jedem Ast des Erinnerungsgestrüpps saß, höhnisch kichernd, höhnisch lachend ob der unbeweglichen Eingeschlossenheit des im Dikkicht unrettbar Verirrten, selber ihn umschließend, selber das Dickicht, selber die Undurchdringlichkeit; unbewegt war die Erinnerungsfahrt, die Fahrt des unaufhörlichen Anfanges und des unaufhörlichen Endes, die Fahrt durch den Gedächtnis-Unraum, die Fahrt durch den Unraum der stillstehenden Verirrtheit, durch den Unraum des unerinnerbaren Scheinlebens, unbewegt ging sie dahin die sausende Fahrt durch alle Abwandlungen des Unraumes, unentrinnbar von ihnen begleitet und von ihnen eingehüllt, unräumlich in ihrem Scheinstillstand, unräumlich in ihrer Scheinbewegung, immer aber in der Unräumlichkeit des Grauens, weil es der unentrinnbare, der immer vorhandene, der niemals verlassene Kerker bleiernen

Scheintodes ist, in dem grauenumgeben das Scheinleben des Menschen sich abspielt –, er war hineingehalten in den Unraum des Scheintodes. Und obwohl er still lag und nicht um die Breite eines Fingers sich in irgendeiner Richtung bewegte, und auch das Zimmer um ihn herum sich nicht im geringsten veränderte, war ihm als ob er vorwärtsgetragen würde, ja, er wurde vorwärtsgetragen, vorwärtsgezogen ins Unsichtbare und vom Unsichtbaren, von seinem Vorwissen, von seiner Vorerinnerung, es huschte die Erinnerungsmannigfaltigkeit ihm voraus, als könnte sie ihn vorwärtslocken, als könnte und sollte die Fahrt hiedurch beschleunigt werden, er wurde vorwärtsgetragen von dem Grauen, in das eingehüllt er lag, vorwärtsgetragen zu dem Grauensziele, das am Anfang steht, und das Zimmer schwebte mit ihm, unverändert und dabei fahrtartig verformt, zeiterstarrt und dabei fortwährend sich verändernd. Starr lösten sich die Amoretten aus dem Fries und verblieben trotzdem darin, aus Malerei und Tünche lösten sich Akanthusblätter, menschengesichtig geworden und den Stengel zur gekrampften Adlerkralle ausgewachsen, sie wehten neben dem Bette dahin, die Fänge schließend und öffnend, als wollten sie deren Griffstärke erproben, es wuchsen ihnen Bärte aus dem Blattgesicht und wurden wieder darein verschluckt, sie wehten dahin im Unbewegten, oftmals sich überschlagend, oftmals wie in einem Wirbel der Unbewegtheit sich drehend, es wurden ihrer mehr und mehr, weit mehr als die Wandmalerei hergab, mochte sich diese auch ständig erneuern, sie entflatterten der Malerei, sie entflatterten der nackten Wand, sie entflatterten dem Nirgendwo, ausgespieen von den kaltbrodelnden Vulkanen des Nichts, die überall aufbrachen, im Sichtbaren wie im Unsichtbaren, im Innen wie im Außen, sie waren Vulkanlava, hauchiger Schutt des Vorentstehens und des Verfalles, mannigfaltiger und mannigfaltiger werdend, je mehr ihrer wurden, aus der Leerheit entstandene und entstehende Formen, die sich außerdem während ihres Dahingaukelns ineinander und auseinander verwandelten, ungestaltetes und ungestaltbares Zeug, Blattwehendes und Schmetterlingswehendes, vieles pfeilartig, vieles gabelschwänzig, vieles mit langen Peitschenschwänzen, vieles so durchsichtig, daß es bloß unsichtbar-stumm gleich schweigenden Schrekkensrufen umherflog, manches dagegen bloß harmlos und einem blöd-durchsichtigen Lächeln gleichend, das sonnenstäubchenhaft vervielfacht, mückenhaft unbekümmert leer umherschwärmte, den Kandelaber in des Raumes Mitte umtanzte, an den erloschenen Kerzen nippte, freilich sofort wieder durch Nachstürmendes, Nachsausendes, Nachtanzendes verdrängt und weitergedrängt, das Hohlgedränge der Gestaltlosigkeit, in dem neben Gesicht und Ungesicht, neben zwiegestalteten Szyllen und seltsamen Robben und gesträubten Hydren, neben blutig einhersausenden, blutig umbänderten Köpfen zerflattert zerschlängelten Haares, sich allerlei Verwachsenes tummelte, sausend allerlei Bekörpertes und Befußtes, allerlei Behuftes, kleinverkümmerte oder unfertige Zentauren und Zentaurenreste, geflügelte und ungeflügelte; es barst der orkusgeschwängerte Raum vor Fratzengetier, Krötiges und Eidechsiges und Hundspfötiges tauchte auf, Gewürm unbestimmbarer Beinzahl, beinlos, einbeinig, zweibeinig, dreibeinig, hundertbeinig, oftmals zappelschrittig im Bodenlosen, oftmals beingestreckthölzern, steifgestreckt dahinsegelnd, oftmals eng aneinandergepreßt, als wollten sie sich, bei aller Geschlechtslosigkeit, fliegend begatten, oftmals einander pfeilgeschwinde durchdringend, als wären sie durchlässiger Äther, als wären sie Äthergeschöpfe, äthergeboren und äthergetragen, wahrhaftig, das waren sie, da ihr übereinanderkollerndes, übereinanderkriechendes, übereinanderpurzelndes Fliegegewühl, obwohl sie einander verdeckten und überdeckten, bis zu den letzten Grenzen des mit ihnen vollgepackten Raumes und bis in die letzten Einzelheiten mühelos vom Blicke erhascht und erfaßt werden konnte, oh, sie waren das ätherbeschuppte, ätherbefiederte Äthergezücht aus dem Vulkan der Äonen, stoßweise emporgeworfen, sturzartig, flutartig, immer wieder verdampfend, immer wieder verflüchtigt, so daß immer wieder der Raum leer wurde, sphärenleer und leer wie das Weltall, nur noch durchtrabt von einem einsamen Roß, das gesträubter Mähne hoch in der Luft vorüberstampfte, nur noch durchschwebt von einem einsamen Mannstorso, dessen flachdurchsichtiges Gesicht, bettwärts gekehrt, sich zu einem leeren höhnischen Spiegellachen verzerrte, ehe es von der neuanschwellenden Ungezieferflut des Grauens wieder überschwemmt wurde –, und keines dieser Geschöpfe atmete, denn in der Vorgeborenheit gibt es keinen Atem; zur Furienkammer war das Gemach geworden, und es bot Raum für das ganze Grauengeschehen, obschon dieses unaufhaltsam weiter wuchs: es brauchte sich die Zimmerdecke nicht zu heben, obschon der Kandelaber sich zum riesigen Baume entfaltet hatte, die Kerzenhalter unmäßig ausgestreckt zu uralt ragendem Gezweig dumpfschattender Ulme, und im Gelaube, Blatt für Blatt, gleißnerisch die Träume saßen, dichtgedrängt wie Tautropfen, es brauchten die Wände sich nicht zu weiten, obschon zwischen ihnen alle Städte der Welt lagen, sie alle brennend, die Städte der fernsten Vergangenheit und der fernsten Zukunft, menschenfauchende, menschenzerquälte Städte, namensferne Städte, die er trotzdem erkannte, die Städte Ägyptens und Assyriens und Palästinas und Indiens, die Städte der entthronten, ohnmächtig gewordenen Götter, gestürzt die Säulen ihrer Tempel, gesprengt ihre Mauern, zerbrochen ihre Turmhäuser, geborsten das Steinpflaster ihrer Straßen, und es reichte die Kleinheit des Gemaches für alle Weltgröße aus, obschon Stadt und Feld und Himmel und Wald sich in keiner Weise verkleinert hatte, vielmehr alles, groß und klein in einem, sich in einer beinahe übermächtigen Bedeutungsschwere und Bedeutungsgleichheit zeigte, bedeutungsgleich zulassend, daß unter dem Ulmengezweige, als sei der Laubschatten hochziehendes Gewittergewölk, sich in unübersehbarer Größe fürchterlich der Städte größte und verfluchteste aufbaute, inmitten ewig wiederkehrender Zerstörung das gedemütigte Rom, durch dessen Gassen beuteschnuppernd die Wölfe strichen, ihre Stadt wieder in Besitz zu nehmen, es umschloß das Zimmer den Erdkreis, und der Erdkreis umschloß das Zimmer, es umschlossen die Städte einander, und keine war außen und keine war innen, schwebend sie alle, indes, hoch darüber, hoch über den Vulkanen, hoch über der Versteinerung, hoch über dem Gelaube, abgesondert von allem, im übergewaltig grauen Gewölbe des Himmels, zornklirrend unbewegten Erzfittichs, blinkend und sausend wie Stahlgebilde, lautlos die Haßvögel ihre schweren großen Kreise über den Ländern der Greuel zogen, feiggrimmig bereit mit jubelwütig geöffneten Fängen herabzustoßen, um die Krallen in die blutigen Felder des Landmannes und in die blutenden Herzen zu schlagen, eingeweidehackend, eingeweidefressend sich einzuordnen in den Zug der Schmetterlinge und der Wölfe neben dem Bette, fliehend mit ihnen zu den Gestaden der Schutzlosigkeit und Trostlosigkeit, zu den Gestaden der

Feuerkrater und der Drachenpflanzen, niemals gekannt, niemals benannt, immer gewußt, die Schlangengestade der Tierheit. Welche Vulkane der Vorschöpfung mußten sich da noch öffnen? welch neues Ungetier würden sie noch ausspeien? war nicht ohnehin schon alles zur letzten Nacktheit geöffnet? wohnte in dem Tierischen ringsum nicht ohnehin schon das Höchstmaß alles ausdenkbaren Entsetzens? Oder wies die Durchsichtigkeit der Angst zu neuem Angstwissen hin, zu neuer, noch tieferer Angst, zu neuer Unerahnbarkeit auf noch tieferen Urebenen? Alles war geöffnet, nichts war mehr festzuhalten, nichts mehr durfte festgehalten werden, nur das scheinbewegte Hinfliegen blieb, beharrlich blieb das verdämmerte Graulicht kalter Richtungslosigkeit, in der keine Ferne und keine Nähe, kein Oben und kein Unten sich zeigt, doch er, mitfliegend mit dem Zuge des Ungetiers, fliegend mit ihm durch das kalte Licht, fliegend durch das Richtungslose, er war umklammert und gehalten, er war von einer körperlos fliegenden Pflanzenhand mit ungezügelten, unzügelbaren Fingern gehalten, und er erkannte den Scheintod, die graue Starrheit, durch deren Unraum er dahingetragen wurde: eisiges Grauen ohne Sinnbildhaftigkeit waren die Bilder, die um ihn flossen, das Geschwänzte ohne Tierhaftigkeit, klaffenden Rachens ohne zu beißen, gezückter Kralle ohne zu fangen, gesträubten Gefieders ohne zuzustoßen, giftspritzend ohne zu treffen, schweifschlagend, schweifringelnd, Durchsichtiges, das über Durchsichtiges herfällt, lediglich in stummer Drohung und trotzdem furchtbarer als jedes Heulen und jedes Zupacken; das Grauen selber war durchsichtig geworden, der Wesensgrund der Grauensblöße hatte sich aufgetan, und in ihrem tiefsten Grunde, in ihrer tiefsten Brunnentiefe lag die zum Kreise geschlossene Schlange der Zeit, eisig das rieselnde Nichts umschließend. Ja, es war das starre Grauen des Scheintodes, und das Tiergesicht, kaum mehr ein Gesicht, nur noch Durchsichtigkeit des Pflanzlichen, stengelentsprossen, stengelverwoben, versträngt in Schweifstengeln, gebändigt von Schlangenstengeln, emporgeschossen aus einem unermeßlichen, unauffindbaren Wurzel-Unten, emporgeschossen aus der Einheit unermeßlichen Wurzelgeflechtes, dessen Untertierhaftigkeit sich ihm einverleibt, das Tiergesicht entblößte sich zum Grauen der Eigenschaftslosigkeit, gespeist vom Nichts der Mitte. Keine Angst vor dem Tode konnte sich mit dieser grauenvollsten messen, denn sie war das Grauen vor dem Scheintod, umgeben vom Untertierischen, Hintertierischen, keine Angst vor Verwundung oder vor Schmerz oder vor Erstickung reichte an dieses erstickende Grauen heran, dessen eigene Unfaßbarkeit nichts mehr festhalten ließ, weil in der noch nicht geschöpften Schöpfung, in ihrem Un-Atem, in ihrer Atemnot sich nichts festhalten läßt; die Atemnot der unvollendeten, der ungeschöpften Schöpfung war es, ihre schiere Durchsichtigkeit, in der Tier, Pflanze, Mensch, sie allesamt durchsichtig, einander bis zur Gleichheit ähneln und infolge ihres namenlosen Entsetzens, infolge ihrer ungelösten und unlösbaren Gebundenheit an das Nichts, ungelebt und doch voll Drang nach gesondertem Sein, infolge solch höchster Gleichheit und solch höchster Feindschaft einander ersticken, sie allesamt erfüllt von der Grauensangst des Tieres, das die eigenschaftslose Tierheit an sich im eigenen Unsein erkennt, oh, die Erstickungsangst des Alls! Oh, hatte sie nicht stets bestanden? war er jemals von ihr wahrhaft frei gewesen?! War es nicht immer nur ein vergebliches Wehren gegen den Grauenssturm gewesen?! Oh, Nacht für Nacht war es vor sich gegangen, in Jahren und Aberjahren, jugendfern und gestrignah, Nacht für Nacht hatte er in eitler Selbsttäuschung vermeint dem Sterben zu lauschen, und doch war es bloß Abwehr des Scheintodgrauens gewesen, Abwehr der Scheintodbilder, die sich Nacht für Nacht gemeldet hatten, und von denen er nichts hatte wissen wollen, die zu sehen er abgelehnt hatte, und die trotzdem geblieben waren –

...oh, wer mochte schlafen, wenn Troja brennt! wieder und wieder! und es schäumet die Meerflut, zerwühlt von gezogenen Rudern, zerschnitten von den furchenziehenden Schiffen, vom Stoß ihrer dreizähnigen Schnäbel...

– unverscheuchbar waren die Bilder geblieben, Nacht für Nacht hatte ihn das Grauen durch das Schweigen der gespenstererfüllten Krater getragen, durch die Unerinnerung der Vorerschaffenheit, durch die zur unmittelbaren Nähe umgestülpte Äonenferne wiederpreisgegebenen Seins, durch die gelähmten Ödfelder aller Verlassenheiten, verlassen von allem Menschlichen und allem Dinglichen, wiederpreisgegeben die Schöpfung. Nacht für Nacht war er an die unerschütterlich kaltzwingende Unwirklichkeit herangeführt worden, an das unwirklich Wirkliche, das allen Göttern vorangeht, alle Götter überdauert und der Götter Ohnmacht besiegelt, er war der Moira ansichtig gworden, der unhold und dreileibig Wartenden, in deren Bildern sich alle Gestalten des Scheintodes abwandeln, und er hatte die Augen vor ihrer gelähmt-lähmenden gewaltlosen Gewalt schließen wollen, blindsüchtig in der Verirrung, taub gegen den funkenkichernden Hohn des Nichts, dem der hilflos Ernüchterte trotzdem nicht zu entgehen vermag, taub gegen das vorschöpflich flache Schicksalslachen, das ihm das Nicht-zu-bewältigende des Unbenennbaren, Ununterscheidbaren, Ungeformten aufweist und ihn zur Zerknirschung auffordert, oh, so war es gewesen, das unausgesetzt Drohungsträchtige, das unausgesetzt Abgewehrte; es waren die Jahre wie eine einzige hinflutende Nacht, bilddurchströmt, bildumgaukelt, bildgetragen im Grauensstillstand, und das, was sich Nacht für Nacht angekündigt hatte, das Unausbleibliche, Unausweichliche, es war nun nicht mehr abzuwehren, es war der Grauenskrampf scheintoter Hingeworfenheit, in der er sargumfangen, grab-umfangen liegen wird, hingestreckt zur stillstehenden Fahrt, er einsam und ohne Beistand, ohne Fürbitte, ohne Hilfe, ohne Gnade, ohne Licht, ohne Ewigkeit, umgeben von den unerschütterlich steinernen Gruftplatten, die sich zu keiner Auferstehung mehr öffnen werden. Oh, die Gruft! auch sie war in dem engen Zimmer anwesend, auch sie war vom Ulmengezweige berührt, auch sie war von den Furien umtanzt, vom Furienhohn umwittert, oh, sie war Hohn ihrer selbst, auch sie Hohn der Selbsttäuschung, von der er nicht hatte ablassen wollen, Hohn seiner kindischen Hoffnung, mit der er sich vorgelogen hatte, es werde die stille Unveränderlichkeit der neapolitanischen Bucht, es werde des Meeres heitere Sonnengröße, des Meeres unermeßliches Heimatsglänzen, es werde solche Landschaftskraft leise sich des Sterbens annehmen und es zu der niemals gesungenen, niemals ersingbaren Musik umwandeln, die das Leben, lauschend und erlauscht für immer, zum Tode erwecken soll, oh, Hohn und Aberhohn, da das Gebäude im unräumlich Landschaftslosen nun stand, da sich nichts dahinter auftat, kein Meer, keine Küste, kein Gefilde, kein Berg, kein Stein, nicht einmal des Ur-Lehms Ungeformtheit, nichts, nur unerfaßbare Kahlheit, unerfaßlich dräuend im Nichts, ein nacktes Hohngebäude, lediglich umgeben von derselbigen unablässig schwebenden Flutung, in der er mitsamt den Fratzengeschöpfen ringsum schwebte und hingeschwebt wurde, eingehüllt und schwimmend getragen von dem atemlos-unatembaren, untrinkbar dursthaften Ätherglast, der nicht Luft und nicht Wasser ist, von dem durchsichtigen Qualmhauch aller Angstfeuer, von diesem Unatem aller Vorgeschöpflichkeit, der wie trockenes Rieseln zwischen den Fingern verweht, und in eben diesem schaurig tiergesättigten, schaurig tiergebärenden, schaurig tierverrieselnden ätherischen Element – aufsaugend den, der ins Tierhafte zurückgefallen ist – hockten Halbvögel auf dem Dachgesimse, schaurige Gruftvögel, fischäugige Scheinvögel in dichter Reihe, eulenköpfiges, gansschnäbliches, schweinsbäuchiges Graugefiedertes mit Füßen, welche schwimmhautbewehrte Menschenhände waren, aus dem Landschaftslosen hergekommene Hockvögel, deren Flug keiner Landschaft galt. So saßen sie dort in der Grauenskahlheit, glotzend und enganeinandergeschmiegt, so stand, von ihnen umbändert, die Gruft, ebensowohl noch im Erker hierinnen, wie draußen in unerreichbarster Zielferne. Alles war übereinandergelagert, die Kahlheit des Unhimmels überdeckte sich mit den Rundbögen der Erkerfenster, beides wölbte sich über die Gruft, beides war vom Unraum durchwoben, dennoch durchschimmert von der Samtschwärze des ganzen sterndurchwirkten Himmelsrundes, und ulmendurchwachsen waren die Weltgewölbe in einer unermeßlichen Vergrößerung aller Abstände und Entfernungen, die zugleich deren unermeßlichste Verkleinerung war; das Landschaftslose durchdrang die Landschaft und wurde von der Landschaft durchdrungen, der Unraum durchdrang den Raum und wurde vom Raume durchdrungen, sinnbildhaft im Sinnbildlosen, gleichwie das Tierhafte den Scheintod durchdringt und von ihm durchdrungen wird: erloschen waren die Sinnbilder des Lebens, erloschen die sinnerfüllt-sinnvollen Tierbilder des Himmels, sie waren erkaltet unter der sie überdeckenden Kahlheit, indes, die Sinnbilder des Todes waren geblieben, wenn auch nur im Sinnbildlosen der unausdrückbaren, unerdenkbaren, unerahnbaren Vorschöpfung, sie waren geblieben in den wesenhaft ausdrucklosen Tierfratzen, in diesen Grauensbildern, die aus dem Scheintod herauskrochen, gleichsam unmittelbar der Leerheit entstammend, das Nichts im Nichts spiegelnd und gespiegelt, Bild und

Gegenbild vereinigt von der Ausdrucksvernichtung jener tiefsten Ur-Einsamkeit, die niemals erfaßbar, immer gewußt, immer gefürchtet, in der Äonentiefe der Zeiten und des kreatürlich Tierischen webt; der Kreis des Sinnbildhaften schließt sich im Ausdrucklosen, schließt sich dort, wo im verbindungsentblößt Unerschaffenen der Sphärendurchdringung sich die leere Äonenferne zur sichtbarnahen leeren Tierfratze umstülpt, als wäre das Wissensbild der Ur-Einsamkeit durch den ganzen unendlichen Bilderkreis hindurchgetragen worden, von Spiegelung zu Spiegelung, um am Ende aller Enden im Bildlosen sich zur letzten Nacktheit zu enthüllen, und in dieser Enthüllung, in diesem stummdröhnenden Durchbruch der Unerschaffung und ihrer Einsamkeit, hervorbrechend mit all der Bösartigkeit, welche die hilflos verwehte Angriffslust der leeren Tierfratze ausmacht, wurde das Unheil kenntlich, das hinter allem Geschaffenen und Unerschaffenen, das hinter der Vorschöpfung und hinter allen Einsamkeitsfernen erahnt wird, ahnungsdrohend aufgebrochen im Unheil des Scheintodes, ahnungsvoll dartuend, daß alle Wege der Umkehrung, daß alle Wege der Erstarrung, des Spieles und des Rausches unweigerlich zum Tierhaften führen, daß alle Wege der Schönheit unweigerlich im Grauensfratzigen enden. Und auf dem Dache der Gruft, die den Tod zur Schönheit hatte umgestalten wollen, saß die Kette der Unheilsvögel. Ringsum brannten die Städte des Erdkreises in landschaftsloser Landschaft, gestürzt ihre Mauern, zerrissen und zerborsten ihre Steinquadern, blutrauchend der Verwesungsdunst auf den Gefilden, ringsum tobte die gottlos-gottsucherische Opferungssucht, gehäuft Scheinopfer und Scheinopfer im Opferungsrausch, ringsum tobten die Opferwütigen, den Nebenmenschen erschlagend, um auf ihn den eigenen Scheintod abzuwälzen, des Nachbars Haus zertrümmernd und in Brand steckend, um den Gott ins eigene Haus zu locken, unheilswütig, unheilsjauchzend tobte es, Opfer, Mord, Brand, Steinzertrümmerung dem Gotte zu Ehren, der es selber so will, da er das eigene Grauen, das eigene Wissen um das Schicksal übertäuben muß und lachenslüstern, vernichtungslüstern hiezu der Menschen Zwietracht entfesselt hat, die Rauschzwietracht, die Opferzwietracht, an der er, ohnmächtig geworden, teilnimmt und die ihm wohlgefällig ist, Gott und Mensch von der gleichen vernichtungswütigen Angst gejagt und abergejagt, von der Angst vor der Versteinerung in der steinernen Einsamkeit des Scheintodes, von der Erstarrungsangst, stillstandsgejagt das mordspielerische Göttergejohle, das menschliche Mordspiel, der Nichtsvulkan der Seele, und dahinflutend im flutenden Un-Element standen die Feuer still; aschenlos brannten die Städte, es wippten die Flammen wie steifgereckte Zungen, wie aufgerichtete Geißeln, sie schlugen aus keiner Tiefe empor, ja unter der aufgerissenen, aufgefetzten, zum Ausbruch ihrer selbst aufgeblätterten Oberfläche gab es keine zweite Oberfläche und noch viel weniger irgendeine Tiefe, es waren die Flammen nichts anderes als diese starraufgewühlte Oberfläche selber, und sie waren umtost von dem starrbrüllenden Gestrüpp der gelähmten Stimmen, deren Schreie nur noch gräßlich huschende, fangartige Schatten sind, sie waren umtost vom stummen Dröhnen der im Stiche gelassenen, der wiederpreisgegebenen zersprengten Schöpfung: ringsum wuchsen starr neue Bauwerke aus den Trümmern, sie wuchsen empor ins graufahle Licht, ins Un-Licht der lichtlosen Fahlheit, wuchsen aus der Leere und waren trotzdem schon vorher und immer vorhanden gewesen, hoffnungslos seit jeher errichtet zur Verherrlichung des Dauermordes, zur Verewigung und Aufbewahrung des Unheils, die Bauten des Scheinlebens, die Bauten des Scheintodes, den Grundstein mit Blut übergossen, steinern auf dem Leben lastend, und kein Blut reicht hin, das Unheilserrichtete, das Unheilsummauernde, das Unheilsversteinerte in das Gesetz und in den Schöpfungsgang einzufügen, keinerlei Beschwörung reicht hin, eideserneuernd die eisige Schlange zerbersten zu lassen; stärker als die Schöpfung bleibt die Vorschöpfung, scheintot bleibt die Ungeschöpflichkeit, die den Kreislauf der Schöpfung unterbricht, die sich der Schöpfung entzogen hat und sich ihr entgegenstellt, die Ungeschöpflichkeit an sich, die ausschließlich sich selber verewigen will, die sich selber zum Denkmal setzt und sich selber zur Gruft macht, sie bleibt sprachberaubt und schuldbewußt und dem Atem entsunken, sie bleibt ungeachtet ihrer steinernen Denkmalhaftigkeit unverewigt und ohne Dauer, sie ist – da sie das Erschaffene von sich abgeschüttelt hat – zum Grabe ohne Wiedergeburt geworden. Da ward der Dom des Un-Raumes, der Dom des Un-Himmels selber zu einer einzigen Grufthöhle, eingebettet in den Schlangenringen der Himmelseingeweide, eingebettet in dem von den Göttern verschmähten, humustragenden Gekröse der Vorschöpfung, in der das Schicksal zuckt und zeitverachtend sich verkündet; in diese Höhle wurde er hineingetragen, als wäre es Rückkehr, dorthin ging die Fahrt, und obwohl ausgestoßen aus den Himmeln, er selber schlangendurchwachsen, er lag dennoch eingebettet in den Himmelseingeweiden. Welch eine Umkehrung des Innen und Außen! welch fürchterliche Umstülpung! Ringsum brannten die Gruftstraßen und die Gruftstädte der totenbewohnten Erde, ringsum starrte die steinerne Zwecklosigkeit menschlichen Rasens, menschlichen Siegesjubels, menschlichen Opferrausches, ringsum standen steif die zündungskalten irdischen Flammen, und es war die Entschöpflichung des Menschen, die Schöpfungsentthronung des Gottes, steinern umbleckt vom sterbensentblößten Schöpfungstode –, in Angstzwietracht verwirrt der Götter Ratschluß, nach dessen Willen es hatte geschehen müssen. Denn Schöpfung verlangt nach immerwährender Auferstehung; nur in immerwährender Auferstehung vollzieht sich Schöpfung, und nur solange Schöpfung besteht, nicht einen Augenblick länger, findet Auferstehung statt, oh, nur dasjenige ist Geschöpf, darf Geschöpf genannt werden, nur dasjenige, das immer wieder hinabsteigt zu den Flammen der Wiedergeburt, unablässig bemüht, daß das Unbesiegte nicht neuerlich aufquelle, daß das vormütterlich Unerschaffene nicht neuerlich aufbreche zu steinerner Stummheit, oh, Geschöpf ist das Schöpfungsschaffende, das im Hinabsteigen sich selbst zum Opfer bringt, rückhaltlos und umwendungsbefreit, bar jeder Umkehrung zum Rausche, ja mehr noch, bar jeder Umkehrung zu irgendeinem Erkennen oder Wiedererkennen, abtuend jedwede kreatürliche Angst, abtuend auch den letzten kreatürlichen Wunsch, oh, wir sind bloß dann Geschöpf der Schöpfung, wenn wir das Kreatürliche gänzlich von uns abstreifen, wenn wir sogar der Erkenntnis, der kreatürlichen wie der außerkreatürlichen, uns zu entäußern gelernt haben, wenn wir uns aufraffen, demütig unsere letzte Zerknirschung auf uns zu nehmen, wenn wir unsere eigene Gruft zu zerstören vermögen! Und da ihm dieses inne wurde, schwer und traumesferne, als läge er im Traume und als flüstere eine Stimme aus zweitem Traume in den ersten hinein, als werde der Götter Angst, der Götter Rache, der Götter Ohnmacht noch einmal durchbrochen, als übten sie noch einmal und vielleicht zum ersten Male mildtätige Barmherzigkeit, als stammte jenes geheimnisvoll wortlose Flüstern unmittelbar aus der noch einmal durchbrochenen Grauensfurcht der Götter und raunte ihm Mut zu, Mut zur Auslöschung, Mut zur Kleinheit, Mut zur Anheimgegebenheit, Mut zur Preisgabe an die Zerknirschung, da war in dieser flüsternden Wortlosigkeit, die wie Sprache außerhalb der Sprache war, eine noch engere Sinnverdichtung vernehmbar, wortloses Wort aus noch entfernterem Traume, als jener zweite es gewesen war, ein noch leiseres, noch dringlicheres Flüstern, unerfaßbar, dennoch zur Tat aufrufend, huschend und verklingend, dennoch härtester Befehl, unabweislich gebietend, daß alles, was dem Scheinleben gedient und es ausgemacht hatte, so sehr verschwinden müsse, daß es niemals gewesen war, aufgehend im Ungeschehenen, verfallen dem Nichts, abgeschieden von jeder Erinnerung, abgeschieden von jeder Erkenntnis, niedergezwungen alles Gewesene im Menschlichen wie im Dinglichen, oh, es war das Gebot alles Getane zu vernichten, alles, was er je geschrieben und gedichtet hatte, zu verbrennen, oh, alle seine Schriften mußten verbrannt werden, alle und auch die Äneis; so hörte er es im Unhörbaren, doch ehe er der Gebanntheit sich entwand, mit der er zu dem Gebäudesims hinstarrte, zu der regungslos dort hockenden Scheinvogelreihe, da rann es wie eine unmerkliche Welle dort über das entfärbte Gefieder, fließend und ätherisch wehend, eine Welle und noch eine, und plötzlich, gleichsam in einer Gischt von Lautlosigkeit, war der Schwarm aufgeflogen, gleichsam unfliegend emporgehoben und ins Unsichtbare zerstäubt, so daß der vertraute Dachkranz für einen Augenblick sichtbar wurde, allerdings nur für diesen einzigen, denn in dem nächsten krachte das Gebäude in sich zusammen, nicht minder lautlos wie der Flügelschlag der Entflohenen, nicht minder ätherverwandelt ins Unsichtbare, ins saugende Nichts zerstäubt. Und da ihm dieses inne wurde, da begann auch die Lautlosigkeit sich zu wandeln, und sie wandelte sich zur Stille: das Unbewegliche wurde zur Ruhe, die regungslose Fahrt seines eigenen Dahingetragenwerdens kam zu irdischem Stillstand, die Gespenster – das Pflanzen- wie das Tiergestaltige und zum Schluß noch eine einzelne flammenhaarige Dämonin durchsichtig bleichen Leibes und mit wehendem Schopf – begleiteten ihn nicht mehr, sondern glitten an ihm vorbei, sie glitten dorthin, wo die Gruft versunken war, sie sanken ihr nach, eines nach dem anderen, aufgenommen von dem leerdämmernden Schattenkrater, und hatte ihm dieser noch soeben wie ein drohendes Gegenauge, dennoch sein eigenes, gräßlich entgegengestarrt, letztdrohend die gräßliche Leere, sie wurde, nachdem sich auch die letzte der Harpyien in ihr aufgelöst hatte, desgleichen von der Auflösung ergriffen, die saugende Kraft wurde zum allaufnehmenden Frieden, wurde zur Tiefe, wurde zum Auge der irdischen Nacht, zum Traumesauge schwer und groß von Äthertränen, grau- und schwarzsamten auf ihm ruhend, gewichtlos ihn umfangend, traumesenthoben im Träumen, geöffnet zur Wiederkehr, die wiederaufgetane Nacht, und in der tiefsten Tiefe ihres Blickes flimmerte aufs neue die kleine gelbe Flammenspitze des Öllämpchens, schüchtern blinkend – oh, ein Stern der Nähe – leuchtend in dem mondlos gewordenen, nächtlich ruhenden Gelaß, das in wiedergewonnener Milde und Schlafbereitschaft, kaum mehr erkennbar der Fries, dunkelgeworden die Wandflächen, nur noch irdischvertrauten Hausrat barg, als wäre es niemals anders gewesen; es war Rückkehr, trotzdem nicht Heimkehr, es war Bekanntheit, trotzdem, ohne Erinnerung, es war mildes Wiederaufleben, und trotzdem, vielleicht noch milder, ein Ausgelöscht-Werden, es war Befreiung und Einkerkerung, unbeschreiblich einsverflossen in ganz mildem Erlöschen, wundersam werdend vor Hinnahme. Leise rieselte der Wandbrunnen, das Dunkel wurde zu leiser Feuchtigkeit, und obschon nirgendwo sonst sich etwas regte, es entstummte das Stumme, es entstarrte das Starre, weicher und lebendiger wurde aufs neue die Zeit, entlassen der scheintoten Mondsprödigkeit und aufs neue bewegungsgeöffnet, so daß er, gleichfalls der Starre entlöst, sich langsam, wenn auch noch mit äußerster Mühseligkeit, wieder aufzurichten vermochte; die Handflächen mit gespreizten Fingern in die Matratze gestemmt, den zwischen hochgezogenen Schultern etwas eingesunkenen, vor Anstrengung etwas zitternden, fieberheißen Kopf ein wenig vorgestreckt, lauschte er ins Leise hinein, und sein Lauschen galt ebensosehr der wiedergekehrten, von keinem Fieber aufzuhebenden Milde des Lebensstromes wie der kaum aufgetauchten, kaum erhaschten, kaum mehr erhaschbaren Traumesstimme, jenem flüsternden Traumbefehl, der ihm die Vernichtung seiner Schriften geheißen hatte und den er nun wahrhaft hören wollte, hören mußte, auf daß er der Rettung gewisser werden dürfe: unausführbar war das verborgene Gebot, so sehr er es zu hören und zu befolgen wünschte, unausführbar blieb es, ehe nicht das Wort zu der flüsternden Wortlosigkeit gefunden worden war, und in dem geheimnisvoll groß ihn umraunenden Unbestimmbaren webte zwingend das Gebot, zum Worte zurückzufinden; noch immer standen die Schweigenswände um ihn, doch nun waren sie nicht mehr Drohung, oh, noch immer hielt der Schrecken an, doch es war Schrecken ohne Furcht, war Furchtlosigkeit im Schrekken, oh, noch immer waren die äußersten und innersten Grenzen ineinander gewendet, doch er spürte, wie sein Lauschen sie auflöste und verband, freilich nicht zur früheren Erkennensordnung, freilich nicht zu der Menschenordnung, zur Tierordnung, zur Dingordnung, nicht zu der Weltenordnung, in der er sich einstmals bewegt hatte und die, ausgelöscht mit seinem ausgelöschten Gedächtnis, nicht mehr bestand, niemals mehr bestehen wird, und es war auch kaum die Einheit der Schönheit, nicht der verschimmernden Weltenschönheit Einheit, die sich damit auftat, nein, auch sie war es nicht, wohl aber die eines klingenden Flutens im Unerahnbaren, nachteinströmend, nachtausströmend, es war die eines unerinnerten Erinnerns an ein Stillehalten, in dem das Unvollendbare sich vollendet, verbunden zur Schöpfungssehnsucht letzter Ur-Einsamkeit im unaussprechbar Unerreichbaren, in einem unerahnbar neuen Gedächtnis von sehr großer Reinheit und Keuschheit, und das, was sein Lauschen vernahm, war in dem sehnsüchtigen Fluten enthalten, stammte aus der äußersten Finsternis und klang zugleich in seinem innersten Ohre auf, in seinem innersten Herzen, in seiner innersten Seele, wortlos in ihm, wortlos um ihn, die heischende und zerknirschende still-große Gewalt verdoppelt raunenden Ur-grundes, ihn haltend und ihn erfüllend, je tiefer er ihr lauschte, allein es war sehr bald auch kein Raunen und kein Flüstern mehr, sondern weit eher ein ungeheures Dröhnen, freilich eines, das durch so viele Schichten des Erlebens und Nichtmehr-Erlebens und Noch-nicht-Erlebens, durch so viele Schichten der Erinnerung und der Unerinnerung, durch so viele Schichten der Finsternis herbeigetragen wurde, daß es nicht einmal Flüsterstärke erreichte, nein, es war kein Flüstern, nein, es war der Zusammenklang unzähliger Stimmen, mehr noch, es war der Zusammenklang aller Stimmherden, aufklingend aus allen Räumen und Unräumen der Zeit, singend und erzen und dröhnend vor Geborgenheit und Verborgenheit, furchtbar vor Milde, tröstlich vor Trauer, unerreichbar vor Sehnsucht, unerbittlich, unwiderlegbar, unabänderlich trotz der großen Entfernung, befehlender und befehlender werdend, verlockender und verlockender singend, je kleiner sein Ich herab sich demütigte, je mehr es seinen Widerstand aufgab, je mehr es dem Klang sich öffnete, je mehr es daran verzweifelte die Stimmengröße wahrhaft zu erfassen, je mehr sein Wissen um die eigene Unwürdigkeit wuchs; also bezwungen von der ehernen Übermacht, bezwungen von ihrer Sanftheit, bezwungen zur Unterwerfung und zum Verlangen nach Unterwerfung, bezwungen zur Angst um das Werk, das ihm entrissen werden sollte, bezwungen zu dem Wunsche nach dem Urteilsspruch, der solches befehlen wird, bezwungen zur Angst wie zur Hoffnung, bezwungen zur Auslöschung und Selbstauslöschung um des Lebens willen, eingekerkert und befreit in der Größe seiner Kleinheit, wissend-unwissend unter der Gewalt der unformbar ersehnten Stimmenallheit, vermochte er endlich das Längstgewußte, Längsterlittene, Längstvernommene zu erhaschen, und es entrang sich ihm wie ein winziger, unzulänglicher, niemals ausreichender Ausdruck für das äonengroß Unausdrückbare, entrang sich ihm in einem Atemzug, in einem Seufzer, in einem Schrei: »Die Äneis verbrennen!«

Hatten sich Worte in seinem Munde geformt? er wußte es kaum, er wußte es nicht und war trotzdem nicht erstaunt, als ein Widerhall kam, fast eine Antwort: »Du riefst?!«, so tönte es zart und vertraut, fast heimatlich aus einem Nirgendwo, unerahnbar nahe oder unerahnbar fern. Der Klang schwebte im Ununterscheidbaren, wenn auch nicht im Unendlichen, wenn auch nicht im ersehnten Raume der Stimmen-Allheit, ja für einen Augenblick meinte er Plotia, meinte er die schwebende Dunkelheit ihrer Stimme zu hören, als hätte er sie in der wiederbefriedeten, wiederbetauten, wiederversammelten Nacht erwarten dürfen und sogar erwarten müssen, allerdings, um mit womöglich noch größerer Selbstverständlichkeit und im nächsten Augenblick schon zu erkennen, daß es die Stimme des

Knaben gewesen war, und die unverwunderte Selbstverständlichkeit, mit der er dessen Wiederkehr hinnahm, trug ihn so ruhigen Flusses zwischen den irdischen Ufern dahin, unbekümmert geradezu, unbekümmert um Freude oder Enttäuschung, trug ihn in so leichter Irdischkeit, daß er sehr besorgt wurde, er könnte durch ein Hinschauen oder eine Kopfwendung dieses Fließen unterbrechen; geschlossenen Auges lag er, und er rührte sich nicht. Und er wußte auch nicht, wie lange dies so währte. Aber dann war es ihm, als formten sich wieder Worte in seinem Mund und als sagte er: »Warum bist du zurückgekommen? ich will dich nicht mehr hören.« Wiederum wußte er nicht, ob er es laut ausgesprochen hatte, und er wußte auch nicht, ob der Knabe sich wirklich im Zimmer befand, ob eine Antwort zu erwarten war oder nicht; es war ein schwebendes Warten, fast als würde irgendwo eine Leier gestimmt, ehe das Lied aufklingt, und wiederum klang es ganz nahe, unverwunderlich nahe, trotzdem ganz ferne, gleichsam vom Meere her, mondverweht und ganz leise glitzernd: »Stoße mich nicht fort.« – »Doch«, erwiderte er, »du verstellst mir den Weg, ich will die andere Stimme hören, du bist nur eine Scheinstimme, ich muß zu der andern hinfinden.« – »Ich war dein Weg, ich bin dein Weg«, sagte es hierauf, »ich bin das Mitklingen, das zu dir gehört, von Anfang an und über jeden Tod hinaus, für ewiglich.« Das war wie Versuchung, war voll süßer Verlockung, war voller Einfachheit und voller Traum, ein Traumrufen, auf daß er sich noch einmal zurückwende, Echo aus dem Kinderland. Und die leise, fernnah heimatliche, leidenentlösende Knabenstimme fuhr fort: »Ewig ist der Widerhall deines Gedichtes.« Da sagte er: »Nein, ich will den Widerhall meiner Stimme nicht mehr hören; ich erwarte die Stimme, die außerhalb der meinen ist.« – »Du kannst das Mitklingen der Herzen nicht mehr zum Schweigen bringen; ihr Widerhall ist bei dir, unabänderlich wie dein Schatten.« Es war Versuchung, und ihm war befohlen, sie abzulehnen: »Ich will nicht mehr ich sein; ich will in der tiefsten Schattenlosigkeit meines Herzens und in seiner tiefsten Einsamkeit verschwinden, und dahin muß mein Gedicht mir vorausgehen.« Es erfolgte keine Antwort, es wehte wie Traum aus dem Unsichtbaren, traumeslang, traumeskurz, und schließlich hörte er: »Hoffnung will Mithoffnung, und selbst die Einsamkeit deines Herzens ist die einstige Hoffnung deines Anfanges.«

– »Mag sein«, gab er zu, »doch es ist Hoffnung auf die Stimme, welche mir Beistand sein wird in der Einsamkeit meines Sterbens; wird sie mir versagt, so bin ich ohne Zuspruch, für immer ohne Trost.« Wieder dauerte es unbestimmt lange, bis die Entgegnung kam: »Niemals mehr kannst du einsam sein, nie und nimmermehr, denn was aus dir geklungen hat, war größer als du selber, ist größer als deine Einsamkeit, und du kannst es auch nicht mehr vernichten; oh, Vergil, in dem Gesang deiner Einsamkeit sind alle Stimmen, sind alle Welten, sie sind bei dir samt ihrem Widerklang, und sie haben für immerdar deine Einsamkeit durchbrochen, für immerdar mit allem Künftigen verwoben, da deine Stimme, Vergil, von Anbeginn die Stimme des Gottes war.« Ach, so war es einstmals vorgeträumt gewesen, in einem Irgendwann, das im Vergangenheitslosen lag, es war Rückwendung zu einer Vorverheißung, die er sich einstmals selber gestellt hatte und die nunmehr wie Erfüllung war, leidenentlösend und hoffnungsfroh in ihrer Selbstverständlichkeit, nichtsdestoweniger trügerische Hoffnung, die spielerische Hoffnung eines Knaben, eines Kindes, die sich in Selbsttäuschung verflüchtigt. Und unvermittelt fragte er: »Wer bist du? wie heißt du?« – »Ich bin Lysanias«, antwortete es, diesmal unverkennbar nähergerückt und aus genauerer Richtung, etwa von dorther, wo sich die Eingangstüre befinden mußte. »Lysanias?«, wiederholte er, als hätte er nicht recht verstanden und als hätte er eigentlich einen anderen Namen erwartet, »Lysanias...«, und regungslos daliegend, den Namen vor sich hinmurmelnd, war er bei aller Selbstverständlichkeit des Geschehens nun doch verwundert, nicht nur über die sonderbare Unstimmigkeit des Namens, sondern auch darüber, daß er nach dem Namen gefragt hatte: war er nicht einstmals gewillt gewesen, den kleinen Nachtgefährten in der schwebenden Namenlosigkeit zu belassen, aus der er zu ihm gekommen war? hatte er ihn nicht darum in die Namenlosigkeit zurückgeschickt? Und verwundert fragte er weiter. »Ich habe dich doch fortgeschickt... warum bist du nicht gegangen?« – »Ich bin ja auch gegangen«, klang es zurück, nunmehr völlig nahe und mit der vertraut heitern, ein bißchen dörfischen Knabenstimme, hinter deren Bescheidenheit drollig eine kleine Bauernschlauheit sich versteckte, hinterhältig eine nächste Frage abwartend. Ohne sich dessen bewußt zu werden, ging er darauf ein: »So, du bist gegangen... bist aber trotzdem hier.« – »Du hast mir nicht verboten, vor deiner Türe zu warten... und jetzt hast du gerufen.« Das war wahr und doch nicht ganz wahr, Lüge schimmerte hindurch, wenn auch nur kleine und kindliche Lüge, dennoch wie ein Widerhall der großen, von der sein eigenes Leben durchzogen gewesen war, Echo jener schlauen und mehr als schlauen Scheinwahrheit, die sich ans Wort hält und der wirklichen Wirklichkeit niemals gerecht wird, Scheinwahrheit, seit jeher geübt, ach, schon von dem Kinde, da es von der Übertölpelung des Todes zu träumen begonnen hatte; Wahrheit und Lüge, Rufen und Nicht-Rufen, Nähe und Ferne verflossen ineinander, sie verflossen ineinander, wie sie es seit jeher getan hatten; sehr unverständlich wurde es, daß der Knabe hinter der Türe gewacht haben sollte, während gleichzeitig, ja wie für alle Ewigkeit bestimmt, Entsetzenumwittertes auf der Gasse unter dem Fenster sich zugetragen hatte, die Unholde dort dahingetorkelt waren; ach, unverständlich war es, unverständlich blieb es, unbegreiflich als eine Gleichzeitigkeit, welche stattgehabt hatte und trotzdem weiter andauerte, als eine zweite Wirklichkeit ohne Ablauf, ohne Vergangenheit, ohne Zukunft, und eben damit auch in die neugewonnene Irdischkeit hineinreichend, fast als eine Scheinwirklichkeit unter falschem Namen, bar des Jenseitsgewinnes, der allem Verluste innewohnt; und das Bangen vor solcher Rätselhaftigkeit des Schicksalsablaufes, das Bangen vor dem Lachen, das schicksalszersprengend dort erschollen war, das Bangen vor dem Namenlosen und vor der Nötigung nach dem Namen zu fragen, der stets aufs neue sich als zufälliger und unrichtiger erweisen muß, oh, das Bangen vor dem Rätsel des Wiedererkennens, es wurde zur Abwehr der Gleichzeitigkeit, wurde zur Flucht vor dem Gewesenen und Stattgehabten, wurde zur Flucht in die Eindeutigkeit des Jetzt, zur Flucht ins körperlich Unmittelbare, da er die Augen aufschlug; drüben im Fenstergewände lagen noch die Streifen des abgewanderten Mondlichtes, schattenumwandet war der Raum geschlossen, und wenn es auch noch immer nicht ratsam schien, die Regungslosigkeit zu stören und den Kopf zu wenden, so war es doch sicher, daß dort vor den verschatteten Umrissen der Türe – sandte man blinzelnd den schrägen Blick hin – sich zart und kaum wahrnehmbar die Gestalt des Jungen abzeichnete; all dies war schwebende, seltsam schwebende, seltsam leichtgewordene irdische Gegenwart, enthoben jeglicher Gleichzeitigkeit, vergangenheitsenthoben, zukunftsenthoben im Hier und Jetzt, namenlose Irdischkeit ohne Namen: bis hierher hatte der Knabe ihn geführt –, wollte er ihn nun etwa zurückführen, da er ungerufen sich wiedergemeldet hatte, ungerufen und unter seltsam fremdem Namen? die Führung im Irdischen war zu Ende, im zukunftslos Irdischen bedurfte es keiner Führung mehr, und gab es noch führenden Beistand, so war es nicht mehr des Knaben Amt, ihm solchen zu spenden, denn nur die gerufene Hilfe ist wirksam, und wer die Hilfe nicht zu nennen vermag, dem kann sie auch nicht gewährt werden. Und als die Knabengestalt sich von der Schattentüre abzulösen begann, wehrte er, wie zur Bekräftigung, nochmals ab: »Ich habe nicht nach deiner Hilfe gerufen... du irrst, ich habe nicht gerufen...«, und leiser setzte er hinzu, »Lysanias.« Der Angesprochene, uneingeschüchtert von der Abwehr, war aus dem Hintergrundsdunkel in den stillen Lichtkreis des Öllämpchens getreten; auf die Nennung seines Namens hin öffnete sich das traumdämmernde Jungengesicht zu einem hellunbefangenen, zutraulichen Lächeln: »Hilfe dir? Hilfe dem Helfenden? Du gibst Hilfe, selbst wenn du Hilfe verlangtest... lasse mich doch nur den Wein dir mischen«; und er hantierte bereits am Anrichtetisch. Was wußte der Knabe von Hilfe? was wußte er von der Hilfsunfähigkeit eines ganzen Lebens? was wußte er von der Grauensernüchterung des Hilfelosen, der die Hilfe nicht einmal zu nennen vermag, so daß sie ihm für immer versagt ist? oder wußte er um den hilfsunwilligen Meineid und um die Sühne der Auslöschung? oder wollte er eben doch zu neuer Umwendung auffordern, unentrinnbar die schicksalsbestimmte Scheinumwendung zum Rausche? fast ward es Wiederkehr des Entsetzens, und ungeachtet seines fiebrigen Durstes verneinte er mit jäher und erschreckter Gebärde: »Keinen Wein, nein, nein, keinen Wein!« Seltsam wiederum und eigentlich wiederum überraschend war daraufhin die Erwiderung des Knaben; zwar hatte er, von der Ablehnung flüchtig getroffen, den Mischkrug sinken lassen, allein er nahm ihn sofort wieder auf und, zwischen den Händen ihn wägend, meinte er mit zufrieden beruhigter, seltsam beruhigender Miene: »Für das Trankopfer bleibt noch immer mehr als genug darin.« Oh, für das Opfer! nun hatte er es ausgesprochen! ja, um das Opfer war es gegangen, um das Opfer ging es! es ging um die Wiederherstellung der Opferreinheit, um die Wiederherstellung der Sinnbildhaftigkeit, in der die Einheit sich spiegelt, es ging um die Wiederüberwindung des Opferrausches, des Blutrausches, des Weinrausches, es ging um das Weltenopfer der eigenen Selbstauslöschung, um die schöpferische Auslöschung des Gewesenen und Geschaffenen, in der er, Opfernder und Opfergabe zugleich, Vater und Kind zugleich, Mensch und Werk zugleich, selber zum Gebet werden soll, eingekehrt in die vollkommene Wachsamkeit des Vaters und in die vollkommene Kleinheit des Kindes, helfend vor Hilfeverlangen, schattenumwoben und selber dem Schatten verwoben in vollkommener Ausgelöschtheit, auf daß im irdischen Zusammenschluß des Bilderkreises, auf daß im letzten Aufrauschen der Dunkelheitstiefe, verdoppelt aufsteigend in der tierisch-pflanzlichen Kreatur, das Blut im Weine, der Wein im Blute gespiegelt, das äonenfern Unerahnbare sich echogleich lichtklingend dem Erschaubaren entlöse: es ging um die Wiederreinigung des Opfers, und würde er, dem solches auferlegt worden war, würde er versuchen die keusche Handlung hier in dem furienverseuchten Zimmer zu vollziehen, ja würde er, dem Gräßlichen kaum noch entronnen, hier auch nur einen einzigen Tropfen des Weines berühren, es würde sich dieser gräßlich zu noch gräßlicherem Blute rückverwandeln, unrein bliebe das Opfer, und die Vernichtung des Werkes wäre nichts als eine sinnlos-bedeutungslose Manuskriptverbrennung; nein, keusch mußte der Opferplatz sein, keusch die Opfergabe, keusch der Opfernde, Keuschheit in Keuschheit beschlossen, und spendend den lauteren Wein, opfernd in salziger Flut unter den Strahlen des aufgehenden Tagesgestirnes, perlmuttern aufzitternd die Schale frühmorgendlichen Himmels, so sollte es geschehen am Meeresstrande, verzehrt das Gedicht in der bebenden Flamme –, und doch, war solches Vorhaben nicht verruchtes Wiederaufleben jenes glatten Schönheitsspieles mit Worten und Geschehnissen, das schicksalhaft den Eidbruch des Lebens bestimmt hatte? war die Anordnung von Meeresstrand und Morgendämmerung und Opferflamme nicht eben jenes schlafwandlerische Spiel, in dessen blut- und mordgeschwängerter Unkeuschheit sich die Welt bewegt, sobald sie sich der Schönheit hingibt? war es nicht das starr-mordende Scheinopfer, das darin wieder auferstand, befohlen von den Göttern, sie selber hiezu befohlen, unentrinnbar das Scheinleben in besungener Scheinwirklichkeit, unentrinnbar das scheinwirkliche Zwischenreich der Dichtung? Nein und abernein, ohne Opferanordnungen, ohne Weinausgießung, ohne Schönheitsriten hatte es unverzüglich zu geschehen; er hatte keinen Augenblick zu verlieren, er durfte den Sonnenaufgang unter keinen Umständen abwarten, nein, jetzt mußte er es tun, und mit einer verzweifelten Anstrengung setzte er sich auf: unverzüglich wollte er ins Freie, irgendwohin, wo ein Feuer brannte, er wollte die Last der Manuskriptrollen hinschaffen, vielleicht würde ihm der Knabe dabei helfen, und irgendwo in der Sternennacht sollten des Gedichtes Worte zur Asche werden; die Sonne sollte die Äneis nicht mehr sehen. Dies war sein Auftrag. Er hielt die Augen auf den Manuskriptkoffer geheftet – indes: was war mit dem Koffer geschehen? als wäre er plötzlich in ganz weite Entfernung gerückt, war er zwergig klein geworden, ein Zwergenkoffer, verloren im zwergig gewordenen Hausrat, und obwohl bei alldem das Stück sich nach wie vor auf gleicher Stelle befand, man konnte nicht hingelangen, konnte nicht hinübergreifen. Und außerdem stand der Knabe dazwischen, uneingeschrumpft inmitten all der Einschrumpfung; in seinen Händen die gefüllte Trinkschale. Der sagte nun: »Nimm einen Schluck, nur als Schlaftrunk nimm ihn.« Es war mit all der eifrigen Besorgnis gesagt, die ein unversehens ins Verantwortungsvolle gewachsener Sohn seinem Vater gegenüber hegen mag, freilich auch ein wenig kindisch, ja rührend kindisch, da Verantwortungswille und Verantwortungsfähigkeit nicht übereinstimmten und daher eine kleine, in ihrer Geringschätzigkeit geradezu spaßhafte Überheblichkeit ergaben: ein Schlaftrunk wurde ihm angetragen, als ginge es nicht darum, die Erwachensangst, die des Gottes wie die des Menschen, noch einmal zu besiegen, als wäre nicht die Wachheit jetzt das Notwendigste und Dringlichste, um die Schöpfung noch einmal aufzunehmen! Oder war die Geringschätzung etwa gar berechtigt? war das Einschrumpfen der Äneis zur Zwergenhaftigkeit, war das Einschrumpfen ringsum, das die Gestalt des Knaben unberührt ließ, nicht etwa gar ein Zeichen für sein Recht zur Überheblichkeit? war seine Geringschätzung nicht das Zeichen einer höheren, die aus dem Jenseitigen stammt, einer Geringschätzung, welche anzeigen soll, daß das Opfer überhaupt nicht angenommen werden könne? daß man ihn ein für allemal als unwürdig erklärt hat, priesterväterliches Opferamt anzutreten? mußte er also in seinen Traum eingeschlossen bleiben – verwehrt der Abstieg, verwehrt die Wiederkehr, verriegelt die elfenbeinerne und erst recht die hörnerne Pforte? Und trotzdem! trotzdem gab es noch Hoffnung, oh, trotzdem konnte selbst er noch, er, der Verirrte, zu jener keuschen Begnadung hingeführt werden! Gewiß, unabgebüßt war die Verderbnis geblieben, ungeachtet aller Pein, aber die Vorhölle des Scheintodes hatte ihn entlassen, und vielleicht sollte der Knabe, erwachsen geworden, nun zum richtigen Führer werden, vielleicht war es dieser richtige Führer, der ihn, den Siechen und Schwachen, durch die Gnadenpforte tragen sollte! Oh, wie ein leuchtendes Strahlengefäß wurde die Trinkschale von dem Knaben emporgehalten, und nach ihr streckte er die Hand aus. Allein, ehe er noch das Leuchtende ergreifen konnte, war alle Erwachsenheit von der Knabengestalt gewichen; entweder hatte das Eingeschrumpfte ringsum zur früheren Größenordnung zurückgefunden, oder – das war nicht ohne weiteres ausfindbar – es hatte der Knabe sich nun seinerseits ins Zwergige verkleinert: sollte also die Knabengestalt wirklich nicht wachsen dürfen? drohte ihr wirklich das Zwergige? Hilflos und führerlos und allein war er gelassen worden, auf daß er bis zum Schluß allein die Entscheidungspflicht trage, und er durfte den Trunk nicht annehmen: »Ein Schlaftrunk? nein... ich habe genug geschlafen, allzulange; es ist Zeit zum Aufbruch, hohe Zeit aufzustehen...« Mühselig und irdisch war es da wieder; der Knabe wollte nicht nochmals wachsen, wollte ihm keine Hilfe leisten, wollte ihn nicht stützen, weder beim Aufbruch, noch beim Opfer, geschweige noch weiter – oh Enttäuschung, oh Angst, oh Bitte um Hilfe! Aber es konnte nur zu einem Zurücksinken in die Kissen werden, zu einem enttäuscht-müden, atemberaubten, stimmlosen Flüstern: »Kein Schlaf mehr.« Doch nun kam, hilfegleich, zum dritten Male eine überraschende Antwort: »Niemand hat so viel gewacht wie du, mein Vater; ruhe nun. Die Ruhe gebührt dir, mein Vater, oh wache nicht mehr.« Leise schlossen sich die Lider unter der Vateranrede, die wie ein Geschenk war, wie ein Lohn für Ausgelöschtheit, Gnadenlohn für eine Wachsamkeit, die gültig geworden, gültig erst jetzt, seitdem ihre Bereitschaft sich zur rückhaltlosen Zerknirschungsbereitschaft, und das wachsame Dienen am Vergangenen und Zukünftigen sich zum Ungeschehen einer freien Demut, zum Gewährenlassen des Jetzt gewandelt hatte: es war der Gnadenlohn steten Neubeginns, der Gnadenlohn, der unendlich wie Sühne vor aller Geburt und jenseits allen Tuns liegt. Denn Opfer und Begnadung sind eines, sie folgen nicht aufeinander, sondern gehen auseinander hervor, und nur derjenige ist würdig Vater genannt zu werden, der begnadet ist hinabzusteigen in den Schattenabgrund, damit er, selber zum Opfer gebracht, die Priesterweihe seines opfernden Amtes empfange, damit er eingegliedert werde in die erhaben unendliche Reihe der Väter, die zu der erhabenen Unzugänglichkeit des Anfangs führt und hier von dem schattenumschart thronenden Ur-Ahn, machtvoll vor Auslöschung, unablässig die Kraft unendlichen Neubeginns erhält, den Segen des menschlichen Seins für immer, segenspendend der Ur-Ahn, der Städtegründer jenseits der Erstarrung, der Namengeber, der das Gesetz gehoben hat, enthoben jeglichem Anfang und jeglichem Ende, enthoben der Geburt, ewig enthoben dem Ablauf. War er wirklich ausersehen, vor das erhabene Antlitz zu treten? konnte ein Knabe, konnte dieser Knabe wirklich die Pforte entriegeln? Als wäre es ein und dasselbe, war der Zweifel an sich selbst sehr sonderbar mit dem an des Knaben Berufung verknüpft, es war ein sonderbar zeitenentbundener Zweifel, und Frage war der Blick, mit dem er aufs neue die jungen Züge durchforschte, Frage war es, als er, auf die bittende Gebärde hin, sich die Schale reichen ließ und trank: »Wer bist du?« fragte er aufs neue, nachdem er abgesetzt hatte, und die Beharrlichkeit, mit der es in ihm und aus ihm fragte, erstaunte ihn desgleichen aufs neue: »Wer bist du? ich bin dir schon begegnet... es ist lange her.« – »Gib mir den Namen, den du weißt«, entgegnete es. Betroffen sann er nach, und er wußte bloß, daß sich der Knabe selber Lysanias genannt hatte, ja dies wußte er gerade noch, und es verdämmerte; es verdämmerte und verdämmerte, er fand den Namen nicht mehr, er fand keinen Namen, nicht einmal den, mit dem einstens seine Mutter ihn gerufen hatte. Und doch war es, als hätte die Mutter ihn eben jetzt gerufen, als riefe sie eben aus diesem entschwindend Unauffindbaren, als riefe sie ihn, daß er in eine Namenlosigkeit einkehre, die im Mütterlichen und jenseits alles Mütterlichen beheimatet ist. Ach, namenlos ist der Mutter das Kind, und immerzu trachtet sie das Kind vor dem Namen zu schützen, nicht nur vor dem falschen, dem unheilbringenden Zufallsnamen, sondern auch, und vielleicht noch mehr, vor dem richtigen, der zufallsenthoben in der unendlichen Ahnenreihe aufbewahrt wird, denn dieser Name, gehoben nur von dem, der selber namenlos hinabgestiegen ist, um in der Wurzelsphäre aller Wesenheit mit der Weihe väterlicher Priesterschaft ausgestattet zu werden, der Name ist im Opfer einbeschlossen und schließt das Opfer in sich ein: aber die Mutter, verhaftet dem Schöpfungsopfer der Geburt, das sie ist, schrickt vor dem Opfer der Wiedergeburt zurück, sie scheut es für das Kind, das sie geboren hat, sie scheut die nochmalige Schöpfung, sie scheut das Unbewältigte, Unbewältigbare, das Unerreichbare, das in der unnahbar abgründigen Wahrheitshelle eines Namens erahnt werden könnte, sie scheut die Wiedergeburt im Namen wie etwas Unkeusches, und sie will das Kind lieber im Namenlosen wissen. Namenlos wird das Sein, namenlos wird es, wo die Mutter ruft, und durchzittert von der Namenlosigkeit solchen Vor-Erwachens, aufatmend in der namenlosen Umhegung, sagte er: »Ich weiß keinen Namen.« – »Du, mein Vater, du weißt sie alle, du gabst den Dingen ihre Namen; sie sind in deinem Gedicht.« Namen und Namen, die Namen der Menschen, die Namen der Gefilde, die Namen der Landschaften, der Städte und alles Geschaffenen, Heimatnamen, Trostnamen, in der Bedrängnis, die Namen der Dinge, geschaffen mit den Dingen, geschaffen vor den Göttern, jene mit der Heiligkeit des Wortes immer wieder auferstehenden Namen, immer wieder gefunden von dem wahrhaft Wachenden, dem Erwecker und göttlichen Gründer! nimmermehr darf der Dichter solche Würde in Anspruch nehmen, ja mehr noch, selbst wenn es letzter, eigentlichster Auftrag der Dichtung wäre, die Namen der Dinge zu heben, ja, selbst wenn es ihr im Aufklang ihrer größten Augenblicke gelungen wäre, einen Blick in das Niemals-Erstarrende der Sprache zu werfen, unter deren Tiefenlicht unberührt und keusch das Wort der Dinge schwebt, die Keuschheit der Namen auf dem Grunde der Dingwelt, sie vermag im Gedicht wohl die Schöpfung im Worte zu verdoppeln, hingegen vermag sie nicht das Verdoppelte wieder zur Einheit zusammenzufassen, sie vermag es nicht, weil die Scheinumkehrung, weil die Ahnung, weil die Schönheit, weil all dies, was sie als Dichtung bestimmt und sie zur Dichtung macht, ausschließlich in der Weltverdopplung statthat, es bleiben Sprachwelt und Dingwelt getrennt, zwiefach die Heimat des Wortes, zwiefach die Heimat des Menschen, zwiefach der Abgrund der Wesenheit, zwiefach aber auch die Keuschheit des Seins und damit verdoppelt zur Unkeuschheit, die gleich einer Wiedergeburt ohne Geburt alle Ahnung wie alle Schönheit durchtränkt und den Keim der Weltenzersprengung in sich trägt, die Ur-Unkeuschheit des Seins, welche von der Mutter gefürchtet wird; unkeusch ist der Mantel der Dichtung, und nimmermehr wird Dichtung zur Gründung, nimmermehr erwacht Dichtung aus ihrem ahnenden Spiel, nimmermehr wird Gedicht zum Gebet, zu dem opfergültigen Wahrheitsgebet, das dem echten Namen der Dinge so sehr innewohnt, daß für den Betenden, eingeschlossen vom Opferwort, sich die Weltverdopplung wieder schließt, daß für ihn und nur für ihn Ding und Wort wieder zur Einheit gelangen –, oh Keuschheit des Gebetes, unerreichbar der Dichtung, und doch, oh doch ihr erreichbar, soferne sie selber geopfert, soferne sie überwunden und vernichtet wird. Und wieder entrang es sich ihm in einem Seufzer, in einem Schrei: »Die Äneis verbrennen!« – »Mein Vater!« Das tiefe Erschrecken, das aus dem Rufe herausklang, empfand er, wohl mit Recht, als Ablehnung seines Vorhabens; unmutig erwiderte er: »Nenne mich nicht Vater; es wacht der Augustus, er wacht über Rom, ihn nenne Vater, nicht mich... nicht mich... der Dichter gehört nicht zu den Wachenden.« – »Du bist Rom.« – »Das träumt jeder Knabe, vielleicht habe auch ich einmal so geträumt... aber ich habe bloß die Namen verwendet, die römischen Namen.« Der Knabe schwieg; dann allerdings tat er etwas Unerwartetes: mit der etwas tolpatschigen Geschicklichkeit eines Bauernjungen schwang er sich, als wäre es Ulmengezweige, an einem Ast des Kandelabers empor, brach einen der erloschenen Kerzenstumpen ab und entzündete ihn an dem Flämmchen der Öllampe –, was wollte er damit? doch ehe sich noch eine Erklärung finden ließ, hatte der Junge den Stumpen mit dem abtropfenden Wachs an einem Teller befestigt, und nun kniete er vor dem Koffer: »Magst du das Gedicht haben? ich will es dir reichen...« War es nicht der Knabe Vergil, der dort kniete? oder der kleine Bruder Flaccus? so hatten sie oft miteinander auf dem Boden gekniet, manchmal im Garten unter der Ulme, manchmal vor einer Spielzeugschachtel –, wer war der Knabe? nun schlugen die Kofferriemen hart zurück, der Lederdeckel sprang mit leisweichem Luftlaut auf, eine Hauchwolke von Papier und Lederduft, eine Hauchwolke längstgeschehenen, weichkratzenden Schreibgeräusches drang blaßheimatlich aus dem aufgeklappten Gehäuse, in dessen Innern, sauber eingeordnet, die Enden der Manuskriptrollen sichtbar wurden, Rolle an Rolle, Gesang an Gesang sauber aneinandergereiht, der vertraute, verführerisch-beruhigende Anblick der Arbeit. Vorsichtig hob der Knabe einige der Stücke heraus und legte sie auf das Bett: »Lies sie«, bat er und schob den Teller mit der Kerze näher, um ihm besseres Licht zu bieten. War er nicht doch im Vaterhause? war es nicht doch der kleine Bruder? warum lebte dann die Mutter nicht mehr, wenn der Flaccus lebte? warum hatte sie dem Kleinen aus Kränkung in den Tod nachfolgen müssen? war es nicht die nämliche Kerze, die damals auf dem Tische in dem verschatteten Zimmer geleuchtet hatte, während draußen, von den Alpen besäumt die weichen mantuanischen Felder lagen und grau der langsame Herbstregen in die Abenddunkelheit fiel? Er sollte lesen –, ach lesen! war dies noch möglich? war er dazu überhaupt noch imstande? hatte er je lesen, ja auch nur buchstabieren gelernt? zögernd, beinahe ängstlich öffnete er eine der Rollen, zögernd, beinahe ängstlich glättete er das aufgerollte Ende, schüchtern befühlte er das Papier, schüchterner noch die trockenen Schriftzüge, und mit all der Scheu, die einer unantastbaren Opfergabe gilt, ließ er den Finger darüber hingleiten, aber es war beinahe schlechtes Gewissen, weil es wie Wiedererkennen war, ein kleines Wiedererkennen des Handwerks und der einstigen Handwerkslust, darüber hinaus aber ein großes, ein nicht mehr eingestehbares Wiedererkennen, das hinter jedes Erinnern und jedes Vergessen zurückgriff, dorthin, wo es kein Erlernen mehr gab, keine Ausführung mehr, nur noch Planung, Hoffnung und Wunsch; nicht sein Auge las, nur seine Fingerspitzen lasen, sie lasen buchstabenlos, wortlos eine wortlose Sprache, sie lasen das sprachlose Gedicht hinter dem Wortgedicht, und was er las bestand nicht mehr aus Zeilen, sondern war unendlich ungeheurer Raum von unendlich vielen Richtungen, in dem die Sätze nicht aufeinander folgten, sondern in unendlicher Verkreuzung einander überdeckten und nicht mehr Sätze, sondern Dome der Unausdrückbarkeit waren, der Dom des Lebens, der Schöpfungsdom der Welt, geplant im Vorgewußten: Unausdrückbares las er, unausdrückbare Landschaft und unausdrückbares Geschehen, die entschöpflichte Welt des Schicksals, in der die Schöpfungswelt gleich einem Zufall eingebettet liegt, und wo immer diese geschaffene Welt, die er hatte nachschaffen wollen, hatte nachschaffen müssen, sich nun hier zeigte und zum Ausdruck entwickelte, an all den Stellen, an denen die Satzwellen und Satzkreise sich überschnitten, da zeigte sich kriegfordernd Zwietracht und Blutopfer, da zeigte sich der unlebendige, der erstarrte Krieg, geführt von Menschen, welche Tote waren, da zeigte sich die Götterfehde im Entgöttlichten, da zeigte sich das namenlose Morden im Namenlosen, vollzogen von Schemen, die bloße Namen sind, vollzogen im Auftrag des Schicksals, das die Götter im Bann hält, vollzogen in der Sprache, durch die Sprache, im Auftrag der unendlichsten Sprache, in deren götterbeherrschender Unausdrückbarkeit ewiglich das Schicksal anhebt und sich beschließt. Ihn schauderte. Und obwohl er nicht mit den Augen gelesen hatte, wandte er den Blick von dem Blatte ab wie einer, der nicht mehr weiter lesen will: »Die Sprache vernichten, die Namen vernichten, damit wieder Gnade sei«, kam es flüsternd von seinen Lippen, »so hat es die Mutter gewollt... schicksalslos die Gnade ohne Sprache...« – »Die Götter haben dir die Namen geschenkt, und du gabst sie ihnen zurück... lies das Gedicht, lies die Namen, lies sie...« Da mußte er über die Dringlichkeit der nochmaligen Aufforderung beinahe lachen; ja, es belustigte ihn, daß der Knabe nicht begriff was gemeint war, und vielleicht nicht einmal begreifen durfte worum es ging: »Lesen? gehört dies auch zu dem Schlaftrunk, kleiner Mundschenk?... nein, wir haben keine Zeit; laß uns aufbrechen, komm und hilf mir...« Doch der Knabe – und auch dies war seltsam richtig – machte keinerlei Anstalten ihm aufzuhelfen, und da er es nicht tat, wurde gleichzeitig sehr klar, daß er gar nicht die Berechtigung besaß es zu tun: mochte auch die Zeit stillhalten, mochte auch der Kreis sich runden, und das Erflammen mit dem Erlöschen zu Einem werden, mochte auch die mutterumhegte Unterworfenheit des Kindes ununterscheidbar sein von der Unterwerfung in Demut, mochte auch alles Vollendete ewiglich Planung bleiben, ja mochte er sogar niemals, o niemals, sprechen gelernt haben, es reichen Führung und Hilfe nicht über die erste Runde des Kreises hinaus; es war die Stimme des Knaben zum Echo geworden, das wohl noch antwortet, aber als bloßes Echo nichts mehr begreift, ein Vor-Echo, das aus einem Vor-Erwachen stammt, und sie war vorleuchtender Spiegel für die endgültig große, unsäglich erwartete Auslöschung, sie war Vor-Verkündigung für eine Stimme, die das Wort im Wortlosen sein wird, vereinigt das Noch-nicht-Gesagte mit dem Nicht-mehr-Gesagten im Unausdrückbaren, das im Abgrund aller Sprachräume leuchtet. Unerlernbar war die Sprache, unerlesbar, unerlauschbar. »Nimm die Rollen fort«, befahl er, und diesmal gehorchte der Knabe, wenn auch nicht sehr willig, vielmehr mit kindisch enttäuschtem Trotz und einer kleinen Hinterhältigkeit, die ihn die Manuskripte auf den Tisch statt in den Koffer legen ließ. Auch dies war ein wenig belustigend. Und da er nochmals, als wäre es ein letztes Mal, die Züge des Knaben betrachtete, die hellen Augen darin, die sich nunmehr verfinstert hatten, obwohl sie noch immer erwartungsvoll blickten, da war ihm unversehens das vertraute Gesicht merkwürdig fremd geworden, und mit leiser Nachgiebigkeit, gleichsam zum Abschied, sagte er noch einmal: »Lysanias«. Es war ohne Ungeduld. Spinnwebartig knisternd flackerte das Kerzenlicht auf dem Tische, Echolicht und Vor-Echo eines jenseitig-künftigen leuchtenden Dröhnens, das unter den Sternen wartete, das Opfer erwartend, die Flamme der Auslöschung erwartend, aber schattenhaft weich murmelte hier das Rieseln des Wandbrunnens. Und halb über den Tisch gebeugt, halb stehend und solcherart halb lesend, halb aus freiem Gedächtnis, erst schüchtern dann lauter werdend, die kleine Faust taktierend auf der Tischplatte, begann der Knabe – war es eine letzte Verlockung? – die Verse herzusagen, die Verse der römischen Namen, und die Verse glitten in die Nacht und in das nächtlich murmelnde Wasserrieseln:

»Alles um ihn herum verlockte den Geist und die Blicke,
Schwer von Vergang'nem die Gegend und trächtig von Taten
der Vorzeit.
Und so lauschte Äneas den stumm sich eröffnenden Sagen,
Lauschte dem Fürsten Euander, dem Gründer der römischen
Veste.

Faune und Nymphen – so kündete jener – bewohnten das Land hier,
Freilich daneben auch menschliches Waldvolk, baummarkgeboren
Zufallsgefüttert von Waldfrucht und ungeordnetem Jagdtrieb,
Knorrig wie Eiche, ein wildes Geschlecht, unkundig des Landbaus
Und seines sammelnden Fleißes, unkundig der Zähmung des Stieres,
Ungezähmt auch sie selber. Zu ihnen, den Wilden, um Zuflucht
Kam Saturn ins Gelaß ihrer Landschaft; er nannte sie Latium,
Da sie ihn barg vor dem zornigen Zeus, der ihm Himmel und Welten
Und seine Herrschaft geraubt. Und von ihm, dem Saturnus, empfingen
Nun die Schweifenden Satzung, sie wurden sittig und seßhaft,
Ruhten begnadet in goldener Zeit, in goldenem Frieden.
Nicht aber ruhte die Zeit. Entartung trug sie im Werden,
Niedere Lüste entfesselte sie, Gier, Habsucht und Kriege,
Machte saturnischen Boden erobernden Fremdlingen hörig,
Machte latinische Namen ausanisch, später sicanisch;
Albula selbst, der Strom, ließ seinen Namen vergessen,
Wurde zum Tiber, zu Ehren des Thybris, der rauh und gewaltig
Aus der Reihe der neuen, der fremden Gebieter hervorragt.
Ich, Euander jedoch, der Sohn der Nymphe Carmentis,
Folgend ihnen zuletzt, war wieder ein armer Verbannter,
Bis mir die Schicksalsgewalt zum Glück sich gewandelt, indem sie
Unabwendbar notwendig vom fernsten Gestade mich hertrieb
Und den Suchenden zwang in diesem Lande zu siedeln,
Wie es die Mutter befahl, apollinischem Spruche gehorchend.
So erzählte Euander, und nun mit dem Gast sich ergehend,
Wies er ihm Tor und Altar, zum Ruhme gebaut der Carmentis,
Daß noch heute der Römer der Mutternymphe gedenke,
Die als erste geweissagt den Glanz des Äneas-Geschlechtes,
Die palatinische Größe. Sodann gelangten sie weiter
Hin zu dem mächtigen Hain, den Romulus weihte als Freiplatz,
Weiter zum Lupercal, steinkühl von Felsen beschattet,
Nach des lycäischen Pan parrhasischer Sitte bezeichnet;
Nun zeigt Euander den schaurigen Wald, Argiletum geheißen,

Weil dort Argus, sein einstiger Gastfreund, ermordet gefallen,
Führt zum tarpejischen Felsen, zum capitolinischen Hügel,
Heute prangend in Gold, doch damals dorniges Buschwerk.–

Immer schon – sprach er – beschlich ehrfürchtiges Grauen das Landvolk
Vor diesem Ort, und mit Beben nur sahn sie den Wald und den Felsen;
Denn im laubigen Gipfel, im Haine dort wohnt eine Gottheit,
Unbekannt welche und unbekannt bleibend; den Jupiter selber
Glaubten Arkader zu seh'n, mit der himmelverfinsternden Ägis
Stürme erregend. Und drüben erblickst du zertrümmerte Mauern
Zweier Städte und Mäler von altehrwürdigen Männern;
Eine der Burgen hat Janus, die andre Saturnus gegründet,
Davon zeugen die Namen: Janiculum so wie Saturnia.

Unter solchen Gesprächen erreichten sie endlich Euanders
Einfache Wohnstatt und sahen verstreut die brüllenden Herden
Da wo das römische Forum heut' steht und die Pracht der Carinen.

Diese Schwelle – so sagte Euander beim Eintritt –, der Sieger
Herakles schritt über sie; ihn empfing diese Königsbehausung.
Bring's über dich, mein Gast, dem Göttlichen gleichend in Würde,
Prunk nicht erheblich zu achten und Dürftigkeit nicht zu verschmähen.–
Sprach es, und unter das Dach der erhabenen Wohnstatt geleitet
Er den großen Äneas, zu dem ihn erwartenden Lager,
Laubgeschwellt und bedeckt mit dem Fell der lybischen Bärin.
Nacht stieg empor und umfing mit braunen Schwingen die Erde.«

Nacht stieg empor, Nacht steigt empor... die vorlesende Stimme war leiser und leiser geworden, dann war sie völlig verebbt. Geschahen die Verse noch weiter? geschahen sie noch außerhalb der Stimme? oder waren auch sie völlig verschwunden, um vermeintlichen Schlaf zu schonen? vielleicht war er wirklich eingeschlafen gewesen und hatte nicht einmal bemerkt, daß der Knabe sich mittlerweile entfernt hatte: geschlossenen Auges, als wäre keinerlei Vergewisserung statthaft, wartete er, ein lauschender Gast gleich Äneas, wartend, daß die Stimme sich nochmals erheben werde, allein sie blieb stumm. Nichtsdestoweniger klangen die letzten Verse noch weiter im Ohre, sie klangen nach, und sie veränderten sich dabei mehr und mehr, sie veränderten, oder richtiger, sie verdichteten sich zu etwas, das fast ein sinnliches Bild war, aber Bild außerhalb eigentlicher Bildhaftigkeit, genau so wie der mondhelle Fensterausschnitt zwar noch hinter geschlossenen Lidern als Bild haftete und doch schon in Form und Licht beinahe ins Klangliche spielte; es war Nachklang im Ohr, Nachbild im Auge, beides unsinnlich-sinnenhaft, und sie verwebten sich ineinander zu einer Einheit, die bereits jenseits des Erschaubaren und des Erlauschbaren nur noch im Erfühlbaren zu fassen war und in die, seltsam dazugehörig, desgleichen seltsam zur Einheit gepaart, Stimme wie Lächeln des Knaben einflossen, gleichsam um für immerdar aufbewahrt zu werden. Wollte Saturn die von ihm verliehenen Namen wieder zurücknehmen? Die Landschaft der Verse, die Landschaft der Erde, die Landschaft der Seele wurde namenlos, und je länger er, geschlossenen Auges eingeschmiegt in die saturnische Fläche, dieser unsinnlich-sinnenhaften Erscheinung nachfühlte und nachspürte, je tiefer er sich in sie einfühlte und einspürte, ja je mehr er ihre Rückverwandlung zur Vollwirklichkeit herbeiwünschte, je mehr er die Rückkehr des vorlesenden Knaben ersehnte, desto mehr wünschte er zugleich, daß dies alles verschwände, denn all die leidenentlösende Verlockung, die von dem Knaben ausgegangen war, hatte ihn nicht nur gefangen genommen, hatte ihm nicht nur als Vor-Verkündigung und Vor-Echo für das Endgültige geklungen, sondern hatte ihm auch den Weg zu der endgültigen Stimme verstellt, hatte ihm die Eingangspforte zu dem Unabsehbaren nicht nur geöffnet, sondern auch vermauert. War nicht auch jene großflüsternde, sanftdröhnende, jene befehlsgütige, fernnah unerahnbare Allstimme, die er gehört hatte, ohne sie hören zu können, dahinter verborgen? Tiefer als alles Irdische, wenngleich noch im Irdischen, liegt das verborgene Geburtsgrab der Stimme, die Gruft des Anfanges, der Quellraum des gebärenden Endes, tief unter allem Sichtbaren und

Hörbaren liegt der Stimmen Versammlungsort, der sie alle enthält, aus dem sie hervorgehen und in den sie wieder eingehen, der Ort ihrer Unerlauschbarkeit, ihrer unerlauschbarsten Verbindungen und Zusammenklänge, ihr Allzusammenklang und daher selber wohl Stimme, die mächtigste und einzigste, die alle anderen in sich einschließt, alle, nur sich selber nicht. Alles Leben in sich einschließend und doch außerhalb jeglichen Lebens–, war dies die Stimme des Sterbens, war sie es schon? war sie es, oder war das Verborgene noch größer als sie? er lauschte ins Unerlauschbare, er lauschte mit all der Kraft und der Innigkeit, deren sein Wille fähig zu werden vermochte, aber über den Meeren des Schweigens, über den verhüllten Landschaften des Urklanges, verhaucht im Ur-Anfang und im Ur-Ende, unter dem schweigenden Klanghimmel des Ur-Erkennens, schwebte nur noch ein verhauchender Hauch, von Vergessenheit eingeschlossen, Vergessenes einschließend, zartester Tau, aufgehaucht aus den farblos tönenden Wiesen der Durchsichtigkeit, aus ihren stummtönenden Feldern, das Bild der Knabenstimme, allein noch vorhanden, allein noch enthüllend, freilich selber sich bereits wieder verhüllend, ein irdischer Nachhall, nicht mehr Wort, nicht mehr Vers, nicht mehr Farbe und Farblosigkeit, nicht mehr Durchsichtigkeit, nur noch ein Lächeln, das Bild des Einst, das Bild eines Lächelns. Namen? Verse? war es ein Gedicht, war es die Äneis gewesen? Entschwindend blinkte es in dem Namen nochmals auf – Äneas? –, als wäre in diesem die Ahnung des großen und gütigen Befehles, des für immer verlorenen, enthalten gewesen, doch nichts ließ sich mehr finden: alles Gelebte, alles Geschaffene, die ganz breite Daseinsverflossenheit mit all ihren Inhalten, all dies verschwamm, all dies war weggewischt, er fand keine Jahre und Tage und keine Zeit in seinem suchenden Gedächtnis, er fand nichts von dem, was ihm bekannt gewesen war, er lauschte in seine Erinnerung, und sein Lauschen gewahrte nur ein gläsernes Gewirr, das sich, obzwar noch irdisch, bereits der irdischen Zeit entlöst hatte, enthoben der irdischen Erinnerung, ein aus dem Nichtzeitlichen gewachsenes, im Nichtzeitlichen ausgedehntes, gläsern-fiebrig singendes Formengewirr, und je mehr sein Gedächtnis nach der Äneis fahndete, desto rascher und spurloser löste sie sich, Gesang um Gesang, in der klingenden Verwobenheit des Glastes auf: war es Heimkunft zu des Gedichtes Ursprung? das inhaltlich Erinnerungsfähige verging; was immer von dem Gedicht besungen worden war, Meerfahrt und Sonnenufer, Krieg und Waffenlärm, Götterlos und die Gezeiten der Sternbahnen, dies und noch vieles mehr, Aufgeschriebenes und Unaufgeschriebenes, es fiel ab, es ward abgestreift, das Gedicht hatte es abgeworfen wie ein unnützes Kleid und kehrte in die hüllenlose Nacktheit seiner Vorgeborenheit zurück, in die klingende Unsichtbarkeit, aus der alle Dichtung entstammt, wiederaufgenommen von der reinen Form, in ihr sich selber findend gleich einem Echo seiner selbst, der Seele gleichend, die in ihrem Kristallgehäuse sich selber erklingt. Abgeworfen war das Überflüssige und war trotzdem aufbewahrt, haltbar geworden in einer unverlöschlichen Form, deren Reinheit kein Vergessen zuläßt und sogar dem Vergänglichsten noch die Eigenschaft der Ewigkeit verleiht. Gedicht und Sprache bestanden nicht mehr, aber ihre gemeinsame Seele bestand weiter, hatte Bestand im kristallenen Spiegel ihrer selbst, des Menschen Seele war abgestorben zu tiefster Erinnerungslosigkeit, aber die Sprache seiner Seele lebte und hatte Bestand in der singenden Klarheit ihrer Form; Seele und Sprache, von einander abgeschieden, dennoch ineinander verwoben und einander spiegelnd –, empfingen sie nicht dieses Spiegellicht aus jenem unnahbaren Abgrund, der aller Ausgang und alle Heimkehr ist? waren sie, jedes für sich abgeschlossen, nicht gemeinsam eingeschlossen in jener Heimatstimme, die immer wieder jede Grenze sprengt, da sie, jenseits aller Grenzen tönend, das Ziel, den Zuspruch, den Beistand, den Trost verheißt? Oh, Stimme des Einst im Werden und Vergehen, weiche Wiegenstimme, die einstmals erklungen war, einhüllend und weltenthüllend, Sternenstimme der Wiegennacht, sanfte mitgesungene Einheit! »Ich bin allein«, sagte er, »niemand ist für mich gestorben, niemand stirbt mit mir; ich habe die Hilfe erwartet, ich habe um sie gerungen, ich habe um sie gefleht, und sie ist mir nicht geworden.« – »Noch nicht und doch schon«, erwiderte es so traumleise aus seiner eigenen Brust, daß es kaum mehr die Stimme des Knaben war, sondern weit eher die der Nacht und aller Nächte, die Stimme des silbernen Raumes, der die Nachteinsamkeit ist, des unendlich oft gesehenen, niemals erforschten Nachtgewölbes, dessen Wände er unendlich oft abgetastet hatte und das nun zur Stimme geworden war. »Noch nicht und doch schon«, hold und herrisch, verführerisch und verpflichtend, nachtglitzernd und tiefverborgen, das unmittelbar aufklingende Wort und die unmittelbar aufklingende Seele, die Einheit von Sprache und Menschentum, und es war wie ein Abschiednehmen vom alterslosen Jugendeinst alles Irdischen und doch schon Gruß nichtendenwollender Heimat, da selbst der Stein sich ins Durchsichtige gewandelt hatte und die Grabplatten so durchsichtig wurden, als wären sie Kristall und Äther zugleich. So schritt er hindurch, nein, er schritt nicht, er stand plötzlich inmitten des Traumgewölbes, das nichts war als strahlende Stimmlichkeit, er stand im strahlend Bodenlosen, im strahlend Wandlosen, im strahlend Deckenlosen, im Gewölbe der strahlenden Durchsichtigkeit, und sehend im Unsichtbaren, sah er sich selber nicht, er war durchsichtig geworden. Ohne einen Schritt getan zu haben, ja ohne den leisesten Versuch zum Ansatz eines Schrittes oder sonst irgendeiner Bewegung war er vorwärtsgeschritten, freilich nicht hindurchgeschritten; immer noch war es der Vorhof der Wirklichkeit, der ihn umfing, immer noch hatte er das Irdische nicht verlassen, immer noch war es irdischer Traum, und er wußte, Traum im Traume, um die Traumhaftigkeit dessen was ihm geschah; es war Traum an der Grenze des Traumes. Denn obwohl in der unaufhörlich zunehmenden Helle der strahlenden Durchsichtigkeit nichts mehr an das einstige Dinggetöse erinnerte, und obwohl nichts Dingliches und nichts Menschliches und nichts Tierhaftes zu erblicken war, ja, obwohl sogar die Erinnerung daran sich nicht mehr finden ließ, überflutet von dem leuchtenden Getön der unhörbaren Stummheitswellen, er wußte trotzdem, daß er nach wie vor in der ausweglosen Verstricktheit des Stimmengetöses sich befand, nur daß die Stimmen, die Dinge, die Kreaturen, daß Pflanze, Tier und Mensch, daß sie allesamt zu unfaßbarsten Wesenheiten geworden waren, zu einem Klarheitsgefüge, in dem sternengleich noch Namen schimmerten und gleich wieder verschimmerten: er befand sich in einem Bereich, in dem nur noch die Anzahlen, die Ordnungen, die Zusammenhänge des Irdischen galten, gleichsam bloß die Erkenntnisse, die von jenen Seinsgebilden und ihrer einstmaligen Gestaltung ausgingen, und es war Geschehen und Erkenntnis und Sicht und Aussage in einem einzigen leuchtenden Wahrhaben, es war unbegreifliche Nacktheit der Schöpfungsvielfalt, bar ihrer Inhalte, dennoch vollzählig, war die Allheit jedweden Geschehens und jedweder Geschehensmöglichkeit, myriadenhaft vereinzelt, dennoch ununterscheidbar, das inhaltlich Inhaltlose umgestaltet zur reinen Form, zu einer Formnacktheit, die nichts als kristallische Helligkeit mehr war, ein undurchdringlich durchsichtiges Gefunkel, unseiend im Seienden, ohne Ursprung. Es war der Bereich des schlechthin Unendlichen. Die Straßen der Jahrmillionen zeigten sich als unendlich richtungslose Strahlenbündel, sie trugen das Unendliche herbei und brachten das Endliche in die äußerste Ewigkeit, es hatte das Geschaffene wie das Unerschaffene nämliches Gewicht, es verkreuzte sich Gut und Böse mit nämlicher Eindringlichkeit in nämlicher Strahlungskraft, und ausweglos war die sehende Blindheit, die hörende Taubheit des Traumes, ausweglos war das Traumgewölbe, das Traumgefunkel, das entscheidungsfremd keinen Weg zum Guten freigab, gestadelos, uferlos, ein Fluten. Und silbernes Zücken träumenden Strahlens – trifft es die Seele, trifft es den Gott? Oh, mag der Traum noch so irdisch sein, er ist jenseits irdischen Menschentums, und der träumende Mensch hat seine menschliche Geburt, seine menschliche Gezeugtheit verloren, er ist ohne Vater und ohne Mutter von Urbeginn an: er ist im vormütterlichen Gewölbe des reinen Schicksals, im Gewölbe letzter Unentrinnbarkeit. Keiner lacht im Traume, keiner lacht im Ausweglosen, der Traum ist unsprengbar. Oh, wer wagte zu lachen, da selbst die Auflehnung verstummt ist! Es gab keine Auflehnung gegen den Traum, es gab bloß Verwobenheit und Hinnehmen, Verwobenheit ins träumende Geschehnis. Und einverwoben in das Strahlengestrüpp, einverwoben in das verästelte Innen und Außen des Traumes, einsgeworden mit jedem einzelnen Traumpunkt, mit jedem einzelnen Kristallstrahl der Myriadendurchsicht, er selber durchsichtig, er selber heimat- und wurzellos, träumende Waise von Urbeginn an, er selber Geschehen und Wissen in einem, sich selber im Traume geschehend, den Traum in sich wissend, er selber der Traum, er sprach, und er sprach aus einer Brust, die nicht mehr Brust war, er sprach aus einem Munde, der nicht Mund mehr war, sprach in einem Hauche, der nicht Hauch mehr war, sprach Rede, die nicht Rede mehr war, er sprach:

Schicksal, du gehst allen Göttern voran,
Warst vor-vorbereitet vor jeglicher Schöpfung,
Des Ur-Anfangs Nacktheit bist du, treu nur
Dir selber, allesdurchdringende Form und kalt.
Schöpfung und Schöpfer in einem,
Geschehen und Wissen und Deutung zugleich,
Durchdringt deine Blöße den Gott und den Menschen,
Befiehlst das Erschaffene.
Und da du's befahlst, entlöste der Gott sich
Dem eigenen Unsein und wurde zum Vater,
Rufend die Namen des Lichts aus der Stummheit,
Aus dem Schoß der ur-urnächtlichen Mutter,
Ununterschiedliches ins Benennbare rufend,
Zur Gestalt das Gestaltlose.
Ur-Schweigen ward da zu Sprache, und singend das Urgetöse
Singen die Sphären dein Wort.
Doch im Traume, oh Schicksal, nimmst du dir's
Wieder zurück, schweigst es zurück in die Nacktheit
Furchtbar allesverbergend in deiner Entblößung,
Und als kristallene Flocke senkt sich der Gott
Strahlenzerlöst in das leere Gewölbe des Traumes.

Unbewegt leuchtend vernahm das Traumgewölbe, stumm sie widerspiegelnd, die stummen Worte, trug sie davon ins Echolose des letzten Lichtes, und es war, als wären sie selber der Strahlung Echo gewesen. Da sprach er weiter:

Traumdurchtränkendes, traumkaltes Schicksal, du
Offenbarst dich im Traume, machst ihn zur Größe
Des Einst, in dem die Wirklichkeit ruht, machst ihn
Zu der Schöpfung Gefäß, wirkend durch dich, und mit dir
Zeitlos; denn du kennst kein Vorher und Nachher,
Wirklichkeit, die du bist. –
Strömend schwebt dein Geschehn, oh Ur-Form, schwebt
Verzweigt und wesenheitsträchtig zwischen den Blitzgewölken
Stummgewaltiger Einheit, zwischen der Nacht und dem Licht
Der von dir zur Schöpfung befohlenen Schöpfung; du aber
Verwandelst dich mit den verschlungenen Strömen
Deines Schwebens aus dem einen ins andere; lichtwärts
Willst du strömen – gelingt's dir? – doch wo
Deines Strömens Vielfalt sich zielhaft verkreuzt,
Strom am Strome bedingt, hier nur entfaltest du Ruhendes,

Ding und Namen weltlicher Wahrheit, ineinandergeeint,
Aufgerufen zur Einheit, auf daß sie dich spiegeln;
Schicksalsgeprägt die Ur-Form des Seins,
Die Urform der Wahrheit.
Traumform entsteht aus Traumform, verkreuzt und entfaltet,
Im Traum bist du ich, bist meine Erkenntnis, bist
Geboren mit mir als ungeborener Engel
Jenseits des Zufalls, leuchtende Allgestalt
Von Wesen und Ordnung erkennenden Werdens,
Gestalt meiner selbst, mein Wissen.
Götterenthobenes, göttervernichtendes Schicksal,
Endlose Wirklichkeit, endlos bin ich mit dir,
Ein Sterblicher, göttervernichtend im Traume, da ich
In dir mich begebend, entschwebend in deiner Strahlung
Kindheitsumschlossen selber der Götterraum bin.

War es der letzte Raum? war es die letzte Ruhe? bewegte sich nicht auch diese noch? mußte er sie nicht vorwärtsbewegen? Er versuchte einen Schritt zu tun, er versuchte die Arme zu heben, er versuchte dem Strahlenraum, der er war, sich selber mitzuteilen, er versuchte es mit großem Willen und großer Anstrengung, und obwohl die gläserne Durchsichtigkeit, in die ihm die eigene Wesenheit entschwunden war, keinerlei Bewegung gestattete, es gelang: ein traumfernes Zittern durchlief ihn, oh, es war kaum die Ahnung eines Zitterns, oh, kaum ein Wissen um solche Ahnung, allein, es war zugleich – wie hätte es anders sein können – wie ein Mitbeben des Traumgewölbes, ein Hin- und Zurückfluten, als ginge das Zittern durch die unbeweglich dahingleitenden Strahlenstraßen, durch die Verkreuzungen, durch ihre Richtungen und Richtungslosigkeiten, durch ihre leuchtende Aussagbarkeit und Unaussagbarkeit, als sei es eine letzte und erste Erschütterung, kaum merklich, dennoch erahnbar, das Hauchen einer Abschattung, hauchlos schier, dennoch Erinnerung an das Irdische. Da sprach er weiter:

Unentrinnbares! bin ich zu dir aufgestiegen oder
In deine Tiefe gestürzt?
Abgrund der Form,
Abgrund des Oben und Unten, Abgrund des Traumes!
Keiner vermag im Traume zu lachen, doch auch
Keiner zu sterben; siehe, so überaus nahe
Ist das Lachen dem Tode, siehe, so ferne

Sind beide dem Schicksal, das vor lauterer Form
Kein Tod das Lachen gelehrt hat –
Schicksal, dein Selbstbetrug.
Ich aber, Sterblicher, ich, todesgewohnt,
Vom Tode zum Lachen gezwungen, ich lehne mich auf
Und glaube dir nicht. Traumblind und traumwissend
Weiß ich dein Sterben, weiß um die Grenze, die dir
Gesetzt ist, Grenze des Traumes, die du verneinst.
Weißt du es selber? willst du es selber?
Stockt dein Geschehn auf deinen Befehl? oder gehorcht es
Noch stärkerem Willen? Steht hinter dir, größer als du,
Unentrinnbarer, unerschaubarer noch
Ein anderes Schicksal und weiter und weiter
Schicksal an Schicksal, Leerform an Leerform gereiht,
Das nimmererreichbare Nichts, der gebärende Tod,
Dem nur noch der Zufall entspricht?
Zum Zufall wird alles Gesetz, zum Fall in den Abgrund,
Zum Zufall auch du, oh Schicksal, mitgerissen
Vom Zufall des Endes, rasend in deinem Bereich;
Jäh stockt das Wachstum, und das Erkenntnisgezweige,
Ast dem Aste entsprossen, jählings zerfällt es
Zu vernichteter Sprache, vereinzelt im Ding,
Vereinzelt im Wort, zerfallen die Ordnung,
Zerfallen die Wahrheit, Gemeinschaft und Einheit
Erstarrt in der Halbheit, erstarrt im Gestrüppe
Scheinwirklichen Seins.
Unvollkommenes bringst du hervor, duldest den Zufall,
Mußt das Unheil erdulden, die Halbheit, den Trug, und
Unverwirklicht du selber, nimmermehr endlos die
Erstarrende Form, Schicksal des Schicksals, stirbst du
Des Unheils, im Kristall noch mit mir.

Nicht er sprach, der Traum sprach, nicht er dachte, der Traum dachte, nicht er träumte, es träumte das Schicksalsgewölbe erstrahlend im Traume, es träumte das Unerreichbare, das unausschreitbare Gewölbe der Lichterstarrung, unheilserstarrt, unheilserstarrend, und unbewegt eingeflossen in die kristallenen Kaskaden des Lichtes war es das Gewölbe seiner unerreichbaren Seele. Hauchlos das Licht, hauchlos das heilsträchtige Rund des Unheils, hauchlos der Hauch.

Und ohne Hauch sprach der Traum weiter:

Form, wenn selbst Urform, sterblich dem Sterblichen,
Sterblich dem Gotte, in Unwirklichkeit sterbend,
Sterblich ob des Gewühles scheinbarer Einheit.
Unrettbare! mag auch das Halbe zur Ganzheit sich lügen,
Mag es sich auch zurückflüchten wollen in den Schoß
Mütterlich einstiger Urnacht, mag es sogar sich selber
Zum Aufruf setzen und selber die Ganzheit
Sich anmaßen, die Würde des rufenden Vaters,
Nichts rettet dich, Schicksal, vor dem Heimfall ans Nichts;
Vom eigenen Schicksal berauscht, wendest leer du dich um,
Und die Welten, unausschreitbar, unaufhaltsam ihr leerer
Kreislauf in Schönheit, sind deiner trunken,
Sind trunken des Todes,
Denn Schöpfung ist mehr als Form, Schöpfung ist Unterscheidung,
Ist Scheidung des Bösen vom Guten, oh, allein die Schiedkraft
Ist wahrhaft unsterblich.
Hast du, da Form du nur bist, den Gott und den Menschen
Zur Wahrheit gerufen, auf daß sie statt deiner
Unterscheidungsbetraut für immer die Weltform erfüllen:
Hast du hierfür mich verpflichtet und in die Schöpfung gefügt?
Unzulänglich bist du und Werkzeug des Bösen.
Unheilerschaffend bist du, bist selber das Unheil, dem du erliegst;
Oh, das Göttliche ist ermattet, und das Menschliche gar
Blieb unerstarkt – beides, dein Werk, ist Zufall mit dir
In dem größeren Schicksal, und der Gerufene,
Gleich dir nur noch Form und verlustig des Namens, ist
Unerreichbar, er wendet sich nicht, keinen Ruf
Hört er mehr im vergehenden Traum.

Ja, er war unerrufbar; Stummheit umgab seine eigene Stummheit; nichts sprach mehr zu ihm, und nichts vermochte er mehr zu sprechen; nichts rief ihn, und nichts vermochte er mehr zu errufen. Aber glitzernd undurchdringlich, unbewegt und unabsehbar war das Traumstimmliche um ihn gebreitet, glitzernd vor götterüberwältigendem Unheil, unentrinnbar, allumfassend schöpfungsaufhebend, Gut und Böse ineinander verquickt, zahllos die Verkreuzungen, unendlich die Strahlenstraßen, überirdisch das Licht, dennoch im Zählbaren, dennoch endlich, dennoch irdisch, bestimmt zum Absterben –, verging

der Traum? und mit dem vergehenden Traum, verging da auch der Träumende? Nichts war erinnert, und doch alles Erinnerung, eingesenkt in das unheilig unheilvolle, in das schattenlos schöne Licht der Nichtunterscheidung, in das Licht des unausschreitbaren Grenzraumes, erinnerungstief eingesenkt in des Schicksals schillernd unbewegtes Grenzspiel, dessen Grenze trotzdem überschritten werden kann, überschritten werden muß, sobald das Spiel sich erschöpft haben wird, ausgelotet bis zur äußersten Tiefe seiner Mannigfaltigkeit, ausgezählt seine Vereinzelungen und Verkreuzungen, zur Neige geleert das Einheitsgemenge von Gut und Böse, oh, das Unheil zur Neige geleert, die Schicksalsform erschöpft, abgestorben in erstorbener Erinnerung, die sich ihrer selbst nicht mehr erinnert. Oh Erinnerung, oh Verlöschen des Lichtes und des Sphärengesanges, oh der Welten unendliche Reihe, Kreislauf der Schicksalsabfolge im irdischen Verlöschen und Wiederentzünden, Vorversuch um Vorversuch der Schöpfung, immer wiederholt und zur Wiederholung gezwungen, bis das Böse aus dem Licht gestürzt werden wird, ausgeschieden das unerschaffen Erstarrte aus dem Sich-selbst-Erschaffenden, damit – endgültig der wiedergewölbte Himmel – wieder das Endgültige werde und leuchte, emporgehoben das Menschenantlitz bis an die Sphärengrenze, emporgehoben in das unsichtbare Linienspiel der Sterne, emporgehoben in des Himmels kühlsteinernes Sternenantlitz. Und als hätten die in der Strahlenstummheit vor übermäßigem Glanze verschwundenen Sternbilder des Innen und Außen sich noch einen Rest Atmung bewahrt, als besäßen sie, die Unerrufbaren, noch einen Rest dunkelster Leuchtkraft, als könnte die Leier des Himmels und des Herzens noch einmal auftönen, als sei das Seiende noch nicht zur Gänze in Kristall verwandelt, sein Gleichgewicht noch nicht zur Gänze hergestellt, die Waage des Alls noch nicht völlig zum Stillstand gekommen, so daß es noch Wissen gab, noch Wissen geben durfte, das Wissen des Kristalls um sich selbst, das Wissen des Traumes um sich selbst, das Wissen um das Künftige und Endgültige, um das Immergewesene, Nimmererreichte, silbertönend offenbart aus des Alls verborgenster Eigenerinnerung, in der des Traumes Kristallsprache ruht, das Vor-Echo künftigen Klanges, also sprach es in einer letzten Stummheit:
Wann, oh wann?

Wann war formenbefreite Schöpfung,
Sie, oh wann, ohne Schicksal? oh, sie war, und
Traumlos war sie, war nicht Wachen, nicht Schlaf,
War ein Augenblick nur, ein Gesang, einmalig
Die Stimme, unerrufbar ein lächelnder Ruf –
Einstmals war der Knabe;
Einst war die Schöpfung, einst wird sie sein,
Zufallsenthoben das Wunder.

Wollte da das Rund des Himmels wieder im Traumgewölbe aufschimmern, tragend das Kreuzgestirn in nächtlich funkelnder Mitte, getragen vom strahlenden Schilde? wollte es wieder aufscheinen im Wirklichkeitsglanze neugeschöpfter Schöpfungstat? Als Erwartung hatte es sich angekündigt, als Erwartung war es schon da, doch es erschien noch nicht. Denn über die schweigenden Leuchtstimmen des Traumes hatte sich wundersam ein noch tieferes Schweigen gebreitet, und dieses Schweigen wurde zum Warten, war das Warten, schweigend und wundersam in sich selbst, ein Warten, das sich wie eine zweite, wie eine reichere Form um die regungslos weiterschimmernde Strahlenform der Schicksalsnacktheit legte, wie eine zweite Beleuchtung des Lichtes, als wäre Warten bereits Reichtumszuwachs, obwohl eine noch stärkere Bereicherung, eine noch stärkere Strahlung, vielleicht sogar eine zweite und noch stärkere Unendlichkeit zu erwarten war, ja erwartet werden mußte, auf daß ihr das Göttliche neuerstrahle und wiederstrahle, für ewig und unheilsaufhebend. Ein richtungsloses Warten war es, richtungslos wie die Strahlung, und es richtete sich trotzdem an den Wartenden selber, richtete sich an den Träumer, war gleichsam Aufforderung an ihn, daß er mit einer letzten Anstrengung, mit einer letzten Schöpfungsanstrengung sich außerhalb des Traumes stelle, außerhalb des Schicksals, außerhalb des Zufalls, außerhalb der Form, außerhalb seiner selbst. Von woher kam diese erwartungsvolle Aufforderung? aus welchem Außerhalb, aus welcher Richtungslosigkeit hatte sie sich, richtungslose Ganzheit sie selber, in die Ganzheit des Traumgewölbes gesenkt? traumstark sie selber, war sie kein Ruf und nicht etwas, das von irgendwoher kam und ihn von irgendwoher erreichte, sie hatte ihn bloß plötzlich erfüllt, wie sie den Traum erfüllt hatte, als Glanz in den Glanz gesenkt, Durchsichtigkeit in die Durchsichtigkeit, sie rief nicht den

Traum zur Wahrheit zurück, nicht die Richtungsmannigfaltigkeit ins eindeutig Gerichtete, sie war überhaupt nicht Rückkehr, nicht Schöpfungsverlust, nicht Wiedereinverengung, nein, obwohl den Traum überwindend und zur Überwindung auffordernd, verblieb sie im Traume, hieß sie im Traum verbleiben, war sie Aufforderung, im Wissen des Traumes zu neuem Wissen zu gelangen; in schweigend strahlender Erinnerung war sie da, niemals gesehen, trotzdem wiedererkannt, trotzdem verstanden in ihrem Traumesgebot. Und er, eingeschlossen in den Traum und den Traum in sich einschließend, verwoben seine Durchsichtigkeit mit der des Traumes, er erhob sich zu der von ihm erheischten ungeheuren Gottesanstrengung, und in einer letzten Zersprengung der Traumgrenze, in einer letzten Zersprengung jeglichen Bildes und jeglicher Aussage, in einer letzten Zersprengung der Erinnerung, wuchs der Traum mit ihm über sich selbst hinaus; sein Denken wurde größer als die Form des Denkens, und da es dies tat, wurde es zum Wissen um die Sphäre, die größer als das Schicksal, größer als der Zufall ist, wurde es zur zweiten Unendlichkeit, die erste in sich einschließend und von dieser eingeschlossen, wurde es zum Gesetz, in dem der Kristall wächst, wurde es zum Gesetz der Musik, ausgesagt im Kristall, ausgesagt in Musik, doch darüber hinausgehoben die Musik des Kristalls aussagend; es war die zweite Erinnerung, gedächtnislose Weltzeiterinnerung und Alleserlebtheit, die weltüberschauert, formüberschauert sich zur zweiten Form aufgelöst hat, es war die zweite Sprache des Menschen, vorbestimmt zur Ewigkeit, wenn auch noch nicht das Ewige selber, das Unwiederbringliche im Wiedergebrachten; und in dem wiederaufgetanen, wiedergewölbten Himmel kreisten aufs neue die Sterne, kreisten im Gesetz ihres Seins, im Unvergänglichen ihrer Vergänglichkeit, zufallsentbunden als ewig währendes Wunder, als die kühl unsterbliche Musik der Nacht, sanft von des Mondes mildhartem Atem leise bestrichen, unbeweglich dahinziehend, unbeweglich von der Milchstraße durchflutet, der klingende Silberraum, vom Überunerfaßlichen eingeschlossen, aber das Überunerfaßliche jedweden Menschentums in sich einschließend, die Heimkehr, die zweite Heimkehr des Traumes –

– Oh Heimkehr! oh Heimkehr desjenigen, der nicht mehr Gast zu sein braucht! unwiederbringlich ist das Lächeln, in dem wir einstmals eingebettet waren, unwiederbringlich die lächelnde Umarmung, die Seinsganzheit des Erwachens und Noch-nicht-Erwachtseins, aufgehellt und immer noch dunkel, unwiederbringlich ist die Milde, in die wir unser Gesicht vergraben haben, damit das Gesehene nicht zum Zufall werde; oh, alles war unser, da uns alles wieder geschenkt wurde, nichts war uns Zufall, nichts war vergänglich, denn unvergänglich dauerlos war die Weltenzeit, oh, die Weltenzeit, in der es für die stummen Augen des Kindes nichts Stummes gegeben hatte, und alles neue Schöpfung gewesen war –

– oh Heimkehr, oh Musik des Innen und Außen! eingesenkt in uns ist sie uns geblieben als ein Wissen des Einst, eingesenkt in uns hat sie uns in ihr größeres Sein gehoben, und wir, eingesenkt in sie, größer als wir selber, wir finden sie jenseits des Zufalls; oh Musik des Innen und Außen! bloß was geborgen ist in unserem Ich ist größer als wir, ist uns unsterblich und zufallsenthoben, mitsingend das Wort der Sphären, doch was wir nicht in uns tragen, es ist uns Zufall und bleibt uns Zufall, es ist uns sterblich, nimmermehr ist es größer als wir, nimmermehr schließt es uns ein –

– oh Heimkehr! alles wird vom Kinde eingeschlossen, alles wird ihm Musik, alles unsterblich, alles die Größe der Ganzheit, mit ihrem Lächeln immerdar das Kind umhüllend und erfüllend, da es in ihre Umarmung hineinzuflüchten vermag, Auge in Auge gesenkt, das All; oh, unwiederbringlich ist es uns, denn unwiederbringlich ist alles im leeren Wachstum! und mögen wir noch so sehr wachsen, so sehr, daß unsere Arme wie Ströme sich verzweigen, hingebreitet unser Körper über Länder und Ozeane bis zu den Grenzen der Welt, der Mond in unseren Haaren, wir selber Raum, wir selber die Sternkuppel der Nacht, das glitzernde Traumgewölbe, endlos, endlos, ein einziges Strahlen, wir bleiben außerhalb unser selbst, wir bleiben ausgestoßen, keine Nacht umfängt uns und kein Morgen wird uns umfangen, weil wir festgebannt sind, ohne Flucht und ohne Fluchtziel, unhingegeben uns selber, weil unsere Arme nichts an unser Herz gezogen haben –

– oh Heimkehr! Heimkehr ins Überunerfaßliche, das uns geschenkt werden soll, wenn wir wieder fähig werden, zu ihm zu flüchten, oh, das Überunerfaßliche, das wir selbst im Traume noch suchen, da sogar das Schicksal, unser Schicksal, traumhaft im Traume uns erfaßlich wird, vergänglich der Traum, vergänglich das Schicksal, sie beide Zufall, so daß wir festgebannt selbst noch im Traume, festgebannt von Vergänglichkeit, festgebannt vom Zufall, festgebannt vom Tode, zwar dem Traum zu entfliehen suchen und doch die Flucht fürchten, ja vor ihr zurückschrecken, verzagend vor der Unerreichbarkeit; oh, sterblich ist uns das Zufällige, das von uns nicht eingeschlossen wird, und von dem wir nicht eingeschlossen werden, wir erfassen an ihm nur den Tod; wahrlich allein im Zufall enthüllt sich uns der Tod, wir aber, uns selber nicht einschließend, von uns selber nicht eingeschlossen, den Tod in uns tragend, werden von ihm nur begleitet, er steht als Zufall neben uns –

– oh Heimkehr! Heimkehr ins Göttliche, Heimkehr ins Menschliche! sterblich ist uns der Nebenmensch, dessen Schicksal wir nicht auf uns genommen haben, dem wir keine Hilfe haben angedeihen lassen, der ungeliebte Mensch, den wir nicht in uns einschließen und den wir damit unfähig gemacht haben uns mit seinem Sein einschließend zu umfangen, oh, ungöttlich ist er uns, ungöttlich sind wir mit ihm, so sehr Zufall mit dem Zufall, daß wir kaum wissen, ob der, welcher als Lebender vor uns auftaucht, der an uns vorbeigeht, an uns vorbeitorkelt und um die nächste Ecke biegt, ob er, Schicksalsgeschöpf wie jeder, Schicksalsgeschöpf wie wir, nicht etwa schon längst gestorben oder auch noch nicht einmal geboren ist –

– oh Heimkehr! oh, Plotia! –

– oh Heimkehr! unwiederbringliche Heimkehr; sterblich sind wir mit dem Sterblichen, sterblich sind wir uns selber, wir, die wir kein Schicksal auf uns genommen haben, wir, die wir uns damit selber zum Zufall gemacht haben; unentrinnbar ist unser Geschehen und Sein und Erkennen an die bloße Form des Schicksals verhaftet, sterblich inmitten der Unsterblichkeit sind wir, sterblich unter der Sternenmusik, sterblich aus Schuld, verirrt im Gestrüpp der Stimmen, umzingelt von dem stummtosenden Licht der Ununterscheidung, verfallen dem Traumtod, verfallen einem Tod wachsender Grausamkeit, der nichts Unsterbliches mehr in sich birgt –

– oh Heimkehr! ein Ruhen und Lauschen im unendlich Hingebreiteten des saturnischen Gefildes, in der saturnischen Landschaft der Welt und der Seele, in dem heimatgoldenen Frieden ewiger Irdischkeit, gefeit gegen Janus, obwohl es ein zwiefaches Lauschen ist, aufwärts und abwärts gekehrt, lauschend nach den von Saturnus gehobenen Namen der Dinge in den Tiefen des Himmels wie in den Tiefen der Erde, zwiefach verbunden ein zwiefaches Ruhen, gefeit gegen die Todesgrausamkeit der Zwietracht und des Krieges, gefeit gegen Vernichtung, obwohl das Lauschen zugleich ein Vergessen ist, ein Vergessen der Namen, ein Vergessen kraft ihrer Heimatlichkeit –

– oh Heimkehr! wer heimkehren darf, der kehrt in die Schöpfung zurück, er kehrt dorthin zurück, wo er hinter der fließenden Grenze des Anfangs und des Endes, jenseits alles Erfaßlichen und Unerfaßlichen, die letzte Satzung ahnt, er entflieht der Ununterscheidbarkeit, in der das Gute und das Böse zur bloßen Schicksalsform erstarrt sind, er birgt sein Gesicht im überunerfaßlich Vertrauten, von dessen strengmilder Stimme schicksalsgebietend und vorschicksalhaft der Richterspruch ausgeht, das Sein wieder der Form entlösend und zur Rechten und Linken sondernd –

– oh Heimkehr! oh Leidenentlösung im Leide, das Wunder der Unsterblichkeit! oh, wir dürfen es berühren, wir dürfen, vielleicht nur für die Dauer eines Herzschlages, wunderempfangend das Herz, dennoch für ewig das Unerfaßliche ahnend erfassen, wenn unser Schicksal, einschließend und umschlossen, das andere auf sich nimmt, größer geworden und geweitet in der Hingabe, eingeflüchtet und selber das andere bergend, wenn mit dem Wunder des zweiten Ichs, das wir durch die Brände tragen, uns die zweite Kindschaft beschieden wird, gewandelt und dem Vater gehörend, Erkenntnis, erkennend und erkannt, Zufall, der zum Wunder geworden ist, da er alle Erkenntnis, alles Geschehen, alles Sein umfaßt hat, Schicksalsüberwindung, noch nicht und doch schon, oh Wunder, oh so sehr wiedererwachte Musik des Innen und Außen, geöffnetes Antlitz der Sphären, oh Liebe –

– oh Heimkehr! denn Liebe ist Unterscheidung! oh Heimkehr für immerdar! denn Liebe ist Schöpfungsbereitschaft –

–: und Unterscheidung war das Erkennen, das traumgeboren und trotzdem sich selber gebärend, geschehensgleich und trotzdem unbewegt ihm solcherart aus dem Sichtbar-Unsichtbaren zugeflutet wurde, ein Erkennen im Sprachlosen und Wortlosen, eine letzte Anstrengung des Traumes, der sich selbst erweckt und seine Grenze erkennt, die stete Heimkehr des Traumes in die eigene Geburt, eingeschlossen in deren Dunkelheit und trotzdem noch die Dunkelheit strahlengroß umschließend. Das Erkennen war nicht in ihm, es kam kristallinisch aus dem unsichtbaren Kristall des Gefüges; es war der Kristall des Traumes. Erkennen so die Genien, erkennen so die Engel, wenn sie, die lauschenden Boten, eingeboren in die Schöpfung, ungeboren in ihr schwebend, den Götterbefehl vernehmen? schwebte er mit ihnen außerhalb der Traumgrenze, schwebte er mit ihnen im Traume, schwebte er mit ihnen in der Erinnerung? Die ungeheure Anstrengung der Traumzersprengung, der Schicksalszersprengung wich nicht, nein, sie wuchs, sie wurde immer dringlicher, immer zielgerichteter, immer erkenntnisgerichteter, und je mehr sie wuchs, desto erfüllter wurde die Traumsichtbarkeit, desto mehr verwob sich ihr unabsehbares Strahlen mit all der irdischen Gewesenheit erinnerten und vorerinnerten Wissens, das inhaltserkennbar bei aller Formverwandlung wie ein zweiter Traum in das Gewölbe des ersten hineinragte, sich in das Gewölbe einschmiegte und es anreicherte, Bild zu Bild eintragend, Landschaft über Landschaft spreitend, vorhanden hier, wie es einstens vorhanden war als Traumsein der Kindheitsfrühe, durchsichtig vor Gedächtnistiefe, umrankt von Gewässern und Kränzen, funkelnd Sternschicht um Sternschicht der unerschauten Himmel darüber gebreitet, Stummheit und Musik zum Kristall vereinigt, immer erlebt, niemals erinnert, immer vernommen, niemals erfaßt. Und da, hingegeben dem Bildgeschehen, da hörte er das Herz des Traumes, leise erst, dann deutlicher und deutlicher, er hörte das Herz des Traumes pochen. Denn in der Erinnerung, die zu ihm aufstieg oder in die er einsank, unentscheidbar die Richtung in der Unbewegtheit des Geschehens, in dieser aufquellenden und einsaugenden Strahlung, in dieser Begegnungsverschwebung unbewegtesten Ineinandergleitens war nicht minder unbewegt und bildhaft enthalten, was er je in Sprache oder Gedicht gesucht hatte, und war doch wieder ausgelöscht um der Erkenntnis willen, vernichtet jegliche Sprache, vernichtet jegliches Gedicht, so daß nur noch der letzte Wurzelabgrund des Traumes hindurchschimmerte, gleichsam als letzte Form des Schicksals innerhalb der unentrinnbaren Formmannigfaltigkeit, gleichsam die Form aller Formen innerhalb des strahlend Unentrinnbaren, das verkreuzt und verschlungen, fließend und erstarrt, aber in jeder

Form, in jeder Gestalt unendlich unabsehbar über die Lichtgefilde des Traumes hinerstreckt, traumhaft sich zur Geburt des Traumes aus seiner Wurzeltiefe aufgetan hatte: oh sie, diese Tiefe war es, die zum Herzen emporschwebte, oh, in sie schwebte das Herz hinein, aufstrahlend und einstrahlend, beides ineinanderverstrahlt zu sprachunerfaßlichstem Erkennen, diese Tiefe war das Herz des Traumes, eingegangen, eingepulst, einverflossen in das menschliche Herz zu kristallinischer Einheit und Endgültigkeit, und es dünkte ihm, als müßte in dem bebenden Lichtpochen, zu dem er hinabsank, das zu ihm aufstieg, die Wiederverwandlung des Schicksals beginnen, als müßte hier in diesem letzten Wurzelabgrund aufs neue die Verwandlung der Form zum ewigen Inhalt vonstatten gehen: das Erwachen. Oh, die Erweckungsqual geträumten Erwachens, schicksalsbedingt auch noch dieses, grenzumschlossen innerhalb des Traumes, der sogar noch im Erkennen sich selber geschieht, dennoch schon Überschreitung der Traumgrenze, dennoch schon Sonderung ist, da das Herz, hat es einmal zu schlagen angefangen, stets öffnungheischend und wirklichkeitsbereit bis zu den Grenzen bebt und an ihrer Pforte pocht –

– denn Liebe ist harrende Bereitschaft, in ihr ist alles geduldiges Harren, denn Liebe ist Schöpfungsbereitschaft: noch nicht und doch schon, an dieser Schwelle steht Liebe, sie steht im Vorhof der Wirklichkeit, dort wo die Pforte sich auftun soll, auf daß die geöffnete Grenze vom Sterblichen überschritten werden könne, geöffnet zum Erwachen, geöffnet zur Wiedergeburt, geöffnet zur wiedererstandenen, wiedererstehenden, niemals gehörten, immer ersehnten Sprache der Auferstehung in letzter und erlösender Endgültigkeit, geöffnet zu dem endgültigen Richterspruch, der außerhalb jeglichen Traumseins, außerhalb der Welt, außerhalb des Raumes, außerhalb der Zeit erschallen soll, oh, vor solcher Schöpfungserneuerung steht Liebe, selber noch dämmerungsumfangen, selber noch lauschend, und doch schon erweckende Hilfe, beginnende Erwekkung –

– und über sich selbst hinaus, herzschlaggleich, bebte das Leuchten des Traumgewölbes, bebte das Gewölbe selber, bebte in der endlosen Stimmfülle seiner strahlenden Ganzheit, in seinen Vereinzelungen, Vereinigungen und Verschlungenheiten, in der Unabsehbarkeit seiner Strahlenbahnen und Leuchtwege, und die Sternkuppeln bebten mit ihm, Traumganzheit, die sich selber ein- und ausatmete, wartend das Atmen, wartend der Traum, wartend im Abgrund seines Herzens, wartend das kristallische Gefäß der Sphären. Wird sich die neue Sprache, das neue Wort, die neue Stimme aus solchem Atmen entringen? wird es sich auftun zum Stimmenquell des Zeitenanfanges und des Zeitenendes, aufdeckend den Verkreuzungspunkt, das Ziel aller Wege in des Traumes Abgrundunendlichkeit? wird, oh wird aus dem Traume jener sich selbst wiedererklingende Echoakkord der Welteneinheit, der Weltenordnung, der Weltenallerkenntnis ertönen, der die letzte Lösung der Weltenaufgabe sein wird, sein soll, von der Stimmenganzheit umfaßt und sie umfassend? Bloßes Ahnen war es noch, kaum mehr als ein Ahnen, ein ahnendes Herzaufheben aus den Traumwurzeln, doch ein Hinheben schon bis zu den fernsten Traumfernen, stimmenschließend, stimmenlösend im zitternden Leuchthauch des Geschehens, irdisch war noch des Herzens Pochen, doch überirdisch schon war es in seinem Warten, irdisch noch war es als Traumwerkzeug der Schicksalsgewalt, die unausgesondert das Unheil, das Böse, den Zufall, den Tod in sich trägt, doch schon überirdisch war es vor Bereitschaft dem Befehl zu gehorchen, überirdisch vor Erwachensbereitschaft. Wahrlich dem Unirdischen näher als jede andere war diese Bereitschaft zum Erwachen, näher sogar als die Bereitschaft zum Tode, die mit dem Sterben an das Irdische gebunden ist, durchtränkt von Ichsucht und Ruhmsucht, von Rausch und von Haß, wahrlich näher war sie der Todesentfaltung, war ihr näher als seine eigene Todesbereitschaft, unter deren unablässig-unabwehrbare Herrschaft er sein Leben gestellt hatte, wähnend, er werde durch das Opfer seiner selbst, durch seinen Tod die Heimkehr erzwingen, die Grenze überwinden und ihre Stimme erlauschen, ja sogar nachahmen und kraft der Nachahmung für sich gewinnen können. Unnachahmlich war sie gewesen, ungewinnbar ihr Weckruf, unnachahmlich, ungewinnbar ist diese Stimme. Denn sie, Stimme der Stimmen, außerhalb jeglicher Sprache, gewaltiger als jede, gewaltiger sogar als die der Musik, gewaltiger als jeglicher Sang, sie, die ein Herzschlag ist, ein einziger Herzschlag, weil sie nur so die Erkenntniseinheit des Seins herzschlagrasch, augenblicksrasch zu umfassen imstande sein wird, sie, eine Stimme der Unerfaßlichkeit, das Unerfaßliche ausdrückend, das Unerfaßliche seiend, unerreichbar der menschlichen Sprache, unerreichbar dem irdischen Sinnbild, Urbild aller Stimmen und aller Sinnbilder dank unerreichbarster Unmittelbarkeit, sie kann solch unausdenkbarer Grenzjenseitigkeit bloß dann genügen, ist nur dann möglich, wenn sie selber alles Irdische übertrifft, und wäre doch wieder unmöglich, ja unausdenkbar, würde sie dem Irdischen nicht ähneln; mag sie also auch mit irdischen Stimmen, mit irdischem Wort und irdischer Sprache nichts mehr gemein haben und kaum mehr irdisches Sinnbild sein, sie kann das Urbild, auf dessen unirdische Unmittelbarkeit sie gerichtet ist, erst dann offenbaren, wenn sie es in einer irdischen Unmittelbarkeit spiegelt: Bild an Bild gereiht, so führt im Irdischen jede Sinnbildkette zu einer irdischen Unmittelbarkeit, zu einem irdischen Geschehen, und muß trotzdem – ein äußerster Zwang für den Menschen – darüber hinausgeführt werden, muß für jede irdische Unmittelbarkeit die ihr zugehörige und doch höhere jenseits der Grenze finden, muß das irdische Geschehen über seine Diesseitigkeit hinaus zum nochmaligen Sinnbild erheben, und ob die Sinnbildkette auch immer wieder an der Grenze zu zerreißen droht, zerbrechend an der Grenze des Überirdischen, vergehend am Widerstand der Unerreichbarkeit, für immerdar unfortsetzbar, für immerdar zerrissen, es wird die Gefahr gebannt, wird immer wieder gebannt, es wird die Sinnbildkette immer wieder geschlossen, so oft das Unerreichbare sich selber ins Erreichbare verwandelt und, immer wieder, ins Irdische herabsteigt, um sich selber zum irdischen Geschehen, zur irdischen Tat zu verdichten, zu verkleinern, zu versichtbarlichen, um kraft solcher Selbstversinnlichung selber die Grenze aufzuheben, so daß auch die Kette des Ausdrückbaren zu einem Auf- und Absteigen werden kann, und sie sich zum Kreise schließe, zum Wahrheitskreis, zum ewigen Sinnbildkreis, wahr in jedem seiner Bilder, wahr durch das immerwährende Kreisgleichgewicht, das um die geöffnete Grenze spielt, wahr im ewigen Austausch der göttlichen und der menschlichen Tat, wahr in ihrer beider Sinnbildhaftigkeit und im Sinnbild ihrer gegenseitigen Spiegelung, wahr weil darin die Schöpfung sich für immerdar erneuert, eingegangen in das Gesetz, in das Gesetz der steten Wiedergeburt, das den Zufall, die Erstarrung, den Tod zu überwinden gesetzt ist; keinerlei irdische Todesbereitschaft, und sei sie noch so sehr ahnende Nachahmung göttlicher Opferung, vermag diese irdische Tat des Überirdischen zu errufen, allein die harrende Erweckungsbereitschaft ist hier wahrhaft gültig, und der Träumende, traumgebunden wie das Schicksal, unerlöst und dem Tod verschlossen wie dieses, fremd jeglicher Todesbereitschaft, birgt in seinem Traum immer nur die Bereitschaft zur Erweckung, ihr allein ist er wissend geöffnet, unbetrügbar in seinem Traumwissen, in seinem untrüglichen Wissen um die Erweckung und ihre Allgültigkeit, für die der Traum sich geöffnet hat im Stimmenabgrund seiner unerforschlichen Tiefe, wissend im dunkelstrahlenden Wurzelabgrund seiner Leuchtschächte, wissender noch sein Herz, bebend geöffnet der Stimme, die nicht Stimme mehr ist, sondern schon Tat, da sie hinabsteigt den Namen zu holen, da sie mit dem Namen schicksalgebietend zur Umkehr, zur Rückkehr, zur Heimkehr aufruft –

– oh Heimkehr in die Tat, welche die Liebe ist, denn nur die dienend hilfreiche Tat, da sie den Namen gibt und die leere Schicksalsform erfüllt, ist stärker als das Schicksal –

–, noch nicht und doch schon! und es war Wissen um das Herz einer unerfaßlich liebenden Ferne, die einversenkt ist in das Herzinnerste des Traumes, es war Wissen um das Ineinanderverströmen des Gleichen, Herz des Diesseits, Herz des Jenseits, ineinandergepulst und ineinanderschlagend, das göttliche Sinnbild eingeflammt in das menschliche zur gemeinsamen Sprache, zur Sprache des göttlich-menschlichen Bündniseides, zur Sprache der fortdauernden Schöpfung in Gebet und Aber-Gebet, aufsteigend und absteigend im Schöpfungsbilde, und es war das Wissen um diese Sprache der erlösenden Tat, um diese Sprache einer Liebesaufopferung, die so hoch über jeder menschlichen Aufopferung schwebt wie die Stimmjenseitigkeit der Allstimme über dem Stimmengewühl im Irdischen, wie die Liebesjenseitigkeit der Ganzheitserkenntnis über jeder Liebe, die von Mensch zu Mensch geübt wird, das göttlich-menschliche Herz eingeschlossen vom Gotte, eingeschlossen vom Menschen, den Gott und den Menschen umschließend; doch es war auch das Wissen um denjenigen, der – weil die irdisch vernehmbare Stimme stets eines Künders bedarf – zum Träger der Tat bestimmt ist und gleich dieser im doppelten Ursprung zu stehen hat, in irdischer Geburt aus unirdischer Zeugung, denn derjenige nur, welcher schon in seinem Ursprung dem Zufall enthoben ist, der vermag auch den Zufall wieder mit dem Wunder einer letzten Gesetzlichkeit zu vereinen, deren Macht selbst das Schicksal unterworfen ist, denn derjenige nur, welcher selber aus dem Überschicksalhaften stammt und dennoch das Schicksalsunheil bis zur Neige ausschöpft, der ist auch begnadet das Unheil wieder ins Heil zu wenden, der ist begnadet, zum Heilbringer zu werden, oh, ihm und nur ihm, dem gottgezeugten Heros menschlicher Gestalt, ist es vorbehalten, den Vater durch die Brände des Unheils zu tragen, oh, ihm und nur ihm ist die Rettung des Vaters vorbehalten, er nur darf den, der ihn gezeugt hat, auf die Schultern nehmen, hintragend ihn zu den Schiffen und zur heimkehrenden Flucht ins neue Land, ins verheißene, das stets die Heimat des Vaters gewesen ist. Noch nicht und doch schon! Das Land lag vor ihm im Wissen des gebietenden, des namengebenden Vateraufrufs, der das Göttliche dem Menschen einverleibt, das Menschliche dem Gotte einvergeistet, es lag vor ihm in Strahlung und Rückstrahlung, es lag vor ihm im Wissen um den Heilbringer und in des Heilbringers Wissen, menschlichkeitserfüllt; so lag es vor ihm, und die Brände des Unheils schienen zur reinen Opferflamme verwandelt, das Erstarrte gesprengt, der Grabstein der Mitte gehoben, das Gute vom Bösen geschieden und geläutert, Gott und Mensch zur wiedererstandenen Schöpfung erweitert, das Künftige, zukunftsgeheiligt in des Vaters Namen, zukunftsgeheiligt in des Sohnes Namen, zukunftsverlobt im Geiste – noch nicht und doch schon, das Verheißene. War das, was er sah, bereits Erkenntnis? war es die Erkenntnis des Traumes? war es bereits das Erwachen? Oh, es war noch diesseits der Grenze, und bebte der Traum an ihr, er hatte sie nicht durchbrochen; unerfaßbar war das Geschaute, es war nicht Erkennen, es war bloß Wissen, Traumwissen, Traumerinnerung, ferne Erinnerung an die niemals gehörte, immer erklingende Stimme des Einst, fernste Erinnerung an das niemals betretene, immer durchwandelte Land der Grenzjenseitigkeit, ferngroß, fernklein, der Ursprung, die Mündung, es war erinnerungsstark die unendliche Annäherung an die Grenze, doch es war noch Gebanntheit und bloß ein Beben, ein pochendes, wartendes Leuchten. Und ebendarum, eben in diesem schauenden Wissen, in dieser höchst durchsichtigen Blindheit, die, ohne Erkenntnis zu sein, wie Form der Erkenntnis war, eine durchsichtige Binde vor seinen Augen, ja ebendarum, obwohl eingesunken in die Traumgefilde und von ihrem Emporwachsen überrankt, fand er sehr plötzlich sich auf den Gipfel eines außerordentlich hohen Berges gestellt, gleichsam herbefohlen, daß er über die Grenzen hinschaue, er, ein Erschauer, dennoch kein Verkünder, hingestellt und gehalten von ehern sanfter Hand, hineingehalten in ein Künftiges, unablässig Gewesenes, umpocht vom Pochen eines Herzens, das, eingeschlossen in ihm doch als ein Größeres ihn umschloß, atmend vor Wirklichkeit; und von dem Pochen durchpulst, vermochte er die Arme aus des Kristalles Durchsichtigkeit zu lösen und sie aufwärts zu strecken, aufwärts zu den Leuchtkuppeln, in denen die Sterne glänzten und große Sonnen zu kreisen begannen, ein Stern über ihnen allen: hinschaute er über die Gefilde des Traumes, über die Gefilde der Länder, die vor-vorbestimmt waren der Schauplatz der Tat zu werden, Schauplatz waren sie seinem Schauen, unberührbar, unbetretbar, dennoch sein eigen von Urbeginn an, hinschaute er, der hier festgebannte, der Traumesgebannte, der aus seinem Traum sich nicht scheiden, sich nicht entfernen durfte, hinschaute er über diese für ihn unberührbare, für ihn unbetretbare Landschaft, in die er mit seiner eigenen Traumstrahlung, mit seinem Traumleuchten sich hineinerstreckte, und Landschaft wie Traum überblickend sah er deren gegenseitige Überlagerung, sah er inmitten der Landschaft all die kristallinischen Gebilde, all die Strahlenkuben, Strahlenkreise, Strahlenpyramiden, Strahlenbündel des Traumes, sah er in den Traumesverschränkungen und Traumesunabsehbarkeiten der träumenden Lichtbahnen weithinerstreckt die Landschaft eingebettet, erinnerungsreich, erinnerungsdurchsichtig, erinnerungsaufzaubernd; ja, sie war in den Traum eingebettet mit all ihren Tages- und Nachtzeiten, wechselnd zwischen Helle und Dunkelheit, aufblassend und abblassend unter der zwiefachen Dämmerung des Morgens und Abends, erfüllt von jedweder irdischen Seinsgestalt, erfüllt vom Gewühl aller Wesenheiten, erfüllt vom Gewühl aller irdischen Stimmen, erfüllt von Rausch und von Qual und von Sehnsucht, erfüllt von der geschaffenen und gewordenen Schöpfung, erfüllt von der Stille der Ufer und der zitternden Felder und der vergehenden Gipfelgebirge, einsamkeitstragend die Höhen, stadttragend die Ebenen, friedenserfüllt und kriegserfüllt, erfüllt vom ruhenden Glanz menschlichen Seins und Hausens, erfüllt aber auch vom Knistern und Krachen der Unheilsbrände, endlos, endlos, endlos, alles durchwandelbar, nichts betretbar, Traum und Landschaft ineinandergebettet, ineinanderverglänzt, ineinanderverschattet, gemeinsam im Warten, gemeinsam in der Sehnsucht, gemeinsam in der Erwachensbereitschaft, harrend den zu empfangen, der sie durchschreiten und die Stimme der Erweckung bringen soll. Und auch er wartete, aufgehobenen Armes wartete er mit Traum und Landschaft, er blickte hin über die regungslosen Triften, auf denen regungslos das Vieh weidete, er vernahm die Stummheit der regungslos lodernden Brände, und kein Vogelflug durchzog die Äthergezelte; höher stiegen die Brände im Regungslosen, anschwoll das Getöse der Stimmenmannigfaltigkeit in dem unverbrüchlichen Schweigen, tiefer und tiefer wurde die Sehnsucht, still standen die Sonnen, und das Pochen des Herzens schlug schwerer und schwerer an die Wände der Grenzenlosigkeit im Innen und Außen –, oh, wann war das Ende? wo war das Ende? wann war das Unheil zur Neige geleert? gab es eine unterste Stufe des zunehmenden Schweigens? Und da war es ihm, als ob solch letztes Schweigen nunmehr erreicht sei. Denn er sah die Münder der Menschen, entsetzensvoll klafften sie einander an, kein Laut entrang sich den trockenen Öffnungen, und keiner verstand mehr den andern. Sie waren sprachlos vor Schuldbewußtsein, schuldbewußt vor Sprachlosigkeit; es war die letzte Schweigensstufe im Irdischen, es war das letzte Schweigen des Menschen, und es sehend, wollte auch sein Mund sich zum stummen Entsetzensschrei öffnen. Doch es noch sehend, beinahe noch ehe er es gesehen hatte, sah er es schon nicht mehr. Denn in jähester Finsternis verschwunden war das Sichtbare, verschwunden das Traumleuchten, verschwunden die Landschaft, verschwunden die Brände, verschwunden die Menschen, verschwunden die Münder, und es war Nacht, zeitlos, weltlos, tonlos, die leerste Schwärze, die leere Nacht ohne Form, ohne Inhalt; leer und schwarz wurde das Warten, und selbst das Pochen erschwieg, aufgesaugt von der Leerheit. Die Neige des Seins war erreicht. Er stand vor der Grenze, er stand vor der Grenze des Schicksals, vor der Grenze des Zufalls, er stand vor der Grenze, entleert sein Warten, entleert sein Lauschen, entleert sein Blicken, entleert sein Wissen, aber in solcher Leere und Entleertheit wußte er, daß die Grenze sich öffnen werde. Sehr leise begann es, gleichsam als wollte es ihn nicht erschrecken. Es begann mit dem Flüstern, das er schon einmal gehört hatte, es begann in seinem innersten Ohr, in seiner innersten Seele, in seinem innersten Herzen, und es war zugleich um ihn herum, eindringend in ihn, herstammend aus der äußersten Finsternis, nachteinströmend, nachtausströmend, es war die nämliche stillgroße Gewalt des Tones, der er sich damals in Zerknirschung hatte unterwerfen müssen, es schwoll an wie damals, ihn erfüllend, ihn umhüllend, indes, es war nicht mehr der Zusammenklang vieler Stimmen, es war nicht mehr der Zusammenklang aller Stimmherden, nicht der Zusammenklang der ganzen Stimmenmannigfaltigkeit, sondern weit eher eine einzige, immer mehr sich vereinsamende Stimme, eine Stimme von so großer Einsamkeit, daß sie wie ein einziger Stern, in der Dunkelheit blinkte, dennoch ein unsichtbarer, im Unerschaubaren erstrahlend, da der Ruf, je größer und vernehmlicher er anschwoll, wahrlich nicht minder groß vom unhörbar Unerlauschbaren unendlicher Unerforschlichkeit aufgenommen, ja aufgesaugt wurde: was sich vollzog, es geschah außerhalb des Sichtbaren und Hörbaren, es geschah außerhalb jeglicher Sinnenhaftigkeit, es geschah nächtlich und war trotzdem von gewaltig vernehmlicher Helle, es geschah im Wesenlosen und umfaßte trotzdem jedwede Wesensgestalt, oh, es geschah als Gleichgewicht, es geschah in unendlich unwahrnehmbaren Gleichgewichtsordnungen, die sinngebend, inhaltsgebend, formengebend, namengebend, alles Sein und alle Erinnerung umgriffen, das erzene Dröhnen des Meeres ebensosehr wie das silberne Säuseln des Herbstes, den Beckenschlag der Sterne ebensosehr wie das warme Atmen der Herden, den Flötenton des Mondes ebensosehr wie den Tau auf den Sonnenhecken der Kindheit, es war ein Erschauen im Unerschaubaren, ein Erlauschen im Unerlauschbaren; und dunkelheitsumflossen er selber, dunkelheitsumflossen das Gleichgewicht der Weltenvielfalt und der Welteneinheit, in dieser letzten Gleichgewichtssatzung, die allein Wirklichkeit ist und den Zufall aufhebt, in diesem bildlosen Sinnbild jedweden Sinnbildes, in dieser schönheitsentleerten Schönheit hörte er, nein, er hörte nicht, er sah die Stimme, die es bewirkte, und sie war nicht eine der Stimmen, die sich, selber der Welt zugehörig, in das Gefüge der Weltdinge einschieben, um sie aneinander sowie am Worte zum Sinnbild zu machen, sie war nicht weltliche Wahrheit, weder eine der weltlichen Wahrheiten noch deren Gesamtheit, nein, unweltlich-unhörbar-unsichtbar war sie, außerweltlich, sie war das außerweltlich Wahrheitsbewirkende, das außerweltlich Gleichgewichtsbewirkende, sie war das Außen schlechthin, alle Kraft und alle Weite des Außen heranbringend, da sie sich selbst heranbrachte, das Innen umschließend, um vom Innen umschlossen zu werden, das allaufnehmende Gefäß der Sphären; so vernahm er die Stimme, hörte sie sehend, sah sie hörend, die Stimme, in deren Wortschatten für immer die Ruhe und Heimat ist, die Stimme der Zeitlosigkeit und der ewigwährenden Schöpfung, die Richterstimme des Anfangs und des Endes, die Gleichgewichtsstimme außerhalb des Traumes, die Geborgenheitsstimme, und sie war Erz und Kristall und Flötenton in einem, und sie war Donnern und die Übermacht des Schweigens, und sie war alles und ein einziger Laut, befehlend und milde, verzeihend und unterscheidend, ein einziger Blitz, oh eine unsäglich sanfte Blendung, still vor Endgültigkeit, oh, so offenbarte sie sich, Gnade und Eid zugleich, Offenbarung, doch nicht als Wort, nicht als Sprache, wohl aber als Sinnbild des Wortes, als Sinnbild jeder Sprache, als Sinnbild aller Stimmen, als ihr Urbild, schicksalsüberwindend als heiliger Vateraufruf, sie offenbarte sich im Klangbild des verkündenden Tuns: »Öffne die Augen zur Liebe!«

Ein Tun, und es wurde ihm getan. Er mußte die Augen nicht öffnen, die Milde öffnete sie ihm. Er mußte nicht atmen, es atmete ihn. Sinnbild war es gewesen, aber im Bilde war die Nacht sich selbst wieder zurückgegeben, und im Sinnbild der Stimme kehrte die Stummheit zur Stille ein, als wäre Stille der erste Inhalt, mit dem die leere Form sich wieder neuerfüllen sollte. Und kraft dieser Erfülltheit strömte des Traumes Richtungsvielfalt wieder zurück in die irdische Räumlichkeit, strömte aus dem Unräumlichen zurück in den Raum, wurde zur strömenden Nacht, wurde selber der Raum, wieder von Nachtzeit durchströmt. Nichts war neben der Stille vernehmbar, nichts vernahm er mehr daneben, nichts in ihm, nichts außer ihm; das Nachtdurchtränkte durchflutete ihn, nachtumgeben war die Stille. Sogar das Ölflämmchen der Ampel war verloschen, gleichsam von der dunklen Sanftheit aufgesogen, damit die alleserfüllende Stille nicht von der kleinen, harten Lichtspitze unterbrochen und gestört werde. Desgleichen war das große Pochen des Traumes im Verlöschen, war im Verebben und verebbte weiter, einschwindend in ein silbernes Rieseln, das im Nirgendwo anhob, im Nirgendwo verlief, und doch von dem Wandbrunnen herstammte. Umspült von Stille, wurde das Unerhaschbare zwischen Vergangenheit und Zukunft wieder zum gegenwartsgroßen Jetzt, und leise pendelte die Waage der Zeit, leise klirrten die Silberketten ihrer Schalen, die leise sich senkend, leise sich hebend, wahrheitswägend Sinnbild um Sinnbild empfingen und entließen, Sinnbild um Sinnbild wägend erschufen; leise klinkte das Verbindende im sanften Strömen wiedererfüllten Seins. Erfüllt von bilderloser Stille, dennoch bild-erfüllt. Und die stillheitsgetragene Nacht, die vor seinem geöffneten Auge geschah, wiederaufklingend ihr stillsanfter Glockenton, wiederentfaltet sein Auge, wiederentfaltet er selber, wiederentfaltet die Nacht, sie, die geheimnisvoll blind vor Stille, schattenträchtig und groß und lieblich in wiedergefundener Natürlichkeit dahingetragen wurde, sie trug ihn aufs neue dahin, in ihrem Gezweige, in ihrem Gefieder, in ihren Armen, in ihrem Atem, an ihrer Brust. Er lag. Er lag, er ruhte, er durfte wieder ruhen. Allein, eben weil er ruhte, wußte er auch, daß die Stille des Nachtgeschehens nur Auftakt für anderes war und daher ihrem Ende zugehen mußte: denn nicht nur das Räumliche war aus dem Unräumlichen wieder zusammengeflossen, auch sein Körper war ihm von dorther wieder zugeflutet worden, körperhaft lag er in dem Bette, körperlicher und körperlicher wurde sein Fühlen, körperlich sein Ruhen, und in seinem Ruhen fühlte er, daß das Fieber gewichen war, wohltuend und leicht die kühle, stille Welle eines jeden Nacht-Endes, so weit er sich nur zurückerinnern konnte. Und körperlich-irdisch die Stunde des weichenden Fiebers, wurde auch diese Nacht zur fortschreitenden Stunde, die ihrem Rande zueilte, wurde zur Stunde irdischfortschreitender Erfülltheit, irdischfortschreitender Gestaltetheit – irdische Nacht. Noch geschah nichts, ungebrochen hielt die Nachtdunkelheit an, nur die Stille verblaßte, verlor ihre Sattheit, erhielt kaum merkliche Linien eingezeichnet, sehr unsicher, nur einem sehr scharfen Hinhören vernehmlich, die Stille schien sich von ihren äußersten Grenzen her aufzublättern, aufzulockern; dunkelheitsumflossene Schöpfung in sanftem Werden wurde von liebend leiser Hand dem Ungeschehen der Stille eingezeichnet. Namen um Namen erstand unter dem leisen Nachtaufruf, fügte sich zur Einheit mit dem Gedächtnis, wurde erinnerungsfest, wurde der Schöpfung in Erinnerung teilhaftig. Krähte ein Hahn in der Ferne? bellten die Hunde dort? –, die Postenschritte, als seien auch sie vom Unräumlichen wieder hergegeben worden, machten draußen ihre Runden um den Palast wie vordem, deutlicher rieselte der Wandbrunnen, als hätte er an Wasserreichtum gewonnen, und der Rahmen des Fensters umfing aufs neue die Sternenfülle, in ihrer Mitte glanzflimmernd das Haupt des Schlangenbeschwörers. Atmungserweckt die Stille, atemerfüllt die Nacht, wuchs aus Nacht und Stille das immer Vorhandene, der atmende Weltenschlaf. Aufatmete die Dunkelheit, wurde gestalteter und gestalteter, kreatürlicher und kreatürlicher, irdischer und irdischer, wurde schattenreicher und schattenreicher. Erst gestaltlos, kaum erkennbar, gewissermaßen als Geräuschpunkte, tonzerrissen oder tonvereinzelt, doch dann sich verdichtend und zur Hörform sich versammelnd, näherte sich das Kreatürliche! ein Knarren und ein rumpelndes Ächzen war es, und es rührte von den Bauernkarren her, die in immer enger werdender Reihe angefahren kamen, die Lebensmittel zum Morgenmarkt zu bringen; schlaflangsam bewegte es sich vorwärts, Rumpeln der Räder in den Pflastergeleisen, Knarren der Achsen, knirschendes Anstreifen der Felgen an den Randsteinen, Klicken der Ketten und Geschirre, aber manchmal brummte schnaubenden Atems ein Ochse, manchmal ertönte ein schläfriger Ruf, und manchmal fand sich der schwerweiche Ziehtritt der Tiere zu einem Gleichtakt zusammen, der wie ein atmender Marsch war. Das Atmende durchwanderte den Atem der Nacht, mitwanderten Feld und Garten und Nahrung, mitatmend auch sie, und der All-Atem öffnete sich die Kreatur zu empfangen, öffnete sich zur Welteneinheit, die liebeempfangend die eigene Gestalt empfängt. Denn Liebe beginnt in Atem, und mit dem Atem steigt sie auf ins Unsterbliche. Dort drunten fuhren die Bauern, schlafköpfig kopfnickend fuhren sie auf den mit Krautköpfen und Kohlköpfen hochbepackten Gemüsekarren, und sank einem von ihnen das Kinn allzutief auf die Brust, dann schnaubte er wohl wie das Vieh im Schlafe. Pflanzliches und Tierisches sind dem Schlafe des Menschen beigegeben, und im Tode ist das Antlitz des Bauern wie steifer Lehm. Aus dem Schicksalslosen kommend, ins Schicksalslose führend, kaum mehr dem Zufall anheim gelassen, knapp am Schicksalsrande, am Rande des Schlafens geht der Weg des Bauern; glückt sein Gebet, das zufallsenthebende, so sind Erde, Pflanze, Tier schicksalslos für ihn, und mag er die Sterne auch bloß dann sehen, wenn er zum Markte fährt oder sich um die nächtlich kalbende Kuh kümmern muß, mag er auch alsogleich in das traumlos-lichte Schlaftum seiner Nächte und Tage zurückfallen, er bleibt liebend dem Schicksalsenthobenen verhaftet, das er als glattgoldenes Korn durch seine Finger rinnen läßt, das er mit sacht streichelnder Hand am Fell des Tieres berührt, das er mit zerkrümelndem Griff als fruchttragende Erde prüft, so sehr liebend, so sehr erkennend, oh, Boden, Tier und Frucht so sehr umfassend, daß er selber von liebend-erkennender Hand umfaßt, umfangen, geborgen wird, ruhend gehalten von ihr, die sich um ihn schließt und öffnet mit den Gezeiten des Jahres und der Tage, daß er, eingeschmiegt in die Hand, eingeschmiegt in ihre Gezeiten, eingeschmiegt in ihre ruhende Wärme, all sein ruhendes Sein von ihr empfängt, ruhend sogar noch im Wissen um ihre künftige Kühle, aus der er dereinst zerkrümelt hinabgleiten wird in den schicksalslosen Schlafschoß des Beginns, erd-eingestorben der Landmann, aber sein Atem, der unirdisch freigewordene, der fessel-entstreifte, steigt auf ins Außen, ins Stimmunsichtbare, ins Göttliche! dort drunten fuhren die Bauern, fuhren vorbei und dahin, ein Gefährt nach dem andern, auf jedem hockte einer, schlafend, kopfwackelnd, schnarchend, kaum mehr Schicksal, kaum mehr Zufall, ein jeder im kreatürlichen Nachtkreis, so fuhren sie, alt oder jung, vollbärtig, stoppelwangig, glattgesichtig, so fuhren sie, wie ihre Väter und Großväter und Vorväter schon gefahren waren, einverleibt der großen Ruhe ihrer Geborgenheit, ruhend einverleibt den sie haltenden großen Gezeiten, fuhren in der Ruhe ihrer schicksalüberwindenden Geduld, sie fuhren schlafend, uneingedenk der Stimme, die über ihnen schwebte, die ihnen dämmerndes Sehnen, ja Gewißheit war, und derer sie trotzdem kaum achteten, weil es im zeitlosen Ablauf von Geschlecht zu

Geschlecht keine Fristen gibt und weil es gleichgültig ist, ob die Erfüllung dem Vater oder dem Enkel oder dem fernsten Urenkel zuteil wird; von einem Tun eingeschlossen, das größer war als sie, und das sie mit bedächtiger Liebe in sich einschlossen, fuhren sie bedächtig durch die Dunkelheit dem Nachtrande zu, und sie durften schlafen. Er aber, einstens gleichfalls ihnen zugehörig, er, einstens gleichfalls ein Bauer, er lag hier, abgeschieden von ihnen und abgeschieden von der Erde, abgeschieden von Pflanze und Tier, er, nur noch dem Schicksal verhaftet, er lag hier, ein Nachtseher: oh, in eines jeden Menschen Seele ist ein Tun eingesenkt, schier unerreichbar, ein Tun, das größer ist als er selber, größer als seine Seele, und nur derjenige, welcher sich selbst erreicht, der erreicht in solch letzter Todesbereitschaft auch sein eigenes Tun, der wacht wachend über den Schlaf der sterblichen Welt. Oh Heimkehr, oh Wachen! Wo war es?! wer wachte über die Welt, wer wachte über jene, die dort durch die Dunkelheit schlafend dahinfuhren? tat es die Stimme? tat er es, da er der Gnade gewürdigt worden war die Stimme zu vernehmen? war er nun selber zum Wachen bestellt? Nimmermehr! nimmermehr war er dazu fähig, er, der Hilfsunfähige, der Dienstunwillige, der Wortemacher, der sein Werk vernichten mußte, weil das Menschliche, weil menschliches Tun und menschliche Hilfsbedürftigkeit ihm so wenig bedeutet hatten, daß er davon nichts hatte liebend festhalten oder gar dichten können, und alles unaufgeschrieben geblieben war, lediglich unnütz zur Schönheit verklärt und verherrlicht; welche Vermessenheit war es zu denken, daß er da zum Wachen bestellt werden sollte, ehe der wahrhaft Wachende, der Verkünder der Stimme erschienen ist! War es also noch immerfort nichts als bloßer Traum gewesen? war ihm die Stimme wirklich in all ihrer Wirklichkeit zuteil geworden? warum war sie dann erschwiegen? wo war sie? wo war sie?! Er fragte, er fragte, er fragte! er fragte noch nach ihr, noch immer und doch schon – er fragte nicht mehr! Er fahndete noch nach ihr, noch immer und doch schon – sein Suchen war nicht mehr Suchen! Denn das Geoffenbarte, das er nicht mehr zu glauben vermeinte, war überall vorhanden, er vernahm es überall; er vernahm es im Ächzen der Wagen, im lässigen Ziehgang der Tiere, in den schlafenden furchigen Bauerngesichtern, in ihrem Atmen, im Atmen der Dunkelheit, im Atmen der Nacht, und alles, das

Schicksalslose wie das Schicksalstragende, das Irdische und das Menschliche, war eingegangen in ihn, war eingegangen in sein Tun, war auch sein Schicksal, war es so sehr, daß dies alles, obzwar unaufgeschrieben, obzwar für immerdar ungedichtet, die Verheißung der Unverlierbarkeit verliehen bekam, die Verheißung einer unendlichen Weitergabe in unendliche weitergegebene Liebe, bleibend vor lauterer Sanftheit für immerdar und ewiglich, tränenschwer lauschend die Nacht, da sie verging. Schlaf und Nichtschlaf wurden eines, Anfang und Ende zugleich, Quell und Ursprung, Wurzel und Krone, der aufflutende Laubbaum der Sphären, in dessen Geäst die Menschheit ruht, mit Schicksal betraut und doch ihm enthoben. Es war, es war schon, und es war noch nicht. Und einverbunden der Ganzheit, von ihrem Schicksal umgeben und es in dem seinen tragend, ruhte auch er, fühlte er glückhaft die Verbundenheit, fühlte sie körperlich mit allen Fasern seines fieberbefreiten Seins, fühlte die glückhafte Kühle, die ihn zwang sich fester in seine Decke zu wickeln, fühlte glückhaft die Zeit, die durch die wiedergeöffnete Nachtwelt strich und die Kühle mit sich führte, fühlte glückhaft den leichtgewordenen Atem, eingebettet in das rieselnde Dunkelheitsatmen aller Weltenbrunnen, fühlte das Murmeln der Welt, fühlte das Natürliche. Kühler und kühler wurde das Rieseln, kühler wurden die Sterne, kühler ihr Raum, kühler das Hörbare darin. Der Wagenzug unten hatte sich mählich gelockert, die anfahrenden und weiterfahrenden Gespanne lösten sich in ihren Geräuschen voneinander, ihre Abstände wurden größer, und schließlich gab es nur noch einige wenige Nachzügler. Und je größer die Pausen zwischen dem Fahrgelärm wurden, desto deutlicher wurden sie von etwas ausgefüllt, das wie Rauschen war, das silberhell breit in der großen Dunkelheit webte, es war, erwartet und erwartungsvoll, es war wogenrieselnd das Meer, rauschend im Nächtlichen, dennoch schon aufgerufen vom herannahenden Morgen. Vielleicht, oh, vielleicht täuschte er sich – fast erschrak er – vielleicht betrog ihn sein Hören, vielleicht war er bloß nochmals zur Selbsttäuschung bereit, vielleicht war es bloß Sehnsucht, bloße Sehnsucht des Herzens, Meeressehnsucht, sehnend, daß im Rauschen auch die Heilsstimme mitaufrausche, damit er Zwiesprach mit ihr halten könne, damit sie unwiderlegbar werde in der Kraft des Rauschens, unwiderlegbar ihre Verkündigung in der Gewalt des Natürlichen – doch nein, oh nein, es war das Meer, es war des Meeres tritonisch-unermeßliche Wirklichkeit, und das unsagbar-unhörbar geoffenbarte Tun der Stimme webte in dem mondlichen Silbergetöse, webte im unabzählbaren Sturz der Wogen webte im Entfesselten unten und im Befreiten oben, webte in der Dunkelheit und in dem Lichtschleier, mit dem das Nächtliche sich selber zu verlöschen begann, webte in den verblassenden Sternen, nein, mehr noch, mehr noch: erfüllt von der Stimme lauschten die Gewässer, es lauschten die Meere, die Sterne, es lauschte die Dunkelheit und alles Menschliche, das Schlafende wie das Erwachende, es lauschten alle Welten, sie lauschten sich selber in allem was sie erfüllte. Natürliches fügte sich zu Natürlichem, und im Zusammenfügen war es Liebe. Gab es noch ein Böses? war der Schiedsspruch bereits gefällt, und war damit das Böse bereits ausgeschieden? die Stimme, einverwoben ins All, gab keine Antwort, und fast war es als sollte Antwort erst vom Tage gebracht werden, als wäre jetzt alles Erwartung, erwartend das Tagesgestirn, als wäre nichts daneben mehr zulässig. Die Nacht sammelte sich um ihr Ziel, sie wurde zielgerichtet, und ihre Schwärze wurde der Weichheit entkleidet; das Sternengeflimmer draußen begann ins Grünliche zu spielen. Unbeweglich in der Dunkelheit stand die Luftfarbe, unbeweglich Ding um Ding aus dem Schatten heraustastend, und Zoll um Zoll vom Fenster her wurde das Zimmer zum Zimmer, wurde Wand wieder zur Wand. Umblinkt von den letzten Sternen im Fenster ragte davor der Kandelaber schwarz wie ein entlaubter Baum, behangen sein Geäst noch mit Nachtresten. Und in dem Lehnstuhl im Erker ruhte, undeutlich auch er noch, dennoch schon erkennbar, schlafend der Knabe! er hatte die Beine unter den Sitz gezogen, das Gesicht in die Hand gestützt, Schatten waren seine dunklen Haare, unsichtbar die hellen Augen, verborgen unter den Schatten der geschlossenen Lider, aber sichtbar war sein Lauschen, lauschend dem, was er im Schlafe sich selbst verkündete, leidend und leidenlösend, hilflos und helfend, begehrend und begierdelos, Liebe ohne Lustgier, der ungeborene Engel im irdisch geborenen Menschen, der Schlafende. Oh vergehende Nacht, die bis zum letzten Atemzug den Schlafenden dahinträgt, weiter und weiter, unendlich in ihrem Gezweige, in ihrem Gefieder, unendlich ihn tragend in ihren Armen, an ihrer Brust. Nochmals spannte sich der große Bogen der Nacht vor ihm aus, anhebend mit dem rötlichen Höllendunst und dem Stimmengetümmel vor dem Fenster, ansteigend zu den Kratern aller Tode, begleitet von allen Todesfratzen und allem Todesgekreisch, abstürzend zur Leere zerknirschtesten Nichts, wiederaufgenommen jedoch von dem befehlend sanften Namensaufruf der verkündenden Stimme, um nun, ein verklingender Glockenton, in das morgendlich einsickernde Licht zu versickern, eingemündet in das Licht und mit ihm zur Dämmerung verfließend, dämmerungsverflossen. War es immer noch das nämliche Fenster, vor dem es geschehen war, vor dem es geschah? Vergängliches war aufgeklungen, war abgeklungen, war aufgerollt, war abgerollt, und war zu Unvergänglichem geworden, vergänglich war der Tag, der vor ihm aufstieg, und er blickte schon längst nicht mehr hin; verschleiert war sein Auge, obwohl es geöffnet blieb, tränenverschleiert ohne Tränen, allein, durch die Verschleierung hindurch sah er blickfremd den werdenden Tag, sah er die Dämmerung, sah er sehr eindringlich, wie sie sacht ihre farblose Farbe, Schicht um Schicht, auf die Dächer da draußen legte, er sah es und sah es nicht mehr, sein Sehen war zum Spüren geworden, und in diesem Spüren, mit diesem Spüren wurde ihm der Tag geboren, ihm zu eigen werdend mit seinem neuen Licht: aufwuchs die Morgenfrühe, sie wehte sich ihm zu mit der wachsenden Reinheit ihres Geruches, mit ihrer sehr deutlichen, sehr lichtgrauen Klarheit, durch die sich, ohne sich mit ihr zu vermischen, die dünnherben Rauchfäden der ersten Herdfeuer zogen, sie wehte sich ihm zu in morgendlich heiterer Schärfe mit dem silbrigen Salzhauch des Meeres, silbrig-leicht aufgestiegen aus dem fernleisen Silberrauschen, aufgestiegen aus dem ersten Glänzen des kühlfeuchten Strandes, der klarsandig und klarsteinig, bespült von morgendlichen Silberwellen, für die Aufnahme des Morgenopfers vorbereitet war, sie wehte sich ihm zu, entfaltet und entfaltend, als das Natürliche, das zur wiederanhebenden Schöpfung wird, und die Entfaltung empfangend, von ihr empfangen, spürte er sich von ihrem rieselnden Tun flutend und aberflutend hinweggetragen, eingefaltet in ihren rauschenden Hauch, gleichsam auf Fittichen, die sich kühl anfühlten, gleichsam in einem großen Atem, dennoch irdisch geboren, gleichsam ruhend im Schatten-Atem von Lorbeergebüsch, atmend nach einer Regenstunde, regendunkel und tauklar und erquickend. So trug es ihn dahin, weiter und weiter, und dort, wo die Fahrt sich senkte, mild landend im blonden Erntegewoge der Felder, dort wo die Ähren wehen, Trauben am Dornbusch hängen und das Rind neben dem Löwen lagert, dort stand ein Engel vor ihm, fast kein Engel, eher ein Knabe, trotzdem ein Engel, eingehüllt in die kühlen Fittiche des Septembermorgens, dunkellockig, helläugig, und seine Stimme war nicht jene, die als verkündende Tat sinnbildhaft das All erfüllt, nein, sie war wohl eher ein ganz fernes Echo des darüber schwebenden sinnbildlichen Urbildes, sie war ganz leise, da er sprach, und trotzdem der erzene Schatten von Äonen: »Tritt ein zur Schöpfung, die einstmals war und wieder ist; du aber sei Vergil geheißen, deine Zeit ist da!« Dies hatte der Engel gesprochen, furchtbar vor Milde, tröstlich vor Trauer, unerreichbar vor Sehnsucht, so hatte er es aus dem Munde des Engels vernommen, hatte es gehört als Sprache innerhalb der Sprache in all ihrer irdischen Einfachheit, und es hörend, zum Namen gerufen und dem Namen vereint, sah er nochmals das Feldergewoge, hingebreitet von Gestade zu Gestade, unendlich die Wellen der Frucht, unendlich die Wellen der Gewässer, bestrichen sie beide vom kühlschrägen Licht ersten Morgens, kühlglänzend die Nähe, kühlglänzend die Ferne, er sah es, und dann folgte die Süße des Alleserkennens und Nichtserkennens, des Alleswissens und Nichtswissens, des Allesspürens und Nichtsspürens, es folgte die Süße des Allesvergessens, es folgte traumlos der Schlaf. –

Erde – Die Erwartung

Das Erwachen geschah unter dem Gefühl einer Versäumnis: gleich wie im Einschlafen war es auch diesmal nur ein Spüren, allerdings ein sehr jähes, und spürend, daß sich jemand neben seinem Bette befand, spürte er zugleich, daß ihm dadurch etwas vereitelt wurde; mit einem zweiten Ruck dieses Spürens überschritt er die Wissensschwelle, wissend, daß er im Morgengrauen zum Meeresstrand hätte eilen müssen, um die Äneis zu vernichten, und daß es hiefür zu spät geworden war. Und er flüchtete in den Schlaf zurück, den Engel wiederzufinden, vielleicht sogar mit der Hoffnung, es könne der fremde Blick, den er weiter auf sich ruhen spürte, der des entschwundenen Engels sein. Sicherlich war er es nicht, allzugenau spürte er die Fremdheit, die da neben ihm stand, und eigentlich um sie wegzuscheuchen, wenn auch noch mit einem letzten Funken von Hoffnung auf des Engels Gegenwart, fragte er aus dem Schlafe heraus: »Bist du der Lysanias?«

Die Antwort war etwas Unverständliches, von einer ganz fremden Stimme geäußert.

Irgend etwas seufzte in ihm. »Du bist nicht der Lysanias... geh fort.«

»Herr...«, es klang sehr zögernd, fast bittend.

»Später...«; die Nacht sollte nicht enden, er wollte das Licht nicht sehen.

»Herr, deine Freunde sind eingetroffen... sie warten...«

Es half nichts. Und das Licht schmerzte. In der Brust saß der Husten, bereit hervorzubrechen, und das Sprechen war gefährlich: »Meine Freunde?... welche...?«

»Plotius Tucca und Lucius Varius sind zu deiner Begrüßung aus Rom gekommen... und sie wollten dich sehen, ehe sie zum Cäsar gerufen werden...«

Das Licht schmerzte. Schräg vom Süden her einfallend standen scharf die Strahlenbahnen der septemberlichen Sonne in dem Erkerwinkel, diesen mit Wärme erfüllend, Licht und Wärme eines Septembermorgens, und das Zimmer, obwohl den Sonnenstrahlen nicht erreichbar, nahm daran teil, nüchtern geworden vor Licht, häßlich geworden vor Wärme: der dunkel spiegelnde Mosaikboden war beschmutzt, der große Kandelaber mit seinen verwelkten Blumen und den herabgebrannten Kerzen sah verwahrlost aus. Drüben in der Zimmerecke stand der Leibstuhl, eine Notwendigkeit und eine Verlockung. Alles schmerzte, begann zu schmerzen. Die Freunde sollten warten: »Ich muß mich vor allem säubern... hilf mir.«

Die Beine über die Bettkante hinausdrehend, saß er weitvorgebeugt da, gekrümmten Rückens und mit dem Hustenreiz kämpfend, dessen schmerzende Gewalt ihn neuerlich angefallen hatte; auch die fade Müdigkeit des Fiebers meldete sich aufs neue, meldete sich zuerst in den herunterhängenden Beinen, kroch von dort nach aufwärts, verbreiterte sich streifenartig in leisen Wellenschüben über den ganzen Körper, um schließlich den Kopf ihm einzunehmen, und von der Müdigkeit befangen, heftete sich sein Blick, gleichsam als sei hier Wichtiges, vielleicht sogar der Ausgangspunkt des Fiebers zu endecken, mit langsam müder, lange währender Aufmerksamkeit auf die nackten Zehen, deren mechanische Halbgreifbewegungen nicht zu Stillstand kommen wollten –, ach, sollte wieder das Eigenleben der Organe und Sinne beginnen? Und obwohl man von einem Sklaven keinerlei vertrauliche Auskünfte zu verlangen hatte, wanderte der Blick aufklärungsheischend zu diesem hin, fast willenlos, fast widerwillig in seiner Frage, freilich auch sofort enttäuscht, weil in dem orientalischen, ein wenig dicknäsigen, undurchdringlich maskenhaften und alterslosen Dienergesicht sich nichts zeigte, was als Antwort zu werten gewesen wäre, nichts als strenge Unterwürfigkeit und eine unterwürfige Strenge, welche ohne Ungeduld, jedoch unnahbar zur Entgegennahme von Befehlen bereit war, harrend, daß der Gastherr sie erteile und sich zum Aufstehen entschlösse. Allein, gerade das schien unmöglich, da das Unstimmige sich überall, nicht nur im Körper, bemerkbar machte; Weltenunstimmigkeit war es, und ehe diese nicht bereinigt war, konnte kein Glied geregt werden: wer sich erheben will, wer zur Opfertat am Strande hineilen will, der durfte solches nicht unter Unstimmigkeit und Zerteilung tun; unbeschädigt mußte der Opfernde, unbeschädigt die Opfergabe sein, wenn die Würde der Vollgültigkeit für das Opfer erreicht werden sollte, und es war nicht einmal festzustellen, ob die Rollen sich noch vollzählig in dem Koffer befanden, so daß wirklich das ganze Werk zur Vernichtung bereit lag, oder ob nicht etwa eine der Rollen im Laufe der Nacht abhanden gekommen war –, wer wird Antwort geben? gewiß, der Deckel des Koffers war so ordentlich und fest eingeschnallt, daß man schier meinen mochte, er wäre niemals geöffnet worden –, wer aber wird die Opfergabe zu berühren wagen, und die Riemen lösen? unstimmig der Leib und seine Glieder, unstimmig die Welt –, war nochmals Einheit zu erhoffen? Er wartete, und der Sklave wartete mit ihm, sie beide ohne Ungeduld. Indes, mittenhinein wurde die Türe ziemlich unsanft aufgerissen, und Plotius Tucca sowie Lucius Varius, ihrerseits des Wartens wohl überdrüssig, wahrscheinlich auch, weil sie draußen gehört haben mochten, daß er erwacht sei, waren kurzerhand ins Zimmer getreten. Er zog die Beine ins Bett zurück.

Und kaum im Zimmer, begann Plotius, wie gewohnt, vielerlei lärmende Herzlichkeit auszuschütten: »Uns hat man gesagt, daß du hier krank lägest, eine ganze lange Nacht sind wir hergerumpelt, und dann ertappt man dich, wie du im Geheimen aus dem Bett schlüpfen willst; aber es ist ganz gut, daß man dich ertappt hat, so treibst du's eben immer... also, wie steht es eigentlich mit dir? den Göttern sei Dank, du siehst ganz wohl aus; vor zehn Jahren hast du auch nicht anders ausgesehen, du bist ein zähes Stück Leder... jetzt hat dich natürlich wieder einmal der Husten und das Fieber; das kennen wir schon... hättest du deine Freunde gefragt, sie hätten dich wahrlich nicht auf diese höchst verrückte Reise gehen lassen! Vom Horaz haben wir es hinterher erfahren; dem hast du's sagen können, weil du gewußt hast, daß dir der nichts in den Weg legen würde; dem sind nur die eigenen Verse wichtig! Was, beim Orkus, hast du denn in Athen zu schaffen gehabt? natürlich hast du's geheim halten müssen, und dein Glück war's, daß der Cäsar dich noch rechtzeitig aufgefischt und zurückgeholt hat... weise wie immer der Augustus, und du, ja, du rücksichtslos wie immer... denn uns, deinen Freunden, obliegt es jetzt, dich wieder in die Höhe zu bringen!« Krachend ließ er seine schwere Gestalt in den Lehnsessel fallen, gebeugten Armes, die Fäuste geballt, saß er nun da wie ein Ruderer oder wie ein Kutscher, und sein fettgepolstertes, leberfleckiges, doppelwammig rotes Gesicht glänzte vor Herzlichkeit.

Lucius Varius hingegen, der sich niemals zu setzen pflegte, weil er auf elegante Wohlglätte seiner Togafalten Rücksicht nehmen mußte, war in gewohnter Pose, einen Arm in die Hüfte gestützt, den andern belehrend rechtwinklig erhoben, würdevoll hager stehen geblieben: »Wir haben viel Sorge um dich gehabt, Vergilius.«

Trotz aller Sterbensbereitschaft erwachte die Krankenängstlichkeit, der sich keiner entziehen kann: »Was wurde euch denn über mich berichtet?« Und gleichsam die Antwort vorwegnehmend, durchschüttelte ihn jählings der erwartete und gefürchtete Hustenanfall.

»Hust nur«, beruhigte ihn Plotius und wischte sich die von der Nachtreise entzündeten Augen, »in der Früh' muß der Mensch husten.«

Die Beruhigung, die der Lucius gab, klang korrekter: »Die letzten Nachrichten, die wir über dich erhielten, liegen ja schon eine gute Woche zurück... der Augustus schrieb dem Mäcenas, daß er dich krank angetroffen und dich zur Rückfahrt veranlaßt hätte, und da der Senat, des Geburtstages wegen, heute Sitzung hat, so daß der Mäcenas nicht zum Empfang herkommen konnte, haben wir gerne seine Aufträge für den Augustus übernommen, um auch gleich dich bei dieser Gelegenheit zu sehen... das ist alles.«

Es klang korrekt und plausibel, und trotzdem war das »Hust nur« des Plotius beruhigender. »Uff«, sagte nun der Plotius, »die ganze Nacht gerumpelt; das ist kein richtiger Schlaf, bei jedem Pferdewechsel wecken sie einen auf... in unserer Kolonne waren's zumindest vierzig Wagen, und dabei waren wir nicht die einzigen, ich schätze, daß seit gestern weit über hundert hergekommen sind...«

War der Plotius auf einem der Bauernkarren gekommen? er hatte das gute starke Gesicht eines alten Bauern, und genau so konnte, nein, mußte man sich ihn vorstellen, auf einem Bauernkarren sitzend, mit wackelndem Kopf, das Kinn auf die Brust gesunken, und fest drauflosschnarchend. »Ja, ich habe euch fahren hören...«

»Und jetzt sind wir da«, sagte Plotius und glich wieder einem Ruderer.

»Viele sind gefahren... sehr viele...«

»Sprich nicht während eines Hustenanfalls«, meinte Lucius, mit seinen Togafalten beschäftigt, die von der Nachtfahrt Schaden genommen hatten, »du sollst nicht sprechen... erinnerst du dich nicht, daß dir dies stets von den Ärzten verboten war!«

Ach ja, er erinnerte sich, und sicherlich war es von dem Lucius, ungeachtet der eleganten Haltung, ehrlich und gut gemeint, aber diese reizte wie immer zum Widerspruch! »Es ist nichts; hätte mich nicht der Cäsar nach Megara mitgenommen, so wäre ich überhaupt nicht erkrankt... es ist nur die Nachwirkung der Sonnenglut, die während der Feier herabbrannte...« Ein neuerlicher Hustenanfall belohnte diese längere Ausführung, und er schmeckte Blut im Munde.

»Schweig«, sagte Plotius.

Doch er wollte nicht schweigen, umsoweniger, als er jetzt merkte, daß der Plotius in dem Sessel saß, in dem der Knabe geschlafen hatte, und unvermittelt zwang es ihn zur Frage: »Wo ist Lysanias?«

»Ein griechischer Name«, überlegte Lucius, »wer ist das? meinst du den?« Und er wies zu dem Sklaven hin, der sich zur Türe zurückgezogen hatte und nun dort wartete, unbeweglicher Miene wie vorher.

»Nein... den nicht... den Knaben...«

Plotius wurde aufmerksam: »Einen griechischen Knaben also hast du dir mitgebracht... dann steht es wirklich nicht so schlimm mit dir... sieh mal an, ein griechischer Knabe!«

Der Knabe –, der Knabe war verschwunden. Aber die Trinkschale stand noch auf dem Tisch dort, eine silbergefaßte, elfenbeingeschnitzte Schale, und sogar ein Restchen Wein war noch darin: »Der Knabe... er war hier.«

»Dann soll er zurückkommen... ruf ihn her, zeig ihn her!«

Wie konnte er ihn herrufen, da er verschwunden war?! und er wollte ihn auch gar nicht herzeigen: »Ich muß mit ihm zum Strand hinunter...«

»Hingelagert auf trockenem Meersand pflegen wir müde den Leib, und Schlaf durchrieselt die Glieder«, rezitierte Lucius, freilich, um fortzufahren, »aber das wirst du heute nicht tun, mein Vergil, solch Gelüste wirst du dir wohl für deine Genesung aufsparen...«

»Stimmt« bestätigte Plotius vom Erker her.

Wovon sprachen die beiden? es war alles unstimmig; er hörte sie kaum: »Wo ist Lysanias?«

An den Sklaven gewandt, befahl Plotius: »Hol den Knaben.«

»Herr, hier ist nirgends ein Knabe.«

Dort, von der Türe her, hätte nächtlich des Knaben Stimme

zu ihm gesprochen, zu ihm geflüstert, nun stand der Sklave dort, und diesem dankbar, weil er ihm half die fernnahe Stimme zu verleugnen, winkte er ihn heran: »Komm; ich will aufstehen.«

»Laß das bleiben«, entschied Plotius, »der Arzt dürfte bereits auf dem Wege zu dir sein, und man wird dich im Bette betreuen; mit solchem Unfug gefährdest du bloß deine Gesundheit... es ist sinnlos, daß du Geschäftigkeit vortäuschst, nur um uns deinen Knaben vorzuenthalten.«

War der Sklave etwa der Stellvertreter des Knaben? hatte dieser einen kräftigen Genossen hergesandt, der das Opfergut zum Strande schaffen sollte? »Nimm den Koffer«, hörte er sich sagen, gleichzeitig über das Gehörte erschrocken, gleichzeitig zu den Freunden hinblinzelnd, um Wirkung oder Nichtwirkung zu erkunden.

Und richtig, Plotius war, bei aller Schwerfälligkeit, geradezu emporgeschnellt, während Lucius, dem Bette näher, sich darauf zubewegte, um wie ein Arzt nach des Kranken Puls zu suchen: »Du hast Fieber, mein Vergil, sei ruhig.«

Plotius aber wies den Sklaven an: »Frag nach dem Arzt... eile...«

»Ich brauche keinen Arzt.« Auch dies war gegen seinen Willen gesagt.

»Darüber hast nicht du zu entscheiden.«

»Ich sterbe.«

Es entstand eine Pause. Er wußte, daß er die Wahrheit gesprochen hatte, und er war sonderbar wenig davon berührt. Er wußte, daß er wohl kaum mehr den Abend erleben würde, und dabei war ihm so gemächlich zumute als sähe er unendlich viel Zeit vor sich. Er war zufrieden, daß es ausgesprochen war.

Wahrscheinlich waren sich auch die beiden anderen des Ernstes bewußt; das war zu spüren. Es dauerte eine geraume Weile bis Plotius zum Wort zurückfand: »Lästere nicht, Vergil, du bist vom Sterben ebenso weit entfernt wie wir zwei... was sollte ich da erst sagen, der ich zehn Jahre älter bin als du und dazu noch schlagflüssig...«

Lucius sagte nichts. Er hatte sich auf den Stuhl neben dem Bette niedergelassen und schwieg. Und es war rührend, daß er verabsäumt hatte die Togafalten beim Niedersetzen zurechtzuzupfen.

»Ich werde sterben, vielleicht noch heute... aber ich werde

vorher die Äneis verbrennen...«

»Frevel!« Es war ein richtiger Aufschrei, und es war Lucius, der ihn ausgestoßen hatte.

Wiederum folgte Schweigen. Septemberlich still und hell war der Raum. Draußen trabte ein Reiter vorbei, wahrscheinlich einer der kaiserlichen Boten. Scharf klapperte der Hufschlag auf dem Pflaster, dann verebbte der Viertakt in den fernen Stadtgeräuschen. Eine Frau rief irgendwo irgend etwas; es war, als riefe sie einen Kindernamen.

Dann begann Plotius massig und groß-schrittig das Zimmer zu durchqueren, hin und her, einen Togazipfel hinter sich nachschleifend, und plötzlich polterte er los: »Wenn du sterben willst, so ist das deine eigene Angelegenheit, wir werden dich nicht daran hindern, aber die Äneis ist schon längst nicht mehr deine eigene Angelegenheit; das schlag dir also aus dem Kopf...« Und in den fettverkleinerten Augen blitzte es wild.

Es war merkwürdig, daß der Plotius sich so wild gebärdete, denn mit ihm bestand seit jeher die stillschweigende, wenn auch gegenseitig niemals völlig geglaubte Vereinbarung, es seien ihre stundenlangen Gespräche über die Ernten und das Vieh um vieles wichtiger als all die Unterhaltungen über künstlerische und wissenschaftliche Themen, die in Anwesenheit des Lucius, des Mäcenas und der vielen anderen, die zum Kreise gehörten, geführt wurden. Und es verstieß gegen solche Vereinbarung, daß der Plotius nun dem Bestand oder Nichtbestand der Äneis so große Bedeutung zumaß, es verstieß gegen das Stück guten Gewissens, das sich ihm in der Person des Landedelmannes Plotius Tucca verkörperte; es durfte daher nicht geduldet werden: »Die Welt wird durch ein paar Verse nicht reicher und nicht ärmer; darüber waren wir uns doch immer einig, Plotius.«

Lucius schüttelte ernst den Kopf: »Du darfst die Äneis nicht ein paar Verse nennen.«

»Was ist sie denn?«

Da lachte Plotius; es war ein recht gezwungenes Lachen, nichtsdestoweniger, es war Lachen: »Durch Bescheidenheit Lob ergattern, ist ein altes Poetenlaster, Vergil, und so lange einer seine alten Laster weiter betreibt, ist für ihn nichts zu fürchten.«

Und Lucius ergänzte: »Willst du es wirklich wieder hören? weißt du es nicht selbst am besten, daß die Größe Roms und die Größe deiner Dichtung nicht mehr von einander zu trennen sind!«

Eine Art Unmut stieg auf und verdichtete sich; die beiden wollten nicht begreifen, was ein Knabe begriffen hatte, doch da an der Endgültigkeit des gefaßten Entschlusses nicht zu rütteln war, so mußte ihnen dies vor Augen geführt werden: »Nichts Unwirkliches darf zurückbleiben.«

Es war fest und gemessen und belehrend gesagt gewesen, und Lucius schien nun zu begreifen, um was es ging: »Also sind nach deiner Meinung auch die Ilias und die Odyssee unwirklich zu nennen? oh, göttlicher Homer! und wie steht es mit Äschylos, mit Euripides? dies alles ist nicht Wirklichkeit? wie viele Namen, wie viele Werke soll ich dir noch anführen, die allesamt von ewiger Wirklichkeit sind?«

»Zum Beispiel den Thyestes oder das Cäsar-Epos eines gewissen Lucius Varius«, konnte hinzuzufügen Plotius sich nicht entbrechen, und sein Lachen wurde wieder zu dem eines dicken guten Mannes.

Lucius, an seiner schwächsten Stelle getroffen, lächelte ein wenig säuerlich: »Die siebzehn Aufführungen des Thyestes sind gewiß noch kein Beweis für seine Ewigkeitsgeltung, aber...«

»...aber die der Troerinnen wird er überdauern... meinst du nicht auch, Vergil?... nun, du lachst, ich bin froh, daß du wieder lachen kannst.«

Ja, er lachte; freilich, er durfte nicht richtig lachen, allzu sehr schmerzte es in der Brust, und er schämte sich sogar dieses Lachens, das sich an der Verlegenheit des Lucius weidete, unbekümmert darum, daß dieser doch eigentlich den Ewigkeitswert der Äneis hatte verteidigen wollen, und eben deshalb hieß es, in den Ernst zurückzukehren: »Homer war der Götter Verkünder; er bleibt mit ihrer Wirklichkeit.«

Ohne Bitterkeit ob des ihm angetanen Gelächters erwiderte Lucius: »Und du bist der Verkünder Roms, du bleibst mit Roms Wirklichkeit; du bleibst, so lange Rom bestehen wird... ewig.«

Ewig? er fühlte den Ring an seinem Finger, er fühlte seinen Körper, er fühlte das Gewesene. »Nein«, sagte er, »nichts Irdisches ist ewig, auch nicht Rom.«

»Du selbst hast Rom ins Göttliche gehoben.«

Es stimmte und es stimmte nicht. Wovon redete der Lucius?

war dies nicht wie ein Tischgespräch beim Mäcenas, hingleitend über das Wirkliche, kaum mehr das Wirkliche berührend? es war finster um ihn, da er sagte: »Im Irdischen wird nichts göttlich; ich habe Rom beschmückt, und mein Tun hat nicht mehr Geltung als die Statuen in den Gärten des Mäcenas... Rom lebt nicht von des Künstlers Gnaden... die Bildwerke werden gestürzt, die Äneis verbrannt werden...«

Plotius, der noch gerne weiter lachen wollte, blieb auf seiner Wanderung stehen: »Wenn man bedenkt, was die Herren Künstler so in der letzten Zeit an Kunstwerken zusammengeschustert haben, so hast du dir eine ganz nette Aufräumarbeit für die nächsten Jahre zurechtgelegt... was wird es da alles zu verbrennen und zu stürzen geben... ein herkulisches Lebenswerk, das du dir da vorgenommen hast...«

Die Vorstellung von der großen Aufräumarbeit wirkte unvermittelt erheiternd auf den Lucius; sein würdiges Literatengesicht begann sich in fröhliche Falten zu legen, und er konnte nicht einmal sofort zu reden anheben, so sehr belustigte ihn das Bild der allgemeinen Bücherverbrennung: »Die beiden Sosii haben vom Horaz das Verlagsrecht für das Carmen Saeculare erworben; die werden ein schönes Stück Geld daran verlieren, wenn du auch seine Schriften verbrennen willst... und natürlich darf der Horaz nicht ausgenommen werden...«

»Der Horaz hat mir Abschiedsverse aufs Schiff geschickt, als ich nach Athen fuhr.«

»Das ist es ja eben«, stimmte der Plotius dem Lucius so wohlgelaunt zu, daß man meinen mochte, sie wollten damit das Sterben übertönen, »das ist es ja eben, dies ist seine Sünde, und ebendeshalb werden seine Jamben, seine Oden, kurzum alles, was er verbrochen hat, daran glauben müssen...«

Warum hatte der Horaz eigentlich jene schönen Wunschverse aufs Schiff geschickt? wollte er damit seine Eifersucht auf die Äneis beschwichtigen? ein eifersüchtiger Freund, dennoch ein Freund.

Aber Lucius meinte: »Man sollte mir die Auswahl überlassen; den Horaz würde ich schonen; der ist wirklich begabt... aber mit all der Mittelmäßigkeit würde ich aufräumen, mit all dieser Mittelmäßigkeit, die da hochgekommen ist und sich immer breiter macht... welch ein Verfall, oh, welch ein Verfall! keine Beredsamkeit mehr, kein Theater mehr, keine Kunst mehr...

wahrlich wir sind die letzten, und nichts wird mehr nachkommen... darum muß aufgeräumt werden, und es soll furchtbar werden!« Neuerlich packte ihn das Lachen.

»Lachen im Gewölbe des Todes, da er zum Felsen verwandelt ins schimmernde Meer hinabsteigt.«

Lucius stutzte: »Ein herrlicher Vers, Vergil; sprich weiter oder, besser noch, schreibe es auf.«

Aus welcher Unerforschlichkeit war diese Verszeile aufgetaucht? woher war sie gekommen? doch nun gefiel sie ihm selber, und die Zustimmung des Lucius tat ihm wohl, obgleich nicht die Schönheit des Verses gelobt werden sollte; nein, niemals kam es auf die Schönheit als solche an, sondern auf etwas ganz anderes, auf etwas Größeres, das in Wahrheit Lob verdiente, Lob wünschte. Oh, nun wußte er es, jetzt erst wußte er es! wahre Zustimmung kann immer nur der von dem Verse gemeinten, der hinter dem Verse sich erhebenden, unerreichbaren Vollwirklichkeit gelten, die ihre Kostbarkeit enthüllt, wenn ein Wort bis zu ihr dringt und nicht an ihrer steinern glatten Oberfläche abprallt; wer einen Vers als solchen lobt, ohne sich um die vom Vers gemeinte Wirklichkeit zu kümmern, der verwechselt das Erzeugende mit dem Erzeugten, der macht sich, ob bewußt, ob unbewußt, des wirklichkeitsleugnenden, wirklichkeitsvernichtenden Eidbruches schuldig, wird zum Komplizen aller Eidbrüchigen. Oh der ungeheure Felsberg der Wirklichkeit, der unbezwingbar sich jeglichem Eindringen widersetzt und höchstens ein Abtasten gestattet; oh, der ungeheure Wirklichkeitsfels, über dessen glatte Weglosigkeit der Mensch nur hinwegkriechen kann, angeklammert an die Glätte, immer im Absturz, immer vom Absturz gefährdet. Der Lucius wußte nichts vom Absturz; ihm war die Oberfläche schon Wirklichkeit. Oh, Felsengebirge der Wirklichkeit, ungeheuerlich aufragend, trotzdem in alle Tiefen versunken, undurchdringlich vor Glätte, trotzdem seins-offen, und der Abstürzende stürzt in den geöffneten Schlund.

Plotius schüttelte die Arme wie ein Ruderer, der ausruht: »Gut, so möge der Horaz geschont werden und weiter dichten... und du, du tätest das nämliche, selbst wenn du alles verbrenntest; natürlich würdest du weiterdichten...«

Horaz! ja, der hatte als Soldat für Rom gekämpft, der hatte sich selber zum Opfer angeboten für Roms Wirklichkeit, und daher wohl auch die überraschende, immer wieder durchbrechende Echtheit in seiner Dichtung. Nicht einmal der Plotius wußte darum, nicht einmal er wußte, daß der Dichter nimmermehr der dienenden Tat zu entraten vermag: »Oh Plotius, die dienende Tat, ihre Wirklichkeit... ohne sie gibt es keine Dichtung.«

»Äneas«, bekräftigte Lucius, während der Plotius dazu bloß nickte.

Äschylos kämpfte als Hoplit bei Marathon und Salamis; Publius Vergilius Maro hatte für nichts gekämpft.

Doch herzlich ermunternd spann Plotius seine Überlegungen weiter aus: «Zudem muß es beim Weiterdichten bleiben, weil du ja, ehe du sie verbrennst, die Äneis fertigstellen mußt... man verbrennt nichts Unfertiges, und in wenigen Monaten, ja, Wochen kannst du das kleine Stück Arbeit hinter dich gebracht haben... mag es dir also auch mit dem Sterben recht eilig sein, so lange mußt du schon noch durchhalten.«

Fertigstellen? fertiggestellt? nichts hatte er wahrhaft fertiggestellt. Was bedeutete die Äneis neben einer wahrhaften Geschichte Roms, wie sie der Sallustius geschrieben, oder gar wie die, an deren gewaltigen Aufbau sich der Livius nun herangewagt hatte? was bedeuteten die Georgica neben den wahrhaften Kenntnissen, die der gelehrteste aller Gelehrten, der verehrungswürdige Terentius Varro dem römischen Landbau hatte zukommen lassen?! Neben solchen Leistungen gab es kein Fertigstellen; was immer er geschrieben haben mochte, was immer er noch schreiben würde, es mußte im Unfertigen verbleiben! Aber freilich, Terentius Varro wie Gaius Sallustius hatten dem römischen Staat in all seiner harten Wirklichkeit wirklich gedient, und Publius Vergilius Maro hatte niemandem gedient.

Und gleichsam abschließend stellte Plotius fest: »Oh, Vergil, du hast die Äneis gerade noch dichten können, knapp dazu haben deine Fähigkeiten gereicht, doch bilde dir ja nicht ein, daß du sie verstündest. Weder weißt du etwas von ihrer Wirklichkeit, noch von der des Mannes Vergil; du kennst sie beide nur vom Hörensagen.« Und die Hände über den Bauch faltend, setzte er sich wieder in den Lehnsessel zum Fenster hin.

Der Mann Vergil! ja, der lag da, und dies war seine Wirklichkeit, sonst nichts. Und Wirklichkeit war es gewesen, daß er von

Mäcenas, von Asinius Pollio, vom Augustus beschenkt, gefüttert und erhalten worden war; sie, die für Rom kämpften, die Rom dienten, die mit dem, was sie waren und was sie schufen, die römische Wirklichkeit errichtet hatten und errichteten, sie bezahlten ihn für die schale Ausschmückung ihres Werkes und wußten nicht einmal, daß sie bloßen Plunder bezahlten. So sah die Wirklichkeit des Publius Vergilius Maro aus. Und er sagte:

»Ich werde die Äneis nicht fertigstellen.«

Da lächelte Lucius: »Willst du etwa, daß ein anderer dies für dich besorge?«

»Nein!«, entfuhr es ihm, gewissermaßen voller Angst, es würde sich der Lucius zu diesem Geschäft anbieten wollen.

Lucius lächelte nun erst recht. »Das dachte ich mir... und darum weißt du selber, was du uns, was du der Kunst noch schuldig bist...«

Schuldig? ja! er war schuldig gewesen, war schuldig geblieben – schon dort drunten in der Elendsgasse hatten sie um seine Schuld gewußt – ja, er schuldete sich selber dem Sein; indes, es war nichts mehr von ihm einzufordern. Unerreichbar dem Blicke, sah er das Meer vor sich, himmelsferne ausgedehnt glich es flüssigem Felsengestein, das blauschimmernd die Sonne trug, glich es in seiner durchstrahlten Riesentiefe einem geöffneten Bergdom, der aufnahmebereit und gebärend alle Wirklichkeit in sich eintrank und wieder aus sich entließ, Tag und Nacht im erzenen Dröhnen, und er hörte aus dem dröhnenden Rauschen, aufklingend und nachklingend, das Sinnbild der Stimme, nachklingend und aufklingend, das Sinnbild aller Wirklichkeit: »Was ich geschrieben habe, muß am Wirklichen verbrennen«, sagte er.

»Seit wann ziehst du eine Grenze zwischen der Wirklichkeit und der Wahrheit?«, fiel Lucius ein und rückte sich, wie immer diskussionsbereit, ein wenig zurecht, um mit weiteren Erläuterungen anzuheben: »Epikur sagt, daß...«

Plotius schnitt ihm das Wort ab: »Epikur mag sagen was immer er will, wir zwei werden dafür sorgen, daß die Äneis an keinerlei Wirklichkeit verbrennen wird.«

Allein Lucius war nicht so leicht aufzuhalten: »Schönheit und Wahrheit sind eines mit der Wirklichkeit...«

»Ebendeshalb«, gab Plotius friedfertig zu.

Schärfer wurde das Vormittagslicht, azurener der Himmel im

Fensterausschnitt, schwärzer das Wurzelgezweige des Kandelabers davor. Und Plotius, ohne sich zu erheben, schob mit ein paar Rucken sich samt dem Sessel aus dem Sonnenbereich des Erkers in den kühleren Zimmerschatten. Warum wollten die beiden das wirklich Wirkliche nicht begreifen? hatten sie, die ihm seit dreißig langen Jahren innig vertraut gewesen waren, hierher kommen müssen, um ihm unvertraut und fremd zu werden? Es war, als ob das schärfere Licht zunehmend schärfer die Seins-Sphären durchdrang, es war, als ob Seins-Oberfläche und Seins-Wirklichkeit sich zunehmend deutlicher schieden, und unbegreiflich war es, daß nicht jeder nach der echten Wirklichkeit verlangte. Plotius hätte Antwort geben müssen, Plotius, von dessen weltzugekehrter, welttüchtiger, weltgewichtiger Erwachsenheit seit jeher so viel gute Einschüchterung ausgegangen war, daß es wie eine mit der Kindheit beginnende und niemals endenwollende Geborgenheit war, wie eine Geborgenheit, deren irdisch derbsanfte innere Wärme einen unweigerlich dem Diesseitigen verhaftete und damit unwidersprechlich unwiderstehlichen Genesungsmut einflößte; ja, Plotius hätte Antwort geben müssen, allein, diesen focht es nicht an: ein wenig bekümmert saß er behäbig da, Daumen an Daumen geschmiegt, sandte manchmal besorgte Blicke herüber, und – wie seit jeher – es war fast unmöglich, in seinem guten, von den Jahren gepolsterten Gesicht die einstigen Jünglingszüge zu entdecken.

Lucius hingegen war in bestem Zuge: »Lucrez, den du, oh Vergil, nicht minder ehrst wie wir alle, Lucrez, nicht minder groß als du, Vergil, dennoch nicht größer, ihm war es vergönnt das Gesetz der Wirklichkeit zu erfassen, und sein Gesang, in dem es gefaßt ist, war darob zu Wahrheit und Schönheit geworden; nimmermehr zerbricht das Schöne an der Wirklichkeit, nimmermehr verbrennt es an ihr, nein, das Umgekehrte findet statt, da das, was an der Wirklichkeit vergänglich ist, von ihr abfällt, sobald ihr Gesetz erkannt und im Schönen gezeigt wird, bleibend allein das Schöne, bleibend als alleinige Wirklichkeit.«

Ach, er kannte diese Sprache, die Sprache des literarischen und philosophischen Dahindämmerns, die Sprache der erstarrten, der ungeborenen und vorgestorbenen Worte; einstmals war sie auch ihm mundgerecht gewesen, und sicherlich hatte er damals an das, was sie ausdrückte, geglaubt oder zu glauben vermeint, während sie ihm jetzt fremd, beinahe unverständlich klang. Das Gesetz? es gibt nur ein Gesetz, das Gesetz des Herzens! die Wirklichkeit, die Wirklichkeit der Liebe! Sollte er, mußte er dies nicht laut herausschreien? sollte und mußte er ihnen dies nicht sagen, auf daß sie es begriffen?! – ach, sie würden es nicht begreifen, sie hatten gar nicht den Willen, es zu begreifen, und so sagte er bloß: »Schönheit kann nicht ohne Beifall leben; Wahrheit versperrt sich dem Beifall.«

»Der Beifall der Jahrhunderte und der Jahrtausende ist nicht der Beifall des Jetzt, ist nicht der schnöde Beifall der billig entzückten Masse... unsterblich werdend, unsterblich geworden, wird das Kunstwerk zur Wahrheitserkenntnis.« So lautete die rasche Antwort des Lucius, und er schloß: »In der Unsterblichkeit vereinigt sich die Wahrheit mit der Schönheit, und nicht anders verhält es sich bei dir, mein Vergilius.«

Irdisch war diese Unsterblichkeit, die der Lucius da errichtete, irdisch war sie und daher nicht zeitlos, höchstens von ewiger Dauer und nicht einmal dies! Denn von ewiger Dauer sind des Saturnus unendlich hingebreitete Gefilde im göttlichen Vergessen kraft ewiger Wiederkehr, während es hier um Ruhm ging. Hieß dies nicht grausamste Sterbensunfähigkeit für den Unsterblichen?! Hieß es nicht Verdammnis?! Wer die Wahrheit mit ewigwährender Schönheit gleichsetzt, der hebt die lebendige Zeitlosigkeit auf, das Heil und die Gnade der Stimme! Gräßlich würden dann Homer und Äschylos, würden Sophokles und Euripides, sie, die machtvollen Greise, und auch selbst noch Lucrez, der Frühentschlafene, gräßlich würden sie ewig irdisches Sterben leben, ein Sterben, das so lange währen müßte, bis die letzte Zeile ihrer Dichtung aus dem Menschengedenken getilgt wäre, bis kein Menschenmund mehr ihre Verse sprechen, keine Szene mehr ihre Werke zeigen würde; tausendfacher Tod wäre ihnen beschieden, ewig aufs neue wären sie heraufgerufen aus der Unterwelt, heraufgerufen ins gespenstig lächerliche Zwischenreich irdischer Unsterblichkeit. Verhielt es sich so – und es ist nicht ausgeschlossen, daß es sich so verhält –, hätten dann nicht auch sie, die Unsterblichsten, hätten nicht sie vor allen andern das von ihnen Geschaffene vernichten müssen um seligerer Gefilde willen, darin zu wohnen? Oh Eurydike, oh Plotia! Ja, so war es: »Tödlich verwundet Apollons Pfeil, doch den Tod versagt er.«

»Jawohl«, sagte Plotius, »wenn ich nicht meinen allmonatlichen Aderlaß hätte, wäre ich auch schon längst unter der Erde und bei meinen Ahnen.«

Lucius nickte zustimmend. »Von Apoll ewig verwundet... und die Ebenmaßwürde seiner Haltung ist die einzige Wahl, die dem Unsterblichkeits-Verwundeten bleibt, wenn er nach des erhabenen Epikur Vorbild leben will« – und er war selbst reinste Haltung, da er, ein Bein über das andere geschlagen, den Ellbogen darauf gestützt, mit flach emporgewendeter Hand diese Erklärung anbot –, »denn was wäre wohl an die Stelle der Schönheit und des Ebenmaßes solch edel reiner Form zu setzen, da das Leben der Menschen nicht weiter reicht als ihr Sehen und ihr Hören und ihre sonstigen Sinne? Schönheit zu sehen und zu hören war das Höchste, das Apoll zu vergeben hatte, und der Künstler, den er zur Entgegennahme solchen Göttergeschenkes auserkoren, der Künstler muß sein Los tragen...«

»Fällt es dir schwer, Lucius?«, fragte Plotius.

»Ich spreche nicht von mir. Aber jeder Künstler ist damit gemeint, vor allem also unser Vergil... und er wird zugeben, daß dies nicht nur sehr notwendige Folgerungen aus Epikurs Grundsätzen sind, sondern daß sie auch sehr nahe an Platons Ansichten über das Schöne heranführen, nach meinem Dafürhalten sogar weiter gehen als diese und sicherlich niemals von ihnen aus zu widerlegen sind...«

»Ich will es gerne zugeben; es ist wohl so.« Möglicherweise hatte der Lucius recht, aber es war gleichgültig.

Und doch, und doch: obwohl das Leben der Menschen nicht über ihr Sehen und ihr Hören hinausreicht, und obwohl das Herz nicht weiter klingen kann, als es schlägt, und obwohl demnach das Ebenmaß wie eine letzte Würde und Geltung vor dem Menschen aufgerichtet ist, schicksalsbestimmt als Form und ausschließlich als Form, es muß trotzdem alles, was um der bloßen Schönheit willen geschieht, im leeren Nichts befangen und sehr verdammenswert bleiben, denn selbst in der Kühle des Ebenmaßes bleibt es rauschverhaftet, ist Wegumkehrung, ist lediglich Vorstellung und zielt nicht zur Erkenntnis, die allein der Götter Wohnstatt ist. Oh über das schönheitserfassende Augenlicht goldschimmernden Seins, es bleibt dennoch in bleierner Blindheit verkerkert! oh schönheitserfüllte, schönheitsbeschmückte Welt! in ihr war Rom errichtet, gärtenreich, palästereich, das Bild der Stadt, das ragende Bild, und es rückte näher und näher, entrückt in sich selber, dennoch nahe, erfüllend das azurene Blau: das Haus des Augustus und das des Mäcenas, doch auch, nicht weit davon, sein eigenes Haus auf dem Esquilin, säulengeschmückt die Straßen, statuengeschmückt die Plätze und Gärten; er sah den Zirkus und die Amphitheater, dröhnend vor wildem Orgelspiel, sah, wie um der Schönheit willen Gladiatoren verröchelten, Bestien auf Menschen gehetzt wurden, sah, wie die Menge, jubelnd vor Lust, ein Kreuz umdrängte, an das schmerzbrüllend, schmerzwimmernd, ein unbotmäßiger Sklave angenagelt ist – Blutrausch, Todesrausch, immer noch Schönheitsrausch –, und er sah, wie der Kreuze mehr und mehr wurden, wie sie sich vervielfältigten, fackelumzüngelt, flammenumzüngelt, ansteigend die Flammen aus dem Geprassel des Holzes, aus dem Geheul der Menge, ein Flammenmeer, das über die Stadt Rom zusammenschlug, um abebbend nichts zurückzulassen als geschwärzte Ruinen, zerborstene Säulenstümpfe, gestürzte Statuen und überwuchertes Land. Er sah es und er wußte, daß es so kommen würde, weil das wahre Gesetz der Wirklichkeit sich unweigerlich am Menschen rächt und rächen muß, wenn es, größer als jedes Schönheitsgeschehen, mit diesem verwechselt und eben hiedurch beleidigt wird, verächtlich gemacht durch Nichtbeachtung: hoch über dem Gesetz der Schönheit, hoch über dem Gesetz des Künstlers, das nur nach Mitklingen giert, steht das Gesetz der Wirklichkeit, steht – göttliche Weisheit Platons – der Eros in des Seins Ablauf, steht das Gesetz des Herzens, und wehe einer Welt, die dieser letzten Wirklichkeit vergessen hat. Warum mußte er allein darum wissen? waren die anderen noch blinder als er selbst? warum sahen, warum begriffen es nicht einmal die Freunde? warum war er zu lahm, zu schwach, zu stumm, um es ihnen begreiflich machen zu können? oder war es seine Blindheit, die ihn dazu unfähig machte? Blut sah er vor sich, Blut schmeckte er in seinem Munde, ein rasselndes Seufzen entrang sich der Brust, rasselte durch die Kehle, und er mußte den Kopf in die Kissen zurücksinken lassen.

Unsterblich allein die Wahrheit, unsterblich der Tod in der Wahrheit. Wer die Augen schließt, ahnt die sehende Blindheit, ahnt die Schicksalsüberwindung.

Denn mag das Gesetz auch immer nur in seiner schicksalsbestimmten, ewig gleichbleibenden Form zu erfassen sein, mag auch diese und mit ihr das Schicksal selber in der kalt unwandelbaren Verkerkerung des saturnischen Bereiches liegen, das prometheische Bemühen ist auf die in der gemeinsamen Tiefe des Oben und Unten lodernden Feuer gerichtet; und den Kerker der bloßen Form, den Kerker der ewigen Wiederkehr sprengend, stößt es schicksalsüberwindend, formüberwindend zu dem in letzter Tiefe thronenden Ur-Ahn vor, in dessen Händen die Wirklichkeitswahrheit des Gesetzes ruht.

Und darum: furchtbar am äußersten Rand der Wirklichkeit, dem Tode verschwistert, furchtbar über allen Dunkelheiten und allem Abgrund, in einem furchtbaren Gleichgewicht hängt das Lachen, die schwebende Grenze zwischen Lebensbegehren und Selbstvernichtung, diesseitig im erdvulkanischen Grölen, jenseitig in seinem Meereslächeln angesichts des Abends, weltüberspannend und weltzersprengend. Doch kein Lachen war mehr zu hören, kein Lächeln erspähbar. Plotius sagte ernst: »Der Arzt hätte schon längst hier sein müssen... wir werden selber nach ihm sehen, wenn wir jetzt den Augustus aufsuchen.« Und beide standen auf.

Indes, er wollte, er mußte sie noch zurückhalten; ihre blinde Blindheit mußte überkommen werden: übermächtig wurde da der Zwang es ihnen begreiflich zu machen, auf daß sie sich ihm nicht entfremdeten, übermächtig der Zwang es ihnen zu sagen, das zu sagen, was sie nicht begriffen und nicht einmal begreifen wollten. Und obwohl er selber es kaum begriff, stellte das Wort sich ein: »Die Wirklichkeit ist die Liebe.«

So war es vernehmbar und war mit einem Male nicht mehr unbegreiflich. Denn den Schmerz bloßer Brunst zu lindern, haben die Götter den Menschen mit der Liebe begnadet, und wem sie zuteil geworden, der sieht die Wirklichkeit; er ist nicht mehr bloßer Gast im Raum des eigenen Bewußtseins, in das er hineingehalten ist. Und nochmals sprach es aus ihm: »Die Wirklichkeit ist die Liebe.«

»Recht so«, bestätigt Lucius und schien weder erschüttert, noch irgendwie überrascht, »gewiß, das hast du uns gelehrt, und wenn ich den Tibull oder den Properz oder gar den schon reichlich geschmacklosen jungen Ovid betrachte, so möchte ich schier behaupten, daß du es uns und ihnen etwas allzu eindringlich gelehrt habest, denn für ihre Unreife, die wohl der Ansicht ist, sie könnte, dir nacheifernd, dich, den Unerreichbaren, vielleicht damit noch übertreffen, gibt es ja überhaupt kein anderes Thema mehr als die Liebe, und ich muß gestehen, daß ich davon sattsam genug habe, so wenig ich auch sonst gegen die Liebe als solche mich zu wenden geneigt bin... wo bleibt übrigens der griechische Junge, von dem du gesprochen hast?«

Es war fehlgeschlagen. Es war wieder ins Platte und Literarische abgeglitten, dahingleitend über die Oberfläche der Seinswirklichkeit, als sollte ihm damit bewiesen werden, daß er selber es nicht besser verdiente, ja daß er sich in einem literarischen Nirgendwo befand, das nicht einmal die äußerste Oberfläche einer Oberfläche ist, die an nichts grenzt, an keine Himmels-, an keine Erdentiefe, höchstens an den Hohlraum der Schönheit. Denn er, der den Unheilsweg der Umkehrung gekommen war, er, der sich immer nur an der Schönheit berauscht und entzündet hatte, er, der wahnbesessen die eigene Kraftlosigkeit durch das große Außen hatte übertäuben wollen, er, der das Unwandelbare nicht im Menschenherzen hatte suchen können, sondern gezwungen war, die Sterne und die Urzeit und alles Göttergeschehen hiefür aufzubieten, er hatte niemals geliebt, und was er für Liebe gehalten hatte, das war bloß Sehnsucht gewesen, Heimweh nach jener verlorenen Landschaft, in der einstens, oh einstens, verloren und verloren, kindheitsvergessen, jenseitsvergessen, auch für ihn Liebe gewesen war; nur dieser Landschaft hatte sein Dichten gegolten, niemals war ein Lied für Plotia über seine Lippen gekommen, und selbst damals, als ihm durch des Asinius Gunst der Alexis zu eigen geworden war, und er ergriffen von der Schönheit des Knaben, für ihn zu singen vermeint hatte, selbst damals war es nicht zum Liebeslied geworden, sondern zu einer an den Asinius Pollio gerichteten Dank-Ekloge, die sich, kaum der Rede wert, ein wenig mit Liebe in ersehnter Landschaft befaßt. Nein, irrig war es anzunehmen, daß er, der niemals geliebt hatte, und dem daher niemals ein echtes Liebesgedicht geglückt war, daß er je irgendeinen Einfluß auf diese jungen Liebesdichter hätte ausüben oder gar als ihr geistiger Ahn hätte gelten können; sie stammten nicht von ihm, sie waren ehrlicher als er: »Oh, mein Lucius, sie haben einen besseren Stammvater als ich es wäre; er heißt Catull, und weder haben sie mir jemals nachgeeifert, noch sollten sie es jemals tun.«

»Du wirst sie nicht abschütteln, auch wenn du sie aus deiner Hut entlassen hast, wie es eben schon in deiner Ekloge heißt: nie mehr singe ich Lieder, und nicht mehr bin ich euer Hüter! Nein, Vergil, du bist und bleibst ihr Stammvater, freilich einer, dessen Kraft sie niemals erreichen werden.«

»Ich bin sehr schwach, Lucius, bin es wohl immer gewesen, und hinsichtlich solcher Kraftlosigkeit mag ich vielleicht ihr Stammvater genannt werden dürfen, denn die, immerhin, die teilen sie mit mir... unsere einzige Gemeinsamkeit ist Kurzlebigkeit...«

»So viel ich weiß, sind Catull und Tibull mit dreißig gestorben, und du bist heute schon ein Fünfziger«, stellte Plotius fest.

Ach, mag der Literat in seiner Schwäche sich auch vorgaukeln, daß die Kindheitslandschaft, nach der er vielleicht sich sehnt, die Unendlichkeit saturnischen Gefildes sei und daß er von hier aus die Tiefen des Himmels und der Erde belauschen werde, seine ihm wahrhaft eigentümliche Landschaft ist die der schieren Flachheit, und er belauscht nichts, am allerwenigsten den Tod; »Wann war es, daß Tibull hinweggerafft wurde, Plotius? kaum wenige Wochen sind es her... und auf den Tod krank gleich mir liegt Properz... unsere Schwäche will den Göttern offenbar nicht mehr gefallen, und sie haben die Absicht uns jetzt gründlich auszutilgen...«

»Unser freundlich stiller Properz lebt noch, lebt zu seinem und unserem Glück, und du tust es erst recht... und in zwanzig Jahren werdet ihr, er mit fünfzig, du mit siebzig, trotz eurer ewigweiterwährenden Krankheiten genau so wie heute mit all den Jungen es aufnehmen, mögen sie nun Ovid oder sonstwie heißen...«

»Und genau so, wie sie heute ohne die Eklogen und die Georgica nicht denkbar wären«, setzte Lucius fort, dem es mehr um korrekte literarische Bestimmungen ging, »genau so wie du den Jungen jetzt den Weg gewiesen hast, den Weg zur Idylle, den Weg zum Bukolischen, den Weg zu Theokritos, genau so wirst du ihnen auch dann noch auf neuen Wegen vorangehen...«

»Ich bin nicht von Theokrit abhängig, eher war Catull dies, obzwar sich auch hierüber streiten ließe...«

Ungern schränkte Lucius seine literaturprophetischen Festsetzungen ein: »Immerhin, Catull war dein Landsmann, Vergil, und gemeinsame Landschaft führt oft zu gemeinsamen Einstellungen und gemeinsamen Neigungen...«

»Catull oder nicht Catull«, brummte Plotius, »Theokrit oder nicht Theokrit, und mit ihnen alle Nachfahren, du bist Vergil, du bist du, und auch in zwanzig Jahren wirst du mir, sofern ich's erlebe, lieber als sie sein, wesentlich lieber als sie alle zusammen; für mich hast du nichts mit ihnen zu schaffen.«

Es war eine scharfe Trennungslinie, die der Plotius, ihn überschätzend, die Jungen unterschätzend, da gezogen hatte, und es tat gut, von ihm zu den Erwachsenen gezählt zu werden, zu den Kraftvollen, die nicht vorzeitig sterben müssen. Nichtsdestoweniger, man mußte solche Fehlbewertung richtigstellen: »Sei gegen die Jungen nicht ungerecht, Plotius; sie sind in ihrer Art ehrlich, wahrscheinlich sogar ehrlicher, als ich es je gewesen bin.«

Wiederum sprang Lucius ein: »Von Ehrlichkeit in der Kunst zu sprechen, ist stets etwas schief. Man kann vom Künstler sagen, daß er ehrlich sei, wenn er sich getreu an die überlieferten ewigen Regeln der Kunst hält, und man kann von ihm sagen, daß eben dies unehrlich sei, weil er sein eigenes Selbst hinter Überlieferung verbirgt. Sind wir unehrlich, wenn wir uns die homerische Form zu eigen machen? sind die Jungen unehrlich, wenn sie einem Vergil nacheifern? oder sind sie etwa gar ehrlicher, wenn sie Geschmacklosigkeiten begehen?«

»Lucius, die Frage nach Ehrlichkeit und Unehrlichkeit ist eigentlich keine künstlerische Frage mehr; sie zielt auf das Wesentlichste im Menschenleben, und da wird Kunst beinahe nebensächlich, mag sie auch immer Menschliches ausdrücken.«

»Wovon redet ihr da?« fragte Plotius, »das ist Rhetorengewäsch, bei dem ich bekanntlich nicht mittue.«

»Vergil behauptet, die Jungen seien ehrlicher als er, und derartiges wollen wir denn doch nicht dulden.«

»Das ist mir einerlei«, beharrte Plotius in wacker freundschaftlicher Blindheit, »für mich ist der Vergil ehrlich genug.«

»Sei bedankt, Plotius...«

»Ich habe dich eben gerne, Vergil... doch deshalb magst du dem Lucius trotzdem den Gefallen tun; gib zu, daß du ehrlicher als die Jungen bist.«

»Das wäre erst recht eine Unehrlichkeit... ich finde, daß die Jungen mit ihrer Liebesdichtung sich zu einer Ursprünglichkeit durchgerungen haben, wie sie mir nicht zugänglich gewesen ist... Lucius will es nicht wahrhaben, daß alle Wirklichkeit auf Liebe beruht, und daß hinter der Liebesdichtung, die er nicht mag, diese große, ursprüngliche Wirklichkeit steht... Wirklichkeit ist Ehrlichkeit...«

Lucius schien ein wenig angeekelt; der Finger ging abweisend hin und her: »Für die Kunst genügt solch billige Ehrlichkeit keineswegs, Vergil; nur erhabene Liebe, wie du sie gestaltet hast, und für welche die zwischen Dido und Äneas allzeit beispielgebend sein wird, nur solche Liebe ist in der Kunst heimatberechtigt, im Gegensatz zu den kleinen Liebesaffären, mit denen die jungen Herren ihre Dichtwerke anzufüllen belieben.«

Da schmunzelte Plotius: »Mich gehen sie nichts an, aber sie sind recht angenehm lesbar.«

»Wir kennen deine Lust an Überspitzungen, Lucius, und dabei wissen wir doch, daß du an dem Dichtertum eines Catull ebensowenig zweifelst wie wir alle... oder muß ich dir etwa eigens beweisen, daß selbst der Ovid ein echter Dichter ist?«

»Echter Dichter?« – Lucius ereiferte sich würdevoll – »was ist unter einem echten Dichter zu verstehen? Begabung allein ist es nicht, begabt sind viele, Begabung ist billig, und Liebe ist womöglich noch billiger, wird meistens zu einem äußerst billigen Gestammel, auch wenn die Herren ihre Verslein bestens auszuschleifen pflegen... natürlich würde ich mich hüten derlei Urteile öffentlich kundzutun, denn, ob gut oder schlecht, wir Schreibenden gehören alle zusammen; indes hier, im allerengsten Kreise, soll uns nichts abhalten, die Dinge ungeschminkt darzustellen... kurzum, ich vermag in einer lasziven Entblößung nicht jene Ehrlichkeit zu sehen, die allein echte Kunst und echte Dichtung ausmacht...«

Hatte der Lucius recht? er konnte nicht recht haben; was er sagte war eingängig, war so eingängig wie alles, was ein Fachmann zu sagen hat, aber eben darum blieb es auch dem fachmännischen Bereich verhaftet, uneinsichtig gegen Bestrebungen, welche es gerade darauf angelegt haben, diesen Bereich zu sprengen. Catull hatte es darauf angelegt gehabt, er hatte als erster den neuen Weg gewiesen, und gerechtigkeitshalber mußte das anerkannt werden: »Echte Kunst durchbricht Grenzen, durchbricht sie und betritt neue, bisher unbekannte Bereiche der Seele, der Schau, des Ausdruckes, bricht durch ins Ursprüngliche, ins Unmittelbare, ins Wirkliche...«

»Schön, und du willst tatsächlich dies alles in jener angeblich so ehrlichen Liebesdichtung finden ... als ob nicht in jedem einzelnen Vers der Äneis mehr wahre Wirklichkeit zu finden wäre!« Der Lucius war unbelehrbar.

»Darüber will ich mit dir nicht rechten, Lucius; in gewissem Sinn verteidigst du ja auch deine eigene Dichtung, wenn du die meine lobst... ich gebe mich für mein Teil eben leichter geschlagen als du, und so mögest du es lediglich auf mich und die Äneis beziehen, wenn ich behaupte, daß die neue Kunst nicht mehr in unseren Geleisen weiterfahren kann, daß sie unter dem Gebot steht Unmittelbareres, Ursprünglicheres zu finden, ein Gebot, das zu den Urgründen der Wirklichkeit hinweist... wahrlich, so ist es, wer dem Gebot sich unterwirft, der muß zum Urgrund zurückgehen, zum Urgrund der Wirklichkeit, und er muß wieder mit der Liebe beginnen...«

Nun schlug sich Plotius auf Lucius' Seite: »Alles was recht ist, ich lese das Zeug ganz gerne, aber für all die Ursprünglichkeit, von der du da redest, sind die Burschen denn doch zu kraftlos; nur ein wirklicher Kerl kann auch wirklich lieben. Was so daneben herläuft, das heißt nichts.«

»Kraftlosigkeit? Was benötigt mehr Wachstumskraft, das saftige Gras im guten Weideerdreich oder der kärgliche Halm, der zwischen Gestein sich hervorzwängen muß? kraftlosen Aussehens ist er, trotzdem Sprießkraft, trotzdem Gras... Rom ist Stein, unsere Städte sind Stein, und beinahe ein Wunder ist es zu nennen, wenn trotzdem Ursprüngliches daraus hervorgesprossen ist, gewiß kraftlosen Aussehens, trotzdem Ursprünglichkeit, trotzdem Wirklichkeit, trotzdem Dichtung...«

Plotius lachte: »So viel ich weiß, ist es keinem Gras bisher noch geglückt, seinen Wachstumsplatz sich auszusuchen, selbst wenn es vielleicht lieber auf schöner Weide von einer Kuh gefressen werden möchte; es bleibt an sein Gestein gebannt, während jene Burschen völlig frei sind, das Ursprüngliche dort aufzusuchen, wo es wächst, und wo der Mensch es wachsen macht. Bei allen Göttern, niemand zwingt sie zwischen den Stadtsteinen zu bleiben, niemand außer ihren eigenen Gelüsten und Neigungen, für die es freilich bequemer ist, in Rom sich herumzutreiben, in Rom herumzuschlafen und Küßchen zu Reimchen umzuformen. Sie sollten zuerst einmal lernen eine Kuh zu melken, ein Pferd zu striegeln, eine Sichel zu handhaben.«

Das Großstadtdasein des Lucius fühlte sich angegriffen und beleidigt: »Wer zum Künstler geboren ist, gleichgültig ob zu einem großen oder zu einem mäßigen, der ist nicht zum Landmann geboren; du kannst nicht alles über einen Leisten schlagen, Plotius.«

»Ich wehre mich bloß gegen die von Vergil behauptete Unmittelbarkeit solcher Grasliebe; davon verstehe ich nämlich etwas... Kraftlosigkeit bleibt Kraftlosigkeit.«

»Und ich wehre mich dagegen, daß ihr den Jungen nicht die ihnen gebührende Gerechtigkeit widerfahren lasset.«

Lucius hatte den Feststellungen des Plotius mit heftigem Fingerfuchteln zugestimmt: »So ist es; kraftlos sind sie, und deshalb gelangen sie übers Nachahmerische nicht hinaus... wie darf man da von Ungerechtigkeit reden! Theokrits Nachahmer sind sie, Schüler Catulls sind sie, und was sie von unserem Vergil nehmen können, das nehmen sie!«

Ach, die beiden blieben unüberzeugbar, jeder in dem ihm eigentümlichen Gedanken- und Sprachkreis verdämmert und befangen, unfähig diesen zu sprengen und zu durchbrechen, unfähig altgewohnter Sprache zu entkommen. Der eine nannte es Grasliebe, nannte es Kraftlosigkeit, der andere nannte es Nachahmung, beide mit Berechtigung, und beide merkten nicht, wollten nicht merken, daß selbst eine solch kraftlose Großstadtliebe, dahinsiechend zwischen Großstadtmauern und Großstadtsteinen, daß selbst solch kümmerlich-schmale irdisch-persönliche und oftmals lasziventblößte Liebe, daß selbst sie noch von der großen Wundergesetzlichkeit menschlichen Seins umfangen wird, berührt vom Schatten des Göttlichen, wenn es ihr gelingt, das Ich zum andern Ich hinzuweiten, sich zur Geliebten hinzuahnen, sie in sich einzuahnen, unvergänglich in der Vereinigung mit ihr. Ja, dies, eben dies ließ sich aus den Versen der Jungen herausspüren, dies war die neue menschliche Wahrheitswirklichkeit, die mitunter aus ihrer Dichtung aufklang, und zu der sie niemals hingefunden hätten, wären sie tatsächlich seine Schüler gewesen. Denn diese Liebeswirklichkeit, gerade sie, die den Tod in sich einschließt und damit aufhebt, so daß er zu wahrer Unsterblichkeit sich verwandelt, gerade sie war ihm, dem überschätzten Dichter Vergil, ein für allemal versagt; hohl war alles, was er gesungen hatte, hohl sogar die Äneis, Gedicht wie Dichter auf den eigenen kalten Kreis beschränkt, und er hatte nichts zu lehren; selbst dem Cebes, selbst ihm, welcher auf das zärtlichste und hingebungsvollste sein Schüler hatte werden wollen, hatte er sich bloß zugeneigt, weil er sich selber in der Spiegelung dieses Jünglings geliebt hatte, um ihn – ach, und so war es wie unter Dämonenbefehl geschehen – nach seinem eigenen Ebenbild zu einem kalten, schönheitsbesessenen Literaten zu formen. Catull, Tibull, Properz, sie waren zur Liebe fähig gewesen, und aus der Liebe war ihnen die Ahnung einer Wirklichkeit geworden, die stärker als jegliches Ebenmaß ist und über das Irdische hinausleitet. Nur was aus solcher Ahnung heraus geschieht, vermag das dämmernde Herz des Menschen erklingen zu lassen, vermag im Klingen ihn bereit zu machen, bereit für die kommende Verkündigung der Stimme, bereit wie eine Harfe, die unter dem Winde singen wird; und gleichsam als nochmalige Aufforderung an den Plotius, die wahre Wirklichkeit zu erkennen, gleichsam zum Dank für des Plotius blindwackere Freundschaft, ließ sich der vom Sprechen ermüdete Atem wieder zur Sprache sammeln: »Die Reinheit des Herzens, allein unsterblich.«

Zwar nicht begreifend, aber mit wohltuender Güte bestätigte Plotius das Gehörte: »Damit bin ich einverstanden, mein Vergil, denn deine Reinheit ist es, welche unsterblich ist.«

»Wäre dem nicht so«, fügte Lucius hinzu, »sie würden dir nicht nacheifern, wie sie es tun. Das Ursprüngliche, das Unmittelbare, das Neue, das dir vorschwebt, ist stets das reine Ebenmaß der Wahrheit, und du hast sie diesen wie den künftigen Geschlechtern gezeigt; wer dorthin strebt, sucht seine Begleitung. Denn ›neu entspringt jetzt frischer Geschlechter erhabene Ordnung‹, so hast du es verkündet, und dieser neuen Geschlechter Hüter bist du.«

Liebeswirklichkeit, Todeswirklichkeit, ein und das nämliche; die Jungen wußten darum, und diese beiden merkten nicht einmal, daß der Tod sich bereits neben ihnen im Zimmer befand–, war es da noch möglich, sie zu solcher Wirklichkeitserkenntnis zu erwecken? sie mußten zur Besinnung gerufen werden, und es war fast unmöglich, es ließ sich bloß antworten: »Ja, Lucius, das habe ich einstmals geschrieben... doch glaube mir, ich habe nichts verkündet, ich habe bloß den Fels abgetastet... vielleicht bin ich herabgeschleudert worden... ich weiß es nicht.«

»Du quälst dich, und du willst es hinter Rätseln verbergen; so etwas ist für den Menschen nicht gut», sagte Plotius, »das Dunkle ist nicht gut.« Und er zog die Toga fester um sich, als fröre ihn.

»Es ist schwer auszusprechen, Plotius, und vielleicht ist es nicht nur meine Schwäche, vielleicht gibt es überhaupt keine Worte für letzte Wirklichkeit... ich habe gedichtet, voreilige Worte... ich dachte, es sei Wirklichkeit, und es war Schönheit... Dichtung entstammt der Dämmerung... alles was wir tun und schaffen entstammt der Dämmerung... doch die kündende Stimme der Wirklichkeit bedarf einer tieferen Blindheit, als es die des kalten Schattenreiches ist... tiefer und höher, ja, noch dunkler und trotzdem heller ist die Wahrheit.«

Da sagte Lucius: »Auf die Wahrheit allein kommt es nicht an; sogar der Irre spricht Wahrheit, kann die nackte Wahrheit verkünden... die Wahrheit muß gezügelt sein, auf daß sie wirksam werde, und gerade dies ist ihr Ebenmaß. Manch einer redet vom Wahnsinn des Dichters« – und er blickte auf den hiezu beifällig nickenden Plotius –, »aber der Dichter ist eben der Mensch, dem es gegeben ist, das eigene Irresein zu zügeln und zu lenken.«

»Wahrheit... ihr furchtbares Irresein... das Unheil in der Wahrheit.« Die Stimmen der Weiber, sie waren nackt gewesen, nackt wie die Wahrheit, die sie zu künden hatten, trotzdem Unheil.

»Niemals«, beharrte Lucius, »gezügelte Wahrheit ist kein Irresein, geschweige denn Unheil.«

Wahrheit in der Blindheit, die flache Wahrheit ohne Gut und Böse, ohne Tiefe, ohne Höhe, die nackte Wahrheit der ewigen Wiederkehr im saturnischen Bereich, trotzdem ohne Wirklichkeit: »Oh, Lucius, gewiß, ...aber es ist nicht die Dichtung, die solch reinste Wirklichkeitswahrheit zu künden vermag... Dichtung besitzt nicht die Schiedkraft... nicht ich... ich habe bloß getastet, bloß gestammelt...« – das Fieber kroch weiter, nun saß es in der Brust, und die Stimme versagte, erstickte in einem Röcheln –, »nicht der erste Schritt getan... gestammelt, getastet, und nicht einmal dies... keine Reinheit...«

»Magst du es Stammeln oder Tasten nennen« – Lucius sagte es sehr leise und mit ungewöhnlicher Wärme –, »immer war es Ebenmaß und darum reinste Verkündigung.«

»Vor allem jedoch brauchst du jetzt den Arzt«, entschied Plotius, »es ist nachgerade Zeit; wir gehen also und kommen dann zu dir zurück.«

Dunkel, schwer, lautlos rauschte es auf. Die Angst war wieder da. Sie wollten weggehen, ohne begriffen zu haben. Sie wollten zurückkommen –, wird es dann nicht schon zu spät geworden sein? sie mußten vorher überzeugt werden, sie mußten es endlich wissen – oh, in der dämmernden Unerweckbarkeit der menschlichen Seele ist all ihr Unheil beschlossen –, und mit dem Husten ringend, heiser in einem beinahe unhörbaren Schreien brachte er es hervor: »Ihr seid meine Freunde... ich muß reine Hände haben... zum Ende und zum Anfang muß es rein sein... und die Äneis ist unwürdig... ohne Wahrheit... nichts als schön... ihr seid meine Freunde... ihr werdet sie verbrennen... ihr werdet die Äneis verbrennen für mich... versprecht...«

Das Gesicht des Plotius, in das er starrte, blieb schwer und stumm. Und es erfüllte sich mit Liebe und Zorn. Deutlich war dies zu sehen inmitten des rötlichen leberfleckigen Fleisches, auf dem sich blau-schwarz der Bart abzeichnete; Liebe war in den Augen zu sehen, und es war wie Hoffnung. Doch die Lippen blieben stumm.

»Plotius... versprich...«

Plotius hatte seine Wanderung durch das Zimmer wieder aufgenommen. Großschrittig und massig marschierte er auf und ab, sein Bauch spannte die Togafalten, der graue Haarkranz um die runde Hinterkopfglatze war ein wenig gesträubt, und nach Art vieler muskulöser Leute hielt er die Arme leicht gebeugt, die Fäuste leicht geballt: trotz seiner sechzig Jahre ein Bild erzürnten Lebens.

Als wollte er die Überflüssigkeit einer eiligen Antwort dartun, setzte der Zürnende den Marsch noch ziemlich lange fort, ehe er ihn einstellte und sich zur Antwort bequemte: »Höre Vergil«, sagte er mit all der erwachsenen Festigkeit, die seine Stimme anzunehmen pflegte, wenn es einen Befehl galt, »höre, du hast reichlich und überreichlich Zeit... ich sehe nichts Dringliches...«

Die Festigkeit, mit der diese Versicherung der Un-Eile abgegeben wurde, duldete keinen Widerspruch; wie eh und je war sie Geborgenheit kraft befehlender Einschüchterung, und wiederum hatte ihr Befehl zum Genesungsmut gehorsam hingenommen zu werden. Er beugte sich dem Befehl, er tat es gerne, konnte aber wohl nichts anderes tun, und da es Beruhigung war, wurde auch das Sprechen wieder ruhiger und leichter: »Es ist mein letzter Wille, Plotius, daß du und der Lucius unverzüglich die Äneïs verbrennen möget... ihr dürft es mir nicht abschlagen...«

»Oh mein Vergil, wie oft muß ich dir noch beteuern, daß du und wir zu allem reichlich Zeit vor uns haben! du hast also auch mehr als genügend Zeit, dir dein Vorhaben sehr genau zu überlegen... aber merke dir dazu« – und er hatte, sonst ein Mahner zur Gemächlichkeit, jetzt aber selber ein ungemächlich Ungeduldiger, bereits die Hand auf der Klinke –, »ein Bauer, der Saatgut verfüttert und vergeudet, taugt nichts.«

Und dann war der Polternde mitsamt dem Lucius, der von ihm offensichtlich nicht minder eingeschüchtert war und weder Widerrede noch Einwurf gewagt hatte, aus dem Zimmer verschwunden; es folgte ein etwas unsanftes Zuwerfen der Türe, und draußen verhallten die Schritte.

Beschenkt und zugleich beraubt, ja, so hatten sie ihn zurückgelassen, so hatten sie ihn allein gelassen: der zornig-wohlmeinende Freund hatte ihm Beruhigung gegeben und Angst weggenommen, aber über die Angst hinaus war ihm mehr weggenommen worden, gleichsam ein Stück eigenes Selbst, und fast war es, als hätte der Plotius ihn wieder aus der Erwachsenheit ausgestoßen und zum Kinde gemacht, zurückgeworfen in die pläneschmiedende Unreife, in der sie als Jünglinge in Mailand gemeinsam befangen gewesen waren, und der allein der Plotius sich wahrhaft zu entwinden gewußt hatte; oh, er fühlte sich so sehr ins Unfertige zurückgeworfen, daß es ihm bloß natürlich erschienen wäre, wenn der Freund auch die Äneis auf seine starken Schultern genommen und nebst der Angst davongetragen hätte. Stand der Koffer noch unberührt und wohlverschlossen da, oder war dies nur Täuschung? Besser war es sich nicht zu vergewissern, und das war ein Entschluß beruhigender Wehrlosigkeit, freilich auch der Scham. Und es war um so mehr Scham, als diese sonderbare Verkleinerung seines Selbst sich just vor den Augen des Lysanias vollzogen hatte, denn dieser saß – erstaunlicher- wenn auch nicht überraschenderweise – nun noch immer in dem Lehnsessel, genau so wie er während der Nacht dort gesessen hatte. War es möglich, daß der Sessel plötzlich Platz für zwei bieten konnte? Es hatte ja soeben auch der Plotius dort gesessen. Wahrlich, da wäre es wünschenswerter und sogar richtiger gewesen, wenn der Plotius niemals den Fuß ins Zimmer gesetzt hätte. Fernrauschend das Sonnenmeer, und dort, vergessenshold, lehnte der Knabe, leidensentlöst, leidensentlösend; blickte man schärfer hin, so war es das Gesicht eines tolpatschig flinken Bauernjungen, aber blickte man noch schärfer hin, so war es voller Verträumtheit und sehr schön. Auf den Knien des Knaben lag die Manuskriptrolle, aus der er nächtlich vorgelesen hatte.

Und als hätte er bloß die Aufforderung erwartet, las der Knabe:

»Zwiefach ist der Ausgang der Träume: war es ein Wahrtraum,
Dann entläßt er aus hörnernem Tor die echten Gebilde;
War es nur Gaukelspiel, wie die Manen manchmal es senden,
Flattern die falschen Gesichte durch glänzende Elfenbeinpforte.
Hierher führt Anchises den Sohn und mit ihm die Sibylle;
Abschied nimmt er von ihnen inmitten von Elfenbeinschimmer.
Jäh zu den Booten enteilt da Äneas, und samt seinen Mannen
Steuert er pfeilgerad durch die Flut zum Hafen Cajeta;
Anker rasseln vom Bug; am Strandseil ruhen die Kiele.«

So hat er es gedichtet, Cajeta zur Verherrlichung; er erkannte den Abschnitt: »So ist es gewesen... hierauf wird Cajeta bestattet, Cajeta, die Amme... denn nun war Äneas zurückgekehrt aus der Unterwelt... war zurückgekehrt und er war erwachsen... ein Wiedergeborener...« Das Sprechen ging verwunderlich leicht vonstatten, als wäre die Luft flüssiger geworden.

»Ist's nicht auch dein Weg, Vergil, den der Äneas gegangen? Du auch drangst in das Dunkel, um heimzukehren zur Fahrt im zitternden Lichte der Meerflut... «

»Zur Finsternis ward ich getrieben, doch es war nicht mein Wille gewesen, eindrang ich in sie, eindrang ich in den Schoß, doch ich tauchte nicht unter; steinern war die Höhle, kein Fluß durchfloß sie, unentdeckbar der See in der Abgrundtiefe des starrenden Nachtauges... ich sah Plotia, doch ich fand nicht den

Vater, und auch sie verschwand... ohne Wiedergeburt war ich, niemand hat mich geführt; dann aber hört' ich die Stimme, und jetzt ist es hell...«

»...und du selber zum Führer geworden.«

»Getrieben und schicksalsgetrieben, war ich mir selber kaum Führer, geschweige für andere.«

»Wohin's dich auch immer getrieben, immer war's Weg, den du wiesest.«

»War es ich, der den Weg dort fand durch die heulenden Gassen der Nacht? oder bist nicht du es gewesen?«

»Führer warst immer nur du, stets wirst du Führender sein; beigesellt war ich dir stets, lief dir nur scheinbar voran, und schwand ich dir oft aus den Augen, kehr' ich in dich nun zurück, eingerufen von dir im zeitlosen Ablauf der Zeit, deren ruhender Führer du bist.«

Und da mußte er lächeln: Führer der Menschen zu sein, Feldherr, Priester und König, einst war's ein Knabenwunsch, und der Knabe sprach es nun aus. Hatte der Plotius ihn nicht wahrhaftig zum Knaben gemacht?

Lysanias aber sprach weiter: »Nimmermehr führet der Feldherr, nimmermehr führet der König, ja, selbst der Vers führet nicht mehr durch die Zeiten unsterblichen Waltens; doch ewiglich waltet darin, führend und weiterführend, die Willenstat reiner Gesinnung.«

Heller ward es im Raume, leichter schwebte die Luft, heiterer der göttliche Atem. Und gleichsam vertrauter geworden, vertraut wie gesuchte Erfüllung, erglänzten die Sonnengestade, die unzugänglichen Haine, erscholl im Sonnengesang aus immersingendem Munde, und schimmernd die Tochter des Sol.

»Lysanias, siehst du das Auge, goldstrahlend die purpurne Bläue? aufschlägt der Mittag sein Auge und tief im innersten Blicke zeigt er die strahlende Nacht.«

»Führerziel war dir Apoll, und, sonnenhaft einverwandelt, war er Erde mit dir, ist er mit dir nun der Tag.«

»Golden der Blick des Apoll, silbern sein drohender Bogen, strahlengleich seine Erkenntnis, strahlend der Tod, den sie bringt: Apollons göttliches Wort, Apollons göttlicher Pfeil sind strahlend zur Einheit geworden, und sie kehren kraft ihrer Einheit in den göttlichen Ursprung zurück. Oh, unerschaubar ihm selber, des Blickes Urquell die Nacht, sie ruht in dem Blicke des

Gottes, und nur wer vom Pfeile getroffen, nur wer vom Lichte durchbohrt ist, dem zerreißen die Finsternisschleier, so daß er mit brechendem Auge, in Blindheit schon, doch noch schauend, den Ur-Dom der Einheit erfaßt, durchschauend Anfang und Ende, den Ur-Dom, dem er entstammt, nachthaft und lichthaft zugleich.«

»Unbesiegliche Sonne« –, als leiser Ruf war es hörbar, und er kam von den Lippen des Sklaven, der wieder hier sichtbar nun war.

»Unbesieglich, dennoch dem Vater gehorsam, dem widdergehörnten Vater des Tages, dem Jupiter, der in gewaltiger Hand blitzschleudernd das Götterschicksal umschließt, schicksalgebietend und schicksalgebannt in einem, der Kronide, der herrschaftsgebannt nimmer dem Kronos entrinnt.«

»Doch der Fluch der wechselnd weitergegeben, weitereroberten Herrschaft erlischt« – so sprach der Sklave –, »wenn in der Kette der Göttergeschlechter jener erscheint, den die Jungfrau gebar: er ist der erste, der sich nicht auflehnt; eingeht er in den Vater, und der Vater geht ein in ihn; vereint sind sie im Geiste, ewiglich drei in einem.«

»Bist du ein Syrer? bist du ein Perser?«

»Aus Asien ward ich gebracht, da ich ein Kind noch gewesen.«

Es war eine trocken-höfliche Antwort, und das Gesicht des Mannes, das soeben noch sonnenwärts geöffnet war, hatte sich ins undurchdringlich Dienerhafte zurückverwandelt. Wie war dies möglich? Gleichsam zerschnitten war hiedurch das Geschehen, so sehr, daß der Lysanias, als wäre er verscheucht, plötzlich nicht mehr im Zimmer zu sein schien, und das Atmen wieder schwerer wurde: »Wer bist du?«

»Zimmersklave bin ich, Herr, im erhabenen Hause des Augustus, den die Götter beschützen mögen.«

»Wer lehrte dich deinen Glauben?«

»Der Sklave verehrt die Götter seines Herrn.«

»Und der Glaube deiner Väter?«

»Mein Vater litt Sklaventod am Kreuze, und von der Mutter wurde ich getrennt.«

Graue Qual war es, aufsteigend in Tränen: oh, Tränen waren es, die den Blick trübten, die schmerzend die Brust ihm zusammenpreßten, Tränen des unermeßlichen Sees, aus dem das Menschliche immer wieder aufersteht. Doch das Gesicht des

Sklaven blieb unbewegt; nackt und verschlossen lag es über dem Abgrund.

Es vergingen einige Augenblicke: »Kann ich dir helfen?«

»Herr, deine Güte möge sich nicht herablassen; ich preise mein Los, ich brauche nichts.«

»Doch du kamst.«

»So wurde mir befohlen.«

War der Sklave wirklich nur ein Werkzeug? war ihm aufgetragen worden gegen den Gast verschwiegen zu sein, weil Gäste nichts erfahren dürfen? was verschwieg er? Undurchdringlich ist die Haltung des zur Waise erniedrigten Menschen; ein kalter Mantel ist um seine Seele geschlagen, Entsetzensschicht um Entsetzensschicht verbergend, und entsetzensvoll verwaist ist der Sklave. War dieser hier nun hergesandt worden, damit er die Äneis und den Knaben ihm raube? damit er den Lysanias gleichfalls zur Waise mache? Leer war der Sessel im Erker, und die nach dem Entschwundenen ausgestreckte Hand fand nichts, vermochte nicht ihn vor dem Waisenlos zu retten! Da ward es zum Entsetzensruf: »Du hast ihn verscheucht!«

»Habe ich etwas verschuldet, oh Herr, so bestrafe oder verzeihe, denn es geschah ohne Absicht. An meinen Auftrag war ich gebunden, dir zur Hilfe und zu deinen Befehlen zu sein.«

Noch war das Mißtrauen nicht zerstreut: »Bist du sein Stellvertreter? wurdest du zu seiner Ablösung herbestellt? erhieltest du seinen Namen?«

»Nichts ist dem Sklaven zu eigen, oh Herr, er hat keinen Namen; nackt trägt er die Fessel. Wie immer du mich rufest, so heiße ich.«

»Lysanias?«

Es war eine Frage. Doch herbeigezaubert vom Namen, war Lysanias aufs neue zur Stelle; er lehnte im Erkerplatz, und statt des Sklaven war er es, der die rasche Antwort da gab: »Immer hast du dich gesucht, um mich zu finden, und dich findend hast du mich gesucht.«

Gesucht, oh gesucht –, oh Ursprung! Oh, wiederum tat Verlorenes sich kund, oh, auftat sich da Brunnentiefe um Brunnentiefe, der Raum der Erinnerung, unbegrenzt der Abgrund des Einst, weltschlangenumkränzt, von nie gesehenem Geschehen durchwittert. Und aus der grausen Schlangenumwindung, niemals verloren, immer erinnert, entriß sich der Titanen erster, der Kronos, und stampfte donnernden Fußes als erster die Erde,

– und im Erinnerungsgetöse war die Antwort des Sklaven vernehmlich: »Wer selber den Namen sich wählet, der lehnt gegen das Schicksal sich auf...«

– gesucht, oh gesucht –, niedergeworfen ward der Titan, und Heroengeschlechter, Menschengeschlechter, den Göttern dienend, Geschlecht um Geschlecht in endloser Reihe, erzogen zur Pflicht, erzogen zum Tode, sie vergaßen das Blut der Titanen, bis es plötzlich von neuem aufwallt, und der späte Enkel, groß und furchtbar zum Titanen geboren, die Gefilde der Schöpfung, dem Ahnen gleichend, wiederum durchstampft, zum Himmel aufschreiend in jähem Gedächtnis einstiger Untat, so schwer vom Gedächtnis getroffen, daß er sich anschickt den Mord an dem Vorvater, den in sich er fühlt, entsetzlich zu rächen; den Lichtgott zu blenden, den herrschenden Gottvater zu stürzen, klimmt er aufwärts, und schon will's gelingen, da aus dem Auge des Gottes er funkelndes Feuer entreißt, indes noch einmal siegt Zeus, er wirft den Titanen zurück, streckt ihn nieder zum felsigen Boden: da herrschet weiter die Pflicht, und gelenkt von den Händen des Sol rollt droben der Feuerwagen, tragend den bogenbewehrten, den strahlenden Schützen weiter durch Himmelgezelte, Tag um Tag im Zenit –

– und umgeben von Helle redete weiter der Sklave: »Du hast mich niemals gerufen, selbst wenn du zu rufen vermeintest; ich war dir bloß aufgezwungen; ich war dir die Pflicht, da ich diente...«

– gesucht, oh gesucht –, geflohen war der Titan; doch hinter dem nutzlos Entfliehenden aufflammten funkelnd vom entrissenen Feuer stern-unabzählbar die Sphären, und gelang's dem Titanen auch noch nicht den göttlichen Bogen zu holen, gelang's ihm auch nicht ihn gegen den Vater zu richten, sich selber zum Ahnen zu machen und die Zeit so zum Stillstand zu bringen, auf daß das Geborene zeitenentledigt vom Zwange befreit sei, pflichtlos unsterblich der eigene Name und der, der ihn trägt, oh, war es auch nicht gelungen, es blieben im Sternübersäten von nun ab die Sphären gemildert, zum Sternengesetze gemildert die Pflicht und der Zwang und der Tod –

–, und nun sprach der Knabe: »Lysanias bin ich, Vergil, und da dein Leben begann, leidenentlöst und kindheitsbehütet, da nahm dich die Mutter leidenentlösend, namenlos lächelnd in ihren Arm...«

–, und der Sklave darauf: »Namenlos bin ich, Vergil, wie immer du mich auch nennest, und groß ist das Namenlose, nackt hat's dich immer umschwebt, damit es dich endlich umhülle...«

– gesucht, oh gesucht – oh, Heimkehr –, Ende dem Anfang gefügt, Anfang dem Ende, es herrschen die Götter, noch herrschen sie und ordnen die Pflicht. Und so war's befohlen vom lichtverspendenden Gotte: begreife im Leben den Tod, auf daß er dein Leben erhelle; nur wer zu den Anfängen vordringt – oh, Forschen ist Gottesgedächtnis – erinnernd und aber-erinnernd des Vor-Anfangs Wurzelregion, dem wird mit dem Ende der Anfang, und er erinnert sich jeglicher Zukunft, verbürgt in Vergangenheitstiefe; nur wer das Verfließende festhält, bezwingt im Verflossenen den Tod. Unbegrenzt ist der Abgrund des Einst und namenlos. Dem Tode dienen die Musen, dienen vestalinnengleich heiligstes Feuer behütend, das goldene Leuchten Apolls.

Und das Antlitz des Knaben, das Antlitz des Sklaven vor Augen, da tat sich Verlorenes auf, todbergend herrlich das Leben, wissend die Wahrheitserkenntnis, wissend die Liebe in Liebe, irrsinnsbefreitester Sinn irrsinnverhütender Wahrheit, rückgebracht aus dem Nichts, verwandelt und dennoch geblieben, wirklichkeitsgroß das Wunder. Oh, Heimkehr!

War es der Sklave, war es der Knabe? nochmals gab sich jener zur Kenntnis: »Tret' ich an dich nun heran, der du immer mich bargst, bin ich dir dienende Hilfe, bin ich dir nimmermehr Zwang.«

Dann nochmals der Knabe, gleich wie in höherer Stimme: »Unsichtbar führte es dich, verwandelt sein Dienen zu deinem, nun da du angelangt bist, entläßt es dich aus der Führung. Suchend fandest du den, dessen Suchen dir galt.«

Strenger klang es zurück, trotzdem noch Tröstung: »Nichts vom Irdischen bleibe da jenem, der zum bloßen Dienen bestimmt ist, er selber besitzt nichts, nicht Namen, nicht Willen; zurückgezwungen zur Kindschaft, besitzt er kein Schicksal. Aber je mehr er entblößt wird, desto mehr wird ihm Unmittelbares; nur wer nackt Ketten trägt, dem wird die schlichte Gesinnung demütiger Gnadenempfängnis, nur er weiß wieder zu weinen, ihm spart das Wunder sich auf, und so zum Kinde erniedrigt, sieht er als erster das Licht.« Echo der einzigen Stimme, waren die Stimmen verflochten, und in dem Zweiklanggewebe klang heller nun die des Knaben: »Ausgang und Eingang sind eines, Kindschaft des Anfangs und Endes, Kindschaft zur Liebe geflüchtet.«

Doch wie ein Echo von Tränen aus sphärenumschließendem Leide waren die Worte des Sklaven: »Fronend in härtester Knechtung, von keinem Vater errufen, von keiner Mutter betreut, aus keiner Vergangenheit kommend, in keine Zukunft einschreitend, Waise an Waise gefesselt, sind wir die Schar aller Knechte, und geschmiedet zu endloser Reihe hat uns, die wir schicksalsentblößt sind, das Schicksal zur Gnade erkoren, den Bruder im Bruder zu wissen.«

»Nackt ist das Menschliche, wo immer es durchbricht, nackt ist sein Anfang und Ende, und auf nacktwunder Haut scheuern die Fesseln der Pflicht; doch nackt ist selbst der Titan, Nacktheit sein Heldenmut, und tritt er dem Vater entgegen, es geschieht ohne Hülle und Wehr, nacktbrennend sind seine Hände, in denen zur Erde hernieder das entrissene Feuer er trägt.«

Seltsam dem Knaben vereint, als wären einander sie Antwort und sagten ein und dasselbe, fügte der Sklave hinzu: »Waffe erschlug einst den Ur-Ahn, und immer aufs neue, den Mord wiederholend, mit klirrender Waffengewalt rottet der Mensch sich aus, den Menschen zum Sklaven vernichtend, er selber ein Sklave der Waffe, läßt er die Schöpfung verbersten, brandglühend zu kalter Erstarrung. Jener ist erst der Held, der die Entwaffnung erträgt.«

»Waffen freilich besangst du, Vergil, doch nicht dem grimmen Achill, sondern dem frommen Äneas gilt deine Liebe.«

»Waffenlos sind wir, wir Sklaven, sind zur Entwaffnung erniedrigt, aber uns waffenlos Harrenden öffnen sich lebend die Grüfte, uns wird Erstarrtes entstarrt, unserer Hand beugt sich willig der Stein. «

»Waffenlos ist das Ende, waffenlos Wiederbeginn, und aus dem nächtlichen Stein steigt milde der Gott zum Zenit, kindheitsverwandelt die Schöpfung.«

»Denn du hast uns gesehen, Vergil, du sahest die Kette, und da dein Blick weinte, sahst du den Anfang, den unsere Tränen zu tragen bestimmt sind.« So sprach es der andere und ward – undurchdringlich – wieder zum Diener, der helfend bereitsteht.

»Du sahest den Anfang, Vergil, bist selber noch nicht der Anfang, du hörtest die Stimme, Vergil, bist selber noch nicht die Stimme, du fühltest das Schöpfungsherz pochen, bist selber noch nicht das Herz, du bist der ewige Führer, der selber das Ziel nicht erreicht: unsterblich wirst du sein, unsterblich als Führer, *noch nicht und doch schon, dein Los an jeder Wende der Zeit.*«

»Die Kette trägst du mit uns, doch dir, oh Vergil, ist sie schon leise gelockert.«

Dann ward es still und sie lauschten gemeinsam. Lauschten zu dritt dem entfalteten Licht. Und das Licht war wie Rauschen, war wie Rauschen von Ähren, der golden rauschende Sonnenregen, sanft und gewaltig, unaussprechlich verkündend, unverloren unverlierbar die kündende Stimme verkündend. Der Tagesgesang, glanzschwebend über dem Dunkel.

Dann sagte der Knabe und hob die Hand: »Siehe den Stern, siehe den Weiser des Weges.«

Da stand ein Nachtstern mitten im purpurnen Sonnenhimmel, und sanftglühend wandelte das Gestirn gen Osten.

Niedergeworfen zum Gebet, das Gesicht auf den Boden gedrückt, erst regungslos verharrend, hernach mit erhobenen Armen zur Kniestellung sich aufrichtend und vom Knie aus leicht vor und zurück sich wiegend, betete der Sklave:

»Unbekanntester, Unerschaubarster, Unaussprechlichster, der Du im Unendlichen thronst, Du kündest Dich durch Dein Auge, das blendend herabblickt, überstark vor Helle, dennoch nur ein Schatten Deines verborgenen Seins, ein Abglanz Deiner Dunkelheit, ein Abglanz des Abglanzes. Und mein Auge, mein Blick, ein nochmaliger Schatten, abgeglänzt vom Abglanz Deines Abglanzes, ein nochmaliger Abglanz darf zu dem Deinen sich erheben, nicht um in Dir zu ruhen, doch um schmerzend zurückzukehren in Ahnung. Löwe und Stier sind zu Deinen Füßen gelagert, und der Adler schwebt auf zu Dir. Dein Auge ist Deine Stimme, und donnernd zürnt Deine Braue. Keiner ertrotzt Dich, nicht der, welcher das Feuer zu holen sich aufwirft, nicht der, welcher den Stier bezwingt, nicht der, welcher sich selber zum Ahn macht, keiner ertrotzt Dich. Aber Du schickst den aus zum Heile, der sich nicht auflehnt. Und im Abglanz der Sendung entlöst sich aus Deinem Strahlen kindgleich der Stern, und er wandert in Deinem Geheiß zurück, dorthin, wo du geweilt hast und wieder weilen wirst mit dem Anbruch des Tages. Du hast mich zum Tode geschaffen, und ich bin seine Gestalt. Allein, da Du mich schufest, Du Unsichtbarster im Unsichtbarsten, da schufest Du zugleich die Heimkehr, und wenn der Stern sich herabsenkt, wenn Du, Namenlosester im Namenlosesten, aufrufst den Namen, den Du annimmst, um irdisch zu wandeln, um irdisch zu sterben, sichtbar dem Irdischen als Deine zweite Gestalt, in der Du zu Dir selbst wieder aufsteigst, rückverwandelt ins eigene Licht, zur Sonne entfaltet aufs neue der Stern, ein einziges Auge, dann lasse mich, den letzten Schatten Deiner Namenlosigkeit, den Sklaven der Sklaven, dann lasse mich teilnehmen an Deinem Namen, an Deinem Angesicht, an Deinem Leuchten, oh Unbekanntester, Unerschaubarster, Unaussprechlichster, dem ich gehöre und den ich preise heute und immerdar.«

Und nun hob sich der Mittagswind, der inbrünstige Atemkuß des Lebens, kaum merklich kam er vom Süden einhergestrichen, ein leise hinflutendes Gewoge, das Atemmeer der Welt, das täglich über seine Ufer tritt, der Hauch der sich vollendenden, niemals vollendeten Zeiten, über die das Gestirn hinwandelt: Hauch reifender Erde, Hauch des Ölbaums, des Weinstocks und der Weizenfelder, Hauch der Betreuung und der Schlichtheit, Hauch der Ställe und des gepreßten Obstes, Hauch der Gemeinsamkeit und des Friedens, Hauch von Ländern und Aber-Ländern, von Äckern und Aber-Äckern, Hauch der liebend dienenden Arbeit, Hauch des Mittags; oh Mittagsgröße, heiligste, ruhend über Welt und Welten, als stünden die Räder des Sonnenwagens still zu heiliger Rast im Zenit. Leise pendelte die Ampel im Hauche, silbern klickte die Kette.

Ein Menschenleben reicht nicht aus. Zu nichts reicht es aus. Oh Erinnerung, oh Heimkehr!

Und im Unbekanntesten, Unerschaubarsten, im Unaussprechlichsten, im Gottentrücktesten, dort waltet der, dessen Schatten das Licht ist, immer geahnt, niemals gekannt, der unbenennbar Verborgenste. War es nicht der, den das Landvolk erschauernd verehrte, wähnend ihn wohnhaft im capitolinischen Urforst? kein Bildwerk ist ihm errichtet, keines ist ihm zu errichten, Sinnbild seiner selbst ist er, aber im Sinnbild der Stimme hat er sich verkündigt. Oh, öffne die Augen zur Liebe!

Und hoch über dem Hauche des Mittagsgesanges, der unbewegt warm weiter hereinflutete, voll von der sorgenden Liebe des Menschen, zur Erde, voll von der grausamen Liebe der Erde zum Menschen, hoch darüber zog der wandelnde Nachtstern dahin, Sinnbild auch er, Sinnbild für eine unbenennbare Liebe, die herabsteigen will, das Irdische zum Sonnenhaften emporzuheben. So ruhte der Mittag im Atem des Oben und Unten, und es rastete das Gespann des feurigen Wagens, es rasteten die Räder, es rastete Sol.

War es Glück, das er empfand? er wußte es nicht, wollte es kaum wissen; sicherlich war es Hoffnung, eine Hoffnung, die so überaus stark war, daß sie gleich einem zu starken Licht, gleich einem zu starken Ton schier unerträglich wurde, ja, daß es schier Erleichterung ihm dünkte, als das stillstehende Geschehen plötzlich abbrach. Und er wußte auch nicht, wie lange es eigentlich gewährt hatte. Doch als es abbrach, als der Mittag sich wieder in Bewegung setzte, und das leuchtende Rad wieder zu kreisen begann, als das Gespann seine Bahn wiederaufnahm, und der Wandelstern auf einmal nicht mehr am Himmel war, da ging die Türe des Zimmers auf, sie ging auf, als hätte sie den im nämlichen Augenblick flinkfüßig entwischenden Knaben entschlüpfen lassen wollen, in Wirklichkeit jedoch weil sie von einem etwas beleibten, vollbärtigen Manne aufgeklinkt worden war, der nun mit freundlichem Lächeln, sozusagen sich selber zum Jubelgeschenk anbietend, in dem Türrahmen stand, den Arm zum Gruße erhoben, des vorbeigehuschten Knaben nicht achtend: unschwer war dieser Mann als der erwartete Arzt zu erkennen; Gehaben, Aufmachung, Aussehen bezeugten es sehr unzweideutig, nicht zuletzt der kurzgeschnittene gepflegte Gelehrtenvollbart, in dessen Blondheit sich Silberfäden sponnen, wie künstlich eingesetzt, die Silberfäden vertrauenerweckenden Alters, und hätte es noch Zweifel gegeben, das instrumentenbewehrte Gefolge, das womöglich noch würdevoller hinterdrein erschien, hätte jeglichen Zweifel zerstreut, ganz zu schweigen von dem beruflich weltmännischen Freudenwillkomm, der mit geläufiger Glätte von den Lippen des lächelnden Anführers kam:

»Ich habe mit einem Genesenden gerechnet, aber ich treffe einen Genesenen an.«

»In der Tat, so ist es.« Das war rascher und mit mehr Überzeugung gesagt als er von sich selber erwartet hatte.

»Nichts kann dem Arzte erfreulicher sein, als seine Diagnose bestätigt zu erhalten, und gar, wenn dies von einem so großen Dichter geschieht... indes, wenn du dich bloß für gesund erklärst, um dem Arzt zu entgehen... nun, wie sagt doch dein Menalcas? ›Nimmer entfliehst du mir heut, wohin du auch rufst, ich erscheine!‹ «

Die Gewandtheit dieses Hofarztes war nicht angenehm, wenn auch kein Kranker sich dem geheimnisvollen Reiz der Ärztlichkeit zu entziehen vermag; aber ein richtiger Landbader wäre angenehmer gewesen – man hätte allerlei sprechen können. Nun hieß es sich wohl oder übel mit dem da abfinden: »Ich entfliehe dir nicht... und im übrigen, vergiß das Gedicht.«

»Das Gedicht vergessen? spräche dein Aussehen nicht dagegen, ich müßte meinen, es spräche das Fieber aus dir, Vergil! Nein, weder entfliehst du mir, noch werde ich dein Gedicht je vergessen, um so weniger als bei der Verwandtschaft unserer beider Ahnen Theokritos und Hippokrates, die ja beide aus Kos stammen, ich mir schmeicheln darf mit dir verwandt zu sein...«

»Als Verwandten begrüße ich dich.«

»Ich bin Charondas aus Kos.« Es war mit Gewichtigkeit gesagt, wie es eben einem berühmten Namen geziemt.

»Oh, du bist Charondas... so lehrst du also dort nicht mehr; das werden viele bedauern.«

Es war nicht Vorwurf, höchstens das Erstaunen desjenigen, dem Lehren stets ein hohes und eigentlich unerreichbares Ziel bedeutet hatte. Dennoch war damit eine wunde Stelle des hofärztlichen Gewissens getroffen, und dieses verteidigte sich: »Nicht etwa um der Einkünfte willen folgte ich dem Rufe des Augustus; ginge es mir um Reichtum, ich hätte bloß die Behandlung meiner wohlhabenden Patienten, deren es wahrhaftig genug gab, fortzusetzen brauchen, aber wer denkt an Reichtum, wenn es gilt der geheiligten Person des Cäsar Augustus unmittelbar zu dienen! Und ich meine auch, daß ich im Mittelpunkt der Staatsleitung, an der ich nunmehr meinen kleinen Anteil habe, manches Ersprießliche für die Wissenschaft und für das Heil des Volkes leisten kann, vielleicht sogar mehr, als ich es im Lehramt vermöchte... wir werden Städte in Asien und

Afrika bauen, und da ist der Rat des Klinikers unerläßlich, dies nur ein Beispiel unter vielen... freilich hindert das nicht, daß es mir ein richtiger Schmerz war und ist, auf meine Lehrtätigkeit zu verzichten; hat es doch Jahre gegeben, in denen ich über vierhundert Schüler ausgebildet habe...« – und während er mit solchem Geplauder teils freimütig, teils eitel von sich berichtete, ein Freund, der sich dem Freunde anbietet, hatte er sich auf das Bett gesetzt, um mit Hilfe einer kleinen Sanduhr, die einer der Heilgehilfen ihm auf einen Wink hin gereicht hatte, den Puls zu zählen –, »... so, sei jetzt still, wir werden gleich soweit sein...«

Der Sand im Glas rieselte dünnglatt, unhörbar, unheimlich, gleichsam mit geschwinder Langsamkeit.

»Der Puls ist bedeutungslos.«

»Warte, gleich kannst du reden...« – die Sanduhr lief gerade ab –, »... nun gar so bedeutungslos will er mir nicht eben dünken...«

»Gewiß, Herophilos hat uns die Bedeutung des Pulses gelehrt!«

»Der große Alexandriner, um wie viel mehr hätte er erst geleistet, wenn er sich der Schule von Kos angeschlossen hätte; nun, das ist lang her... was jedoch deinen Puls betrifft, nun, so ferne es mir auch liegt zu behaupten, daß er schlecht sei, er könnte im großen und ganzen wesentlich besser sein.«

»Das hat nichts zu besagen... ich bin ein wenig fiebergeschwächt, und das wirkt auf den Puls... darüber bin ich ganz beruhigt; einiges weiß ich ja noch immer von meiner Medizin, ich habe sie noch nicht ganz vergessen...«

»Fachgenossen sind die schlechtesten Patienten, da ziehe ich wahrlich noch die Dichter vor, und nicht nur am Krankenbett... und wie steht es mit dem Husten? mit dem Auswurf?«

»Der Schleim ist blutig... aber das muß wohl so sein; die Säfte kehren in ihr Gleichgewicht zurück.«

»Hippokrates in Ehren... wie wäre es, wenn du die Verquikkung von Medizin und Dichtkunst doch für einige Zeit vergäßest?«

»Ja, die Dichtkunst ist vergessenswürdig; ich hätte Arzt werden müssen.«

»Gerne bin ich bereit unsere Stellen zu tauschen, sobald du gesund bist.«

»Ich bin gesund. Ich werde jetzt aufstehen.« Wiederum war es so, als hätte ein anderer aus ihm gesprochen, einer, der wirklich gesund ist.

Im Nu hatte der Arzt den weltmännischen Ausdruck verloren, dessen gleichgültige Gewandtheit so unangenehm gewirkt hatte; die Augen in dem glattgepolsterten, lächelnden Gesicht, dunkle Augen mit einem Goldschimmer darin, wurden sehr scharf und beobachtend, ja geradezu besorgt, und in schlechter Übereinstimmung mit solchem Blick war die beinahe fröhliche Rede: »Ich freue mich wahrlich sehr aufrichtig, daß du dich für vollkommen gesund erachtest, aber Eile mit Weile pflegt der Augustus in derartigen Fällen zu sagen... auch in der Genesung gibt es Abstufungen, und wie weit du auf der Genesungstreppe schon gelangt bist, das hat dein Arzt zu entscheiden...«

Der forschende Blick, die fröhliche Rede, all dies war beunruhigend: »Du meinst wohl, daß meine Genesung schon allzuweit vorgeschritten sei... du meinst wohl, ich fühle eine allzu vollständige Genesung... du meinst die Euphorie?«

»Ach, Vergil, wenn dem so wäre, so wünschte ich dir eine recht lange und recht ausgiebige Euphorie.«

»Es ist kein euphorischer Zustand. Ich bin gesund; ich will zum Strand hinunter.«

»Nun, an den Strand werde ich dich nicht eben schicken, hingegen sehr bald ins Gebirge... wäre ich mit dem Augustus in Athen gewesen, du wärest mir sofort nach Epidauros zur Kur gegangen; du kannst versichert sein, daß ich darauf bestanden hätte... nun müssen wir uns eben hier behelfen, so gut es eben zu bewerkstelligen ist... aber nichts ist unmöglich, wenn Arzt und Patient einen gemeinsamen Willen zur Genesung haben... wie steht es mit deiner Morgenmahlzeit? verspürst du Hunger?«

»Ich will nüchtern bleiben.«

»Das wäre noch schöner... welcher ist hier der Haussklave? wir werden mit heißer Milch beginnen... der Haussklave möge zur Küche laufen...«

Der Sklave, der sich unbewegten Gesichtes hinter dem Gefolge aufgehalten hatte, schickte sich an den Auftrag auszuführen.

»Nicht er, nein... er soll nicht weggehen... er soll mein Bad vorbereiten.«

»Heute wird nicht gebadet... auch wenn wir in Hinkunft es gerne mit Bädern versuchen wollen; was uns der Kleophantos vor zweihundert Jahren über die Wirkung der Bäder gelehrt hat, das gilt auch noch heute... die Natur des Menschen ändert sich nicht, und eine einmal gefundene Wahrheit bleibt Wahrheit, ungeachtet all der neuen Medizinen, mit denen wir jetzt beglückt werden...«

»Auch der alte Asklepiades ist, soweit ich recht berichtet bin, in dieser Beziehung ein Anhänger des Kleophantos.«

Der Einwurf löste die erwartete und eigentlich auch erhoffte Empörung aus, klang sie auch sehr verhalten: »Ja, der alte Fuchs aus Bithynien, der so tut als hätte er Wasser, Luft und Sonne als seine Domäne gepachtet... dabei habe ich als junger Arzt, also zu einer Zeit, in der es mit dem Ruhm des Asklepiades noch nicht sehr weit her war, bereits schöne Erfolge mit Bade- und Liegekuren gehabt... ich verehre ihn selbstverständlich, mag es auch durchaus nicht ausgeschlossen sein, daß er damals von meinen Heilerfolgen Wind bekommen hat; ich stehe immer auf dem Standpunkt, daß wir Ärzte zum Heile des kranken Menschen da sind, und daß Streitigkeiten über Erstererfolge nichts als unwürdige Berufseifersüchteleien sind und unweigerlich verboten werden müßten... der Arzt hat seine Erfahrungen heranreifen zu lassen und nicht gleich mit großem Lärm seine Erstrechte anzumelden, wie es leider die Gepflogenheit mancher Leute ist... ich hätte schon vor dreißig Jahren eine Lehre über die Wirkung von Bädern schreiben können und ich habe es nicht getan... wie viel Schaden hat zum Beispiel gerade dieser alte Asklepiades mit seinen Schriften über die Wirkung des Weins angerichtet! kühnlich ließe sich behaupten, daß er seine Badekuren bloß braucht, um die von seinen Weinkuren verursachten Schädigungen wiedergutzumachen...« Die Rede endete in einem hellen, glatten Lachen; es war, als schlüge eine Lachfläche spiegelglatt auf die andere auf, um dann noch ein Endchen darüber hinwegzugleiten.

»Sohin würdest du niemals Wein verschreiben?«

»In vernünftigem Ausmaß? warum nicht? ich gedenke nur nicht meine Patienten zu Trunkenbolden zu machen... da irrt eben der Asklepiades gründlich... nun, lassen wir das, denn du bekommst weder Wein, noch Bad, sondern heiße Milch...«

»Milch? als Medizin?«

»Ob du es Morgenmahlzeit nennst oder Medizin ist einerlei, es sei denn, daß du etwas anderes wünschtest.«

Wie einem Kind sollte ihm Milch eingeflößt werden; auch der Arzt wollte ihn zum Kinde erniedrigen. Man mußte sich auflehnen; es war notwendig: »Die Nacht war nicht gut, sie war sehr heiß...« – die fiebertrockenen Finger bewegten sich wie selbsttätig, um ihre Wasserbedürftigkeit sichtbarlich zu erweisen –, »... ich bedarf des Bades.«

Indes, die Auflehnung nützte nichts. Der Sklave war davongeeilt ohne des Einspruchs zu achten. War er ein Verräter? Oh, die Trinkschale war vom Tisch verschwunden, und sicherlich war der Knabe verscheucht worden. Was ging da vor? Die Finger vollführten weiter ihr selbsttätig ungezügeltes Spiel, und der Ring drückte als wäre er plötzlich zu enge. Warum geschah dies alles? warum hat man ihn nicht mit den beiden allein gelassen? warum stürzte man ihn stets aufs neue in diese menschenerfüllte Einsamkeit? Sogar den Leibstuhl verweigerte man ihm.

»Ich muß mich säubern, und ich bedarf des Bades.«

»Natürlich mußt du gesäubert werden, und nicht nur du, sondern auch dieser Raum, denn der Augustus hat die Absicht, das soll ich dir von ihm bestellen, dich alsbald hier in eigener Person zu begrüßen... mein Gehilfe wird dich sogleich mit lauem Essig waschen...«

Es hieß jeden Widerstand aufgeben: »Der Augustus soll mir willkommen sein... man bereite alles vor.«

»Wir sind daran, mein Vergil; vor allem jedoch nimm diese Medizin.« Und ein Glas mit einer klaren Flüssigkeit wurde ihm von dem Arzte hingehalten.

Die Flüssigkeit schien nicht geheuer: »Was ist es?«

»Ein Absud von Granatapfelkernen.«

»Das ist harmlos.«

»Durchaus harmlos. Es soll nur dazu dienen, den Magen wieder aufnahmsfähig zu machen. Nach einer beschwerlichen Nacht, wie du sie hinter dir zu haben scheinst, dünkt mir dies ein dringliches Erfordernis.«

Der Trank schmeckte nach reinlicher Bitterkeit: »Der Gast hat sich dem Hausbrauch zu fügen, und auch ich muß mich unterordnen; wer gefehlt hat, muß sich unterordnen.«

»Wer krank ist, muß sich zur Unterordnung bequemen; das ist das erste Verlangen, das der Arzt zu stellen hat.«

»Freilich, jede Krankheit ist eine Verfehlung.«
»Der Natur.«
»Des Kranken... die Natur fehlt nicht.«
»Ein Glück, daß du nicht meinst, sie sei eine Verfehlung des Arztes.«
»Er macht sich durch seine Hilfe immerhin mitschuldig; er ist ein falscher Heilbringer.«
»Das will ich wahrlich auf mich nehmen, oh Vergil, um so mehr, als du selber noch daran denkst Arzt zu werden.«
»Sagte ich dies?«
»So sagtest du es.«
»Ich bin zeitlebens krank gewesen; der falsche Heilbringer ist immer in mir gesessen... ich habe immer gefehlt.«
»Du dürftest die Schriften unseres verehrten Freundes Asklepiades wirklich allzu genau studiert haben, mein Vergil.«
»Warum?«
»Nun, seine Lehre von der Vermeidbarkeit jeglicher Krankheit bei richtiger Lebensführung hat mit der deinen von den Verfehlungen, die sich als Krankheit äußern, eine nicht zu verkennende Ähnlichkeit... bei aller Hochschätzung wage ich dies einen Widersinn und einen Unsinn zu nennen, der bereits sehr nahe an die Zaubermedizin heranführt... und das ist nicht überraschend angesichts der Wanderatome, die nach der Ansicht des Asklepiades im menschlichen Körper sich herumtreiben sollen...«
»Bist du ein solcher Gegner der Zauberei, Charondas? gibt es überhaupt Heilen ohne Zauber? ich glaube fast, daß wir bloß das richtige Zaubern verlernt haben.«
»Ich aber glaube nur an die Liebesbeschwörungen deiner Zauberin, die den Daphnis zurückbringen, oh Vergil.«
Vergessenes stieg verwunderlich auf. Daphnis! die Ekloge der Zauberin! hatte er nicht schon damals geahnt, daß Liebe jeglichem Zauber vorangeht? daß alles Unheil, alle Verfehlung zugleich ein Fehlen von Liebe ist? wer nicht liebt, der wird von Krankheit geschlagen, und nur wer wieder zur Liebe erweckt wird, vermag zu genesen: »Oh, Charondas, jeder Arzt im Besitze des wirklichen Heilzaubers befreit seine Kranken von ihren Verfehlungen, und auch du tust dies wohl, oft ohne es selber zu wissen.«
»Davon will ich auch gar nichts wissen, weil ich in der Krank-

heit keine Verfehlung sehen kann... selbst Tiere und Kinder werden krank, und die begehen sicherlich keine Verfehlungen... auch dies hat der Asklepiades, unbeschadet seiner sonstigen Bedeutung, aufs gründlichste verkannt.«

Zum Kinde erniedrigt, zum Tiere erniedrigt, durch Krankheit erniedrigt und vermittels der Krankheit noch tiefer geflüchtet, zu Grenzen geflüchtet, die noch tiefer liegen als die des Tierhaften und des Kindhaften: »Oh, Charondas, gerade das Tier ist voll Scham ob seiner Krankheit und verkriecht sich.«

»Zwar bin ich kein Tierarzt, Vergil; immerhin, soweit ich meine Patienten kenne, es waren die meisten recht stolz auf ihre Krankheit.« Das war etwas beiläufig hingeworfen, weil die Tätigkeit des Bartkämmens keine Unterbrechung vertrug, denn ein Hofarzt muß für den bevorstehenden Besuch des Cäsars schmuck sein, und so hatte er einen Handspiegel samt Kamm aus den Falten seiner Toga gelöst und hatte sich halbschräg gestellt, um günstiges Spiegellicht zu erhaschen, hingebungsvoll beschäftigt, den blonden Gelehrtenbart zu verschönern. Und ohne diese Tätigkeit zu unterbrechen, die Unterlippe wegen der Hautspannung hinaufgeschoben und darob murmelnd, fügte er die Erläuterung an: »Die Krankheitseitelkeit des Patienten wird nur noch von der Heilseitelkeit der Ärzte überboten.«

Dies war freilich richtig; keine Krankheitsscham kann so groß sein, daß nicht noch Platz für Krankheitseitelkeit übrig bliebe, für eine überhebliche Opfereitelkeit, welche meint eine Leistung vollbracht zu haben, weil die Krankheit dem Getriebe des Geschlechtes enthebt, weil alles Begehrende und alles Begehrenswerte aus dem Gesicht des Kranken gelöscht ist, eine Eitelkeit der Selbstzerstörung. Und eben darum oder trotzdem: »Gib mir den Spiegel.«

»Später, wenn wir dich herausgeputzt haben; jetzt bist du noch ein wenig verwahrlost.«

»Laß mir meine Krankheitseitelkeit; gib ihn mir.«

Und als ihm der Spiegel gereicht worden war, und das wohlvertraut-fremde Bild des eigenen Gesichtes ihm daraus entgegenblickte, streng abweisend und doch heischend, vielschichtig unter der olivenbraunen unrasierten Haut, vieldeutig in den dunklen, schwarzunterschatteten Augen, vielverschweigend der schmalgewordene, kußentwöhnte Mund, als er in dieses blickende Höhlengesicht hineinblickte, das gleichsam unterwürfig alle Gesichter des Lebens in sich trug, den Gesichterabgrund der Vergangenheit, in den ein Gesicht nach dem andern hineingestürzt war, um trotzdem für ewig darin aufbewahrt zu werden, eingespiegelt das Gesicht der Mutter in das des Kindes, mochten diesem auch nicht ihre hellen Augen beschieden worden sein, oh, als er in diese Gesichterkette blickte, da sah er das letzte Gesicht, das sich noch anfügen sollte und bereits sich abzeichnete, das Gesicht seiner Hoffnung, das Gesicht, zu dem er sich kraft der Krankheit hatte verwandeln wollen, und es war das Todesgesicht des Vaters, das Gesicht des sterbenden Töpfers, der die formende Hand auf das Haupt des Knaben gelegt hatte, das Gesicht seines Namenaufrufes; eine seltsame Beruhigung ging von diesem Gesicht aus, die anderen Gesichter verblaßten dahinter, und ob es auf diesem oder jenem Wege gewonnen worden war, ob die Krankheit der richtige Weg gewesen, das war, da es nun so weit war, beinahe gleichgültig: »Arzt, der du bist, heile mich, damit ich sterben kann.«

»Keiner vermag alles, so sangst du es selber, Vergil; ich vermag dich bloß zum Leben zu heilen, und dies werde ich mit der Hilfe Äskulaps auch tun.«

»Ich werde den Hahn für ihn bereit halten lassen.«

»Damit er dich zur Unsterblichkeit erwecke? oh, Vergil, du benötigst nicht mehr den Tod für deine Unsterblichkeit, und wir wollen jetzt lieber daran gehen, dich zu waschen und zu rasieren, damit wir dabei nicht vom Cäsar überrascht werden; die Zeit drängt bereits beträchtlich.«

»Auch müssen meine Haare gekürzt werden.«

»Gib mir den Spiegel zurück, Vergil, sonst steigern sich deine Eitelkeitswünsche ins Ungemessene; deine Haare sind zwar von keinem Hoffriseur behandelt, aber sie jetzt zu kürzen, ist nach meinem Geschmack überflüssig.«

»Dem Opfer werden die Stirnhaare gekürzt; so gebietet es die Regel.«

»Steigt dein Fieber an? oder sagst du dies nur als Zugeständnis an die Zaubermedizin? wenn es nützt, soll es mir recht sein, denn meine Behandlungen sind nicht einseitig; ich darf mir schmeicheln, daß dies zu ihren Vorzügen gehört... du magst dir also für das sogenannte Opfer ruhig die Haare schneiden lassen, doch um so größere Eile ist geboten.«

Es war der Ton, mit dem man dem Willen eines Kindes

scheinbar nachgibt, um es zur Folgsamkeit zu bringen. Indes, einerlei, ob der Gedanke an das Opfer unsinnig war oder nicht, es blieb nichts anderes übrig als sich zu fügen. Und willenlos ließ er über sich ergehen, was gemäß den ärztlichen Anordnungen mit ihm geschah. Von kundigen Händen wurde er emporgehoben und zu dem Leibstuhl hingetragen, und der Arzt beobachtete das Geschäft, als hätte er ein kleines Kind zu betreuen. »So«, hieß es hierauf, »nun wollen wir dich für eine kleine Weile an die Sonne befördern, damit du in aller Gemächlichkeit deine Milch zu dir nehmen kannst.«

So saß er also deckeneingehüllt und sonnenbestrahlt in dem Lehnsessel beim Fenster und trank schluckweise die heiße Milch, die in kleinen Wärmewellen in die Dunkelheit des Körpers einrann. Der Sklave stand neben ihm, bereit, die Schale ihm wieder abzunehmen. Aber des Sklaven Augen blickten zum Fenster hinaus, strenge, abweisend, dennoch unterwürfig.

»Siehst du den Hinkenden?«

»Nein, Herr, ich sehe keinen Hinkenden.«

Das Zimmer war nun voller Geschäftigkeit; die Blumen, die matt und süßverwelkten Geruches an dem Kandelaber gehangen hatten, wurden abgeräumt, die Kerzen erneuert, der Fußboden gewaschen, die Bettücher hinausgetragen. Der Arzt, wiederum mit Spiegel und Kamm bewaffnet, hatte sich genähert: »Welcher Hinkende?«

»Der Nachthinkende.«

Voll Besorgnis, nach etwas Begreiflichem suchend, kam die weitere Frage: »Oh, meinst du Vulcanus? meinst du ihn, dem dein Ätnagesang gegolten hatte?«

Die Besorgnis war beinahe rührend, das Bemühen um ein Begreifen beinahe komisch: » Oh, vergiß das Gedicht, mein Charondas; keines meiner Gedichte möge dein Gedächtnis belasten, am allerwenigsten jedoch dieses frühe und unvollkommene Machwerk, das ich von Rechts wegen umarbeiten müßte.«

»Du willst den Ätnagesang umarbeiten und die Äneis willst du verbrennen?« Das besorgniserfüllte Unverständnis, mit dem dies hervorgebracht war, geriet immer weiter ins Komische. Und dabei hätte es sich vielleicht wirklich verlohnt, den Ätna-Vorwurf nochmals vorzunehmen, um nun mit besserem Können, mit besserem Ernst, mit besserer Sicht als einstens aufs neue den hinkenden Schmied in seiner dämonenentfesselten, erzenen Tiefe zu belauschen, blind vor dem rauhfarbenen Licht der Unterwelt, dennoch kraft solcher Blindheit – oh, die Blindheit des Sängers – das Licht aller Höhen erspähend: Prometheus in Vulcanus verkörpert, das Heil im Unheil.

»Nein, mein Charondas, ich meine bloß, daß du die Verse des einen wie des andern zu vergessen hättest.«

Und da war es nun nochmals rührend zu sehen, wie sich die Miene des Arztes erhellte, weil nun doch eine Brücke des Verständnisses sich hatte schlagen lassen: »Oh, Vergil, mag es auch das Vorrecht der Dichter sein, Unmögliches zu verlangen, das Gedächtnis läßt sich nicht auf Geheiß so ohne weiteres betäuben... oh Vergil, alles was einst Apollo sang und Eurotas glückselig hörte, alles sang jener...«

»Und die Berge trugen das Echo zum Himmel«, ergänzte aus Echofernen eine leise Stimme, selber ein Echo, spiegelnd die entschwundene Stimme des Knaben.

Zum Himmelsecho aufwärts stiegen die Töne; aufstiegen die Geräusche des Tages, die Geräusche der Emsigkeit, die Geräusche von tausenden Werkstätten, tausenden Haushalten, tausenden Läden, die ineinanderverquickten, ineinanderverschwelten Stadtgeräusche, verquickt und verschwelt mit allen Stadtgerüchen, aufsteigend zum Himmel das schwebende Gestrüpp des Tages, und es verbarg so wenig Angstvolles mehr, wie das Taubengegurre und das Spatzengezwitscher, das sich darein vermengte. Die Ziegeldächer, schwarzstreifig oder ganz schwarz, waren von einer dünnen, zitternden Rauchschicht überhaucht, da und dort blitzte es kupfern oder bleiern, blitzte es erzen unter den Strahlen des farbloser gewordenen Tagesgestirnes, und in dem Mittagsglast war auch der Himmel farbloser geworden; wolkenlos zwar, dennoch seiner azurenen Härte verlustig, spannte er sich über eine mittagsbebende Welt.

Sollte er den Arzt nochmals beunruhigen und nach dem in der unsichtbaren Durchsichtigkeit verschwundenen Stern fragen? Unverlierbar, wenn auch nicht zu erspähen, zog der Stern gen Osten, die Himmel entlang zog er, zugleich aber auch hinter jeglicher Wölbung, eingesenkt jenem ozeanischen Spiegel, in dessen Abgrundtiefe sich das Echo der Himmel und Aber-Himmel für immer versammelt. Hinwandelnder Stern, der die Sphären verbindet! Unauffindbar, durch alle Sprachen hindurch, reichen die Strahlenwurzeln des Lichtes herunter, unauffindbar, durch alle Sprachen hindurch, reicht das Strahlengezweige des Blickes hinauf, doch mit dem eindringenden Strahle, endlos und endloser in uns eindringend, Auge und Aber-Auge in uns, müssen wir in unsere tiefste Tiefe einkehren, auf daß wir den ozeanischen Echoabgrund erreichen, von dem aus unser Bild rückgestrahlt wird zu Himmel und Aber-Himmel, zum Auge des Gottes. Ist unsere Arbeit, die wir zur Erde gebückt verrichten und demütig verrichten müssen, bereits ein Erspähen der Tiefe, ist es bereits jenes spähende Bemühen, welches gewillt ist, das obere Bild zu finden? gelangen wir mit unserer erdwärts gerichteten Arbeit bis in jene unendlichste, tief unter allem Unterweltlichen liegenden Tiefe, die zugleich die der obersten Himmel ist? oder müssen wir warten, bis mit dem letzten Lichtstrahl, mit dem letzten und tödlichen, der Gott selber tödlich in uns dringen wird, um mit dem Echo seiner selbst uns in sein göttliches Sein zurückzunehmen, aufsinkend über die Königstreppen der Äonen, aufsinkend in die geöffnete Fläche? wo war der dahinwandernde Stern, welcher den Weg weist?!

In den Lehnsessel gedrückt, blinzelte er hinauf ins farblos Flimmernde, vorsichtig tat er es, als beginge er damit etwas Verbotenes. Und in dem Blinzeln, schmerzhaft und trotzdem nicht unterbrechbar, in diesem Blinzeln, das ein Tun und ein Geschehenlassen zugleich war, tauchte seltsam verzerrt und trotzdem scharf umrissen – war es hier, war es dort? – das Bild auf, wie es sich in dem Handspiegel gezeigt hatte, abweisend und vielschichtig, trotzdem nicht vollendet, ein Abglanz des Abglanzes, schattengleich aufgetaucht auf des Spiegels tiefster Fläche, auf dem dunkelfernsten Strahlenboden seines Abgrundes. Wahrlich, nicht über die Äonentreppe war es da hinaufgebracht worden, weit eher schien es durch die bescheidenste, durch die kleinste Pforte des Hintergrundes hineingeschlüpft zu sein, hinaufgeblinzelt wie aus einem schlechten Gewissen, ach, wahrlich nicht hinaufgestrahlt.

Da sagte der Sklave, der die Schale ihm abgenommen und sie abgestellt hatte: »Herr, schütze die Augen, die Sonne ist stark.«

»Überlasse das mir«, wurde er von dem Arzte angefahren, der sich hierauf zu der Gruppe der Gehilfen hinwandte: »Ist das Essigwasser gewärmt?«

»Gewiß, Meister«, kam die Erwiderung aus dem Zimmerdunkel.

Und so wurde er auf einen Wink des Meisters wieder in den Schatten zurückgetragen und auf das Lager gebettet. Aber sein Blick blieb auf den Himmelsausschnitt im Fenster geheftet, so unwiderstehlich von der Helle angezogen, daß sich Worte von selbst dazu einstellten: »Wer aus der Tiefe des Brunnenschachtes zum Tageshimmel emporschaut, dem ist er dunkel, und er vermag die Sterne darin zu sehen.«

Alsogleich war der Arzt neben ihm: »Hast du Sehstörungen, Vergil? du brauchst darob nicht beunruhigt zu sein, das ist nichts Besonderes...«

»Nein, ich habe keine Sehstörungen.« Wie blind mußte dieser Hofarzt selber sein, da er nicht wußte, daß einer, der in der Blindheit ist und bessere Blindheit erwartet, keine Sehstörungen haben kann.

»Du sprachst von Sternen.«

»Sterne? ach ja... ich möchte sie noch einmal sehen.«

»Du wirst sie noch oft sehen... ich bürge dir dafür, ich, Charondas aus Kos.«

»Ach wirklich, Charondas? weiter können die Wünsche eines Kranken wahrhaftig nicht reichen.«

»Oh, sei nicht allzu bescheiden; ich kann dir ruhigen Gewissens noch weit mehr versprechen... so, zum Beispiel, daß du dich bereits in wenigen Tagen, ja, fast möchte ich behaupten, in wenigen Stunden vollkommen wohl fühlen wirst, denn nach einer Krise, wie du sie offenbar heute nacht und offenbar in heftigster Form mitgemacht hast, tritt zumeist eine geradezu stürmische Besserung des Befindens ein... wir Ärzte können uns eigentlich nichts Schöneres als eine solche Krise wünschen, und nach der von mir mit gutem Grund vertretenen Ansicht, mag sie auch nicht von der ganzen Schule geteilt werden und mir, ohne daß ich mich darob gekränkt fühlte, den Ruf eines Außenseiters eingetragen haben, ist es unter Umständen sogar durchaus empfehlenswert, eine Krise dieser Art künstlich herbeizuführen...«

»Ich fühle mich schon jetzt vollkommen wohl.«

»Um so erfreulicher, um so erfreulicher, mein Vergil.«

Ja, er fühlte sich vollkommen wohl: den Rücken von einigen Kissen unterstützt, die man ihm zur Hintanhaltung des Hustens unterlegt hatte, nackt auf das Bett hingestreckt, wurde er in sorgsamer Abwechslung mit lauem Essig gewaschen und mit gewärmten Tüchern sanft getrocknet, und je länger dieses milde Wechselspiel andauerte, desto mehr fühlte er, wie die Fiebermüdigkeit aus seinem Leibe schwand; den Kopf hielt er über den Kissenrand zurückgebogen, um Kinn und Hals dem Messer des zu seinen Häupten arbeitenden Barbiers darzubieten, und dieses Gewähren wurde zu leiser Erleichterung, wurde es ebensowohl in dem weichen und sichern Hingleiten des Messers über die gespannte Haut, wie in dem Wegsäubern der hitzenden Bartstoppeln, wie auch – und dies war bereits mehr als Erleichterung, war bereits wohliges Erstraffen – in der rasch mehrmaligen Aufeinanderfolge heißer und kalter Kompressen, mit denen ihm das glattgeschabte Gesicht hernach eingeschlagen wurde. Als aber, nachdem dies getan war, der Friseur an die Pflege des Haupthaares sich machen wollte, da unterbrach er ihn: »Kürze mir erst einmal die Haare an der Stirne.«

»Ganz wie du befiehlst, Herr.«

Die Schere legte sich kühl an die Stirne, sie ging kühl und mit kurzen klickenden Schnitten zu den Schläfen hin, sie klickte außerdem in der Luft, da der Friseur sie nach jedem Schnitt mit einem virtuosenhaften Tremolo auf- und zuschnappen ließ, und da eines Haarkünstlers Schönheitssinn nach Gleichmäßigkeit verlangt, so mußten auch noch Scheitel und Hinterkopf überstutzt werden, ehe die Waschung mit Öl und Erdsalz beginnen konnte, gesteigert bis zu oft wiederholter Nachspülung mit kühlem Wasser, zu welchem Zwecke eine entsprechend ausgeschnittene Waschschüssel ihm unter den Nacken geschoben wurde. Und während sich dies in solch behutsamer Ordnung abspielte, war der Heilgehilfe daran gegangen ihm die Gliedmaßen, von den Zehen angefangen, vorsichtig und kunstgerecht durchzukneten.

Die Kopfwaschung war beendet, und der Friseur fragte: »Lilien-, Rosen- oder Resedenpomade, Herr? oder ziehst du Ambra vor?«

»Nichts von alldem; kämme mich, aber nimm keine Pomade.«

»Gut riecht die Frau, die nach nichts riecht, sagt Cicero«, meinte der Arzt, »indes, der hat viele lästerliche Dinge gesagt, an die er selber nicht geglaubt hat, und Reseda wäre dir ganz zuträglich; Reseda beruhigt.«

»Und trotzdem, Charondas, will ich lieber darauf verzichten.«

Draußen zwitscherten die Spatzen, und über das Fenstersims spazierte gurrend aufgeplustert eine kopfnickende, blaugraue Taube, umleuchtet vom hellen Himmel, umweitet von der geöffneten Himmelshelle.

Der Arzt lachte: »Hätte ich dir Pomade verboten, du hättest danach verlangt; Patienten deines Schlages sind für unsereinen keine Seltenheit, man muß nur mit ihnen umzugehen wissen, und offen gesagt, dies zu lernen habe ich reichlich und mehr als reichlich Gelegenheit gehabt... du siehst, ich bin einer, der seine Kniffe im vorhinein eingesteht, um trotzdem das Spiel zu gewinnen. Im übrigen magst du diesmal Recht behalten, denn im Grunde benötigst du ja keine Beruhigung, sondern weit eher eine Auffrischung der Lebensgeister, und ich erwäge, ob ich dich nicht ein recht kräftiges Aphrodisiacum schlucken lassen sollte; ja, ganz ohne Spaß, fast würde ich dies in deinem Fall empfehlen, in Anbetracht dessen, daß unser Lebensmut, unser Lebenswunsch, unsere Lebensgeister wennzwar nicht ausschließlich, so doch sehr stark, und ich möchte sogar behaupten, stärker als wir es wünschen oder ahnen, vom unteren Zentrum unseres Organismus bedingt werden, von diesem manchmal durchaus erfreulichen unteren Zentrum, dem wir Ärzte sohin eine ziemlich bedeutsame Rolle in der Gestaltung des Genesungswillens zuweisen müssen... nun, dies dürfte dir eigentlich ebenso gut wie mir bekannt sein, und ich wollte auch damit nur gesagt haben, daß dir etwas mehr Lebens- und Gesundheitswillen keineswegs schaden würde...«

»Für meinen Lebenswillen bedarf es wohl keines Aphrodisiacums, der ist, glaube ich, auch allein stark genug... ich liebe das Leben sehr...«

»Mangelt es dir an Gegenliebe? dann liebst du eben doch nicht genug!«

»Ich beklage mich nicht, Charondas.«

Nein, für den Lebenswillen bedurfte es keines Aphrodisiacums; wer zur Liebe hinliegt, der schließt die Augen, dem werden sie wie dem zum Sterben Hinliegenden von fremd vertrauter Hand geschlossen, doch wer leben will, aufgerichtet zum Leben, der hält die Augen zum Himmel hin geöffnet, zur geöffneten Himmelshelle hin, aus der aller Wunsch zum Leben, aller Lebenswille geboren wird: oh, immer wieder die Himmelsbläue sehen dürfen, morgen, übermorgen, viele Jahre hindurch und nicht daliegen müssen, gebrochen-geschlossenen Auges, aufgebahrt lehmbraun steifen Gesichtes, während draußen, nicht mehr erschaubar, die helle Himmelsbläue sich spannt, erfüllt von unhörbar gewordenem Taubengurren. So war der Tag gewesen, hell und blau, so war der Tag gewesen, als der Vater auf der Bahre gelegen hatte. Oh, leben dürfen!

Der Friseur kam spiegelbewaffnet daher, um das geglückte Werk bewundern zu lassen: »Bist du mit dem Schnitt zufrieden, Herr?«

»Schon recht... ich vertraue dir, auch ohne dich zu überprüfen.«

»Prächtig siehst du jetzt aus«, lobte hochentzückter Miene der Arzt Charondas und schlug zum Beifall mit drei Fingern der Rechten leise in den gepolsterten Handteller seiner Linken, »äußerst prächtig, und ebenso hoffe ich dich sehr erfrischt. Denn kein besseres Mittel zur Belebung der Säfte und des Pulses gibt es als solch gründlich bedächtige fachgemäße Durchknetung des ganzen Körpers; von Rechts wegen müßtest du die günstige Wirkung bereits verspüren, ja, ich merke es dir bereits an!«

Draußen spannte sich die sternlos geöffnete Helligkeit der Himmelsbläue; oh, immer sie sehen dürfen! selbst um den Preis ewigwährender Krankheit und Müdigkeit! oh, schauen dürfen! Wie konnte da der geschwätzige Arzt Charondas noch eine Antwort erwarten! Obschon er eigentlich wahr gesprochen hatte, denn es war wirklich Erfrischung zu verspüren, freilich nur eine Art erfrischter Müdigkeit, nichtsdestoweniger Erfrischung. Es war die Befreiung von Angst. Erfrischt waren die müden Glieder, angstbefreit ihr Eigenleben; mochte es auch unter den knetenden Griffen womöglich noch bewußter geworden sein, es hatte sich seiner alten Angst entlöst, als wäre es nicht mehr ein Geschehen, sondern nur noch ein Wissen darum, als geschähe es nur noch im Spiegelbild, nicht aber mehr am eigenen Körper. Dabei war dieses Spiegelbild wiederum nichts anderes als der Körper selber, ja der Körper war Spiegelbild und Spiegel zugleich, spiegelhaft aufnehmend nicht nur das Geschehen sondern auch das Wissen, so daß es angstentlöst vergessen werden konnte und trotzdem in unmittelbarer körperlicher Nähe erhalten blieb, ungebrochen als neues, als körperliches Wissen, ungebrochen, wie sehr weit auch er, er, der Nichtmehr-Wissende, sich in jegliche Un-Nähe verlieren mochte und verlor; leise wurde es, leise pulste die Welt, pulste das Innen und Außen, pulsten die Gezeiten der Tage und Nächte, pulste die große sacht-ungestüme Seins-Ordnung, auf deren Grund selbst die Gezeiten ineinanderverfließen und erschweigen, zur Einheit verschmolzen der Nächte Glockenton mit den Sonnenstürmen des Tages, leise pulste das Atmende, und leis-ruhig ging der Atem in der sich hebenden und senkenden Brust, beruhigt und gefördert von den knetenden Strichen einer leisen, unsichtbar fremden Hand: leidensentlöst und leidensbeschenkt, wissensentlöst und wissensbeschenkt war dieses Wiedererleben im Körperlichen, einverwoben in eine Geräuschlosigkeit, die eben die eines Spiegelbildes war, glatt und stumm, und wie im Spiegelbilde vollzog sich die Geschäftigkeit im Raume ringsum, gelenkt von der geräuschlos gewordenen Stimme des Arztes; geräuschlos huschten die Sklaven aus und ein, seltsam federleicht war ein Korb mit frischem Linnen hereingebracht worden, frisches Bettzeug lag plötzlich unter dem gewichtlos aufgehobenen Körper, eine frische Tunica umhüllte ihn, frische Blumen bekränzten den Kandelaber, und ihr Duft vermischte sich mit dem des Essigs, huschend feucht und heiter, ein Rieselduft, getragen von dem feuchten Geriesel des Wandbrunnens, murmelnd fallende Tropfen der Seele. Seltsam entfaltete sich Geborgenheit. Gewiß, sein Leib, den man mit solch vieler Pflege bedachte, war ein Leib des Zerfalls, ja, des unmittelbaren Zerfalls, aber das Wissen um sein Spiegelbild ließ ihn seine Gestalt bewahren, eine lose und schwebende Gestalt, geborgen schwebend zwischen Vergangenheit und Zukunft, friedlich einsgeworden mit beiden, selber Spiegel, selber Frieden, äthergleich selber Gegenwart, atemgetragenes Bleiben, geöffnete Bläue erschauend. Und so war es zwar als ob dies alles, all dies was hier geschah, als ob all diese Betreuung, die da geräuschlos huschend vonstatten ging, einer bloßen Durchsichtigkeit gelte, als ob damit bloß ein heller und luftig spielerischer Bau von Stützen errichtet worden wäre, ein Gerüst, das nichts mehr zu tragen hatte, es sei denn die Leichtigkeit selber, ja es war, als ob da ein übergroßer und schier gespenstischer Aufwand zur Erzielung einer Geborgenheit getrieben würde, für die es nichts mehr zu bergen gab, nichts was sie in sich hätte einschließen können, es sei denn etwas sehr Verschwimmendes, sehr Verfließendes, es sei denn das Spiegelbild eines Nichts; doch darüber hinaus, da war es eben auch, als ob das Spiegelverschwimmende und Spiegelverfließende, als ob dieses kaum erhaschbare Preisgegebene, trotz seiner Selbstpreisgabe, wie durch ein Wunder im letzten Augenblick und knapp vor dem Auseinanderstreben, aus dem Verfall gerettet und in sich selbst festgehalten wäre, als ob es von einem Wissen her Form und Gestalt empfangen habe, das, obwohl selber nur Spiegelwissen, trotzdem noch genügend irdische Stärke besitzt, um durchsichtigst Unerhaschbares in seine bergende Hut zu nehmen und es kraft solcher Geborgenheit noch einmal zur Wirklichkeit zurückzugestalten: denn noch in ihrem letzten Abglanz hat die liebend dienende Tat wirklichkeitsstiftende Macht, und selbst wenn sie, wie hier, nur noch als spielerisches Spiegelbild sich zeigt, als ein Spiel des Heilens, das kein Heilen mehr ist, spielerisch herangetragen an die Pforte des Todes, selbst dann noch ist sie der unsichtbare Welteninhalt, der schöpferisch das Wissen zum Gewußten, das Bergende zum Geborgenen verwandelt, und, zeugend das Eingeschlossene durch die Kraft der Einschließung, es so verwandlungsstark zur irdischen Schöpfung zurückbringt, daß diese Schöpfungswelt – in seltsam genauem Vorhandensein sowohl vom Außergewöhnlichen wie vom Alltäglichen her bestimmt – zum Spiegelbild ihrer selbst und zugleich zu dem des Menschen wird, Spiegelbild des Innen und Außen in einem. War es noch der eigene Leib, den er fühlte? oder war es nur mehr Spiegelbild seines Leibes oder gar nur Spiegelbild seines Fühlens? wo war die Wirklichkeit dieses Seienden, das friedenserfüllt ihn umgab und dabei er selber war? Keine Antwort war zu erteilen, keine ward erteilt, aber auch die nicht erteilte Antwort war friedsam Seiendes wie alles andere ringsum, körperlich und unkörperlich in einem einzigen Atemzug, in einem einzigen Pulsschlag, schwebend zwischen Urbild und Abbild, weder das eine noch das andere berührend, vielmehr Sinnbild beider, schwebend zwischen Erinnertem und Sichtbarem, ihrer beider Spiegel und friedlich einsgeworden mit beiden, die äthergleiche Gegenwart, und auf dem Grunde des Spiegels, auf dem Grunde des Friedens, tiefversenkt in Gegenwart und Wirklichkeit, auf dem ferndunklen Grunde der Tageshelle schimmerte der Stern.

Warum sollte es nicht so bleiben, für immerdar so bleiben? warum sollte solch mühelos glückhafter Zustand je geändert werden? Und es geschah auch nichts dergleichen. Ja man hätte meinen können, daß selbst die Begebnisse im Zimmer, obschon sie weiter abliefen, keinerlei Veränderung in sich trügen. Nichtsdestoweniger wurden sie reicher, wurden sie ausgedehnter und ausgedehnter. Geschwängert vom Blumenduft, tragkräftig vom Essighauch, blieb der Friedensatem des Seins, doch er wuchs zugleich, und die Ordnungen der Welt wurden zu einem Wispern voll warmer Frische; es war Vervollkommnung, und verwunderlich daran war bloß, daß es jemals anders gewesen war, daß es jemals anders hatte sein können. Nun bekam alles seinen richtigen Platz, wohl um ihn für immer zu behalten. Ungestüm, dennoch sanft vereinigten sich Zimmer und Landschaft, ungestüm in den Gefilden trieben die Blumen hoch, sie wurden höher als jedes Haus, durchstießen die Baumkronen, ließen sich vom Baumgeäst umarmen; klein wimmelten die Menschen zwischen den Pflanzen, lagerten in ihren Schatten, lehnten an den Stengeln und waren gleich ihnen von unnennbarer Durchsichtigkeit, ja Heiterkeit. Auch der Arzt Charondas, der noch immer vor dem Fenster stand, war dort mitten im Reigen der Nymphen zu sehen, wie er, mit höflich bedenklicher Miene, weiter an dem blonden Bart im feisten Gesicht strählte und dazu den Spiegel handhabte, alles spiegelnd: moosige Quellen, die aus noch sanfterem Schlaf aufstiegen, der grünende Erdbeerbaum, der mit kärglichem Schatten zitternd die Moosfeuchte bemalt, glühend und dörrend in der Sonne des Mittags, so spiegelte sich alles, es spiegelte sich der Wacholder, sowie stachliger Früchte voll die Kastanie, und spiegelnd gespiegelt hingen die Beeren prall am reifenden Rebschoß –, oh Spiegelnähe, Spiegelleichtigkeit, oh wie nahe, wie leicht war es da selber einer von jenen zu werden, einer von jenen zu sein, die dort waren, mithütend mit ihnen die Herden, mitkelternd in gewölbter Steinlaube die saftschwere Traube. Oh, Durchsichtiges ging in Durchsichtiges über und behielt trotzdem eigenes Sein; ununterscheidbar waren Haut und Kleidung der Menschen, und des Menschen Seele nahm teil an der äußersten Oberfläche wie an der unsichtbarsten, dennoch sichtbaren Heimatstiefe der Menschenherzen, aus deren pulsender Unendlichkeit sie hervorblickte. Unendliche Begegnung fand statt,

Begegnung, die nie mehr enden sollte, bangigkeitsverlockend. Lorbeerduft, Blumenduft wölbte sich über die Flüsse, spannte sich von Hain zu Hain, trug die leisen Rufe derer, die sich fröhlich verständigten, und die Städte, verdämmernd in der Lichtferne, hatten ihre Namen abgestreift, so daß sie wie zartbebende Luft waren. Hatte der Sklave noch die Milch bei der Hand, auf daß eine Schale hievon, wie sich's gebührt, dem goldenen Bild des Priapus geopfert werde? Rotglühendes Gold in Milch getaucht, so zeigte es sich im Spiegelnden, zeigte sich umgeben von den flußbesäumenden Pappeln, dem Herakles geweiht, zeigte sich umgeben vom bacchantischen Weinstock, von des Apollo Lorbeer und von der Myrthe, die teuer der Venus ist, aber Ulmen beugten sich über die Gewässer, die ihre Blattspitzen benetzten, und aus einem der Stämme trat Plotia und kam über die Brücken dahergeschritten; leichten Fußes wandelte sie näher, begleitet von Schmetterlingen und geräuschlos zwitschernden Vögeln, sie schritt durch die Fläche des Handspiegels hindurch, sie schritt durch diese sich öffnende und hinterher wieder sich schließende Glätte, sie schritt hindurch durch die goldglühenden Regenbogenarkaden und über die elfenbeinernen Milchpfade, und in einiger Entfernung von ihm, der im Ulmengeäst des Kandelabers lehnte, blieb sie stehen. – »Plotia Hieria«, sagte er geziemend höflich, da er ihr doch vorher noch nicht begegnet war. Sie hielt, gleichsam zur Begrüßung, den Kopf geneigt, es schimmerte ihr Haar sternübersät im Nächtlichen, und ungeachtet der beträchtlichen Entfernung, die zwischen ihnen lag, reichten sie einander die Hände, so unmittelbar und so innig, daß es hinüber- und herüberflutete, Strom ihrer beider Leben. Allein, es konnte noch Trug sein, und man mußte sich vergewissern: »Führte Zufall dich diesen Weg?« – »Nein«, erwiderte sie, »unser Schicksal ist vereint von Anfang an.« Vereint waren die Hände, die seinen in die ihren gelegt, die ihren in die seinen, oh es war nicht zu entscheiden, welche die seinen, welche die ihren waren, doch da er, als sei er selber vielästig wie das Gezweige der Ulme, noch außerdem mit spielerischen Fingern die Blumen und Früchte zu umschließen vermochte, die aus dem Baume hervorsprossen, war die Antwort noch nicht ausreichend, und es mußte weiter gefragt werden: »Du aber entstammst einem andern Baum, und du hattest einen sehr weiten Weg, um zu diesem hier zu gelangen.« – »Ich ging durch den Spiegel«, sagte sie, und mit dieser Erklärung mußte man sich begnügen; ja, sie war durch den Spiegel gekommen, sie kam durch den Spiegel, der das Licht verdoppelt, und verdoppelt dringen die Strahlenwurzeln hinab bis zum Ursprung der Schicksalseinheit, um aus dem Ursprung wieder aufzupulsen zu neuer Einheitsvielfalt, zu neuer Vielfaltseinheit, zu neuer Schöpfung. Oh schöne Oberfläche der Erde! Dort ringsum war Mittag und Abend zugleich, dort wanderten die Herden im langsamen Schaukeltritt, dort stand das Vieh tiefgesenkten Hauptes, triefend die Mäuler und Zungen, an der rieselnden Tränke, dort unter den üppigen Weidengebüschen, dort in den schwellenden Wiesen, dort bei den kühlenden Quellen, dort wollten sie wandern, Hand in Hand: »Kamst du, Plotia, wieder das Gedicht zu hören?« Nun lächelte Plotia, ganz langsam lächelte sie: es begann in den Augen, glitt zu der zartschimmernden Schläfenhaut hin, als sollten auch die zarten Adern, die darunter sich abzeichneten, davon ergriffen werden, und ganz langsam, ganz unmerklich ging es zu den Lippen über, die wie unter einem Kuß bebten, ehe sie sich zum Lächeln öffneten und den Rand der Zähne, den Rand des Totengerippes entblößten, den elfenbeinernen Felsenrand des Irdischen im Menschlichen. So blieb das Lächeln und stand in dem Antlitz, das Uferlächeln des Irdischen, das Uferlächeln der Ewigkeit, und es war das Schimmern des silber-endlosen Sonnenmeeres, das lächelnd zum Worte wurde: »Ich will immer bei dir bleiben, ohne Ende.« – »Bleibe bei mir, Plotia, ich will dich niemals verlassen, immer will ich dich behüten.« Bitte war es und Herzenseid und war zugleich auch schon Erfüllung, denn Plotia war, ohne auch nur einen Schritt getan zu haben, um ein weniges näher getreten, und die äußersten Zweige der breiten Ulme berührten ihre Schultern. »Bleibe und ruhe, Plotia, ruhe in meinem Schatten« –; dies war zwar in seinem Munde geformt, von seinem Munde gesagt, und schien dennoch von dem Geäste gesprochen, wie hervorgezaubert aus dem Geäst, das die Gabe der Rede durch die Berührung mit der Frau empfangen zu haben schien. Und so war es nur richtig, daß sie das Gesicht ins laubige Gezweige schmiegte und diesem die Antwort zuraunte: »Heimat bist du mir, Heimat ist mir dein Schatten, der mich zur Ruhe umfängt.« – »Heimat bist du mir, Plotia, und fühl' ich in mir dein Ruhen, so ruh' ich für immer in dir.« Sie hatte sich auf dem Koffer niedergelassen, und unbeschadet ihrer flüchtigen Leichtigkeit unter der sich des Koffers Lederdeckel nicht um den Bruchteil eines Zolles einbog, waren ihre Hände derart körperlich eng mit den seinen verschränkt, daß seine Finger glückhaft die weichen Züge ihres Gesichtes spüren konnten, als sie dieses, gleichwie der Knabe es getan, in ihren Händen vergrub. So saß sie, saß vom Schatten umwölbt, und es ward ihnen Seins-Gemeinsamkeit, aufwachsend aus ihren Händen, aufwachsend ins Unveränderliche, nur noch atmend ahnendes Spüren und reich. Dennoch, so sehr es körperlich war, ineinanderverschmiegend Atem und Blut, ineinanderverschmiegtes Sein, es vermochte der Sklave unbehindert durch ihre Gemeinsamkeit hindurchzuschreiten, als wäre er, und als wären ihrer beider Arme nichts als ätherischste Luft –, wollte er sie voneinander trennen? vergebliches Bemühen, ihre Hände blieben ineinandergelegt, ineinanderverschränkt, ineinandergewachsen, einsgeworden, für immerdar, und selbst der Ring, der auf Plotias Finger saß, war gemeinsames Gut der ununterscheidbaren Händeeinigkeit. Man mußte also den Sklaven zurechtweisen, und Plotia, von seiner Gestalt aufs neue verdeckt, sprach es aus: »Entferne dich«, sagte sie, »entferne dich von uns; kein Tod ist imstande uns zu trennen.« Indes der Sklave hörte nicht auf sie, und er ging nicht aus dem Wege, vielmehr beugte er sich zu des Lauschenden Ohr herab: »Umkehr ist dir verboten; fürchte die Tiere!« Welche Tiere? Etwa die Herden dort bei den Quellen? etwa den schneeigen Stier der unseligen Pasiphaë, der bei den Kühen dort weilte? oder sollten es die Böcke sein, die dort sich tummelten und ihre Ziegen besprangen? Pans Mittagsstille lagerte lautlos über den Blumenhainen, und doch war es bereits Abend, da die Faune mit ihrem Reigentanz angehoben hatten, hufstampfend und die schweren Zeugungsglieder steif emporgerichtet. Abendlich hell war das Singen der Himmelsferne über dem Tanzplatz, abendlich hell wehte es her, kühlsteinern rieselte moosiges Naß in den Grotten, abendvergessen, taubenumgurrt schatteten dort die Büsche des Eingangs, und größer fielen darüber die Schatten der Berge, größer und dunkler; Abend, lieblich und schmerzlich in süß törichter, süß erhabener Einfalt. War dies die Rückwendung? war dies die Rückkehr? Und wiederum wurde die Antwort von Plotia übernommen: »Nimmer bin ich dir Gedächtnisbild, oh mein Vergil, und auch wenn du mich erkennst, stets siehst du mich zum ersten Male.« – »Oh, Heimkunft bist du, Heimkunft ohne Rückkunft.« – »Heimkunft findest du erst am Ziel, dem du, Vergil, noch zuzuwandern hast«, unterbrach der Sklave und reichte ihm den schönknorrigen kupferbeschlagenen Wanderstab hin, »kein Bleiben steht dir an, und kein Gedächtnis mehr ist dir gestattet; nimm deinen Stab, fasse ihn in deine Faust und wandere!« Es war gebieterische Aufforderung, und hätte er sie befolgt, er wäre, den Stab in Händen, zu dem finstern Tal gelangt, in dessen Wildnis verborgen das goldene Reis sprießt; wahrlich, es war wie ein zwingender Befehl, der zu unbedingtem Gehorsam genötigt hätte, wäre der Stab nicht höchst wundersam in den leichten Händen Plotias geblieben, unerreichbar für den Sklaven, und auch dies war wie das Entzücken eines erstmaligen, gedächtnislosen Erkennens, war wie ein erstmaliges Erkanntwerden durch die Frau: »Oh, Plotia, dein Schicksal ist das meine, da du in diesem mich erkennst.« – »Trug«, sagte der Sklave streng und machte eine schattenhafte Anstrengung ihr den Stab wieder zu entwinden, »Trug ist es; des Weibes Schicksal ist Vergangenheit, das deine aber, Vergil, ist Zukunft, und niemand, der vergangenheitsbehaftet ist, kann es dir erleichtern.« Ernst klang die Mahnung, sie war gegen die sanfte Blumenheiterkeit des Geschehens gerichtet, und sie traf ihn in der Tiefe seines Herzens: Zukunftsschicksal des Mannes, Vergangenheitsschicksal des Weibes – unvereinbar war es für ihn stets gewesen ungeachtet aller Glückssehnsucht, und nun wollte es sich aufs neue aufrichten als Barre zwischen Plotia und ihm. Wo war das Wirkliche? war es bei dem Sklaven, war es bei Plotia? und Plotia sagte: »Nimm mein Schicksal, Vergil, forme das Vergangene, auf daß es in dir zu unserer Zukunft werde.« – »Trug«, wiederholte der Sklave, »du bist ein Weib; vielen bist du schon gefolgt, die am Stocke hinkten.« – »Ach«, hauchte Plotia, überwältigt von so viel grausamer Strenge, und dieses kurze Abgleiten in zarte Widerstandslosigkeit wurde von dem Sklaven benutzt, um sich des Stockes zu bemächtigen und mit ihm die Baumkrone zu zerteilen, so daß das Sonnenlicht schmerzhaft grell, mittäglich hart hereinfiel. Freilich verscheuchte er damit auch die Affen, die da droben im Blattwerk ihr geiles Selbstbefriedigungsspiel trieben und nun mit dünnem Kreischen davonhuschten, und dies stellte die Heiterkeit des

Tages wieder her; alle in dem Zimmer lachten zu den ertappten Affen hinauf, und der Arzt drehte den Handspiegel nach ihnen, als wollte er das Lichtverscheuchte nochmals einfangen oder zumindest verhöhnen, denn als das Getier durch die Lüfte davonruderte, zitierte er: »Nunmehr sei es der Wolf, der flieht vor den Schafen, die harte Eiche, sie trage die goldenen Äpfel, es entblühe Narzisse strahlend der Erle; Bernstein entschwitze der Rinde des Sumpfstrauches, und Tityrus sei wie Orpheus, sei walddurchsingend, sei wie Arion zwischen Delphinen.« Da hatte auch Plotia ihre Entmutigung überwunden; inniger noch preßte sie ihre Hände in die seinen, und ihr Blick wies zu dem geöffneten Licht hinauf: »Mit dem Lichte höre ich dein Gedicht, Vergil.« – »Mein Gedicht? auch dieses ist Vergangenheit.« – »Ich höre das Ungesungene.« – »Oh, Plotia, vermagst du das Verzweifelte zu hören? Verzweiflung ist das Ungesungene und Ungetane, ein bloßes Suchen ohne Hoffnung, ohne Ziel, und der Gesang ist nichts als seine Vergeblichkeit.« – »Du suchst das Dunkle in dir, dessen Helle dich formt, und nie wird dich solches Hoffen verlassen, immer wird es sich erfüllen, wenn du mir nahe bist.« Unvermittelt, huschend, ward es da immerwährende Zukunft, unvermittelt Spiegellicht in Spiegellicht getaucht. Seine Hände lagen auf ihren Brüsten, deren Spitzen unter der Berührung hart wurden – hatte sie ihm die Hand geführt? –, und einverfangen in das sanfte Gefühl ihres Körpers, hörte er sie sagen: »Unerreichbar dem Gedicht ist das Ungesungene in dir, größer als das Geformte ist das Formende, das auch dich formt, unerreichbar fern ist es dir, da du selber es bist, doch in meiner Nähe bist du dir selber nah, und du erreichst es.« Nicht nur ihr Antlitz, nicht nur ihre Brüste formten sich in seiner Hand, nein, auch ihr unsichtbares Herz, miteingeschmiegt in die kosende Umfassung. Und er fragte: »Bist du die Form, die ich wurde? bist du die Form meines Werdens?« – »Ich bin in dir, und doch dringst du in mich ein; dein Schicksal wächst in mir, und darum erkenne ich dich im ungesungen Künftigen.« – »Oh Plotia, du bist das Ziel, unerreichbar.« – »Ich bin das Dunkel, bin die Höhle, die dich aufnimmt zur Helle.« – »Heimat, unauffindbare Heimat, du bist sie.« – »Mein Wissen um dein Sein erwartet dich; komme, du findest mich.« – »Ruhend in deinem Wissen das Unauffindbare, ruhend das Zukünftige.« – »Ich trage ruhend dein Schicksal; in meinem Wissen ist dein Ziel.« – »So gib mir auch dein Zukunftsschicksal, auf daß ich es mit dir tragen kann.« – »Ich habe keines.« – »Gib mir auch dein Ziel, auf daß ich es mit dir suchen kann.« – »Ich habe keines.« – »Plotia, oh, Plotia, wie soll ich dich finden?! wo soll ich dich suchen im Unauffindbaren?!« – »Suche nicht meine Zukunft, nimm meinen Anfang auf dich; wisse um ihn, und er wird zur immerwährenden Zukunft in der Wirklichkeit unseres Jetzt.« Oh Stimme, oh Sprache! sprachen sie noch? flüsterten sie noch? oder war die Zwiesprache bereits stumm geworden, nur mehr ihnen verständlich in der Durchsichtigkeit ihrer ineinandergebannten Körper, ineinandergebannt die Durchsichtigkeit ihrer Seelen? Oh Seele, die bloß um des Ungesungenen und Ungetanen willen lebt, um der Zukunftsform willen, in der das Schicksal sich ausprägen soll! Oh Seele, die sich zur Unsterblichkeit formt und hiezu den Gefährten ersehnt, um in sich selber das Ziel zu erkennen! Oh Heimkehr, oh ewige Zeitlosigkeit gemeinsamen Seins, eingeschlossen in den ineinanderverschränkten Händen! Leiser rieselten die Gewässer, leiser die Brunnen, und sehr leise flüsterte es in seiner Seele, in seinem Herzen, in seinem Atem, sehr leise flüsterte es in ihm und aus ihm: »Ich liebe dich.« – »Ich liebe dich«, kam es so unhörbar zurück, als sei es bloß ein stummer Druck ihrer Hände. Und verschränkt ihre Hände, verschränkt ihre Seelen, er im Geäste des Baumes lehnend, sie auf dem Koffer sitzend, rührten sie sich beide nicht, sie rührten sich nicht um eines Fingers Breite von der Stelle und wurden trotzdem einander näher gebracht, da eine schwebende Kraft am Werke war die Entfernung zwischen ihnen zu verringern und die Ulmenäste samt den daran hängenden halbbeschnittenen Reben zur engeinschließenden Laube herabzuwölben, zu einer goldgrün durchleuchteten Höhle, die bald für niemanden andern mehr Raum bot: das war wie ein laubiges Abbild des Höhlengeklüftes, das für Dido und Äneas zu kurzem, ach so kurzem Glücke bereitet gewesen war. Ach, täuschte also die goldgrüne Durchsichtigkeit des Gelaubes? war es Trug? golden schimmerte es, doch kein goldener Zweig ließ sich erspähen, kein Goldklang war im Gebüsch vernehmbar, ach, und dem Heroenpaar war nur ein einziger Augenblick der Glückswirklichkeit beschieden gewesen, nur ein einziger Augenblick, in dem Didos Vergangenheitsschicksal mit dem Zukunftsschicksal des Äneas sich hatte vereinigen dürfen, verblaßt das Vergangenheitsbild des Jugendgeliebten, des frühverblichenen Sychäus, verblaßt das vom Schicksalsspruch der Götter befohlene Zukunftsbild italischer Herrschaft, beides umgeformt und einandergeformt zum ewigwährenden Augenblicks-Jetzt ihrer Vereinigung, ihrer Wirklichkeit, trotzdem nur diesen einen einzigen Augenblick lang, trotzdem bereits überschattet von der vieläugigen, vielzüngigen, vielmäuligen, vielschwingigen, nachtdurchfliegenden Riesengestalt der Fama, welche gräßlich die Liebenden auseinanderscheucht und ins Schamvolle jagt. Oh, sollte hier nun nämliches stattfinden? sollte ihnen das nämliche Los widerfahren? durfte dies sein? waren sie nicht schon viel zu sehr vereinigt und viel zu sehr endgültiger Wirklichkeit zugeformt, als daß ihnen solches noch widerfahren konnte? Groß war das Lächeln Plotias über die Landschaft hingebreitet, fast traurig vor heiterer Regungslosigkeit, und die Landschaft, lächelnd durchsichtig geworden, enthüllte vergangenheitstief, zukunftsträchtig zeugungsbereit ihr Werden, geboren und gebärend. Blattwerk und Blüten, Früchte, Rinde und Erde berührten seine Finger, und immer war es Plotia, die er berührte, immer war es Plotias Seele, die durch die unendlichen Schichten der Landschaft hindurchlächelte. Aus der Baumkrone jedoch kam die Stimme des Lysanias: »Kehre heim in das Lächeln des Anfangs, kehre heim in die lächelnde Umarmung, in der du dich einstmals geborgen hattest!« – »Wende dich nicht um«, warnte nochmals die Stimme des Sklaven, und es antwortete ihr die des Arztes, gedämpft sie zur Ruhe weisend: »Sei still; er vermag nicht mehr sich umzuwenden.« Obwohl daraufhin die Landschaft ein wenig dunkler wurde, büßte sie von ihrer durchsichtigen Heiterkeit kaum etwas ein, und unangefochten von der leisen Verdüsterung hielt das Lächeln Plotias an, sibyllisch ihre Stimme durchlächelnd, da sie aus der Landschaft heraus eben diese aussprach: »Ziel war ich dir von Anfang an, niemals Umkehr, und namenlos bist du mir, da ich dich liebe; namenlos wie ein Kind bist du mir, werdende Seele.« – »Oh, Plotia, in deinem Namen bist du selbst mir geworden, und da ich dich liebe, ward es Entscheidung zu deinem Sein.« – »Fliehe«, warnte die Stimme des Sklaven in letztmaliger, fast angstvoller Dringlichkeit. Indes, die Zweige hatten sich bereits so dicht mit Wein umrankt, hatten sich so sehr zur dunkelverschatteten Grotte geschlossen, daß Flucht durchaus unmöglich schien, und er wollte ja auch gar nicht fliehen, ja er hätte nicht einmal mehr den goldenen Zweig gebrochen, wäre ihm der jetzt von dem Sklaven gezeigt worden: friedlich war es Plotia zu lieben, friedlich war die Nähe ihrer fraulichen Nacktheit, friedlich war es, den Blick durch das Gezweige zu schicken, dorthin zu den waldumsäumten Feldern und zu den Blumenhainen, in denen kein Wolf den Herden auflauert, kein Garn dem Hirsch gestellt ist, in denen Pan und Hirte, Nymphe und Dryade beschwingt von fröhlicher Freude sich ergötzen, und die Färse, nach dem Stier bangend und suchend, sehnsuchtserschöpft am rieselnden Bach hingesunken ruht. Nichts Furchterfülltes, nichts Furchteinflößendes war da erspähbar; selbst das Haupt der in grünschillernden Kreisen um den Baumstamm geringelten Schlange war zart, und ihr Blick, goldglänzend und begleitet von sehr zartem Züngeln, war vertrauenheischend. Allseits im Rund webte liebliches Dahindämmern –, wer mochte da fliehen! Nein, er wollte nicht fliehen, nein, er hatte sich entschieden, und es war die Entscheidung, welche Liebe heißt, größer als das geliebte Wesen, da sie in diesem nicht nur das Sichtbare sondern auch das Unsichtbare umfaßt und begreift: »Nimmermehr fliehe ich, nimmermehr fliehe ich dich, Plotia, oh niemals werde ich dich verlassen.« Näher war nun Plotia, und kühl war ihr Atem: »Du bist mir nah, du warst und bist Entscheidung, ich erwarte dich.« Ja, es war die Entscheidung, und plötzlich war Plotias Ring ganz deutlich und eindeutig um seinen Finger zu spüren, vielleicht von selbst zu ihm herübergewandert, vielleicht von ihr im geheimen ihm angesteckt zur Bindung, zur Vereinigung, zur Süße, die nicht endet. Denn Vergangenheit und Zukunft fließen im Ringe zum nichtendenwollenden Jetzt zusammen, zum stets-sich-erneuernden Schicksalswissen und zur stets-sich-erneuernden Wiedergeburt: »Heimatsentscheidung bist du mir, Plotia; du kamst, und es ward zu unserer ewigwährenden Heimatsgegenwart.« – »Kehrst du zu mir ein, Geliebter?« – »Heimat bist du mir, in die ich heimkehrend eindringe.« – »Ja«, – und es war wie ein Hauchen –, »ja, du sollst mich begehren.« Und war es auch zuerst verwunderlich, daß sie dies so nackt aussprach, so war es dennoch richtig, mußte richtig sein, weil im Jetzt des Begehrens Vergangenheit und Zukunft einander die Waage halten, weil in diesem fast erstarrten Stillehalten, antlitzlos das große Lächeln der Liebe, sich die durchsichtige Klarheit des unveränderlichen Ablaufs begründete, und weil damit ein Zwang, ja ein geradezu süßer Zwang gegeben war die Dinge bei ihrem unmittelbaren Namen zu nennen; vom Außergewöhnlichsten wie vom Alltäglichsten her war das Geschehen bestimmt, beides sollte aus Verhüllung zu unverhülltem Ausdruck gerufen werden, und so galt es auch für ihn: »Der Strom deines Seins fließt zu mir, Plotia, zeitlos und ewig, und ich begehre dich sehr.« Schleiergleich aber rückte sie ein Stückchen von ihm ab, oder richtiger, wehte es sie von ihm ab: »Dann schicke den Alexis fort.« Den Alexis? wahrlich! mitten in der Landschaft, umtanzt von den gliedstarren Satyrn, stand der Alexis am Fenster, blondlockig, weißnakkig, in kurzer Tunica stand er dort und träumte hinaus ins Verschwimmende, hinüber zu den fernen Bergen, deren Gipfel über dem Sonnennebel des Horizontes segelten, und ein weißer Blütenast rötlichen Hauches wölbte sich über ihm. »Schicke ihn fort«, bat Plotia, »schicke ihn fort, schaue nicht zu ihm hin; du hältst ihn mit deinen Augen.« Ihn fortschicken? durfte er einen fortschicken, dessen Schicksal, oh, ein Zukunftsschicksal, er auf sich genommen hatte und den er darob liebte? Dann mußte auch der zärtliche Cebes, der ein Dichter werden sollte, fortgeschickt werden, – war solches zulässig? hieß dies nicht Menschenschicksal zum Zufall erniedrigen? hieß dies nicht Zukunft zur Vergangenheit machen? Freilich, in der unmittelbaren Wirklichkeitsnacktheit des Geschehens gab es kein zauderndes Überlegen, und in nämlicher nacktdurchsichtiger Unmittelbarkeit drängte Plotia: »Sind dir meine Brüste nicht begehrenswerter als die Hinterbacken des Knaben dort?« Der Alexis, über den solches Urteil gesprochen wurde, machte keinerlei Bewegung, auch nicht als er von der Stimme des Arztes spöttisch leise angeredet wurde: »Lieblicher Knabe, trau nicht so sehr deiner rosigen Farbe«, und dann noch ließ er durch nichts merken, daß er es gehört und verstanden habe, vielmehr träumte er weiter still in die Landschaft hinaus, hinträumend zu den Blumenhainen inmitten der Mittagsglut und hin zu dem schattigen Tal, wo vom Steineichengeäst ein heiliger Schatten herabhängt und kühlendem Abend gleich die Luft lindert, hinträumte der Jüngling in die heiter unbewegliche Durchsichtigkeit; doch als Plotia wie in einem tiefen milden Erschrecken nach dem Geliebten ihrer begehrenden Seele, ihres begehrenden Leibes rief, als sie »Vergil!« rief – trotz aller Leisheit wie ein Schrei der Angst und zugleich des Sieges –, da verschwand die Jünglingsgestalt, gleichsam von der Sonne eingesogen, zerlöst, zu Äther verwandelt, und Plotia, mit einem lächelnden Seufzer der Erleichterung, lächelte auf: »Säume nicht länger, mein Geliebter.« – »Oh Plotia, oh Geliebte.« Wie auf ihr Geheiß hatte sich das Gezweige zum undurchdringlichen, undurchblickbaren Dickicht geschlossen, und er – gezogen von ihren Händen war er niedergekniet, war er hingesunken – er kniete, seine Hände in den ihren, und er küßte die Spitzen ihrer Brüste. Und ineinanderverschwebt, aufgehoben von einer schwebenden Macht, schwebend kraft der Strahlenstärke ihres ineinanderverströmten Schauens, waren sie davongetragen, waren sie emporgeweht und leicht hingeweht, leicht hingebettet auf dem Bette, und obwohl sie sich ihrer Kleider nicht entledigt hatten, lagen sie nackt Haut an Haut, lagen sie nackt Seele an Seele, lagen sie aneinandergleitend, dennoch regungslos vor Begehren, während um sie herum in Sternenschwere unhörbar, dennoch immer gewaltiger vernehmlich der Sonnendonner des Lichtes weltenerfüllend anschwoll; Vergangenheitserinnerung und Zukunftserinnerung waren ausgelöscht zu gedächtnisloser Keuschheit. So lagen sie regungslos, Mund an Mund gepreßt, und ihre Zunge wippte steif wie ein Baumwipfel im Winde; so lagen sie, bis ihre Lippen bebend in die seinen flüsterten: »Wir dürfen nicht; der Arzt beobachtet uns.« So waren sie also von dem dichten Gehege doch nicht geschützt! Wie war dies möglich? wie konnten Blicke durch das dichte Buschwerk dringen?! Und doch, und doch, es war so! Ohne daß die gründunkle Laube sich im geringsten lichtete, war das Bett weithin ausgestellt und allen Blicken preisgegeben; unabwehrbar waren die Blicke, unabwehrbar die höhnisch ausgestreckten Finger, die sich, vielfach ringgeschmückt, von allüberall her auf das Lager richteten, unabwehrbar waren die Affen, die in wildgewordener Heiterkeit grinsend Nüsse herabwarfen, unabwehrbar das lüsterne Herschielen der wohlgelaunt meckernden Ziegenböcke, und ein gewaltiger Fledermausschatten strich lachend darüber hin, oh unabwehrbar der Schatten der Fama, der Schatten ihrer gräßlichen, schamerregenden Riesengestalt, mit ihrem Lachen schadenfroh furchtbar Geschehendes und Nichtgeschehendes verkündend: »Sie dürfen nicht ficken, sie dürfen nicht; nur der

Cäsar darf!« Oh, unabwehrbar war da der Lärm, unabwehrbar der Lichtschall, unabwehrbar des Lichtes blendende Vielschichtigkeit, und ehe noch eine Antwort auf all dies zu finden war, ja ehe er noch Plotias Blick suchen konnte, ehe er noch seinen Mund von dem ihren lösen konnte, war auch sie zu Lachen verwandelt, war sie wie ein kühlsteinernes Lachen elfenbeinglatt an ihm entlanggeglitten, entschwebte sie wie ein vom Lichtwind emporgetragenes Blatt und setzte sich wieder auf den Koffer. Hatte sie die in dem Lärm angekündigte Drohung damit beschwichtigen wollen? Es war nicht gelungen – Verzicht ist noch kein ausreichendes Opfer –, der Aufruhr des Lichtes war keineswegs besänftigt, und der Donner ließ nicht nach; im Gegenteil, er wurde deutlicher und deutlicher, er wurde stürmischer und stürmischer, er erfüllte die ganze Weite des Sichtbaren, er erfüllte die Haine und Gebirge, das Zimmer und die Gewässer, und wurde so übermächtig ungestüm, daß die Menschen all ihre Hantierungen unterbrachen und wie erstarrt dastanden, mehr noch, sich sogar in Reih und Glied ordneten, als dürfte vor der donnernd herannahenden Gewalt keiner vom andern mehr sich unterscheiden – oh, schrecklich und übermächtig wurde diese Spannung des Herannahens, und endlich, oh endlich wurde die Türe zur Landschaft aufgestoßen, Diener bezogen die Wache neben den beiden Flügeln, und zwischen ihnen trat ehrfurchtgebietend und dabei menschlich, majestätisch und dabei zierlich die geheiligte Person des Augustus raschen Schrittes ins Zimmer ein.

Stille empfing den Geheiligten; nur die Vögel zwitscherten in der lautlos gewordenen Landschaft, nur die Tauben im Fenstersims, plusternd und duckend, gurrten unbekümmert weiter, und ferndraußen, dort wo die Faune getanzt hatten, blies einer von ihnen weiter sein Lied, als würde es ihm nichts anhaben, daß die Genossen ihn verlassen hatten; freilich, seine Flöte klang zerbrochen. Das Gewitter hatte sich verzogen, aber die Welt hatte ihre Farbigkeit nicht zurückgewonnen, da über ihr und ihrer Stummheit die zwiefarbene Wolke der Dämmerung in farbenverstummender Ruhe hing, wie ein zur Unbeweglichkeit erstarrtes Überbleibsel des Gewitters. Und hatte die kühle Zugluft aus dem steindunklen Korridor, die infolge des plötzlichen Aufreißens der Türe hereingestrichen war, für ein paar Augenblicke die Ampel neuerlich zu zitterndem Schwanken gebracht, so kam nun auch dies zur Ruhe, und alles wartete auf ein Wort des Augustus.

»Man lasse uns allein.«

Nach rückwärts schreitend, wie es der Majestät des Herrschers, doch auch der des Todes gebührt, verließen die Anwesenden, einer nach dem andern, unter Verbeugungen ehrerbietig das Gemach, und ebenso entließ die Landschaft, gleichsam an solcher Ehrerbietung teilnehmend, alles Kreatürliche aus ihrem Bereich, ja sie verblaßte selber so sehr, daß sie zwar in ihren Grundzügen vorhanden blieb, aber in zunehmendem Maße alle Haltbarkeit verlor, und schließlich nur noch etwas Angedeutetes war, einer Federzeichnung ähnelnd, mit Federstrichen ins All eingezeichnet; es waren die Bäume, die Haine, die Blumen, die Grotten zu Federstrichen vereinfacht, dünnstrichig schwangen sich die Brücken zwischen den unmerklich gewordenen Ufern, farbenentblößt, schattenentblößt, lichtentblößt, denn selbst die Dämmerwolke hatte sich in papierig morsche, kaum konturierte Weiße verwandelt, und das weitgeöffnete, farblose Himmelsauge war leer, war nichts als leere Traumestrauer. Sehr handgreiflich hingegen war das Zimmer geworden, da Mauern und Hausrat, Fußboden, Kandelaber, Balkendecke und Ampel ihre ganze farbenstarke und formrunde Festigkeit wiedergewonnen hatten, und vor dieser gewichtigen Handgreiflichkeit war Plotia verschwunden: von all der Wirklichkeitsschwere erdrückt hatte sich ihre Leichtigkeit verflüchtigt, und obwohl sie, die für immer gekommen war, nicht zu den anderen gehörte und sich daher auch sicherlich nicht mit ihnen entfernt hatte, sondern nach wie vor hier im Zimmer sein mußte, war sie unsichtbar geworden.

Doch unanzweifelbar sichtbar war der Augustus, handgreiflich stand er vor ihm, ein sehr vertrauter Anblick mit seiner etwas zu kurz geratenen, beinahe zierlichen, dennoch majestätischen Gestalt, mit dem noch immer fast knabenhaften Gesicht unter dem bereits ergrauenden, kurzgeschnittenen Haar, und er sagte: »Da du dich nicht zu mir hast bemühen wollen, ist es an mir, dich aufzusuchen, sei mir auf italischem Boden gegrüßt.«

Sonderbar war es, daß nunmehr Rede und Gegenrede einander abwechseln sollten, aber die Handgreiflichkeit ringsum, die allerdings nun auch schon das Gefühl der Krankheit wieder aufkeimen ließ, erleichterte das Sprechen: »Du hast mich durch deine Ärzte zu solch schlechtem Willen genötigt, Octavianus Augustus, doch zugleich belohnst du mich dafür durch dein Erscheinen.«

»Es ist der erste freie Augenblick, der mir seit der Landung vergönnt ist, und ich freue mich ihn dir widmen zu dürfen. Brundisium hat mir und den Meinen stets Glück gebracht.«

»In Brundisium tratest du, ein neunzehnjähriger Jüngling, als du aus Apollonia kamst, die Erbschaft nach deinem göttlichen Vater an, in Brundisium schlossest du den Vertrag mit den Widersachern, der dir den Weg zu deiner gesegneten Herrschaft eröffnete; nur fünf Jahre lagen dazwischen, ich entsinne mich.«

»Es waren die fünf Jahre, welche zwischen deinem Culex und deinen Bucolica lagen; jenen hast du mir, diese dem Asinius Pollio gewidmet, der also weitaus besser weggekommen ist, mag er es auch verdient haben, genau so wie der Mäcenas die Widmung der Georgica verdient hat, denn ohne diese beiden wäre der Vertrag von Brundisium kaum so günstig abgeschlossen worden.«

Was bedeutete das leise Lächeln, mit dem der Cäsar diese Worte begleitete? warum sprach er von den Widmungen? des Cäsars Worte waren niemals ohne Bedeutung und Absicht; besser war es also ihn von den Gedichten abzulenken: »Von Brundisium aus zogst du gegen den Antonius in Griechenland; wären wir nur zwei Wochen früher zurückgekehrt, du hättest den Jahrestag des actischen Sieges hier an seinem Ausgangspunkt feiern können.«

»Actiums Strand verherrlicht im ilischen Kampfspiel. So ähnlich hast du es doch in der Äneis ausgedrückt. Stimmt das?«

»Vollkommen; dein Gedächtnis ist sehr bewundernswert.« Der Cäsar ließ sich nicht von dem Gedichte abbringen.

»Es gibt wenig Dinge, die meinem Gedächtnis so teuer wären. War es nicht bald nach meiner Heimkehr aus Ägypten, daß du mir den ersten Entwurf des Epos vorlegtest?«

»Du sagst es.«

»Und in die Mitte des Gedichtes, wahrhaft des Gedichtes Mittelpunkt und Höhepunkt, in die Mitte des Götterschildes, von dir dem Äneas verliehen, setztest du das Bild der actischen Schlacht.«

»So tat ich es. Denn der Tag von Actium war der Sieg des römischen Geistes und seiner Sitte über die finsteren Kräfte des Ostens, der Sieg über das finstere Geheimnis, das beinahe schon sich Roms bemächtigt hatte. Dies war dein Sieg, Augustus.«

»Weißt du die Stelle auswendig?«

»Wie sollte ich! mein Gedächtnis reicht an das deine nicht heran.«

Oh, keinerlei Täuschung war möglich: unverkennbar hatte der Augustus die Augen auf den Manuskriptkoffer gerichtet; er hielt sie darauf geheftet, oh, es war keine Täuschung, er war gekommen, um ihm das Gedicht wegzunehmen!

Und der Augustus, lächelnd, weidete sich an seinem Erschrecken: »Wie, du kennst dein eigenes Werk so wenig?«

»Ich weiß die Stelle nicht.«

»Dann muß ich ein zweites Mal mein Gedächtnis anstrengen; hoffentlich glückt es.«

»Ich bin davon überzeugt.«

»Nun denn, wir wollen sehen –: Aber in der Mitte des Schildes steht der Cäsar Augustus und leitet die Seeschlacht der italischen Völker, die ...«

»Verzeih, oh Cäsar, so lautet es nicht; der Vers beginnt mit den gepanzerten Schiffen.«

»Mit den Panzerschiffen des Agrippa?« – der Cäsar war offensichtlich unmutig – »immerhin, die Panzerung war eine gute Erfindung, sie war sogar gewissermaßen eine Meisterleistung des Agrippa, und er hat damit die Schlacht entschieden... also hat mein Gedächtnis doch versagt; jetzt erinnere ich mich...«

»Da du den Mittelpunkt der Schlacht und des Schildes bildest, ist deine Person auch in die Mitte des Verses gestellt; so gehörte es sich.«

»Lies mir den Vers vor.«

Vorlesen? die Manuskripte herausnehmen und sie ausbreiten? um die Manuskripte ging es dem Cäsar, der da ein wahrhaft grausames Spiel mit ihm trieb. Wie sollte man nun die Manuskripte gegen solchen Anschlag verteidigen? wird Plotia dies tun? keinesfalls durfte der Koffer geöffnet werden: »Ich will versuchen, die Stelle zu rezitieren.«

Als ob der Cäsar seine Gedanken erraten hätte, das Lächeln wich nicht von seinem schönen Gesicht, und es war kein Lächeln, es war etwas Böses und Grausames. Dabei stand er noch immer in der ihm eigentümlichen anmutig-freien Haltung vor dem Bette, er setzte sich nicht, und was er eigentlich nun als nächsten Angriff plante, war so wenig zu erraten, daß jählings die Vermutung aufstieg, er wolle die Plotia von dem Manuskriptkoffer wegscheuchen. Vielleicht war dies bloßes Hirngespinst, eines von jenen, die das Fieber manchmal erzeugt, sicherlich sogar, es war bloß ein Hirngespinst, denn hier war ja alles wirklichkeitsfest und farbenstark, fast brauchte man die Zeichnungslandschaft dort draußen überhaupt nicht zu beachten, indes, blickte man nur etwas genauer hin, so wurde man gewahr, daß das papierene Weißlicht, wenn auch grau abgeschattet, bis in die Handgreiflichkeit des Raumes hereinreichte und, eindringend in alles Vorhandene, diesem eine sonderbar fahle Note von Unwirklichkeit verlieh; dünnstrichig gleich einer lieblichen Verlockung war das Böse in die Dinge eingezeichnet, selbst in den Farben der Blumenkränze ließ es sich entdecken, und dünnstrichig stand es in einer Falte zwischen den Augen des Augustus. Allein, der sagte nun: »Beginne, mein Vergil, ich höre.«

»Willst du nicht dich hieher zu mir setzen, denn ich muß liegend rezitieren, da deine Ärzte mir verboten haben, mich zu erheben.«

Glücklicherweise zeigte sich der Augustus gewillt, der Aufforderung Folge zu leisten; er nahm nicht auf dem Koffer Platz, sondern auf dem Stuhl neben dem Bett, und fast war es als hätte er bloß darauf gewartet: mit einer höchst uncäsarischen Geste zwischen die gegrätschten Beine greifend, zog er das Sitzmöbel unter sein Hinterteil und ließ sich mit einem kleinen Seufzer bequemlicher Erleichterung nieder, uneingedenk seines großen Ahnen Äneas, dessen Niedersitzen sicherlich würdevoller vonstatten gegangen war. So saß der Äneas-Enkel da, und seine beginnende Entspannung, diese leise Müdigkeit, die wie ein erstes Zeichen herannahenden Alters wirkte, hatte etwas Rührendes und Versöhnliches an sich; aber versöhnlich war es auch, wie er, den Kopf zurückgelehnt und die Arme verschränkt, sich zum Lauschen anschickte: »Also, laß hören.«

Und die Verse erklangen:

»Sieh in der Mitte des Schilds die actische Schlacht, das Gewimmel

Schwergepanzerter Schiffe, dahinter die Küste Leukates;
Hitzig wütet der Kampf auf den sonnenschimmernden Fluten.
Sieh den Cäsar Augustus die Italer führend im Streite;
Geist des Volkes mit ihm, beschützt von Penaten und Göttern
Steht er auf hohem Verdeck goldflammend die Schläfen im Eifer
Und im Glanze des Ahnengestirns, ihm strahlend zu Häupten.
Dort das Flankengeschwader, von Götterwinden begünstigt,
Lenkt hochragend Agrippa, die Stirn umflammt von dem stolzen
Zierenden Zeichen des Seekriegs, der Schiffsschnabelkrone. Den beiden
Gegenüber jedoch, an der Spitze barbarischer Streitmacht,
Buntgerüsteter, treibt Antonius, Sieger des Ostens,
Stämme vom Morgenland, Ägypter, baktrische Völker
In den Kampf, neben sich – oh Schmach – die ägyptische Gattin...«

Als lauschte er noch weiter, schwieg der Cäsar. Nach einer Weile sagte er: »Morgen ist mein Geburtstag.«

»Ein Segenstag der Welt und ein Segenstag dem römischen Staat; ewige Jugend mögen die Götter dir schenken und erhalten.«

»Recht, mein Freund, und da wir in drei Wochen auch deinen Geburtstag feiern, laß dir das nämliche wünschen. Gemeinsam sei unsere ewige Jugend uns beiden beschieden! Zudem siehst du mit deinen Einundfünfzig ohnehin so jugendlich aus, daß dir niemand die sieben Jahre, die du mir voraus hast, glauben würde. Freilich, mit deiner Reiseuntüchtigkeit hast du mir heute einen üblen Streich gespielt; ich muß sehr bald aufbrechen, um, wenn schon nicht früher, so doch wenigstens zu den Abendfeierlichkeiten morgen in Rom zu sein, und ich hatte gehofft, dich mitnehmen zu können.«

»Es ist Abschied, Octavian, und du weißt es.«

Eine etwas unwillige Geste war die Antwort: »Abschied gewiß, Abschied für höchstens drei Wochen; zu deinem Geburtstag bist du längst in Rom, doch schöner wäre es gewesen, wenn du schon zu dem meinen ein Stück aus der Äneis vorgelesen hättest, schöner als all die glückwunschbeladenen Staatszeremonien, denen ich mich da zu unterziehen habe. Für übermorgen habe ich wieder große Spiele ansetzen lassen.«

Der Cäsar war gekommen, um Abschied zu nehmen, doch wichtiger noch war es ihm die Äneis zu holen, und das eine wie das andere trachtete er unter den vielen Worten zu verbergen. War dies der Weg, auf dem die Wirklichkeit sich des Unwirklichen bemächtigte? oder war es Unwirklichkeit, die sich am Wirklichen vergriff? Oh, auch der Cäsar lebte im Unwirklichen, und das Licht – war die Sonne schon so weit vorgerückt? – wurde fahler: »Dein Leben ist Pflicht, Cäsar, aber die Liebe Roms, von der du erwartet wirst, entschädigt dich.«

Die sonst so verschlossene Miene des Cäsars bekam etwas sehr Freimütiges: »Livia erwartet mich, und das Wiedersehen mit den Freunden wird mir wohltun.«

»Glücklicher, der du deine Gattin liebst!« – einherschwebend aus einem leisen Nirgendwo war es die Stimme Plotias gewesen.

»Und daß du gerade während dieser Festtage in unserem Kreise fehlen wirst, Vergil, werden wir alle schmerzlich empfinden.«

Wer eine Frau wahrhaft liebt, der vermag auch Freund zu sein und ein Beistand für die Menschen; nicht anders verhielt es sich wohl beim Augustus: »Wer mit deiner Freundschaft bedacht wird, Octavian, der ist glücklich.«

»Freundschaft macht glücklich, mein Vergil.«

Wiederum war es aufrichtig und warm gesagt, so sehr, daß fast zu hoffen war, es werde der Anschlag auf die Manuskripte unterbleiben: »Ich bin dir dankbar, Octavian.«

»Das ist zu viel und zu wenig, Vergil, denn Freundschaft besteht nicht aus Dankbarkeit.«

»Da du stets der gebende Teil bist, findet der andere bloß den Weg der Dankbarkeit für sich offen.«

»Der Götter Gnade hat mir das Glück gegeben, meinen Freunden oft von Nutzen sein zu können, doch größer noch war ihre Gnade, mich Freunde finden zu lassen.«

»Um so mehr sind dir diese zu Dankbarkeit verpflichtet.«

»Du bist lediglich zu einer dir gemäßen Gegengabe verpflichtet, und eine solche hast du durch dein Sein wie durch dein Wirken bisher mehr als reichlich geboten... warum hast du deinen Sinn geändert? warum sprichst du von einer leeren Dankbarkeit, die offensichtlich keine Verpflichtung anzuerkennen geneigt ist?«

»Mein Sinn ist unverändert, oh Cäsar, wenn ich auch nicht zugeben kann, daß meine Leistung jemals eine ausreichende Gegengabe dargestellt hat.«

»Du bist immer allzu bescheiden gewesen, Vergil, doch kein Mann falscher Bescheidenheit; es ist mir klar, daß du deine Gaben absichtlich schlecht machen willst, um sie uns schließlich hinterrücks zu entziehen.«

Nun war es ausgesprochen, ach, nun war es ausgesprochen – unbeirrbar und hart ging der Cäsar auf sein Ziel los, und nichts wird ihn hindern die Manuskripte zu rauben: »Octavian, laß mir das Gedicht!«

»Sehr richtig, Vergil, das ist es... Lucius Varius und Plotius Tucca haben mir von deinem erschreckenden Vorhaben berichtet, und gleich ihnen wollte ich es nicht glauben... gedenkst du tatsächlich deine Werke zu vernichten?«

Schweigen breitete sich im Raume aus, ein strenges Schweigen, das fahl und dünnstrichig konturiert in dem nachdenklich strengen Gesicht des Cäsars seinen Mittelpunkt hatte. Im Nirgendwo klagte etwas sehr leise und auch dies so dünn und geradlinig wie die Falte zwischen des Augustus Augen, dessen Blick auf ihm ruhte.

»Du schweigst«, sagte der Cäsar, »und dies heißt wohl, daß du dein Geschenk tatsächlich zurückziehen willst... bedenke, Vergil, es ist die Äneis! deine Freunde sind sehr betrübt, und ich, du weißt es, ich rechne mich zu ihnen.«

Plotias leises Klagen wurde vernehmlicher; dünn aneinandergereiht betonungslos kamen die Worte: »Vernichte die Dichtung, gib mir dein Schicksal; wir müssen uns lieben.«

Das Gedicht vernichten, Plotia lieben, Freund dem Freunde sein, seltsam überzeugend fügte sich Verlockung an Verlokkung, und doch war es nicht Plotia, die daran teilnehmen durfte: »Oh, Augustus, es geschieht um unserer Freundschaft willen; dringe nicht in mich.«

»Freundschaft? ...du sprichst als ob wir, deine Freunde, unwert wären, dein Geschenk zu behalten.«

Des Cäsars Lippen, kaum bewegt, übten Rede und Gegenrede, obwohl er die Macht und sicherlich auch den Willen hatte das Manuskript einfach davontragen zu lassen, und Plotia war verstummt, als erwartete sie den Ausgang des Gespräches: unsprengbar hart und steif und streng war die Seinsform ringsum aufgerichtet, und vollzog sich der Ablauf auch nach dem Willen des Augustus, es war auch dieser darin eingeordnet.

»Oh, Augustus, eher ist mein Gedicht, eher bin ich meiner Freunde nicht wert. Doch du sollst mich nicht nochmals falscher Bescheidenheit zeihen; ich weiß, daß es ein großes Gedicht ist, wenn auch klein neben den homerischen Gesängen.«

»Soferne du das zugibst, kannst du nicht leugnen, daß dein Vernichtungsplan verbrecherisch ist.«

»Was auf Befehl der Götter geschieht, ist nicht Verbrechen.«

»Du weichst aus, Vergil; wer unrecht hat, verschanzt sich gerne hinter dem Willen der Götter; ich aber, ich habe noch niemals gehört, daß sie die Vernichtung öffentlichen Gutes anbefohlen hätten.«

»Ehrenvoll ist es für mich, oh Cäsar, daß du mein Werk zum öffentlichen Gut erhebst, allein, ich darf behaupten, daß ich es nicht nur für den Leser, sondern zuerst für mich geschrieben habe, daß dies seine innerste Notwendigkeit war, und daß es mein Werk ist, über das ich nach meiner Notwendigkeit, wie sie mir von den Göttern bestimmt wird, verfügen muß und verfügen darf.«

»Darf ich meinerseits Ägypten freigeben? darf ich Germanien von Truppen entblößen? darf ich den Parthern wieder die Grenze ausliefern? darf ich Roms Frieden wieder preisgeben? darf ich dies? nein, ich darf es nicht, und selbst wenn ich den Befehl der Götter hiezu erhielte, ich dürfte ihn nicht befolgen, obwohl es mein Friede ist und ich ihn erfochten habe, und es mein Werk ist...«

Der Vergleich hinkte, denn die Siege waren das gemeinsame Werk des Cäsars und des gesamten römischen Volkes und Heeres, während ein Gedicht die Tat eines Einsamen ist. Doch wie immer dem auch sei, ob der Vergleich widerspruchsvoll war oder nicht, das bloße Dasein des Cäsars hob allen Widerspruch auf.

»Dein Werk wird an seiner Staatstauglichkeit gemessen, das meine an der künstlerischen Vollkommenheit.«

Die künstlerische Vollkommenheit, das holde Muß des Schaffens, das keine Wahl läßt und über alles Menschliche und Irdische hinausreicht!

»Ich sehe keinen Unterschied; auch das Kunstwerk hat dem Nutzen der Allgemeinheit und damit dem Staate zu dienen, und der Staat selber ist Kunstwerk in der Hand desjenigen, der ihn zu bauen hat.«

Eine gewisse belästigte Müdigkeit war dem Cäsar anzumerken; die Erwägungen über das Kunstwerk waren ihm nicht wichtig, und es war etwas unklug darauf zu beharren: »Mag der Staat auch als Kunstwerk gelten, so ist es eines, das in Bewegung bleibt und immer weitere Vervollkommnung gestattet, während die Dichtung, ist sie einmal abgeschlossen, etwas in sich Ruhendes ist, so daß also der Schaffende seine Hand nicht von der Arbeit lassen darf, ehe sie nicht Vollkommenheit erreicht hat; er muß abändern, er muß das Unzulängliche ausmerzen, so ist es ihm befohlen, und er muß es tun, selbst auf die Gefahr hin, daß das ganze Werk darob zugrunde geht. Es gibt nur einen einzigen Maßstab, und der ist das Ziel des Werkes; nur am Ziel des Werkes kann ermessen werden, was bleiben darf und was vernichtungswürdig ist, wahrlich, auf dieses Ziel allein kommt es an, nicht auf das getane Werk, und der Künstler...«

Ungeduldig schnitt der Augustus die Rede ab: »Niemand wird dem Künstler abstreiten, daß er Unzulängliches verbessern oder gar streichen darf, aber niemand wird dir glauben, daß dein gesamtes Werk unzulänglich ist...«

»Es ist unzulänglich.«

»Höre, Vergil, du hast dich des Rechtes zu solchem Urteil schon längst begeben. Vor mehr als zehn Jahren hast du mich mit dem Plan deiner Äneis bekanntgemacht, und du magst dich entsinnen, mit welch inniger Freude wir alle, die wir daran teilnehmen durften, dir und deinem Vorhaben zugestimmt hatten. Stück für Stück des Gedichtes hast du uns während der darauffolgenden Jahre vorgelesen, und wenn dich vor der Größe deines Vorwurfes und der Gewalt deines Aufbaues – und wie oft geschah dies doch – Verzagtheit überkam, dann hast du dich an unserer Bewunderung, nein, an der Bewunderung des ganzen römischen Volkes wieder aufgerichtet; bedenke, daß schon große Teile des Werkes allgemein bekannt sind, daß das römische Volk um das Vorhandensein dieser Dichtung weiß, um das Vorhandensein einer Dichtung, von der es so sehr verherrlicht wird, wie niemals noch Dichtung es getan hat, und daß es des Volkes gutes Recht ist, sein unabdingbar gutes Recht, mit dem vollendeten Werke beschenkt zu werden. Es ist nicht mehr dein Werk, es ist unser aller Werk, ja wir haben in diesem Sinne alle daran mitgearbeitet, und es ist nicht zuletzt das Werk des römischen Volkes und seiner Größe.«

Fahler noch war das Licht geworden; man hätte meinen können, daß eine Sonnenfinsternis sich zu entwickeln begänne.

»Es war meine Schwäche, Unfertiges herzuzeigen, die unsichere Eitelkeit des Künstlers. Doch es war auch meine Liebe zu dir, Octavian, die mich dazu bewog.«

In den Augen des Cäsars blinkte etwas vertraut Vertrauliches auf; es war knabenhaft, beinahe listig: »Unvollkommen nennst du dein Gedicht? unfertig? Du hättest es also besser machen können oder besser machen sollen?«

»Es ist so, wie du sagst.«

»Vorhin habe ich mich meines schlechten Gedächtnisses schämen müssen; nun erlaube mir meine Ehre zu retten... ich will dir ein paar deiner eigenen Verse mitteilen.«

Klein und freundschaftlich und boshaft und dabei selber sehr knabenhaft meldete sich der Wunsch, es möge dem Cäsar neuerlich nicht gelingen, indes daneben – ach, über die Eitelkeit des Dichters! – regte sich geil die lobheischende Neugier: »Welche Verse, Octavian?«

Und mit erhobenem Finger taktierend, mit leisestampfender Sohle den Takt begleitend, sprach der Herrscher Roms, der Beherrscher des Erdkreises, selber die Verse:

»Andere mögen aus Erz beseeltere Bilder gestalten,
Mögen dem Marmor vielleicht belebtere Züge entringen,
Rechtssachen schlauer vertreten und besser die Bahnen des Himmels
Zeichnen mit messendem Stift oder Sternaufgänge verkünden:
Du aber, Römer, gedenk' die Völker mit Macht zu regieren,
Dies ist, was dir geziemt, die Sitte des Friedens zu setzen,
Milde dem, der sich fügt, und niederwerfend die Trotzigen.«

Mahnend blieb der taktierende Finger ausgestreckt, gleichsam als Mal für die Lehre, welche aus den Versen zu ziehen und zu behalten war: »Nun, Vergil? im eigenen Netz gefangen?«

Natürlich war es Anspielung auf die Geringfügigkeit des rein Kunstwerklichen, eine wahrlich durchsichtige Anspielung auf seine verschwindende Geringfügigkeit vor der eigentlichen römischen Aufgabe, allein, das war zu billig; darauf brauchte man nicht einzugehen: »So ist es, Augustus, so lautet es, du hast es vollkommen richtig wiedergegeben; es sind die Worte des Anchises.«

»Sind es darum etwa nicht auch die deinen?«

»Ich habe nichts gegen sie einzuwenden.«

»Sie sind makellos.«

»Und wenn sie es auch wären, sie sind nicht das ganze Gedicht!«

»Das ist gleichgültig. Ich wüßte zwar nicht, mit welchen Unzulänglichkeiten das übrige Gedicht behaftet sein sollte, aber du gibst selber zu, daß römischer Geist über kleine Formmängel erhaben ist, und um andere als solche kann es sich ja doch nicht handeln... römischer Geist ist dein Gedicht, nicht Künstelei, und darauf kommt es an... Ja, dein Gedicht ist römischer Geist, und es ist herrlich.«

Was ahnte der Augustus von den wahren Unzulänglichkeiten?! was wußte er von der tiefen Unstimmigkeit, unter der alles Leben und erst recht alle Kunst steht?! Was nannte er da Künsteleien?! was verstand er schon von alldem?! und wenn er nun das Gedicht auch herrlich nannte, und wenn er damit auch den Ohren des Autors schmeichelte – ach, keiner vermag sich solchem Lob völlig zu verschließen! –, das Lob war entwertet, denn wer die offensichtlichen Mängel nicht versteht, der weiß auch nichts von des Gedichtes geheimer Herrlichkeit! – : »Das Unvollkommene, oh Augustus, geht tiefer als irgend jemand ahnt.«

Der Cäsar nahm den Einwurf nicht zur Kenntnis: »Dein Werk ist Rom, und darum ist es Besitz des römischen Volkes und des römischen Staates, dem du dienst, wie wir ihm alle zu dienen haben... bloß das Ungetane gehört uns allein, vielleicht auch das Fehlgeschlagene und Erfolglose; was aber einmal wahrhaft getan ist, das gehört allen, das gehört der Welt.«

»Cäsar, mein Werk ist ungetan; es ist erschreckend ungetan, und niemand will mir dies glauben!«

Wieder blinkte es vertraut-vertraulich in dem verschlossenen Gesichte auf, und diesmal noch dazu ein wenig überlegen: »Wir alle kennen deine Verzagtheiten und Verzweiflungen, Vergil, und es versteht sich, daß sie dich heute, da du krank daniederliegst, besonders arg anpacken; du willst sie jedoch überdies für deine dunkeln, zumindest mir noch immer dunkeln Absichten recht schlau ausnützen...«

»Es ist nicht die Verzagtheit, die du meinst und aus der du

mich wahrlich oft genug herausgerettet hast, Octavian, es ist nicht die Verzagtheit vor dem Unbewältigten und Unbewältigbaren... nein, ich überschaue mein Leben, und ich sehe das Ungetane darin.«

»Damit mußt du dich abfinden... jedes Menschenleben und jedes Menschenwerk führt einen ungetanen Rest verborgen mit sich; dieses Los ist uns allen aufgebürdet.« Es war traurig gesagt.

»Dein Werk wird sich ewig weiter vervollkommnen; es wird von deinen Nachfolgern dereinst nach deinem Willen fortgesetzt werden, doch für mich gibt es keinen Fortsetzer.«

»Dem Agrippa würde ich meine Nachfolge anvertrauen... aber er ist zu alt; sonst wäre er der Beste.« Und wie von einer plötzlichen Sorge erfaßt, erhob sich der Cäsar und ging zum Fenster hin, als könnte der Ausblick in die Landschaftsferne ihm etwas Tröstliches geben.

Die Menschen lösen einander ab, ihre sterblichen Körper folgen einander, nur das Erkennen fließt weiter, fließt weiter in die Überferne und in ein unsägliches Begegnen.

»Der Agrippa wird bald eintreffen«, sagte der Augustus und schaute zur Straße hinunter, über die der Agrippa kommen mußte.

Marcus Vipsanius Agrippa, sein mürrischkluges Soldatengesicht, seine machtschwere einfache Gestalt; deutlich zeichnete sich dies in einem plötzlichen Wissen ab, das wie von einer Stimme, vielleicht von der des Sklaven eingeflüstert wurde, flüsternd, daß das Verzehrende solch machtgerichteten Lebens sich bald selber verzehren werde, daß es eher als das des Augustus zu verlöschen haben würde. Allerdings, davon wollte dieser sicherlich nichts hören; er wünschte anderes zu erfahren: »Du bist selber jung, Octavian, und du hast Söhne, mag sein sogar ungeborene; dein Stamm wird bestehen.«

Eine müde Geste war die Antwort.

Dann wurde es still und schweigend. Der Augustus stand am Fenster, schmal und sehr schlank, ein Sterblicher mit sterblichem Körper, zerteilt in Glieder, togaeingehüllt, so zeichnete er sich gegen das einfallende Licht ab, eine schmale Menschenrückseite mit schrägen Togafalten darüber, und ob es eine Vorderseite und gar ein blickerfülltes, blickstrahlendes Gesicht dazu gab, das wußte man auf einmal nicht mehr, noch viel weniger aber, wohin es eigentlich blicken sollte. Hatte nicht soeben der Alexis dortselbst, genau an der nämlichen Stelle gestanden? doch, ja doch, Alexis war es gewesen, kindhaft schmal, in fast rührender Schönheit, fast ein Sohn, der Sohn, dessen werdendes Schicksal, dessen Entfaltung er auf sich hatte nehmen wollen, ihn betreuend, nicht nur wie ein Vater, nein, auch wie eine Mutter ihr Kind betreut, und den er doch väterlich zum Ebenbild seiner selbst geformt hatte. Abgewandt hatte der Alexis dort gestanden, als trüge er ihm solche Mißleitung und solchen Schicksalseingriff noch immer nach, aber dessen nicht achtend hatte er hinausgeträumt ins Landschaftsträumende, in die blumendurchwirkte Traumsonne, in den lorbeerumdufteten Traumfrieden, und für ihn, den schönen Knaben, hatten die gefildetrunkenen Faune flötenberauscht im Takte getanzt, für ihn war die Landschaft aufgetan gewesen, im Innersten vom Tanze bewegt, im Takte selbst die Eichen machtvoll ihre Wipfel schüttelnd; für den Knaben war es vor sich gegangen, ein einziger Begehrenstanz der Geschöpflichkeit bis zu allen Grenzen hin, sichtbar das Unerspähbare, sichtbar das Abgewandte, verwoben zu einer einzigen Sichtbarkeit kraft des unaufhörlichen hin- und widerströmenden Begehrens, das voller Erkennen war und das Erschaute wie das Unerschaubare mit seinem bebenden Fließen einhüllte, um es damit zur erkannten Gestalt zu prägen: ja, eingehüllt von dem erkennenden Begehren und selber begehrend, hatte der Alexis dort gestanden, und da er Gestalt gewann, war auch alles um ihn zur Gestalt geworden, wurde zur erkannten Einheit, so daß Mittag und Abend zu einem einzigen Licht-Sein hatten zusammenfließen dürfen, allein nun war nichts mehr hievon vorhanden, und sogar die in der unendlichen Über-Ferne ruhenden Nachthügelketten hatten sich zur Leerheit aufgelöst, waren aufgenommen von der allgemeinen Landschaftsleere, die als stumm-spärliches Liniengewirr, beinahe streng vor Härte, sich in das morsche braune Fahllicht der zunehmenden Sonnenfinsternis eingestrichelt hatte; stumpfer und stumpfer wurden da die Farben der Blumen, schwarzviolett wurde des Cäsars Togapurpur in diesem Lichte, das trocken war wie angesengtes Papier, äußerst unverwoben war dies alles, geradezu zusammenhanglos und bar jeglicher Gegensicht, unverwoben infolge der strengen Einseitigkeit, die von der schmalen Gestalt dort am Fenster ausging, unverwoben vor Strenge, vor Härte, vor Schärfe, unwirklich schier trotz ihrer sehr handgreiflichen Oberflächenwirkung, und auch das Menschliche, ach, selbst die menschliche Beziehung schien dieser Einseitigkeit einer geheimnisvoll freischwebenden, nichts-überdeckenden Oberfläche verfallen, denn seltsam unsinnlich, seltsam begehrensfrei, seltsam nüchtern spannte sich eine starke, fast straffe Verbundenheit zu der unbeweglich dort stehenden, schmächtigen Menschengestalt hin, war Zusammenhang mit ihr, Zusammenhang im Zusammenhanglosen, seltsam vor Unlöslichkeit. Nichts regte sich mehr, sogar das Zwitschern der Vögel war erstorben in der verfinsterten Fahlheit; ach, nimmermehr wird der Traum zurückkehren. Plotia jedoch, aus dem Traume herabgebeugt zu unmittelbarer Nähe, ahnend war ihr Atem zu spüren, hauchte geheimnisverheißend: »Trauere ihm nicht nach, da ich dich im ungesungen Zukünftigen erkenne; das Gewesene bindet dich nicht mehr, kehre ein zu mir, mein Geliebter« –; so flüsterte sie, einflüsternd gleichsam die zarte Lebendigkeit des Traumfriedens über alles Hören hinaus in eine unlebendig fahl gewordene, handgreifliche Welt, so flüsterte sie es ins Welterstarrende, um sodann leis ausflüsternd zu verstummen, als hätte die Aufgabe ihre schwachen Kräfte weit überstiegen. Lange hielt nun die Stille an, unverwandt blickte der Mann am Fenster, er, der die Welt im Namen der Götter regierte, er, der schmächtig-irdische Gottesträger, unverwandt blickte er in die verschattete und immer weiter sich verschattende Landschaft der Dächer und Linien hinaus; still und friedlich blieb es, aber es war nicht mehr der Traumfriede, dessen Leichtigkeit vordem hier geschwebt hatte, es war der streng unbeugsame Friede des Augustus, und nur der Lorbeerduft, traumatmend nach wie vor das Gemach durchschwelend, verharrte als Erinnerung an die zarte Blumenlebendigkeit, an deren Grenze, fast schon der Härte angehörend, der Lorbeer stand, der Lorbeer steht.

Unversehens, mit einer außerordentlich heftigen Bewegung, wandte der Augustus sich um: »Sprich zur Sache, Vergil,... warum willst du die Äneis vernichten?«

Es war so überraschend, daß im ersten Augenblick sich nichts darauf erwidern ließ.

»Du hast von Unzulänglichkeiten geredet; sie seien dir zugestanden, obwohl ich nicht an sie glaube, doch es gibt keinerlei künstlerische Unzulänglichkeit, deren ein Vergil nicht Herr zu werden vermöchte... das waren also bloße Ausflüchte.«

»Ich habe mein Ziel nicht erreicht.«

»Auch mit dieser Auskunft weiß ich nichts anzufangen... um welches Ziel geht es dir?«

Das war sehr scharf und sehr geradeheraus gefragt; der Augustus hatte sich nun wieder dem Bette genähert, er glich einem streng prüfenden Vater, und die Einschüchterung, die er einflößte war höchst sonderbar, nicht nur wegen des immerhin bestehenden Altersunterschiedes, sondern noch viel mehr, weil jedem, der den Augustus kannte, diese ihm bereits zur Gewohnheit gewordene Art des scharfen Verhörs längst vertraut sein mußte, vertraut genug, um nichts Erschreckendes mehr zu enthalten. Wahrscheinlich lag die Einschüchterung in der unabweisbaren Berechtigung der Frage; wer keine Antwort zu geben weiß, ist eingeschüchtert; wo waren die Ziele? sie waren nicht zu finden, auch sie verflüchtigt unter der handgreiflichen Schwere des Augenblickes! Ach, wo waren sie? Oh Plotia! oh, sibyllische Stimme! welche Ziele?!

Und Plotia sagte, und es klang wie Erinnern: »Ich trage dein Schicksal; in meinem Wissen ist dein Ziel.«

Hinwiederum der Augustus – und auch dies pflegte er gerne in Verhören zu tun, wenn er irgend etwas zu erreichen trachtete – wechselte den Ton und schlug ins gewinnend Liebenswürdige um, wie es ihm so sehr lag: »Es gibt viele Ziele, Vergil; ich selber habe ihrer eine ganz stattliche Anzahl, und unter ihnen steht deine Freundschaft wahrlich nicht an letzter Stelle, denn es soll ja einstmals zu meinem Ruhm gehören, der Freund des Vergil gewesen zu sein... indes, nun verrate mir doch, welch fürchterliches Ziel dir vorgeschwebt hat, das so unverständlichen Entschluß in dir heranreifen ließ...«

Das Fieber stieg wieder an; zwischen den heißen Fingern war es zu spüren, und der Ring drückte. Nichtsdestoweniger mußte geantwortet werden: »Mein Ziel?... das Wissen, die Wahrheit... alle Ziele liegen dort... die Erkenntnis...«

»Und dieses Ziel glaubst du nicht erreicht zu haben.«

»Niemand erreicht es.«

»Nun... da du dich selber widerlegst, ist es unbegreiflich, daß du dich noch weiter quälst;... Sterbliche können nicht alles.«

»Ich aber habe nicht einmal den ersten Schritt zur Erkenntnis getan, nicht einmal den Ansatz zu einem ersten Schritt... unstimmig ist es, unstimmig war alles.«

»Was soll das heißen? daran glaubst du selber nicht; laß das bleiben.« Die Stimme des Augustus war ärgerlich geworden; er war ungehalten.

»Es ist so.«

»Mein Vergil...«

»Oh Octavian...«

Leise schwankte die Ampel, obwohl sich kein Lufthauch regte; leise klirrte die Silberkette; gesellte sich ein Erdbeben zu der Sonnenfinsternis? Es war ohne Erschrecken; wie ein leise sich wiegender Nachen war der Körper, wie ein Nachen, der zur Fahrt gerüstet wird, und der Augustus am Ufer leistete freundlich Hilfe, während draußen der Meeresspiegel, glatt und ohne Wellengekräusel, spiegelnd das Fahllicht in seiner Glätte, mit ganzer Fläche sich auf und ab bewegte.

Und freundlich sagte der Augustus, auch er des Erdbebens nicht achtend: »Höre mich, Vergil, höre mich, der ich dein Freund und zugleich Kenner deines Werkes bin: voll erhabenster Erkenntnis ist dein Gedicht; Rom ist in ihm ausgebreitet, und du umfassest Rom ebensowohl in seinen Göttern, wie in seinen Kriegern, wie in seinen Landleuten, du umfassest seinen Ruhm wie seine Frömmigkeit, du umfaßtest den römischen Raum in seiner Gänze, und du umfaßtest die römische Zeit, welche hinaufreicht bis zu dem gewaltigen troischen Ahnherrn, denn alles hast du festgehalten... ist dir dies nicht Erkenntnis genug?«

»Festgehalten? festhalten... oh festhalten... ja, alles habe ich festhalten wollen, alles was geschehen ist, alles was geschieht... und so hatte es nicht gelingen können.«

»Es ist dir gelungen, mein Vergil.«

»Ungeduldig war ich nach Erkenntnis... und darum wollte ich alles aufschreiben... denn das ist Dichtung; ach, Ungeduld nach Erkenntnis ist sie, dies ist ihr Wunsch, und darüber hinaus vermag sie nicht zu dringen...«

»Ich stimme dir bei, Vergil, das ist Dichtung; sie umfaßt alles Leben, und darum ist sie göttlich.«

Der Cäsar begriff nicht, niemand begriff die Wahrheit, niemand wußte um die Schein-Göttlichkeit der Schönheit, um das Vor-Göttliche göttlichen Anscheins.

»Zur Erkenntnis des Lebens bedarf es nicht der Dichtung, oh Cäsar... für den römischen Raum, für die römische Zeit, wie du es nanntest, sind mir Sallust und Livius maßgebender als meine Gesänge, und mag ich auch ein Bauer sein, oder richtiger, hätte ich auch einer sein können, ein Werk wie das des verehrungswürdigen Varro ist für die Erkenntnis des Landbaues unendlich wichtiger als meine Georgica... was bedeuten wir Dichter daneben! ich will keinen meiner Berufskollegen herabsetzen, doch mit bloßen Verherrlichungen ist nichts getan, am allerwenigsten für die Erkenntnis.«

»Jeder trägt das Seine zur Erkenntnis des Lebens bei, jedes geschaffene Werk tut dies, auch das meine; allein, es ist die Größe der dichterischen Erkenntnis und darum auch deine Größe, Vergil, alles Leben in einer, wie ich sagte, einzigen Schau, in einem einzigen Werk, in einem einzigen Blick zusammenfassen zu können.«

Aufschreiben, alles aufschreiben, was innen und außen geschieht, und trotzdem hatte es zu nichts geführt: »Ach, Augustus, auch ich habe einstens gemeint, daß dies, gerade dies die Erkenntnisaufgabe des Dichters sei... und so wurde mein Werk ein Suchen nach Erkenntnis, ohne Erkenntnis zu werden, ohne Erkenntnis zu sein...«

»So muß ich dich nochmals fragen, Vergil, zu welchem Ziel du mit deiner Dichtung gestrebt hast, nachdem es die Erkenntnis des Lebens nicht sein sollte.«

»Die Erkenntnis des Todes.« – Es war wie ein Wiederfinden, wie ein Wiedererkennen, wie eine heimkehrende Erleuchtung, und rasch, wie aus einer Erleuchtung heraus, war es gesagt gewesen.

Es entstand eine Pause; das leise erdbebenhafte Pendeln des Seins hielt an, indes der Cäsar achtete noch immer nicht darauf, vielmehr schien er von dem Gehörten nun doch betroffen. Und es dauerte eine gute Weile, bis er antwortete: »Der Tod gehört zum Leben; wer das Leben erkennt, der erkennt auch den Tod.«

War dies richtig? es klang wie Wahrheit, und war doch nicht wahr oder war nicht mehr wahr: »Es hat keinen Augenblick meines Lebens gegeben, Octavian, den ich nicht hätte festhalten wollen, aber auch keinen, in dem ich nicht zu sterben gewünscht hätte.«

Die Betroffenheit des Cäsars bemühte sich ins Liebenswürdige zurückzufinden: »Es ist nur ein Glück, mein Vergil, daß dir der Sterbenswunsch bisher noch nichts genützt hat; auch diesmal wird er dir bloß bis zur Krankheit verholfen haben. Dein Wunsch zum Leben wird sich mit Hilfe der Götter aufs neue als der stärkere erweisen.«

»Mag sein... sicherlich hänge ich am Leben, ja, ich hänge daran, ich muß es zugeben; ich bin des Lebens unersättlich, eben weil mich so sehr nach dem Tode hungert... noch weiß ich nichts vom Tode...«

»Der Tod ist nichts; es ist überflüssig von ihm zu sprechen.«

»Du hast viel Tod gesehen, Octavian; vielleicht weißt du darum mehr vom Leben als jeder andere.«

»Möglicherweise war es sogar zu viel Tod, den ich zu sehen bekam, aber wahrlich, mein Freund, das Leben ist so wenig wie der Tod; es führt zu ihm hin, und beide sind Nichts.«

Wäre es nicht so nebenbei und müde gesagt, es wäre überraschend gewesen, da es den Anschauungen des Augustus keineswegs entsprach; so aber war es wohl nicht ernst zu nehmen: »Dies stimmt nicht ganz mit den Lehren der Stoa überein, deren Schüler du dich öfters nanntest.«

»Wenn die Pflicht zum Guten weiter bestehen bleibt, dann wird es schon noch irgendwie mit der Stoa in Übereinstimmung zu bringen sein. Doch das ist für uns eigentlich kaum sehr wichtig und sicherlich kaum das Wesentliche.«

Der Augustus setzte sich, und wiederum war es eine etwas müde und einigermaßen unheldische Geste, mit der er sich niederließ. Für eine kurze Weile schloß er die Augen, seine Hand suchte einen Stützpunkt, sie fand ihn an dem bekränzten Kandelaber, und seine Finger, spielend, zerrieben ein Lorbeerblatt. Und als er die Lider wieder aufschlug, da war der Blick matt und ein wenig leer.

Oh, auch dies müßte man festhalten, müßte es aufschreiben können, müßte es aufschreiben wie all das andere, das durch die vielen Jahre hindurch vorbeigeflossen war ohne aufgeschrieben worden zu sein, wie all das andere Menschliche, das nun kaum mehr ein Erinnern war, ein undeutliches Gewimmel von Schädeln und Gesichtsformen, bäurischen und städtischen, sie allesamt haarbewachsen und mit Haut überzogen, runzelig und glatt und manchmal sehr finnig, ein undeutliches Gewimmel von Gestalten, die vorübergezogen waren, vorübergeschlichen, vorübergehinkt, des Menschen ewiggleichbleibender Mannigfaltigkeitskreis, zu dem selbst der Augustus, der irdische Gottesträger, unabweislich gehörte, er ebenso unerinnert wie dieses ganze undurchdringliche, unabzählbare, unabbildbare Gewimmel von Lebensgeschöpfen, ebenso unerinnert wie jedes einzelne von ihnen, unerinnert sogar das Kreatürliche schlechthin, das ihnen allesamt innewohnt, fressend und schlafend, angefüllt mit Flüssigem und Halbfestem, unerinnert das Knochengestänge unter der Fleischüberpolsterung, das aufgerichtete Knochengestänge, mit dem sie sich bewegen, unerinnert der Mensch, oh, der Mensch, in dessen Lächeln trotzalledem das Göttliche wohnt, so daß er im Lächeln die Neben-Seele, den Neben-Menschen göttlich erkennt – die menschliche Verständigung, die Geburt der Menschensprache aus dem Lächeln. Nichts war davon festgehalten worden, und statt dessen war ein mäßig geglückter Abklatsch des homerischen Vorbildes entstanden, ein leeres Nichts, angefüllt mit Göttern und Helden homerischen Gehabens, gegen deren Unwirklichkeit sogar die Müdigkeit des Enkels, der hier saß, noch Kraft bedeutete: denn göttlich noch war selbst dies müdeste Lächeln, das hier im Antlitz des Cäsars schimmerte –, aber kein Antlitz und kein Lächeln besitzt der actische Sieger im Gedicht, er besitzt nichts als eine Rüstung und einen Helm; ohne Wahrheit war das Gedicht, wirklichkeitsfern sein Held Äneas, wirklichkeitsfern der Äneas-Enkel darin, ein Gedicht ohne Erkenntnistiefe, das nichts wahrhaft festgehalten hat, unfähig hiezu, weil nur in der Erkenntnis sich Licht und Schatten formbauend sondern: das Gedicht war schattenlos fahl geblieben. Indes, da sprach eine Stimme, und es war nicht die der Plotia, nein, es war eine fremde Stimme, nein, es war die des Sklaven, höchst befremdlich, da der doch hier nichts zu suchen hatte, und diese Stimme sagte: »Du sollst nichts mehr festhalten.« – »Warum bist du es, der mir rät? warum nicht Plotia?« Und nun antwortete wirklich Plotia, und es war dieselbe hauchende Zartheit wie vordem: »Gehorche ihm; du sollst es nicht mehr aufschreiben.« So war es also verpflichtend, obwohl die Vermutung bestand, daß Plotia aus bloßer Furcht dem Sklaven beigestimmt habe, befürchtend, sie könnte etwa gar noch selber zu den unerinnerbaren Wesenheiten gezählt werden; nichtsdestoweniger, es war verpflichtend. Warum dieser verpflichtende Befehl? warum?! Denn selbst noch jetzt, ja, selbst noch jetzt hätte der Versuch gelingen müssen das Versäumte nachzuholen, auf daß das Gedicht doch gerettet werde, und war es auch gewissermaßen der letzte Augenblick, zu spät schier für jegliche Bemühung; aber es müßte gelingen, wenn man eben diesen Augenblick, diesen einzigen Augenblick des Nun und Hier noch festhalten könnte, festhalten das handgreiflich Seiende ringsum, das steinern Dauerhafte der Mauern, der Fußböden, des Hauses, der Stadt, all dies Festgegründete und dennoch Schwebende, dieses Dahinfliegende im Unbewegten, festhalten das dies alles durchdringende erdbebenhafte Schwanken, über das man hinglitt wie in einem Kahn auf spiegelnder Fläche, einverspiegelt dem fahlgewordnen Mittagslicht –, oh, wenn man es festhalten könnte, festhalten das irdisch Müde unter der Hautoberfläche des hart-zarten cäsarischen Antlitzes, festhalten, wahrhaft festhalten nur ein winziges Bruchstück des Gespräches, das sich wie eine unsichtbare Kette zu ihm hinüber gespannt hatte, diese Rede und Gegenrede zwischen zwei Wesen, die beide dem feuchten Gewimmel entstiegen waren, unerfaßlich ihre Verständigung, unerfaßlich ihrer Augen göttliche Begegnung im Blickstrahl, oh, wenn man dies noch festhalten könnte, festhalten dürfte, wenn man dies noch zustande brächte, es wäre vielleicht das erste und letzte Aufleuchten einer wahren Erkenntnis des Lebens. Wäre es dies? »Was immer du hienieden noch tust, das Diesseitige genügt dir nicht mehr«, sagte der Sklave, und das war so einleuchtend, daß es von Plotia nicht bestätigt zu werden brauchte; denn mag der erkennende Geist noch so tief in das Seiende dringen, mag er es gar in Urelemente zerlegen, das ruhend Erleidende vom tätig Bewegenden scheiden, beides allüberall erkennend, das eine als Wasser und Erde, das andere als Feuer und Äther, mag er es in noch so viele Bestandteile auflösen, sich einforschend ins Geheimnis atomischer Wirbel, und, mehr noch, mag er sogar die innerste Wesenheit des Menschen aufdecken, des gliederzerteilten Geschöpfes, mag er Bruchstück um Bruchstück das Menschtum durchspähen, die Gottähnlichkeit wie den Selbstbetrug menschlichen Tuns und menschlicher Sprache, mag er das Menschliche bis zur tiefsten, letzten Nacktheit entblößen, abschälend ihm das Fleisch vom Gerippe, ausblasend ihm das

Mark aus den Knochen, zerstäubend seine Gedanken, so daß nichts übrigbleibt als das ausgesonderte, das göttlich zerknirschte, das unerfaßliche Ich, mag der erkennende Geist dies alles vollbringen, mag er, Schritt für Schritt es erforschend, dies alles festhalten, ja genau beschreiben können, kein Schritt ist damit noch getan, diesseitig bleibt die Erkenntnis, irdisch bleibt sie verhaftet, sie bleibt Erkenntnis des Lebens, doch ohne Erkenntnis des Todes: aus nächtlichem Chaos des Anfangs wird Bruchstück um Bruchstück gehoben, wird solcherart Glied um Glied die Wahrheitskette gereiht, endlos die Kette, endlos die Wahrheit selber, unendlich sie wie das Leben, freilich auch ebenso sinnlos, und dem Sinnlosen bleibt sie verhaftet, ehe nicht ihr wie dem Leben, erkannt und erkennend der Tod, das Licht unsterblichen Sterbens sich auftut, der schlichteste Sinn des menschlichen Daseins, die Einheit der Schöpfung als Wahrheit; oh, die Erkenntnis des Lebens, an das Irdische irdisch gebunden, ist als solche nimmer imstande sich über das Erkannte zu heben, und ihm die Einheit zu schenken, die währende Einheit des Sinns, kraft welchem das Leben als Schöpfung besteht und im ewigen Bestand ewig erinnert wird.

Nur derjenige nämlich, der vermöge seines Wissens um den Tod sich des Unendlichen bewußt ist, nur der vermag die Schöpfung festzuhalten, das Einzelding in der Schöpfung, wie die Schöpfung in jedem Einzelding. Denn in sich selber läßt das Einzelne sich nicht festhalten; erst in seinem Zusammenhang, erst in seinem Gesetzeszusammenhang wird es haltbar, und das Unendliche ist es, von dem aller Zusammenhang im Seienden getragen wird, von dem das Gesetz getragen wird und die Form des Gesetzes, ja ebendarum auch das Schicksal selber: das unendliche Verborgensein der Unendlichkeit, dennoch die Menschenseele.

Der Augustus saß unverändert da: er zerrieb das Lorbeerblatt zwischen den Fingern und schien auf eine Zustimmung oder zumindest eine Entgegnung zu warten.

»Oh Augustus, du sprachst vom Wesentlichen... du wärest wohl nicht du, wüßtest du nicht, daß weder das Leben noch der Tod als Nichts gelten kann oder gar als Nichts gelten dürfte, und du wärest nicht du, wüßtest du nicht, daß es sich eben deshalb auch mit der Erkenntnis gerade umgekehrt verhält als wie du es zu sagen beliebtest... wahrlich, nur wer den Tod erkennt, der erkennt auch das Leben…«

Ein etwas abwesendes Lächeln zeigte gleichgültig beiläufige Verträglichkeit an: »Es mag immerhin so sein…«

»Doch, gewiß, so ist es, und nur aus des Todes Sinnvollkommenheit entspringt der unermeßliche Sinn des Lebens.«

»So also ist das Ziel deiner Dichtung zu verstehen, so setztest du es?«

»Insoweit mein Tun echte Dichtung war, ist ihr dies zum Ziel gesteckt gewesen, denn es ist das Ziel aller echten Dichtung; wäre dem nicht so, wäre es nicht so überaus zwingend sich an den Tod heranzutasten mit jedem Gedanken, mit jeder Vorstellung, wäre nicht dieser ungeheure Zwang hiezu vorhanden, dieser Zwang zur Todesannäherung, es gäbe nicht den tragischen Dichter, es gäbe nicht den Äschylos!«

»Das Volk dürfte andere Meinungen über die Ziele der Dichtung haben. Es sucht die Schönheit, es sucht die Weisheit in ihr.«

»Das ist Beiwerk, müheloses und fast billiges Beiwerk; gewiß, das Volk mag vermeinen nur dies zu suchen, und doch fühlt es das dahinterliegende, das eigentliche Ziel heraus, weil eben dieses das Wesentliche ist, weil sich in ihm nichts anderes verbirgt als das Ziel des Lebens selber.«

»Und dieses Ziel hast du nicht erreicht?«

»Ich habe es nicht erreicht.«

Über die Stirn und die Haare sich streichend, als erwachte er und müßte seine Gedanken sammeln, sagte der Augustus: »Ich kenne die Äneis, und deshalb sollst du sie nicht falsch darstellen; alle Gestaltabwandlungen des Todes enthält sie, und nicht nur dies, du bist dem Tod sogar bis zu den Unterweltschatten nachgefolgt.«

Niemals würde dieser Mann einzusehen fähig sein, daß die Opferung des Gedichtes unabweisbare Notwendigkeit war; er merkte ja nicht einmal die Verdunkelung der Sonne und das poseidonische Schwanken des Bodens, er ahnte nichts von dem Unheilsbrand der Erde, der sich in alldem wahrlich genügend deutlich ankündigte, er ahnte nichts von dem kommenden Einsturz der Schöpfung, und nimmermehr würde er zugeben, daß das Opfer – und nicht nur das der Äneis – vollzogen werden müsse, damit Sonne und Gestirne nicht stockten in ihrem Tag- und Nachtweg, und keine Verdunklung mehr eintrete, damit

Schöpfung bleibe, der Tod verwandelt zur Wiedergeburt, zur auferstandenen Schöpfung.

Äneas ist dem Tod zu den Unterweltschatten nachgefolgt und ist mit leeren Händen zurückgekehrt, er selber ein leeres Gleichnis, ohne Heil, ohne Wahrheit, ohne Wirklichkeitswahrheit, so daß sein Wagnis kaum weniger vergeblich gewesen war als das des unglückseligen Orpheus, obwohl er nicht wie dieser der Geliebten halber hinabgestiegen war, sondern um des gesetzesstiftenden Ur-Ahns willen –; nein, die Kräfte hatten nicht ausgereicht zu noch tieferem Einstieg, und nun hieß es das Opfer vollziehen, nun hieß es selber mit samt dem Gedicht das Nichts erreichen, auf daß die Todeswirklichkeit erstehe, sprengend das leere Gleichnis: »Bloß mit Gleichnissen habe ich den Tod umstellt, Augustus; doch der Tod ist listiger als die Sinnbilder der Dichtung, und er entkommt ihnen... Gleichnis ist keine Erkenntnis, nein, das Gleichnis folgt der Erkenntnis, doch manchmal läuft es ihr voraus, wie eine unerlaubte und unvoll kommene Ahnung, die bloß von den Worten gebraucht wird, und dann wird das Gleichnis, anstatt in der Erkenntnis zu stehen, vor der Erkenntnis stehen, wie ein dunkler Schirm sie verdeckend...«

»Mich dünkt, daß das Gleichnishafte für alle Kunst, also auch für die des Äschylos gilt; alle Kunst ist Sinnbild... ist es nicht so, Vergil?«

Freilich war dies ein richtiger Einwand: »Wir haben ja kein anderes Mittel, um uns auszudrücken; die Kunst hat bloß das Gleichnis...«

»Und der Tod entwischt dem Gleichnis, sagtest du.«

»Wie denn nicht... alle Sprache ist Gleichnis, alle Kunst ist es, und sogar die Tat ist Gleichnis... erkennendes Gleichnis, oder soll es sein, will es sein...«

»Schön, dann versteht es sich, daß dies auch für mich zu gelten hat, genau so wie für den Äschylos«; – der Augustus lächelte – »darüber waren wir uns ja einig, Herrschen ist eine Kunst, des Römers Kunst.«

Es war nicht leicht der schlagfertigen Schlauheit des Augustus zu folgen; daß er hier vor dem Bett saß, war begreiflicher als das, wovon er sprach, und wenn er damit den römischen Staat meinte, das Staatswerk, das er geschaffen hatte und mit großer Fertigkeit beherrschte –, wo war seine Wirklichkeit zu finden?

Dünnstrichig war das Staatliche da draußen aufgebaut, in den Landschaften, zwischen den Landschaften, in den Menschen, zwischen den Menschen, Grenze da wie dort, Beziehung da wie dort, unsichtbar und trotzdem vorhanden, und es kostete Mühe sich in all diese Räume zu begeben, um es aufzuspüren: »Dein Werk, Augustus... gewiß, ja, es ist Gleichnis... es ist dein Staat... er ist Sinnbild des römischen Geistes...«

»Und in der Fülle all dieser Sinnbilder, in der Fülle all der Gleichnisse, die unser Leben ausmachen, sind gerade die von dir geschaffenen so schlecht, daß sie vernichtet werden müssen? nur du hast mit ihnen dein Ziel nicht erreicht? ich verlange für mich, daß das, was ich geschaffen habe, bestehen bleibe... auch hierin will ich dem Äschylos gleichen, der sein Werk durchaus nicht vernichtet hat... hast du es also darauf angelegt eine Ausnahme zu sein? oder hast du noch nicht genügend viel Ruhm geerntet und willst noch den des Herostratos deinem Namen anfügen?«

Der Cäsar war ruhmsüchtig, immer wieder sprach er vom Ruhm, er trachtete nach Ruhm, und darum durfte man ihm nicht sagen, ihm natürlich noch viel weniger als dem Lucius, daß der Ruhm, mag er auch den Tod überdauern, niemals den Tod aufhebt, daß der Weg des Ruhmes ein irdischer ist, ein diesseitiger und ohne Erkenntnis, ein Weg des Scheins, der Umkehrung und des Rausches, ein Unheilsweg: »Ruhm ist ein Geschenk der Götter, aber er ist nicht das Ziel der Dichtung; nur die schlechten Dichter erachten ihn als Ziel.«

»Zu diesen gehörst du allerdings nicht... warum also dürfen gerade deine Sinnbilder nicht bestehen bleiben? dein Gedicht wird mit den homerischen Gesängen verglichen, und lächerlich wäre es zu behaupten, daß deine Bilder den äschyleischen an Kraft nachstünden. Du hingegen behauptest, du hättest die Erkenntnis bloß verdeckt anstatt sie aufzudecken, und du wärest ihr solcherart auch nicht näher gekommen; wäre dem so, man müßte das nämliche von Äschylos behaupten.«

Es war wohl Ungeduld, die den Augustus zu solch eindringlicher, schier lästiger Beharrlichkeit trieb, und die klare Antwort, die er erwartete, konnte ihm doch nicht erteilt werden: »Bei Äschylos ist die Erkenntnis immer und von Anfang an der Dichtung vorausgegangen, während ich sie durch die Dichtung habe suchen wollen... aus innerster Erkenntnis geboren, sind seine Sinnbilder innen und außen zugleich, sie sind hiedurch, wie all die Bilder der großen griechischen Kunst, ins Dauernde übergetreten; erkenntnisgeboren, sind sie zur dauernden Wahrheit geworden.«

»Derselbe Ruhmestitel kommt dir zu.«

»Nicht mir... Bilder, welche lediglich von außen herangetragen werden, sind dem Irdischen verhaftet und daher notwendig kleiner als das Urbild; sie sind unfähig zur Erkenntnis, unfähig zur Wahrheit, sie sind nicht innen und außen zugleich, sondern bloße Oberfläche... und so ist es mit mir bestellt.«

»Vergil« –, der Cäsar war mit einer raschen und nunmehr wieder sehr jugendlichen Bewegung aufgestanden – »Vergil, du wiederholst dich bereits, wenn auch mit neuen und sehr bestechenden Worten. Ich aber kann daraus, mich gleichfalls wiederholend, bloß entnehmen, daß die dunklen Einwände, die du gegen dein Werk äußerst, und die du einmal Zielverlust, ein andermal Erkenntnisverlust heißest, im Grunde sich eben doch nur auf formale Darstellungsmängel beziehen; niemand außer dir vermag sie zu erkennen, niemand außer dir vermag deine Bilder als unzutreffend zu empfinden, und die Zweifel, von denen jeder Künstler geplagt wird, die Zweifel am Gelingen seines Werkes, sie sind bei dir bereits zum Wahne ausgeartet, vielleicht weil du der größte unter den Dichtern bist.«

»Das trifft nicht zu, Augustus.«

»Sondern?«

»Du bist in Eile; unstatthaft wäre es also dich mit langwierigen Erörterungen aufzuhalten, und solcher würde es bedürfen, um dir zu beweisen, daß die Äneis zu Unrecht besteht, obwohl sie alle Eigenschaften eines vollgültigen Kunstwerkes besitzt.«

»Du spielst mit Worten, Vergil, und wenn je du dich bloß an der Oberfläche bewegt hast, so tust du es jetzt.«

»Ach, Octavian, glaube mir doch.« Der Cäsar stand dort, in einer unabschätzbaren Entfernung; es war als könnte ihn kein Wort mehr erreichen.

»Langwierige Beweise wollen stets etwas verdecken, und gar wenn sie, wie dies offenbar hier der Fall ist, sich auf ausgedehnte philologische Zurichtungen gründen wollen.«

»Es ist keine Philologie, Octavian.«

»Aber es ist ein Kommentar zur Äneis, den du zu geben wünschest.«

»Ja, so dürfte man es wohl bezeichnen.«

»Ein Kommentar des Vergil zu seinem eigenen Werk! wer möchte solches versäumen! doch wir dürfen da den Mäcenas nicht ausschließen, welcher ja an derlei Fragen den brennendsten Anteil nimmt. Du wirst uns also die Materie in Rom vortragen, und wir werden einen Schreibsklaven hiezu bestellen, damit dein Vortrag aufgezeichnet werde...«

»In Rom...??!« – Wie sonderbar war es Rom nicht wiedersehen zu sollen! Indes, wo war Rom? wo befand er sich selber? wo lag er hier? war dies Brundisium, wo waren die Straßen der Stadt? liefen sie nicht im Nirgendwo dahin, ineinanderverkraust und kreuz und quer, ineinanderverkraust mit den römischen und den athenischen und denen aller anderen Städte des Erdrundes? Türen, Fenster, Mauern, alles wechselte den Standort, alles war in fortwährender Vertauschung begriffen, Ausblick und Ausgang führten ins Ungewisse, und eine einzige Landschaft war die schattenlose Erde, eine einzige Stadtschaft, unangebbar die Himmelsrichtungen; niemand wußte, wo Osten war.

»Gewiß, mein Vergil, Rom erwartet uns«, sagte der Cäsar, »für mich wird es Zeit zum Aufbruch, und in wenigen Tagen folgst du mir zuverlässig und in voller Gesundheit nach... doch bis dahin hast du nicht nur für deine Genesung sondern auch für dein Manuskript besorgt zu sein; weder dir, noch ihm darf ein Leid geschehen, wir brauchen euch beide, und es wird dir nicht schwer fallen mir dies zu versprechen, da ich dich darum bitte. Du bürgst für dich und du bürgst für dein Manuskript... wo hast du es denn aufbewahrt? wohl dort drinnen?« Und wie nebenbei, in Wirklichkeit jedoch mit bewußter Absicht deutete der aufbruchsbereite Cäsar auf den Manuskriptkoffer hin.

Oh, es war Erpressung, glatte Erpressung, die keine Wahl mehr offen lassen wollte: »Ich soll dir das versprechen?!«

»Von vielen Teilen des Gedichtes sind noch keine Abschriften angefertigt worden... ich muß das Gedicht und ich muß dich vor den übereilten Schritten bewahren, die du im Sinne hast. Es mag ja sein, daß du mich, daß du uns alle vermittels deines Kommentars von der Richtigkeit deiner Absichten überzeugst; allein auch hier gilt Eile mit Weile, und zuerst einmal wollen wir deinen Kommentar hören. Wenn du dich nicht willensstark genug fühlst, mir das erbetene Versprechen zu geben, so bin ich gerne bereit den Koffer in sicherster Hut mitzunehmen, damit du ihn bei deiner Ankunft vorfindest.«

»Octavian... ich kann das Manuskript nicht hergeben!«

»Es tut mir weh, mein Vergil, dich derart verstört zu sehen, und doch kann ich dir versichern, daß es bloß ein Wahn von dir ist; es gibt keinen Grund zu solcher Verstörtheit, und es gibt keinen, der dich veranlassen dürfte dein Werk zu vernichten...« Er stand nun vor dem Bett, und mild war der Zuspruch.

»Oh Octavian... ich sterbe, und ich weiß nichts vom Tode.«

Von weither sprach Plotia: »Dem Einsamen ist der Tod verschlossen, zweisam ist das Wissen um den Tod.«

Die Hand des Augustus streckte sich aus und ergriff die seine: »Trübe und unnötige Gedanken, mein Vergil.«

»Sie lassen sich nicht wegscheuchen, und ich darf sie nicht wegscheuchen.«

»Du hast noch Zeit genug vor dir, um mit Hilfe der Götter dein Wissen um den Tod anwachsen zu lassen...«

Vieles schwankte ringsum, vieles ging ineinander über, fünffingrig lag die Hand des Augustus in der seinen, Ich war dem Ich zugeneigt, und es war doch nicht Plotias Hand; es gibt vor dem Tode keine lange und keine kurze Zeit, aber der letzte Augenblick, bringt er die Erkenntnis, müßte länger währen als das ganze vorhergegangene Leben, und Plotia sagte: »Ohne Zeit ist unsere Vereinigung, ohne Zeit unser Wissen.«

»Das Gedicht...«

»Nun, mein Vergil...« Es war noch immer der nämliche milde Zuspruch.

»Das Gedicht... ich muß zum Wissen gelangen... das Gedicht steht vor dem Wissen, es steht mir im Wege.«

Der Augustus zog die Hand zurück, seine Miene wurde hart: »Das ist unwesentlich.«

Von dem Druck der Hand war nichts übriggeblieben; nur der Ring war nun wieder spürbar geworden, so spürbar wie das heiße Fieber, und die Worte des Cäsars gerieten ins Ferne und Unverständliche: »Du sprachst selber vom Wesentlichen, Augustus... und es ist der Tod... es ist die Erkenntnis vom Tode...«

»Unwesentlich ist dies alles vor der Pflicht... magst du auch in deiner Dichtung den Tod, wie du sagtest, mit Gleichnissen umstellt haben...«

Es verflatterte; man mußte versuchen, es nochmals zurückzurufen: »Ach... das Leben festhalten, um in ihm das Gleichnis des Todes zu finden...«

»Sei's drum, ja, sei's drum... niemand fragt den Legionär in der Schlacht, ob er das Sinnbild seines Todes, ob er sein Wissen bereits gefunden hat oder nicht; wenn der Pfeil ihn trifft, muß er sterben. Ohne Rücksicht auf sein Wissen oder Nichtwissen hat er seine Pflicht zu erfüllen... die Götter mögen deinen Tod verhüten, mein Vergil, und sie werden ihn verhüten, aber ich kann nicht dulden, daß du ihn ausspielst, denn er hat, ebenso wie dein Wissen und Nichtwissen, nicht das Geringste mit deinen Pflichten gegen die Gesamtheit zu schaffen... wenn du deinen Sinn nicht änderst, so zwingst du mich geradezu, dein Werk vor dir zu schützen.«

Ungeduldig und zornig war der Cäsar; es ging um ein Entweder-Oder: »Erkenntnis ist nicht Eigenangelegenheit des Einzelnen, oh Cäsar; Erkenntnis ist Angelegenheit der Gesamtheit.«

Zu keiner Tiefe war seine Erkenntnis gelangt, an der Oberfläche war sie haften geblieben, an der steinigen Oberfläche, über die der Pöbel dahinkrabbelt; und seine Erkenntnis vom Tode reichte über das Irdische nicht hinaus, sie wußte bloß um des Todes irdisch steineres Knochengerüst, wußte also nichts, war armselige Hilflosigkeit, unfähig zu jedweder Hilfe. Indes, mit solchen Gründen durfte man dem Cäsar nicht kommen; verständnislos und zornig hätte er sie von vorneherein abgelehnt.

»Also willst du der Gesamtheit mit der Vernichtung deines Werkes nützen? sprichst du im Ernst? wo bleibt deine Pflicht? wo dein Pflichtbewußtsein? ich bitte dich, bitte dich dringlich, nicht von neuem Spiegelfechterei zu treiben.«

Irgend etwas in den Augen des Zürnenden verriet, daß er es mit dem Zorn nicht ganz ernst meinte, daß sein Wohlwollen nach wie vor bestand; gelänge es dieses Wohlwollen hervorzulocken, es könnte noch alles gerettet werden: »Ich entziehe mich keiner Pflicht und keiner Verantwortung, Augustus, und das weißt du; aber ich werde der Allgemeinheit und dem Staat erst dann wahrhaft zu dienen vermögen, wenn ich wahrhaft zu meiner Erkenntnis vorgedrungen sein werde, denn es geht um die Pflicht zur Hilfe, und die ist ohne Erkenntnis nicht zu erfüllen.«

In der Tat, der Zorn des Cäsars sänftigte sich: »Dann wollen wir eben mittlerweile die Äneis als vorläufige Erkenntnis gut aufbewahren... wenn schon nicht als Sinnbild des Todes, da du ihr diese Eigenschaft aberkennst, so doch als Sinnbild des römischen Geistes und des römischen Volkes, dessen Eigentum sie ist, um so mehr als du mit ihren angeblich unrichtigen Gleichnissen der beste Helfer deines Volkes gewesen bist und stets bleiben wirst.«

»Cäsar, dein Werk, dein Staat ist das vollgültige Gleichnis für den römischen Geist, nicht die Äneis ist es, und darum wird dein Werk bestehen, während die Äneis zur Vergessenheit bestimmt und daher dem Untergang zu weihen ist.«

»Hat die Welt nicht für zwei vollgültige Sinnbilder nebeneinander Platz? hat sie dies nicht? Und mag sogar, wie ich gerne zugeben will, der römische Staat das vollgültigere Sinnbild sein, hättest du dann nicht erst recht die unabdingbare Pflicht dich mit deinem Werk in dieses umfassendere Sinnbild dienend einzufügen?« – der Zorn blinkte wieder in dem gespannten Gesicht auf, nunmehr ein zorniges Mißtrauen – »du jedoch, du scherst dich nicht drum. Aus Stolz bäumst du dich gegen deine Pflichten auf; es genügt deinem Stolz nicht, der Kunst, nämlich deiner Kunst, eine dienende Rolle im Staate zuzuweisen, und ehe du sie dienen läßt, vernichtest du sie lieber ganz...«

»Octavian, kennst du mich als überheblich?«

»Bisher nicht, aber du scheinst es trotzdem zu sein.«

»Nun denn, Augustus, ich weiß, daß der Mensch sich der Demut befleißen soll, und hoffe, daß es mir gelungen ist mich daran zu halten; hingegen für die Kunst, da bin ich überheblich, wenn du es so nennen willst. Ich anerkenne jede Pflicht für den Menschen, denn er allein ist Träger der Pflicht, aber ich weiß, daß man der Kunst keinerlei Pflichten aufzwingen kann, weder staatsdienende noch sonstwelche; man würde sie damit nur zur Unkunst machen, und wenn die Pflichten des Menschen, wie eben heutzutage, anderswo als in der Kunst liegen, so hat er gar keine andere Wahl, er muß die Kunst, und nicht zuletzt aus Achtung vor ihr, fallen lassen... gerade diese Zeit fordert tiefste Bescheidenheit des Einzelnen, und in tiefster Bescheidenheit, mehr noch, unter Auslöschung seines Namens hat er zu dienen, als einer der vielen namenlosen Diener des Staates, als Soldat oder sonstwie, nicht jedoch mit Dichtwerken, die keinen

Bestand haben, die vielmehr überheblichste Unkunst sind, Unkunst sein müssen, soweit sie sich anmaßen, mit ihrem überflüssigen Eigendasein dem Staatswohl zu nützen...«

»Äschylos hat sich mit seinem überflüssigen Dichtwerk in das Staatswerk des Kleisthenes eingefügt, und er hat damit den athenischen Staat überdauert... ich wünschte, mein Werk hätte so langen Bestand wie die Äneis.«

Das war sehr aufrichtig gesagt, nur mußte man die Liebenswürdigkeit, mit der seit jeher der Cäsar seine Freundschaft zu verbrämen pflegte, davon in Abzug bringen.

»Was für den Äschylos gilt, mein Cäsar, das trifft nicht auf mich zu; es war eine andere Zeit.«

»Unzweifelhaft, mein Vergil, fünfhundert Jahre sind seitdem verstrichen; das läßt sich kaum ableugnen, doch dies ist auch alles.«

»Du sprachst von den Pflichten, Augustus, und sicherlich bleibt die Pflicht zur Hilfe durch alle Zeiten hindurch unwandelbar bestehen, aber die Art der benötigten Hilfe ändert sich, und heute kann sie von der Kunst nicht mehr geboten werden... die Pflicht bleibt, allein ihre Aufgaben ändern sich in der Zeit... nur im Pflichtlosen gibt es keine Veränderung der Zeit.«

»Kunst ist an keine Zeit gebunden, und jene fünfhundert Jahre bezeugen den Ewigkeitsgehalt der Dichtung.«

»Sie zeugen für die Ewigkeitswirkung des echten Kunstwerkes, nicht für mehr, Octavian... Äschylos hat ewigkeitsgültige Werke schaffen können, weil er damit eine Aufgabe seiner Zeit erfüllt hat, und darum war seine Kunst auch Erkenntnis... die Zeit schreibt die Richtung der Aufgaben vor, und wer gegen diese Richtung handelt, der muß versagen... eine Kunst, die außerhalb solcher Richtung geschaffen wird und also auch keine Aufgabe mehr erfüllt, ist weder Erkenntnis noch Hilfe, kurz, sie ist keine Kunst mehr und hat keinen Bestand.«

Der Cäsar war über den schwankenden Boden hin- und hergeschritten, er hatte bei jeder Wellensenkung kehrtgemacht, so daß er immerzu aufwärts schritt, und nun war er wohl oben angelangt, denn er blieb stehen – vielleicht spürte er doch die poseidonische Bewegung – und hielt sich an dem Kandelaber fest: »Du sprichst wieder Unbeweisbares.«

»In der Kunst ahmen wir überall griechische Formen nach; in der Staatsführung gehst du neue Wege. Du erfüllst deine Aufgabe der Zeit, ich nicht.«

»Das beweist nichts; über die Neuheit meiner Wege läßt sich streiten, und Ewigkeitsform bleibt eben Ewigkeitsform.«

»Ach Augustus, du willst es nur nicht sehen, nur nicht wahrhaben, daß es keine dichterische Aufgabe mehr gibt.«

»Nicht mehr gibt? nicht mehr? du tust als ob wir an einem Ende stünden...«

»Vielleicht hieße es richtiger: noch nicht! Denn einstens wird wieder eine Zeit künstlerischer Aufgaben anbrechen... das anzunehmen, ist uns wohl erlaubt.«

»Nicht mehr und noch nicht« –, der Cäsar wog, unangenehm berührt, die Worte ab –, »dazwischen klafft der leere Raum...«

Ja, nicht mehr und noch nicht; so lautete es, so mußte es lauten, verloren im Nichts, das verlorengegangene Zwischenreich des Traumes – und dennoch, hatte es vordem nicht anders gelautet, ähnlich, dennoch anders? und schon meldete sich die Knabenstimme, die Stimme des Knaben Lysanias, und sie sagte: »Noch nicht und doch schon; so hieß es, und so wird es heißen.«

»Der leere Raum zwischen den Zeiten« – so gingen des Cäsars Worte weiter, als entfalteten sie sich, ohne sein Zutun, aus sich selbst heraus, fast als wäre es der Worte eigenes Selbstgespräch – »das leere Nichts, das plötzlich aufklafft, das Nichts, für das alles zu spät und alles zu früh kommt, der leere Nichts-Abgrund unter der Zeit und unter den Zeiten, den die Zeit ängstlich und haardünn, Augenblick um Augenblick aneinanderreihend, zu überbrücken trachtet, auf daß er, der steinern-versteinernde Abgrund, nicht sichtbar werde. Oh, der Abgrund der ungeformten Zeit, er darf nicht sichtbar werden, er darf nicht aufklaffen, es darf keine Unterbrechung eintreten; ungebrochen muß es weiterfließen, in jedem Augenblick Ende und Anfang zugleich, die geformte Zeit...«

War es wirklich der Augustus, der dies gesagt hatte? oder waren es die Worte seiner geheimsten Angst gewesen? Geheimnisvoll lief die Zeit dahin, der leere, der uferlose Strom, der zum Tode hinführt, immer durch das Jetzt geteilt, immer das Jetzt unerhaschbar hinwegspülend: »Zwischen zwei Zeiten stehen wir, Augustus; nenne es Zuwarten, nicht Leere.«

»Was zwischen den Zeiten geschieht, ist leer und ohne Zeit, unzugänglich der Gestaltung, unzugänglich der Dichtung; so hast du es selber festgestellt, und dabei hast du, schier in einem Atem, diese Zeit, eben unsere Zeit, die zu gestalten ich mich mühe, als Erfüllung menschlichen Seins, also auch der Dichtung, ja als eine wahre Blütezeit gepriesen. Ich erinnere mich deiner Ekloge, in der du von des Äons Herrlichkeit als Erfüllung dieser Zeit gesprochen hast.«

»Die kommende Erfüllung ist beinahe Erfüllung. Warten ist Spannung, ist Wissen um die Erfüllung, und wir, die Wartenden, wir, zum Warten und Wachen begnadet, sind selber Spannung, erfüllungsgewärtig.«

Das Warten zwischen den Zeiten, und doch auch zwischen den Zeitufern, den unsichtbaren, das Warten zwischen den unerreichbaren Ufern des Lebens! Wir stehen auf der Brücke, die zwischen Unsichtbarkeit und Unsichtbarkeit gespannt ist, wir selber Spannung, und trotzdem vom Strome erfaßt; Plotia hatte das geheimnisvoll Unaufhaltsame aufhalten wollen, und vielleicht hätte sie es aufhalten können, vielleicht würde sie es noch tun. Oh Plotia –

Der Cäsar schüttelte den Kopf: »Erfüllung ist Gestalt, nicht bloße Spannung.«

»Hinter uns, oh Augustus, liegt der Absturz ins Ungestaltete, der Absturz ins Nichts; du bist der Brückenbauer, du hast die Zeit aus ihrer tiefsten Verrottung gehoben.«

Nun nickte der also Belobte recht beifällig: »Das ist richtig; sie ist völlig verrottet gewesen.«

»Erkenntnisverlust und Gottesverlust waren die Zeichen, unter denen sie gestanden hatte, Tod war ihre Losung; jahrzehntelang gab es bloß nackteste, blutigste, roheste Machtsucht, gab es den Bürgerkrieg, und Verwüstung folgte auf Verwüstung...«

»So war es; ich aber habe die Ordnung wiederhergestellt.«

»Und deshalb ist diese Ordnung, welche dein Werk ist, zum einzig vollgültigen Gleichnis des römischen Geistes geworden... wir haben den Becher des Grauens fast zur Neige leeren müssen, bis du kamst und uns errettet hast; tiefer denn je war die Zeit ins Erbärmliche gesunken, todeserfüllter denn je war sie gewesen, und nun, da du die Mächte des Unheils zum Schweigen gebracht hast, darf es nicht umsonst gewesen sein... oh, nicht umsonst darf es gewesen sein, es muß aus der tiefsten Lüge strahlend die neue Wahrheit erstehen, aus des Todes schwerstem Wüten wird die Erlösung werden, die

Todesaufhebung...«

»Daraus also meinst du folgern zu müssen, daß die Kunst heute keine Aufgabe mehr zu erfüllen hätte?«

»Genau dies ist meine Meinung.«

»Dann erinnere dich, daß der Krieg zwischen Sparta und Athen sich weit länger hinzog als unser Bürgerkrieg, daß bloß noch größeres Unheil ihn zur Unterbrechung zwang, unabwehrbar neues Unheil, denn gerade damals geschah die Verwüstung des attischen Landes durch die persischen Scharen; und so erinnere dich auch, daß damals, in den Tagen des Äschylos, daß damals des Dichters Heimat Eleusis und Athen in Asche gelegt wurden, und daß ungeachtet solchen Grauens gerade damals, als sollte sich damit der baldige Wiederanstieg Griechenlands ankündigen, der Dichter seinen ersten dramatischen Triumph errang... die Welt hat sich nicht verändert, und war damals Dichtung, so kann sie auch heute bestehen.«

»Ich weiß, daß auf Erden die Gewalttat nicht auszumerzen ist; ich weiß, daß der Mensch vom Menschen durch Machtstreit getrennt ist, wo immer Menschen nebeneinander hausen.«

»Sohin mögest du dich nicht minder erinnern, daß damals Salamis und Platää folgten...«

»Es ist mir gegenwärtig.«

»Actium, das du besangest, wurde unser Salamis, und es wurde Alexandreia zu unserem Platää... geleitet von den gleichen olympischen Göttern und in ihrem Namen haben wir, angeblich gottesverlustig, dennoch Griechenland gleichend, aufs neue die dunkeln Gewalten des Ostens besiegt.«

Die Mächte des Ostens, niedergerungen im Irdischen, so lange niedergerungen, bis sie sich selber geläutert haben werden, um aus dem Zeitenstrom erlöst und erlösend aufzusteigen, Stern, der alle Gestirne überstrahlt, Himmel ohne Verfinsterung.

»Nichts hat sich verändert. Es bleibt das große Beispiel, und alle Kunst hat göttlich sich entfaltet, als Athen unter der Führung eines weisen und verehrungswürdigen Mannes der Friede, der Perikleische Friede zuteil wurde.«

»So ist es, Augustus.«

»Todesaufhebung? die gibt es nicht; nur der Ruhm überdauert auf Erden den Tod. Und sogar der aus Krieg und Grauen geholte Ruhm, der freilich nicht der meine werden soll, ist dazu imstande; ich strebe nach dem Ruhm des Friedens.«

Ruhm! wieder und wieder! ob für den Herrscher, ob für den Literaten, immer ginge es nur um Ruhm, um die lächerliche Todesaufhebung im Ruhm; ja, um des Ruhmes willen lebten sie, er ist ihnen ihr Wesentlichstes, der einzige für sie gültige Wert, und tröstlich daran, wenn auch verwunderlich, war bloß, daß das, was da im Zeichen des Ruhmes geschah, wesentlicher sein konnte als der Ruhm selber.

»Irdisches Sinnbild überirdischer Todesaufhebung ist der Friede; du hast der irdischen Todesverwüstung Einhalt geboten, und du hast deine Friedensordnung an ihre Stelle gesetzt.«

»Das also soll mit deinen Sinnbildern gemeint sein –?« der Augustus, der mit groß ausholenden Gesten, als spräche er vor dem Senat, seine Rede unterstrichen hatte, stutzte ganz kurz und ließ die Hand auf die Stuhllehne herabsinken – »so meinst du das? du meinst, daß die Athener sich gegen den Perikles empört haben, weil er, trotz des Friedens, nicht den Tod abgehalten hat? weil die Pest in das Sinnbild eingebrochen war? du meinst, daß das Volk nach diesem Sinnbild verlangt?«

»Das Volk weiß um Sinnbilder.«

Der Augustus tat es von sich ab: »Nun, wir haben noch nicht die Pest, und waffenlos über ein glücklich geeintes Rom zu herrschen ist mir vergönnt. Und leihen mir die Götter auch weiterhin ihre Hilfe, so wird dieser Friede im Innern nicht nur anhalten sondern sich ausbreiten, er wird, und sogar sehr bald, durch die Befriedung der Reichsgrenzen ergänzt werden.«

»Die Götter werden dir ihre Hilfe nicht versagen, Cäsar.«

Nachdenklich schwieg der Cäsar; dann kündigte sich ein Lächeln an, fast knabenhaft listig: »Aber eben um der Götter und schon um ihrer Ehre willen, darf ich in meinem Staate nicht auf die Kunst verzichten; der Friede, den ich bringe, bedarf der Kunst, genau so wie Perikles den seinen mit dem Bau der himmelragenden Akropolis herrlich gekrönt hat.«

Die Rückwendung zur Äneis war also dem Cäsar geglückt: »Wahrlich, Augustus, du machst mir das Leben nicht leicht, wahrlich, du hast...« –, das Leben?? sollte es nicht von Rechts wegen das Sterben heißen? etwas Graues klaffte auf, irgendwo, unerhaschbar brückenlos, in sich selber stockend; geheimnisvoll strömte die Zeit dahin und wollte doch nimmer strömen –

»Was willst du sagen, mein Vergil?«

Die Stimme des Sklaven übernahm die Antwort: »Es ist keine

Zeit mehr, und es ist nicht mehr erlaubt über die Kunst zu reden; die Kunst vermag nichts mehr, sie vermag den Tod nicht aufzuheben. Denn meine Kraft ist größer.« Und kaum gesagt, wurde es von Plotia ergänzt: »Aller Verwandlung enthoben wird der Zeiten Wandelgang, und die Zeit wird stillstehen im Unwandelbaren, da du dich in mich verwandelst... halte mich, und du hältst die Zeit.« Schweigend hatte sie es gesprochen, und kühl aus der Zeitenkühle, unsichtbar aus dem Unsichtbaren kam ihre Hand, federleicht sich mit der seinen zu verbinden.

Der Cäsar blickte herüber, blickte auf den Siegelring, nein, er blickte auf die hauchzart unsichtbaren Finger Plotias, und er lächelte noch immer: »Ist die Zeit, die ich in meinem Frieden geformt habe, weniger wert als die des Perikles? Es ist mein Friede, es ist unsere Zeit, unsere Friedenszeit.«

»Ach Augustus, du machst es einem wahrlich nicht sehr leicht, besonders wenn man bedenkt, daß du zum Beweise deiner Ansicht die Bauten, mit denen du Rom geschmückt hast, sicherlich der Perikleischen Akropolis gleichsetzen könntest.«

»Aus einer Ziegelstadt wurde eine aus Marmor.«

»Gewiß, oh Augustus, die Baukunst blüht, und sie ist reich, fast sogar ein wenig allzu reich; immerhin, sie ist voll Kraft, denn sie steht im Raume gleichwie der Staat, den du gebaut hast, ein Gleichnis der Ordnung und selber Ordnung.«

»Für die Baukunst machst du also Zugeständnisse?«

»Ruhend in der Zeitenverwandlung ist die Ordnung, ruhend im Irdischen ist der Raum, oh Augustus, und wo immer auf Erden es noch gelungen ist Ordnung zu schaffen, wahrhafte Ordnung menschlichen Seins, dort wurde es auch zum unabweislichen Wunsch das Gleichnis solcher Ordnung sichtbarlich im Raum zu errichten... als Ordnungsgleichnis steht die Akropolis, stehen die Pyramiden, und ebenso Jerusalems Tempel... Zeugnisse des Strebens nach Zeitaufhebung durch die Ordnung im Raume...«

»Nun, schön... mir vergönne aber, dies ein Zugeständnis zu nennen, da es ja doch das erste ist, das ich dir abgerungen habe, und sogar ein erfreuliches und wichtiges, nicht zuletzt in Ansehung des Vitruv, der sonst jederzeit von mir verlangen könnte, daß ich seine Bauten abreißen lasse... indes ernsthaft, ich möchte nicht die Baukunst gegen die Dichtung abwägen, auch nicht den Vitruv gegen den Vergil, obwohl der Vitruv, wenn mich nicht alles trügt, mir sein Architekturbuch gewidmet hat, während der Vergil mir die Äneis entziehen will; indes, und eben ernsthaft, ich möchte dir zu erwägen geben, daß das Zugeständnis, zu welchem du dich hinsichtlich der Baukunst hast bequemen müssen, das nämliche für alle anderen Künste in sich einschließt. Die Ganzheit der Kunst läßt sich nicht zerreißen, die Lebensberechtigung, welche du der Architektur zugestehst, zieht notwendigerweise die der Dichtung nach sich, und so darf ich wohl, ohne daß ich mich dabei nochmals auf Perikles zu berufen brauche, dennoch ganz in deinem Sinn, zum Beweise anführen, daß sicherlich noch jede Blütezeit staatlicher Gemeinschaft alle Künste zugleich und somit auch die Dichtung zu reichster Entfaltung gebracht hat.«

»Kein Zweifel, Augustus, eine erhabene Einheit ist die Kunst.«

»Deine allzu rasche Zustimmung ist gefährlich, Vergil; je rascher sie erfolgt, desto rascher pflegt die Ablehnung zu folgen.«

»Im Gegenteil, ich erweitere die Zustimmung... ob Kunst sich auf diese oder jene Weise ausdrückt, in all ihren Zweigen, ja selbst in der Architektur und in der Musik, überall dient sie der Erkenntnis und drückt Erkenntnis aus; die Einheit der Erkenntnis und die Einheit der Kunst, sie sind Schwestern, und sie stammen gemeinsam von Apoll.«

»Welche Erkenntnis? die des Lebens oder die des Todes?«

»Beide; die eine bedingt die andere, als wären sie einer Gestalt.«

»Also doch wieder die Todeserkenntnis?! gestehe, daß du auf eine Verleugnung deines Zugeständnisses hinsteuerst.«

»Nirgends allerdings ist die Erkenntnispflicht der Kunst so zwingend und bündig und scharf vorgeschrieben wie im Bereich der Dichtung, denn Dichtung ist Sprache, und Sprache ist Erkenntnis.«

»Und die Schlußfolgerung?«

»Du ehrtest mich vorhin, indem du die Verse des Anchises zitiertest...«

»Ich ehre dich, Vergil, wenn auch im Augenblick etwas weniger, da du wieder einmal versuchst Ablenkungen einzuschalten; aber mit jener Zitierung hatte ich dir bloß vor Augen führen wollen, daß du selber die Befassung mit kleinen Formunzulänglichkeiten, die bis zur untadeligsten Vollkommenheit ausgeschliffen werden sollen, daß du selber solch spielerischen Hang als unangemessen erachtet hast, unangemessen dem Ernst und der Würde römischer Kunst...«

»Trotzdem das holde Spiel immerwährenden Ausschleifens und Verbesserns...« – Oh, wie verlockend wäre es, noch einmal damit beginnen zu dürfen; dort stand der Koffer mit all den säuberlich geschriebenen Rollen, das Manuskript, das man Zeile um Zeile hätte durchsehen können, grammatisch und metrisch und melodisch und sinngebend, oh wie verlockend, wie sehr, wie sehr verlockend! Doch der Sklave, nunmehr sehr nahe, ja knapp an des Bettes Rand, ganz leise sagte der Sklave: »Denke nicht daran; der Ekel würde dich packen, wenn du es tätest.« Und Plotias Hände waren wieder davongeweht.

Der Cäsar jedoch, vom stillen Fahllicht der Sonnenfinsternis umwittert, der Cäsar sagte: »So waren die Worte deines Anchises, und es nützt dir nichts diese Art der Kunstverspieltheit jetzt als hold zu bezeichnen; du kannst deine eigene Meinung weder aus der Welt schaffen, noch sie abschwächen.«

»Die Worte des Anchises...« Anchises war bei den Schatten, es blieben Worte; nicht nur das Licht war fahl, nein, schattenhaft fahl war die Zeit.

»Die Worte des Anchises, deine eigenen, Vergil.«

»Nun, da sie aus dem Schattenreich heraufdringen, weiß ich, daß ich mehr mit ihnen gemeint habe...«

»So...«

»Du hast sie noch weitaus zu schwach ausgelegt, Augustus.«

»Wenn meine Auslegung zu schwächlich war, so mußt du sie richtigstellen; ich bedaure meine Schwächlichkeit.« Der Cäsar hatte den Kandelaber losgelassen, er stützte sich mit beiden Händen auf die Stuhllehne, zwischen den Augen zeigte sich wieder die scharfe Unmutsfalte, und der Fuß klopfte eilig hart auf dem Terrazzoboden; allzeit war es so gewesen, der kleinste Widerspruch vermochte jählings und unversehens eine solche Gereiztheit auszulösen.

»Deine Auslegung ist nicht schwächlich, sie gestattet bloß eine Verschärfung... vieles gewinnt ja erst mit der Zeit seinen eigentlichen, anfangs bloß vorgeahnten Sinn.«

»Verrate ihn.«

»Vor der Kunst des Herrschens, vor der Kunst der Staatsordnung und des Friedens, vor dieser wesenhaft römischen Kunst und Aufgabe verblassen alle sonstigen Kunstäußerungen, nicht nur die ach so holden des künsterlichen Spieles, ja, in der Tat, es verblaßt davor all die glücktragende und glücksgetragene Erhabenheit, in der sich Kunst, soferne sie mehr sein will als bloß schmückende Lebenszier der Unkunst, ewiglich zu verkörpern hat... ja, sogar solche Erhabenheit verblaßt davor; dies habe ich mit den Worten des Anchises auszusagen beabsichtigt, und ich habe eben diese Meinung wiederholt, als ich dein Werk, deinen Staat, dein Gleichnis des römischen Geistes als alleingültig über jegliche Kunstwirksamkeit gestellt habe...«

»Und ich habe dich widerlegt... die Kunst besteht weiter, unangefochten vom Zeitenablauf.«

Geheimnisvoll, ein leerer Strom, floß die Zeit.

»Gestatte, Augustus, daß ich noch die verschärfende Schlußfolgerung ziehe, nach welcher du gefragt hattest.«

»Sprich.«

»Gerade die große, gerade die um ihre Erkenntnisaufgabe wissende Kunst weiß auch um den Erkenntnisverlust und den Gottesverlust, durch den wir hindurchgegangen sind; unaufhörlich steht das Grauen der Todesverwüstung vor ihr...«

»Ich habe dich bereits an die Perserkriege erinnert.«

»...und sie weiß deswegen auch, daß mit der von dir geschaffenen neuen Ordnung gleichfalls eine neue Erkenntnis aufblühen muß, aufwachsend aus der Tiefe unseres Erkenntnisverlustes, aufwachsend so hoch, wie jener tief gewesen war, denn sonst wäre die neue Ordnung ohne Zweck, und die Rettung, die wir von dir empfangen haben, würde vergeblich sein...«

»Ist dies alles?« – der Cäsar schien recht befriedigt – »ist dies bereits deine Schlußfolgerung?«

»Sie ist es... je erkenntnisbewußter eine Kunst, vor allem also die Dichtung ist, desto genauer weiß sie, daß sie mit ihrer Gleichniskraft nicht an die neue Erkenntnis heranlangt; sie weiß um deren Kommen, aber sie weiß ebendarum auch, daß sie vor diesem stärkeren Gleichnis abzutreten hat.«

»Gut, ich habe nichts gegen die neue Erkenntnis einzuwenden, nur meine ich, daß du etwas überreichlich die künstlerische Erkenntnisaufgabe für deine Zwecke ausnutzest...«

»Sie steht im Mittelpunkt des künstlerischen Geistes.«

»Und du übersiehst geflissentlich, daß die Ganzheit des Geistes sich auch auf die Kunst erstreckt...«

»Die neue Erkenntnis liegt außerhalb der Kunst, außerhalb des Machtbereiches ihrer Gleichnisse; dies ist sogar das Wesentliche.«

»Du übersiehst geflissentlich, daß jede Blütezeit des Staates nicht nur ebensolche Blüte für die Kunst, sondern auch für die Erkenntnis bedeutet; du übersiehst geflissentlich, daß in Athens großer Zeit neben sämtlichen Künsten auch die Philosophie geblüht hat, und du übersiehst es, mußt es übersehen, weil die Philosophie genau so wenig in das sonderbare Gemälde von deinen unerreichbaren oder todesaufhebenden Erkenntniszielen hineinpaßt, wie alle übrigen wirklichkeitsnahen Tatsachen des Lebens. Mögest du einsehen wie unrecht du hast; ich dagegen will vorläufig den Philosophen vertrauen, daß sie die neue Erkenntnis, nach der du verlangst, finden werden.«

»Die Philosophie ist dazu nicht mehr imstande.« Die Worte sprachen sich von alleine; es war nicht nötig gewesen sie irgendwie durchzudenken oder auch nur anzudenken, sie waren schier unmittelbar vom Auge zur Zunge gekommen, denn hinter den Wortgebilden – hier im schattenfahlen Zimmer? oder dort draußen in der fahlen Federstrichlandschaft? nein, noch ferner, viel ferner, sonderbar aus den Zeiten gehoben –, zeigte sich die Stadt Athen, die Sehnsuchtsstadt, die Stadt Platons, die Stadt, in der das Bleiben verwehrt gewesen war, verwehrt vom Schicksal, und über der Stadt hing auch jetzt noch das Schicksal, einer Todeswolke gleichend, trotzdem schattenlos vor Fahlheit.

»Nicht mehr imstande...«, wiederholte der Augustus, »nicht mehr, nicht mehr! zuerst war es die Kunst, und jetzt soll es auch für die Philosophie gelten, Vergil! auch hier das Zu-spät und Zu-früh? auch für die Philosophie gilt dieses Nichtmehr?!«

Dort im raumlosen Raum des Wortes erhob sich die Stadt, und sie war selber nichts als ein Wortgebilde, sie war leeres, schattenloses Geschwätz, unbeständig und verfließend, sie war ohne Sinnbild, sie hatte, verlustig des Sinnbildes, ihren Halt verloren; wahrlich das Schicksal war ihm günstig gewesen, als es ihn dort nicht belassen hatte: »Unnachsichtig ist die Zeit, Augustus; das Denken hat seine Grenze erreicht.«

»Der Mensch kann bis zu den Göttern hindenken, und das sollte ihm genügen.«

»Oh, unendlich ist der menschliche Verstand, doch wenn er

ans Unendliche rührt, dann wird er zurückgeschleudert... er wird erkenntnislos... eintritt die Todesverwüstung auf Erden, die große Flut, das Waffengeklirr, die Bäche schimpflich vergossenen Blutes...«

»Die Philosophie hat mit dem Bürgerkrieg nichts zu tun.«

»Aber die Zeit war reif geworden... nun muß der Pflug wieder gewendet werden.«

»Die Zeit wird mit jedem Tag zu irgend etwas reif.«

»Ohne gemeinsame Grundlage der Erkenntnis, ohne Grundsätze gibt es kein Verstehen, kein Erläutern, kein Beweisen, kein Überzeugen; der gemeinsame Blick zum Unendlichen hin ist die Grundlage aller Verständigung, und ohne sie wird selbst die einfache Mitteilung unmöglich...«

»Nun, Vergil, schließlich teilst du mir auch jetzt einiges mit, und so kann es mit unserer Verständigungsgrundlage nicht gar so arg bestellt sein; mir genügt sie immerhin.«

Ach, der Cäsar war damit im Rechte –, was hatte dies alles für einen Sinn? was ging dies den Cäsar an? Mühselig war es und trotzdem wie ein Zwang, als geschähe es für das Schicksal der Äneis: »Die Philosophie ist Wissenschaft, ist Verstandeswahrheit; sie muß beweisen können, sie braucht den Erkenntnisgrund, und der Erkennt...« – Irgendwo lachte etwas, stumm und besserwisserisch.

War es der Sklave? oder kündigten sich Dämonen lachend zur Rückkehr an?

»Warum sprichst du nicht weiter, Vergil?«

Wiederum zeigte sich Athen, wiederum die seltsame Enttäuschung, die Athen gewesen war. Wo wurde gelacht? geschah es in Athen?

»Der Erkenntnisgrund geht allem Verstande, geht aller Philosophie voraus... er ist die erste Voraussetzung, und er ist es innen und außen zugleich... du hast mich doch aus Athen zurückgebracht, Octavian? war es nicht so?«

Perlmuttern war die Schale des Himmels über dem Adriatischen Meer geöffnet, das Schiff schwankte, die weißen Pferde Poseidons zeigten ihre Häupter; im Gastraum wurde gelacht und gelärmt; am Heck im fahlwerdenden Licht begann nun ein Musikantensklave zu singen, einsam eine Knabenstimme.

»Daß ich dich aus Athen zurückgebracht habe, war heilsam und richtig, mein Vergil... oder wolltest du gar sagen, daß die

Philosophie nun ihrer Pflicht enthoben sei, weil man dich nicht bei elender Pflege in der Philosophenstadt belassen hat?«

Der Cäsar müßte von Rechts wegen auf dem andern Schiff und nicht hier sein: »Verloren hat die Philosophie den Erkenntnisgrund, sehr tief ist er ihr versunken... sehr tief hinab in das Meer... und da sie hatte emporwachsen müssen, wachsend das Unendliche zu berühren, reichen ihre Wurzeln nicht mehr hinab, auch wenn sie ebenso ins Unendliche wüchsen... ich wäre sonst nicht mit dir heimgefahren, Octavian... wo die Wurzeln nicht mehr einschlagen, ist schattenlose Leere... der Erkenntnisgrund ist abhanden gekommen, und sehr viel leeres Geschwätz ist auf dem Schiffe; du merkst es vielleicht nur nicht so genau wie ich, weil du nicht durch Seekrankheit hellsichtig geworden bist... einstens hatte die Philosophie noch den Erkenntnisgrund, auf dem sie sich aufbauen konnte... gleich dir wollte ich nicht sehen, daß sie ihn verloren hat... ich bin nach Athen gereist, ja, doch, ich bin hingereist... aber heute hat sie den zeugungstüchtigen Boden, in dem sie verwurzelt gewesen war, endgültig verloren... das Denken ist unmännlich geworden.«

Ja, so war es, und darob hatte niemand zu lachen. Selbst der Gott, welcher das Nichts erkennt und das Nichts will, durfte das nicht. Und tatsächlich verstummte das unbefugte Lachen. Statt dessen sagte Plotia: »Schweigend ist die Verständigung; sie bedarf keines Beweises. Kehre heim in die geöffnete Muschel des Schweigens.« Und das war so milde zu hören, daß sogar die Fahrt des Schiffes sich verlangsamte und die Gewässer sehr glatt wurden; kaum daß der Rucktakt der Ruder noch spürbar war, kaum daß es in den Rahen noch knarrte, und nur hie und da klinkte eine Kette.

An den Mast des Kandelabers gelehnt, die eine Hand nun wieder in den lorbeernen Segeln, so fuhr der Cäsar dahin, liebender Gatte, der männlich zur Gattin heimkehrt, zu Livia, die ihn erwartet, und da die Zeit mit dem Schiffe fuhr, so war nicht abzumessen wie lange es währte, bis er sich zum Reden anschickte; schließlich sagte er: »Hat die Philosophie ihren Erkenntnisgrund verloren, so ist es heute ihre Pflicht, sich ihn wieder zu verschaffen.«

Der Cäsar mußte doch auf dem andern Schiff gewesen sein oder sich dort noch befinden, da er nicht gehört hatte, daß die

Wurzeln nicht hinabreichen; vielleicht konnte man es ihm mit genaueren Worten begreiflich machen: »Ulmenholz eignet sich nicht für Schiffsmaste; denn steif und zugleich sehr nachgiebig federnd müssen sie stehen und wachsen…«

»Fühlst du dich ermüdet, Vergil? wünschest du nochmals den Arzt?« Octavian hatte den Stuhl hastig zur Seite geschoben und beugte sich über das Lager; sein Gesicht war ganz nahe.

Das Gesicht war ganz nahe, fast so nahe wie vorhin das Gesicht Plotias. Und da zerriß der Nebel: »Ich fühle mich vollkommen wohl, Octavian… sehr wohl sogar… doch es mag sein, daß ich für einen Augenblick benommen gewesen bin…«

»Deine Rede klang etwas dunkel… freilich kommt dies öfters bei dir vor; denkt man darüber nach, so wird es Weisheit.«

»Weisheit? ich? niemals!… jetzt allerdings will es mich bedünken, als hätte ich bloß nach einem passenden Beispiel zu meiner Antwort gesucht, ohne ein passendes zu finden… du aber, das weiß ich, sprachst vom Erkenntnisgrund der Philosophie.«

»Es stimmt, Vergil; wir brauchen uns also nicht weiter zu beunruhigen.«

»Und die Philosophie ist nicht in der Lage, ihren eigenen Erkenntnisgrund zu erzeugen…«

»Das ist noch nicht geklärt…« – der Augustus war nicht ganz bei der Sache – »…im übrigen kommt es für uns nicht auf diese Frage an, Vergil.«

Das erdbebenhafte Schwanken hielt zwar noch immer an, aber alles andere war klar und ohne Seltsamkeit, klar und natürlich war die verschwindend zarte Federstrichlandschaft draußen, klar und natürlich war der Ulmenkandelaber, und das Bett war nicht mehr das große Schiff, sondern hatte sich klar und natürlich wieder zu einem einfachen Kahn verkleinert, auf dem es sich angenehm dahinfuhr; nur der Cäsar war ihm, bei aller Vertrautheit mit der Art seines Auftretens, weder völlig klar noch völlig natürlich vorhanden, zumindest insolange nicht, als die Bemühungen, ihn zu überzeugen und damit zur Wirklichkeit zurückzurufen, fortgesetzt werden mußten: »Der Verstand ist unfähig, seine eigene Voraussetzung zu schaffen, und demnach ist auch die Philosophie hiezu nicht befähigt; niemand ist so zeugungstüchtig, daß er sich zum Ahn seiner selbst machen kann« – das Lachen! war es vorhin nicht gleichfalls aus seiner eigenen Kehle, aus seiner eigenen Brust gekommen? dort war es nun spürbar, und es war geheimnisvoll schmerzhaft – »Ahn und Urahn lassen sich nicht erzeugen, Voraussetzungen lassen sich nicht erzeugen, nichts und niemand hatte je die prometheische Macht besessen, die eigene Grenze zu überschreiten, nichts und niemand wird sie je überschreiten... Unrichtig!«

Unrichtig, unrichtig –, es war ein eingeflüstertes Wort gewesen, eingeflüstert aus dem Nirgendwo, eingeflüstert von dem Sklaven oder von Plotia, man wußte es nicht, doch eher noch von Plotia eingeflüstert, denn diese sprach nun weiter: »Immerzu durchbricht Liebe die eigene Grenze.« – »Tat es auch die deine, Plotia? oh, tat sie es?« – »Sie tat es und tut es; wer liebt, ist jenseits seiner Grenze.« – »Oh Plotia!« – »Fühlst du mich? dich liebend fühle ich dich sehr.« – »Plotia, ich fühle dich nahe, ich weiß dich.« – »Ja, Vergil, ja.« – Und ineinanderverschränkt waren die Grenzen ihrer Körper, ineinanderverfließend die Grenzen ihrer Seelen, wachsend und grenzüberwachsend, erkennend und erkannt.

Befremdet fragte der Augustus: »Was ist unrichtig, Vergil?«

»Es gibt Überschreitungen der eigenen Grenze.«

»Das ist mir erfreulich zu hören, also bleibt es doch bei deinem Zugeständnis?«

»Die Grenze überschreiten...«

»Die Philosophie? die Dichtung? wer überschreitet die Grenze?«

»Wo es Platon gelang, da ward die Philosophie zur Dichtung... auf ihren höchsten Höhen war Dichtung hiezu imstande, war sie Grenzüberschreitung...«

Wenn auch etwas abwesend und eilig, ein freundlich bejahendes Nicken kam zurück: »Deine Künstlerbescheidenheit ist immerhin groß genug, um deine eigene Weisheit in Abrede zu stellen, aber dein Künstlerehrgeiz will sie wenigstens für die Kunst als solche in Anspruch nehmen...«

»Es ist nicht Weisheit, Octavian... nicht der Weise wird zum Dichter, allenfalls der zur Weisheit Berufene... nein, es ist eine Art ahnender Liebe, der es manchmal vergönnt ist, die Grenzen zu sprengen...«

»Ich bin zufrieden, daß du dich wenigstens als zur Weisheit berufen fühlst... und so wollen wir nicht weiter über die Philosophie unterhandeln, vielmehr sie zur Dichtung schicken, wenn sie tatsächlich unfähig werden sollte, zu ihrer eigenen Voraussetzung vorzustoßen; wir wollen sie auffordern, ihren Erkenntnisgrund aus der Kunst zu holen, in deren Schönheit, wie du nun wohl selber zugibst, sich alle Weisheit versammelt.«

»Nur für sehr wenige und sehr strenge Kunstwerke möchte ich dies zugeben, nur für einige Werke aus sehr ferner Vergangenheit.«

»Und deine Äneis, mein Vergil.«

Wiederum war es die Zeit, welche sich meldete und geheimnisvoll das Einst dem Jetzt entgegenstellte, geheimnisvoll in ihrer Wirkung, geheimnisvoll in ihrer Verursachung, schicksalshaft in beiden: »Nochmals muß ich dich enttäuschen, Augustus, indem ich mich wiederhole, hartnäckig dir wiederhole, daß die künstlerische Gleichniskraft unnachsichtlich von der Zeit bedingt und für die neue Erkenntnis nicht mehr ausreicht; der Erkenntnisgrund wird von der Kunst manchmal geahnt, doch seine Schaffung, seine Neuschaffung geht über ihre Kraft.«

»Es gibt keine Neuschaffung, es ist bloß das wieder zu schaffen, was unabhängig von jeglicher Zeit allzeit vorhanden war, allzeit vorhanden ist, mag es vielleicht auch manchmal, wie etwa heute, ins Verborgene geraten sein; der Mensch bleibt stets das nämliche Wesen, und genau so bleibt wohl sein Erkenntnisgrund, von dem du da immerzu sprichst, stets der nämliche, ja so sehr der nämliche, daß er, dir zu Gefallen, recht wohl aller Erkenntnis vorangehen kann und darf. Es verändert sich nichts im Grundsätzlichen, es kann sich nichts verändern, und es hat sich nichts verändert.«

»Oh Augustus, erkennend und erkannt umgaben einstens die Götter den Sterblichen.«

»Spielst du auf die Zeit des Äschylos an?«

»Auch auf diese.«

»Die Götter sind nicht verschwunden, und, wahrlich, du bestätigst mit deinem Hinweis bloß aufs beste was ich behauptet habe, wahrlich dies tust du, mein Freund; gerade weil die Olympier einstens unangezweifelt und uneingeschränkt geherrscht hatten, gerade deshalb müssen wir zu solchem Väterglauben zurückkehren, damit die Kunst, damit die Philosophie wieder jenen Erkenntnisgrund finde, auf dem unser Volk seit jeher gestanden, und der darum eben auch der allein richtige ist.«

Stets neue Rede, stets neue Antwort, – der Zwang hiezu wurde überaus quälend: »Der Väterglaube... damals gab es noch keinen Absturz in die Erkenntnislosigkeit...«

»Die ist überwunden.«

»Sie ist es, doch nur weil du gekommen bist. Hingegen damals, zur Väterzeit, da war es nicht notwendig, den Glauben erst wieder zu erwecken, er war lebendig, innen und außen zugleich war er eins mit dem menschlichen Leben.«

»Er ist heute nicht minder lebendig, und in lebendigster Gestalt durchwandeln die Götter deine Dichtung, Vergil.«

»Von außen traten sie in das Gedicht ein; ich mußte sie in ferner und fernster Vergangenheit aufspüren.«

»Du hast sie an ihrem Ursprung aufgespürt, am Ursprung ihres Erkenntnisgrundes, und damit hast du ein für allemal die Wirklichkeit der Götter, die Wirklichkeit der wahren Gotteserkenntnis wieder dem Volke geschenkt; Vergil, deine Bilder sind lebendigste Wirklichkeit, sie sind die Wirklichkeit deines Volkes!«

Verlockend und glückhaft hörte es sich an, und es war sogar die ehrliche Überzeugung des Cäsars. Und trotzdem waren es bloß hohle Worte, sie waren es um so mehr, als der Cäsar mit dem Lob für die Äneis im Grunde doch nur sein eigenes Werk verteidigte; aber vielleicht würde er ebendeshalb auf die Äneis verzichten: »Oh Cäsar, ich sagte es bereits, meine Bilder sind lediglich solche der Oberfläche.«

»Sie genügen dir nicht, weil du von ihnen eine Todeserkenntnis und Todesaufhebung verlangst, die im Irdischen niemand zu geben imstande ist... auch mein Werk hast du unter diese übertriebene Forderung gestellt.«

»Meine Bilder genügen nicht, weil sie...«

»Du stockst... Vergil, du weißt, daß du unrecht hast.«

»Die Zeit, Augustus... geheimnisvoll sind wir der Zeit verhaftet, geheimnisvoll fließt sie dahin... ein leerer Strom... ein Strom der Oberfläche, und wir kennen weder seine Richtung noch seine Tiefe... und doch muß er sich zum Ring schließen.«

»Wie also konntest du da behaupten, daß die Kunst nicht in der Aufgabenrichtung der Zeit läge? Welcher Eingeweide-Priester hat dir das verraten? Vergil, all dies stimmt nicht! In der Zeit steckt nichts Geheimnisvolles und nichts was eines Leber-Beschauers bedürfte.«

Was war das Geheimnisvolle in der Zeit? leer fließt der leere Strom dem Tode zu, und wenn ihm sein Ziel genommen wird, dann verschwinden Strom und Zeit. Warum wird die Zeit aufgehoben, wenn der Tod aufgehoben wird? Traumhaft fügte es sich zusammen, und Traumesstimme war es, die sprach: »Der Schlangenring der Zeit... die Himmelseingeweide.«

»Und das willst du deinen Erkenntnisgrund nennen? es ist der Erkenntnisgrund eines Haruspex! Was verbirgst du, Vergil?«

»Wir sind der Zeit verhaftet, wir alle sind es, und sogar die Erkenntnis ist ihr verhaftet.«

Sonderbar, der Cäsar war merklich beunruhigt: »Du machst die Zeit für die Handlungen der Menschen verantwortlich, du machst sie sogar für seinen Erkenntnisverlust verantwortlich... du entlastest damit den Menschen und natürlich auch dich selber von jeder Verantwortlichkeit; das ist gefährlich... ich ziehe es vor, die Menschen für die Zeit, in der sie leben, verantwortlich zu machen.«

Was war die Zeit? war sie überhaupt ein Strom, der dahinläuft ohne Unterlaß? war sie nicht weit eher in stoßweiser Bewegung, manchmal wie das beinahe stillstehende Gewässer eines Sees, ja eines Sumpfes, ruhend unter der zweifarbenen Dämmerungswolke, und dann wieder wie ein tosender Katarakt, aufsprühend in siebenfarben glitzernder Gischt, eine allüberschwemmende, dahinbrausende Flut?

»Cäsar, für die Verantwortung des Menschen bleibt immer noch genug Spielraum übrig; der Mensch kann seine Pflicht gut oder schlecht erfüllen, und wenn es auch die Zeit ist, welche ihm seinen Aufgabenkreis vorschreibt, wenn er auch auf diesen keinen Einfluß zu nehmen vermag, unverändert bleibt die Verantwortlichkeit in Ansehung und Pflicht; unverändert und unabhängig von den Veränderungen des Aufgabenkreises bleibt des Menschen Pflicht zur Pflicht.«

»Und ich kann es nicht einmal zulassen, daß dieser Pflichtenkreis durch die Zeit geändert werde... der Mensch trägt die Verantwortung für die Pflichten und Aufgaben, die er sich als Ziel seines Handelns setzt; er hat sie durch alle Zeiten hindurch auf die Allgemeinheit und auf den Staat zu richten, und wenn er dies verabsäumt, so wird die Zeit formlos. Er aber, er hat die Zeit zu gestalten, und er gestaltet sie im Staate, der des Menschen oberste Pflicht ist von Anbeginn an.«

Geheimnis der Zeit, Geheimnis ihrer Leere! warum verändert sich der Pflichtenkreis des Menschen in ihr? Unendlich reichen die saturnischen Gefilde durch die Zeit, unveränderbar durch alle Zeiten hindurch, aber der Zeit verkerkert ist die Seele; und jenseits der Zeitoberfläche, in den Tiefen des Himmels und der Erde ruht die Erkenntnis, das Menschenziel.

»Immer bleibt Erkenntnis als Pflicht, immer bleibt sie die göttliche Aufgabe des Menschen.«

»Und die Erkenntnis verwirklicht sich im Staate.« Geradezu herausfordernd blickte der Augustus herüber, allerdings ohne den Ausdruck besorgter Beunruhigung dabei zu verlieren.

Was war die Zeit? was war die Veränderung des menschlichen Aufgabenkreises, die sich unter ihrem Befehl vollzieht? was war das Veränderliche darin, geheimnisvoll sich selbst bewirkend –, was war das Veränderliche, da es schließlich in sich selbst zurückkehren muß?

Wohin ging die Fahrt? das Boot schwankte: »Der erkennende Mensch... hineingehalten in die Zeit...«

»Im Gegenteil, Vergil, er hält die Zeit in seiner Hand.«

Oh, es war die Erkenntnis als solche, welche sich veränderte, manchmal zögernd, manchmal zu Stillstand versumpfend, um dann wieder wie ein Katarakt vorwärtszustürzen, die Erkenntnis des Seins, ausgebreitet über alles Seiende, das Erkenntnisgewebe der Welt, das dem Menschen vorschreibt, was er glauben muß, das große Erkenntnisgewebe, in dessen fließende Maschen der Mensch verfangen ist, und an dem er trotzdem unablässig weiter zu arbeiten hat, damit es zum Allgewebe werde und nicht zerreiße: geheimnisvoll mit dem Sein vereint, mit dem Sein sich ausbreitend und sich verwandelnd, geheimnisvoll das Seiende zum Erkannten in sich verwandelnd, so schritt die Erkenntnis vorwärts, so mußte sie vorwärtsschreiten um der Schöpfung willen, um der Zeit willen, in der die Schöpfung zur Wirklichkeit wird, denn die Zeit ist nichts als Erkenntnisveränderung.

»Hineingehalten in die Schöpfung ist der Mensch, und er hält die Schöpfung in seinen Händen... Oh Augustus, es ist die Zeit und doch nicht die Zeit; in der Erkenntnis wird die Zeit vom Menschen gestaltet.«

»Niemals werde ich zugeben, daß die Zeit stärker sei als der Mensch...«

Stärker als die Zeit war das Schicksal, und in ihm lag der Zeiten letztes Geheimnis verborgen. Denn das Sterbensgebot des Schicksals ist sogar für die Schöpfung, ist sogar für die Götter verbindlich, immer wieder jedoch die Waage gehalten von des Schicksals Befehl zur Wiedergeburt, von dem an den Gott wie an den Menschen gerichteten Befehl das Erkenntnisgewebe nicht zerreißen zu lassen, den Faden immer wieder anzuknüpfen und solcherart in der Erkenntnis, erkennend und erkannt, der Götter Schöpfungswerk und sohin auch das Göttliche selber ewiglich zu erhalten. Im Erkenntniseid sind Gott und Mensch aneinandergebunden.

»Erkenntnisveränderung ist Zeit und sonst nichts, Augustus, und wer die Erkenntniserneuerung bringt, der gestaltet den weiteren Verlauf der Zeit.«

Der Augustus überhörte es: »Und niemals werde ich zugeben, daß unsere Zeit kleiner sei als etwa jene des Äschylos; oh durchaus nicht, sie ist sogar in sehr vielem ganz unvergleichlich größer, und ich darf behaupten, daß ich dazu einiges beigetragen habe. Wir sind den Griechen auf den meisten Gebieten weit überlegen, und ebenso sind unsere Kenntnisse in ständiger Erweiterung begriffen...«

»Oh Augustus, wir sprechen offensichtlich über zwei verschiedene Dinge... die Erkenntnisse der Oberfläche können sich erweitern, der Erkenntniskern kann dabei schrumpfen...«

»So ist etwa auch mein Werk bloß ein flüchtiges Gleichnis der Oberfläche?« – die Besorgtheit des Augustus war zu unmißverständlich beleidigter Ablehnung geworden – »willst du dies damit sagen?«

Geheimnis der Zeit! Saturnisches Geheimnis der Erkenntnis! Geheimnis des Schicksalsgebotes! Geheimnis des Eides! Licht und Dunkel, vereinigt zur zwiefarbenen Dämmerung, entfalten sich ins Siebenfarbige der irdischen Schöpfung, doch wenn die Verwandlung des Seins bis zur Allerkenntnis vorgeschritten sein wird, unveränderlich geworden kraft solcher Ganzheit, dann wird auch die Zeit zum Stillstand kommen, nicht stokkend, nicht ein See, sondern als ewigwährender Augenblick des Allumflutens, so daß in der Wirklichkeit solch jüngsten Tages sich das Siebenfarbene zu einer letzten Einheit zusammenschließen wird, zum Elfenbeinglanz einer jüngsten Tageshelle, vor der jedes irdische Licht fahl wird, jedwede irdische Wirklichkeit abgeschattet zu einer Andeutung, zu einem bloßen Spiel von Linien.

»Dein Werk wird von der Zeit getragen, Cäsar; es erfüllt ihre Aufgabe und zielt zur schicksalsbefohlenen Erkenntniserneuerung, in der die Schöpfung samt ihrer Göttlichkeit wieder bestehen wird.«

In die geringschätzig zur Schau gestellte Ablehnung mischte sich Enttäuschung; »Was nur hinzielt zur Erkenntnis, ist noch keine Erkenntnis.«

»Dein Werk ist der Friede.«

»Leider aber hebt er, wenn ich dir glauben soll, bloß gleichnishaft den Tod auf, und mag ich auch, wie ich mit Bestimmtheit hoffe, in Kürze die Pforten des Janustempels schließen lassen können, es bleibt für dich nur ein Gleichnis und ist noch lange keine vollgültige Todesaufhebung.«

»Rom ist das Gleichnis, Rom ist das Sinnbild, das du geschaffen hast, Cäsar.«

»Rom ist die Tat der Ahnen, und die Wirklichkeit, die sie setzten, reicht weit über das bloß Sinnbildhafte hinaus.«

»Und Rom ist auch wieder deine Tat, Augustus, die römische Ordnung im römischen Staat.«

»Allerdings nur mein Gleichnis-Staat, wie du ihn nanntest; doch der römische Staat hat mehr zu sein als ein inhaltloses Gleichnis der Erkenntis.« Die geringschätzige Ablehnung hatte sich zu ausgesprochenem Widerwillen gesteigert; aufbruchsbereit stand der Cäsar da, und fast war es als hätte er darüber die Äneis vergessen.

»Die Ordnung hast du im Irdischen wiedergestiftet und verkörpert, und sie ist deine Erkenntnis.«

»Warum dann nur Gleichnis? warum beharrst du darauf?«

Gleichnis, Erkenntnis, Wirklichkeit – wie sollte des Cäsars Stolz sich mit bloßer Gleichnishaftigkeit abfinden, da er niemals die Demut der Erkenntnis auf sich genommen hatte? da er niemals den Abgrund hatte sehen wollen? da Wirklichkeit ihm immer nur Oberfläche gewesen war? Erkenntnis aber ist Auftauchen aus dem Abgrund, ist demütiges Auftauchen aus demütigster Zerknirschung zu neuer Demut, ist Heimbringen der Wirklichkeit aus dem Nichts, in das sie gestürzt werden muß, um wiedergeboren zu werden: Erkenntnis, dunkelheitsgeborene Wiederkehr im Gleichnis, die Wiedergeburt der

Wirklichkeit, gewandelt im Abgrund, dennoch unwandelbar sie selber.

»Du hast die göttergesetzte Ordnung im Überirdischen erkannt und sie im römischen Geiste wiedererkannt; du hast sie beide zur Einheit gebracht, hast ihre Einheit mit deinem Staatswerk, in deinem Staatswerk irdisch verkörpert und zur sichtbaren Gestalt gebracht, vollgültiges Sinnbild des römischen Geistes, vollgültiges Sinnbild überirdischer Erkenntnisordnung...«

»Ach was, genau das gleiche läßt sich von der Äneis behaupten.«

»Nimmermehr!«

Aus feuchten Mündern kommend, die zum Essen, zum Husten, zum Spucken bestimmt sind und hiefür benützt werden, ging da Rede und Gegenrede vonstatten, ein ebenso sinnloses wie unkeusches Geschehen; kein Wunder also, daß keiner den andern mehr verstand. Alles verlangte nach der Keuschheit des Schweigens.

»Nimmermehr?« – sonderbarerweise wurde durch den Widerspruch diesmal die Gereiztheit des Augustus nicht gesteigert, ja es war sogar ein gewisses Einlenken zu spüren – »wie denn also? was denn?«

»Die Tat ist die Aufgabe der Zeit, nicht das Wort, nicht die Kunst; einzig die Erkenntnistat ist es.«

»Nochmals, Vergil: und warum dann doch nur Gleichnis?«

Das Sprechen war sehr anstrengend, ach, und das Denken war es noch mehr: »Oh Augustus, das Überirdische im Irdischen erkennen und kraft solchen Erkennens es zu irdischer Gestalt bringen, als geformtes Werk, als geformtes Wort und eben auch als geformte Tat, dies ist das Wesen des echten Sinnbildes; innen und außen prägt es sein Urbild aus, es umschließt dieses und wird von ihm eingeschlossen, gleichwie dein Staat vom römischen Geist erfüllt in eben diesem eingebettet liegt, und getragen vom Überirdischen, das es darstellt, mehr noch, das darein eingegangen ist, wird das Gleichnis selber zeitüberdauernd, wird wachsend mit seiner Dauer, wachsend zur todesaufhebenden Wahrheit, deren Sinnbild es von Anbeginn ist...«

»So also sieht das echte Gleichnis aus...« – der Cäsar schien damit beschäftigt, freilich mit der Miene desjenigen, der etwas nicht begreift –, »das Gleichnis, welches mehr sein will als eines der Oberfläche...«

»Ja, das echte Gleichnis, welches Bestand hat, das echte Kunstwerk, der echte Staat... der dauernde Wahrheitsbestand im Gleichnis.«

»Ich kann die Stichhaltigkeit dieser Bedingungen nicht nachprüfen... sie sind sehr umständlich.«

Der Cäsar hatte nichts nachzuprüfen; was man nicht begreift, das hat man nicht zu überprüfen; sondern hinzunehmen, selbst wenn man der Cäsar ist: »Du hast den Frieden, du hast die Ordnung gestiftet; auf dem Boden, den deine Tat damit vorbereitet hat, wird jede künftige Erkenntnistat todesaufhebend sich entfalten, und dein Werk, heute schon ihr Sinnbild, wächst ihr entgegen... genügt dir dies nicht, Cäsar Augustus?!«

Nachdenklich und dabei halb schon zum Gehen gewandt, lächelte nun der Cäsar: »Das ist alles sehr umständlich... gehört dies nicht schon zu dem Kommentar, den wir für den Mäcenas hatten aufsparen wollen?«

»Vielleicht ... ich weiß nicht...« – Warum ging der Cäsar nicht, da er doch schon weggehen wollte? ja, all dies war überaus umständlich, überaus ermüdend, überaus anstrengend, und wahrlich, man sollte es bis zu einer Zusammenkunft mit dem Mäcenas oder überhaupt vertagen. Weithinaus vertagen. Weich rieselte der Wandbrunnen, und sein Riesel-Echo, rieselnd ringsum, rieselnd tief unten, rieselnd dem Meere zu, hinrieselnd zu des Meeres Nachtwellen und selber schon Welle, weißköpfig in der Dunkelheit, hielt rieselnde Zwiesprache mit Plotias Stimme, die in stummer Unhörbarkeit durch das Rieseln schwebte, silbern die Nacht durchglänzte, wartend, daß der Cäsar sich entferne, die Nachteinsamkeit erwartend. War es Nacht? oh, wie schwer war es, den Blick wieder zu öffnen. Vertagen, vernachten!

Aber unbeschadet seiner Aufbruchsveranstaltungen hatte der Cäsar es auf einmal nicht mehr eilig; er schien noch mit einem Anliegen beschäftigt, und plötzlich hatte er sich wieder niedergesetzt; nun saß er da wie einer, der zwar nicht bleiben, aber auch nicht weggehen will, ein wenig schräg zur Stuhlkante gerückt, den Arm über die Lehne gebaumelt, und nachdem er noch eine Weile vor sich hingeschwiegen hatte, sagte er: »Vermutlich richtig... vermutlich ist all dies richtig, was du sagst, aber in einem Wust von Gleichnissen kann man nicht leben.«

»Leben...?« Ging es noch darum? ging es noch um das Leben? ringsum rieselte es weich und verführerisch –, leben, oh noch leben, um sterben zu können.

Wer hatte darüber zu entscheiden? welche Stimmen würden die Weisung geben? Plotia schwieg.

Aber der Augustus sagte: »Vergessen wir nicht, daß es auch Wirklichkeit gibt, mögen wir selbst darauf beschränkt sein, sie bloß im Gleichnis auszudrücken und zu gestalten... wir leben, und das ist Wirklichkeit, schlichte Wirklichkeit.«

Nur im Gleichnis ist das Leben zu erfassen, nur im Gleichnis ist das Gleichnis auszudrücken; endlos ist die Gleichniskette, und gleichnislos ist bloß der Tod, zu dem sie sich hinspannt, als wäre er ihr letztes Glied, dennoch schon außerhalb der Kette – als wären all die Gleichnisse lediglich seinetwegen geformt, um seine Gleichnislosigkeit trotzdem zu erfassen, ja als könnte erst an ihm die Sprache ihre ursprüngliche Schlichtheit wiedergewinnen, als wäre er der Geburtsort der irdisch schlichten Sprache, des irdischesten, dennoch göttlichsten Sinnbildes: in aller Menschensprache lächelt der Tod. Und nun sagte Plotia: »Stumm ist das Wirkliche, und in seiner Stummheit werden wir leben; schreite voran ins Wirkliche, ich folge dir.«

»Hindurchschreitend durch die Kette der Gleichnisse, hindurchschreitend zu zunehmender Zeitlosigkeit... Gleichnis im Gleichnis geworden, wird es zur Wirklichkeit, zum Sterben ohne Tod....«

Jetzt lächelte der Cäsar: »Ja, das ist eine sehr umständliche Wirklichkeit... meinst du ernstlich, daß das Wirkliche solch umständlichen Bedingungen unterworfen ist? Zwischen ihnen und denen, die du dem Gleichnis auferlegt haben willst, sehe ich kaum einen Unterschied...«

So nahebei der Augustus hier saß, aus seltsam unabmeßbarer Ferne drang seine Stimme her, doch nicht minder seltsam, aus womöglich noch größerer Ferne, wenn auch aus entgegengesetzter Richtung, entstammten die eigenen Worte: »Das Gleichnis der Wirklichkeit und die Wirklichkeit des Gleichnisses... oh, ganz im letzten geht das eine in das andere über...«

»Ich glaube an eine einfachere Wirklichkeit, mein Vergil; ich glaube zum Beispiel an die handfeste Wirklichkeit unseres Alltags... doch, Vergil, eben an des Alltags schlichte Wirklichkeit...« Selbst in ihrer schlichtesten Bedeutung, es entstammen die Worte des Menschen dem Tode, aber darüber hinaus stammen sie aus dem wirklichkeitsgebärenden Nichts-Gewölbe, das hinter der zwiefachen Todespforte unermeßlich sich auftut, sie stammen aus dem Unermeßlichen, und ebendarum auch ist derjenige, der sie aufnimmt, ist der Hörende kaum mehr er selber; er wird zu anderer Person, sehr weit von sich selber, denn er nimmt teil am Unermeßlichen.

»Die Schlichtheit der Ahnen und Ur-Ahnen, Vergil, die Schlichtheit deines Äneas; in dieser Schlichtheit ihres Alltags haben sie den römischen Staat errichtet...«

Sonnenfinsternisse standen am Himmel, löwenfarbig war das Un-Licht, wogenstampfend trabten die Rosse Poseidons, und unsichtbar war der phöbische Löwe – hatte das Himmelsgespann bereits die Stränge zerrissen, vergessen der göttlichen Zähmung und zurückgekehrt in die Pferdeherden der Gewässer? oh, es hebet Lucifer, der von den ozeanischen Wellen Umspülte, er, dem die Venus folgt, von ihr zum Lichtstern erkoren, oh, ostwärts hebt er sein heiliges Haupt, hebt er den Blick, der die Dämmerung auflöst, – war dies die Wirklichkeit des Äneas gewesen? hatte er das schlicht Irdische so weit hinter sich zurücklassen dürfen? war er wahrhaftig in solche Regionen vorgedrungen? hatte er es so gesehen?: »Oh Augustus, alles war schlichte Wirklichkeit bei Homer... sie war seine Erkenntnis.«

»Sicherlich; du bestätigst damit nur meine Behauptung. Was den Ahnen Wirklichkeit gewesen ist, das bleibt, und es steckt eben auch in aller Kunst...«

»Oh Augustus, schwankend ist der Boden... nichts hat für Homer oder seine Gestalten geschwankt... hingegen für den Äneas...«

»Sprichst du von der Wirklichkeit oder von der Kunst?«

»Von beiden.«

»Also von beiden, und so wisse denn endlich, daß Rom und dein Gedicht eines sind, daß also auch Roms schlichte Wirklichkeit in deinem Gedicht enthalten ist... nichts schwankt darin; festgegründet wie der italische Boden ist deine Wirklichkeit.«

Selbst die leuchtende Kugel des Mondes, selbst die Feuer der Sonne sind im Geiste genährt, Seele durchströmet die Glieder der Welt, sie seiend, zum All-Leib sie einend –, erkennend und erkannt, wird der Stern gen Osten wandern?: »Oh Augustus, alle Wirklichkeit ist wachsende Erkenntnis.«

»Rom ist die Erkenntnis des Ahnherrn gewesen; Rom war die Erkenntnis des Äneas, und niemand weiß dies besser als gerade du, Vergil.«

Über die ruhende Erde hin wird der Stern wandeln, nicht über Staaten; indes, davon wollte der Augustus nichts wissen. Und trotzdem durfte es nicht verschwiegen bleiben: »Die Ahnen haben den Keim der Erkenntnis gelegt, da sie die römische Ordnung schufen...«

»Ich will nicht nochmals hören, daß sie ein bloßes Sinnbild gewesen sei... die Wirklichkeit Roms, die Wirklichkeit des Geschaffenen und noch zu Schaffenden, die Wirklichkeit meines Werkes hat mehr zu sein als ein bloßes Gleichnis...«

»Im Gleichnis der Erkenntnis ist Rom gegründet worden; es trägt die Wahrheit in sich, es entfaltet sich zur Wirklichkeit, mehr und mehr... allein im Wachsen und Werden ist die Wirklichkeit.«

»So gilt dir die Gegenwart nichts?«

»Erkenntnisgeboren wird der römische Staat über sich selbst hinauswachsen; seine Ordnung wird zum Reiche der Erkenntnis werden.«

»Das Reich braucht nicht weiter zu wachsen; mit der Götter Hilfe wird es uns gelingen, die germanische Grenze bis zur Elbe vorzuschieben, und mit der hiedurch ermöglichten kürzesten Verteidigungslinie zwischen dem Ozean und dem euxinischen Meer wird das Reich seinen natürlichen Umfang gewonnen haben, gesichert im Norden von Britannien bis Dacien...«

»Dein Reich, oh Cäsar, wird noch größer sein...«

»Es darf nicht größer sein; wäre es noch größer, der italische Stamm würde nicht ausreichen, römische Sitte und Ordnung in dem ganzen Gebiete aufrechtzuerhalten.«

»Das Reich der Wirklichkeit, dem du zum Dasein verhilfst, wird mehr sein als eine bloß staatliche Ausdehnung über militärisch gesicherte Gebiete.«

»Wahrlich, dir gilt das Geleistete nichts... und weil es dir nichts gilt, würdigst du es zum Gleichnis ohne Wirklichkeitsanspruch herab.«

Mühselig war das Atmen, mühselig das Sprechen, mühselig das Ankämpfen gegen das stets wache Mißtrauen des Cäsars und gegen sein empfindliches Selbstbewußtsein: »Schwertlos ist der Friede, den du im Innern des Reiches gestiftet hast, oh

Cäsar, und schwertlos wird er die ganze Welt umfassen.«

»Richtig...« – die Erklärung hatte sich also als befriedigend erwiesen – »und es ist mein Bemühen, den Frieden durch Verträge und nicht durch das Schwert zu ordnen; allerdings, es muß die Gestalt des Schwertes hinter dem Vertrage stehen, auf daß er nicht gebrochen werde.«

»Im Reiche der Erkenntnis wird das Schwert überflüssig werden.«

Beinahe erstaunt blickte der Cäsar auf: »Wie willst du dich gegen Vertrags- und Eidbruch schützen? wie willst du dies ohne Legionen bewerkstelligen? Noch ist das Goldene Zeitalter nicht angebrochen.«

Das Goldene Zeitalter, in dem das Erz sich zu Gold zurückverwandeln wird, das Zeitalter Saturns, des Unbelauschbaren, unbelauschbar in der Unveränderlichkeit seiner steten Veränderung –, doch wer in die Tiefe lauscht, die zugleich die der Erde wie die des Himmels ist, der ahnt, wohl schon jenseits des saturnischen Bereiches, die künftige Wiedervereinigung des Göttlichen mit dem Menschlichen: »Nur die wahre Erkenntnis trägt den Eid.«

Der Augustus lächelte: »Das mag sie tun; indes, sie wird den Eid noch besser tragen, wenn sie von einigen Legionen dabei unterstützt wird.«

»Für den innern Frieden Italiens brauchst du schon seit langem keine Truppen mehr...«

»Stimmt, Vergil, und recht absichtlich halte ich hier keine Garnisonen...« – eine Art verschlagenen Freimutes malte sich in den Zügen des Cäsars, ein nur dem Freunde erkennbares Augenzwinkern – »Truppen in der Reichweite des Senates und seiner Agenten sind mir eine etwas zu handfeste Wirklichkeit...«

»Du bist recht mißtrauisch gegen den Senat.«

»Der Mensch ändert sich weder im Guten noch im Schlechten, und die schwatzhafte Bösartigkeit, die den Julius Cäsar, geheiligt sein väterlicher Name und sein Andenken, vor fünfundzwanzig Jahren schmählich zu Fall gebracht hat, geht heute genau so in der Senatsversammlung um wie damals. Selbst wenn ich noch größeren Einfluß auf die Senatorenernennungen nähme, die Herren sind bloß so lange verläßlich als sie wissen, daß ich jederzeit gallische und illyrische Legionen nach Italien werfen kann; aber ich sorge dafür, daß sie es wissen.«

»Die Stütze deiner Herrschaft ist das Volk, Augustus, nicht der Senat...«

»So ist es... und das Volkstribunat ist mir das wichtigste unter allen meinen Ämtern.« Wiederum zeigte sich der Zug verschlagenen Freimutes, andeutend diesmal, daß dem Cäsar das Volkstribunal wohl kaum wegen des Volkes, sondern weit eher wegen des Vetorechtes im Senat so überaus wichtig war.

»Sinnbild des Friedens bist du dem Volke, und darum liebt es dich... das Goldene Zeitalter ist noch nicht angebrochen, doch Verheißung ist dein Friede.«

»Frieden? Krieg?« – die Verschlagenheit in des Octavians Gesicht spielte fast ins Schmerzliche – »das Volk nimmt das eine wie das andere hin... ich habe gegen den Antonius gekämpft, ich war mit ihm verbündet, ich habe ihn vernichtet, und das Volk hat von all den Wandlungen kaum etwas gemerkt; es weiß nichts von seinen eigenen Wünschen, und wir wollen uns daher bloß vorsehen, daß kein anderer Antonius komme... das Volk jubelt jedem Sieger zu; es liebt den Sieg, nicht den Mann.«

»Dies mag für die Menschenhaufen stimmen, die von den Städten angelockt und zusammengeballt worden sind, Augustus, nicht jedoch für den Bauern; der Bauer liebt den Frieden und denjenigen, der den Frieden bringt. Der Bauer liebt dich als den Mann, der du bist. Und der Bauer ist das wirkliche Volk.«

Für einen Augenblick, für einen Herzschlag, ach für einen schmerzlichen Atemzug verschwanden Sonnenfinsternis, Fahllicht und Linienlandschaft, es verschwand das schwankend Unbewegte, ohne eigentlich zu verschwinden, wohl aber um dem Bilde der mantuanischen Ebene Platz zu geben, der bergumdämmerten, kindheitsumraunten Feldergegend, hingebreitet im Sonnenschein, hingebreitet durch alle Jahreszeiten, hingebreitet durch alle Zeiten des Lebens.

Als hätte er nun keine Eile mehr, rückte sich der Cäsar in dem Sessel zurecht: »Ich kann die Städte nicht vom Erdboden vertilgen, Vergil, im Gegenteil, ich muß Städte errichten, weil sie die Stützpunkte der römischen Ordnung sind, heute genau so wie sie es stets waren... wir sind ein städtebauendes Volk, und zuerst war die Stadt Rom...«

»Nicht als Stadt von Kaufleuten und Geldverleihern. Ihr

Goldenes Zeitalter ist gemünzt und geprägt.«

»Du bist ungerecht; der Kaufmann ist der römische Friedenssoldat, und wenn ich ihn bestehen lassen will, muß ich auch das Bankwesen bestehen lassen... dies alles gehört zur Wohlfahrt des Staates.«

»Ich bin nicht ungerecht, aber ich sehe das geldgierige Gewimmel in den Straßen, ich sehe die Unfrömmigkeit; nur der Bauer besitzt die Frömmigkeit des römischen Volkes, obwohl auch er schon in Gefahr ist, der allgemeinen Geldgier zu verfallen.«

»Soweit du damit recht hast, werden wir dringlich, ja unaufschiebbar an unsere Erziehungsaufgabe gemahnt; wir müssen trachten, daß auch die Massen in den Städten zu dem werden, was sie in Ansehung ihres Bürgerrechtes sein sollten, ein einziges römisches Volk.«

»Sie werden es in der Erkenntnis werden, denn sie lechzen nach ihr.«

»Sie lechzen eher nach Zirkusspielen... was freilich unsere Aufgabe und deren Dringlichkeit nicht herabmindert.«

»Die Spiele! gräßlich lechzen sie danach... der Umkehrungsweg!«

»Wessen Weg?«

»Wer nicht in der Erkenntnis ist, der muß seine Leere im Rausch betäuben, also auch im Rausch des Sieges, selbst des bloß geschauten Sieges... nicht minder blutig.«

»Ich habe mit gegebenen Tatsachen zu rechnen, und was immer geeignet sein kann die Massen zur Einheit zu bringen, das darf ich nicht vernachlässigen. Im Gefühl des Sieges werden die Massen zum Volke zusammengeschweißt, im Gefühl des Sieges sind sie bereit, für ihren Staat einzutreten.«

»Der Bauer tut es für den heiligen Frieden seines Landes«, – oh mantuanische Gefilde, die dort hingebreitet sind – »der Bauer lebt immer in jener Gemeinschaft, welche Volk heißt, er ist in ihr auf seinem Felde, er ist in ihr, wenn er zu Markte fährt, er ist in ihr an jedem seiner Festtage...«

»Immer habe ich es mir angelegen sein lassen, das Bauerntum zu fördern; ich habe die Abgaben verringert, ich habe weite Flächen der Dominialgüter zur Kleinpacht aufgeteilt, und ich habe die Anbauverhältnisse geregelt. Indes, die schlechten Erfahrungen, die wir mit der Veteranenkolonisation gemacht haben, sind ein sehr deutlicher Hinweis auf die geänderten Umstände in unserer Staatswirtschaft... Rom ist über sein Bauerntum hinausgewachsen, und am ägyptischen Getreide liegt uns heute mehr als am italischen oder sizilischen; wir dürfen uns nicht mehr ausschließlich auf den Bauern stützen, noch weniger aber dürfen wir die Massen zum Bauerntum zurückerziehen wollen, wir würden mit dem einen wie mit dem andern die Wirtschaft des Staates, also den Staat selber zugrunde richten...«

»Und doch ist die römische Freiheit, die du in deine Hut genommen hast, nach wie vor vom Bauerntum getragen.«

»Freiheit? Gewiß, gewiß, ich stehe für die Freiheit des römischen Volkes ein; niemand soll sie mehr anzutasten wagen, kein Antonius noch sonstwer. Dies ist die Aufgabe des römischen Staates, und hiezu muß er gefestigt sein. Indem er den Menschen an der staatlichen Stoßkraft teilnehmen läßt, vermittelt er ihm das Freiheitsgefühl, nach dem er strebt, weil es zur menschlichen Natur gehört und befriedigt werden will. Und einzig und allein im Gemeinwohl des Staates ist dieses Freiheitsgefühl geborgen; hier ist es allen zugänglich, sogar dem Sklaven, und eben dadurch ist es mehr als die Freiheit der Scholle, von der du sprichst, denn es ist die Freiheit einer göttlichen Ordnung! Ja, Vergil, dies ist es. Alles andere ist Träumerei ohne Wirklichkeit, bloßer Traum von einer goldenen Zeit, in der es keine Ordnung und keine Pflicht gibt. Es genüge unserem Ergötzen, wenn wir uns solch ordnungslose Traumfreiheit während der Saturnalien vortäuschen. Wollten wir das ganze Jahr hindurch Saturnalien feiern, der Staat könnte nicht bestehen. Die Saturnalien sind ein Gleichnis, aber der Staat ist echte Wirklichkeit. Ich bin weder fähig noch berufen, ein Goldenes Zeitalter einzurichten, doch was ich einrichte, das soll mein, eben mein Zeitalter und das meines Staates werden.«

Hier sagte der Sklave: »Die Freiheit ist bei uns; der Staat ist lächerlich und irdisch.«

Der Cäsar freilich kehrte sich nicht daran. Er war aufgestanden, und seltsam unbewegt, seltsam unbeweglich, trotzdem wie von innen bewegt und seltsam gesteigert fuhr er in seiner Rede fort: »Soweit sie Teil des staatlichen Gemeinwohles ist, muß selbst die Freiheit als Wirklichkeit und darf nicht als Scheinwirklichkeit angesprochen werden, denn auch die Freiheit hat mehr zu sein als ein bloßes Gleichnis; nur allzuoft ist sie zu einem solchen herabgewürdigt worden, nicht zuletzt vom Senat selber. Unter Anrufung solch heuchlerischer Scheinfreiheit ist es den Herren in der Purpurtoga immer wieder gelungen, das Volk zu betrügen und zum Bürgerkrieg aufzuhetzen! Niederträchtige Heuchelei! Gewiß, die Türen zur Kurie standen offen, und wer wollte, der konnte den Senatssitzungen lauschen; aber dies war auch die einzige Freiheit, die dem Volke gegönnt war, die hinterhältigste aller Volksfreiheiten, die Erlaubnis hören zu dürfen, wie Gesetze zur Volksbedrückung und Volksaussaugung von der baren Gewissenlosigkeit beschlossen werden! Gleichnis oder nicht Gleichnis, überlebte Einrichtungen verkehren Wirklichkeit zu Scheinwirklichkeit, Freiheit zu Scheinfreiheit, und dies ist der beste Boden für alles Verbrechertum; damit hatte ich aufzuräumen. Ja, in dem alten Bauernstaat, der dir vorschwebt, da hatten jene Einrichtungen noch ihren guten Sinn, da konnte der Bürger noch die öffentlichen Angelegenheiten überblicken, da hatte die Volksversammlung noch ihren richtigen, wahrhaft freien Willen. Heute hingegen haben wir es mit vier Millionen römischer Bürger zu tun, heute haben wir blinde Riesenmassen vor uns, und diese folgen urteilslos einem jeden, der es versteht sich in dem schillernd verführerischen Gewand der Freiheit aufzuspielen und solcherart mit gauklerisch geschicktem Faltenwurf zu vertuschen, wie arg es aus überlebten und nichtssagenden Formelfetzen zusammengestückt und zusammengeflickt ist. So und nicht anders sieht die Freiheit der Volksmassen aus, und wahrlich, sie wissen selber darum! sie wissen um die tiefe Unsicherheit, in der sie leiblich wie seelisch leben, sie wissen und sie wissen trotzdem nicht, daß eine neue Wirklichkeit sie umgibt, die sie weder zu erfassen noch zu leiten vermögen; sie wissen bloß, daß sie unberechenbaren Gewalten ausgeliefert sind, Gewalten von unerahnbarer Ausdehnung, Gewalten, die sie zwar manchmal benennen können, als Hungersnot oder als Seuche, als afrikanische Fehlernte oder als Barbareneinbruch, die ihnen aber, bei alledem, doch nur Ausdruck einer dahinterstehenden, noch tieferen, noch unberechenbareren, noch unerahnbareren Bedrohung sind; wahrlich, die Massen wissen um die Gefahren ihrer eigenen Freiheit, sie wissen um die Scheinfreiheit, die sie zur furchtsam aufgescheuchten, führerlos umherirrenden Herde macht. Und eben im Anblick dieser tiefen Unsicherheit, eben im Anblick all dieser inneren und äußeren Bedrohung, denen die Volksmasse ausgesetzt ist, wiederhole ich und muß ich wiederholen, daß die echte Freiheit sich ausschließlich in der römischen Ordnung findet, in der Wohlfahrt für alle, kurzum im Staat. Es gibt keine andere Freiheit. Der Staat, den mein vergöttlichter Vater, geheiligt sei sein Andenken, gewollt hat, der Staat, den ich seinem Vermächtnis gemäß aufzubauen bemüht bin, dieser Staat ist selber die Freiheit, unvergänglich und wirklich, er ist die Freiheit in der Wirklichkeit des römischen Geistes.«

»Im Reiche des Geistes wird sich die Wirklichkeit des von dir geschaffenen Staates vollenden.«

»Das Reich dieses Geistes ist bereits vorhanden; es ist der Staat, der römische Staat, das Römische Reich bis zu seinen fernsten Grenzen. Staat und Geist sind ein und dasselbe.«

Von weit her, wenn auch im eigenen Munde, bildete sich die Antwort: »Das Reich der Freiheit... das Reich des Menschen und der Menschlichkeit...«

»Das Reich des Römers, Vergil! Denn Griechenlands Freiheit, Griechenlands Geist ist in Rom neuerstanden. Keiner hat mehr hiezu beigetragen als eben du! Hellas war die Verheißung; der römische Staat ist die Erfüllung.«

Und die Stimme des Sklaven sagte: »Ewig wird das Reich sein, ohne Tod.«

Nahm der Cäsar neuerlich die Rede auf? Das war nicht zu entscheiden, denn er sprach und sprach doch nicht. Unbewegt standen die Worte im Raum, als wären sie des Cäsars innerste Gedanken: »Der Staat hat den Massen wieder jene leibliche und seelische Sicherheit zu bieten, welche sie verloren haben, er hat ihnen einen dauerhaften Frieden zu gewährleisten, er hat ihre Götter zu schützen, und er hat die Freiheit nach den Bedürfnissen der Gesamtwohlfahrt aufzuteilen. Dies und nur dies ist die Menschlichkeit des Staates, vielleicht die einzig mögliche Menschlichkeit, sicherlich aber die beste, wenngleich sie sich oftmals recht unmenschlich anläßt, rücksichtslos gegen Einzelne oder Einzelgruppen, sobald das Gesamtwohl auf dem Spiele steht, um dessentwillen jederzeit das Einzelrecht unter das Gesamtrecht gebeugt werden darf, gebeugt werden muß, die Einzelfreiheit unter die Gesamtfreiheit Roms, der Frieden der Grenznachbarn unter den römischen Frieden; wahrlich, es ist eine harte Menschlichkeit, die der Staat zu bieten hat, und sie ist um so härter, als der Staat, dem Gesamtwohl dienend und es ebenhiedurch verkörpernd, den Gegendienst des Einzelnen, die völlige Unterordnung des Einzelnen unter die Staatsgewalt beansprucht, ja darüber hinaus sich das Recht nimmt, das durch seine Macht geschützte Einzelleben wieder zurückzufordern und zu vernichten, sobald die Sicherheit und der Schutz der Gesamtheit solche Vernichtung erheischt. Zuchtvolle Menschlichkeit, das ist es, was der Staat anstrebt, was wir mit ihm anzustreben haben, eine Menschlichkeit im Wirklichen, bestimmt von Zucht und bar jeglicher Verweichlichung, eingeordnet dem Gesetz der Wirklichkeit, die harte Menschlichkeit Roms, und Rom ist durch sie groß geworden…«

Oh mantuanische Landschaft, oh Landschaft der Kindheit, die sanfte Landschaft der Menschlichkeit, unverlierbar, die Väterlandschaft – nichts war von ihr mehr da draußen zu erschauen; sie war verblaßt im Regungslosen. Unbewegt war das Seiende, regungslos der dort vor dem Fenster stand, nicht mehr Octavian, sondern ein zartes und strenges und seltsam hartes Gebilde, beinahe jenseits des Menschlichen, und ringsum dehnte sich der Staat in gespenstig großen Linien.

»Magst du auch, oh Cäsar, heute noch die Grenzen des Staates schützen müssen, grenzenlos wird das Reich sein; magst du dich heute auch noch genötigt fühlen das größere vom kleineren Rechte zu scheiden, unteilbar wird die Gerechtigkeit werden, verletzlich die Gesamtheit in jedem Einzelnen, geschützt das Recht des Einzelnen in dem der Gesamtheit; und magst du heute auch noch gezwungen sein die Freiheit karg abzuzirkeln, dem Sklaven nichts von ihr zu belassen und dem Römer sehr wenig, auf daß die Freiheit des Ganzen gewahrt bleibe, im Reich der Erkenntnis wird die Freiheit des Menschen unumschränkt bestehen, und sie wird es sein, auf der allesumfassend sich die Freiheit der Welt aufbauen wird. Denn das Reich der Erkenntnis, zu dem dein Staat erblühen wird, das Reich der wahren Wirklichkeit, wird nicht ein Reich der Volksmassen sein, ja, nicht einmal ein Reich der Völker, sondern ein Reich der Menschengemeinschaft, getragen vom Menschen, der sich im Wissen befindet, getragen von der menschlichen Einzelseele, von ihrer Würde und von ihrer Freiheit, getragen von ihrer göttlichen Ebenbildhaftigkeit.«

»Aus unserer demütigen Auslöschung wird uns die Erkenntnis erstehen«, beschloß die Stimme des Sklaven.

Der Augustus schien nichts gehört zu haben; unbewegt fuhr er fort: »Irdisch ist die Wirklichkeit Roms, irdisch ist seine Menschlichkeit, nüchtern milde für den, der sich fügt, nüchtern hart gegen den, der die Ordnung trotzig zu stören wagt. Nicht nur auf italischem Boden habe ich den Bauernstand gegen Enteignung geschützt, nein, ich habe dies im ganzen Reichsgebiet durchgeführt; ich habe den Steuerdruck in den Provinzen beseitigt, ich habe den Völkern ihre Rechte und Sonderrechte zurückgegeben, ich habe die Mißwirtschaft einer Verwaltung abgestellt, die sich republikanisch nannte und damit den Namen der Republik geschändet hat. Meine Tadler mögen mir vorwerfen, daß dies sehr nüchterne und keine sehr glänzenden Leistungen seien. Nun denn, ich habe durch meine nüchternen Leistungen den geschändeten Namen der Republik wieder zu Ehren gebracht, und ich habe, den Verwüstungen des Bürgerkrieges zu Trotz, dem gesamten Reichsgebiet neuen Wohlstand gebracht. Nüchternheit ist der Glanz Roms, nüchtern ist die römische Menschlichkeit; diese Nüchternheit sorgt für die Wohlfahrt der Allgemeinheit und buhlt um niemandes Gunst, ja sie sieht sich sogar oftmals veranlaßt, die Entwicklung zu besserer Menschlichkeit abzuschneiden oder zumindest auf später zu verschieben. So habe ich zwar darauf hingewirkt, daß das Los der Sklaven gebessert werde, indes der Wohlstand des Reiches benötigt Sklaven, und sie haben sich in diese Wirklichkeit einzuordnen, ungeachtet des Rechtes, das dem Unterdrückten zukommt und auf das sie pochen könnten; wahrlich, gegen alle Milde und durchaus ungern habe ich mich bequemen müssen, das Übermaß ihrer Freilassungen gesetzlich einzudämmen, und lehnten sie sich dawider auf, erstünde ihnen ein neuer Spartacus als Anführer, ich müßte ebenso wie Crassus Tausende von ihnen ans Kreuz schlagen lassen, müßte es sowohl zur Abschrekkung wie zum Ergötzen des Volkes tun, auf daß dieses, stets grausamkeitsbereit, stets angstbereit, grausam und schaudernd die Nichtigkeit des Einzelnen vor dem allesgebietenden Staat erkenne.«

»Nein«, sagte der Sklave, »nein, wir werden auferstehen im Geiste. Denn jede Einkerkerung ist uns neue Befreiung.«

Ohne jenem irgendwelche Beachtung zu schenken, ging des

Herrschers Rede weiter: »Selber Teil des Volkes, sind wir dem allesgebietenden Staate zu eigen, wir sind ihm zu eigen mit allem, was wir sind und haben, und ihm gehörend, gehören wir dem Volke; denn gleichwie der Staat das Volk verkörpert, so ist es am Volk den Staat zu verkörpern, und hat der Staat unbestreitbares Besitzrecht an uns und an unserer Leistung, so kommt das nämliche dem Volke zu. Sei unsere Leistung groß oder klein, heiße sie Äneis oder sonstwie, das Volk ist berechtigt und verpflichtet, sein Besitzrecht an ihr auszuüben; Sklave des Volkes ist jeder von uns, Sklave eines unmündigen und herrschsüchtigen Kindes, das sich jeglicher Leitung widersetzt und dennoch der Leitung bedarf.«

»Vater nennt dich dieses Volk, und die Erkenntnis des Vaters erwartet es von dir, Augustus.«

»Unsicher wie ein Kind ist das Volk, furchtsam und fluchtbereit, wenn es im Stiche gelassen wird, gefährlich in seiner Unsicherheit, unzugänglich jeglichem Zuspruch, unzugänglich jeglicher Überlegung, fern aller Menschlichkeit, gewissenlos, unbeständig, sprunghaft, unverläßlich und grausam, und doch auch wieder freigebig und großherzig, aufopferungsfähig und mutig, wenn es sich selber findet, erfüllt von der ganzen Sicherheit des Kindes, in dem die Ahnung des richtigen Weges aufgedämmert ist, und das nun wie schlafwandelnd seinem Ziele zustrebt. Oh meine Freunde, es ist ein großes und herrliches Volk, in das wir hineingeboren sind, und dankbar haben wir für die Pflicht zu sein, ihm mit all unserer Leistung zu dienen, dankbarer noch für die uns zugefallene Führerschaft, am dankbarsten für den uns gewordenen Gottesbefehl sie in die Tat umzusetzen, bedacht auf die große Kindhaftigkeit, die uns da anvertraut worden ist, haben wir sie zu zügeln, ohne ihr etwas zu rauben, haben wir ihr alles Wertvolle zu belassen, so auch den kindhaften Spiel- und Grausamkeitsrausch, mit dem sie sich selber vor Verweichlichung schützt, aber eben darum haben wir darauf zu achten, daß dies alles in gewissen Grenzen gehalten werde, auf daß nicht Schädigung und Selbstschädigung, auf daß nicht Verwilderung eintrete, denn nichts ist so fürchterlich und gefährlich wie der verwilderte Irrsinn dieses Kindes, welches Volk heißt; der Irrsinn eines verlassenen Kindes ist es, und so haben wir dafür zu sorgen, daß das Volk sich niemals verlassen fühle. Oh meine Freunde, wir haben des Volkes Kindlichkeit zu pflegen, wir haben ihm die Kindersicherheit in der Sicherheit des Vaterhauses zu verschaffen, und wer solcherart mit väterlich milder Strenge das Volk zu leiten versteht, wer ihm solcherart die Sicherheit des Lebens und der Seele und des Glaubens verschafft, wer dies vollbringt, der und nur der ist auch auserwählt, das Volk zum Staate aufzurufen, nicht nur zum Leben in der Staatssicherheit, sondern noch viel mehr zum Tode für sie in der Stunde der Gefahr, in der Stunde der Staatsverteidigung; oh meine Freunde, nur ein solcherart zuchtvoll auf dem Wege gehaltenes Volk wird sich selbst sowie seinen Staat nachhaltig genug verteidigen können, um mit ihm zeitüberdauernd zu werden, also für alle Ewigkeit vor dem sonst unausbleiblichen Untergang gefeit zu sein. Dies ist das Ziel, ewig in seiner Geltung, ewig für den Staat, ewig für das Volk.«

Wer gab die Antwort? Ließ sich eine finden? Und doch, sie stellte sich ein: »Ewig allein ist die Wahrheit, die irrsinnsbefreite, irrsinnverhütende Wirklichkeitswahrheit, geschöpft aus den Tiefen des Oben und Unten, denn sie allein ist unwandelbarste Wirklichkeit, und aufgerufen zur Wahrheit, aufgerufen zur Anerkennung, aufgerufen zur Wahrheitstat werden die Völker, wird über alle Volkheit hinaus der Mensch für immer und ewig des Reiches teilhaftig werden, grenzenlos. Nur in der Wahrheitstat ist der Tod aufzuheben, der geschehene wie der künftige Tod; nur so vollzieht sich die Erweckung der dämmernden Seele zur All-Erkenntnis, deren Gnade jedem eingeboren ist, der menschliches Antlitz trägt. Der Wahrheit zu, in die Wahrheit hinein wächst der Staat, ihr gilt sein inneres Wachstum, in ihr findet er seine endgültige Wirklichkeit, zurückfindend zu seinem göttlich-überirdischen Ursprung, auf daß des Äons Herrlichkeit sich in dieser Zeit erfülle, sich erfülle als Reich des Menschen, als göttliches Menschheitsreich, als das Reich, das über allen Völkern steht und alle Völker umfaßt. Das Ziel des Staates ist das Reich der Wahrheit, hingebreitet über alle Länder, dennoch wachsend wie ein Baum aus den Tiefen der Erde zu denen des Himmels, da es die wachsende Frömmigkeit ist, in der das Reich wird, des Reiches Friede, die Wirklichkeit als entfaltete Wahrheit.«

Wiederum ließ der Augustus sich nicht beirren, wiederum war es, als hätten sie einander nicht gehört, wiederum glitten die Reden unbewegt im Unbewegten aneinander vorbei: »Die

Liebe der Götter gilt nicht dem Einzelnen; er ist ihnen gleichgültig, und sie kennen seinen Tod nicht. Die Götter wenden sich an das Volk, ihre Unvergänglichkeit wendet sich an die Unvergänglichkeit des Volkes, die allein wichtig für sie ist, die sie schützen, weil sie wissen, daß auch die ihre mit der des Volkes vergehen würde. Und zeichnen sie trotzdem einen einzelnen Sterblichen aus, so geschieht es nur, um ihm die Macht zur Errichtung der staatlichen Lebensform zu verleihen, in der ewigkeitsbestimmt der unvergängliche Fortbestand des Volkes geordnet und gesichert werden soll. Abglanz der göttlichen Gewalt ist die irdische Macht, und eingespannt zwischen Gotteswirklichkeit und Volkswirklichkeit, zwischen ewiger Gottesordnung und ewiger Volksordnung, beides im Staate verwirklichend, wird die Herrschermacht selber zum ewigen Bestande, wird sie mit den Göttern und mit dem Volke größer als Tod und Leben, größer kraft solch verdoppelter Wirklichkeit. Und eingespannt zwischen Göttlichkeit und Volklichkeit, ein Abglanz jener und Spiegelbild in dieser, wendet sich die irdische Macht nicht an den Einzelnen, wendet sich der Staat nicht an die Menschenvielfalt, sondern immer nur an die Ganzheit des Volkes, auf daß er in ihr seinen ewigen Wirklichkeitsbestand bewahre. Keinerlei Herrschaft kann sich behaupten, die sich bloß auf Menschen stützen will, sie vergeht mit diesen Menschen, ja, sie wird, und sei sie noch so segensreich, vom ersten Anhauch menschlicher Wankelmütigkeit hinweggefegt; so geschah es dem Friedenswerk des Perikles, der davongejagt worden ist, weil er den Pest-Tod nicht von der Stadt hatte abhalten können, so wäre es mir geschehen, als vor drei Jahren die Hungersnot in Rom auszubrechen drohte. Gewiß, die Götter, welche das irdische Brot spenden und demgemäß mir, ihrem Machtträger, den Auftrag erteilt haben für Aufrechterhaltung der senatorischen Getreidespenden an das Volk besorgt zu sein, die Götter haben mir damals übergroße Huld erwiesen, ich konnte die alexandrinische Kornflotte aufstellen, günstige Winde kürzten die Fahrtzeiten ab, und das ärgste Elend konnte verhindert werden; aber diese Rettung hätte nichts genützt, ich wäre über die Unruhe, die bereits allenthalben aufgeflammt war, unweigerlich zu Fall gekommen, wäre meine Macht nicht auf der Ganzheit der Götter, auf der Ganzheit des Volkes gegründet gewesen, und immer aufs neue würde ich mich, nein, die gesamte Staatlichkeit Roms allen Zufällen des öffentlichen Meinungsspiels aussetzen, würde ich zulassen, daß die Machtausübung in die Zersplitterung der sterblichen Einzelwesen gerate. Höchste Wirklichkeit ist der Staat, unsichtbar über die Landschaften hingebreitet, und doch so sehr höchste Wirklichkeit, daß nichts Sterbliches und Vergängliches in ihrem Geltungskreis geduldet werden darf; als sterblicher und vergänglicher Mensch stehe ich hier, doch im Geltungskreis des Staates, im Geltungskreis meiner Macht muß ich das Vergängliche von mir abstreifen und zum Sinnbild der Unvergänglichkeit werden, denn nur als Sinnbild vermag das Sterbliche sich ins Unvergängliche einzufügen, in ein Unvergängliches, das wie eben der römische Staat, kraft seiner Wirklichkeit, selber über jeglichem Gleichnis steht. Der Staat in seiner Doppelwirklichkeit hat nicht nur die Götter zu versinnbildlichen, es genügt nicht, daß er zu der Götter Verherrlichung sich die Akropolis baut, er hat nicht minder dem Volke, das seine zweite Wirklichkeitshälfte ist, das Sinnbild zu setzen, das starke Sinnbild, wie es das Volk sehen will und begreift, das starke Bild, in dem es sich selber wiedererkennt, das Bild seiner Eigenmacht, unter die es sich beugen will und beugen darf, ahnend, daß Macht im Irdischen, wie es das Beispiel des Antonius zeigt, stets dem Verbrecherischen zuneigt, und daß bloß ein Machtträger, der zugleich Sinnbild der ewigwährenden Wirklichkeit ist, solche Gefahr ausschließt. Und darum habe ich, der ich die Macht zur Erhaltung der römischen Ordnung als Lehngut der Götter und Erbgut nach dem vergöttlichten Vater empfangen habe, um sie einstens weiterzuvererben in unvergänglicher Geschlechterkette bis zum letzten Urenkel hin, darum habe ich gestattet, ja mehr noch, darum habe ich befohlen, daß mein Bild in den Tempeln aufgestellt werde, unabhängig von all jenen Göttern, denen die Völker dieses Reiches sonst noch anhangen, ein Bild für des Reiches Einheit, ein Bild für sein Hineinwachsen in eine gemeinsame Ordnung, die sich hinerstreckt vom Ozean bis zu des Euphrats Gestade. Wir zwingen niemanden, unsere Einrichtungen anzunehmen, wir brauchen nichts zu überstürzen, wir haben Zeit und können warten, bis die Völker aus eigenem die Vorteile unserer Rechtsprechung, unserer Maße und Gewichte, unseres Münzwesens sich zunutze machen werden, wofür es ja bereits mancherlei Ansätze und Anzeichen gibt, aber wir haben unabweislich die Pflicht übernommen, diesen Übergang zu römischem Denken schleunigst zu ermöglichen, wir müssen ihn allenthalben sofort einleiten, wir müssen das Bewußtsein des Reiches in allen Völkern, die ihm angehören, ohne Verzug erwecken; wir müssen es tun um der Götter willen, die des römischen Denkens oberster Ausdruck sind, und wir können es bloß im Sinnbild bewerkstelligen, im Sinnbild und durch das Bildwerk des Sinnbildes. Dies und nichts anderes hat das römische Volk erkannt, als es nach der Aufstellung meiner Bildnisse verlangte, nicht um mich als Gott, der ich nicht bin, abergläubisch anzubeten, sondern um dem gottgesetzten Amt, das ich trage, fromm jene Verehrung zu zollen, zu der auch die Fremdvölker innerhalb der Reichsgrenzen zu verpflichten sind, weil im Bildnis dieses Amtes sich das wahre innere Wachstum dieses Staates kundgibt, sein notwendiges Wachstum zur Reichseinheit, geordnet in der Sicherheit des römischen Friedens und für alle Zeiten.«

Für alle Zeiten! Der Cäsar hatte seine Rede beendet, sein Blick war in die Weite gerichtet, ins Raumlose und Zeitlose, dorthin, wo der römische Staat mit unsichtbaren Linien sich über die Landschaften der Erde hinerstreckte, lichtlos noch, dennoch vom Lichte erfüllt, des Lichtes gewärtig. Geheimnisvoll floß die Zeit dahin, bei aller Leerheit durchhallt vom Hufschlag poseidonischen Bebens, ein dahinwogender Strom ohne Gewässer, ohne Ufer; der Wandbrunnen rieselte, aber es war, als wollte er versiegen. Das Warten war in der Welt.

»In der wachsenden Frömmigkeit des Menschen entfaltet sich die Zeit, oh Augustus, in ihr wächst das Reich, unbeeinflußt und unbeeinflußbar von irdischer Macht und irdischen Einrichtungen, die allesamt noch im Sinnbildhaften verbleiben. Aber als Spiegel der Schöpfung, die sich im Reiche verwirklicht, wird es zur Wirklichkeit werden; zu ihr wird sich dein Werk entfalten in der wachsenden menschlichen Frömmigkeit, zu der du den Weg gewiesen hast.«

Der fernverlorene Blick des Augustus wurde nun wieder raumnahe: »Ich habe die Collegien der Sodales Titii und das Augurium wieder aufgenommen, ich bin daran, die Lukullenfeier zu reformieren, ich rufe überall die altehrwürdigen Formen des Glaubens dem Volke wieder ins Gedächtnis, und ich bin um die frommen und ernsten Feste bemüht, mit denen die

Altvordern ihren Glauben umrahmt hatten. Dies genügt den Göttern, dies genügt dem Volke, und dies ist auch die treue Frömmigkeit deines Äneas gewesen, treu und stark im Andenken an Anchises, den Vater. Im Andenken an meinen vergöttlichten Vater, dem ich mich treu erwiesen habe, hat das Volk mich zur Herrschaft bestellt; es hat in meinem Handeln den Väterglauben wiedererkannt, nach welchem es sich zurücksehnt, und es hat mich zu seiner Verkörperung erkoren, zur Verkörperung der Volksmacht, nicht nur durch Übertragung des Tribunates, sondern auch durch die Betrauung mit der obersten priesterlichen Gewalt, mit dem sinnbilderfüllten Amte obersten Glaubensschutzes. Die römische Frömmigkeit braucht nicht zu wachsen; sie war da von Anbeginn an gleich den römischen Göttern, denen sie dient, und es heißt bloß sie zurückgewinnen.«

»Oh Augustus, der du die Frömmigkeit menschlichen Seins erstmalig aus der Hingabe an den Willen des Vaters erfahren hast, der du in seinem geheiligten Namen machtvoll die Formen des Glaubens behütest, so daß in Liebe das Volk dir gehorcht, und kein Frevler mehr wagen wird, die von den Göttern gesetzte und von dir wiedergestiftete Ordnung neuerlich anzutasten, oh Augustus, selbst die hergebrachte Frömmigkeit des Volkes und auch die deine reicht über die Kreise der Göttermannigfaltigkeit hinaus, sie reicht hinaus über die glorreiche Kette der Väter, denn zum Urvater hin ist die Frömmigkeit gerichtet, fromm vor Erwartung, daß er sich verkünde, daß er seine Botschaft und seine Schöpfung dem fromm harrenden Sohne anvertraue...«

»Apollo war der Schutzgott meines Hauses, und er, Sonnengott und Erdgott in einem, er, der ordnungsstiftende Abwehrer alles Übels, er ist der Sohn des Himmelsvaters Zeus, dem wir untertan sind. Alle Klarheit stammt von ihm.«

Und nun ließ auch der Sklave sich wieder vernehmen; aus sehr beträchtlicher Entfernung, federstrichartig trocken und dünn, kam seine Stimme daher: »Fromm dienet selbst der Zeus noch dem Schicksal, doch darüber hinaus, dienend und wieder dienend, dort wo unerforschlichstes Licht jegliches Denken verhüllt, dort, jenseits der Grenze, dort dienet das Schicksal, dienet dem Ur-Unbekannten, dessen Name verboten ist.«

Sinnend lehnte der Cäsar im Erker da drüben, und es war still.

Noch war alles unbewegt, aber die Fahlheit des Lichtes zog sich zurück, das Licht nahm wieder Gestalt an, als wollte es zu dem Sonnenlöwen werden, welcher die Grenzen bewacht, zum Löwen, der starktatzig, weichtatzig kommen wird, sich hinzulagern zu den Füßen des frommen Bezwingers. Geringer wurde das Wogen der Erde, Poseidon besänftigte sich; die Sonnenfinsternis war im Schwinden begriffen.

»Aus jeder Klarheit entsteht neue Frömmigkeit, oh Augustus.«

»Aber unsere Frömmigkeit muß zur Klarheit führen.«

»Wer fromm ist, Augustus, der ist bereits im Wissen; er ist in der Erinnerung des vom Ur-Vater verliehenen Gesetzes, und darum vermag sein Gedächtnis auch schon mit dem der kommen soll, zu sprechen, obwohl er des Kommenden Schritt noch nicht hört, er dient ihm in dienender Liebe, obwohl ihn kein Befehl hiezu noch erreicht hat; er ruft den Unerrufbaren herbei, und ihn errufend erschafft er ihn... Frömmigkeit ist des Menschen Wissen um das Entrinnen aus seinem unentrinnbaren Einsamsein; Frömmigkeit des Blinden Sehen und des Tauben Hören, denn Frömmigkeit ist Erkenntnis in der Einfalt... aus der Frömmigkeit des Menschen sind die Götter geworden, und den Göttern dienend wird sie zur todesaufhebenden Erkenntnis der Liebe jenseits der Götter... Frömmigkeit, die Rückkehr aus den Tiefen... aufhebend das Irre, das Rasende... die erkenntnistragende Wahrheit... ja, das ist Frömmigkeit.«

»Wohin noch, Vergil! wohin noch! Dies alles führt weit übers Irdische hinaus und enthält keine irdische Aufgabe mehr. Ich jedoch, ich bin ins Irdische gestellt, und ich habe mich damit zu bescheiden. Das römische Volk hat sich dem Willen der Götter gemäß seine Gesetze gegeben, es hat damit seine eigene Freiheit gezügelt, es hat sie zum Staate umgebildet und so sich selber den Weg zur apollinischen Klarheit und Ordnung gewiesen; dieser Weg muß eingehalten werden, hierüber habe ich zu wachen, und wurde der Weg durch das Walten menschlicher Frömmigkeit eröffnet, so darf Frömmigkeit auch nicht über diesen Weg und sein Ziel hinausreichen, sie kann und darf nicht über den Staat hinausreichen, weil sonst der Staat außer Kraft gesetzt werden würde, gesprengt seine Wirklichkeit und mit ihr die der Götter wie die des Volkes. Die Frömmigkeit, das ist der Staat, das ist der Dienst am Staate, das ist die Einordnung in ihn; fromm ist, wer mit seiner ganzen Person und seinem ganzen Werk dem römischen Staat dient... ich brauche keine andere Frömmigkeit, und sie ist eine Pflicht, von der weder du noch ich, noch sonst jemand ausgenommen ist.«

Sonderbar unglaubwürdig war das alles, was der Augustus da äußerte, unglaubwürdig und dabei schmerzlich in seiner Maskenhaftigkeit; und es wirkte schmerzlich wie ein Verlust, wie eine Enttäuschung, wie eine Abkehr, vielleicht auch wie eine Scham, weil es einen trotz alledem gefangennahm, vielleicht in der Unentrinnbarkeit der Freundschaft, vielleicht in der des Todes. War es nicht eigentlich der Augustus, der sterben mußte? Was er sagte, es klang wie ein Vermächtnis für die künftigen Lenker des römischen Staates und war doch bereits selber tot, drang nirgends hin, nicht zu den Göttern, nicht zu den Menschen. Anscheinend sehr müde geworden, hatte der Augustus sich wieder hingesetzt; beziehungslos und in sich gekehrt, ein wenig vorgebeugt saß er da, und sein schönes Knabengesicht blickte nicht herüber, aber die Hand lag auf dem Haupt des Löwen. Bis zu den fernsten Grenzen hatte der Cäsar den irdischen Bereich durchmessen, und er war im Irdischen verkerkert geblieben; nun war er müde. Und dennoch ein Herrscher.

Und eben darum, eben darum mußte gesprochen, mußte es ausgesprochen werden: »Jenseits der Götter ist die Frömmigkeit der Einzelseele, jenseits des Staates ist sie, jenseits des Volkes; mögen die Götter sich auch auf das Volk beschränken und nicht den Einzelnen kennen wollen, es bedarf die Seele kaum der Götter, die sie sich geschaffen hat, sie bedarf ihrer nicht mehr, nicht dieses und nicht jenes Gottes, sobald sie sich in ihrer frommen Zwiesprache mit dem Unerforschlichen befindet...«

Zwiesprache mit dem Göttlichen! Oh, solange die unsichtbare Dämmerdecke, die zwischen dem Oben und Unten gespannt ist, undurchbrochen bleibt, bringt das Gebet bloß ein Echo seiner selbst zurück; unerreichbar bleibt der Gott, und er gibt keine Antwort.

Doch der Cäsar sagte: »Wenn du vermittels solch frommer Zwiesprachen, die allerdings niemand, und nicht einmal du selber, zu überprüfen vermag, dich von deinen Pflichten gegenüber dem Staat und dem Volk, dem du dein Werk schuldest, entbinden lassen willst, so begreife ich deine Absichten, obzwar ich sie nicht gutheißen kann; wenn du jedoch mit deiner Rede den angestammten Glauben zu verkleinern beabsichtigst und die römische Frömmigkeit mit der der Barbaren gleichsetzen willst, so muß ich dich erinnern, daß du selber die ägyptischen Götter als Scheusale bezeichnet hast...«

»Es gibt nur eine einzige Frömmigkeit, und besser der Barbar, dessen Frömmigkeit Wachstum bedeutet, als der Römer, dessen Seele sich dem Wachstum verschließt.«

Etwas gelangweilt, gewissermaßen mit gelangweilter Aufmerksamkeit, gewissermaßen zur endgültigen Erledigung kam die Antwort: »Eine Frömmigkeit, welche Scheusale hervorbringt, ist keine Frömmigkeit, ein Staat, welcher Scheusale verehrt, ist kein Staat; nein, Frömmigkeit ist nicht ohne Götter denkbar, sie ist nicht denkbar ohne Staat oder ohne Volk, und nur in der Gesamtheit ist sie auszuüben, denn nur innerhalb der Gesamtheit des römischen Vaterlandes, das eins ist mit seinen Göttern, vermag der Mensch sich mit der Gottheit zu verbinden.«

»Niemals wäre die Ordnung der Gesamtheit entstanden, hätte die Einzelseele nicht die unmittelbare Verbindung zum Überirdischen gefunden; nur das Werk, das unmittelbar dem Überirdischen dienen will, dient auch der Allgemeinheit im Irdischen.«

»Das sind äußerst gefährliche Neuerungsgedanken, Vergil; sie sind dem Staate abträglich.«

»In ihnen wird der Staat sich zum Reiche vollenden; aus dem Staate der Bürger wird das Reich der Menschen werden.«

»Du zerschlägst den staatlichen Aufbau, du zerschlägst ihn zu ungeformter Gleichheit, du zersplitterst seine Ordnungen, du zerstörst die feste Fügung des Volkes.« Alle Müdigkeit war aus dem Gehaben des Cäsars gewichen; dies waren Dinge, die ihn angingen, und es hatte recht leidenschaftlich geklungen.

»Die Ordnung wird die des Menschen sein... die des menschlichen Gesetzes.«

»Gesetze? als ob wir damit nicht überreichlich gesegnet wären! In nichts ist der Senat so fruchtbar wie in der Erzeugung schlechter Gesetze... das Volk will Ordnung, doch sicherlich keine hinterhältigen Gesetze, durch die es mitsamt seinem Staat zerstört wird... aber davon verstehst du wirklich nichts.«

»Das Reich wachsender Frömmigkeit zerstört nicht den Staat, aber es überflügelt ihn, es hebt nicht seine Volkheit auf, aber es überflügelt sie... dem Volke, ja, dem Volke gebührt die Ordnung im Staate, aber dem Menschen gebührt die Erkenntnis; um sie dient er in seiner Frömmigkeit, und wird ihm die Erkenntnis werden, so wird das neue Reich geschaffen sein, das Reich im Gesetz der Erkenntnis, das Reich, das begnadet ist, die Schöpfung zu gewährleisten.«

»Du sprichst vom Schöpfungswerk der Welt, als könnte es durch staatliche Maßnahmen beeinflußt werden. Glücklicherweise wird der Senat mit deinem Gesetz der Erkenntnis nicht viel anzufangen wissen... die Schöpfung hätte sonst nicht sehr lange Bestand.«

»Wenn der Mensch sich seiner Erkenntnis entledigt, wenn er der Wahrheit verlustig wird, geht er auch der Schöpfung verlustig; der Staat kann nicht für die Schöpfung sorgen, aber er wird mit ihr gefährdet.«

»Dies ist eine Frage, die wir den Göttern zur Lösung überlassen wollen. Hingegen wirst du zugeben, daß ich das meinige immerhin getan habe; ich habe für die Kenntnisse des Menschen gesorgt, so weit es in meiner Macht gestanden hat, und ebenso werde ich fürderhin darum besorgt bleiben. Die Zahl der öffentlichen Schulen ist vermehrt worden, nicht nur in Italien, auch in den Provinzen, und ich wende meine volle Aufmerksamkeit jener höheren Lehrtätigkeit zu, welche uns tüchtige Ärzte, Architekten und Wasserbaufachleute heranbilden soll; ich habe ferner, wie dir wohl bekannt ist, die apollinische und die octavianische Bibliothek angelegt, und ich habe nicht unterlassen, die bereits bestehenden Bibliotheken durch Zuwendungen zu fördern. Doch dies ist eine Fürsorge, die dem Volke wenig besagt; die Volksmasse will nicht Erkenntnisse geliefert bekommen, sie will starke eindeutige Bilder sehen, deren Inhalt sie begreift.«

»Über allen Erkenntnissen steht die Erkenntnis schlechthin, und das Volk erwartet sie im großen Bilde der Erkenntnistat.«

Eine Art schwermütigen Leichtsinns zeigte sich in des Cäsars Zügen: »Die Welt ist voller Taten und trotzdem erkenntnisleer.«

»Die Erkenntnistat ist die des Eides, Octavian.«

»Nun denn, Vergil, mein Amt ist beschworen, und was von mir

beschworen worden ist, das habe ich auch gehalten... dies könnte dir für deine Erkenntnistat genügen... was willst du noch mehr?«

Warum dem Eitlen nicht nach Wunsch antworten? Es wäre so einfach und so ratsam. Und doch zwang etwas zu Widerspruch und Erklärung: »Gewiß, Tat ist dein Werk, beschworene Tat, und ebendeshalb wird ihr auch die Erkenntnistat folgen, die formende Tat der Erkenntnis, die Tat der Wahrheit, allein, es geht hiebei um die Menschenseele, Augustus, und mit der heißt es Geduld haben«; – oh, trotz der belästigten Abwehr in des Cäsars Miene, dies mußte ausgesprochen werden, weil es eben um die Menschenseele und um ihre todbesiegende Erweckung ging – »ja, mit deiner Tat hast du den Frieden Roms über die Erde hingebreitet, durch dein Werk hast du gleichnishaft groß die Einheit des Staates gestiftet, und tritt nun noch die Wahrheitstat hinzu, die den Menschen mit der allen gemeinsamen göttlichen Erkenntnis beschenkt und so die Bürger zur Menschengemeinde versammelt, dann, oh Augustus, wird dein Staat sich zur ewigen Schöpfungswirklichkeit verwandelt haben... dann erst, dann wird es sein... das Wunder...«

»Du beharrst also darauf, daß der Staat in seiner heutigen Gestalt nichts als ein windiges Gleichnis sei...«

»Ein echtes Gleichnis.«

»Gut, ein echtes Gleichnis... aber du beharrst darauf, daß er seine eigentliche Wirklichkeitsgestalt erst in der Zukunft gewinnen wird...«

»So ist es, Cäsar.«

»Und wann soll dein Wunder eintreten? wann soll diese Umwandlung zur wahren Wirklichkeit vonstatten gehen? wann?« Fordernd und böse, ja durchaus angriffslustig schaute das schöne Gesicht nun herüber.

Wann, ihr Götter! wann, oh wann? oh wann war sie, sie die formenbefreite Schöpfung ohne Zufall? Dem unbekannten, dem eidhütenden Gott ist es anheimgegeben. Doch nun schwankte der Boden nicht mehr, der Nachen glitt ruhig dahin, und war auch das Atmen in Lunge, Kehle und Nase wieder sehr beschwerlich geworden, es atmete das Herz, und das Herz wußte, daß in ihm immerwährend ein atmender Hauch der Seele webt, ein Hauch, bloß ein Hauch, indes so stark, daß man meinen mochte, er werde durch die Welt dahinbrausen und

Felsen wegfegen. Wann, oh wann? irgendwo atmete jener, der es vollbringen wird, irgendwo lebte er bereits, ungeboren noch, dennoch schon atmend; einst war die Schöpfung, einst wird sie sein, zufallsenthoben das Wunder. Und mitten in dem vergehenden Fahllicht, in fern-fernster Ferne, ostwärts, zeigte aufs neu sich der Stern.

»Einstens wird der kommen, der wieder in der Erkenntnis sein wird; in seinem Sein wird die Welt zur Erkenntnis erlöst werden.«

»Ich wollte, du würdest auf irdischere Aufgaben dich beschränken; überirdische Aufgaben sind es, die du stellst, und für die reicht meine Lebenszeit nicht mehr aus.«

»Es sind die Aufgaben des Heilbringers.«

»Aber mir hast du sie zugedacht... oder etwa nicht?«

»Todesbesiegend ist der Heilbringer, und todesbesiegend bist du erschienen, da du den Frieden gebracht hast.«

»Das ist keine Antwort, denn irdisch nur konnte ich Frieden stiften, irdisch mußte ich ihn ordnen, irdisch ist sein Wesen... du meinst wohl, daß man mir bloß die Bewältigung irdischer Aufgaben zutrauen kann?«

»In dem Sohn des Vergötterten sehen die Menschen schon heute den Erretter, der sie vom Unheil erlösen soll.«

»So sagen es die Menschen, so sagt es das Volk... doch was sagst du, Vergil?«

»Bereits vor zwanzig Jahren, damals als ich die Georgica begann und du noch ein Jüngling warst, damals bereits sah ich dein Bild im Kreise der Himmelszeichen. Denn du bedeutest die Zeitenwende.«

»Wie waren deine Worte?«

»Dir, dem neuen Gestirn, von langsamen Monden umfüget, dort, wo Erigones Bahn den Skorpionen heranlockt, dir weichet selbst dieser, der feurig Entbrannte, vor dir zieht die Klauen er ein und räumt dir den dienenden Himmel.«

»Wohl, dies hast du vor zwanzig Jahren gedichtet... und heute?«

»Im Bilde des Steinbocks bist du gezeugt und empfangen; ihn, der auf festem Felsgestein zu den höchsten irdischen Gipfeln emporstürmt, ihn wähltest du dir zum Zeichen.«

»Die irdischen Gipfel... und das Überirdische soll mir offenbar versagt bleiben.«

»Entsinne dich der Verse, die der Horaz dir gedichtet hat, Augustus.«

»Welcher Verse?«

»Im Himmel regiert der Donnerer Zeus, doch auf Erden bist du der sichtbare Gott, oh, Augustus.«

»Du weichst aus, Vergil; du zitierst Längstverjährtes, und du zitierst andere, allein du verbirgst deine eigene Meinung.«

»Meine eigene Meinung?« Der Augustus war so ferne; die Worte glitten hinüber und herüber, sehr seltsam war ihr Flug, doch sie waren keine Brücke mehr.

Der Sklave sagte: »Es darf dich nicht mehr kümmern.«

»Meine eigene Meinung?«

»Genau die wünsche ich zu hören, und zwar ohne Umschweife.«

»Sterblicher Mensch bist du, Augustus, wenn auch der erste unter den Lebenden.«

Ein zornig grollender Blick ließ erkennen, daß der Cäsar eine andere Meinung hatte hören wollen: »Ich weiß, daß ich weder ein Gott noch ein neues Gestirn bin, und überflüssig ist es mich daran zu erinnern; ich bin ein Bürger Roms und habe mich niemals für etwas anderes gehalten, finde also meine Frage noch immer nicht von dir beantwortet.«

»Das Heil wird immer im Irdischen gebracht, Augustus, irdisch und sterblich ist immer der Heilbringer, er muß es sein; nur seine Stimme kommt aus dem Überirdischen, nur ihr verdankt er es, daß er das Unsterbliche im Menschen, das zum Heile will, aufrufen darf. Du aber hast mit deiner Tat solch göttlicher Erneuerung der Welt bereits den Boden geebnet, und es ist deine Welt, welche die Stimme vernehmen wird.«

»Weshalb verneinst du also meine Berufung zu dem letzten Schritt, der noch zu tun ist? weshalb verneinst du, daß mein Werk, dem du immerhin Vorbereitungswert zugestehst, noch berufen werden sollte, das endgültige Heil der Welt zu bringen? weshalb verneinst du, daß das Sinnbild, das du in meinem Werke immerhin siehst, selber schon die Wirklichkeit in sich trägt? weshalb verneinst du, daß ich, der ich in meinem Werke immerhin die erste Tat gesetzt habe, desgleichen zur Erkenntnistat befähigt sein könnte?«

»Ich verneine es nicht, Octavian; Sinnbild des Gottes bist du und Sinnbild des römischen Volkes. Nimmermehr wärest du hiezu berufen worden, trüge das Sinnbild, das du bist, nicht auch die Züge seines Urbildes. Eher noch als in jedem andern kann die Erkenntnistat in dir einst heranreifen. Bisher war es eben noch nicht an der Zeit.«

»Vergil, du gehst mir mit der Zeit etwas zu freigebig um, allerdings nur wenn es sich um mich handelt; dir und den eigenen Absichten setzest du wesentlich kürzere Wartefristen... sage es also lieber schlankweg heraus, daß ich mir dieses Erlösungsgeschäft nicht anmaßen möge.« Es sollte heiter klingen, aber die weitergrollende Entrüstung war nicht zu verleugnen.

»Selbst der Heilbringer und seine Wahrheit, selbst er ist in das Erkenntnisgewebe der Zeit gebunden, er wird kommen, wenn die Zeit reif geworden sein wird.«

Der Cäsar war aufgesprungen: »Du willst dir selber sein Amt vorbehalten.«

Ach, hatte der Cäsar damit recht? ach, hatte er damit nicht in einem Ausmaße recht, wie er es selber kaum ahnen mochte? schlummerte der Erlöserwunsch nicht im Dichter mit noch weit größerer Traumesgröße als in allen anderen Menschen? wollte nicht auch Orpheus sich dazu erkühnen, da er sogar die Tiere an sich heran und in seinen Bann zog, um sie ins Menschliche zu erlösen? doch nein und abermals nein: untaugliches Mittel bleibt die Kunst, und selbst der Orpheus hatte daran scheitern müssen. Die sibyllische Stimme, die der Dichter hört, ist die Eurydikes, ist die Plotias, und nimmer findet er, so will es der Gott, so will es das Schicksal, den goldenen Zweig der Erlösung.

»Oh, Augustus, der Schreiber lebt nicht; der Erlöser hingegen lebt stärker als alle, denn sein Leben ist seine Erkenntnistat, sein Leben und sein Tod.«

Mitten in seiner Entrüstung lächelte der Augustus, und es war ein recht gutmütiges Lächeln: »Du wirst leben, Vergil, du wirst deine Kräfte wiedergewinnen und dein Werk vollenden.«

»Selbst wenn ich nochmals genesen sollte... je vollendeter das Gedicht wäre, desto weiter wäre es von jeglicher Erlösungstat entfernt, desto untauglicher wäre es hiezu.«

»Nun denn, so werden wir eben beide nicht die Erlösungstat vollbringen können, weder du noch ich, sondern wir werden sie dem Heilbringer überlassen, der dir vorschwebt und an den ich kaum zu glauben vermag. Und bis zu seiner Ankunft werden wir weiterhin unsere Pflicht zu erfüllen haben, du die deine, ich die meine...«

»Wir müssen uns für seine Ankunft vorbereiten.«

»Gut. Mein Werk bedeutet ja ohnehin Vorbereitungsarbeit für ihn. Aber auch das deine ist es, und du wirst sohin die Äneis für dein Volk fertigstellen...«

»Ich kann und darf sie nicht fertigstellen... ich darf es um so weniger tun, als dies die unrichtigste Vorbereitung wäre.«

»Und wie wäre die richtige zu bewerkstelligen?«

»Durch das Opfer.«

»Opfer?«

»So ist es.«

»Wofür willst du opfern? wem willst du opfern?«

»Den Göttern.«

»Die Götter haben die ihnen genehmen Opfer geregelt, sie haben sie dem Staate zur Obhut übergeben, und ich sorge dafür, daß sie im ganzen Reichsgebiet pünktlich vollzogen werden, wie es ihre Ordnung verlangt. Außerhalb der Staatshoheit gibt es keine Opfer.«

Unnachgiebig war der Augustus, und er wußte nichts von dem Eidesbefehl des unbekannten Gottes; es war zwecklos ihn überzeugen zu wollen: »Niemand soll wagen, die von dir, oh Cäsar, gehüteten heiligen Formen des Glaubens anzutasten, aber Unantastbarkeit heißt noch nicht Unergänzbarkeit.«

»Wie sollten sie ergänzt werden?«

»Jedermann kann von den Göttern zum Opfer befohlen werden, jedermann muß gewärtig sein, daß sie, beliebt es ihnen, ihn zum Opfer erküren.«

»Verstehe ich dich recht, so willst du also auch innerhalb der Opferordnungen nunmehr die Volksgesamtheit ausschalten und sie durch den Einzelnen, der sich irgendwie mit dem Überirdischen befaßt, ersetzt wissen; unzweifelhaft, Vergil, dies ist unzulässig und mehr als unzulässig. Und wiederum berufst du dich hiebei auf den Willen der Götter, um dir einen Schein von Berechtigung und Verantwortung zu geben. Trotzdem bleibt es reichlich verantwortungslos, und am allerwenigsten werden die Götter dir die Verantwortung für deine Absichten abnehmen, denn ihnen wie dem Volke genügen neben den sonstigen altehrwürdigen Kultformen auch die zugehörigen Opferregeln. Nicht ein halber Schritt darf darüber hinausgegangen werden.«

»Furchtbar wird darüber hinausgegangen, Augustus! dumpf

fühlt das Volk, daß eine neue Wahrheit sich vorbereitet, dumpf fühlt das Volk, daß die alten Formen bald sich erweitern werden, dumpf fühlt es die Unzulänglichkeit der alten Opferriten, und getrieben von wirrer Sehnsucht nach dem Neuen, getrieben von wirrer Opferungssehnsucht, drängte es sich zu den Hinrichtungsplätzen und zu den Spielen, welche du veranstaltest, drängt sich zu dem unfrommen Scheinopfer, das blutig in einem Tod wachsender Grausamkeit ihm geboten wird, um schließlich nur Blutrausch und Todesrausch zu befriedigen...«

»Zur Zucht habe ich die Verwilderung gebracht, zum Spiel die ungezügelte Grausamkeit. Dies ist die notwendige Härte des römischen Volkes, und sie hat mit Opferungsahnungen überhaupt nichts zu schaffen.«

»Das Volk hat Ahnungen, mehr als der Einzelne. Denn dumpfer und gewichtiger ist sein Gesamtfühlen als das Denken der Einzelseele, dumpfer und gewichtiger, wilder und verwirrter ist in ihm der Ruf nach dem Welterlöser. Und vor den Blutgreueln auf den Hinrichtungsplätzen und im Arenasande, da ahnt es schaudernd, daß daraus die echte Opferungstat erstehen wird, das echte Opfer, welches die letzte und entscheidende Form der Erkenntnis im Irdischen sein wird.«

»Rätselhaft ist oft die Tiefe deines Werkes, Vergil, doch nun redest du auch in Rätseln.«

»Den Menschen zur Liebe, der Menschheit zur Liebe wird der Heilbringer sich selber zum Opfer bringen, wird er sich mit seinem Tode selber zur Erkenntnistat machen, zur Tat die er dem All entgegenwirft, auf daß aus solch höchstem Wirklichkeitsbild dienender Hilfe sich aufs neue die Schöpfung entfalte.«

Der Cäsar schlug die Toga um sich: »Ich habe mein Leben in den Dienst meines Werkes, in den Dienst der Allgemeinheit, in den Dienst des Staates gestellt. Mein Opferungsbedürfnis findet damit das Auslangen. Ich empfehle dir das nämliche zu tun.«

Was da zwischen ihnen noch hin- und herging, das war nichts mehr, das waren leere Worte oder nicht einmal mehr Worte, und sie durcheilten einen leeren Raum, der nicht einmal Raum mehr war. Ein unglaubwürdiges Nichts war alles und brückenlos.

»Dein Leben war Tat, Cäsar, es ist Tat für die Allgemeinheit und in der Allgemeinheit, und du hast dich restlos dargebracht. Die Götter haben dich zu solcher Opfertat erkoren und befohlen, sie haben dich hiezu ausgezeichnet, und du bist ihnen darob, wie dein Sein es bezeugt, näher als jeder andere Sterbliche geworden.«

»Welche Opfer wünschest du denn noch? jedes wahrhaft getane Werk erfordert den ganzen Menschen und sein ganzes Leben; bei dir hat es sich, soweit ich es ermessen kann, auch nicht anders verhalten, und du darfst es ruhig gleichfalls als Opfer bezeichnen.«

Die Fülle der Seinsschichten war ins Ungestaltete verblaßt, das jenseits jeder Leere liegt; keine Linie war mehr sichtbar, nicht mehr der dünnste Schatten einer Linie – wo sollte da noch Begegnung stattfinden?: »Mein Tun war Selbstsucht, war kaum ein Tun, geschweige ein Opfer.«

»Dann folge meinem Beispiel; trage deine Schuldigkeit ab, gib dem Volke das, worauf es Anspruch hat, gib ihm dein Werk.«

»Wie jedes Werk ist auch dieses aus Blindheit geboren... aus falscher Blindheit... was immer wir schaffen... nichts als Blindheitswerk... zur echten Blindheit fehlt uns die Demut...«

»Also auch mir, auch meinem Werk?«

»Keine Seinsschichten mehr...«

»Was?«

Es lohnte nicht zu reden; man konnte nur sich wiederholen: »Dein Tun geschah im Volke und ward im Volke zur Tat; das meine muß an das Volk herangebracht werden, nicht um einem Tun zu dienen, sondern um Anerkennung und Beifall zu ernten.«

»Genug, Vergil!« – äußerste Ungeduld drückte sich in des Cäsars Haltung bereits aus – »Wenn dir die Veröffentlichung der Äneis als zu selbstisch dünkt, so lasse sie erst nach deinem Ableben erscheinen. Dies ist mein letzter Vorschlag.«

»Des Dichters Ruhmsucht reicht über den Tod hinaus.«

»Also was sonst?«

»Das Werk darf mich nicht überdauern.«

»Beim Jupiter! endlich, warum?! gib endlich deine wahren Gründe an!«

»Da ich mein Leben nicht zum Opfer habe weihen können, wie du es mit dem deinen getan hast, muß ich mein Werk dazu bestimmen... es soll zur Vergessenheit sinken und ich mit ihm ...«

»Das ist keine Begründung, das ist einfach Irrsinn.«

»Die Unkeuschheit des Gedächtnisses ... ich will vergessen ... alles vergessen ... und ich will vergessen sein ... es ist notwendig, Augustus ...«

»Welch freundlicher Bescheid an deine Freunde! wahrlich, Vergil, dein Gedächtnis wäre keuscher, wenn du dich ihrer etwas freundschaftlicher erinnertest, anstatt dich in leeren und bösartigen Wünschen zu ergehen, die ja doch nur leere und bösartige Ausflüchte sind.«

»Die erlösende Erkenntnistat steht bevor; um ihretwillen, um ihres Eides willen muß es geschehen ... Im Eid ist das Heil, Augustus ... für alle, für mich ...«

»Ach dein Heil, immer wieder dein Heil ... nun, dein Heilbringer wird darum nicht um einen Tag früher eintreffen; du aber beraubst die Allgemeinheit, du beraubst dein Volk, und dies nennst du dein Heil! Irrsinn ist es, einfach Irrsinn!«

»Erkenntnislose Wahrheit ist irrsinnig; es geht um die Erkenntniswahrheit ... nur in ihrer Wirklichkeit gibt es kein Irresein.«

»Also zwei Wahrheitsgattungen? eine erkenntnistragende für dich, eine erkenntnislose für mich ... deiner Meinung nach rede also ich irre? willst du das sagen? dann sag es!«

»Ich muß das Erkenntnislose vernichten ... es ist das Unheil ... die Verkerkerung ... unbefreit ... mit dem Opfer dienen wir der Befreiung ... es ist die oberste Pflicht ... das Erkenntnislose muß der Erkenntnis weichen ... nur hiedurch diene ich wahrhaft der Allgemeinheit und dem Heile des Volkes ... das Gesetz der Wahrheit ... die Erweckung aus dem Dahindämmern!«

Ein hastiger scharfer Schritt –, der Augustus stand vor dem Bett:

»Vergil ...«

»Ja, Augustus.«

»Du hassest mich.«

»Octavian!«

»Nenne mich nicht Octavian, da du mich hassest.«

»Ich ... ich hasse dich?«

»Und wie du mich hassest!« Schrill vor Schärfe war des Cäsars Stimme.

»Oh Octavian ...«

»Schweig, ...du hassest mich mehr als jeder andere Mensch auf Erden und mehr als jeden anderen Menschen, weil du mich mehr als jeden andern beneidest.«

»Das ist nicht wahr... das ist nicht wahr...«

»Lüg nicht; es ist wahr...«

»Es ist unwahr... es ist unwahr...«

»Es ist wahr...« – wütend riß die Hand des Erzürnten die Lorbeerblätter von den Kandelaberkränzen ab – »ja, es ist wahr... ja, du hassest mich, weil du selber voller Königsgedanken steckst, aber zu schwach warst, um auch nur den leisesten Versuch zu ihrer Ausführung zu unternehmen, du hassest mich, weil du gar keine andere Wahl gehabt hast, als deine Königsgedanken in deinem Gedicht unterzubringen, damit du wenigstens hier dich mächtiger zeigen kannst als deine Könige; du hassest mich, weil ich imstande gewesen bin mir alles zu erarbeiten, was du dir für dich gewünscht hattest, und ich dies trotzdem so sehr verachte, daß ich mir sogar erlauben durfte des Reiches Krone auszuschlagen, du hassest mich, weil du mich für dein eigenes Unvermögen verantwortlich machst... dies ist dein Haß, dies ist dein Neid...«

»Octavian, höre mich...«

»Ich will dich nicht hören...«

Der Cäsar schrie, und sonderbar, sehr sonderbar: je mehr und je lauter er schrie, desto reicher wurde wieder die Welt; das Sichtbare mit seinen vielen Seinsschichten tauchte wieder auf, lebendig wurde wieder die fahle Abgestorbenheit, und es war wie Hoffnung.

»Octavian, höre mich an...«

»Wozu? sage mir, wozu... erst hast du mit falscher Bescheidenheit heuchlerisch dein eigenes Werk verunglimpft, damit du um so leichter auch das meine herabwürdigen kannst, dann hast du dieses zu einem windig gleichnishaften und überdies blinden Scheingebilde herabwürdigen wollen, ja, mehr noch, du hast damit das römische Volk und seinen Väterglauben beschimpft, der dir als Ausdruck meines Werkes nicht gefällt, und den du daher zu reformieren für nötig befindest, und sehr wohl wissend, daß dir dies alles nichts nützt, sehr wohl wissend, daß es dir nichts nützen kann, sehr wohl wissend, daß ich mächtiger als du bleibe und mächtiger als du bleiben muß, sehr wohl wissend, daß du nicht ausreichst, um mich unterzukriegen, flüchtest du jetzt schließlich ins Überirdische, in ein überirdisches Irgendwo, wohin weder ich noch sonstwer je gelangen kann, und willst mir einen Heilbringer ins Genick setzen, den es nicht gibt und niemals geben wird, der aber statt deiner mich überwinden soll... ich kenne dich, Vergil, sanft scheinst du zu sein, und gerne läßt du dich vom Volke als den Reinsten und Tugendhaftesten verehren, aber in Wahrheit bebt deine angeblich so reine Seele unaufhörlich vor Haß und Tücke, ja, ich wiederhole es, sie bebt vor niederträchtigster Tücke...«

Kein Zweifel, der Geheiligte zeterte, und er geriet immer weiter ins Zetern. Und doch war es so sonderbar gut, daß das geschah, es war so sonderbar gut, oh, so gut, daß das noch möglich sein konnte, und es war als zeigte sich im Unsichtbaren ein unsichtbar fester Boden, jener unsichtbar feste Grund, von dem aus wieder die unsichtbaren Brücken sich spannen würden, die Brücken des Menschlichen und der Menschlichkeit, verkettend das Wort mit dem Gegenwort, verschränkend den Blick mit dem Gegenblick, so daß Wort wie Blick wieder sinnerfüllt würden, die Menschheitsbrücken der Begegnung! Oh, daß er nur weiter spräche.

Nun, der Augustus sprach weiter, nein, er schrie weiter, und er legte sich keinerlei Zwang mehr auf in seinem wild daherkeifenden Zetern: »Rein und tugendhaft und bescheiden bist du in deinem Gehaben, doch etwas allzusehr rein und allzusehr tugendhaft und allzusehr bescheiden als daß es unverdächtig bleiben könnte... niemals hätte dir deine sogenannte Bescheidenheit erlaubt, irgendein Amt anzunehmen, das ich zu vergeben gehabt hätte, niemals hätte ich gewagt dir eines anzubieten, aber in Wahrheit läßt sich überhaupt keines ausdenken, das dir für dich gut genug erschienen wäre, an einem jeden, wäre es ein senatorisches oder ein prokonsularisches oder ein anderes, noch so hohes gewesen, hättest du etwas auszusetzen gehabt, und am allerwenigsten hättest du ein Amt aus meinen Händen entgegengenommen, weil du mich viel zu tief und viel zu gründlich dazu hassest! Ja, aus Haß gegen mich hast du dichten müssen, hast du dir deine dichterische Unabhängigkeit zurechtgezimmert, denn das, was du wirklich von mir verlangt hast, nämlich, daß ich abtrete, um dir meinen Platz zu überlassen, das konnte und kann ich dir nicht bieten, ganz zu schweigen, daß du auch meinen Platz ausschlagen würdest, den auszufüllen du nicht fähig wärest und den du im Bewußtsein deiner Unfähigkeit zu verachten gezwungen bist... all dies geschieht aus Haß, und da es geschieht, wird dein Haß stets aufs neue entfacht...«

»Niemals habe ich mein Dichten höher eingeschätzt als irgendein Amt, das du mir hättest anbieten wollen.«

»Schweig und stiehl mir nicht noch weiter meine Zeit, indem du deine Heuchelei fortsetzest. . immer ist es dir nur darauf angekommen, daß ich mein eigenes Amt niederlege, vielleicht auch nur, damit es sodann für dich verschmähbar werde, und deshalb all dieses umständliche Getue mit der Erkenntnis, deshalb dieses irrsinnige Geklügel mit dem Opfer, deshalb diese Vernichtung der Äneis, nur damit ich lernen möge, wie man das eigene Werk aufgibt und vernichtet... ja, lieber willst du, daß die Äneis vom Erdboden verschwände, als daß du den Anblick meines Werkes weiter ertrügest oder dulden dürftest...!«

Seinsschichte um Seinsschichte baute sich unter dem Gezeter neu auf, und das Zimmer, welches der Augustus mit seinen Schritten wütend durchmaß, war wieder ein richtiges irdisches Zimmer, irdisch dem Hause eingeformt, irdisch mit Hausrat eingerichtet, irdisch im Lichte des späten Mittags. Und nun durfte man sich sogar schon auf der unsichtbaren Brücke vortasten: »Octavian, du tust mir Unrecht, bitteres Unrecht...«

»So, ich tue dir Unrecht? ich tue dir Unrecht? aber die Äneis willst du vernichtet haben, damit du sie mir nicht zu widmen brauchst! Dem Mäcenas hast du die Georgica gewidmet, und dem Asinius Pollio gut und gern die Bucolica! Mich hingegen, den du hassest, mich hast du mit dem Culex abspeisen wollen, für mich war der Culex gut genug, für mich soll er nach deinem Willen auch heute noch gut genug sein, offenbar um zu beweisen, daß er vor fünfundzwanzig Jahren gut genug für mich gewesen ist, daß ich auf nichts Besseres Anspruch habe, weder damals noch heute... aber daß ich in diesen fünfundzwanzig Jahren mein Werk vollbracht habe und daß mir dieses Werk ein Anrecht auf die Äneis verleiht, wohlbegründet in meiner Leistung, in der Wirklichkeit Roms und seines Geistes, ohne die niemals die Äneis hätte entstehen können, das ist zu viel für dich, das verträgst du nicht, und lieber vernichtest du sie, als daß du sie mir widmetest...«

»Octavian...!«

»Gleichgültig ist es dir, ob ein Werk, das deine oder das meine, größer ist als Leben und Tod, gleichgültig wird dir dies vor deinem Haß...«

»Octavian, nimm das Gedicht!«

»Ich will es nicht, ich mag es nicht, ich brauch es nicht; du kannst es dir behalten...«

»Octavian, nimm das Gedicht!« All die papierene Morschheit, all die papierig fahle Weißlichkeit war aus dem Licht da draußen verschwunden; beinahe elfenbeinern schimmerte es über der Landschaft.

»Ich will von deinem Machwerk nichts mehr wissen... tu damit was dir gefällt; ich brauch es nicht.«

»Es ist kein Machwerk.«

Der Cäsar blieb stehen und schielte zu dem Koffer hin: »Für mich ist es zum Machwerk geworden; du selber hast es dazu erniedrigt.«

»Du weißt, daß es für dich bestimmt war, als ich es schrieb, daß du unaufhörlich in meinen Gedanken warst, daß du in die Arbeit eingegangen und nach wie vor in dem Gedichte bist, das dir gegolten hat...«

»Das hast du dir vorgeheuchelt und damit auch mir. Wahrscheinlich, du hast recht mich blind zu nennen, blind wie eine neugeborene Katze, denn sträfliche Blindheit ist mein Glaube an dich gewesen, sträflich war es, dir und deiner Heuchelei so lange zu trauen!«

»Ich habe nicht geheuchelt.«

»Und wenn du es nicht getan hast, so hassest du gerade deswegen jetzt auch dein eigenes Werk, das meine Züge trägt.«

»Ich will es für dich fertigstellen.«

»Und das soll ich dir noch glauben?« Wiederum schielte der Cäsar zu dem Koffer hin, und dies war unangenehm; doch nun ließ sich nichts mehr ändern.

»Du mußt mir glauben, Octavian.«

Oh, selbst die kleinste stürzende Sekunde, die aus einer Menschenseele sich löst, um in den Zeitenabgrund zu verschwinden, ist größer in ihrer Unerfaßlichkeit als jegliches Werk, und aus des Cäsars Seele löste sich nun eine solche Sekunde, eine Sekunde der Freundschaft, eine Sekunde der Zuneigung, eine Sekunde der Liebe, deutlich spürbar, obwohl er bloß sagte: »Wir wollen es uns überlegen.«

Und da kam das Schwerste: »Nimm das Manuskript nach Rom

mit, Octavian … mit der Götter Hilfe werde ich es dort wiederfinden.«

Der Cäsar nickte, und für die Dauer dieses Nickens trat sehr große Ruhe ein, die Ruhe einer Verbundenheit, die wie ein Hauch aus dem menschlichen Herzen dringt und durch alle Unsichtbarkeiten hindurch immer wieder das menschliche Herz erreicht, die große Gewalt der Stille: die braune Balkendecke wurde wieder zum Walde, aus dem sie hergebracht worden war, der Lorbeerduft der Kränze wurde wieder zu dem der fernsten Verborgenheitsschatten, der tief in den sonnenüberlagerten Laubschluchten ruht, umhaucht vom Geriesel der Quellen, hauchig leise wie der Ton einer Moosflöte, dennoch ruhig fest, dennoch eichenschwer, und der Hauch der Herzensunerklärlichkeit war der eines ewigen Ineinanderwissens. War es noch von diesem Hauch, daß die Ampel gleichsam zum letzten Male an ihrer Kette silbern klickend auspendelte? nichts regte sich daneben, die Gewässer waren glatt, als hielten sie ihren Atem an; die Fahrt ruhte. Und der Augustus, unter der Lorbeerulme stehend, die Hand im Lorbeergelaube, der Augustus sagte: »Erinnerst du dich Vergil?« – »Ja, ich erinnere mich an vieles, doch es ist mir immer noch zu wenig.« – »Erinnerst du dich auch der Pferde und Hunde, die wir miteinander ausgewählt haben?« – »Doch, ich erinnere mich; ich habe deren Schnelligkeit und Tüchtigkeit abgeschätzt, als du sie kauftest.« – »Krotonische Stuten und Hengste waren es und iberische Hunde.« – »Von einem der Hengste habe ich dir abgeraten, aber du kauftest ihn trotzdem, Octavian.« – »Ja, du hast dich gut darauf verstanden; der Hengst taugte wirklich nichts.« – »Du hast ihn teuer bezahlt, und du hättest das Geld sparen können, denn ich habe dir ganz richtig geraten.« – »Manchmal aber ist es gut, deinen Rat nicht zu befolgen, Vergil.« – »Warum? doch das ist lange her.« – »Sehr lange. Der Hengst sah gefällig aus, ein Rapphengst mit kleinem Kopf. Schade drum.« – »Ja, schade. Es war ein Rapphengst, und er hatte weiße Fesseln, und die Hinterhand war zu schwach, obgleich es kaum zu merken war.« – »Sehr richtig, die Hinterhand war zu schwach, aber er hatte nicht das geringste weiße Zeichen an sich.« – »Nicht doch, Augustus, die Fesseln waren weiß.« – »Ein Tier, das ich einmal gesehen habe, bleibt in meinem Gedächtnis; ich versichere dir, daß das Roß zeichenlos gewesen ist.« – »Wir haben in Andes genug Pferde aufgezogen, um mein Gedächtnis für sie zu schärfen; hier bin ich meiner Sache sicher, hier kann mir niemand etwas einreden, auch nicht einmal du, Octavian.« – »Du bist eben nichts als ein eigensinniger Bauer.« – »Ein Bauer bin ich und der Sohn von Pferdezüchtern; als Kind schon bin ich über die Weiden gesprengt, angeklammert an die Mähne der Pferde.« – »Wenn die Mähren, die du da bestiegen hast, nicht besser als dein Gedächtnis waren, so brauchst du dir nicht viel darauf einzubilden.« – »Es waren keine Mähren.« – »Und dein Gedächtnis ist kein Gedächtnis; das meine ist besser.« – »Einerlei, ob du der Augustus bist, tausendmal magst du es sein, weiß waren die Fesseln, schneeweiß.« – »Zürne soviel du willst, es ist fruchtlos, sie waren nicht weiß.« – »Weiß sag ich, und dabei bleibt es.« – »Nein, sag ich.« – »Wahrhaftig, Octavian, widersprich mir nicht; auf der Stelle will ich sterben, wenn die Fesseln nicht weiß gewesen sind!« Der Augustus, der bisher gesenkten Hauptes dagestanden hatte, sinnend, als hätte er nicht nur die Erinnerung sondern auch die Stille festhalten wollen, hob jetzt den Kopf: »Um solchen Einsatz wird nicht gespielt, das verbiete ich, denn das ist mir ein zu hoher Preis; da sollen meinetwegen die Fesseln doch noch lieber weiß gewesen sein.« Und daraufhin mußten sie beide lachen, wurden sie beide von einem lautlosen Lachen übermannt, von einem lautlos flatternden Lachen, das ein wenig schmerzhaft war, wahrscheinlich auch für den Augustus, denn seine traurig gewordene Miene – oder schimmerten gar Tränen in seinen fernen Augen? – ließ darauf schließen, daß es ihm gleichfalls schmerzhaft in Kehle und Brust sitzen mochte, schmerzhaft wie ein Traumlachen, weh und würgend, ach, weil niemand im Traume lacht, ach, und weil die beglückende Stille, von der sie umfangen gewesen, sich nun schmerzhaft verflüchtigte, seitdem der Augustus, wie aus ihr erwachend, den Kopf gehoben hatte. Die Stille war verschwunden.

Drohte nun aufs neue die Sonnenfinsternis? drohte nun aufs neue das Beben der Erde und der Meere, erschüttert von den poseidonischen Rossen? war darob die Stille entflohen? nein, dies war nicht zu fürchten; sanft irdisch und friedlich spazierten die gurrenden Tauben über das Fenstersims, sanft blieb das Lied, elfenbeinern sanft das Licht, und mochte die Fahrt sogar wieder in Gang gekommen sein, es war nichts zu fürchten, solange der Nachen auch weiterhin so sicher und gemächlich dahinglitt. Dennoch, es war der Hufschlag eines Pferdes vernehmbar, und es dauerte auch nur eine sehr kurze Weile, bis dieses erschien, einhergesprengt durch die Lüfte, den Knaben einhertragend, der sich übermütig an der flatternden Mähne anklammerte, übermütig daran zerrend. Es war kein Rappe, es war ein schneeweißes Roß, allerdings mit schwarzen Fesseln, und nachdem der Knabe mitten im Galopp vor dem Cäsar abgesprungen war, setzte es seinen Lauf fort und enteilte durch das Fenster. Doch der Knabe trat vor den Cäsar, trat vor ihn hin als ein Herold des Einst, bekränzten Hauptes wie ein Geschenkbringer, und als solcher wurde er empfangen.

»Sei gegrüßt«, sagte der Augustus, immer noch an den Kandelaber gelehnt und die Hand im Lorbeergelaube, »du willst mir das Gedicht zu eigen geben, und ich nehme es aus deiner Hand, denn du bist der Lysanias; ich erkenne dich, obwohl ich niemals in Andes gewesen bin, und auch du erkennst mich.«

»Du bist Cäsar Augustus, der Geheiligte.«

»Wie fandest du deinen Weg zu mir?«

Und der Knabe rezitierte:

»... Siehe den Cäsar dort und das ganze Juliergeschlecht aufsteigend zum hohen Gewölbe des Äthers:
Dies ist der Mann, der immer-erwartete, schicksalsverheißene,
Cäsar Augustus, göttlichen Stammes, stiftend aufs neue
Goldene Zeit, wie einstmals Saturn, dem latinischen Lande;
Weithin dehnt er sein Reich bis zu Garamanten und Indern,
Und wo der Atlas die Weltkuppel dreht auf riesiger Schulter,
Funkenumschwärmt von der Sternsaat, selbst hier gebietet der Cäsar,
Machtvoll enthebend die Erde dem Kreislauf der Jahre und Sonnen.–
Bebend erwarten sein Nahen schon jetzt die kaspischen Reiche,
Bebend harrt die Mäotis, geschreckt durch Götterorakel,
Bebend im Siebengemünd aufschäumt der gewaltige Nilus...«

So rezitierte es der Knabe, und das Bild, das mit den Versen beunruhigend und beinahe atemraubend aufgetaucht war, entstammte nicht dem Gedächtnis, nicht dem des Knaben und nicht dem eigenen, sondern kam aus der Fremdheit des Immer-Vorhandenen, fahl und stumm und kaum mit Strichen angedeutet, dennoch voll bebender Erwartung, dennoch gewitterig.

Indes, es blieb keine Zeit mehr zu irgendeiner Überlegung; denn der Augustus, der mit zustimmender Miene den Versen gelauscht hatte, sagte nun: »Dies ist es; so hast du es gedichtet, für mich gedichtet... oder hast du deinen Sinn doch noch geändert, mein Vergil?«

»Mein Sinn ist unverändert, Octavian; das Gedicht gehört dir...«

Da klatschte der Augustus zweimal in die Hände, und alsogleich begann sich das Gemach wieder mit Menschen zu füllen, mit sehr viel Menschen, die vor der Türe wohl nur auf dieses Zeichen gewartet hatten. Plotius Tucca und Lucius Varius waren unter ihnen, aber nicht minder der Arzt mit seinen Gehilfen; und auch der Sklave war nun wieder leibhaftig sichtbar, eingegliedert in die Reihe der übrigen Sklaven. Nur Plotia fehlte, obgleich sie ja sicherlich nicht fortgegangen war. Möglicherweise jedoch war sie von den vielen Menschen bloß erschreckt und hielt sich irgendwo hier verborgen.

Der Cäsar hingegen sagte: »Spräche ich vor versammeltem Volke, ich würde höhere und stärkere Töne anschlagen; da ich aber vor Freunden stehe, die ich liebe und die mit mir eines Sinnes sind, fordere ich sie nur auf meine Freude zu teilen, denn unser Dichter hat sich entschlossen, seine Arbeit an der Äneis sofort nach seiner Genesung, also sehr bald wieder aufzunehmen...«

Liebte der Augustus diese Freunde wirklich? er glaubte zu ihnen anders zu sprechen als zu dem Volke, das er lenkte und das er doch keineswegs liebte, allein durch nichts unterschied sich die Ansprache von dem Beginn einer Volksrede, und sehr kunstgerecht hatte er nun auch eine Pause eingelegt, um die Wirkung seiner Worte ausreifen und von den Anwesenden zum Ausdruck bringen zu lassen.

Pünktlich stellte sich Lucius Varius damit ein: »Wir wußten, daß es dir gelingen würde, oh Augustus; aller Segen kommt von dir.«

»Ich bin nur das Sprachrohr des römischen Volkes, dem wir allesamt angehören; in seinem Auftrag und im Auftrag der

Götter habe ich seinen Anspruch auf die Äneis angemeldet, und Vergil, in seiner Liebe zum Volk, hat dieses Besitzrecht anerkannt, dieses unabänderlich ewige Besitzrecht.«

Aber der Sklave, mit unbewegt strenger Lakaienmiene dort zwischen den anderen stehend, unbemerkt und sicherlich auch von niemandem gehört, er ergänzte: »Der Weg zur wahren Freiheit ist aufgetan, und das Volk wird ihn beschreiten; ewig allein ist der Weg.«

»Sachwalter des Volkes bin ich«, fuhr der Augustus mit jener gleißnerischen Liebenswürdigkeit fort, deren mitschwingender Herzlichkeit man sich doch niemals ganz zu entziehen vermochte, »bloßer Sachwalter, hier wie anderwärts, und auch dies hat Vergil anerkannt; ich darf stolz sein auf solche Anerkennung, und ich bin sehr glücklich, denn durch sie wird mir das Gedicht zu treuer Aufbewahrung überliefert...«

»Das Gedicht ist dein, Octavian.«

»Bloß soweit ich Sachwalter des römischen Volkes bin; andere besitzen Privateigentum, ich nicht, und dies weißt du.«

Einen kleinen, aus den Kränzen gezupften Lorbeerzweig zwischen den stets unruhigen Fingern, so stand der Augustus lorbeerumflossen, lorbeerumrauscht, lorbeerumschattet bei dem Kandelaber dort, schön und zierlich und majestätisch, aber was er sprach, das war – obwohl er daran glaubte – schlicht gelogen, denn daß er recht kräftig und mit bestem Erfolg bemüht war, das julische Familienvermögen zu gigantischem Ausmaß zu vermehren, das wußte jedermann. Und richtig sagte der Sklave, glücklicherweise ohne vernommen zu werden: »Du lügst, Cäsar.« Oder hatte der Augustus, also angeredet, es doch vernommen, da er, die Augen auf den Manuskriptkoffer geheftet, nun wie zur Antwort lächelte?

»In welcher Eigenschaft auch immer du es annehmen magst, Octavian, ich habe dir das Gedicht gegeben; doch ich muß mir dafür eine Gnade von dir ausbitten.«

»Bedingungen, Vergil?... ich dachte, es sei als Geburtstagsgeschenk gemeint...«

»Es ist bedingungsloses Geschenk; die Entscheidung ist bei dir, ob du die Gnade, die ich von dir erbitte, gewähren willst oder nicht.«

»Dann laß diese Bedingungen hören; ich unterwerfe mich ihnen im vorhinein. Aber erinnere dich deiner eigenen Worte, mein Vergil« – ein listig freundschaftliches Blinken zeigte sich wieder in des Cäsars Augen –, »schone den Besiegten und zügle darob deinen Hochmut.«

»Die Zukunft«, sagte der Sklave inmitten der Menge.

Ja, so war es gemeint gewesen; die Zukunft, die unermeßlich tiefe Zukunft des Menschen und seiner Tugend, die Zukunft der Demut –, doch in welch oberflächliches Heute hatte es der Octavian wieder listig verkehrt. Und trotzdem mußte, trotzdem sollte die Äneis ihm gehören: »Du hast die Freilassungen von Sklaven eingeschränkt, Augustus; gestatte, daß die meinen freigehen dürfen.«

»Was? sofort?«

Welch sonderbare Frage! sofort oder nicht sofort –, war dies nicht das nämliche?: »Nicht sofort, Augustus, hingegen sofort nach meinem Ableben; so bestimme ich es testamentarisch, und ich bitte dich, diese Bestimmung deinerseits zu bestätigen.«

»Natürlich werde ich dies tun... aber bedenke, Vergil, wird dein Stiefbruder, der dir, soweit ich mich erinnere, die Bewirtschaftung von Andes besorgt, mit dieser Bestimmung einverstanden sein? du wirst ihm Schwierigkeiten bereiten, wenn du ihm alle Sklaven mit einem Schlage wegnimmst...«

»Mein Stiefbruder Proculus wird sich zu helfen wissen. Außerdem ist er ein gütiger Mann, und die Leute werden auch als Freigelassene bei ihm bleiben.«

»Schön, das ist nicht meine Sache; ich habe lediglich zu unterschreiben... wahrlich, Vergil, wenn dies die einzige Bedingung war, welche du zu stellen hattest, wir hätten unsere lange Auseinandersetzung uns ersparen können!«

»Vielleicht war sie zu etwas gut, Octavian.«

»Ja, es war gut« – freundlich und ernst nickte der Augustus –, »es war gut, trotz der Zeit, die du mir damit geraubt hast.«

»Aber noch das Testament, Octavian...«

»Wenn ich nicht irre, hast du doch eines schon seit langem bei meinem Archivar hinterlegt...«

»Gewiß, aber nun muß es ergänzt werden...«

»Wegen der Sklaven? Eile mit Weile; das kannst du ebenso gut einmal in Rom erledigen.«

»Auch sonst ist noch einiges abzuändern; ich will damit nicht zögern.«

»Für dich hast du es eilig, für mich nicht... indes über die Dringlichkeit deines Dokumentes kannst nur du selber entscheiden, und weder darf, noch will ich dich hindern, es jetzt abzufassen; hingegen kann ich hiefür nicht länger verweilen, sondern muß dich bitten, es mir später einzuhändigen oder zuzuschicken, damit ich zur Bezeugung und Bekräftigung mein Siegel darauf setze...«

»Plotius oder Lucius oder sie beide zusammen werden dir das Testament bringen, Augustus; sei bedankt.«

»Allzu knapp ist die Zeit, mein Vergil; ich spüre die Ungeduld, mit der man mich drüben erwartet... besonders da Vipsanius Agrippa wohl inzwischen eingetroffen sein dürfte... ich muß gehen...«

»Du mußt...«

Auf rätselhafte Weise war das Zimmer plötzlich leer geworden; sie waren ganz allein.

»Leider... ich muß gehen.«

»Meine Gedanken begleiten dich, Octavian.«

»Deine Gedanken und dein Gedicht.«

Ein Wink des Cäsars, und aus der Leere hervorgezaubert standen zwei Sklaven neben dem Koffer, die Hände an seinen Henkeln.

»Werden die ihn davontragen?«

Leicht und rasch näherte der Augustus sich dem Bette, und als er sich, kaum merklich, darüber beugte, war er wieder Octavian: »Aufbewahrt wird es dir, Vergil, nicht davongetragen, nimm dies als Unterpfand.« Und er legte das Lorbeerästchen, das er zwischen den Fingern gehalten hatte, auf die Bettdecke hin.

»Octavian...«

»Ja Vergil...«

»Für vieles nimm Dank.«

»Mein Dank ist bei Dir, Vergil.«

Die Sklaven hatten den Koffer emporgehoben, und nun da sie damit den ersten Schritt taten, schluchzte jemand auf, nicht sehr laut, dennoch wild und von jener Inbrunst erfüllt, wie sie sonst zumeist nur anzutreffen ist, wenn die Ewigkeit jählings ins menschliche Leben einbricht, etwa dann, wenn die Leichendiener den Sarg aufschultern, um ihn aus dem Zimmer zu tragen, so daß die Angehörigen sich mit einem Male vom Unabänderlichen getroffen fühlen, das sich bereits im Vollzuge befindet. Es war dieses Ewigkeitsschluchzen, das einem Sarge nachgeschickt wird, es war dieser Ewigkeitsaufschrei, und er stammte aus der breiten, mächtigen Brust des Plotius Tucca, aus seiner guten und mächtigen Menschenseele, aus seinem gerührten und mächtigen Herzen, nachgeschickt dem Manuskriptkoffer, der da zur Türe hingetragen wurde und eigentlich ein Sarg war, ein Kindersarg, ein Lebenssarg.

Und nun hatte sich die Sonne wieder verdunkelt.

An der Tür angelangt wandte der Augustus sich nochmals um; noch einmal suchte der Freundesblick den Freundesblick, noch einmal trafen sich ihrer beider Blicke: »Mögen deine Augen stets auf mir ruhen, mein Vergil«, sagte Octavian, zwischen den breitaufgerissenen Türflügeln stehend, hier noch Octavian, um sodann, schmal und stolz und gebieterisch, als Cäsar zu enteilen; ihm auf den Fersen folgte schwerprankig und weich ein fahlgoldener Löwe, es folgte der Sarg, und viele der Anwesenden schlossen sich an.

Das gute feuchte Schluchzen des Plotius währte noch eine zeitlang, ehe es in ein seufzendes Luftschöpfen überging, unterbrochen von manchem »Ach ja!«, und es beruhigte sich erst völlig, als das Sonnenlicht wieder sich aufhellte, und die Tauben auf dem Sims wieder mit ihrem Gurren anhoben.

Lasse deine Augen stets auf mir ruhen. Dies waren die Worte des Octavian gewesen, so oder so ähnlich hatten sie geklungen, so klangen sie noch weiter, hiergeblieben, im Raum noch vorhanden, im Raume noch schwebend, unvergänglich in ihrer Verbindung mit dem, der nun entschwunden war, unvergänglich vor Sinn-Erfülltheit. Unvergänglich war die Verbindung, aber der Octavian war gegangen – warum? warum war er davongegangen? warum war Plotia davongegangen? Ach, sie waren gegangen wie so viele andere, verschwindend in ihren eigenen Schicksalen, verschwindend in ihren Geschäftigkeiten, in ihrem Hinaltern, in ihren zunehmenden Müdigkeiten, in ihrem Ergrauen und in ihren Vergreisungen, verschwindend in einem Verblassen, aus dem keine Stimme mehr dringt, und trotz alledem waren die unsichtbaren Brücken geblieben, die einstmals und doch wie für immer zu ihnen hingeführt hatten, geblieben waren die unsichtbaren Ketten, die einstmals und doch wie für immer zu ihnen hingespannt waren, die unsichtbaren Lorbeerbrücken, die unsichtbaren Silberverkettungen; geblieben war die Unlöslichkeit der Verbindung, gebaut und geschmiedet für immer, verbindend und hinüberreichend –, wohin? zu einem unsichtbaren Nichts hin? nein, das Unsichtbare, das dort am andern Ufer war, das war kein Nichts, nein, bei all seiner Unsichtbarkeit, es war wirkliches Sein, es war wie eh und je Octavian, wie eh und je Plotia, nur daß sie, höchst seltsam, ihre Namen und ihre leibliche Gestalt restlos abgestreift hatten. Oh tief, sehr tief in uns, unerreichbar unserem körperlichen Verfall, unbeschädigt vom Hinschwinden unserer Sinne, gefeit vor jeglicher Veränderung, gefeit in unausdenkbar fernen Regionen unseres Selbst, unseres Herzens, unserer Seele, weset das Erkennen, sich selber unerschaubar, unerrufbar, unaufsuchbar, unerkennbar, und es sucht das Gegen-Erkennen in der fremden Seele, in dem fremden Herzen, in der fremden Unsichtbarkeitstiefe, es sucht sein eigenes Spiegelbild im fremden Gegen-Erkennen, versucht es dort aufzurufen, auf daß es ihm erschaubar werde, bleibend für alle Ewigkeit, ewig die Brücke, ewig die hinübergespannte Kette, ewig die Begegnung, ewig durch alle Verwandlungen hindurch, denn allein in der Begegnung ruht die Sinn-Erfülltheit des Wortes, die Sinn-Erfüllung der Welt, erkanntes Erkennen im Echo: ungeachtet der geschlossenen Lider sichtbar, sinnerfüllt sichtbar lag draußen das Unermeßliche, entrückt, hauchgolden, weingolden im unbewegt zitternden Glast des Sonnenmittags über den braunroten, schwarzstreifigen, schmutzigmorschen Dächern der Stadt, sichtbar war es und unsichtbar zugleich, ein Spiegel, harrend des Spiegelbildes, hinharrend zu dem schwebenden Wort, zu dem Erkennen, das, wenn auch noch unoffenbart, so doch schon im Raume vorhanden war, das Künftige anmeldend, Mühelosigkeit, die nicht Eidbruch sein wird, Teilhaftigwerden, das im echten Wissen sein soll, Schönheit, die wieder im Gesetz leben darf, im Gesetz des eidhütenden unbekannten Gottes; und dann, ja, und dann lösten sich einige der Tauben mit einem plusternden, wichtigtuerischen Geflatter von dem Fenstersims los und flogen auf, flirrend ihr Gefieder im blauen Sonnenlichte, emporsinkend in die unermeßliche Fieberhitze der Tageshöhe; so sanken sie empor im Kreise des Blickes, und entsinkend dem

Blicke entschwanden sie. Oh, lasse deine Augen stets auf mir ruhen.

Plotius wischte sich die Tränen von den feisten Backen: »Zu dumm«, meinte er, »zu dumm, so gerührt zu sein, bloß weil der Vergil nun schließlich doch von seinem Wahnsinn abgekommen ist...«

»Vielleicht war es das Verhalten des Octavian, das deine Rührung verursacht hat.«

»Nicht daß ich wüßte...«

»Ich will jetzt mein Testament machen.«

»Das ist kein Grund zur Rührung... alle Menschen machen Testamente.«

»Es hat auch mit deiner Rührung gar nichts zu schaffen; ich muß es jetzt aufsetzen, und das ist alles.«

Nun war es Lucius Varius, der widersprach: »Der Augustus hat vollkommen recht, und es ist ihm nur beizupflichten, daß du mit derlei Dingen dir Zeit lassen kannst bis du genesen bist, und du hast um so mehr Zeit, als ja, wie wir hören, ohnehin ein gültiges Testament schon vorliegt...«

Plotius und Lucius waren in richtiger Sichtbarkeit anwesend, und desgleichen mußte es der Lysanias sein, wenn er sich auch noch in irgendeinem Winkel des Raumes versteckt halten mochte, möglicherweise gekränkt, weil man ihn nicht schon früher gerufen und der Sklave ganz allein das Feld behauptet hatte –, indes, wo war der nur? wo war der Sklave? nichts sprach dafür, daß er sich dem Gefolge des Augustus angeschlossen hätte, im Gegenteil, wenn irgendwo, so wäre er hier im Raume zu vermuten gewesen, hier war sein gewissermaßen natürlicher Platz, und nun war er trotzdem unaufffindbar geworden; allerdings stimmte auch dies nicht vollständig: suchte man nämlich nur ein wenig schärfer, strengte man die Augen nur um ein weniges schärfer an, so ließ sich neben der beiden Freunde Vollsichtbarkeit sehr bald allerhand Halbsichtbares feststellen, Unsichtbares oder Ungesehenes, Seinsunfertiges oder Blickunfertiges, vielleicht sogar – so weit reichte die Unterscheidungskraft eben nicht – alles ineinander verquickt, und insbesondere dort, wo die Streifen der Sonnenstäubchen einfielen, dort wimmelte vielerlei von dieser menschenähnlichen Unsichtigkeit, so daß es beinahe den Anschein hatte, als wäre die Menge, die hinter dem Cäsar aus dem Zimmer geströmt war, zumindest teilweise wieder zurückgeströmt; nichts leichter also, als daß auch der Gesuchte sich unter jenen Gebilden befand, freilich unerrufbar, da er ja seinen Namen nicht hatte preisgeben wollen.

»Lysanias...!« Blieb der Sklave auch unerrufbar, den Knaben konnte man rufen; der sollte kommen und Aufschluß geben.

»Immer wieder sprichst du von diesem Lysanias«, bemerkte Plotius, »sprichst von ihm, ohne daß er sich jemals wirklich sehen ließe... oder hat der auch etwas mit dem Testament zu tun, das du so dringend zu verfassen wünschest?«

Weder der Knabe, noch der Sklave hatte mit dem Testament unmittelbar etwas zu schaffen, das war nicht abzustreiten; ebensowenig jedoch war der eigentliche Zusammenhang dem Plotius zu erklären, und nur ein Scheingrund konnte darüber hinweghelfen: »Ich will ihm den einen oder andern Gegenstand vermachen.«

»Um so mehr hat er die Pflicht sich endlich zu zeigen; sonst kann ich wirklich nicht mehr an ihn und an sein Dasein glauben.«

Da der Knabe sich soeben zeigte, war es ein ungerechter Anwurf; jedermann, der den Willen hatte ihn zu sehen, der konnte ihn sehen, und der Anwurf fiel auf den Plotius zurück. Nichtsdestoweniger wäre es besser gewesen, wenn der Lysanias nicht gerufen worden wäre, denn jetzt, da er kam, war es in doppelter Gestalt, als Knabe und als Sklave, gleichsam sie beide Träger desselben Namens, auf den sie beide, als Sklave wie als Knabe, zu hören hatten. Das war eigentlich nicht besonders bemerkenswert; bemerkenswerter hingegen war es, daß der Doppelauftritt offenkundig jeglicher Eintracht ermangelte, daß der Knabe sich zwar bemühte zu dem Bette zu gelangen, daß er aber nicht imstande war dem größeren und stärkeren Genossen zuvorzukommen; der Weg wurde ihm immer wieder verstellt, und man hätte meinen können, daß der Knabe Lysanias seine ganze listige Geschicklichkeit eingebüßt hätte.

Der Plotius marschierte seufzend wieder auf den Lehnsessel zu, in dem er vordem gesessen hatte: »Anstatt Ruhe zu halten, wie alle Welt dir anrät, beschäftigst du dich mit Kodizillen und mit dem, was du dem und jenem zu vermachen gedenkst... der Cäsar war weit über eine Stunde bei dir, und daß es dich ermüdet hat, ist deiner Stimme anzumerken... nun, ich meinerseits werde mich hüten einem Dickkopf etwas dreinzureden...«

»Ja«, fügte Lucius in sinnender Neugier hinzu, »weit über eine volle Stunde... und da habt ihr von nichts anderem als von der Äneis gesprochen?... halt, antworte nicht, wenn es dich ermüdet...«

Sehr stämmig vor dem Bett stehend schien der Sklave unvermutet gewachsen zu sein; eine ruhige Kälte ging von ihm aus wie von einem, der aus eisigem Winterwetter in eine warme Stube getreten ist, und er stand so breit und mächtig da, daß es dem Knaben, obwohl er auf den Tisch geklettert war, um über die Schultern des Wachsenden herüberzulugen, unmöglich war einen Blick herzusenden.

»Der Sklave soll weggehen...«

»Ach, wegen des Testamentes?« – Plotius in seinem Sessel sah sich im Zimmer um – »sie haben sich ohnehin alle entfernt; du kannst ruhig beginnen.«

Lucius, gewohntermaßen ein wenig mit seinen Togafalten beschäftigt, setzte sich vorsichtig auf den Stuhl neben dem Bett, und die langen schlanken Beine zu weltmännischer Haltung übereinandergeschlagen, ließ er seine flach aufwärts gedrehte langfingrige Hand zu erklärender Geste ausholen: »Ja, wenn der Erhabene einmal ins Reden gerät, dann pflegt es nicht selten recht ausgiebig zu werden. Und dabei ist er, wenn wir offen sein wollen, alles andere denn ein guter Redner, zumindest ist er kein sehr trefflicher, gemessen an den Ansprüchen, welche wir, überlebende Zeugen der klassischen Zeit römischer Beredsamkeit, zu stellen berechtigt sind... erinnert ihr euch der einstigen Senatsreden? welcher Genuß waren sie allesamt! Immerhin, für die heutige Zeit, in der sowieso niemand mehr redet, genügt die Eloquenz des Augustus und sie hat zu genügen... indes, Vergil, ich will mitnichten in den gleichen Fehler verfallen wie er, dessen Name gepriesen sei; ich will dich nicht ermüden...«

Warum rührte der Sklave sich nicht?! Unbeweglich festgewurzelt wie ein Eisblock, wie ein Eisberg, der immer höher zu wachsen drohte, war er hier aufgerichtet, er verdeckte den kleinen Lysanias nunmehr gänzlich, und immer gefährlicher war die Kälte zu verspüren, die wie unabänderlich von ihm ausging, große Wellen der Müdigkeit mit sich führend.

»Du bist durchaus ruhebedürftig« –, die Hand des Lucius zog einen Abschlußstrich unter dieses Urteil – »du bist ruhebedürftig, und hättest du den Arzt nochmals befragt, so hätte er dir dies bestätigt; es wäre wohl am vorteilhaftesten, wenn wir dich jetzt allein ließen.«

Die Ruhebedürftigkeit war nicht abzuleugnen, es war sogar eine geradezu verlockende und süße Ruhebedürftigkeit, die sich da eingestellt hatte, hergebracht mit den Müdigkeitswellen der Kälte, gefährlich vor Unabänderlichkeit. Oh, sie mußte bekämpft werden! sie mußte sofort bekämpft werden! Und so war es äußerst begrüßenswert, daß der Lucius den Wunsch nach dem Arzte ausgesprochen hatte, und sich nun dieser, dem Rufe folgend, aus dem durchsichtigen Gewimmel der Gestalten behäbig herausformte, um ebenso behäbig, ein glattes Lächeln auf den Lippen, einhergewandelt zu kommen: »Du bist genesen, Vergil, und ich bin stolz dir dies mitteilen zu dürfen, denn meine Kunst hat, wie ich in aller Bescheidenheit behaupten darf, nicht unwesentlich zu solch günstigem Ausgang beigetragen.«

Es war eine erfreuliche, wenngleich nicht überraschende Mitteilung: »Ich bin genesen...«

»Das ist ein bißchen übertrieben ausgedrückt, mag es auch, den Göttern sei Dank, im großen und ganzen stimmen«, ließ Plotius vom Erker her sich vernehmen.

»Ich bin genesen...«

»Bald wirst du es sein«, stellte der Sklave richtig.

»Schicke ihn fort«, – die Knabenstimme klang schwach und klagend –, »schicke ihn fort, so du genesen willst; auch dich will er töten.«

Die einströmende Müdigkeitskälte wurde geradezu tastbar; von dem Eisbergriesen herstammend ward sie selber zum Eisblock, ward sie zur gestockten Welle, einschließend, einhüllend, zerpressend, feurig in ihrem Innern, warme Ruhe aufzwingend in solch einhüllender Erstarrung: »Ich bin genesen; der Arzt hat nicht gelogen.«

»Mag sein, wenigstens soweit ein Arzt zur vollen Wahrheit imstande ist, doch zu dieser gehört nun wohl auch, daß du dich wie ein Genesender, der nicht neuerdings krank werden will, zu betragen hast« – Lucius war aufgestanden –, »und wir, wir wollen jetzt gehen.«

»Bleibt!«

Die Stimme hatte versagt; das Wort war nicht mehr gehört worden.

»Oh, laß sie gehen, laß sie alle gehen«, bat Plotia sehr schmeichelnd, dennoch unfähig die eigene Angst dahinter zu verbergen, »und schicke auch ihn fort, der dich umfangen hält; meine Arme sind weicher als die seinen, und er ist verabscheuungswürdig.«

Da wurde es klar, daß die glühende Eisumklammerung von den Armen des Riesen herrührte, daß ihn dieser von dem Bett, ja von der Erde emporgehoben hatte, und daß an des Riesen unendlicher Brust, in deren Unermeßlichkeit kein Herz mehr schlug und kein Atem mehr ging, die furchtbare, die süß-verlockende Ruhe der Unabänderlichkeit gefunden werden sollte.

Lehm war die Erde, aus der er gehoben worden war, doch erdhaft auch und mächtig wie der Erde Ur-Lehm war die Brust des Riesen, an der er lag.

»Er erdrückt mich«, seufzte der Knabe hoffnungslos und in letzter Schwäche.

»Seine Zeit ist um«, sagte der Riese, und fast war es wie ein Lächeln, »ich tue ihm nichts an, die Zeit tut es.«

Erdmächtig war der Riese, erdtragend, ruhetragend, todtragend – mußte er da nicht ebenso die Zeit tragen?

»Ohne Zeit bin ich«, erwiderte Plotia, »ich altere nicht; laß es nicht zu, daß er auch mich tötet.«

Galt es Plotia oder den Knaben zu retten? galt es sich selber zu retten? galt es dem Testament und der Äneis? Größer, schwerer, mächtiger noch war die Umklammerung geworden, eisiger und eisiger, glühender und glühender; schon floß das Glühende und das Eisige zu einem einzigen Sein zusammen, das Sein zum Nicht-Sein hintragend, mit diesem sich zu vereinigen, schon wurde die Ruhe so dicht, daß kaum ein Ton mehr aus ihr herauszudringen vermochte, kein Ton, der sie hätte sprengen können, schon schien sie unsprengbar, und nicht für Plotia, nicht für den Knaben, nein, für das eigene Leben mußte eine letzte Anstrengung gemacht werden: »Ich will leben... oh, Mutter!«

War es ein Schrei? es war nicht zu ermessen, ob er über die Grenze der Ruhe hinausgedrungen war. Ohne Herzschlag, ohne Atem war die Brust des Riesen, ohne Herzschlag, ohne Atem war die Welt. Und es währte wohl lange, bis jener sagte: »Nicht um der Bitten der Frau, nicht um der Bitten des Knaben willen gebe ich dich frei, nicht um deiner eigenen Angst willen;

ich gebe dich frei, weil du deinen irdischen Dienst zu vollenden gedenkst.« Das war fast wie eine Ermahnung; immerhin, er fühlte die Umklammerung gelockert, und es war, als wollte der Riese ihn auf den Lehmboden der Erde zurücklegen.

»Ich will leben... ich will leben!«

Ja, jetzt war es ein Schrei, es war ein Schrei im Wissen der Stimme, im Wissen des Ohres, heiser zwar, dennoch genügend laut, um die beiden Freunde erschreckt auffahren zu lassen; Plotius kam dahergepoltert, und, den ratlosen Lucius zur Seite stoßend, langte er mit einem vorwurfsvollen »Das kommt davon!« bei dem Bette an.

Aber die Umklammerung war gelöst, der Riese war verschwunden, die angstvolle Verlockung war gewichen, und das, was übriggeblieben war, das war das gewohnte Fieber, war nur das gewohnte Fieber, auch dieses noch wie ein glühender Eisblock, der die Brust eindrückte und das Atmen zu einem schmerzhaften Röcheln zerpreßte, trotz alledem so oft erlebt und so altbekannt, daß selbst der im Munde aufsteigende Blutgeschmack nichts Beängstigendes mehr an sich hatte; man befand sich wieder in einer gewöhnlichen Krankenstube. Auf dem Tische hockte der Lysanias; auch er war tief erschöpft und schaute aufmerksam herüber.

»Das kommt davon... das kommt davon...«

Es war nicht recht zu entscheiden, ob das vorwurfsvolle Gebrumm sich an die Krankheit oder an den Kranken oder an den Lucius richtete, und dieser sagte: »Der Arzt...«

Man befand sich in einer gewöhnlichen Krankenstube; Lysanias war da, wie es sich gehörte, aber diese beiden alten Männer, der Lucius und der Plotius, hatten hier nichts zu schaffen, und die Mutter fehlte. Warum saß der Plotius an Stelle des Großvaters am Fensterplatz? vermutlich weil er ebenso schwer und behäbig wie jener war. Unter seinem Gewicht hatten die Füße des Lehnstuhles rissig staubige Furchen in den Lehmboden gegraben, und draußen vor dem Fenster spannten sich die Felder der mantuanischen Landschaft im mittäglichen Sonnenlicht. Man mußte die Mutter aus der Küche rufen: »Durst...«

Ehe der Lucius sich noch umsehen konnte, hatte Plotius voll schwerfälliger Hurtigkeit einen Becher entdeckt, war damit vom Wandbrunnen zum Bett zurückgekommen, um das Naß an die wartenden Lippen des Kranken zu bringen, dessen Kopf er dabei mit der anderen Hand stützte. »Besser, mein Vergil?« erkundigte er sich nachher, noch immer recht atemlos und vor Aufregung schwitzend.

Die Sprache wollte sich noch immer nicht recht einstellen; nur mit einem Kopfnicken war dem Plotius zu danken. Außerdem war jetzt die Stimme der Mutter aus der Küche vernehmbar. »Gleich«, rief sie fröhlich, »gleich soll mein Kind seine Milch bekommen.« Also war die Mutter noch am Leben; ohne zu altern war sie zeitlos, und dies war voll inniger Heiterkeit. »Bin ich noch krank, Mutter?« – »Ein bißchen, doch bald wird mein Kind wieder aus dem Bett sein und wieder spielen dürfen.« Ja, er wird wieder spielen, auf dem Boden der Küche, zu Füßen der Mutter wird er spielen, und draußen im Sand des Gartens. Indes, wie konnte die Mutter solches Spiel gutheißen, da es, formend die tonige Erde, nun das wiederholte und fortsetzte, was der Vater tat, was der Gott tut? war nicht das Spiel schon Frevel an der Erde, die ungeformt bleiben will, Frevel an ihrem Ur-Lehm, war es nicht Greuel und Zorn der wissenden Muttergöttin? Jetzt freilich ließ sich darüber nicht weiter nachdenken, da der Plotius es nicht erlaubte; denn der stand noch immer vor dem Bett, und nicht Milch, sondern Wasser, klares, erdentsprungenes Wasser war es, das er gebracht hatte.

Ein zweiter langer Schluck, ein Einsinken in die Kissen – da war das Sprechen wieder möglich: »Dank, mein Plotius, viel besser ist es nun; du hast mich wiederhergestellt...«

Es war ein Becher aus braunem Horn; die Umrisse eines Hahnes waren darauf eingeritzt. Ein guter fester Bauernbecher war es.

»Ich will den Arzt holen lassen«, beharrte Lucius und bewegte sich zur Tür hin.

»Wozu den Arzt holen?« Es war verwunderlich; der Arzt war ja hier, und seine im Augenblick noch etwas unsichere und verschwimmende Nebelform war daran sich wieder ins Feste zu verwandeln.

»Wir wollen ihn fragen«, überlegte Plotius, »ob er dich nicht zur Ader lassen will, wie oft hat es mich doch schon so angepackt, wahrscheinlich sogar viel ärger als dich, und wenn man ein paar Unzen Blut hergegeben hat, steht man auf einmal wiederum im Leben und merkt, daß die ganze böse Veranstaltung für die Gesundheit höchst förderlich gewesen ist.«

Der Arzt Charondas kämmte an seinem Barte: »Römische Schule, römische Behandlungsweise, auf so etwas lassen wir uns nicht ein; wir haben in deinem Fall dem Körper keinerlei Flüssigkeit zu entnehmen, sondern im Gegenteil ihm solche zuzuführen... ich bitte dich, tunlichst viel zu trinken.«

»Gebt mir nochmals zu trinken...!«

»Willst du wieder Wein?« fragte Lysanias und hob die elfenbeinerne Trinkschale. »Unsinn«, fuhr ihn der Arzt an, »keinen Wein; du hast hier nichts dreinzureden.«

Wahrhaftig, das kühl rieselnde Wasser war Medizin: »Ich bin genesen; der Arzt selber hat es festgestellt.«

»Dann wollen wir es von ihm bestätigt haben«, meinte Lucius an der Türe, die Klinke in der Hand.

»Mit kleinen Rückfällen haben wir immer zu rechnen«, sagte der Arzt und lächelte glatt, »es ist nichts als ein kleiner Rückfall gewesen.«

»Bleibe, Lucius... wir wollen wegen eines kleinen Rückfalles kein Aufhebens machen; ich muß jetzt das Testament aufsetzen.«

Lucius kam zu dem Tisch zurück: »Verschiebe es wenigstens bis zum Abend; ich verspreche dir, daß wir es noch vor unserer Abreise erledigen werden.«

Nein, es mußte sofort erledigt werden; der Riese konnte sonst glauben, daß das Testament bloß als Vorwand hätte dienen sollen, ihm zu entwischen. War es nicht überhaupt ein allzu billiger Rückzug ins Irdische gewesen? Scham stieg auf, lähmende und aufpeitschende Scham, so lähmend und aufpeitschend wie die frierende Hitze des Fiebers, das weiter anhielt, obwohl es sich doch nur um einen kleinen Rückfall gehandelt hatte.

Lysanias, nach wie vor auf dem Tische, wollte es verscheuchen: »Nur im Zufall ist die Scham, oh Vergil, ohne Zufall war dein Weg, und alles ist notwendig gewesen.«

»Wer seinen Weg zurückgeht, schämt sich.«

Mit einem schweren Seufzer ließ Plotius sich auf dem Bettrand nieder: »Also was soll das nun wieder heißen?«

»Das Testament ist dringlich, ich kann davon nicht ablassen.«

»Daß du eine Verschiebung um ein paar Stunden als Schande empfinden könntest, ist völlig unbegreiflich, und du meinst es auch nicht im Ernst.«

»Ich habe dem Augustus zuliebe auf meine Wünsche hinsichtlich der Äneis verzichtet... soll ich nun euch zuliebe ebenso auf mein Testament verzichten?«

»Wir sind bloß um deine Gesundheit besorgt.«

»Sie erlaubt mir, ja sie zwingt mich, meinen Weg vorwärts zu gehen. Ich will nicht zurück.«

»Niemals habe ich dich zurückgeführt«, wehrte der Knabe ab, »immer sind wir vorwärts gegangen.«

»Und wohin jetzt?«

Lysanias schwieg; er wußte keine Antwort.

»Seine Führerschaft reichte bis zu mir«, griff Plotia ein, »was jetzt folgt, ist unser gemeinsamer Weg, der Weg unserer Liebe.«

»Wohin? ich muß allein mich weiterfinden...«

»Du bist ungerecht, Vergil«, schmollte Plotius Tucca, schwer auf dem Bettrand sitzend, so daß die Matratze sich dort einbuchtete, »du bist ungerecht; nichts befugt dich, unsere Hilfe und unsere Liebe so ohne weiteres abzuweisen...«

Der sonst so befehlslärmende Plotius, der nichts gegen sich aufkommen zu lassen pflegte, saß hier recht hilflos auf dem Bettrand, und die sonst so sichere Weltgewandtheit des Lucius schien beträchtlich ins Schwanken geraten zu sein; deutlich war zu spüren, daß sie gehorsamsbereit geworden waren, sie beide gehorsamsbereit gegenüber einem Kranken, dessen Beeinflußbarkeit ihnen früher fast immer zu Willen gewesen war. Was war es, das solche Veränderung bewirkt hatte? gehorchten sie bloß der Befehlsgewalt der Krankheit, deren sie früher wahrlich nicht allzusehr geachtet hatten? oder begannen nun auch sie die größere Stimme zu ahnen, die hinter der Krankheit stand? die verkündigende Stimme der Liebe, in der Tod und Leben sich eint? oh, sie mußten es ahnen, sonst würden sie sich nicht so sehr gegen einen letzten Willen wehren, der den Tod bereits will!

Und Lucius sagte: »Ich mag dir nicht weiter widersprechen, aber...«

»Füge kein Aber hinzu, mein Lucius... dort in der Ecke ist mein Gepäck, und in der Reisetasche findest du mein Schreibzeug mit allem, was dazu gehört...«

Plotius wiegte den Kopf hin und her: »Schön, man muß dir deinen Willen lassen, da man dich nicht zurückhalten kann...«

Angesichts solcher Fügsamkeit war es nicht gerade angebracht oder erfreulich, den beiden das Andauern körperlicher Beschwernis eingestehen zu müssen; allein die Gefahr eines Schüttelfrostes meldete sich: »Verschafft mir nur noch eine zweite Decke...«

In dem schmollenden Gesicht des Plotius zog Besorgnis auf und verstärkte das Schmollen: »Du mutest dir zu viel zu.«

»Nur eine zweite Decke... das ist alles.«

»Ich besorge sie dir«, sagte Lucius.

Doch kaum hatte der Lucius nach der Dienerschaft gerufen und das Gewünschte verlangt, als damit ausgerüstet auch schon der Sklave erschien, undurchdringlich strengen Gesichtes, kein Riese, sondern ein gewöhnlicher Lakai, welcher ebenso höflich wie geschickt die zweite Decke über das Bett legte, obendrauf wiederum das durch die Berührung des Augustus geheiligte Lorbeerästchen, und dies war so geschwind, mehr noch, so auffallend wohlvorbereitet vor sich gegangen, daß man sich fragen mußte, ob das Verlangen nach dieser Decke notwendig und berechtigt gewesen war – war es nicht nur ein Vorwand gewesen, um den Sklaven zurückzuholen? oder ein Vorwand für diesen, sich wieder einzuschleichen? Es bedurfte der Aufklärung:

»Warst du nicht soeben hier?«

»Ich habe den Befehl, dich nicht mehr zu verlassen.«

Der Knabe Lysanias ließ sich von dem Tisch herabgleiten und kam ganz nahe heran, wohl damit ihn der Sklave nicht neuerlich wegdränge: »Ohne Befehl bin ich bei dir geblieben, ohne Befehl bleibe ich bei dir.«

Was der Knabe sagte, war belanglos, ja beinahe wie eine vergessene, nur mehr schwerverständliche Sprache, während die Worte des andern, unbeschadet ihres abweisenden Tones, seltsames Vertrauen einflößten: »Warum bist du nicht schon früher gekommen?«

»Auch du mußtest dienen, bis ich dir dienen konnte.«

Der Plotius hatte bekümmert unter die Decke nach den kalten Füßen gegriffen:« Wie Eis, mein Vergil!«

»Ich fühle mich jetzt sehr wohl, Plotius.«

»Du mögest wahr sprechen«, sagte Lucius, der unterdessen die Schreibutensilien samt der Papiermappe auf dem Tische ausgelegt hatte, »und hier ist alles, was du gewünscht hast.«

»Gib mir das Papier.«

Lucius verwunderte sich: »Wie? willst du etwa gar selber

schreiben?«

»Ich möchte das Papier sehen... gib es...«

»Sei nicht ungeduldig, Vergil, hier ist es.« Und Lucius, der die Ledermappe geöffnet hatte, entnahm dem scharf und sauber zugeschnittenen Papierstoß die obersten Blätter, um sie herüber zu reichen.

Oh, es war gutes Papier, es war von jener rauhen, kühlen Glätte, wie sie die Feder liebt, und es tat gut, mit weicher Fingerspitze darüber hinzufahren, als wollte man sich zum Schreiben anschicken. Und gegen das Licht gehalten, sah man im Elfenbeinfarbenen das Netzwerk der Maserung. Oh, erstes Ansetzen der Feder auf dem reinen weißen Bogen, erster Strich, hingezeichnet zur Schöpfung, erstes Wort zum Eingang ins Unvergängliche!

Es war schwer, sich davon zu trennen: »Gutes Papier, Lucius...«

»Weiß und glatt und zart ist mein Leib«, hauchte Plotia in sehr leiser Klage, »du aber wolltest ihn nicht berühren.«

Lucius nahm die Bogen wieder an sich, strich gleichfalls mit behutsamem Finger prüfend über die Glätte hin und hielt sie gleichfalls gegen das Licht: »Gut«, bestätigte er fachkundig, »gutes Papier.« Dann setzte er sich zum Schreiben hin.

Unberührbar war Plotia gewesen, zu gewichtig ihr Schicksal, dennoch zu flaumleicht, um getragen werden zu können, um getragen werden zu dürfen, und unerkannt war sie ins Unerkennbare entschwunden, dorthin, wo es keine Begegnung mehr gibt; ihr Ring war geblieben, und sie zeigte sich nicht mehr.

Plotius sagte: »Wenn es nur eine Ergänzung und keine Abänderung deines letzten Testamentes ist, kannst du dich ja äußerst kurz fassen.«

Nein, Plotia zeigte sich nicht. Hingegen lösten sich aus dem Schattengewimmel andere Gestalten, einesteils fremdartig vertraut, andernteils nur mit Mühe erkennbar, da sie sofort wieder verhuschten, mannigfaltiges Volk, darunter viele Huren mit blonden Perücken, viele Trunkenbolde und Freßbäuche, aber auch Kellner und Hübschlinge. Für einen Augenblick wurde der Alexis sichtbar, soweit er von hinten zu erkennen war, denn er stand an einer Schiffsreling und schaute ins Wasser hinab, in dem allerlei Abfälle herumsuppten. Und der Knabe sagte mahnend und traurig: »Alle Wege sind wir zusammen gegangen, und durch all dies habe ich dich hindurchgeführt; oh mögest du dich erinnern...«

»Ich kenne viele...«

»Gehört dies schon zum Diktat?« fragte Lucius.

»Ich kenne viele...« Nein, niemand war mehr zu erkennen, nur ein einziger noch, und dies war erstaunlich, denn der Abschied vom Octavian war schmerzlich und endgültig gewesen, der Abschied konnte nicht wiederholt werden, und nun, gegen jegliche Verabredung, war der Octavian wieder hier: abseits von dem Schattengewimmel stand er in der Nähe des Kandelabers, und obwohl selber unsichtbar, waren seine dunklen Augen auf den Sklaven gerichtet, auf daß ihm dieser die Erlaubnis zum Sprechen erteile.

»Sprich«, ordnete der Sklave an, »gib deinen Befehl.«

Daraufhin befahl der Cäsar, und es war im Grunde gar kein richtiger Befehl: »Ich gestatte dir, Vergil«, sagte er, »die Erben deines ersten Testamentes zugunsten deiner Sklaven zu verkürzen.«

»So soll es geschehen; ich will die Sklaven bedenken, aber ich muß daneben auch Bestimmungen über die Äneis und ihre Herausgabe treffen.«

»Für das Gedicht werde ich Sorge tragen.«

»Das genügt mir nicht.«

»Vergil, weißt du denn nicht, wer ich bin?«

Und der Knabe sagte: »Siehe, aufsteiget der Stern, das Gestirn des Äneas, dem Cäsar zu eigen, der Stern, der den Feldsegen spendet zu freudiger Ernte und die Traube im Weinberg zu dunkelnder Reife befruchtet.«

»Ich verstehe«, sagte Lucius, »es handelt sich um die Bestimmungen für die Herausgabe der Äneis... und was genügt dir daran nicht?«

Der Knabe hatte gelogen; kein Stern war erspähbar, am allerwenigsten jener, welcher verheißen war, wiederzuleuchten in der bevorstehenden Reife der Zeit, unerspähbar der Stern der Begegnung, dem alles Erkennen und Wiedererkennen anheimgegeben ist, das große enthüllende Geheimnis, das den leeren Strom der Zeit, ihn erfüllend, zum Stillstand bringt, zum Neubeginn das geheimnisvoll Unaufhaltsame –, nein, der Knabe hatte gelogen, nichts war davon zu erspähen, noch nichts!

»Noch nicht und doch schon!« Wer hatte dies soeben gesagt?

der Knabe oder der Sklave? ostwärts blickten sie beide, vereint zu neuer Gemeinsamkeit in dem ostwärts gerichteten Blick; und am östlichen Firmament wird sich das Gestirn erheben.

»Westlich strahlet der julische Stern«, sprach des Cäsars Unsichtbarkeit, »und doch willst du ihn nicht mehr erschauen, Vergil... wird dein Haß nimmer vergehen?«

»In Liebe habe ich die Äneis dem Augustus zugeeignet, aber jenseits seines Seins steht hoch das neue Gestirn.«

Der Cäsar antwortete nicht mehr; schweigend versank er im Unsichtbaren.

»Die Äneis...« – Plotius schnaubte ein wenig und fuhr sich mit den Händen durch den grauen Haarkranz – »ja, die Äneis, für ewig wird der julische Stern in ihr leuchten.«

»Sofern ich also recht verstehe, soll vor allem die Zueignung der Äneis an den Cäsar nun in das Testament aufgenommen werden«, sagte Lucius und tauchte die Feder ins Tintenfaß, aufmerksamen Gesichts die genaueren Angaben erwartend. Indes, er wartete vergebens. Denn es war nicht ein Tintenfaß, in das er die Feder getaucht hielt, sondern es war der Weiher vor dem Haus zu Andes, wahrhaftig, es war nicht mehr ein gewöhnlicher Tisch, an dem er saß, sondern es hatte sich darauf mit einem Male der gesamte Gutshof von Andes aufgebaut, der Gutshof, der fortan dem Proculus gehören sollte, und dahinter, gleichsam als verkleinertes Konterfei des Hofes, stand die Gruft, ein aus grauen Bleiplatten errichtetes Gefängnis, während die Wellen der posilippischen Bucht goldschimmernd sich mit denen des Weihers verkräuselten: wahrhaftig, in den Weiher tauchte der Lucius seine Feder, und leichte, leise Wasserkreise liefen von der Eintauchstelle zum Weiherrand hin, um den herum die Gänse und Enten schnatterten; es gurrten die Tauben auf den Stangen des Schlages, und überdies war der Tisch von unzähligen Menschen, die des Testamentes harrten, dicht umlagert, doch wenn man immerhin noch verstehen konnte, daß Cebes mit unter diesen Erbneugierigen war, da er ja auf dem Gutshof wohnen sollte, so schien es mehr als unstatthaft, daß der Alexis, der gerade über die Doppelbiegung der Zufahrtstraße dahergeschlendert kam, sich jetzt auch hier wieder herumtrieb. Unziemlich war das Gedränge um das Testament, so unziemlich, daß der Sklave einschreiten mußte, aber nur höchst unwillig ließen sich die Leute von ihm ins Unsichtbare zurückbannen; das dauerte recht lange, und als es endlich geglückt war, und der Tisch wieder blank vor dem Lucius lag, da meldete sich dieser aufs neue, beinahe schon ungeduldig: »Ich bin bereit, Vergil.«

Sich so rasch wieder zurechtfinden, kostete beträchtliche Mühe; eigentlich hätte der Lucius dies von selber erraten können: »Gleich, mein Lucius...«

»Laß dir Zeit... nichts drängt uns«, sagte Plotius.

»Hört, meine Freunde, bevor wir beginnen... ihr entsinnt euch der Worte des Augustus...?«

»Sicherlich.«

»Nun, der Cäsar ist mit meinem ersten Testament vertraut, und ich halte es für richtig, daß ihr, die ihr mir beisteht, in gleicher Weise darum Bescheid wisset...«

»Wir sind nicht allein...«, unterbrach Lucius und wies auf den Sklaven hin.

»Der Sklave? gewiß, ich erkenne ihn...«

Erkennend und erkannt –, es war Begegnung für immer, es war Verkettung für immer, ewige Verkettung, innen und außen zugleich, mit dem, der die Kette trägt.

»Wolltest du nicht vorhin den Sklaven wegen des Testamentes fortschicken?«

Es war befremdlich, daß der Lucius dies auszusprechen sich getraute, es war ohne Ehrfurcht, doch es hatte keine Folgen: mit unbewegter Miene verließ der Sklave unverzüglich das Zimmer und verblieb gleichzeitig darin, als ob er sich verdoppelt hätte.

Plotius Tucca faltete die Hände mit übereinandergelegten Daumen vor dem Bauche: »Also schön, jetzt sind wir allein.«

Sehr schnöde, sehr verächtlich wurde er von Plotia abgefertigt: »Wozu wollt ihr allein sein? Liebe braucht Einsamkeit; ihr aber, ihr sprecht von Geld.«

»Nicht mein Geld, nicht mehr mein Geld...« Es war kränkend, daß Plotia so hatte sprechen können, denn so ferne sie auch war, sie mußte wissen, daß es nie um Geld und Geldbesitz gegangen war.

»Über dein eigenes Geld hast du testiert, und über dein eigenes Geld testierst du«, lehnte Plotius ab, »alles andere, was du da redest, sind Flausen.«

Glücklicherweise ließ sich darauf antworten, ohne Plotia

bloßzustellen: »Ich habe mein Geld durch die Gnade und die Güte meiner Freunde erhalten, und so ist es nur recht und billig, daß ich es ihnen zurückgebe... demzufolge hege ich auch noch immer Zweifel, ob ich berechtigt bin, meinen Bruder Proculus, dem ich ja wegen seines gütigen und geraden Wesens sehr zugetan bin, so weitgehend zu bedenken, wie ich es in jenem ersten Testament getan habe.«

»Natürlich sind dies Flausen.«

»Altehrwürdige Sitte und Staatswohl erfordern, daß Vermögensbesitz innerhalb der Familie erhalten, gehegt und gehätschelt werde«, grinste der Lucius.

»Ernstlich gesprochen, Vergil«, stellte Plotius fest, »du kannst und sollst über dein Vermögen nach eigenstem Gutdünken verfügen; was immer du dir erworben hast, das hast du ausschließlich dir selber und deiner Leistung zu verdanken.«

»Meine Leistung steht in keinem Verhältnis zu dem Wohlstand, der mir von meinen Freunden zugeflossen ist, und deshalb habe ich verfügt, daß vor allem mein römisches Haus am Esquilin und ebenso mein Haus in Neapel an den Cäsar, hingegen mein campanisches Landgut an den Mäcenas zurückzufallen haben... ich bitte ferner den Augustus, er möge dem Alexis, der das Haus am Esquilin nun ja schon seit Jahren bewohnt, auch fernerhin darin Herberge gewähren, und desgleichen bitte ich den Proculus um die nämliche Gunst für den Cebes, auf daß dieser, dem in Ansehung seiner zarten Gesundheit sowie in Ansehung seiner Dichtung seit jeher das Landleben zuträglich, ja, notwendig gewesen ist, jederzeit Aufnahme in Andes zugesichert sei... am besten wäre es wohl für ihn, wenn er dort ein wenig das Land mitbestellte...«

»Bekommen die beiden sonst nichts?«

»Doch... daß mein Barvermögen weit über meine Bedürfnisse hinausreicht, daß es, ich darf wohl sagen gegen meinen Willen, jedoch nach dem Willen meiner Freunde bis auf etliche Millionen angewachsen ist, dies ist niemandem, am allerwenigsten euch ein Geheimnis... nun, aus diesem Vermögen soll dem Cebes wie dem Alexis je ein Legat von hunderttausend Sesterzen zukommen; desgleichen habe ich noch einige andere kleinere Legate ausgesetzt, die ich hier nicht eigens aufzählen muß, und zu denen nun auch noch die an meine Sklaven anzufügen sein werden...«

»Alles in Ordnung«, stimmte Plotius bei, »viele deiner Bestimmungen werden sich im Laufe der nächsten Jahre ohnehin noch verändern, und magst du das Geld auch angeblich verachten, du bist bei alledem ein Bauer, der wie jeder Bauer im Herzensgrund überzeugt ist, daß die Götter ihren Segen manchmal recht gerne in Geld darbringen; dein Vermögen wird demnach noch weiter wachsen...«

»Wir wollen darüber jetzt nicht streiten, Plotius... doch wie dem auch sei oder sein wird, nach Abzug der Legate ist die Hälfte meines Barvermögens dem Proculus zugedacht, ein Viertel dem Augustus, und das restliche Viertel wird zu gleichen Teilen zwischen dir, dem Lucius und dem Mäcenas aufgeteilt... so, dies ist das Gesamtbild...«

Nacken, Glatze und Gesicht des Plotius hatten sich mit dunkler, violett schimmernder Röte überzogen, und der Lucius hob beide Hände hoch: »Was fällt dir ein, Vergil! wir sind deine Freunde, aber nicht deine Erben!«

»Ihr selber habt mir freigestellt, mit meinem Vermögen nach eigenem Gutdünken zu verfahren.«

Ein hinkender Mann mit erhobenem Stock kam drohend auf das Bett zugeschritten: »Wer Geld hat, kriegt was; wer nix hat, kriegt nix!« gröhlte er, und hätte der Sklave ihn nicht entwaffnet, so daß er sich grollend wieder ins Nichts zurückziehen mußte, er hätte, kein Zweifel, einfach zugeschlagen.

»Ja, und ich vergaß, daß ich unter die Legate eines auf zwanzigtausend Sesterzen zur Ausspeisung des Volkes von Brundisium aufnehmen möchte.«

»Du kannst auch gleich mein Erbteil dazuschlagen«, brummte Plotius und wischte sich die Augen.

»Was ihr erhalten sollt, kann sich mit dem, was ich von euch empfangen habe, noch lange nicht messen!«

Das bewegliche Schauspielergesicht des Lucius Varius wurde ironisch: »Vergil, willst du etwa behaupten, je viel Geld von mir gesehen zu haben...?«

»Und willst du etwa behaupten, daß du mir in der epischen Dichtung nicht vorausgegangen bist? daß ich nicht unendlich viel von dir gelernt habe? Nun, Lucius? Kann dies mit Geld überhaupt abgegolten werden? es ist ja geradezu ein Glück, daß du niemals Geld besitzest und immer welches brauchst, denn solcherart ist dir das Legat wenigstens nicht völlig nutzlos...«

Die Röte aus dem Gesicht des Plotius war nicht gewichen; jetzt war es zornige Verletztheit, die ihm die dicken Wangen spannte: »Mir verdankst du keine Verse, und ich bin begütert genug, um auf dein Geld verzichten zu können...«

»Oh, Plotius, soll ich dich vor diesem windigen Menschen, vor diesem Lucius zurückstehen lassen?! seit dreißig Jahren seid ihr meine Freunde, und du hast mich nicht minder gefördert wie jener, der es mit seinen Versen getan; von all dem, was ich an Geldeswert von dir erhalten habe, will ich gar nicht sprechen... meine ältesten Freunde seid ihr, immer wart ihr miteinander verbunden, also habt ihr es auch in der Erbschaft zu sein, und du wirst sie annehmen, du sollst sie annehmen, weil ich dich darum bitte...«

»Dein ältester Freund bin ich«, warf der Knabe ein.

»Außerdem bist bekanntlich auch du ein Bauer, Plotius, und was du über mich da gesagt hast, das muß folgerichtig genau so für dich gelten...« – ach, das Sprechen wurde wieder recht beschwerlich – »ich mag aber nicht, daß meine Freunde bloß durch Ziffern an mich erinnert werden... meine Wohnungen in Neapel und Rom, der Hausrat und mein persönliches Eigentum... meine Freunde, also du, Plotius, und du, Lucius, aber desgleichen der Horaz und der Properz... ihr sollt dort alles an Gegenständen, insbesondere an Büchern, entnehmen, was euch gefällt und was euch zu einem Gedenken an mich verhelfen kann... was übrigbleibt, soll auf den Cebes und den Alexis übergehen... mein Siegelring...«

Plotius schlug sich mit geballter Faust auf den prallen Schenkel: »Jetzt aber Schluß... was willst du uns denn noch alles zuschanzen!«

Das Sichtbare rückte wieder weiter ab, und das Poltern des Plotius, so laut es war, kam unter einer Dämpfung hervor; es wäre gut Schluß zu machen, aber es war noch so viel, ach noch so viel zu sagen: »Von euch... von euch verlange ich ja auch noch eine Gegenleistung.«

»Und von mir verlangst du nichts? mich schickst du kurzerhand fort?« beklagte sich der Lysanias.

»Lysanias...«

»Verrate endlich wo der Bursche steckt...«

Ja, wo steckte er? Aber auch der Plotius war nicht viel sichtbarer und hörbarer als der Lysanias; er steckte plötzlich ebenso im Unerreichbaren, und das war wie hinter einer dicken Glasscheibe, die sich immer mehr eintrübte, als wollte sie zu einer bleiernen Wand werden.

Wird Plotia nun nicht ihren Ring zurückfordern?

»Sollen wir den Rätselknaben vielleicht für dich suchen?« scherzte Lucius, »ist es etwa das, was du von uns verlangst?«

»Ich weiß es nicht...«

»Vor dir stehe ich, oh Vergil; ich, Lysanias, stehe vor dir, und du mußt nur die Hand ausstrecken, oh daß du die meine nähmest!«

Es war unendlich langwierig, die Hand zu heben; sie wollte durchaus nicht gehorchen, und dann griff sie ins Leere, ins Blinde, ins Aber-Blinde.

»Jedes Auge, jedes ausgerissene Auge setzte ich wieder ein«, sagte der Arzt, »blicke in meinen Spiegel, und alsogleich wirst du aufs neue sehend werden.«

»Ich weiß es nicht mehr...«

Waren dies Worte? was war da plötzlich ins Nichts gefallen? waren es diese Worte oder war es irgend etwas ganz anderes? soeben war es noch verständliche und sicherlich eigene Rede gewesen, und mit einem Male war sie nicht mehr vorhanden, war abgeglitten ins Nichts, war ein fremdes Gelalle geworden, verirrt im Stimmengewirr, eingeschlossen in Eis und Feuer.

Doch da war der Hinkende wieder zur Stelle und mit ihm ein riesiger Zug von Gestaltschatten, ein so langer Zug, daß ein Leben nicht ausgereicht hätte, um die Fülle durchzuzählen; wahrhaftig, es kam eine ganze Stadt daher, nein, viele Städte, nein, alle Städte des Erdkreises, die Schritte schlurften über den steinernen Boden, und eine dicke Vettel schrie: »Heimgehen! marsch nach Hause! Heimgehen!«

»Vorwärts«, befahl der Hinkende, »vorwärts du, der du dich für einen Dichter und für etwas Besonderes hältst; vorwärts, du gehörst zu uns...«

»Vorwärts mit dem, der das Gehen verlernt hat und getragen werden muß!« ergänzte das dicke Weibsstück den Befehl, damit er wirksamer werde.

Ein großes Gelächter der übrigen Weiber begleitete diese Rede, und ihre ausgestreckten Finger wiesen unzüchtig, ohne daß eigentlich Unzüchtiges geschah, auf die Elendsgasse hin, in welche der Zug jetzt einbog. Treppab ging dort der Weg, das

Ende der Gasse war nicht abzusehen, so weit führte es hinunter, doch inmitten der Kinderschar, die zwischen den Ziegen, den Löwen, den Pferden sich da tummelte, über die Stufen hintollend, befand sich der Lysanias, und fackelbewehrt – verlöscht und kaltverkohlt war der Fackelstumpf in seinen Händen – balgte er sich lustig mit den anderen, als gäbe es nichts auf der Welt außer solchem Spiel.

»So hast du mich also doch noch zurückgeführt, Lysanias, obwohl du dies nie hattest zugeben wollen!«

Und siehe da, der Lysanias gab überhaupt keine Antwort mehr; als hätte er einen Fremden vor sich, schaute er nur ganz flüchtig herauf, um unverzüglich sich wieder seinem Spiel zuzuwenden.

Stufe um Stufe ging es hinab.

Der Plotius aber, der mit auf der Sänfte saß und die dicken Beine über den Sänftenrand hängen ließ, meinte bedächtig: »Zurück? wohl, wohl, ins Leben führen wir dich zurück.«

»Komm fort von hier«, sagte Plotia, »hier riecht es schlecht und gräßlich.«

Ja, es stank; jedes der Tormäuler, gähnend in verwitterter Mauer, jedes atmete betäubenden Fäkalienbrodem aus dem Hausleib, und es stanken die sterbenden Nacktgreise in den schwarzen Kerkerkammern. Auch der Augustus lag dort und wimmerte.

Stufe um Stufe ging es hinab, stockend zwar, dennoch unaufhaltsam.

Volksmassen und Volksmassen, bildgierig, sieggierig. Und mitten darunter, inmitten der sich stoßenden und drängenden Leute, mitten im Gewühl saß schreibend der Lucius; er saß dort, geradezu emsig seiner Arbeit hingegeben, er schrieb alles auf, alles was innen und außen geschah, und während des Schreibens hob er den Kopf: »Was sollen wir für dich leisten, Vergil? was hast du von uns verlangt?«

»Aufschreiben, alles aufschreiben...«

»Das Testament?«

»Du brauchst kein Testament« – Plotias Stimme schoß dünn und scharf wie eine harte Mücke vorüber, um dann libellenartig auszugaukeln –, »oh, du brauchst es nicht, da du ewig leben wirst, ewig lebend mit mir.«

Ein kleiner schwarzer Syrer, eine zerbrochene Kette an seinem Halsring – wo war sein einäugiger Gefährte geblieben? – kam den Treppenweg heraufgesprungen, zwischen all den Gestalten hindurchschlüpfend, und hiezu jubelte er: »Das Goldene Zeitalter ist angebrochen... Saturnus regiert die Welt... was oben war, ist unten; was unten war, ist oben... wer sich erinnert hat, muß vergessen; wer vergessen hat, darf sich erinnern... runter mit dir, runter mit dir du großes Schweinchen... Zukunft und Vergangenheit sind eins; ewig, ewig, ewig!«

Das Gedränge war unterdessen ärger und ärger geworden. Daß hiedurch auch die darüber hinschwimmende Sänfte nun völlig zu Stillstand kam, war überraschend, ja war wie ein überraschender Hoffnungsschimmer, um so mehr als solche Hoffnung unzweideutig von dem Gehaben des Arztes bekräftigt wurde; denn trotz seiner Beleibtheit bewegte er sich leicht und flinkfüßig durch die zusammengeballten Menschenmassen hindurch, und mit hurtigen Spiegelgesten nahm er das Geld, das von allen Seiten die Bresthaften ihm hinhielten, wobei seine lächelnden Lippen spiegelrasch glatte Gegengabe leisteten: »Genesen bist du... und du dort gleichfalls genesen... ja, auch du genesen... genesen auch du da drüben... genesen ihr alle, ihr alle... böse ist der Tod, ihr aber seid genesen...«

»Böse ist das Leben«, sagte der Sklave, der zwar seine Gestalt nicht verändert hatte, statt dessen aber wohl auf sehr erhöhter Stelle stand, denn er sah auf die Sänfte herab.

Nun erhob sich der Augustus von seinem Lumpenlager; er wankte unsicheren Schrittes daher, an seinem Halsring baumelte – als wäre er der verloren gegangene, ehemalige Gefährte des kleinen Syrers – ein Kettenende, freilich aus Silber, und unsicher zitternd war seine Sprache: »Komm, Vergil, komm mit mir, liege dort mit mir auf meinem Lager, denn wir müssen zurückkehren, immer weiter zurückkehren; wir müssen bis hinter unsere ältesten Vorfahren gelangen; wir müssen in die Masse zurückkehren, die uns getragen hat, wir müssen bis in den Humus des Anfangs zurückkehren...«

»Weg...«, befahl der Sklave.

Da ward alles weggewischt, und sogar der Cäsar, eilends zwergig geworden, schrumpfte ins Nichts; die Menschengebilde sanken in sich zusammen, als wären sie Schatten von Drahtpuppen, deren Fäden plötzlich abgeschnitten worden sind, ja es war wie ein Abschneiden sämtlicher Weltfäden, war ein allgemeines Zusammensinken, innen und außen zugleich, beginnend oder endend – das war in all der Raschheit nicht zu entscheiden – mit einem Zurücksinken in die Kissen des Bett-Nachens, der mit dem gleichen Augenblick seine sanfte Fahrt wieder aufgenommen hatte: wahrlich, es war ein Losgelassenwerden, es war das Öffnen einer haltenden Hand, innen und außen zugleich, einer Hand, die einstens eine eherne Faust gewesen war und nun mild besänftigend zu milder Ruhe wurde.

»Kommst du jetzt?« fragte Plotia; fast ungeduldig fragte sie und gab sich doch schon, nämlichen Atems noch, die enttäuscht-enttäuschende Antwort, »ach, du willst nicht...«

»Weg...« befahl wiederum der Sklave, »auch du vermagst keine Hilfe zu bringen.« Und da – für diesen einen Augenblick genau sichtbar – entschwebte Plotia als wäre sie eine Dämonin, elfenbeinern ihr Leib, bekrönt von wehendem Flammenhaar.

Wer würde die Hilfe bringen? niemand hatte bleiben dürfen, nicht einmal Plotia; alle waren sie verscheucht worden, und doch war die Vereinsamung wie Ruhe. Ja, sehr ruhig war es nun, in einer Ruhe, die wie ein Versprechen war, in einer wachsenden Ruhe, die schier über sich selbst hinauswuchs, ein künftiges Wandeln unter Blumenhainen im Lorbeerschatten verheißend, im verheißenen Land der Ungeborenheit, und es war als ob in solcher Verheißung die Ruhe sich zum Formenden formte und selber zur Ungeborenheit aufblühte, zur Ungeborenheit, nach der sich der Wandelnde sehnt, nach deren unerreichbarer Verborgenheit in seinem Innern er fahndet, und nach der er nun nicht mehr wird fahnden müssen, da sie ihm in einem ruhigen Fließen zuteil werden sollte, so daß er der Qual des Suchens ledig werden würde, ledig des Seins, ledig des Namens, ledig der Schmerzen, ledig des Blutes, ledig des Atems, er, ein Wandelnder im Vergessenen und in Vergessenheitsreinheit!

»Auch das Vergessen wird dir keine Hilfe gewähren«, sagte der Sklave.

Oh, wer würde die Hilfe bringen, wenn sie nicht einmal im Vergessen gewährt werden sollte? wer könnte noch darüber hinwegtrösten, daß das Getane nicht richtiggestellt, das Ungetane nicht nachgeholt zu werden vermag?! Getanes und Ungetanes waren gleicherweise verwirkt und besiegelt –, welche Anstrengung wurde da noch verlangt, auf daß die entlösende und erlösende Hilfe werde? Einstens hatte eine Stimme gesprochen, aber sie war nur Verkündigung, noch nicht Tat gewesen, und auch die Stimme meldete sich nicht mehr, auch sie war vergessen, so sehr wie die eigene verwirkt und besiegelt im Unwiderruflichen.

Und der Sklave sagte nun: »Nur wer die Hilfe beim Namen ruft wird ihrer teilhaftig.«

Die Hilfe errufen? nochmals rufen? nochmals nach Atem ringen, nochmals gegen den Blutgeschmack auf der Zunge ankämpfen, nochmals vor Müdigkeit keuchend und des Keuchens müde sich selbst und die eigene Stimme zurückrufen müssen?! oh welcher Name, da der Name vergessen war?! Für einen Augenblick, für einen kurzen Augenblick hatte sich das unverlierbare Menschenantlitz gezeigt, aus hartem, braunsteifem Lehm, gütig stark im letzten Lächeln, das niemals verschwindende väterliche Antlitz in seiner letzten Ruhe, und dann war es wieder ins Unvergeßliche zurückgeschwunden.

»Rufe«, sagte der Sklave.

Dick zum Ersticken war das Blut im Munde, und unendliche Lähmungsschichten, trübe und undurchsichtig und schallundurchlässig, lagen vor all jenem, was außen war, außen sein könnte, jedoch unerkennbar blieb; oh, unerkennbar war das Ziel des Rufes, unerkennbar der Name!

»Rufe!«

Durch alle Erstickungen, durch alle Lähmungen, durch alle Anstrengungen hindurch mußte der Ruf gepreßt werden; oh Stimme, nach der Stimme rufend!

»Rufe!«

– Vater –

War es gerufen?

»Du hast gerufen«, sagte der Sklave.

War es gerufen? der Sklave hatte es bejaht, als wäre er der Mittler zu dem, der den Ruf empfangen sollte und vielleicht sogar schon empfangen hatte, mochte er auch noch nicht antworten wollen.

»Bitte ihn um Hilfe«, sagte der Sklave.

Und in dem zurückgekehrten Atem stellte sich die Bitte ohne Anstrengung, ja ohne vorhergegangenen Gedanken von selber ein: »Komme zu mir...«

War es der Augenblick des Schiedsspruches? wer wird den Schiedsspruch fällen? oder war er schon gefällt worden? wo wurde er gefällt? wird er erklingen und vernehmlich sein? wird er als Tat erscheinen? wann, oh wann?! Der Schiedsspruch zwischen Gut und Böse, sondernd die Schuld von der Unschuld, der Schiedsspruch, der den Namen aufruft und den Schuldlosen zum Namen vereint, die Wirklichkeitswahrheit des Gesetzes, die letzte und einzige Wahrheit – oh, der Spruch war gefällt, und es hieß warten, daß er gebracht werde.

Es erfolgte nichts, es erfolgte nicht die Tat, es erfolgte nicht die Stimme, und es erfolgte trotzdem etwas, nur, daß man dessen kaum habhaft werden konnte; denn es kamen Abgesandte von dort her, wohin der Ruf gedrungen war, sie kamen auf schweigenden, sanfthufigen Rossen durch die Lüfte, sie kamen wie ein Echo oder wie Herolde des Echos, und sie kamen sehr langsam, so langsam und immer langsamer, daß man schier meinen durfte, sie würden nimmermehr eintreffen. Allein, selbst ihr Nicht-Kommen war ein Kommen.

Dann, allerdings noch immerfort durch viele trübe Glasscheiben gedämpft, nur sehr dumpf sichtbar, beugte sich ein gutes rundes Gesicht über das Bett und schall-entfernt, schall-gedämpft sprach es: »Womit kann man dir helfen? willst du nochmals trinken?«

»Plotius, wer hat dich hergesandt?«

»Hergesandt? ... wenn du es so nennen magst, unsere Freundschaft ...«

Der Plotius war nicht der Abgesandte; er war vielleicht der Abgesandte des Abgesandten oder vielleicht ein noch späteres Glied der Kette. Und es ging auch nicht um diese oder jene Handreichung, selbst wenn es unendlich wohltuend wäre, nochmals trinken zu dürfen; der Blutgeschmack wollte nicht weichen. Allein, am Anfang der Kette steht der, welcher den Plotius gesandt hat, steht der, welcher das Wasser dem Dürstenden schickt; selbst das Nicht-Kommen war ein Kommen.

»Trinke, wenn dich dürstet«, sagte der Sklave, »aus der Erde quillt das Wasser, und irdisch ist noch der Dienst, den du vollendest.«

In der Brust flatterte etwas mit übergroßer Raschheit, und trotz dieser beängstigend übergroßen Raschheit war es wie Freude, denn es war das Herz, es war das Herz das noch immer schlug, ja das sich sogar nochmals zähmen lassen würde, gezähmt übergehend zu ruhigerem, gleichmäßigerem Schlag; fast war dies wie ein Wissen um einen bevorstehenden letzten Sieg voller Heiterkeit: »Zur Pflicht gezähmt... noch einmal zur irdischen Pflicht...«

»Du hast dich lediglich zu deiner Gesundung zu zähmen, und daneben gibt es vorderhand keinerlei Pflichten für dich.«

»Die Äneis...«

»Die wird dir wieder zur Pflicht werden, wenn du völlig gesundet sein wirst... bis auf weiteres ist sie beim Augustus in bester Hut, und du wirst sie unbeschädigt wiederfinden.«

Daß der Augustus imstande sein könnte die Äneis unter dem Lumpenlager, auf dem er vergreist und nackt und machtlos zu liegen hatte, so überaus zuverlässig aufzubewahren, war kaum glaubhaft, wie ja überhaupt die Sprache des Plotius bei aller Verständlichkeit noch recht fremd klang, steifdumpf noch immer, obwohl die Glasscheibe sich zu enttrüben und aufzulösen begonnen hatte. Alles war unstimmig. Alles Menschenwerk war unstimmig. Die Äneis war unstimmig.

»Kein Wort ändern...«

Jetzt war es der Lucius, welcher sofort begriff: »Niemand wird wagen eine Handschrift des Vergil anzutasten oder gar Ausbesserungen in ihr anzubringen, ganz zu schweigen davon, daß der Augustus dies nimmermehr gestatten würde!«

»Der Cäsar wird machtlos sein; er wird für nichts aufkommen können.«

»Wofür soll er aufkommen? es ist für nichts aufzukommen; du machst dir unnötige Gedanken.«

Es war noch immer unvertraute Sprache, die da geredet wurde, die Sprache eines fremden Volkes, bei dem man zu Gaste ist, eine Sprache, die man knapp noch versteht, während die eigene bereits vergessen oder noch nicht erlernt worden ist, und sicherlich waren die Worte des Augustus, ungeachtet seiner Zerlumptheit, weitaus heimatnäher gewesen.

Der Plotius hatte den Becher gebracht: »Hier, Vergil.«

»Gleich... gebt mir erst noch ein Kissen.« Das Herz flatterte und wollte in eine andere Lage gebracht werden, um gezähmt werden zu können.

Im Nu war der Sklave mit den Kissen zur Hand, und sie säuberlich hinter dem Rücken aufbauend, mahnte er leise:

»Die Zeit drängt.«

Das Brunnenwasser rieselte. Von irgendwoher kam der dunkle Geruch feuchten Lehms, der hellere gebrannten Tons und irdener Krüge lufthauchig herangestrichen, atmete sich leicht in die wehe Lunge ein und tat wohl. Irgendwo surrte eine Töpferscheibe, sanft ihr sausend hoher Klang, dann abfallend ins Schwankende und Lautlose, bis sie schließlich stehen blieb: »Die Zeit... wahrlich, die Zeit drängt...«

»Zu nichts drängt sie...« grollte Plotius.

»Die Wirklichkeit erwartet dich«, sagte der Sklave.

Wirklichkeit türmte sich hinter Wirklichkeit: hier die Wirklichkeit der Freunde und ihrer Sprache, dahinter die einer unauslöschlich holden Erinnerung, in der ein Knabe spielte, dahinter die der Elendshöhlen, in denen der Augustus wohnen mußte, dahinter die des drohend spröden Liniengewirrs, ausgebreitet über das Seiende, über Welten und Aberwelten, dahinter die Wirklichkeit der Blumenhaine, oh, und dahinter, unerkennbar, unerkennbar die wirkliche Wirklichkeit, die Wirklichkeit des niemals gehörten, trotzdem seit jeher vergessenen, trotzdem seit jeher verheißenen Wortes, die Wirklichkeit der wiedererstehenden Schöpfung, überstrahlt vom Gestirn des unerschaubaren Auges, die Wirklichkeit der Heimat – und der Becher in des Plotius Hand war aus Elfenbein.

Schüchtern, vielleicht durch des Sklaven Anwesenheit verwirrt, vielleicht von seinem stärkeren Willen eingeschüchtert, dennoch vollkommen wissenssicher, meldete sich nochmals Plotia, und es geschah aus dem Unhörbaren einer unendlich entlegenen Ferne: »Du hast meine Heimat verschmäht; ruhe nun, schlummere mir entgegen.«

Wo war sie? Eng um ihn herum waren mit einem Male wieder Wände emporgeschossen, grünend undurchdringliche Gewächswände, als hätte der bleierne Kerker sich in die verschattete Laubgrotte zurückverwandelt, die ihn und Plotia einst hatte umschließen wollen, – unendlich erstreckte sich das undurchdringliche Dickicht, es erstreckte sich bis zur unendlichsten Ferne ringsum, doch inmitten des Grüns glänzte ein Strauch mit goldenen Blättern, fast der Hand erreichbar, obwohl man über den breiten Strom hinübergreifen mußte, der unbewegt, kaum rieselnd hier vorüberzog, unaufhaltsam das fließende Geheimnis. Und von dort drüben, aus dem Gezweige des goldenen Busches war Plotias Stimme erklungen, der sibyllische Klang, abschiednehmend und leicht.

Ach über die Entschwindende! ach über sie, die jenseits des Stromes schon wandelte, jenseits alles Verlangens und unerreichbar: »Ohne Wunsch...«

»Das ist recht«, sagte Plotius, »das ist recht, daß du wunschlos bist.«

»Und solltest du etwas brauchen«, ergänzte Lucius, »so sind wir zwei dafür da... du sagtest vorhin, daß du von uns noch etwas verlangen wolltest.«

Jenseits des leeren Stromes! der uferlose Strom ohne Quelle und Mündung; ununterscheidbar die Stelle unseres Auftauchens und die unseres Wiedereintauchens, denn er ist das zeitentragende, vergessentragende Fluten des Kreatürlichen in endlos anfangloser Wiederkehr – gab es eine Furt in solchem Strom? Freilich, ob mit oder ohne Furt, es durfte noch kein Versuch unternommen werden den Strom zu überqueren, und er floß davon, war verschwunden, als der Sklave, schon recht ungeduldig, zum Wesentlichen drängte: »Tue was dir zur Pflicht geworden ist.«

Aufgerichtet in den Kissen, war das Atmen leicht, war der Husten locker und das Sprechen wurde wieder natürlich; indes, vieles war noch verwirrt: »Noch bin ich ohne Führung.«

»Du hast dein Werk in der Zeit gelassen, weil es durch die Zeiten führen wird; dies war dein Wissen, denn die Ahnung des Lichtes war dir geworden.«

Aufmerksam und unbewegt, ein dienender Sklave, stand der vor dem Bette, der dies ausgesprochen hatte –; hatte er es ausgesprochen? angesichts der Veränderung, welche plötzlich da vor sich gegangen war, mußte dies wohl so gewesen sein, und selbst wenn die Worte stumm gewesen wären, sie hätten die Veränderung bewirkt: wiederhergestellt war die erste Seinsschicht der Wirklichkeit, vertraut die Dinge ringsum, vertraut die Freunde; man war nicht mehr Gast in einem fremden Land mit fremder Sprache, und stand auch das Bild der verheißenen wahren Heimat, ohne erkennbar zu sein, unverrückt vor den Augen, so war doch nun auch hier im Irdischen für eine Weile, vermutlich nur für eine sehr kurze Weile wieder die Ruhe gegeben.

Und der Lucius bekräftigte: »Führung ist dein Gedicht, Führung wird es bleiben.«

»Die Äneis...«

»Gewiß, Vergil, die Äneis...«

Der Strom war verschwunden, die Laubgrotte war verschwunden, nur das Rieseln hielt noch an; doch dies rührte wohl vom Wandbrunnen her.

»Ich darf die Äneis nicht vernichten...«

»Denkst du noch immer daran?« Unwilliges Mißtrauen schwelte in des Plotius Stimme auf, gerne bereit zu neuem Lärm auszuarten.

Der Strom war verschwunden, aber die Felder waren noch da, waren da in schwirrender Nachmittagsstille, schwirrend vor Grillengezirpe. Oder war es die Töpferscheibe, die nochmals ihr sanft schwirrendes Lied anhob? Nein, sie war es nicht – nur das Rieseln hielt an.

»Vernichten... nein, ich will die Äneis nicht mehr vernichten.«

»Jetzt bist du wirklich genesen, Vergil.«

»Es wird wohl so sein, mein Plotius... aber...«

»Nun?«

Irgend etwas sträubte sich noch immer, irgend etwas, das unausrottbar tief saß, Opfer heischend und aufopferungsgierig, und der Sklave, als wüßte er um dieses Sträuben, der Sklave sagte: »Laß deinen Haß fallen.«

»Ich hasse niemanden...«

»Zumindest hoffen wir, daß du nicht mehr dein Werk hassest«, meinte Lucius.

»Du hassest das Irdische«, sagte der Sklave.

Es gab keine Widerrede; der Sklave sprach wahr, und es hieß sich beugen: »Vielleicht habe ich es zu sehr geliebt...«

»Dein Werk...«, sagte Lucius, die beiden Ellbogen nachdenklich auf die Tischplatte gestützt und nachdenklich das Federrohr an die Lippen gepreßt, »dein Werk... liebe es, wie wir es lieben.«

»Ich will versuchen mich daran zu halten, Lucius... vorerst jedoch müssen wir wohl um die Herausgabe besorgt sein.«

»Sobald du das Gedicht fertiggestellt haben wirst, wird man an die Veröffentlichung gehen... vorher wirst du dich ja kaum damit beschäftigen wollen...«

»Ihr beide werdet die Äneis herauszugeben haben.«

»Ist es dies, was du von uns hast verlangen wollen?«
»Ja, dies ist es.«
»Unsinn...« – Plotius fuhr nun wirklich recht unwirsch auf – »du hast dich um deine Angelegenheiten selber zu bemühen, auch wenn wir gerne erbötig sind dir dabei behilflich zu sein.«
»Willst du es völlig ausschließen, daß die Aufgabe euch allein zufiele...?«
Plotius wiegte den großen runden Kopf hin und her: »Nichts ist völlig auszuschließen... aber für diesen Fall, bedenke, Vergil, daß wir zwei alte Burschen sind; es wäre da schon richtiger sich einen jüngeren Nachlaßverwalter auszusuchen.«
»Fürs erste bestimme ich euch dazu... es ist mir eine Beruhigung, und ich will meine Bestimmungen getroffen haben.«
»Gut, dagegen können wir nichts mehr einwenden«, pflichtete der Lucius sehr bereitwillig bei.
»Und ihr müßt die Aufgabe um so mehr übernehmen, als ich euch die Handschrift vermache, oh, nicht etwa als Lohn für eure Mühewaltung, wohl aber, weil ich den Gedanken liebe sie bei euch zu wissen...«
Die Wirkung dieser Mitteilung war einigermaßen überraschend; nach einigen Augenblicken stummer Verblüffung wurde ein tiefes Schnauben vernehmlich, welches aus der Brust des Plotius kam, so daß es den Anschein hatte, daß er wieder zu weinen beginnen wollte, während der Lucius, der das Geldlegat zwar dankbar, doch immerhin gemessen – zumindest war er auf seinem Platze sitzengeblieben – entgegengenommen hatte, nunmehr heftig gestikulierend aufsprang: »Die Handschrift des Vergil, die Handschrift des Vergil... ja kannst du denn überhaupt die Größe deines Geschenkes abschätzen?!«
»Ein Geschenk, auf dem Verpflichtungen lasten, ist kein Geschenk.«
»Oh ihr Götter, ja«, seufzte Plotius, hatte sich aber doch so weit wieder gesammelt, um weiter sprechen zu können, »ach ja... trotzdem muß man sich die Sache vernünftig überlegen und man muß bedenken, daß du dem Augustus die Handschrift übergeben hast und sie ihm nun nicht wieder entziehen kannst...«
»Dem Cäsar zu Ehren wurde die Äneis gedichtet... er hat also die erste tadellose Abschrift zu erhalten; dies ist die Regel, so will ich es auch bestimmen, und eben deswegen wird er euch

auch ohne weiteres die Urschrift ausfolgen...«

Die Lösung leuchtete dem Plotius ein, und er nickte; er hatte aber noch einen weiteren Einwand: »Und dann, Vergil, es sei noch etwas bedacht... nämlich... ich bin ein einfacher Mann, ich bin kein Dichter... die Hauptarbeit der Herausgabe wird also dem Lucius zufallen, und es gebührte ihm daher auch der Alleinbesitz an der Handschrift.«

»Richtig«, sagte der Lucius.

»Richtig, soweit ihr mir nicht eben in allem und jedem etwas Gemeinsames bedeuten würdet... außerdem sollt ihr das Gedicht mitsamt der darauf lastenden Verpflichtung euch gegenseitig vermachen, so daß der jeweilig Überlebende sich damit zu befassen haben wird...«

»Weise«, stimmte Lucius zu.

»Und was soll geschehen, wenn wir beide tot sein werden? auch dies wird über kurz oder lang eintreten...«

»Das soll schon eure Sorge sein und ist nicht mehr die meine. Aber ihr könnt euch den Cebes und den Alexis zum Nachfolger bestellen, den einen als Dichter, den andern als Grammatiker; sie beide sind jung...«

Wiederum schnaufte der Plotius recht von innen heraus: »Oh Vergil, du beschenkst uns, und deine Geschenke tun weh...«

»Sie werden dir erst richtig weh tun, mein Plotius, wenn du dich an der Arbeit beteiligst, denn Vers für Vers, Wort für Wort, ja eigentlich Buchstabe für Buchstabe will sorgsam durchgesehen werden... das ist also nicht für dich, und fast könnte ich froh sein, würde es den Göttern gefallen mich solcher Arbeit zu entheben, um sie statt dessen dem Lucius aufzubürden...«

»Lästere nicht...«

»Ja, es wird eine arge Arbeit sein, die da dem Lucius aufgehalst sein wird, und ich will demgemäß in meinem Testament auch den Cäsar ersuchen, daß er sie entsprechend honoriere.«

Lucius wehrte ab: »Vergil, dies ist keine Arbeit, die bezahlt werden darf; im Gegenteil, ich könnte dir gar manchen nennen, welcher so glücklich wäre sie durchführen zu dürfen, daß er für solche Erlaubnis gerne jede Summe bezahlen wollte... dies weißt du übrigens selber.«

»Nein, dies weiß ich durchaus nicht, denn gerade für einen Dichter, wie du es bist, Lucius, für einen Dichter, der die Gabe hat vieles oder gar alles besser machen zu können und der daher auch sehr viel unstimmig und verbesserungsbedürftig finden wird, ist es hart und mehr als hart, sich auf eine bloße Textkorrektur zu beschränken...«

»Ich würde mich wohl scheuen, einen Vergilschen Vers verbessern zu wollen... kein Wort soll hinzugefügt, keines weggestrichen werden; es ist mir klar, daß nur dies dein Wunsch sein und daß ihm nur so entsprochen werden kann.«

»So ist es, mein Lucius.«

»Nicht die Fähigkeiten eines Dichters sind für solche Arbeit nötig, sondern die eines geübten Grammatikers, und ich glaube mir schmeicheln zu dürfen, daß es nicht viele gibt, welche sich besser als ich hiefür eignen würden... doch, Vergil, was soll mit den Versen geschehen, die du und wir die Wartesteine genannt haben?«

Die Wartesteine! ja, die waren noch da, jene nur vorläufig eingesetzten Verse, die erst später einmal gegen endgültige ausgewechselt werden sollten –, ach, sie würden nicht mehr ausgewechselt werden! Es war nicht gut daran denken zu müssen, und das Reden wurde wieder beschwerlich: »Laß sie stehen wie sie stehen, Lucius.«

Dem Lucius schien es nicht recht zu sein; er war, das sah man ihm an, sowohl für sich wie für die Äneis gekränkt, und sein Amt war ihm wohl ein bißchen verleidet: »Nun ja, Vergil, nun ja... nun, im Grunde müssen wir uns eigentlich nicht darüber unterhalten; früher oder später wirst du die Auswechslung der Verse ja selber vornehmen.«

»Ich?«

»Wer denn sonst? natürlich du...«

»Nimmer...« Es war eher die Stimme des Sklaven als die eigene, die das gesagt hatte.

»Nimmer?« – Plotius brauste auf – »willst du mit solchem Gerede uns bloß erschrecken? Oder willst du tatsächlich noch den Unwillen der Götter auf dich herabbeschwören?!«

»Die Götter...«

»Wahrlich die Götter; sie werden nicht dulden, daß du so weiter daherlästerst...« Und Plotius, gebeugten Armes wie ein Ruderer, schüttelte die behaarten Fäuste.

Die Götter wollten nicht, daß er die Verse fertigstelle, sie wollten nicht, daß er der Verse Unstimmigkeit behebe, denn alles Menschenwerk muß aus Dämmerung und aus Blindheit entstehen, also in Unstimmigkeit verbleiben; dies ist der Götter Ratschluß. Und trotzdem, nun wußte er es: nicht nur Fluch, sondern auch Gnade ist in dieser Unstimmigkeit gegeben, nicht nur des Menschen Unzulänglichkeit, sondern auch seine Gottesnähe, nicht nur die Unfertigkeit der menschlichen Seele, sondern auch ihre Größe, nicht nur die Blindheit des aus Blindheit geborenen Menschenwerkes, sondern auch seine Ahnungskraft, ohne deren blinde Schau es ja überhaupt nicht geschaffen worden wäre, da es – und in jedem Werk steckt der Keim hiezu – über sich selbst und den, der es geschaffen hat, weit hinausreichend, den Schaffenden zum Schöpfer macht: denn die All-Unstimmigkeit des Geschehens setzt erst ein, wenn der Mensch im All wirksam wird – weder im Geschehen des Gottes noch in dem des Tieres gibt es Unstimmigkeit –, erst in der Unstimmigkeit enthüllt sich die fruchtbare Herrlichkeit des menschlichen Loses, das ein Hinausgreifen über sich selber ist: zwischen der Stummheit des Tieres und der des Gottes steht das menschliche Wort, harrend, daß es selber in Verzückung erschweige, überstrahlt vom Auge, dessen Blindheit verzückt sehend geworden ist: verzückte Blindheit, die Nicht-Vergeblichkeit.

»Oh Plotius, die Götter... Gnade wie Unwillen habe ich von ihnen erfahren, Gutes und Schweres habe ich empfangen... für beides bin ich dankbar...«

»Das ist nur recht und billig... so ist es immer...«

»Für beides bin ich dankbar... das Leben war reich... auch für die Äneis bin ich dankbar, ja selbst für ihre Unstimmigkeit... unstimmig wie sie ist möge sie also erhalten bleiben... doch eben darum... das Testament, Plotius... eben darum muß es in Ordnung gebracht werden... sogar zu Ehren der Götter...«

»Mit einem Bauern kann man nicht rechten... du willst es also nicht verschieben?«

»Es muß sein, Plotius... und du, Lucius, kannst du es so niederschreiben wie ich es angegeben habe?«

»Das ist keine schwere Aufgabe, mein Vergil... regelrichtiger wäre es allerdings, wenn du deine Wünsche diktiertest; nur weigere ich mich irgend etwas niederzuschreiben, das eine Entlohnung der Herausgeberarbeit bedeuten würde...«

»Gut, Lucius; meinetwegen magst du dir das dann selber mit dem Cäsar ausmachen...«

»So willst du also mit dem Diktieren gleich beginnen?«

»Diktieren... ich werde diktieren...« – war diese Aufgabe überhaupt noch zu bewältigen? – »ich werde diktieren; aber gebt mir vorher noch einen Schluck Wasser, damit mich dabei nicht wieder der Husten anpackt und stört... und du, Lucius... kannst du unterdessen den Tag in das Dokument setzen... den heutigen Tag...?«

Plotius reichte den Becher: »Trink, Vergil... und schone deine Stimme; sprich leise...«

Kühl lief das Wasser durch die Kehle. Und als der Becher leer war bis zur Neige, da war es noch einmal ein Aufatmen, und die Stimme gehorchte dem Willen: »Hast du den Tag eingesetzt, Lucius?«

»Gewiß... Zu Brundisium, am neunten Tag vor den Oktoberkalenden im siebenhundertsiebenunddreißigsten Jahre nach der Gründung der römischen Stadt... stimmt es, Vergil?«

»Ohne Zweifel, das stimmt... das ist der Tag...«

Das Rieseln hielt an, das Rieseln des Wandbrunnens, das Rieseln im Laubschatten, das Rieseln des Stromes, des unaufhaltsamen, der freilich so breit geworden war, daß man das jenseitige Ufer nicht mehr erlangen, ja nicht einmal mehr erspähen konnte. Indes, man brauchte gar nicht hinüberzugreifen, denn bereits hier am diesseitigen Ufer, hier auf der Bettdecke, der Hand erreichbar, schimmerte es golden: der Lorbeerschößling! von Augustus, von den Göttern, vom Schicksal, von Jupiter selber hierher gelegt; golden schimmerten die Blätter.

»Ich bin bereit, Vergil...«

Und die Stimme gehorchte dem Willen:

»Ich, Publius Vergilius Maro, der heute ich im einundfünfzigsten Jahre meines Alters stehe, ausgestattet mit vollkommener... warte... schreibe nicht vollkommener, sondern vollkommen hinreichender... also, ausgestattet mit vollkommen hinreichender körperlicher wie geistiger Gesundheit, sehe mich bewogen meine bisherigen testamentarischen Verfügungen, welche im Archive des Gaius Julius Cäsar Octavianus Augustus hinterlegt sind, wie folgt zu ergänzen... hast du dies alles aufgeschrieben, Lucius?«

»Sicherlich...«

Und die Stimme gehorchte dem Willen:

»Durch den Wunsch des Augustus, der mir viele Gnaden erwiesen hat, bedauerlicherweise gehindert... nein, streiche das bedauerlicherweise, und wenn du es nicht geschrieben hast, um so besser... also, durch den Wunsch des Augustus, der mir viele Gnaden erwiesen hat, gehindert meine Gedichte zu verbrennen, bestimme ich erstens, daß die Äneis als Widmung an den Augustus zu betrachten ist, zweitens aber, daß meine sämtlichen Handschriften in den gemeinsamen Besitz meiner Freunde Plotius Tucca und Lucius Varius Rufus übergehen, so zwar, daß nach dem Ableben des einen der beiden selbsttätig der Überlebende zum Alleinbesitzer wird. Ich betraue meine beiden genannten Freunde mit der genauen Sichtung meines dichterischen Nachlasses, der somit in ihren Besitz übergeht; nur die genauest geprüften Texte sollen Gültigkeit haben, insbesondere soll in ihnen nichts gestrichen oder hinzugesetzt werden, und von diesen allein gültigen Texten sind die Abschriften für die Buchhändler anzufertigen, sofern Abschriften begehrt werden. Auf jeden Fall ist dem Cäsar Augustus unverzüglich eine saubere und korrekte Abschrift zu überreichen. Für all dies haben Plotius Tucca und Lucius Varius Rufus genaueste Sorge zu tragen... hast du dies alles aufgeschrieben, Lucius?«

»Sicherlich, mein Vergil... und genau so soll es ausgeführt werden, wenn es wirklich einmal dazu kommen sollte.«

Und noch immer gehorchte die Stimme dem Willen:

»Der Erlaubnis des Augustus gemäß, bin ich befugt meine Sklaven freizulassen; dies soll sofort nach meinem Ableben geschehen, und jeder dieser Sklaven hat für jedes Jahr, das er in meinen Diensten verbracht hat, ein Legat von hundert Sesterzen ausbezahlt zu erhalten. Ich bestimme ferner, daß ein Betrag von zwanzigtausend... nein, schreibe dreißigtausend Sesterzen zur Ausspeisung des Volkes von Brundisium ehebaldigst ausgeworfen werde. Alle übrigen Vermögensbestimmungen finden sich in dem ersten Testamente, welches ich eingangs erwähnt habe; dieses bleibt also ungeschmälert in Kraft, nur daß die Erbmasse sich durch die hier angeführten neuen Legate entsprechend verkleinert, was mir meine Haupterben, nämlich der Cäsar Augustus sowie mein Bruder Proculus und daneben außer Plotius Tucca und Lucius Varius auch noch der Gaius

Cilnius Mäcenas, hoffentlich nicht als unfreundschaftlich auslegen werden… das ist wohl alles… das wird wohl genügen… nicht wahr, es genügt?«

Die Stimme gehorchte nicht mehr dem Willen. Bereits die letzten Worte hatten aus einer ungeheuren Leere heraufgeholt werden müssen, und jetzt blieb nichts als diese Leere zurück, eine bös erschöpfte und unübersehbare Leere, unendlich ausgedehnt, unüberspähbar in ihrer Größe wie in ihren Winkeln, eine Furchtleere ohne Furcht, eine Vergessenheitsleere, nur erfüllt von einer sonderbar argen Vergessenheitswachheit, eine Leere, in deren Gehäuse pfeifend das Fieber umherirrte. Doch unsichtbar dazwischen huschend gab es daneben auch noch etwas Ungesagtes, etwas, das noch unbedingt hätte gesagt werden sollen, etwas, das mit all dem Vorhergegangenen zusammenhing, und doch nicht zusammenhing, so daß es also gefunden werden mußte, da sonst alles, was da geschehen war, nicht genügte. Es war nicht minder wichtig als die Verse selber, welche erst vernichtet werden sollten und nun erhalten werden mußten.

»Wo… wo ist der Koffer?!«

Plotius blickte schwermütig auf: »Vergil… beim Augustus, gut aufbewahrt… sei unbesorgt…«

Nun aber war der Lucius mit dem Dokument, obwohl es doch nicht genügte, zur Unterschrift herangetreten. Oder hatte bloß die Unterschrift gefehlt? War es dies, was zu finden war?

»Gib…«

Die Unterschrift war geleistet, aber der Text war nicht lesbar; offenbar weil es noch nicht genügt hatte, tanzten die Buchstaben durcheinander. »Du mußt noch etwas hinzufügen, Lucius… etwas hinzufügen… die Gesänge dürfen nicht zerrissen werden…«

»Ja, mein Vergil.«

Und Lucius setzte sich wartend wieder in die Diktatpositur.

»Die Gesänge… dürfen nicht zerrissen werden, und… und ich untersage, irgendein Wort hinzuzufügen oder auszulassen…«

»Das haben wir ja schon gehabt…«

»Schreibe… schreibe es…« Ohne Beistand war er, und es war die letzte Kraft; die Leere wollte nichts mehr hergeben, keinen Ton, keine Erinnerung, nicht einmal das graue Rieseln des

Wassers. Nur die Finger führten ein Eigenleben; sie irrten über die Decke, verschränkten sich immer wieder, lösten sich, um sich aufs neue zu verschränken. Die Gesänge durften nicht zerrissen werden, nichts durfte zerrissen werden; das war sehr wichtig gewesen, aber das war noch nicht das Eigentliche, war noch nicht das, was sich versteckt hielt in der Dunkelheit. Oh, selbst die Leere durfte nicht zerrissen werden, ehe sie nicht preisgab, was sie in sich verbarg, und die Finger wußten darum, denn sie irrten in der Leere suchend umher; sie preßten zwischen sich die Leere zusammen, damit sie das Verborgene hergäbe, und während sie sich immer verzweifelter ineinanderpreßten, da geschah es: zwischen den Fingern, tief in der Leere, kaum wahrnehmbar, als seien alle Nebel des Firmamentes davongezogen, dort schimmerte es schwach, vergehend wie das Seufzen eines verblassenden Sterns, und war doch auch schon befreit aufseufzend auf den Lippen, gesucht und wunderbar endlich gefunden: »Der Ring gehört dem Lysanias.«

»Dein Siegelring?«

Dem Irdischen war Genüge getan; strahlend war es und tonlos leicht: »So sei es... dem Lysanias.«

»Den gibt es ja gar nicht«, murmelte etwas, und vielleicht war es der Plotius.

»Dem Kinde...«

Murmelte noch etwas? war es noch das gute Murmeln des Plotius, beschützerisch und gut und stark? oh Plotius, oh, daß es andauere, oh, daß es murmelnd andauere, ruhig und ruhend, aufquellend aus der unerschöpflichen Tiefe des Innen und Außen, nun, da die Arbeit getan war, nun, da das Getane genügte, da nichts mehr zu folgen brauchte, oh, daß es ewig andauere! Und wahrlich, es dauerte an, es murmelte und murmelte, weich einherrollend im Unablässigen, weich dahinrollend, Murmelwelle um Murmelwelle, klein eine jede von ihnen, unermeßlich ausgedehnt die Kreise ihrer Gesamtheit; es war einfach vorhanden, keinerlei Horchen war hiezu nötig, keinerlei Anstrengung, um es festzuhalten, ja, es wollte dieses murmelnde Geschehen gar nicht festgehalten werden, denn es strebte vorwärts, einvermengt in das Rieseln der Brunnen, in das Rieseln der Gewässer, einsgeworden mit ihnen zur farblos mächtigen Stärke ruhetragenden Fließens, selber das Tragende, selber die Ruhe, selber das Fließen, leise den Kiel und die Wände des Bootes umspülend, ein gleitendes Schäumen. Unbekannt war das Ziel, unbekannt der Ausgangshafen; von keiner Mole war man abgestoßen, aus Unendlichkeiten kommend, ins Unendliche strebend ging die Fahrt vor sich, dennoch streng und scharf in ihrer Richtung, geleitet von sicherer Hand, und wäre es gestattet gewesen, sich umzuwenden, man hätte den Steuermann am Heck erblicken müssen, den Beistand im Richtungslosen, den Lotsen, der den Ausgang aus dem Hafen kennt. Doch nicht minder als Beistand und Freund war auch der Plotius geblieben, da er, herabgewürdigt und emporgewürdigt, das knechtische Amt der Ruderbank auf sich genommen hatte, verstummt das Murmeln seines Mundes, verstummt und abgegeben an das All, fast unvernehmlich das Keuchen seines Atems in der anstrengungsfreien, schmerzfreien Leichtigkeit des Vorgangs; so ruderte er gebeugten Armes schweigsam über die farblos murmelnde schweigende Wasserfläche dahin, bei weitem nicht so heftig wie es eigentlich von ihm zu erwarten gewesen wäre, vielmehr hoben die Ruder sich kaum, senkten sich kaum zum stillen Einschnitt ins Feuchte: vorne am Bug saß der Lysanias oder vielleicht stand er dort, ein Knabe, der zur Fahrt singen sollte; indes, der Plotius, für den, wie für jeden Irdischen, das Verbot der Umwendung galt, und der daher weder des Knaben noch des Fahrzieles ansichtig werden durfte, der Plotius wandte sich nicht um, er scherte sich nicht um den Knaben, und unentwegt hielt er die Augen geradeaus gerichtet, über den Fahrgast hinwegsehend zu dem Steuermann am Heck, dessen Weisungen er zu befolgen hatte, über den Steuermann hinwegsehend in die Unendlichkeit des Gewesenen, aus der man gekommen war. Die Ufer blieben zurück, und das war wie ein leichtes Abschiednehmen von dem menschlichen Sein und Hausen, das dort vonstatten ging, Abschied im verwandelt Unwandelbaren, Abschied von der Mannigfaltigkeit alles Vertrauten, von den vertrauten Bildern und Gesichtern dort, nicht zuletzt von der im Nebelgrau entschwindenden Gruft, aber auch von dem sehr beständig weiterschreibenden Lucius, der sich mit seinem Tisch nun allerdings so nahe an den Rand der Wirklichkeit geschoben hatte, daß ein Absturz von der hohen Felsküste als beängstigend unvermeidlich drohte, und Abschiednehmen war es von den vielen anderen, welche dort noch wandelten und mitunter, so der Horaz und der Properz, freundlich herüberwinkten; Bilder der Vertrautheit, schmerzlos sacht zurückweichend, wenn auch noch zur Begleitung bereit, und das Gewässer, über das der Nachen dahinglitt, war von allerlei Fahrzeugen bevölkert, zwar von nur ganz wenigen, die in der Gegenrichtung fuhren, heimkehrend zum Ausgangshafen, dem unerinnerbaren, hingegen von ungeheuer vielen, die aus diesem entsandt worden waren, Flotte um Flotte, so zahlreich, daß das unendliche Meer sich zur zweiten Unendlichkeit weiten mußte, um ihnen allen den nötigen Fahrraum zu bieten, so unübersehbar, daß es schier keine Grenze zwischen dem Flüssigen und dem Luftigen mehr gab, und die Schiffe im Lichte selbst zu schwimmen schienen, so unüberschaubar, daß die schiffbedeckte See, daß der Zug der Schiffe nach dem unerforschlichen gemeinsamen Ziel selber schon wie Ziel war: herdengleich war der Zug, und ein mildes Brausen umgab ihn wie eine unsichtbare Wolke; jegliche Art von Fahrzeug war vertreten, Handelsschiffe und Kriegsschiffe, darunter auch goldprangend und purpursegelig die Prunkgaleere des Augustus, sehr viele Fischkutter und andere Küstenboote, vor allem aber eine Unmenge winziger Barken, die einmal hier, einmal dort, wie aus dem

Wasser geboren auftauchten; sie alle nahmen teil an der unendlichen Fahrt, sonderbarerweise aber auch alle mit der nämlichen Geschwindigkeit, gleichgültig, ob sie, wie die kleinen Barken, von einem einzigen Ruderpaar oder, wie das Augustusschiff, von stockwerkhoher Rudermasse vorwärtsbewegt wurden, sie flogen dahin, als wären sie allesamt ohne Gewicht, als müßten sie eigentlich überhaupt nicht in das Wasser tauchen, als könnten sie darüber hinwegschweben, und ihre Segel waren straff gespannt wie unter dem Druck unfühlbarer Stürme, die aus der Luftleere stammten, denn es herrschte vollkommene Windstille, und das milde Brausen war im Nirgendwo. Die See ging in flachen, sanften, beinahe tafelförmigen Wellen, weich und dämmerungsgrau, und in dieser bleiernen, dennoch hauchzarten Glätte verschwamm das Murmeln, verschwamm unhörbar in dieser dämmerigen Kraft, die auf ihrem Spiegel hauchleicht den Zug der Schiffe trug; perlmuttern, dennoch farblos war darüber die Muschel des Himmels geöffnet, es ruderte Plotius, und zurück blieben die Töne des Lebens, die von den versinkenden Ferngestaden hergeweht worden waren, zurück blieb im Nimmererhaschbaren das Singen der Berge, zurück im Ewigentfliehenden blieb ihr Flötenton, blieb sogar auch des Tönens Echo, das in der eigenen Brust erklungen hatte, zum Niemalserlebten zurückgesunken war das Erlauschbare, niemalserlebt das Murmeln, die murmelnde All-Gewesenheit, und – ein zartgoldenes Schimmern dem Himmel einverwoben – der Gesang des Knaben blieb ungesungen. Als ob das Schweigen noch zu laut gewesen wäre, war eine neue Stille eingetreten, eine zweite Stille, eine höhere Stille auf höherer Ebene, flachwellig, sanft, tafelförmig glatt, gleichsam ein Spiegel des Gewässerspiegels, über dem sie gelagert war; und hatte sich dieser schon zu etwas Neuem verwandelt, zu etwas still Flüssigem, in dem die dahineilenden Schiffe keine Furchen mehr zogen, und das so wenig aus Tropfen mehr bestand, daß auch keiner an den angezogenen Rudern haftete, keiner von ihnen herabtropfte, es war solche Verwandlung nun zur Gemeinsamkeit von Spiegel und Gegenspiegel, von Stille und Gegenstille geworden, zu einem gemeinsamen Zwischenzustand voll neuer Gleichzeitigkeit und Gleichgeschwindigkeit, ja Zugleich-Hörbarkeit, so daß das Sichtbare, das Hörbare, das Fühlbare, obwohl zurückgeblieben in der Unsichtbarkeit, Unhörbarkeit, Unfühlbarkeit längstverlassener, unauffindbarer Unendlichkeit, trotzdem unbeschädigt blieb und, obwohl zurückgefallen ins Unbenennbare, weder seines Namens noch seines Wesens verlustig ging–, es blieb zurück und blieb trotzdem gegenwärtig, zurückbleibend, da es überholt wurde, bleibend kraft solcher Überholung, verändert durch sie zu verwandeltem Bleiben, und nichts war davon ausgenommen, denn es war das All selber, das solcherart überholt wurde, das All in der Mannigfaltigkeitsfülle seiner dinglichen und menschlichen Inhalte: die Schiffe, die da wie zur Begleitung und Begrüßung herdengleich ausgefahren waren, nun aber wohl ihren Auftrag beendet hatten, wurden eines nach dem andern überholt, nicht etwa in einem Wettkampf, nicht in einem Wettlauf, nein, ohne Geschwindigkeitsänderung geschah es, ohne Verlangsamung der wie freiwillig Zurückbleibenden, ohne Beschleunigung des eigenen Bootes, mühelos, und mochte auch die Rudertüchtigkeit des Plotius einiges dazu beigetragen haben, er ruhte nun aus, ruhenden Atems und ruhenden Werkzeugs, vornübergeneigt auf seiner Bank, zur Ruhe befugt, weil das irdische Werkzeug für sie alle, die hier fuhren, nicht mehr vonnöten war, und die Ruder, ob sie sie nun aus der Flut gehoben hielten oder sie darin schleifen ließen, alsbald verschwunden waren, die Auflösung beginnend, mit der Gefährt um Gefährt und also auch das Augustusschiff aus dem Seienden genommen wurde und zur Vergessenheit entsank –, einsank in die zurückbleibende Unendlichkeit; der Augustus aber, unter dem Purpurbaldachin seines Prunkschiffes stehend, die kurze Schiffsmeistergeißel in der Hand, ließ diese fallen, als er die Vergeblichkeit jeglichen weiteren Bemühens zur Beschleunigung oder auch nur Fortsetzung der Fahrt einsehen mußte, seine Macht entglitt ihm, sie entglitt ihm mit dem Namen, mit all den Namen, die er bisher getragen und die er allesamt, sogar den des Octavian, jetzt abtun mußte, nicht jedoch entglitt er sich selber, und in dem flüchtigen Blick, den herüberzusenden ihm noch vergönnt war, in diesem Abschiednehmen auf Nimmerwiedersehen und Nimmerwiederkehren, in diesem müdegealterten Abschiednehmen des schönen Gesichtes war zugleich auch für ewig das Bleiben enthalten, das verwandelte Bleiben, unverloren im Verluste, so daß er, plötzlich vergessensstillen Gesichtes, vergessensstill die irdische Gestalt, vergessensstill der irdische Name, zwar sehr rasch – ach so rasch – ins Unerrufbare versank und doch, in neuer und höherer Stille auf höherer Ebene eine neue Errufbarkeit, eine neue Sichtbarkeit gewann. Denn die Verwandlung, die da vor sich gegangen war, sie war die Verwandlung des Außen ins Innen, sie war die Einswerdung von Außengesicht und Innengesicht, sie war eben diese seit jeher erstrebte, niemals gelungene und nun hier doch zur Reife gediehene Vertauschung: mit einem Male, so rasch wie sein Hinabstürzen zur Unendlichkeit, war derjenige, der bisher Augustus geheißen war, jetzt von innen gesehen, in einer Innensicht, wie sie sonst nur dem Träumenden, dem Traumverlorenen verliehen ist, wenn er seine eigene Irdischkeit vergißt und – erkennend durch den Traum – sich im Gleichnis seiner selbst erkennt, wenn er den letzten, den unabtubaren, den kristallenen Grundbestand seiner Eigenschaften als bloße Form, als kristallenes Linienspiel, ja als leere Zahl im letzten Traumsein offenbart sieht; über sich selbst hinausgewachsen war nun diese Innensicht, und sie hatte auch den Entschwindenden dort, den Freund ergriffen – oh, unverlierbar derjenige, der von innen gesehen wird in seiner nacktesten Einheit. Oh Verwandlung des Endes zum Anfang, Rückverwandlung des Sinnbilds zum Urbild, oh Freundschaft! Und obwohl nur weniges je so vertraut gewesen war wie das Antlitz dessen, den man in Freundschaft hatte Octavian nennen dürfen, es verhielt sich nun auch nicht anders mit all den anderen Gestalten, die da auf ätherischen Nachen mitfuhren und eine nach der anderen überholt wurden, ihre Gesichter verschwanden zur Ewigkeit, ohne zu verschwinden; und was immer hier auch mitfuhr, augenblicklang gesehen und im selbigen Augenblick schon zurückschwindend, wie immer sie auch geheißen hatten oder noch hießen – wer waren sie? war dies dort wirklich der Tibull, der schwermutvoll liebende Albius Tibullus in seiner welken Jugend? war dies dort der Lucrez, groß und hart vor gewaltigem Irresein? war dies dort nicht des Sallust fünfzigjährige Männlichkeit in ungewandelt unwandelbarer Reife, war dies nicht er, der Namengeber, entkleidet des eigenen Namens? und war das dort nicht sogar die Ehrwürde des Marcus Terentius Varro, altersgebückt und kleingeworden von Gestalt, doch stark geblieben im mildspöttischen Weisheitslächeln des entschwindenden Greisenantlitzes –? oh, wer immer sie auch waren, die sich da zu der Freundschaft leichten Abschiednehmens versammelt hatten, ein Troß des Beistandes und der Tröstlichkeit, sie allesamt, Gesicht um Gesicht, bärtig oder bartlos, jung oder alt, männlich oder weiblich, schneller oder sachter ihre einstigen Züge verlierend, sie allesamt hatten, da sie bis auf den letzten Namensrest ins Unerrufbare, ins Vergessene zurückzustürzen im Begriffe waren, die endgültige Verwandlung übernommen, es war an ihnen das menschliche Antlitz zum unsäglichen, zum unsäglich klaren Ausdruck ihrer Grundwesenheit geworden, enthoben jeglicher Beziehung, tief wahrhaft im grenzenlosen, namenlosen Selbst, sie bedurften nicht mehr des irdischen Mittlers und des irdischen Namensaufrufs, weil sie allesamt von innen gesehen, von innen sichtbar wurden, von innen her erkannt, eingegangen in den Freundesblick, eingegangen mit dem Freundesblick in das Geschehen einer Selbsterkenntnis, die aus dem tiefsten Ich-Innen, aus der Ich-Tiefe jenseits des Sinnenhaften stammt und nicht mehr die sinnliche Person, nicht mehr das sinnliche Gleichnis sieht, sondern nur mehr das kristallische Urbild, die kristallische Einheit ihrer Wesenseigenschaften, so rein in ihrem Wesensgrunde beruhend, so erinnerungsfrei und ebendarum so endgültig erinnert, daß all die Freundesgestalten in einen neuen Zwischenzustand der Erinnerung versetzt wurden, in einen neuen Zwischenzustand der Erfaßbarkeit, voll lichtstrahlender Schatten im stummen Ertönen ihrer Stille. Sie waren in die zweite Unendlichkeit eingegangen.

Stille innerhalb der Stille – allseits war die Grenze geöffnet, doch so viel auch zurückgelassen wurde und im Nimmerauffindbaren zurückblieb, nichts konnte im Gleichgewicht des All-Kreises verlorengehen; wahrlich, so viel auch zurückgelassen wurde, es war weder Verarmung noch Vereinsamung, ja fast bedeutete es Bereicherung, da das Vergessene aufbewahrt blieb. Der Raum der Nicht-Erinnerung nahm immer weitere Gebiete des Erinnerungsraumes in sich auf und verharrte dennoch in diesem Raum der Erinnerung, ja immer inniger verbanden sich die beiden Räume zu einem zweiten Erinnerungsraum innerhalb des ersten, zu einem Raum höherer Erinnerungsdurchsichtigkeit, höherer Erinnerungsunendlichkeit, so sehr Verdopplung des Seins zu neuer Einheit, daß auch die bleifarben zarte Stille der Gewässer und die, welche als ihr zart goldenes Spiegelbild über sie hingebreitet war, sich zu neuer Einheit fügten – Erinnerung innerhalb der Erinnerung – vereinigt zu jener Stille, die den Sänger empfängt, ehe er in die Saiten greift, und in solcher Stille, unangeschlagen die Leier, erwartungslos das Warten, war auch das Singende und das Hörende, waren auch der Sänger und der Hörer zu neuer Gemeinsamkeit gebracht worden, da des Sphärenliedes gewaltige Stummheit nun aufrauschte, geboren aus der Stummheit, doch ebenso in ihnen beiden geboren, erklingend aus der Stille, doch ebenso in ihnen beiden erklingend, ihrer beider einsgewordene Zweiheit, einsgeworden mit der Stille, mit dem Warten, mit der Leier, die Einswerdung durch das Lied, aufgenommen das Seiende vom Sein der Sphären; nicht gab es mehr den Wartenden und das Erwartete, nicht gab es mehr den Lauschenden und das Erlauschbare, nicht mehr den Atmenden und den Odem, nicht mehr den Dürstenden und den Trank, keinerlei Zweiteilung gab es mehr in der neuen zweihaften Einheit, das Zweigeteilte hatte sich zusammengeschlossen zu nimmermehr scheidbarem Einheitsgeschehen, zum Warten selber, zum Lauschen selber, zum Atmen selber, zum Dürsten selber, und die unendliche Flutung, einbezogen in die Einheit, war das Warten, war das Lauschen, das Atmen, das Dürsten, wurde es mehr und mehr, wurde es immer eindringlicher und dringlicher, unabweislich und unabweislicher, wurde Gebot, wurde Ankündigung, und so auch für den Plotius, denn wie in einem Wissen um die Aufhebung jeglicher Dauer, wie in einem Wissen um die Einheit von Anfang und Ende, doch auch wie im Wissen um das Zweihaftige, dem alle Einheit unterworfen ist und dem er gleichfalls sich zu unterwerfen hatte, entäußerte er sich der Einheit seines Seins, wurde er, wenigstens für eine gewisse Weile, zur Zweiheit, da er in der einen Gestalt ruhig und ruhend auf der Ruderbank sitzenblieb, in der andern jedoch sich erhob und jetzt mit schwankendem Seemannsschritt sich näherte, noch einmal und offenbar zum letzten Male den Becher herbringend, auf daß der Dürstende – oh, dürstete ihn –?! noch einmal daraus trinke: und als es geschah, siehe, da war es nicht Trank, der getrunken wurde, da war es nicht Durst, der gelöscht wurde, nein, es war ein Teilhaftigwerden, es war ein Teilhaben an der Ganzheit des zwiefach verspiegelten Seins, es war ein Einbezogenwerden in das unendliche Fluten der Gewässer, es war ein Durchdrungenwerden von der Innensicht der Unsichtbarkeit, zugleich aber auch das wissenlose Wissen an der Schließungsstelle des Erkenntnisringes, des Nichts-Umfangenden, es war selber das Schließen, es war der Zusammenschluß der zwiefach gerichteten Unbegrenztheit, in der die Zukunft zur Vergangenheit, die Vergangenheit zur Zukunft übergeht, so daß nun – oh Verdoppelung innerhalb der Verdoppelung, Spiegelung innerhalb der Spiegelung, Unsichtbarkeit innerhalb der Unsichtbarkeit – es hier keines Mittlers und keines Gerätes mehr bedurfte, nicht des Bechers, der das Flüssige umschließt, nicht der Hand, die den Becher reicht, kaum mehr des Mundes, der den Trank annimmt, es bedurfte dessen nicht mehr, weil alles Handeln, sei es Trinken oder was immer, mehr noch, weil alles Leben von der Kraft einer Verwobenheit aufgelockert und gelöst worden war, die jede Unstimmigkeit aufhob und keinerlei Teilung mehr duldete; und siehe, da verwandelte sich des Bechers Elfenbein in braunes festes Horn, um als solches in leichter brauner Wolke zu verschwinden, da war mit dem Becher auch alles Gewesene verschwunden, nicht etwa als ein bloß träumendes Gaukelspiel, sondern als ein Wahrtraum, dem das Bleiben in Nichtvergeblichkeit verliehen ist, und ebendarum war nun auch der Plotius verschwunden, ebendarum hatte er, ergriffen von der gestaltlösenden Zweiwerdung, den nämlichen Weg wie die übrigen Gefährten genommen, versenkt mit ihnen bis auf den letzten Namensrest ins Ewige, ins Nicht-Erinnerte, dennoch bleibend im Erinnerten, bestandhabend als derjenige, der er gewesen war, bestandhabend als der Freund. So geschah dies, während das Flüssige ohne Feuchte, das Trinkbare ohne Geschmack über die Lippen und durch die Kehle rann, ohne daß Lippe, Zunge, Kehle benetzt wurden, es geschah der Abschied von dem Plotius, geschah in der Hilfe seiner Freundschaft; und umstrahlt vom All-Auge, umflort von den Tränen des Alls, von des Alls Vergessenheits-Naß wahrheitsrein der Freundesblick dem Freundesblick zugekehrt, durften sie beide tränenlos bleiben, leidensenthoben, leidensentlöst, so leise, daß es leicht wurde, ein leichtes Abschiednehmen – Stille in der Stille.

Nichts war mehr festzuhalten, nichts mehr brauchte festgehalten zu werden, nichts war mehr unstimmig, und er, der den Trank getrunken hatte, er, Publius Vergilius Maro, auch er bedurfte nun nicht mehr des Namens, er durfte ihn von sich abtun, er durfte ihn zu einem bloßen Wissen verblassen lassen, zu einem zarten, wundersam keuschen Vergessen, denn einsam, wenn auch nicht vereinsamt, ging die Fahrt durch die zweite Unendlichkeit. Keinerlei Bangigkeit verlockte mehr, keinerlei Begegnung brauchte mehr stattzufinden. Einsamer desgleichen wurde das Licht, reiner und keuscher noch als vordem, es hatte zur Dämmerung gewechselt, zu einer seltsamen und wundersamen Dämmerung unbestimmten Dahinwährens, unbestimmbar die Stunde ihres Beginns, unabschätzbar ihre Dauer, da die Sonne, herabgesenkt zum unermeßlichen Rande der Fluten, wie in einem zarten Zögern sich nicht entschließen mochte darein zu tauchen, vielmehr sehr unbewegt, gleichsam gebannt von des Skorpionen Bild, das sie gesucht hatte, mattleuchtend im Wolkenlosen hing, umflimmert von der Vollzahl der Sterne. Verlustig ihrer Dauer war die Zeit, und über die leere Stille hin schwebte in ruhendem Gleiten beruhigt die Fahrt; verlustig zwar jeglicher Geschwindigkeit und nur noch erfühlt und ungewiß in ihrem Ziel, hatte die Fahrt doch Richtung, die sich an den Sternen ablesen ließ. Der Knabe stand vorne am Bug, dämmerungsumflossen, obwohl seine Gestalt sich deutlich genug vor dem Firmament abzeichnete, vor einem Firmament, dessen überferne Klarheit bereits über alle Klarheitsgrenzen hinausreichte, und unbestimmt, ob es die Geste eines Wegweisenden oder eines Sehnsüchtigen war, hielt er den Arm vorausdeutend gehoben, nachfolgend mit dem Körper, nachfolgend der hingestreckten Bewegung, die das Ziel herbeiwünscht und doch nicht es zu erhaschen vermag. War dies noch Fahrt zu nennen, dieses Gleiten, das sich keines Segels und keines Ruders mehr bediente? war es nicht Stillstand, zur Scheinbewegung umgetäuscht durch die Gegenbewegung der Sternkuppel? Fahrt oder Nichtfahrt, es war der Zwischenzustand des Wissens, war es noch immer, und ruhig verharrte der Fährmann da hinten auf seinem Posten, seine Anwesenheit ungeschwächt spürbar, nach wie vor kam alle Sicherheit von ihm her und nicht von der viel zu fliehenden, viel zu flüchtigen Knabengestalt, nein, der Fährmann bestimmte die Richtung, er allein, selbst wenn sie in Wahrheit von der Gestirnbewegung abhängen mochte. Tiefer und tiefer senkte sich die Sonne, niederflammend in dunkle Feuerröte; matter noch, trotz der wolkenlosen, nebellosen Sicht würde ihr Glänzen, so matt, daß die Dämmerungsklarheit mehr und mehr ins Nächtliche spielte, funkelnder der Sternenraum. Nächtlich wurde es, noch nicht Nacht; nächtlicher wurde der schweigende Sphärengesang, nächtlich stiller, nächtlich reicher, durchwirkt von des Sternenlichtes stummem Zimbelschlag, und je voller es ertönte, Klangschleier um Klangschleier zerteilend, desto sichtbarer wurde der Knabe, desto deutlicher löste er sich aus der Dunkelheit, und zugleich zeigte sich, daß diese Sichtbarkeit von einem stillen Leuchten bewirkt war, das von der weisend ausgestreckten Hand des Knaben ausging und mit sacht zunehmender Stärke zum Mittelpunkt des Geschehens wurde: es war der Ring, es war der dem Lysanias zugedachte und von ihm nun wie im Stolz emporgehaltene Ring, der solches Strahlen ausschickte, ein Leuchtmantel um des Lysanias Schultern, und glich sein Licht anfangs nur dem Blinken eines Sternes in grauer Morgen- oder Abenddämmerung, am Rande des Verstrahlens oder Aufstrahlens, so war es jetzt wie ein wegweisendes Schimmern, das voranschwebt, wegweisend ein Sternlächeln, emporgehalten von der Hand des Knaben, emporgehoben, daß es leuchte, war hergehaucht wie beglükkende Erinnerung aus dem innersten Innern des irdischen Vergessenheitsraumes, der von Breite, Höhe und Tiefe durchflutet gewesen war, durchflutet von Zeit, durchflutet vom Schmerz des Feurigen und des Eisigen; selber erinnerungsdurchflutet ward es hergehaucht von des Ringes Leuchten, hergebracht sanft wie Echo, kindlich wie Echo, zugehörig wie Echo in wehspielend beglückender Aufgetanheit. Denn nichts trug mehr Namen, bloß der Knabe Lysanias trug noch den seinen, und die Erinnerung, welche unerhaschbar beglückend das erinnerungslose Jetzt hier durchdrang, diese Erinnerung im Zwischenzustand entsinnlichter Sinnlichkeit, dieser vergessensbereite Nachschimmer einstiger Verdoppelung und Zweiteilung, an deren Echoruf der Knabe Lysanias vermöge seines Namens noch teilhatte, sie verging im Rufe, da sie auf höherer Ebene in das wissenlose Wissen der zweiten Unendlichkeit einging, sie verging dorthin, wo jegliches andere Wissen zerfällt, sie verging als des Ringes Ausstrahlung, bleibend aber in der Strahlung, eingeflutet in das Lächeln des Lysanias, in seine Stimme, die nicht mehr sprechen wollte, in seinen Blick, der nicht mehr herblickte, eingeflutet in ihn als Musik ohne Töne, zurückgeflutet als Innensicht des Knaben, als wissenloses Wissen um Ferne und Nähe in einem, überflutend in das Leuchten der Dämmerung, in das Leuchten eines dämmernden Strömens, das fernelos, nähelos alle Zweiheit zur Einheit schließt, der Schauende zugleich der Durchstrahlte. Oh Dämmerung, oh Zwischenreich, fließend und verflossen im Einst, strömend und verströmend die Seele! Indes, so wenig es wirklich Nacht wurde, die eigentliche Dämmerung war vorbei, das Zwischenreich aufgehoben; unter den zu voller Helligkeit aufgeglommenen Sternschwärmen ruhte der Sonnenball in kaltdunkler Röte tief unten auf dem golden bleiernen, bleiern goldenen Fluthorizont, ja fast hätte man meinen können, er sei schon hinabgetaucht und werde infolge einer ungewohnten Brechung des Lichtes wieder heraufgespiegelt, denn wie verhaftet der unteren Sphäre, wie in einem Spiegelbild seines unterozeanischen Weges begann er den Horizont entlang sachte hinzurollen und, ein Sternbild nach dem andern dort durchquerend, dem Ostpunkt zuzustreben, von dem aus er morgenbringend sich aufs neue erheben sollte, Sonne, im Nachtsein verbleibend, ihr Spiegelbild oder sie selber, in Spiegel- oder Eigenbewegung, in irdischer Verkerkerung oder in ätherischer Freiheit, es ließ sich nicht feststellen, und die Kreise des Oben und Unten verschränkten sich zu Nichtwissen, endgültig und groß in des kreisenden Sternendomes Herrlichkeit: als zielte die Fahrt zur Sonne hin, als sei dies das Ziel, als gelte der Sonne die Sehnsuchtsgebärde des Knaben, folgte der Fährmann dem Wege des rotglühenden Bildes, und die Spitze des Nachens in überaus langsamer Drehung blieb stets dem Gestirn zugekehrt, war nachgezogen von diesem zu echter Drehung oder Scheindrehung, zu echter Bewegung oder Scheinbewegung, das eine vom andern nun erst recht ununterscheidbar, da im Verlauf des nächtlich-unnächtlichen Geschehens sich der Nachen ganz außerordentlich verlängert hatte und unzweifelhaft sich fortwährend weiter verlängerte, merklich an der wachsenden Entfernung zu dem Knaben am Bug dort, spürbar an dem Wegsinken des Steuermannes hinten, Verlängerung des Schiffes vorwärts und rückwärts, ein Wachstum, das einen Teil der Fahrgeschwindigkeit für sich in Anspruch nahm und in sich aufnahm, Geschwindigkeit in Wachstum verwandelnd, in ein so unwiderstehlich alles umfassendes Wachstum, daß es, dauerte es nur an, zuletzt auch die Fahrt und sogar die Nacht selber zu vollkommenem Stillstand bringen, ja das kreisend Veränderliche ringsum zum Unveränderbaren wandeln mußte; unendlich war die Fahrt verlangsamt, und in nämlicher Ruhe war das Rund des Oben und Unten, spiegelnd im Glanz der Gestirne, um den gleitenden Stillstand herum gebreitet, der stille Sphärenblick, der in sich selbst sich spiegelt, das graue Auge des Gewässers und das dunklere Grau des Himmelsauges darüber, sie beide ineinandergeweitet, sie beide geweitet zur Helligkeitsnacht, geweitet zu dem Zwielicht, in dem es keine Dauer und kein Geschehen mehr gibt, keinen Namen, keinen Zufall, keine Erinnerung, kein Schicksal. Schon war das Liegen längst kein Liegen mehr, und es gab auch nicht mehr Stehen oder Sitzen, es gab nichts als ein körperfreies Schauen und Dahingetriebenwerden, zwar noch immer an die Mitte des Nachens gebunden, aber diesem schon so sehr entbunden und entlöst, daß es wie Abstreifen letzter Fesseln schien, wie endliche Erfüllung einer längst vergessenen, längst nicht mehr erinnerbaren Ahnung, wie hauchende Erinnerungsrückkehr eines freien Schwebens, das er ahnte; immer stärker wurde da der Wunsch daran teilzuhaben, die schwebende Ahnung zu verwirklichen, selber in sie hineinzuschweben, in das Unerinnerte, das zugleich das geahnt Künftige ist, hinzuschweben zu dem Lichtschein des Ringes, frei hinzuschweben zu dem Lysanias, der allein noch Namen, Schicksal und Erinnerung trug, ach, hinschweben zu dürfen zu dem Strahlenumflossenen, der vielleicht noch ein Bauernjunge, vielleicht aber auch schon, von septemberkühlen Schwingen umbreitet und ätherhaft von ihnen bewegt, ein Engel war, ach, hinschweben zu dürfen, um diese Schwingen zu berühren und noch einmal das wiedervertraute Antlitz zu erforschen, des Antlitzes enthüllte Tiefe im freundguten Scheine des Sternenringes, Tiefe um Tiefe erfühlend, ach, immer stärker wurde der Wunsch, wurde die Sehnsucht nach dem Sehnsuchtweisenden, wurde die Sehnsucht nach dem milden Brausen einstigen Strömens, nach dem weichgrauen Rieseln, in dem das Einst geweilt hatte –, schmerz-schmerzlicher Wunsch, der alle Angst vor dem Abschied enthält und das letzte Gesicht behalten will, schmerzschmerzliche Sehnsucht, die sich des letzten Wissens erwehrt, bebend in Abschiedsangst, denn sosehr die Seele in Zukunftsahnung nach ihrem letztbefreiten Schweben dürstet, es fällt ihr schwer, den Zwischenzustand der Fahrt zu verlassen und in die zweite Unendlichkeit einzugehen, schwer lastet auf ihr das

Verbot, sich nach der vertraut-gebundenen Unendlichkeit des Einst umzuwenden, schwerer noch der Befehl, zugunsten der künftigen Eindeutigkeit endgültig auf das vieldeutig Gewesene zu verzichten: mochte der Knabe noch so eindeutig und so sehnsüchtig nach dem Kommenden weisen, vieldeutig blieb es trotzdem, vieldeutig das Leuchten um ihn in Spiegelung und Widerspiegelung, rotglühend das Sonnenbild, flimmernd die Gestirne, goldmatt die Mondscheibe, richtungslos die Strahlung des Ringes, so daß das Gewesene und das Zukünftige sich zu einem einzigen Schimmern verwob, das Leuchten der dunkelschimmernden Meere und Himmel vielfältig und vieldeutig versponnen mit dem des weisenden Genienbildes, und mochte dieses in sich selbst auch beständig bleiben, beständig in seiner zukunftweisenden Geste, es war von schimmernder Unbeständigkeit erfüllt, es war von der ganzen Vielfalt und Vieldeutigkeit des Gewesenen durchschimmert, es war unbeständig durch unaufhörlich wechselnde Gestalt, wechselnd in seinen Zügen, die einmal die des Cebes, ein andermal die des Alexis zeigten, mitunter auch, erinnerungsflüchtiger noch als die der anderen, sogar das Bild des Äneas, sie alle zwar namenlos und immer wieder überdeckt vom selbsteigenen Lysanias-Antlitz, aber ebendarum auch Verlockung, das Einst im Zukünftigen zu suchen, ebendarum Verführung zur Rückwendung im Vorwärtsweisenden, dennoch schon nicht mehr Verführung, sondern ein neues Wissen, da der Knabe im Unberührbaren schwebte, sicherlich kein Verführer, kaum mehr ein Führer, nur noch ein Weisender, ein Vorwärtsweisender, dessen vorwärtsweisende Hand, soll sie nicht herabsinken, nie und nimmer berührt werden darf – der Abschied; wahrlich, solch enthülltes, solch wissendes Abschiednehmen ruhte auch in dem schwebenden, nach innen gewendeten Lächeln des Knaben, und das Abschiednehmen war ein gemeinsames Wissen, ein Wissen um die Aufhebung des Zwischenreiches, ein Wissen um die zweite Unendlichkeit, in der die Fahrt zum Stillstand gelangt, ein Wissen um den Fährmann da hinten, um den Lotsen am Heck, den schutzspendenden, beistandspendenden, ruhespendenden, der nunmehr der alleinige Führer werden sollte, der dienend letzt-endgültige Führer, weil er, ungeschwächt von der wachsenden Entfernung und über diese hinweg, allein die Kraft besitzt, die Seele mit behütender Hand zu umfangen, auf daß sie, eingeschmiegt in die Hand, in ihr liegend, in ihr lehnend, von ihr aufgerichtet, geschmiegt dem liebenden Befehl, furchtlos an dem Wissen teilzuhaben fähig werde, schwebend in der Spannung zwischen Sicherheit und Sehnsucht, schwebend zwischen den Unendlichkeiten, die wissensbereite, die wissenserharrende Seele in erwartungslosem Warten. Die ahnend schwebende Sehnsucht begann sich zu erfüllen, wurde schwebende Erfüllung. Schwebend wie der Knabe am Bug da vorne strebte das Wissen, strebte die Fahrt zur Ruhe in gemeinsamem Schweben, und je länger es andauerte, je länger das Wachstum der Nacht und des nächtlichen Nachens währte, unabschätzbar die Dauer, unabschätzbar jegliches Maß, schattendurchtränkt, schattengesättigt die Nachthelligkeit, desto flüchtiger wurde die entschwebende Knabengestalt, flüchtiger und flüchtiger, nackter und nackter wurde sie, eingeschmiegt in die Sternhelligkeit, eingeschmiegt ins Schattenhafte, entkleidet des Gewandes und mehr als des Gewandes, entkleidet bis zur vollkommenen Durchsichtigkeit, so schwebten ineinanderverschmiegt die Nacht und der Knabe, oh durchsichtig. Noch nicht und doch schon –, war dies der Vorhof der Wirklichkeit? der Vorhof einer Heimat, über der alle Sonnen, alle Monde, alle Sterne kreisen, erfüllt vom Glanze? Dorthin wies der Knabe, aber es war das strahlend Richtungslose, zu dem er hinwies, dorthin strebte der Nachen, aber es war fast Stillstand, da des Nachens Wachstum sich offenbar der Unendlichkeitsgrenze anzunähern begann; Wissen war es, Nachtwissen, noch nicht das des Tages, nur Wissen um künftiges Wissen, und eben damit doch schon wieder vollgültiges Wissen, war wissendes Durchflutetwerden, größer und milder als jedes Äther- und Wasserströmen, wenngleich mit diesem zusammen in nämlicher Unveränderlichkeit vom nämlichen Himmel überdacht – Stille, unveränderlich und doch bereit in neue Stille auf höherer Ebene einzugehen, für neue Stille vorbereitet, Wissen, unveränderlich und doch bereit sich zu neuem Wissen zu ordnen, ja für dieses vorbereitet: gleichsam getragen von Stille und Wissen, gleichsam emporgehoben und seines Gewichtes befreit, war das Dahingleitende kaum mehr ein Nachen, war nur noch ein unendlich schwebendes Nachtgebilde, das die Gewässer kaum mehr berührte, sondern daran war sich im Unendlichen aufzulösen; und selber unendlich, selber vorbereitet zur Ruhe, schwebte es ins richtungslos Unerahnbare der wachsenden Unendlichkeit, schwebte es dem Nachtregenbogen zu, dem gleichfalls schwebenden, der als schwebendes Tor der ruhenden Zeit siebenfarbig von Osten nach Westen gespannt war, eintauchend ins Flüssige, ohne es zu berühren. Langsam wie die bis zum Stillstand verlangsamte Fahrt, langsam wie das zaudernde Sonnengestirn, das seinen Lauf zum Punkte des Wiederaufgangs mit jeder Annäherungsspanne mehr und mehr und bis zum Stillstand verzögerte, ganz langsam, geradezu unmerklich löste der Nachen sich auf, unsichtbar werdend, unsichtbar geworden, und vorne dort, wo vordem die Barkenspitze gewesen, dort weit vorn in verdämmernder Entfernung, dort hatte sich des Lysanias Gestalt abgelöst und flog dem Nachen voraus, strahlend flog sie auf im Nächtlichen, flog auf als Führergebärde, als weisende Hand, als strahlende Weisung; da war es als wollte die Nacht vor ihrem Vergehensschicksal noch einmal sich zu voller diesseitiger Pracht entfalten, da hatte der Sterne Glänzen sich noch mehr verstärkt, und wie zu letzter Begrüßung und Begleitung waren sie gehäufter noch als je vorher versammelt, hatten sie sich zu letztirdischer Schönheit versammelt, milchstraßendurchzogen, im vollen Rund sie alle gleichzeitig sichtbar, obwohl der Blick sich nun umwenden durfte, sie alle gewußt, unsäglich gewußt, Sternenantlitz um Sternenantlitz, Namen um Namen, wenn auch mit ihren Namen längst in den Raum des Vergessens eingetreten, Schönheit, wenn auch schon längst über jede Schönheit erhaben, ein zweiter Erinnerungsraum der Gestirne innerhalb des ersten, kreisend um den kalten, vom Zeichen des Drachens bewachten Himmelspol, so vollzählig, so zeichenreich, daß selbst die bereits Verschwundenen spiegelhaft nochmals aus den Fluten auftauchten: nördlich behauptete sich des Skorpionen gekrümmter Flimmerleib, verfolgt von dem zielenden Schützen, aber im Osten langhingestreckt richtete die Schlange ihr funkelndes Haupt auf, und tief im Westen, abschiedsgewärtiger als alle die anderen, ruhte das pegasische Roß quellschlagenden Hufes, ruhte dort am Rande der Kuppel, am Rande der blinkenden Vielfalt; durchsichtig bis in die letzte Tiefe der Kuppel war die Vielfalt nur mehr kristallene Grundwesenheit, und seltsam bekannt, seltsam unbekannt, war sie, gleich allem was sie enthielt, in innerster Wesenssicht gesehen, nahfern, fernnahe, hatte sie gleichfalls ins wissende Warten gefunden – vervielfältigt das Warten in der Gestirnvielfalt ihrer Wölbungen, zuinnerst gesehen das All, unverlierbar sein erkanntes Erkennen, das unberührbare, unerschaubare, unerrufbare, unerlauschbare Sternenantlitz – aber in der durchsichtigen Strahlung der Himmelstiefe ward die hinfliegende, nacktdurchsichtige Knabengestalt, sie, die Gestalt des Lysanias, die dennoch wundersam sich veränderte, sie, die vorwärtsstrebte und dennoch blieb, sie, ein Genienbild, ein Sternenbild, ein Sinnbild, sie ward desgleichen Grundwesenheit, ward selber Eigenschaft des funkelnden Alls, in dessen geöffnetes Gewölbe sie flog, aufgenommen von dem siebenfarbigen Regenbogentor und durch dieses hindurchfliegend. Und während dies geschah, ja ehe es noch geschah, da flammte die Schlange rot auf, da flammte der ganze Osten des Horizontes auf, da verging das Siebenfarbene im Rotglühenden, entfärbte sich zu einem rasch vergehenden Elfenbeinstreif, denn da hatte der Sonnenball sich von seiner ruhenden Bahn losgelöst, hatte sich sachte emporgehoben, sachte bis zur Unmerklichkeit, und doch, wie mit einem Abtun jeglichen Gewichtes, wie in einem gewichtbefreiten Emporschweben, emporgezogen von der unendlichen Sternkuppeldrehung, emporgetragen von der Führergebärde der hinfliegenden Geniengestalt, emporgehoben von dem Gesamtgeschehen, in dem eines vom andern bedingt ist, Bewegung von Gegenbewegung, Stillstand von Gegenstillstand, aneinandergebunden, miteinanderverwoben, ineinanderverspiegelt vom Eigenschaftsgrund aller Wesenheit her; das war Veränderung und Ruhe zugleich, war in seiner steten Ruhe so veränderlich, in seiner steten Veränderung so ruhend, in beiden aber so sehr schwingend, so sehr ruhend veränderliches Ausschwingen, daß es des stummen Sphärengesanges Einheit wurde, tönend als milder Beckenschlag aus dem Aufsteigen des Tagesgestirns, tönend als elfenbeinerner Leierklang aus der Gebärde des der Flammenscheibe entgegenfliegenden Genienbildes, und die Sternschwärme wurden mitgezogen von dem stummen Tönen, hingezogen zum wissenden Aufgang im schauend-lauschenden All. Keiner der Sterne verschwand, trotz der zunehmenden Helligkeit des aufsteigenden Morgens, von der ihre eigene Helligkeit überholt worden war, sie blieben vollzählig, Sternkristall in ihrem Gewölbe, bleibendes Sternenantlitz unsäglich klarsten Ausdrucks, und das Genienbild, hinfliegend durch das kristallene Sein, hinfliegend zur Sonne, hatte sich endgültig losgelöst, endgültig abgetrennt von dem verflüchtigt schwebenden Gebilde, das einstens Nachen gewesen war; und eingehüllt in den Strahlenmantel seines Glanzes, aufhellend zu einer letzten Veränderung, zu einer letzten Beglükkung, bezwingend in solch zunehmendem Glanze und bezwingender und bezwingender werdend, lieblicher und lieblicher werdend, nämlichen Gesichtes, jedoch neuen Namens, wurde das namenlos entrückte Knabenantlitz zu dem der Plotia Hieria, einswerdend der Knabe mit ihr, einswerdend sie mit dem Knaben, einsgeworden in der verschimmernd schwebenden Weisegeste, die sie von ihm übernommen hatte, den Ring an ihrem Finger, ostwärts. Sie, die neue Führerin, zu erwarten, war die Schlange, funkelnd Glied für Glied, um ein weiteres Stück das rotglühende Firmament hinaufgeglitten, sonnendurchflammt und den Osten beherrschend, während westlich, weichend dem Tage, das Flügelroß verblassend versank, mit ihm der Fährmann, den es davontrug, da sein strenger Dienst getan war, gesprengt die Kette; er wich der Sonne, zu der er die Fahrt gelenkt hatte. Oh letzte Wandlung! Die Geniengestalt, ursprünglich hergesandt aus der ersten Unendlichkeit als tröstende Erinnerung, nun in der zweiten gewandelt zur weisenden Hoffnung –, hatte nicht jetzt auch sie endgültig zu entschwinden, da der Tag angebrochen war? hatte nicht auch sie ins Ungewußte heimzukehren, ins höhere Wissen auf höherer Ebene und diesem zuliebe? Sie flog voraus, elfenbeinschimmernd, hinüberschimmernd ihr Leib ins Körperlose, sternwehend ihr Haar, eine kühlzarte Flamme; die Entfernung zu ihr wuchs noch weiter an, die weisende Ringhand rührte schon an das Unerreichbare, rührte schon an die Himmelskuppel, indes, es wurde nicht Entschwinden, es wurde Bleiben, es wurde ein gebanntes Verweilen, eingesponnen in das zum Tag gewandelte Licht, als sei diese Gestaltverwandlung und jene erste, die der vorausschwebende Knabe erfahren hatte, ein und dasselbe, eines das andere bedingend, eines aus dem andern geboren, eines aus dem andern erblüht: erblüht war der Tag, er war, und er blühte weiter zu holder Gebanntheit, ruhend in seinem eigenen Licht, verwandelt in sich selbst, seitdem die Feuer des Aufgangs, denen er entstiegen, weggewischt worden waren, und mit ihm wurde das Sichtbare zu holdverwandeltem Bleiben gebannt; verwandelt war das sanftgoldene Licht, war gebannt in Himmelsbläue und trug mit seinem Glanz das kristallene Tagesgewölbe, den lieblich holden Kristall der Unendlichkeit, löste das Sternenantlitz zu etwas zart Unleuchtendem, so daß die Gestirnvielfalt, überschimmert vom hellen Blau, in dem sie hing, kein Licht mehr abgab, und es hatte – silberopalen die Sterne, silbermilchig des Mondes leise Scheibe, elfenbeinhauchig der wie eine Erinnerung an nächtlichen Glanz über den Himmel hingespannte Reif – es hatte sich nun auch die Strahlung, die von dem Reif an Plotias Hand ausging, ins Unleuchtende aufgelöst, hatte sich verschimmert zu noch zarterem Elfenbeinhauch, dessen Flüchtigkeit die Dahinschwebende einhüllte, hauchartig ihre Lieblichkeit verblaßte und sie doch, Hauch in Hauch verströmt, zu durchsichtigster Endgültigkeit erhöhte, ein Opalschimmern in der perlmutternen Bläue. War die Fahrt zu Ende? war es schon so weit? kein Fahrzeug war mehr vonnöten; er schwebte, er schritt hin über die Fluten, und ringsum war die Stille des Morgens in jahrzeitlosem Frühling, ringsum war der Hauch der Ruhe und des Ruhetages, emporgeatmet von dem flüssigen Spiegel hinauf zum Himmel, zugeatmet vom Himmel herab zu den vergoldeten Wassern, ineinanderveratmet das Oben und Unten, Sonnenruhe und Sternruhe und Meeresruhe in einem, in einem einzigen Atem nichtendender Lenzlichkeit, und in ihr wurde es zur Landschaft, zur Frühlingslandschaft, als unter der blauen Sonnenkuppel, von ihr emporgezogen, von ihr bewirkt und doch auch sie bewirkend, sie mittragend, das Gestade aus den Fluten tauchte, aus den Fluten wuchs und sich aufbaute, gleichnisbefreiteste, sinnbildloseste Wirklichkeit, erwartungslos erwartet, das wahrhafte Ende der Fahrt. Da war es ein Hinwehen, ward ein noch leichteres Zuschweben, mühelos verwandelt zu einem Hingewehtwerden. Dort, morgenlichtumflossen, stand Plotia, herabgesenkt von ihrem vorauseilenden Schweben, dort stand sie, die Vorausgeeilte, um ihn, den Nachschwebenden, zu erwarten, und zu ihren Häupten blinkte, ihr zugehörig, dem Himmel zugehörig, ein Stern in opalener Milde, schimmerte der Stern, morgenlichtumflossen. Wäre dieser Sternenglanz nicht gewesen, und hätte nicht der milde Glanz dieses einen Sterns sich über die ganze Kuppel hin vervielfältigt als ein bei aller Milde eindringliches Beharren, das verwunderlich-selbstverständlich sich in der wiedererwachten und immer stärker werdenden goldenen Helle behauptete, wahrlich, es hätte fast ein irdischer Frühlingsmorgen sein können, still wiedererwachtes Leben in heiterer Klarheit; irdisch fast war Plotias Gestalt, kein Strahlenmantel umfloß sie mehr, ringlos auch war ihre Hand und strahlungslos: aber sie hatte ihre Weisegeste beibehalten, und sie zeigte himmelwärts, als hätte sie in dem Stern, von dem sie überschimmert wurde, den Ring zurückgelassen, als hätte sich des Ringes Leuchten in das des Sternes zurückgezogen, verwandelt und vereinigt mit dem Sternenblick zu sanft ewigwährender Wachheit.

Bäume umrahmten die Uferstelle, ihre schattengesprenkelten Laubgassen, landeinwärts leise ansteigend, luden ein, sich ihnen zu nähern, und das Wasser, still zwar in seinem ewigen Spiegel, bespülte den Strand mit hurtig-leisem, weißbesäumtem Auslauf, ein kleines Schäumen zurücklassend, das wie Hörbarkeit im schweigend Unvernehmlichen war, freundlich in dem murmelnden Anfluten, freundlich in dem rieselnden Abebben. Das flüssige Element lag hinter ihm, das feste vor ihm, grenzenlos beides, aber auch grenzenlos ineinander übergehend, Landung und noch nicht Ende der Fahrt, denn es gab kein Vorher, kaum ein Nachher, und obwohl er festen Boden unter den Füßen spürte, war es weder Stehen noch Gehen, sondern weit eher ein Zwischenzustand der Bewegung, ein Bleiben im Hingewehtwerden, festgehalten im Grenzzustand ohne Grenze, festgehalten im grenzenlosen Mittelpunkt des Seins, der alles an sich heranzieht und alles festhält zur Einheit des Innen und Außen, Schweigen der Mitte –, war es die Mitte des Seins, die damit erreicht worden war? Hoch ragte hier ein Baum, ulmengleich, eschengleich, dennoch unbekannt goldfrüchtig, und wie nun der Stern durch das lichte Gezweige schimmerte, einverschimmert in sein Strahlen der von oben zurückgesandte Blick Plotias, ihr Blick-Echo, ihr Willkomm und ihr Gruß, da ward die schweigende Verständigung zwischen Oben und Unten zum erinnerungsfreien Wiedererkennen, eindringlicher als jeder Gruß, ward zum fließenden Einverständnis zwischen Ruhe und Bewegung, ununterscheidbar im Innen wie im Außen, ununterscheidbar, wo das Geschehen anhob, ununterscheidbar, ob die Wälder herangetragen wurden, oder ob er zu ihnen hingeweht war, ununterscheidbar verfließend die

Grenze zwischen Bleiben und Vorwärtsstreben: gelandet war er, doch auch des Landens war kein Ende, und von diesem nahezu unverrücklichen Dahingleiten über einen Boden, der zu leicht für jeden Fuß schien, trotzdem zu schwer für die Leichtigkeit Plotias, von diesem Hineingleiten ins Entgegengleitende wurde nicht nur er, wurde auch Plotia mitgenommen, sie beide gezwungen, sie beide freiwillig, einverständlich Plotias behutsam zögerndes Schreiten mit seinem Schritt; sie war nackt in lieblich selbstverständlicher Nacktheit, eingehüllt in Selbstverständlichkeit, nackt wie der Knabengenius, aus dem sie geworden, und die Holdheit ihrer blößenlosen Blöße empfing den stummen Sphärengesang um von diesem empfangen zu werden, aufgenommen von seinem ätherischen Klingen, aufgenommen von seinem Weiterklingen, stumm und für ewig. Nacktheit? Auch er war nackt; er bemerkte es ohne eigentlich es zu bemerken, so wenig schämte er sich dieser Nacktheit, und ebensowenig war die der Plotia bemerkbar: unbeschadet ihres Liebreizes vermochte er sie kaum mehr als Frau zu sehen, wohl aber erschaute er sie von innen her, erschaute sie von ihrem innersten Eigenschaftsgrund her, und er erschaute sie kaum mehr als Leib, wohl aber als durchsichtigste Wesenheit, nicht mehr als Frau, nicht mehr als Jungfrau, wohl aber als das Lächeln, das alles Menschliche belebt, als das zum Lächeln geöffnete Menschenantlitz, das schambefreit und über sich selbst hinausgehoben ist ins Leidvolle unerfüllbarer Vorbereitung, hinausgehoben zu entrückt-entrückender Liebe; seltsam rührend, seltsam winterlich war dieses lächelnd liebende Hinaufweisen zu dem dort im jungfräulich kühlen Licht schwebenden Stern, seltsam kühl, ja beinahe kindlich vor jungfräulich geschlechtsbefreiter Klarheit war diese ins Überklare der fernsten Sphäre hinaufgesandte Sehnsucht. Und doch war das sehnsüchtige Hinaufweisen zugleich auch schon Erfüllung. Denn die durchsichtige Dämmerschicht, die zwischen dem Oben und Unten gespannt ist und, undurchdringlich für alles Irdische, dem Lied der irdischen Sehnsucht das Eindringen in die unendlichen Sphären verwehrt, so daß es an solcher Undurchdringlichkeit zum Echo wird, zum Echo der Seele, zum freilich unvollkommenen Außen-Echo des stummen Innen-Gesichtes und noch unvollkommeneren des ersehnten Sphärengesanges, diese trennende Echowand löst sich auf und verschwindet, wenn das Wunder des Unirdischen sich vollzieht, wenn Außen und Innen ineinander übergehen, Ich und All miteinander vereinend, und so wie es dann keines irdischen Liedes, keines der Sehnsucht, keines der Liebe, und vielleicht nicht einmal mehr eines Hinaufweisens bedarf, weil die Sehnsucht erfüllt ist und der Sphärengesang innen und außen zugleich ertönt, so war hier Plotias innerste Wesenheit zur Eigenschaft des Alls geworden, zu jener all-einschließenden Gültigkeit, welche das Zufällige des Irdischen und des irdischen Entstehens aufhebt und trotzdem entrückt, aufhebend das Schamvolle des Zufalls und der Zufallsgestalt, enthüllend das Zufallsbefreite, das Schambefreite, die furchtbare Würde entrückt-erster Unschuld. Die Unschuld letzter Gleichzeitigkeit war es, durch die sie hindurchschritten, hindurchschwebten, die Unschuld letzter Wesenhaftigkeit, welche das gleichzeitig Bleibende in aller Gestaltverwandlung ist, die Wahrheit in aller Wesensverwandlung, in aller Irrtumsverwandlung, sie schritten durch die Unschuld, welche nicht mißt und noch nicht messen gelernt hat, die hold-furchtbare Unschuld, hold und furchtbar in ihrer Maßlosigkeit, hold und furchtbar in der Ruhe ihrer Gleichzeitigkeit –, und hold und furchtbar vor Wahrheit, so war die heitere Stille des Morgens, unmeßbares Echo des Sternenantlitzes, des Menschenantlitzes, des Tierantlitzes, des Pflanzenantlitzes, maßlos. Hier, in dem maßlos-unermeßbaren Garten, in seine liebliche Furchtbarkeit, in seine furchtbare Lieblichkeit drangen sie ein, begnadet mit unschuldiger Nacktheit, losgesprochen von der nackten Schuld; Wald dehnte sich schattig, und die Blumen wuchsen über Baumhöhe auf, und zwischen den Blumen, ohne sie zu überragen, standen zwergige Baumgewächse, und welcher Art die Gewächse, ob Eiche oder Buche, ob Mohn oder Zimt oder Narzisse, Levkoje oder Lilie, ob Gras oder Gesträuch, keines gab es, das nicht jegliche Größe angenommen hätte, und in ruhender Gleichzeitigkeit fügte sich Unmeßbares an Unmeßbares, ragte turmhoch der Grashalm, steif und efeuumrankt, neben dem zu Gebüsch entfalteten, quelldurchzogenen Moose, seiende Wesenheit ein jedes von ihnen und doch ineinanderwesend vor verschattet heiterer Ruhe überall. Denn in all dem ruhenden Grün, das mit kühlsteinern rieselndem Hauch die Dahinwandelnden umgab, hing die Dunkelheit seines innersten Wurzelbodens, die Dunkelheit des Wurzelabgrundes, der das

Pflanzliche heraufgeschickt hatte und es bis zur äußersten Faser durchtränkte, der Widerschein des letzten Antlitzes, in dem sich Sternenantlitz, Menschenantlitz, Tierantlitz, Pflanzenantlitz nochmals spiegeln, nochmals und nun vom Irdischen her, gebunden zur letzten Einheit ihres irdischen Lebens, Widerschein des tiefsten Erdenantlitzes und seiner mutterverschatteten Ruhe. Da wurde das Dahinwandeln, das Dahinschreiten, das Dahinschweben zur Ruhe, da wurde es zu einem Dahinruhen, aufgenommen in lorbeerumdufteter Hoffnung, in dem zu ruhendem Lächeln geöffneten All. Ringsum desgleichen ruhten die Tiere, ruhten irdisch, ruhten pflanzlich, maßlos ihr Ruhen, maßlos ihr Anblick, unmeßbar ihre Gestalt im großen wie im kleinen, durchdrungen von Dunkelheit, oftmals schlafend. Und wenn sie wachten, folgten ihre Augen den Vorüberwandelnden: es staunten die großen Augen des Rindes, das sich ohne Scheu neben den Löwen gelagert hatte, und des Löwen Auge, schläfrig gebieterisch, wachte ohne Drohung, Riesenlurchiges lugte langhalsig mit gelbem Drachenauge aus dem Gewölbe der Buchen, Krötiges in Wolfsgestalt blinzelte zwischen Wasserrosen und Bärenklau, verwundert wippte scharfspähig ein adlerköpfiger Zwergvogel auf blühend weißem Liguster, und starr wandte das Insekt den gepanzerten Leib auf ellenlangem Röhrengefüße zu lidlosem Nachblicken; ja manche der Tiere machten sich auf, die Wandelnden zu begleiten. Nur die Schlange glitt davon, grünschillernd ihre langgestreckten Windungen, davongleitend ins goldstrahlende Grün der Gräser und des Blattwerks. Am wilden Dornbusch hingen rötliche Trauben, aus härtester Eichenborke sickerte wie Harz tauig der Honig; graugrüne Quitten, Kastanien, wachsgelbe Pflaumen und goldige Äpfel durchhingen die Wälder, doch es tat nicht not die Früchte zu berühren um gesättigt zu werden, nicht nötig war es sich über die Wasser zu beugen um Labung zu erhalten, Labung und Sättigung kamen unsichtbar herangeschwebt, ein Lächeln, hergesandt aus schambefreiter Unschuld, hergesandt aus dem großen Lächeln des Gartens, aus seiner unmeßbar maßlosen Tiefe, namenlos, sprachlos, antlitzlos hergesandt, das antlitzlose Lächeln, ruhend in sich selber. Blumenduft wölbte sich über die Flüsse, spannte sich von Hain zu Hain, sonnenregendurchtränkt, und wohin sie auch wandelten, die Flüsse entlang oder durch die blondwehenden Felder oder über die unsichtbaren Brücken, wohin sie auch kamen, es glänzte zu ihren Häupten ruhevoll der Stern des Morgens, der Herold der östlich segnenden Sonne, der milde Lichtbringer, der bar eigenen Leuchtens unendliches Licht ahnen läßt, perlmuttern zarter Widerschein des Siebenfarbenen, sein letztes Echo im Allgewölbe. Frühlingshaft maßlos, frühlingshaft friedvoll baute Gebirge sich auf, eine lächelnde Härte, und im nacktlächelnden Ruhen der Felsen strebten himmelwärts die kaum mehr mit Grün besteckten, grauweißen Schluchtwände, das harte Knochengerüst der Schöpfung; aber hoch über der steinernen Kahlheit grünten hellgolden die Matten der Gipfel, überspannt von der opalen bestirnten, durchsichtigen Bläue, und es kreisten dort Adler, Geier und Falke, ruhenden Fluges, ohne daß sie herabstießen nach den weidenden Lämmern, nach dem gesprenkelten Böcklein, das an der Waldgrenze unten, wo die schwarz überschatteten Hänge zum Wiesental werden, ruhig am Laube äst; und hier wo die Bäche fließen, rieselnd zwischen den duftenden Weiden, zwischen den schilfbebend begrünten Ufern, hier, wo die spiegelnden Teiche das Gestirn des Himmels in sich eingefangen halten, da ruhte, stillstehend im weichen Geflute, rundäugig das Fischvolk, tief auf dem untersten Grunde der Klarheit spielten die Schatten der Leiber, und doch, die Reiher, die hoch in den Lüften darüber hinstrichen, auch sie stießen nicht zu. Sonne war und Schatten, aber nicht nur Sonne, nicht nur Schatten, denn mehr als Himmel war der opalen verschattete Helligkeitskreis der Kuppel oben, mehr als Erde war das sternübersäte Schattendunkel des Gartengefildes unten, und bei aller Unermeßlichkeit des Oben und Unten, unermeßlich die Kuppel, unermeßlich der Garten, sie waren beide nicht unbegrenzt, sie waren beide eingeschlossen in die wahre, in die zweite Unendlichkeit, in die Unendlichkeit des wahren Lichtes und der wahrhaft schiedkräftigen Unterscheidung, welche die Gestalt nicht mehr aus Licht und Schatten, sondern einzig aus ihrer innersten Wesenheit herausformt und erkennbar macht, so daß auch hier Dunkelheit und Licht ineinanderflossen, und oben wie unten nichts sich finden ließ, das nicht Stern und Schatten zugleich gewesen wäre; selbst der Geist des Menschen, sterngeworden, warf keinen Sprachschatten mehr. Ruhend war der Geist. Und Stern wie Schatten waren sie, die hier wandelten; ihre Seelen gingen Hand in Hand, sprachbefreit; in sprachbefreit keuscher Ruhe wurde ihnen Verständigung, und die Tiere, welche ihnen folgten, nahmen daran teil. Ruhend wanderten sie, und dann ruhten sie von ihrem Ruhen aus, Ruhen innerhalb der Ruhe, da es Abend wurde. Umlagert von den Tieren ruhten sie und schauten hinauf zu der westwärts sich drehenden Kuppel, schauten hinauf zu dem stillstehenden Stern, ahnend in ihm das Unsichtbare der zweiten Unendlichkeit hinter der Kuppel, schauten hinauf, bis der Sonnenball sich wieder an die Dämmerung herabgesenkt hatte, und ihr Schauen war wie ein Schauen von Schönheit – freilich bereits jenseits der Schönheit, denn bei aller Lieblichkeit, bei aller Leichte, bei aller Tiefe, bei allem Ebenmaß, es war das, was ihnen so mühelos zugestrahlt wurde, keineswegs der Schönheit Nicht-Wissen, nein, es war Wissen, entstrahlt den innersten und äußersten Grenzen alles Seins, nicht etwa nur als Sinnbild, nicht etwa nur als Sinnbild der Grenze, nein, es war des Seins Wesenheit selber, dessen sie so mühelos teilhaftig wurden, daß nichts mehr sich als fremd, daß alles sich als vertraut zeigte, jeder Punkt von Ferne durchtränkt, jede Ferne zur Nähe verwandelt, und da wie dort alles zu entrückter Unmittelbarkeit wurde, gemeinsam ihnen zuteil geworden, stiftend die innere Verständigung ihrer Seelen. Als aber die Dämmerung noch tiefer wurde, ruhend auch sie und in die Nacht hineinruhend, und als er, der Ruhende, ruhend unter dem Gestirn, dessen Opalschimmern nun wieder zu leuchten begann, bald nichts anderes mehr schaute denn dieses Sternleuchten, nicht die neben ihm ruhende Gefährtin, nicht die ihn umruhenden Tiere, da wurde die Gebanntheit an den Stern erst recht zur Innensicht der Ganzheit, sowohl der eigenen Ganzheit wie der des Geschehens ringsum, wurde erst recht Verbundenheit mit sich selbst sowohl wie mit Himmel, Stern, Schatten, Tier und Pflanze, wurde doppelte Verbundenheit mit Plotia in Erkennen und Selbsterkennen aus verdoppelter Innensicht: und da Seele, Tier und Pflanze sich ineinander spiegelten, Ganzheit in Ganzheit, Wesensgrund in Wesensgrund, und er selber in dem Dunkelheitsgrund der Plotia gespiegelt war, da erkannte er Kind und Mutter in ihr, erkannte er sich selbst geflüchtet in das Mutterlächeln, erkannte er den Vater und den ungeborenen Sohn, erkannte er den Lysanias in der Plotia, und der Lysanias war er selber, erkannte er den Sklaven in dem Lysanias, und der Sklave war er selber; er erkannte Ur-

Enkel und Ur-Ahn im Zusammenschluß des Ringes, der von Plotias Hand zum Himmel hinaufgewandert war, emporziehend mit sich den Ursprung der Strahlung, und erkannte darin die All-Verschmolzenheit jenseits des Schicksals, die leuchtende Verschmolzenheit der Wesensschichten und Wesensglieder, er erkannte des Wesensgrundes Einheitssein, das sein eigenstes war und doch nicht nur sein eigenes, sondern auch das von Plotias Seele, oh so sehr das ihre, daß sie, obwohl aus anderen Wurzeln entsprossen, aus anderem Stamm entlöst, aus anderer Tierheit emporgestiegen, dennoch zu ihm hatte gelangen müssen, hindurchgegangen durch viele Spiegelflächen, durch Spiegel und Aberspiegel, gekommen als Spiegelbild seiner Seele, und abermals in ihr sich spiegelnd, das entfaltete Gleichgewicht aller Wesenheit. Von Spiegel und Aberspiegel durchschattet, in sich gespiegelt, schlief er ein. Indes, im Schlafe noch weitererkennend spürte er das unverlöschliche Andauern der Verschmolzenheit und das spiegelnde Eingleiten der Plotia in sein Selbst, in all die Bestandteile, welche dieses Selbst ausmachen, das Eingleiten ins Fühlbare und Unfühlbare, eingleitend Ganzheit in Ganzheit seines Lebens, in die knochige Felsigkeit des Gerippes, ins wurzelig Erdgebundene, ins Pflanzenhafte, ins Markholz, ins Tierhafte seines Fleisches und seiner Haut, er spürte der Plotia Teilwerden an seinem Selbst, an seiner innerst sehenden Seele, und er fühlte in sich ihren Blick ruhen, sehend wie der seine in ihr, von innen her. Ahnenkette war sein Schlaf und ebenso Enkelkette; die Wesenheitsreihe, die er durchlaufen, und die, deren Samen er in sich trug, hatte sich zu seinem Schlaf vereinigt, zu seinem schlafenden Selbst verkürzt, waren eingegangen in ihn, eingegangen mit Plotia, an der kein Name mehr haftete –, unräumliches Spiegelbild alles Werdens, errichtet im Innern des Schlafes, spiegelnd jedoch wieder zum Räumlichen auseinandergefaltet, dort, wo es Erwachen wurde. Es entfaltete sich zum hellen Tag, in den er hineinwachte, umstellt von den Bildern aller Wesenheiten, umspiegelt von Sonne, den Stern über sich, obschon die Entfaltung des Gleichgewichtes sich vereinfacht hatte, da die Plotia fehlte. Ohne Verlust war sie verschwunden, zurückgelassen im zweiten Erinnerungsraum, unendlich vergessen, unendlich unvergessen; nichts hatte sich verändert, weil nichts verlorengegangen war, nichts verlorengehen konnte, und ohne ihn zu verändern war die Plotia Teil seiner selbst geworden, ohne geblieben zu sein, blieb sie. Das stumme Sphärenlied klang weiter. Nur das Lächeln war aus dem Garten, den er nun allein zu durchwandern hatte, genommen worden, nur das Lächeln war verschwunden, denn nur die Ruhe lächelt, sonst nichts. Und es war wohl Unruhe oder zumindest ein Mangel an Ruhe, was ihn immer weiter schweifen ließ. Oder lag diese Unrast etwa an den Tieren? hatte er sie von den Tieren übernommen? zahlreicher und zahlreicher gesellten sie sich ihm zu, ihn auf seinem Wege zu begleiten, von allen Seiten kamen sie heran, unhörbar der Schritt ihrer Pfoten, ihrer Hufe, ihrer Sohlen, ihrer Tatzen, ein unhörbares Getrappel, nichtsdestoweniger Gleichtritt, oder richtiger, eine zu geisterhaft unruhigem Gleichschritt gebundene, schwebend gemeinsame Wachheit, die sich mit der seinen verband und auch sein Gehen in den unhörbaren tierhaften Gleichschritt hineinzwang; je länger es währte, desto tierhafter wurde sein Gehen, desto stärker überkam ihn tierhafte Verwandlung, desto zwingender stieg sie von unten, vom Boden aus, von den gehenden Füßen herauf, stieg in seinen schreitenden Körper empor, und mehr und mehr erfüllte ihn das Tierhafte und vereinfachte ihn zu dem aufgestellten Tier, als das er sich fühlte –, Tier von unten bis oben, Tier von oben bis unten, als klaffender Rachen, mochte er auch nicht zuschnappen, als Krallenträger, mochte er auch kein Wild reißen, als Gefiedertes und Hakenschnäbliges, mochte er auch nicht zustoßen, und das Tier in sich tragend, das Tier von innen sehend, hörte er der Tiere stumme Sprache, hörte er mit ihnen, hörte er in ihrem Sprechen, hörte er in sich das stumme Weiterklingen des Sphärenliedes, getragen vom Echo tiefster Erddunkelheit, eine Verständigung mit dem Vorkreatürlichen, mit dem Vorerschaffenen, das unruhig auf dem Dunkelheitsgrund aller Tierheit schlummert und ihre stumme Sprache durchwebt: war es vordem Eigenschaftserkennen gewesen, ein Erkennen wölfischer, füchsiger, katziger, papageiiger, pferdiger, haiiger Wesenheiten, so eröffnete sich jetzt hiezu das tierisch Eigenschaftslose in noch ungeborener und erst werdender, noch ungeformter Eigenschaft, und von innen gesehen gab sich in gähnender Kluft der Boden des Untertierischen, Hintertierischen dem Erkennen preis, erkannt als die innerste Wurzelstätte jeglicher kreatürlichen Wesenheit; was da ringsum mit zu schwerer oder mit zu leichter Zunge wortlos nach Sprache strebte, bleckend vor Unerschaffenheit, ringend um Schöpfung, das war die Mannigfaltigkeit unzähliger Tiere, dennoch das Tier schlechthin, war ihre Vielheit zereinzelt wie Regentropfen, dennoch zur Ganzheit vereint, gleichwie die Tropfen in der Regenwolke es sind, fallende Feuchte und wiederaufsteigend zur Gesamtheit aus dem Wurzelgeflecht, und dieser Tierganzheit in ihrer unsichtbaren Durchsichtigkeit galt sein wissendes Erkennen, ihr wußte er sich mit der Tierhaftigkeit seines durchsichtig schreitenden Leibes eingeordnet. Durchsichtig war das Licht, durchsichtiger noch das erkennende Leuchten hinter der Himmelskuppel, das Leucht-Erkennen, das der stillstehende Stern da oben bedeutete und herabschickte zu durchsichtig schwebender Wachheit, so daß sogar die Tiere davon ergriffen schienen. Den ganzen Tag hielt das ziellos rastlose Umherstreifen in dem unermeßlichen Gefilde an, und mit sinkender Sonne steigerte sich noch die Unruhe; in all seiner Ausdehnung, hin über Berge und Täler bis ins Grenzenlose, begann der Garten sich mit beunruhigter Unruhe zu erfüllen, und als der Sonnenball sich senkte und rotglühend auf den tiefen Horizont sich legte, wurde der Nachteinbruch zu maßlosem Geschehen: plötzlich zielgerichtet, plötzlich einheitlich, ja allumfassend wurde das Wandern der Tiere, von allen Hängen, aus allen Wäldern, aus allen Richtungen kamen sie, und sie wanderten die Flüsse entlang dem großen Gewässer zu, selbst die Fische zogen flußabwärts, ein Wandern ohne Angst, ohne Hast, wohl aber unter einem zwingenden Befehl, denn unmittelbar hinter dem Zuge der Tiere schlossen sich die Flußufer zusammen, ward die Erde vorgetrieben von den unwiderstehlich wachsenden Wurzeln der Pflanzen, schoß alles Pflanzliche zu unerahnbarer Höhe, verzweigte sich jegliches Gezweige zu undurchdringlichstem Gestrüpp, dampfend die Erde in der Masse des Ur-Gesprosses, in dem nur noch Molch und Lurch zu leben vermochten, und das Dickicht ward sogar für die Vögel zu dicht, so daß sie bloß noch in den obersten Wipfeln nisten konnten; kein Tier aus den vielen Herden ging bei dieser Wanderung verloren, keines starb, sie verschwanden nur, verschwanden in den nächtlichen Meeren, verschwanden in dem nächtlichen Äther, reihten sich in das Geschuppte ein und in das Gefiederte, das die Nacht- und Tagmeere, die Nacht- und Taglüfte bevölkert. Und er, der mitgewandert war, er, das aufrechtgestellte Tier, er, lidlos geworden, schlaflos geworden, fischäugig, fischherzig, er stand in den Strandsümpfen, großaufgerichtet stand er da, tangbedeckt, schuppig, lurchig, pflanzendurchwebt, pflanzenhaft, allein das Singen der Sphären erschwieg ihm nicht, er hörte es weiter, es sang weiter; denn er war ein Mensch geblieben, nichts war ihm verlorengegangen, unverloren bebte das große Wanderergefühl des Menschen weiter in ihm, und der Stern des Ostens glänzte ihm weiter zu Häupten. So erwartete er den Morgen, er, ein aufgerichtetes Untier, trotzdem ein Mensch, der den Morgen erwartet. Wiederum kam der Morgen, und Sonne lagerte über feuchten Nebeln; als dunstiger Brodem stiegen sie auf aus der unermeßlichen Fläche des Grüns, das wie ein schweratmendes einziges Pflanzenwesen, berghoch gewachsen, sich über den einstigen Garten hinerstreckte, während darüber das Wolkenlose, irisierend im grauen Frühlicht, zitternder Spiegel der Grünfläche unten, schweratmig wie diese, nach und nach sich mit den dichter werdenden Nebeln überzog, um zur Wolke verwandelt sich herabzusenken, und das Opal des Sternleuchtens verging in Grau. Er sah es, und er erwartete den Regen. Aber es regnete nicht, obwohl die Vögel sehr tief flogen, Wolken von Vogelgetier und anderem vogelartigen Geschwärm, das mit lautlosem Gekreische sein unbewegtes Haupt umschwirrte und oft auf seine Schultern sich niederließ. Die Füße umdrängt von Fischen, stapfte er durch das Brackwasser, stapfte er die Ufer entlang, etwas suchend, was er nicht anzugeben vermocht hätte, sicherlich nicht die Plotia, eher vielleicht die Stelle am Strand, an der sie ihn empfangen hatte, doch nichts war auffindbar, nichts war wiedererkennbar, kein Baum überragte die anderen in der gleichmäßigen Decke des Grüns, und mitten in seiner Wanderung, deren Dauer ohne Zeitmaß war, blieb er unweit dem Ufer wieder stehen, sei es, weil der Ort, an dem er sich befand auf eine unerklärliche Weise ihn gefesselt hielt, sei es, weil ihn eine unerklärliche, beinahe pflanzliche Müdigkeit überkommen hatte, und wenn auch seine Arme wie Schwingen waren, mit denen er die Wipfel des Grüns hätte überfliegen können, er regte sich nicht. Es war wie Vorahnen kommender Regungslosigkeit. Unsägliches flog oben, Unsägliches schwamm unten, maßlos Drachenhaftes flog mit den Vögeln, schwamm mit den Fischen, maßlos vermehrt, maßlos von

Gestalt, und es vermengte sich das Oben mit dem Unten, da immer neue Schwärme von Fischen fliegend aus den Wassern sich hoben, immer neue Schwärme von Vögeln ins Wasser tauchten, verwandelt die einen wie die anderen zu Drachengestalt, in stetem Wechsel begriffen, Schuppen und Gefieder vertauschend. Mehr und mehr verlor sich der Unterschied zwischen dem Fliegenden und dem Schwimmenden, eientschlüpft ihrer beider Wesenheit, und es war als drängten sie selber in das Ununterscheidbare ihrer Herdenhaftigkeit zurück, als wäre es ihr eigener Wunsch, zu unterscheidungsloser Einheit zu werden, gleichend der Einheit des Pflanzlichen, dessen grüne Riesendecke kein Einzelgewächs mehr duldete; mochten sie auch noch fliegen, mochten sie noch schwimmen oder aber schon pflanzenartig am Meeresboden sich anklammern, ein jedes noch immer in seiner einzelhaften Eigengestalt, ob befiedert, beschuppt, bepanzert oder behautet, ob befußt, bekrallt, befloßt oder beschnäbelt, in ihren Augen und Un-Augen saß echsengesichtig, lurchgesichtig der Schlangenblick, und dieses Schlangenhafte, zu dem sie solcherart hindrängten und in das sie einkehrten, war wie eine letzte ihnen allen eigentümliche Kreatürlichkeit, gleichsam ihre letztgemeinsame Eigenheit, pflanzlich-tierisch und urhaft, ja vorschöpferisch der letzte Eigenschaftsgrund, von dem aus die Wesen zum Leben erschaffen worden sind, und der allein das Verbleiben in Leben und Schöpfung ihnen verbürgt. Mehr und mehr ballte sich das fliegende und schwimmende Getier zu undurchdringlich dichten Haufen zusammen, mehr und mehr ward es von Ungetier durchsetzt, mehr und mehr verwandelte es sich in solches, mehr und mehr wurde es vom Unerschaffenen und Vorschöpferischen bedroht, mehr und mehr ward Himmel und See bis zu tiefster Durchsichtigkeitstiefe davon erfüllt, denn in wachsendem Maße wurde offenkundig, daß gerade hier alles zusammenströmte, daß gerade der Ort, an dem er stehengeblieben war, als ein machtvoller Mittelpunkt das kreatürliche Geschehen von allen Seiten her an sich zog. Und da ward auch der Brunnengrund der Gewässer sichtbar, ihr tiefster Wurzelabgrund, der Brunnen innerhalb der Brunnen, und dort, in des Brunnens tiefster Tiefe, lag regenbogenfarbig, dennoch eisig durchsichtig zum Zeitkreis geschlossen die Schlange selber, die Schlange geringelt um das Nichts der Mitte. Das Verwandelnde kraft eigener Unveränderlichkeit. Kraterartig vergrößerte sich der Brunnen, als sollte der Schlangenring allumfassend werden, und was in seine Nähe kam, erstarrte zur Regungslosigkeit, reglos jegliches Schwimmen, reglos jegliches Fliegen, reglos werdend vor dem grünstarrenden, vom Nichts ausgesandten, das Nichts aussendenden Schlangenblick. War es da überhaupt noch Getier? hatte es da in letzter Verwandlung nicht doch auch noch seine letzte Wesenheit zu verlieren, unentrinnlich dem Schlangenauge zu eigen geworden? starr desgleichen war der Himmel, starr die einförmig graue Wolkendecke, aus der kein Regen fallen wollte, und als gestaltloser stumpf-toter Lichtfleck beschrieb dahinter die Sonne ihre starre Bahn. Und er, der Mensch, ein Mensch geblieben, bei all seiner Gemeinsamkeit mit dem Unerschaffenen, er, inmitten der Gemeinsamkeit des eientschlüpften Getieres mit der samenentsprossenen Pflanze und in beide eingefügt, durchsichtig Feder, Flosse, Blatt, Tang an ihm selber, in ihm selber, er war von dem erstarrten Geschehen eingeschlossen, regungslos auch er in seinem erwartungslosen Warten, stumpf vergehende Kreatur auch er, doch sein menschliches Auge hatte nichts an Schiedkraft eingebüßt, und er wußte um das Sternenantlitz hinter der Wolke. Nachtverdämmert erreichte der Sonnenfleck, ein graurotes Schimmern, nunmehr die untere Grenze des Tages, und die Sterne, zur Nachtstärke aufglimmend, vermochten mit ihrem Flimmerleuchten, zögernd erst, dann zunehmend klarer werdend, die Nebeldecke zu durchstoßen, wurden langsam wieder vollzählig und vollglänzend, freilich nicht nur oben, sondern auch unten, wurden hier zu einem zweiten Sternenhimmel, zu dem des Spiegelbildes, das ebensowohl in der schwarzen Gewässertiefe, wie in der schwarzfeuchten Decke des Pflanzlichen aufblinkte und sie zu einem einzigen schwarzen Spiegelschild, zu einer einzigen Kuppel machte, von Sternen besetzt; nichts schied mehr das Geflute des Pflanzlichen von dem der Gewässer, es waren die Meere über jedes Ufer hinaus ins Pflanzliche eingeströmt, das Pflanzliche aber in die Meere, und zwischen den oberen und unteren Sternen schwebte erstarrt das Getier des Luftigen und des Flüssigen. Sternecho war die untere Kuppel–, war also die obere nicht schon Pflanzenecho? Einheit oben wie unten, die eine wie die andere getragen vom verdoppelten Himmel, vom verdoppelten Meer, sie vereinigten sich zu einer einzigen, pflanzen- und sterndurchwachsenen Ganzheit, welteinschließend und so sehr in sich selber eingeschlossen, daß in ihrem Raum keinerlei Vereinzelung mehr bestehen konnte, daß keine mehr erlaubt war, daß eine jede sich auflöste: ob Adler oder Reiher oder Drachenvogel, ob Hai oder Wal oder Schwimmechse, sie waren nur noch Gesamtheit, waren nichts als eine einzige Decke des Tierhaften, eine einzige raumerfüllende Wesenheit, und sie wurde nun durchsichtiger und durchsichtiger, ein Tiernebel, der sich schließlich im Unsichtbaren und Unsichtbarsten verflüchtigte, aufgelöst im Sternhaften, aufgesaugt vom Pflanzenhaften; die Tier-Allheit war in die Nacht eingegangen, ausgelöscht war das Tieratmen der Welt, kein Herz schlug mehr, und es zerbarst die eisige Schlange, es zerbarst die Schlange der Zeit. Jählings, durch keine Zeit gehemmt, ging da die Nacht in vollen Tag über, jählings und den Zeiten enthoben, stand die Sonne auf Mittagshöhe, umgeben vom opalenen Sternengewimmel, in dem kein Stern fehlte, auch nicht der weißliche Mond, und desgleichen in vervielfaltigter Helle glänzte stillstehend des Ostens Gestirn; so geschah es oben, während im untern Spiegel, nicht weniger jäh, ein letztes ungeheures Wachstum der Pflanzlichkeit anhob, wie ein Kampf gegen ihre wurzelig-stengelige Erdverfesselung, wie ein Versuch über sich selbst hinauszugelangen und das Pflanzliche zu sprengen, um im Über-Maßlosen eine geradezu tierhafte Vereinzelung und Beweglichkeit zu gewinnen, denn gewärmt von dem plötzlichen Licht und wohl auch getrieben von all dem Tierhaften, das es in sich aufgenommen hatte, untertierhaft hingegen vor willenloser Ungezügeltheit wucherte das Grün aus seinem endlos einsgewordenen Wurzelgeflecht empor, wucherte über sich selbst hinaus, urhaft der ur-wuchernde Seinshumus, dessen unaufhörlich wechselndes, unaufhörlich sich erneuerndes Gesproß und Getriebe, zwar noch gehalten von Schweifstengeln, gebändigt von Schlangenstengeln, aber längst nicht mehr Baum, längst nicht mehr Halm, längst nicht mehr Blume, aufschoß ins Unerreichbare, krampfig und glatt, ringelnd und steil in furchtbarer, in unerahnbarer Wildheit –, und er, der es mitansehen durfte, mitansehen konnte, mitansehen mußte, mitbewegt von der zur Pflanze eingegangenen Tierhaftigkeit, er nahm teil an dem Wachstum des Pflanzlichen, er ward selber das Pflanzliche, ward es innen und außen, erdsaftdurchpulst, wurzelig, bastig, röhrig, holzig, borkig, laubig, dennoch im Menschhaften verbleibend, unabänderlich das menschliche Auge: mag auch Eigenschaft um Eigenschaft verlorengehen, mag auch Wesenheit um Wesenheit überholt und von der Schöpfung preisgegeben werden, menschlich bleibt das Auge solange es vorwärtsblickt, und durch alle Verwandlungen hindurch unvergessen im Vergessen bleibt ihm das Seiende, dagelassen zu zweiter Unendlichkeit, weiterwirkend und wirkend, unverlierbar das Gestirne. Schauende Pflanze war er, indes, er strebte zu nichts zurück, auch nicht ins Tierische. Stunden verrannen, die nicht Stunden mehr waren, der Tag hatte kein Ende, endlos, nur endlos, nicht schnell, nicht langsam ging die Drehung der Sternkreise, endlos das Vorschreiten der Sonne, und ohne Ende war das Wachstum ringsum, das allesergreifende äonische Pflanzenwachstum, an dem pflanzlich er selber teilnahm, äonisch und derart endlos war es, daß Stillstand und Bewegung sich ineinanderverwandelten und, zeitenthoben, sich zu ununterscheidbar fließender Ruhe vereinigten, äonisch derart ineinanderverwandelt, daß – ebenso jäh wie der Tag angebrochen – mit einem Male die Nacht aus der Gestirne Kreisung, aus ihrem endlos bewegten Stillstand hervorbrach, als eine Ur-Finsternis, die sich hinter den äußersten Sternenkuppeln verborgen gehalten hatte und nun, unabhängig vom Wandelgang der Lichter, ja ohne auch nur eines der Lichter zu verlöschen, das Seinsgewölbe mit undurchleuchtbarer Schwärze erfüllte: die innerste Weltendunkelheit brach hervor, jene ungewordene Dunkelheit, die unendlich mehr ist als bloßer Lichtverlust oder bloße Lichtarmut oder Lichtabwesenheit, da sie von keiner Sonne Leuchtkraft, ja nicht vom höchsten Mittag je durchdrungen und erhellt werden kann; so stand zwar die Sonne ungeschwächten Mittagsglanzes unverändert und wie unabänderlich auch jetzt noch im Zenit, umschüttet von der Fülle aller Sterne, aber mit diesen zusammen war sie von tiefster Nachtnächtlichkeit umrahmt, ein Nachtgebilde, eingesenkt in den Nachtschild, und zusammen mit der Sternfülle wurde sie aus der oberen in die untere Schwärze gespiegelt, wurde ihr Bild dort verdoppelt, eine untere Sonne, ein unterer Zenit, aufgefangen vom Brunnenschacht der Mitte, in dessen flutender Tiefe ihr Leuchten schwamm, wiederemporgehoben von den Gewässern der Schöpfung, schwarzumflutetes Echo, verfließend im fließenden Zugleich. Sternenantlitz oben, Sternenantlitz unten, und in der doppelten Schwärze der verzwiefachten Nachtkuppel entfärbte sich das Grün des Pflanzengewoges zu einem lurchig bleichen Schimmern, zu einem Eigenlicht des Pflanzlichen, so daß dieses bis in die letzten Ausläufer seiner stürmisch-wilden Wachstumsverästelungen und -verschlingungen zu beinahe durchsichtiger Sichtbarkeit gelangte. Nicht minder leuchtend, nicht minder sichtbar wurden die Wurzeln unter der Erde und unter den Wassern, und sie bildeten mit dem Gestengle und dem Gezweige, mit all dem stürmischen Gesprosse alsbald ein bleich-wildes Einheitsgeflecht, das sich nach allen Richtungen des Nachtgewölbes ausdehnte, allgerichtet hinkriechend, allgerichtet aufschießend, allgerichtet sich verrankend, vor Allrichtung fast so richtungslos wie der unendliche Raum selber, ein in sich selbst hängendes Ätherdickicht, trotzdem immer noch aufwärtsstrebend, richtungsbestimmt von dem oberen Leuchten, von dem unsichtbaren Linienspiel der Sterne, in dem urbildhaft des Himmels unsichtbares Strahlengesicht eingezeichnet ist, und zu dem jegliches Echo hingetragen wird; aufwärts und abwärts wuchs nun da auch der Brunnen der Mitte, er erstreckte sich aufwärts und abwärts, durchquellt von Flüssigem, durchsichtig geworden im ebenso anhebenden Eigenlicht, pflanzenhaft werdend, kaum mehr Schacht, sondern eher ein durchsichtiger Baum, der sich verzweigt, das Sonnenecho in seiner Wurzeltiefe, umflochten von des Pflanzen- und Sternenwachstums leuchtender Unerforschlichkeit, und unerkennbar schier wurde es da, ob zwischen Pflanze und Stern noch eine Grenze war, ob Stern und Pflanze sich nicht bereits, im Urbildlichen, zu vereinigen begannen, Sternecho und Pflanzenecho ineinanderverflochten, ineinandergewachsen, ineinanderverschmolzen bis in jene Spiegeltiefen, wo die oberen und unteren Firmamente grenzenlos einander berühren und zur Weltenkugel sich fügen. Sichtbar-unsichtbar war das Geschehen der Firmamente, sichtbar, dennoch unerkennbar –, er jedoch, er, der Schauende, auch er ergriffen vom Allwachstum, er, der Pflanzenverwobene, der Tierverwobene, auch er erstreckte sich von Firmament zu Firmament, er erstreckte sich durch die Sterngezeiten des Alls, und tierwurzelig, tierstengelig, tierlaubig im Erdreich stehend, stand er zugleich in fernster Sternensphäre, so daß zu seinen Füßen wurzelverflochten und siebengestirnig das tief ins Westliche herabgesunkene Schlangenbild lag, während seinem Herzen eingestaltet, in zwiefachem Dreiklang funkelnd das Zeichen der Leier glänzte, und unermeßlich hoch darüber sein Scheitel hinaufragte bis zu den obersten Kuppelhöhen, bis zu dem Stern des Ostens, zwar nicht ihn erreichend, wohl aber ihm zuragend, dem Stern der Verheißung, dessen Unendlichkeitsleuchten ihm Wegbegleiter gewesen war, um nunmehr zu unmittelbarer Nähe zu werden, näher und immer näher. Selber nicht mehr Menschenantlitz, selber nur noch schauender Wipfel, blickte er aufwärts zu dem Stern, blickte er aufwärts in das Antlitz des Himmels, das die Züge aller Kreatur in sich versammelt und verklärt hatte, einsgeworden Menschen- und Tiergesicht, er blickte hin zu dem sonnentragenden, sonnenzugekehrten, durchsichtig leuchtenden Schacht der Mitte, der in seinem Gezweige, ozeanisch flutend, ozeanisch bebend das Weltenrund wie für eine künftige Einheit gefangen hielt, und selber gefangen von dem Beben, eingeschlossen in das Ozeanische bebte das Herz mit, flutete es mit, längst nicht mehr Herz, nein, nur noch Leier, zur Leier geworden, als sollte in ihren Sternsaiten jetzt endlich das Verheißene aufklingen, noch nicht das Lied selber, doch schon seine Ankündigung, die Stunde des Liedes, die Stunde der Geburt und Wiedergeburt, die erwartungslos erwartete Stunde der doppelten Richtung, die Stunde des Gesanges am Zusammenschluß des Kreises, auftönend die Welteneinheit in einem letzten Atmen des Alls: Vorbereitung war es, gewaltige Vorbereitung, gewaltig in ihrer Spannung, aber die Leier klang nicht auf, konnte nicht erklingen, durfte nicht erklingen, denn die Einheit, zu der sich das Seiende hier zusammenschloß, ozeanisch bebend von Firmament zu Firmament, war eine Einheit der pflanzlichen Wachstumsmacht, war Einheit in unverbrüchlicher Pflanzenstummheit und unter unverbrüchlichem Sternschweigen, war unverbrüchliche All-Stille, unverbrüchlich lautlos selbst in der ungeheuerlichen Gewalt, mit der die Vereinung sich vollzog, da mit einer letzten Wachstumsanstrengung sich das Sprießende zu einer letzten, äußersten Erstreckung aufraffte, bleichleuchtend seine Erdkraft, bleichaufzuckend die Anstrengung, mit der es die Wipfel seiner Durchsichtigkeit bis zum fernsten und obersten Rand der Dunkelheitskuppel vorstieß, so unaufhaltsam in seinem Wachstumsansturm, so allbezwingend, sternbezwingend, himmelbezwingend, daß auch die Himmel, wie in Abwehr gegen solchen Ansturm, wie in Abwehr gegen das Pflanzliche, sich zu einem letzten Aufflammen steigerten, zu einer letzt-aufflammenden Entrücktheit des sonnenbefohlenen, sonnenzugewandten mitternächtlichen Himmelsantlitzes, aus dessen Kreatürlichkeit reiner denn je, reiner, größer, milder, frömmer, verklärter, durchsichtiger denn je zuvor das Menschliche hervorleuchtete, dennoch zum Verlöschen bestimmt, dennoch bezwingbar, dennoch bezwungen für immerdar, bezwungen vom pflanzlichen Wachstumsansturm, eingesogen von der saugenden Kraft des dunkelbleichen Wurzel-Unten, und es verging das Himmelsantlitz, überwuchert vom Ätherdickicht, es verging Gestirn um Gestirn, eines nach dem andern, verging in dem zu ihm emporgetragenen eigenen Spiegelbild, aufgenommen in eine Vermählung, die zwiefaches Entschwinden ist; trotzdem, unverlöschlich im Verlöschen, ward keines Sternes Licht verloren, jedes einzelne blieb erhalten, unverlierbar mündete es in das obsiegende pflanzliche Eigenleuchten ein, Licht um Licht ins Gegenlicht stürzend und dieses zu maßlos zunehmender Stärke schwängernd, immer mehr darin sich verdichtend, zunehmend und zunehmend, bis schließlich die Sonne selber in ihr Spiegelbild stürzte, aufgefangen vom durchsichtig emporflammenden Baumgeäste des Weltenschachtes, auch sie vergehend im Spiegelbilde, verschwindend mit diesem im hoch auffunkenden Ulmengezweige der Mitte, das für einen Augenblick, für den einen kurzen Augenblick des Hineinstürzens sich zur vollen Pracht seiner Firmamentserstreckung entfaltet hatte, seine Krone, Firmament um Firmament, behangen mit sonnengoldenen Früchten, dann jedoch wie in einem stummen Aufseufzen sich verflüchtigte, vergehend mit Stern und Spiegelstern, mit Sonne und Echosonne, verschwunden im blassen All-Leuchten des sterngesättigten, himmelserfüllenden Pflanzen-Alls. Die Grenze des Pflanzlichen war erreicht, die Wachstumsausdehnung bedeckte alle Räume, bedeckte alle Himmel, die Sternfülle war einverleibt, der quellend flutende, lebenspendende Brunnen der Mitte war versiegt, hatte sich in kühles Leuchten aufgelöst; der Höhepunkt war überschritten. Und das Pflanzen-All, erschöpft von der ungeheueren Anstrengung seines Anstürmens, atemerschöpft nach seinem letzten Auffunkeln, hauchte sich in seufzender Stummheit aus; als bleiches Leuchtgestrüpp hing es in der Finsternis, sichtbar in ihr, obzwar sie nicht erhellend, aber mit dem Versiegen seiner Wachstumskraft versiegte auch sein Leuchten, wurde seine Helle Grad um Grad an die Finsternis abgegeben, wurde in deren zweiter Unendlichkeit unendlich verhaucht und verflüchtigt, gleichwie der Weltenschacht und das Weltengezweige im Unendlichen verflüchtigt worden waren, und mit erschlafft welkender Sichtbarkeit welkte das pflanzliche Leuchten in die Finsternis, versickerte in sie hinein. Ur-Finsternis beherrschte das Noch-Seiende, ihr und ihrer Stummheit war das Sein preisgegeben, ihr allein eingeantwortet, erloschenen Pflanzenatems und von keinem Pflanzen-, keinem Sternleuchten mehr zerteilt; unbewegt schwebte die Waage der Zeit, hauchlos still ihr Gleichgewicht, und in der hauchlosen Schwärze, umgeben von Ur-Stummheit, hielten Innen wie Außen den Atem an. Eingeschattet ins Unendliche, freilich noch nicht darin aufgegangen, webte das Ur-Nächtliche, freilich noch nicht endgültige Nacht; allzu erschaubar war noch diese Finsternis, um nicht, wie alles sinnlich Erfaßbare, seinen eigenen Gegensatz in sich zu bergen, und mochten auch die Gezeiten des Himmels, mochten auch die Gezeiten des Herzens für immer erstorben sein, es sickerte nochmals ein Helligkeitsschein aus der Finsternis, fast als hätte sie in sich das Bleichlicht der Pflanzen und Gestirne aufbewahrt und dabei sehr wesenhaft vereinigt – ursteinern gemeinsam der finsternisschwangere Wesensgrund von Gestirn und Pflanze –; es wich nochmals die Finsternis und überantwortete den Raum an eine unbestimmte Helle, die an Tag gemahnte, ohne Tag zu sein, und doch mehr als Tag war, ausgebreitet über das Seiende hin, bar jedes Sternatems, bar jedes Pflanzenatems, bar jedes Tieratems, atementblößter Weltentag. Nächtlich schwarz unter dem schattenlosen Weltenlicht dehnten sich die unbewegten Fluten und spiegelten keine Sonne mehr; nächtlich bleich im schattenlosen Lichte überdeckten die berghohen Wurzelwälder, die ihr Grün nicht mehr wiedergewonnen hatten, unermeßlich das unermeßliche Erdfeld, und sie welkten dahin. Er aber, entkleidet des Tierischen, entkleidet des Pflanzlichen, war aus Lehm und Erde und Stein gebaut, bergehoch, ein ungestalt-ungestalteter Turm, ein Lehmfelsen, bar aller Gliedmaßen, ein unförmig gewaltiger, unförmig ragender Steinriese, und doch größelos angesichts des unermeßlichen Erdschildes, der unter dem Schilde des Himmels, knochig hörnern Schild wie Gegenschild, sich vor ihm wölbte, des Erdschildes unermeßliche Fläche, über deren knochige Felsigkeit er dahinstapfte, nein, über die er dahinbewegt, nein, dahingetragen wurde, er, der steinern Antlitzlose; dennoch, ahnend sah er das Licht hinter dem Schilde des Himmelsgewölbes, er sah es, da der Stern des Morgens, von seinem Scheitel berührt, sich als Auge in seine felsige Stirn eingesenkt hatte, als drittes Auge über den beiden anderen, die steinerblindet im Stein saßen, über ihnen als sehendes Auge, unterscheidungsbegabt und göttlich, dennoch Menschenauge. Spärlicher und spärlicher wurden die bleichen Riesenwälder, müder und müder die Verstrüppung ihres lurchigen Gezweiges, schlaffer und schlaffer ihre welkenden Stämme, sie schrumpften zurück in den Boden, aus dem sie einstmals zum ungestümen Wachstum aufgekeimt waren, tot nun bereits im Verwelken; und als solcherart das durchsichtig Pflanzliche bis auf den letzten Rest in die Erde sich eingewelkt hatte, so daß nichts als der nackteste Stein, weltenweit erstreckt, übrig blieb, steinverzehrt darin die Wurzeln bis zum letzten durchsichtigsten Fäserchen, da kam wieder die Finsternis in den Weltenraum, wurde wieder zur Nacht, zur atementblößten, atemberaubten, atemlosen Weltennacht, die nicht mehr nächtlich und mehr als nächtlich war, furchtbar, wenn auch nicht furchteinflößend, ungeheuer die Gewalt ihrer wachsenden Finsternisfülle. Ohne Dauer und ohne Zeit vollzog es sich, veränderungslos, freilich noch immer nicht endgültig, noch immer als etwas Erschautes und Erspürtes, zugleich aber schon darüber hinaus, jenseits von Nacht und Unnacht, und während es sich so vollzog, spürte er, daß alles Feste und Behaltbare sich auflöste, daß der Boden ihm unter den Füßen entsank, entsinkend ins Unermeßliche, entsinkend in Vergessen, in des Vergessens Unendlichkeit, in seine erinnerungslos erinnerte Unendlichkeitsflutung, die das Abbild mit dem Urbild zur Einheit paart und flutend die Erddunkelheit ins Flüssige zurückverwandelt –, Himmelsspiegel und Meerespiegel zu einem einzigen Sein verschmolzen, Erde, die zum Lichte wird. Und als flüssiges Licht wurde das Entsunkene nach einer unwägbaren Ewigkeitsspanne aus der Unendlichkeit in die Himmelskuppel zurückgebracht, und die Kuppel wurde aufs neue zum Licht;

aber das Zurückbringen ward nicht Erinnerung, vergessen blieben Stein und Erde, vergessen das, worüber er hingeschritten und woraus er geformt gewesen war, und die Gestaltlosigkeit seiner Riesengestalt war in ihrer Durchsichtigkeit ebenso ungreifbar wie das Licht, ebenso ungreifbar wie die flüssige Weltenkuppel, die ihn umgab, durchsichtigster Schatten: er bestand nur mehr aus Auge, aus dem Auge in seiner Stirn. So schwebte er zwischen den flüssigen Spiegeln, schwebte in dem Raume zwischen den flüssigen Lichtnebeln des Oben und dem flüssigen Geflute des Unten, und das hinter den Nebeln verborgene Ewigkeitslicht spiegelte sich in den Wassern, einheitsstiftend, einheitstragend. Mild war des Nebels Weichheit, mild die Weichheit des Wasserflutens, sie beide von des Lichtes Milde verbunden, und es dünkte ihm, daß eine sehr große Hand es sei, die ihn wolkenhaft durch diese zwiefach milde Dämmerung, durch dieses zwiefach milde Sein trug, mütterlich in ihrer Weichheit, väterlich in ihrer Ruhe, ihn umschließend und weitertragend, weiter und weiter, ewiglich. Und nun, gleichsam um die milde Einheit des Oben und Unten noch inniger zur Einheit zu verschmelzen, um die letzte Scheidung zwischen der obern und untern Feuchte aufzuheben, begann Regen zu fallen. Sachte rieselte es anfangs, dann wurde es dichter und dichter, und schließlich wurde es zu einem einzigen Wasserstrom, der durch den Raum fiel, langsam fast in seiner einhüllenden Weichheit, in seiner unendlichkeitsgroßen Dunkelheitsmilde, so einhüllend, so strömend allgegenwärtig, daß nicht mehr zu erkennen war, ob die Fluten aufwärts oder abwärts stürzten; vollkommen war die Finsternis geworden, vollkommen die Einheit, in der es keine Richtung, keinen Anfang und kein Ende gibt. Einheit! niemals endende Einheit, auch dann nicht endend, als ihre Finsternis sich zur Gänze vollbracht hatte, und aus ihr nochmals das Licht aufsickerte, denn so geschah es jetzt: mitten in der Finsternis war, wie mit einem sanften Schlage, wie mit einem sanften Hauch, die Decke der Himmelskuppel weggezogen; wundersam volleuchtend hatte sie sich plötzlich geöffnet, war wie ein einziger Stern groß im Himmelsrund, war ein einziges Auge, in dem das seine sich spiegelte, und war zugleich oben und unten, Himmel innen und außen zugleich, innerste und äußerste Grenze zugleich, einschließend den Kristall der Einheit, in dessen Durchsichtigkeit sich alle Feuchte versammelt hatte. Da wurde der kristallische Glanz zur Ganzheit des Alls, da wurde die Ganzheit des Himmlischen und Irdischen in des Kristalles Strahlung eingeschlossen, unendlich unverlierbar in unendlicher Strahlenbrechung und Widerspiegelung, denn das Urleuchten war des Seins Gesamtheit, urleuchtend in einem einzigen Seins-Glanz, und es war Anfang und Ende und neuerlicher Anfang, kristallverzückt das Sternenantlitz. Wo jedoch in diesem All war sein eigenes Antlitz? – hatte ihn das kristallene Gefäß der Sphären bereits aufgenommen, oder befand er sich in einem Nichts, ausgeschaltet aus jedem Innen und Außen? – war er, der nicht einmal mehr schwebte, er der von keiner Hand mehr gehalten wurde, überhaupt noch da? – Oh er war, denn er schaute, er war, denn er wartete, aber sein Schauen, verzückt, war verstrahlt in die Strahlung, war zugleich das Kristallene selber, und sein Warten, dieses wartende Sehnen nach der haltenden Hand, daß sie in die Saiten der All-Durchsichtigkeit greife und das Herz des Alls, das Herz des Wartens und des Wartenden zum Erklingen bringe, dieses erwartungslose Warten war zugleich das Warten des Kristalls selber, Wachstumswissen des Kristalls, welcher – wissend – zu noch vollkommenerer Atemstille sich entwickeln will, so sehr Kristallwille, so sehr Vor-Echo für den künftigen, noch nicht erklungenen Sphärensang, so sehr Vor-Echo des Äthers, daß in einem letzten Aufflammen des Alls, in einem letzten Aufflammen der Schöpfung nochmals das Licht in die Finsternis einstürzte, zugleich aber auch nochmals sich der Finsternis öffnete, verbunden sie beide – in Sturz und Gegensturz – zu einer Einheit, die nicht mehr Kristall war, sondern nur noch dunkelste Strahlung, nicht mehr irgendeine Eigenschaft, auch nicht mehr die des Kristalls, sondern das Eigenschaftslose selber, der randlose Weltenabgrund, die Geburtsstätte aller Eigenschaft; die Mitte des Sternes hatte sich aufgetan, die Mitte des Ringes: das gebärende Nichts, aufgetan für den Blick des Blicklosen – die sehende Blindheit.

Da durfte er sich umwenden, da kam ihm der Befehl zur Umwendung, da wendete es ihn um.

Unendlich verwandelte sich da vor seinem nochmals sehenden Auge nochmals das Nichts und ward zu Seiendem und Gewesenem, unendlich weitete es sich nochmals zum Zeitkreis, auf daß der Kreis, unendlich geworden, sich nochmals schließe; unendlich des Himmels Rund, unendlich des Himmels Kuppel, die sich da nochmals wölbte, unendlich der unendliche Schild der Welt, umrandet vom siebenfarbigen Bogen in unendlicher Erinnerung. Nochmals ward es da Licht und Finsternis, nochmals Tag und Nacht, nochmals Nächte und Tage, und nochmals ordnete sich das Unendliche nach Höhe, Breite und Tiefe, bestimmten sich die Richtungen des Himmels nach ihrer geöffneten Vierzahl, ward Oben und Unten, Wolke und Meer; und in des Meeres Mitte erhob sich nochmals das Land, die grüne Insel der Welt, pflanzenbedeckt, triftenbedeckt, die Verwandlung im Unwandelbaren. Auf ging die Sonne im Osten zu ihrem Wege über das Rund, und es folgten ihr nächtlich die Sterne, sich aufbauend bis zum nördlichen Pol, in dessen sternfreier Mitte waaghaltend die Gerechtigkeit thront, überleuchtet von des Nordens strahlendem Kreuze. Und im Morgenlichte durchstrichen Adler und Möve die hohen Lüfte, umschwebten die Insel, und die Delphine tauchten auf, dem stummen Sphärenliede zu lauschen. Vom Westen kam der Zug der Tiere, sie kamen dem Gang der Sonne und der Sterne entgegen, kamen zur Begegnung, die Tiere der Wildnis und die der Weiden, kampflos friedlich vereint, Löwe und Stier und Lamm und Ziege mit strotzendem Euter, ostwärts strebten sie alle, den östlichen Hirten suchend, hinstrebend zum menschlichen Antlitz. Und in der Mitte des Weltenschildes ward es erblickbar in unendlichster Tiefe, dort ward es erblickbar inmitten unendlich menschlichen Seins und Hausens, erblickbar zum letzten und doch auch zum ersten Male: der kampflose Friede, das menschliche Antlitz in kampflosem Frieden, erblickbar als das Bild des Knaben im Arme der Mutter, vereint mit ihr zu trauernd lächelnder Liebe. So sah er es, so sah er den Knaben, so sah er die Mutter, und sie waren ihm so überaus vertraut, daß er sie fast zu benennen vermochte, freilich ohne ihre Namen zu finden; indes noch weitaus vertrauter als das Gesicht und der unauffindbare Name war das Lächeln, das Kind und Mutter verband, und es schien, als sei in diesem Lächeln bereits der ganze *Sinn* des unendlichen Geschehens enthalten, als werde das sinnvolle Gesetz in diesem Lächeln angekündigt – die mild-furchtbare Herrlichkeit des menschlichen Loses, gezeugt vom Worte und in der Zeugung schon des Wortes Sinn, des Wortes Trost, des Wortes Gnade, des Wortes Fürsprache, des Wortes Erlösungsstärke, des

Wortes Gesetzeskraft, des Wortes Wiedergeburt, nochmals ausgedrückt und ausdrückbar in den unzulänglichen und doch allein noch zulänglichen irdischen Bildern menschlichen Tuns und Wandelns, in ihnen verkündet und bewahrt und wiederholt für immerdar. In liebender Erkenntnis nahm das Wort die Sehnsucht des Herzens und die des Denkens zu großer Gemeinsamkeit in sich auf, ward selber zur Nichtvergeblichkeit kraft seiner Notwendigkeit, aufnehmend die Sehnsucht des Gastes, daß er zum Sohne werde, erfüllt seine Aufgabe. Solcherart von des Wortes Anrufung herbeigezogen, begannen die Bäche und Flüsse zu rieseln, mild brausend schlug die Brandung an den Strand, fluteten die Meere, stahlblau und leicht, bewegt von den untersten Feuern des Südens, und alles war in Gleichzeitigkeitstiefe auf einmal gesehen, wurde auf einmal vernehmlich, denn umgewendet zur Unendlichkeit, die er einstens hinter sich zurückgelassen hatte, sah er durch sie hindurch in die Unendlichkeit des Hier und Jetzt, schaute er nach rückwärts und vorwärts zugleich, lauschte er nach rückwärts und vorwärts zugleich, und das Brausen des Einst, entsinkend ins vergessen Unsichtbare, stieg auf zur Gegenwart, ward zur fließenden Gleichzeitigkeit, in der das Ewige ruht, das Urbild aller Bilder. Da schauderte ihn, und groß war dieses Schaudern, fast gütig vor Endgültigkeit, denn der Ring der Zeit hatte sich geschlossen, und das Ende war der Anfang. Entsunken war das Bild, entsunken die Bilder, allein, sie unsichtbar aufbewahrend, hielt das Brausen an.

Quellender Brunnen der Mitte, unsichtbar leuchtend in unermeßlicher Wissensangst: das Nichts erfüllte die Leere und ward zum All.

Das Brausen hielt an und es tönte auf aus der Vermengung des Lichtes mit der Finsternis, aufgewühlt sie beide von dem anhebenden Klange, denn jetzt erst begann es zu klingen, und das Klingende war, mehr als Gesang, war mehr als Leierschlag, war mehr als jeder Ton, war mehr als jede Stimme, da es alle zusammen und zugleich war, hervorbrechend aus Nichts und All, hervorbrechend als Verständigung, höher als jedes Verständnis, hervorbrechend als Bedeutung, höher als jedes Begreifen, hervorbrechend als das reine Wort, das es war, erhaben über alle Verständigung und Bedeutung, endgültig und beginnend, gewaltig und befehlend, furchteinflößend und beschützend, hold und donnernd, das Wort der Unterscheidung, das Wort des Eides, das reine Wort, so brauste es daher, brauste über ihn hinweg, schwoll an und wurde stärker und stärker, wurde so übermächtig, daß nichts mehr davor bestehen sollte, vergehend das All vor dem Worte, aufgelöst und aufgehoben im Worte, dennoch im Worte enthalten und aufbewahrt, vernichtet und neuerschaffen für ewig, weil nichts verlorengegangen war, weil das Ende sich zum Anfang fügte, wiedergeboren, wiedergebärend; das Wort schwebte über dem All, schwebte über dem Nichts, schwebte jenseits von Ausdrückbarem und Nicht-Ausdrückbarem, und er, von dem Worte überbraust und von dem Brausen eingeschlossen, er schwebte mit dem Worte, indes, je mehr es ihn einhüllte, je mehr er in den flutenden Klang eindrang und von ihm durchdrungen wurde, desto unerreichbarer und größer, desto gewichtiger und entschwebender wurde das Wort, ein schwebendes Meer, ein schwebendes Feuer, meeresschwer und meeresleicht, trotzdem immer noch Wort: er konnte es nicht festhalten, und er durfte es nicht festhalten; unerfaßlich unaussprechbar war es für ihn, denn es war jenseits der Sprache.

Hermann Brochs Kommentare

»Erzählung vom Tode« (*Der Tod des Vergil*) [I]

Nach einer jahrzehntelangen blutigen Zerrissenheit, welche mancherlei Analogien zu den Geschehnissen unserer Zeit aufweist, hat Augustus die abendländische Zivilisationssphäre wieder befriedet und zu neuer Prosperität gebracht. Die Ziele des Augustus: Rekonstitution des römischen Glanzes, des römischen Geistes, des römischen Väterglaubens schienen sich allesamt verwirklicht zu haben. Nichtsdestoweniger waren die Nachwirkungen der schweren Erschütterung nicht durch solchen Totalkonservatismus aus der Seele der Menschen zu tilgen; geistig mußte sich etwas Neues vorbereiten, und es ward zum Christentum.

Vergil hat in der ersten Hälfte seines Lebens noch die Schrekken des Bürgerkrieges mitgemacht, in der zweiten Hälfte erlebte er dankbarst die Wiederbefriedung und das Aufblühen des Reiches, aber als der umfassendste Geist seiner Zeit ahnte er auch das Aufkommen des Neuen und war tatsächlich das, als was ihn das Mittelalter genommen hat, nämlich der Vorahner des Christentums.

Jeder wahrhaft große Künstler ist ein Religionssucher, und keiner war es so sehr wie Vergil. Er ist auf seiner Suche durch viele Erkenntnisberufe hindurchgegangen, wahrscheinlich weil ihm die Apokalypse des Bürgerkrieges die Nichtigkeit künstlerischen Schaffens vor Augen geführt hat; er war Arzt, Mathematiker, Philosoph, und unbefriedigt von dem gottsucherischen Werk der *Äneis* – unbefriedigt, weil er die Verkündigung erwartete – wollte er, konnte er die Dichtung nicht fertigstellen, sondern hatte die Absicht, sie zu vernichten, sich selber aber nochmals in die Philosophie zu retten. Zu diesem Behufe ging er, bereits schwerkrank, nach Athen, wurde dort vom Augustus zur Rückreise bewogen und starb bald nach der Landung in Brundisium.

Meine Erzählung (etwa 150000 Worte) umfaßt die letzte Nacht nach der Landung und den nächsten Tag bis zum Tode Vergils. Es ist nochmals die Tag- und Nachtansicht dieses Lebens: die Sterbenseinsamkeit der Nacht bringt mit ihren Traum- und

Fieberphantasien bruchstückweise den ganzen Ablauf dieses Lebens, vor allem die in ihm urtümlich eingebauten metaphysischen und religiösen Strebungen und wie sehr diese mit den unbewußtesten, ja, vegetativsten Wurzeln des Menschen verbunden sind; der Tag hingegen ist die letzte Auseinandersetzung mit der Umwelt, dieser eigentümlich römischen Umwelt, in deren Mittelpunkt Vergil geistig und sozial gestanden hat, u. z. geht es hiebei – in den Gesprächen mit dem Arzt, mit Lucius Varius und Plotius Tucca (den Testamentsvollstreckern Vergils) und schließlich mit dem Augustus selber – um die Vernichtung oder Erhaltung der *Äneis,* bis eben der Augustus den Dichter von seinem herostratischen Vorhaben abbringt und damit das Epos rettet. Damit ist auch das Leben des Vergil abgeschlossen: in einer letzten Phantasie, welche die Tag- und Nachtansicht, die irrationalen und rationalen Momente vereinigt, schlummert er, nicht mehr Dichter, sondern nur noch sterbender Mensch in die Ewigkeit hinüber.

Das Thema der Erzählung hat notwendigerweise zum innern Monolog geführt, und ich glaube, hier für diesen eine neue Methode gefunden zu haben: der innere Monolog in der modernen Literatur ist zumeist ein psychologischer, also ein rationalistischer, und er wird als solcher mit den Kontradiktionen, mit den Irrationalitäten und Illogizitäten der Menschenseele nicht fertig; nun wird hiebei übersehen, daß es in der Dichtung seit eh und je einen innern Monolog gegeben hat, welcher das Irrationale stets bewältigen konnte, nämlich das lyrische Gedicht, und in diesem Sinne ist meine Vergil-Erzählung nichts anderes als ein einziges lyrisches Gedicht, das wie jede Lyrik als Ausdruck eines einzigen Lebensmomentes zu gelten hat, eines einzigen Lebensaugenblickes, der hier allerdings der des Sterbens ist. Das lyrische Gedicht macht die Illogizität der menschlichen Seele mit einem Male logisch, u. z. im Ungesagten und Bildmäßigen, also in einer zweiten menschlichen Logossphäre, und meine Erzählung geht solcherart von lyrischem Bild zu lyrischem Bild, eines das andere aufhellend, so daß man mit Fug von einer »Methode des lyrischen Kommentars« sprechen könnte. Diese Methode unterscheidet sich also grundlegend von der Joyceschen, sie muß es umsomehr tun, als das Joycesche Genie sich nicht nachahmen läßt.

Es war mir eine Bestätigung für die Richtigkeit meiner Arbeitsweise, daß sie geradezu automatisch, sozusagen aus lyrischer Notwendigkeit sich mit der Vergilschen Bild- und Gedankenwelt verbinden hatte lassen. Und ebenso war es mir Bestätigung, daß ich mit dieser Methode dem Todesphänomen um ein großes Stück habe näher kommen dürfen, als es bisher geschehen ist. Die Annäherung an den Tod war stets Aufgabe jeglicher wahren Dichtung; nicht nur die große Tragödie beweist dies, sondern auch das Werk Vergils. Und da jede ehrliche Dichtung auch den sprachlichen Ausdruck erweitert, so hoffe ich für mich und dieses Werk in Anspruch nehmen zu können, daß in ihm dies zu einem recht beträchtlichen Grade gelungen ist.

Stimmt dies, so darf ich auch hoffen, daß dieses Buch gerade in einer Zeit wie der heutigen, in einer Zeit des Religionsverlustes und der Religionssuche, in einer Zeit der Auflösung aller ethischen Werte und der Suche nach deren Neufundierung, imstande sein wird, manchem etwas zu bringen, nämlich einen Ansatz zu dem ethischen Halt, den die Welt heute genau so wie zur Zeit Vergils benötigt.

Im August 1939 schickte Broch diesen Selbstkommentar an den seinerzeitigen Verlagsleiter der Viking Press in New York, Benno W. Huebsch, der sich zeitweilig für die Publikation des Romans interessiert hatte. In der Überschrift nennt Broch den Titel der 3. Fassung (»Erzählung vom Tode«) und den Titel der Schlußfassung (*Der Tod des Vergil*). Der Titel der seinerzeit in Arbeit befindlichen 4. Fassung (*Die Heimfahrt des Vergil*) stand noch nicht fest.

Bei dem Original des Manuskripts handelt es sich um ein zweiseitiges, bisher unveröffentlichtes Typoskript, das sich im Broch-Archiv der Yale University Library (YUL) befindet.

»Erzählung vom Tode« *(Der Tod des Vergil)* [II]

Religion als Problem ist nicht Angelegenheit des Gläubigen, sondern des Zweiflers. Die Kirchenväter sind, wenigstens zum überwiegenden Teil, hiefür Beispiel, aber auch die Mystiker des Mittelalters und die Reformatoren.

Das nämliche läßt sich von aller großen Kunst behaupten: sie ist letztlich immer religiös, aber sie befindet sich auch immer auf der Gottsuche; der Mensch, welcher Gott bereits gefunden hat, braucht sich zu ihm nicht mehr zu äußern, denn er ist in ihm geborgen und er kann, will er nicht blasphemisch werden, dieses übergroße Erleben nur mehr schweigend hinnehmen.

Vergil hat in einer Zeit der Religionsauflösung gelebt; der altrömische Bauernglaube war trotz seiner Gräkisierung nicht mehr tragfähig, die asiatischen Einflüsse gewannen zunehmend breiteren Boden, und die vielfach atheistisch gewordene Philosophie begünstigte den Auflösungsprozeß (dessen Funktion sie selber war). Man darf sagen, daß niemand dies so bewußt gewesen ist, wie dem Vergil, der sich eben hiedurch als der überragendste Geist seiner Zeit legitimierte: den (staatspolitischen) Bemühungen des Augustus um Wiederbelebung des Väterglaubens stand er zwar wohlwollend gegenüber, doch immer deutlicher und deutlicher begann er zu ahnen, daß sich Neues vorbereite; die mittelalterliche Auffassung Vergils, welche in ihm den Vorläufer christlichen Geistes gesehen hat, war vollkommen richtig, und sie wurde in der Kongenialität Dantes bestätigt.

Das gesamte Werk Vergils ist solcherart, mehr denn jedes andere, Suche nach dem Glauben und nach einer neuen Glaubenserkenntnis. Sein Suchertum zeigt sich auch in den vielen Erkenntnisberufen, Mathematiker, Arzt, Philosoph, zwischen denen er lange herumgeirrt ist, und das Künstlertum in ihm, das ihn schließlich zum dichterischen Ausdruck zwang, wurde für ihn, den ewig Zweifelnden, am Ende offenbar nackte Verzweiflung: einsehend, daß kein dichterischer Ausdruck die neue Erkenntniswahrheit heben könne, nach welcher er fahndete, fühlte er sich nicht mehr imstande, die *Äneis* fertigzustellen; der Gedanke, das unzureichende Werk vernichten zu müssen, sich selber aber noch einmal in die Philosophie zu retten, verfolgte ihn immer mehr. Mit diesem Gedanken ging er nach Athen, in die Stadt Platons; schwerkrank wurde er von dem Augustus nach Italien zurückgebracht und starb bald nach der Landung in Brundisium.

Meine Erzählung (etwa 150000 Worte) umfaßt die letzte Nacht nach der Landung bis zu dem am nächsten Tag erfolgten Tod des Vergil. In den Träumen und Fieberphantasien des

Kranken taucht bruchstückweise sein ganzes Leben auf, vor allem aber wird gezeigt – u. z. in der Überhelle des Fieberwahnes –, wie tief triebmäßig die metaphysische Glaubenssuche im Menschen verankert ist, wie sie aus seinen unbewußtesten, fast körperlich-gefühlsmäßigen Urquellen emporsteigt, und wie sehr sie mit dem Tode verbunden ist, den der Mensch sein ganzes Leben lang in sich herumträgt: in der völligen Vereinsamung der Sterbestunde, wie sie keinem Menschen erspart ist, wird es Vergil bewußt, daß es philosophische Wahrheit nur innerhalb eines Glaubens gibt, und sterbenseinsam dem All gegenübergestellt, ahnt er die kommende Verkündigung als Notwendigkeit des Menschen schlechthin, als Notwendigkeit der Geschichte.

War diese Nacht vom Irrationalen her bestimmt, so bringt der anbrechende Morgen die sozusagen rationale Tagesansicht des Geschehens, bringt das äußere Bild zu dem traumhaft innern Ablauf: die Umwelt tritt noch einmal, zum letzten Male an Vergil heran, in der Gestalt des Arztes, in der Gestalt seiner Freunde Lucius Varius und Plotius Tucca (seinen Testamentsvollstreckern), vor allem aber in der Gestalt des Augustus selber, der als Machtmensch gewissermaßen der geistige Gegenspieler des gottsuchenden Dichters ist. In diesen Gesprächen – die stets aufs neue von Traumeinbrüchen des Kranken unterbrochen werden – geht es in erster Linie um die Erhaltung der *Äneis,* und Augustus gelingt es auch (was auch der Überlieferung entspricht), Vergil von seinen Vernichtungsplänen abzubringen; doch darüber hinaus geht es um die prinzipielle Stellung des Kunstwerkes innerhalb der Gesellschaft, um die eigentümliche Stellung des geistigen Menschen in ihr und im besonderen um die Stellung des Vergil innerhalb des Augusteischen Roms, dessen Struktur in diesen Gesprächen zum Ausdruck gebracht wird.

In einer letzten Phantasie, welche die irrationalen und rationalen Momente vereinigt, schlummert der Dichter, nicht mehr Dichter, sondern nur noch sterbender Mensch, in den Tod hinüber.

Die Darstellung dieser Sachverhalte hat notwendigerweise zum innern Monolog geführt, allerdings zu einem in der dritten Person, da ein Sterbensprozeß nicht in der ersten ausgedrückt zu werden vermag. Diese eigentümliche Form erlaubte auch, den Bereich des rein Psychologischen (– die stete Gefahr des innern Monologs! –) zu verlassen und in metaphysische Bereiche vorzudringen.

Die größte Schwierigkeit des innern Monologes – soferne er mit radikaler Ehrlichkeit geführt wird – liegt in der antinomischen Struktur des Menschengeistes, welcher die widerstrebendsten und kontradiktorischesten Gegensätze in sich vereinigt, ohne daß der Mensch sich dieser Alogizitäten bewußt wird. Joyce ist dieser Schwierigkeit mit einem assoziativen Sprach-Impressionismus begegnet, und er hat damit eine künstlerische und geistige Tat vollbracht, die wahrscheinlich für Generationen richtunggebend sein wird, ja, wahrscheinlich erst von künftigen Generationen voll erfaßt werden kann.

Ich bin nicht den Joyceschen Weg gegangen; das Genie läßt sich nicht nachahmen, aber ich habe mich auch berechtigt gefühlt, einen andern Weg zu suchen: der Mensch sieht sich, unbeschadet aller ihm innewohnenden Kontradiktionen, in einen einzigen logischen Strom eingebettet, der zwar manchmal recht skurrile Windungen und Verästelungen aufweist, immer aber ungebrochen vorhanden ist und die »Selbst-Plausibilität« des Ich darstellt; diesen logischen Strom hieß es aufzuspüren und zum Ausdruck zu bringen.

Nun: die Logizität im alogischen Erleben ist für das Kunstwerk keineswegs etwas Neues, im Gegenteil, sie gehört zur Grundlage des künstlerischen Schaffens, und sie hat in ihm durch alle Zeiten hindurch ihren Niederschlag gefunden, nämlich im lyrischen Gedicht. Es gehört zum Wunder der Lyrik, daß sie das Alogische zwischen den Worten und Zeilen ungesagt schweben lassen und damit ins Logische und Verständliche einspannen kann.

Die Methode, welche ich im Vergil verwende, ist demnach eine lyrische; der innere Monolog läuft in einer lyrischen Prosa ab, die in letzten Höhepunkten zum Vers übergeht, und dies war umsomehr gestattet, als es der Monolog des Dichters Vergil ist. Es ergab sich solcherart eine ununterbrochene Kette lyrischer Bilder, welche sich übereinander schieben und gegenseitig erklären, so daß man gewissermaßen von einem »Lyrischen Kommentar« sprechen dürfte, der das Irreale vom Realen her begreift und hinwiederum das Reale ins Irreale auflöst, und aus dieser Einheit von Realität und Irrealität besteht jegliches Kunstwerk, nicht zuletzt auch das Vergilsche, denn das Absolute, nach dem das Kunstwerk fahndet, um darin das Ethische zu begründen – die Hauptaufgabe Vergils! –, ist nicht im Realen, sondern im Irrealen beheimatet.

Es könnte eingewendet werden, daß die lyrische Form, welche gemeiniglich doch bloß der Darstellung einer einzigen Lebenssekunde – dem lyrischen Moment in seiner Totalität – gilt, durch meine Methode hypertrophiert werde, doch abgesehen von den Gegenbeispielen, die sich zu diesem Einwand aufzählen ließen (etwa die *Duineser Elegien*), meine ich, daß die Außerordentlichkeit der hier dargestellten Lebenssekunde, die eben die des Todes ist, also alle Realität und alle Irrealität in sich enthält, auch eine Hypertrophierung der lyrischen Form rechtfertigt, ja, geradezu hiezu auffordert, weil überhaupt keine andere Ausdrucksform hiefür zu finden ist.

Denn alle wahrhafte Kunst bemüht sich letztlich um den Tod. Die große Tragödie bezeugt dies, aber auch sonst ist dies aller Dichtung immer wieder nachzuweisen. Und je näher die Sprache an dieses Phänomen heranrücken will, je mehr sie sich des Unaussprechlichen bemächtigen will, desto reicher muß sie in ihren Mitteln werden, auf daß sie die Stummheit des Todes selber im Ungesagten ausdrücken kann.

Ein Kunstwerk rechtfertigt sich nicht durch theoretische Erwägungen, sondern durch sich selbst.

Ich glaube, oder zumindest ich hoffe, daß es mir mit dem *Vergil* tatsächlich gelungen ist, eine neue Form des menschlich-künstlerischen Ausdruckes zu schaffen. Sicherlich sind zumindest der Sprache neue Ausdrucksmöglichkeiten abgerungen worden.

Ist dies tatsächlich geglückt, so könnte dieses Buch mit seiner Darstellung des gottsuchenden ethischen Menschen, mit seiner Tiefenverankerung im metaphysischen Ich, mit seiner steten Annäherung an das große Phänomen des Todes, vielleicht gerade in dieser Zeit des Religionsverlustes und der Religionssuche, in dieser Zeit einer geradezu schon irrealen Grausamkeit im Realen, in dieser Zeit der tiefsten Wertzersplitterung, dazu berufen sein, manchem etwas zu bringen: es ist immer ein Vorzug des Dichters gewesen, Wegbereiter des Ethos zu sein, und ich hoffe, daß solches auch diesem Buch beschieden werden könnte.

Allerdings: es ist ein schwieriges Buch, wenn auch nicht so schwierig wie die Joyceschen Werke. Ob es mir bei einem nochmaligen Durcharbeiten gelänge, dieser Schwerverständlichkeit, die schließlich aus dem Thema entspringt, Herr zu werden und das Werk den Bedürfnissen größerer Leserschichten entgegen zu bringen, vermag ich noch nicht zu sagen; ich wäre froh, wenn solches gelänge, denn es gehört zur sozialen Aufgabe der Kunst und der Erkenntnis, das Schwerstverständliche verständlich zu machen.

Bei dieser Analyse handelt es sich um eine Überarbeitung des vorigen Kommentars, der etwa zur gleichen Zeit entstanden ist. Das Original ist ein vierseitiges, einzeilig beschriebenes Typoskript in YUL.

Vergil (1937-1940)

Ich hatte meine dichterische Tätigkeit, soweit sie exoterisch an das Publikum gerichtet gewesen war, zugunsten der Völkerbundarbeit aufgegeben gehabt, weil ich einsehen gelernt hatte, daß man sich keine Hoffnungen mehr machen durfte, durch eine literarische Publikumsbeeinflussung dem historischen Ablauf eine andere Richtung geben zu können oder auch nur das Geringste zu solcher Richtungsänderung beizutragen. Aber die innern metaphysischen Impulse zur Dichtung waren trotzdem geblieben, und je unentrinnbarer sich das äußere Geschehen gestaltete – 1937 gab es über die verhängnisvolle Richtung dieses Geschehens keinen Zweifel mehr – desto stärker wurden jene inneren Impulse: der Tod war uns, die wir nun gewissermaßen am Rande des Konzentrationslagers lebten, plötzlich so handgreiflich nahe gerückt, daß die metaphysische Auseinandersetzung mit ihm schlechterdings nicht mehr aufschiebbar war. Und so begann ich 1937, beinahe gegen meinen eigenen Willen, sozusagen als Privatangelegenheit des eigenen Seelenheiles, mit einem strikt esoterischen Buche, dem *Vergil.*

Dieser Abschnitt stammt aus Brochs »Autobiographie als Arbeitsprogramm«, die er 1941 verfaßte, als er die vierte Fassung des Romans fertiggestellt hatte. Siehe: Hermann Broch, *Massenpsychologie,* (Zürich: Rhein-Verlag, 1959), S. 51.

Der Tod des Vergil

1. Historischer Hintergrund

Das Streben Julius Cäsars nach unumschränkter Macht war nicht allein seinem Ehrgeiz zuzuschreiben. Die Ereignisse, die seiner Ermordung folgten, beweisen eindeutig, daß seine Vermutung, es könne der bestehende interne Verwaltungsapparat nicht länger die Probleme des jäh sich erweiternden römischen Imperiums bewältigen, durchaus richtig war. Sein Tod konnte daher auch die Entwicklung zu einer diktatorischen Staatsform nicht aufhalten, sondern bloß verzögern. Der Bürgerkrieg, der nach seinem Tode entbrannte, war in der Tat nichts anderes als ein Ringen nach Macht einer Reihe streberischer Diktatoren, die sich je nach den Gegebenheiten entweder gegenseitig bekämpften oder sich miteinander verbündeten, wobei deren schließliche Siege und Niederlagen nur in gleicher Weise den zunehmenden Verfall der Freiheit und Zivilisation zu beschleunigen vermochten. Leben und Eigentum des Individuums waren nicht länger Werte, die durch die staatlichen Behörden geschützt wurden, und eine apokalyptische Stimmung bemächtigte sich des ganzen Reiches, da es sich einer abgrundtiefen Unsicherheit ausgeliefert sah.

Dank seiner überlegenen politischen Gewandtheit und seiner Anpassungsfähigkeit gelang es schließlich Octavianus Augustus, über alle seine Gegner das Feld zu behaupten. Die von ihm geschaffene Pax Romana machte es sich zur vordringlichen Aufgabe, als erstes die Verwaltungsprobleme zu lösen. Mit großem Geschick verwirklichte er den Aufbau eines zentral organisierten Exekutivapparates, der nach außen hin mit allen erdenklichen Attributen kaiserlichen Pomps ausgestattet war, derart seine durchaus moderne politische Struktur bezeugend. In seiner geistigen Einstellung aber blieb Augustus einer durchaus konservativen, ja reaktionären Haltung verhaftet, davon überzeugt, daß die Rettung des Reiches nur in einer neuerlichen Festigung der althergebrachten Kultformen und der überlieferten Sitten und Gebräuche zu finden sei. Obwohl er also seinen Untertanen Frieden und Sicherheit bescherte, kann er kaum auf jenen Titel eines Heilbringers der Welt Anspruch erheben, unter dem er sich mit Vorliebe feiern ließ.

2. Vergils Persönlichkeit und seine Probleme

Das Leben Vergils stand in seiner ersten Hälfte unter dem Schatten des Bürgerkrieges. Zwar genoß er während seiner zweiten Lebenshälfte in Dankbarkeit die Segnungen des augusteischen Friedens, doch die apokalyptischen Schrecken, deren er in seiner Jugend Zeuge gewesen war, hatten sich seinem Wesen für immer eingeprägt und gestalteten in entscheidender Weise seine persönlichen Probleme und sein ganzes privates Dasein.

Vergils Werk ist eines von grundlegend »ethischer« Prägung. Sein Geist war von allem Anfang an auf das Problem des »sittlich guten« Lebens ausgerichtet. In den *Eklogen* kleidet sich dies in die Form der Sehnsucht nach dem schlicht unschuldigen Leben des Hirten; in den *Georgica* wird es zu einer didaktischen Lobeshymne der Landwirtschaft und des Ackerbaues. In der *Äneis* finden wir schließlich den sittlich vollkommenen Menschen, der sich mutvoll in jeder erdenklichen Situation zu behaupten weiß, eine Gestalt also, die in gewissem Sinne dem augusteischen Idealbild des vorbildlichen römischen Bürgers entsprach.

Doch dies ist nur die oberflächliche »Tagessicht« und die oberste Schicht seines dichterischen Schaffens, unter welcher sich das eigentliche Grundproblem aller wahren Dichtung offenbart, das dunkle Geheimnis des Todes in seiner schöpferischen Nächtigkeit. Schon in den *Georgica* kommt es zu einem Abstieg in die Unterwelt, und Äneas hat die Prüfung tausendfacher Vernichtung zu bestehen. In dieser tieferen Schichte des Epos (wenngleich darin die althergebrachten Riten bewahrt scheinen) beseelt bereits ein neuer Geist die Götter von einst und kündet den Anbruch einer neuen Zeit. Das Mittelalter und Dante haben dies erfaßt und in Vergil den magisch ahnenden Künder des Christentums erkannt.

So war es selbstverständlich, daß das religiöse Problem, das Problem aller grundlegenden Wahrheitssuche, den Mittelpunkt auch des persönlichen Lebens Vergils bildete. In seinem leidenschaftlichen Streben nach diesem erhabensten Ziel fühlte er sich gedrängt, sämtliche Zweige des menschlichen Wissens zu erforschen und studierte im besonderen Medizin, Astronomie und Philosophie. Sein dichterisches Schaffen aber stand zusehends unter dem hemmenden Einfluß seiner wachsenden Zweifel an der Dichtung, an der Schönheit als solcher und an allen »Ausschmückungen« des Lebens, Mittel, die ihm nicht länger verantwortungsgerecht schienen, um damit die von ihm gesuchte Erkenntnistiefe zu ergründen. Und so führten diese Zweifel auch dazu, daß er sich nicht länger im Stande sah, die *Äneis* zu vollenden.

In seinem fünfzigsten Lebensjahr beschloß er, sein unvollendetes Epos zu vernichten und sich nach Athen zu begeben, um dort sein restliches Leben ausschließlich der Erkenntnissuche zu widmen. Tödlich erkrankt schon bei seiner Ankunft in Athen, vermochte der Augustus, der sich gerade damals zufällig in Griechenland befand, Vergil zur Rückkunft nach Italien, zusammen mit ihm und in seiner Gefolgschaft, zu bewegen. Vergil starb kurz nach seiner Ankunft in Brundisium. Vermutlich dank des Einspruches des Augustus wurde die *Äneis* vor der Vernichtung bewahrt.

3. Meine Erzählung

Meine Erzählung (von ungefähr 170000 Worten) beschreibt Vergils letzte Nacht und den darauffolgenden Tag bis zu seinem Tode in den frühen Nachmittagsstunden. Die Erzählung umfaßt vier Teile:

Der erste Teil beschreibt die Reise und die Ankunft an der italienischen Küste. Brundisium tost im Jubel über die Ankunft des Kaisers, dessen Geburtstag mit seiner Rückkehr aus Griechenland zusammenfällt, und Musik und ohrenbetäubender Lärm erfüllen die ganze Stadt. In der Elendsgasse des Hafens, durch die der kranke Dichter in seiner Sänfte getragen wird, lungern die Einwohner alle vor ihren verkommenen Quartieren, und ihr zügelloses Gegröhl und Geschrei bringt Vergil vielleicht zum ersten Mal die Verwandlung menschlicher Wesen zu bloßen Massentieren voll zu Bewußtsein. Er erkennt blitzartig die dunkel geheimnisvolle Untergründigkeit, aus der sich die Seele zu lichter Menschlichkeit emporzuringen hat, und mit einem Gefühl namenloser Erleichterung erreicht der erschöpfte Dichter schließlich die Zuflucht des ruhig kühlen Gastzimmers, das ihn im kaiserlichen Palaste erwartet.

Der zweite Teil beschreibt die letzte und verzweiflungsvoll einsame Nacht des fiebernden Dichters. Aus der Dunkelheit, die ihn umgibt und die ihn selber erfüllt, steigen quälende Bilder aus seiner Vergangenheit auf, nicht als rückblickende Erinnerungen, sondern als lebendige Eindrücke aus der Zeit seiner Kindheit, als bildhafte Darstellungen seines innersten Wesens und seines geistigen Strebens. Fast unmerklich verwandeln sich seine körperlichen Schmerzen in klar sich abzeichnende philosophische Erkenntnisse, und es will scheinen, als ob sein nahender Tod sein geistiges Ich zu einem Spiegelbild des ganzen Alls, einem Spiegelbild des unanzweifelbar gültigen Erkenntnisgrundes zu verklären vermöge. Die fiebernde Spannung der Nacht klingt allmählich in sich beruhigende Stille aus und krönt die letzten Augenblicke des Sterbenden mit dem Bewußtsein des entsühnenden Opfers, das heiligend jeder wahrhaft reinen menschlichen Zielsetzung innewohnt.

Im Gegensatz zu dieser vornehmlich nächtlichen Grundfärbung der dichterisch erkennenden Schöpfung, beschäftigt sich der dritte Teil mit den äußeren Realproblemen, die sich aus der besonderen Stellung des Dichters, als dem Mittelpunkt des geistigen Lebens Roms, ergeben. Vergil erörtert diese Probleme mit seinen Freunden und Testamentsvollstreckern Plotius Tucca und Lucius Varius, sowie mit dem Hofarzt Charondas und anderen Nebenfiguren der Erzählung in einer Reihe von Gesprächen, die einen zunehmend platonischen Charakter tragen. Diese Dialoge gipfeln in der mit zentraler Bedeutung ausgezeichneten Auseinandersetzung mit Augustus selber, in der die unüberbrückbare Antinomie zwischen der religiösen und der politischen Persönlichkeit aufgewiesen wird. Hinter der relativ unwesentlichen Frage, ob einem Kunstwerk ein Eigenleben anhaftet und derart Anspruch auf seine eigene Daseinsberechtigung besitzt, oder ob sein Schöpfer das Recht hat, es zu vernichten, offenbart sich der tiefere Konflikt zwischen zwei radikal entgegengesetzten philosophischen Haltungen, deren Gegenüberstellung auch hier nur die übliche Lösung zeitigen kann: im praktischen Leben obsiegt die politische Lebenshaltung (die in diesem Falle zur Rettung des Manuskriptes der *Äneis* führt), während im geistigen Bereiche die rein ethisch philosophische Auffassung unwiderlegbar bleibt.

Der vierte Teil führt uns nochmals aus der Wirklichkeit in die

Welt der Einbildung zurück, doch sind diese letzten Phantasien nicht länger jene des Menschen Vergil, ja nicht einmal die Fieberträume eines zu Tode erkrankten Dichters: Tag und Nacht, rationales Denken und irrationales Empfinden verquicken sich unentwirrbar und vereinen sich zu jener magischen Einheit, die sich schließlich verklärend auflöst, um in die Ewigkeit einzugehen.

4. Die Methode

Die Methode, die sich sozusagen wie von selber aus dem vorgefaßten Entwurf ergeben hat, ist in die Form einer Selbstaussage gekleidet, in welcher sowohl alle äußeren Geschehnisse als auch die inneren Erfahrungen ausschließlich vom Gesichtspunkt des Helden aus gesehen werden. Da aber diese Zentralfigur ein im Sterben begriffener Mensch ist, wurde es notwendig, die Erzählung in die dritte Person zu versetzen. Es ist also ein innerer Monolog in der dritten Person, in der die erste Person, das Ich des Erzählers, nur an jenen Höhepunkten der Erzählung verwendet wurde, da der Monolog sich zum lyrischen Bekenntnis steigert – zum Selbstbekenntnis des Dichters Vergil.

Der innere Monolog hat die Aufgabe, alle seelischen Empfindungen und Begebenheiten so vollinhaltlich als möglich wiederzugeben. Das Gute und Schlechte aber finden sich in der menschlichen Seele eng gepaart, und so scheint die Seele in dieser Beziehung eine von »Illogizität« gezeichnete Wesenheit zu sein, wenngleich sich der Mensch als logische Ganzheit sieht und er sein Leben, trotz dieser Widersprüchlichkeit, als ein fortlaufend unterbrechungsloses Fließen empfindet. Man kann nun dieser Schwierigkeit in jener Weise beikommen, wie dies von Joyce vollbracht wurde, indem man also die widersprüchlichen Elemente einfach nebeneinander setzt (etwa so wie die pointillistische Technik verschiedene Farbpunkte in einem Gemälde nebeneinander setzt), wobei sich die Masse der Details zur Ganzheit des Bildes vereint. Ich selber habe eine andere Technik angewandt, indem ich versucht habe, die tiefere einigende Logik aus jenen Regionen der Seele aufzudecken, die weit unter der rein psychischen Sphäre liegen.

Seit jeher und immerdar steht die menschliche Seele unter dem Gebot, ihre eigene untergründige Irrationalität auszuloten, und es ist vornehmlich gerade dieser Zwang, der den Menschen zu schaffendem Künstlertum befeuert. Durch das Kunstwerk, und insonders durch jenes der dichterischen Schöpfung, die durch die magische Spannung zwischen den Worten und Zeilen mehr auszusagen vermag als das bloß Nennbare es kann, ist dem Menschen eine Annäherungsmöglichkeit an die ihm zu tiefst innewohnende immanente Logik gegeben. Die Methode, die also in diesem Werk angewendet wurde, läßt sich ungefähr wie folgt darstellen: der Monolog findet seinen Ausdruck in Bildern, die dichterisch und oftmals lyrisch gefärbt sind und sich gegenseitig ergänzen und erhellen, so daß man diese Methode wohl mit Fug als eine des »lyrischen Kommentars« bezeichnen könnte. Dies schien in der Tat die einzige Art, um aufzeigen zu können, wie die höchsten geistigen Ziele des Menschen unmittelbar mit seinem kaum erahnbaren tiefsten Wesensgrund verknüpft sind und sich aus diesen rein triebhaften Wurzeln in direktem Wachstum entwickeln können. Diese Verwendung lyrischer Bilder und ihrer immer deutlicher werdenden Verspiegelungen setzt die Aufdeckung aller Schichten der Seele voraus, von ihrem dunkel geheimnisvollen Ursprung bis hinauf zu den Sphären des rein abstrakten Denkens, denn das Denken des Menschen pendelt unaufhörlich zwischen dem dionysischen und dem apollinischen Pol seiner Seele und durchdringt dabei sämtliche ihrer zahllosen Schichten.

In all dem ist nichts Gewolltes oder Gekünsteltes. Es entwickelt sich dies alles in völliger Natürlichkeit aus der Erzählung selber und gewinnt mit deren Entfaltung zusehends an Klarheit. Ebenso natürlich hat sich aus der angewandten Methode deren »Musikalität« entwickelt, nämlich die sich daraus ganz ungewollt ergebenden Verflechtungen und Wiederholungen von Leitmotiven und deren Variationen und Abwandlungen. Und fast will es mir scheinen, daß es gerade diese »musikalische Architektonik« der Struktur dieser Erzählung ist, die als Beweis der künstlerischen Einheit eines Werkes gelten kann, das es sich zur Aufgabe gestellt hat, ein Spiegelbild jener wundersamen Einheit der menschlichen Seele darzustellen (oder dies zumindest anstrebt), jener Einheit, welche der Seele immanent zu eigen ist trotz all ihrer scheinbaren Widersprüchlichkeit und Illogizität.

5. Die Zielsetzungen

Das zuvor Gesagte umreißt bereits gleichzeitig, was ich mit dieser Erzählung beabsichtigt habe. Denn meine Absicht war es nicht bloß, den Dichter Vergil und sein irdisches Leben zu beschreiben, sondern auch gleichzeitig in dem Helden der Erzählung jene Zielstrebungen sichtbar zu machen, die jedem künstlerischen Schaffen gemeinsam sind. Das ewig gültige Thema, mit dem sich jede große Dichtung zu allen Zeiten beschäftigt hat, nämlich das Problem der Annäherung an den Tod, dieses sich jedem dichterischen Schaffen unausweichlich aufdrängende Thema, ist gleichfalls das Hauptanliegen des vorliegenden Werkes.

Es steht einem Autor nicht an, darüber zu entscheiden, inwieweit es ihm gelungen ist, seine Absichten zu verwirklichen. Als objektives Kriterium kann hiefür immerhin darauf verwiesen werden, daß nicht nur die in diese Erzählung eingeflochtenen Auszüge aus dem Werk Vergils sich darin zwanglos und natürlich einfügen ließen, sondern daß außerdem jene Vorstellungen vom Tode und eines jenseitigen Weiterlebens, die allen großen Religionen gemeinsam sind, sich gleicherweise harmonisch mit den Schlußfolgerungen der Erzählung decken.

6. Die mögliche Wirkung

Wir leben in einer todesträchtigen Zeit, einer Zeit, die verzweifelt nach neuen religiösen Normen fahndet. Es mag also die Hoffnung bestehen, daß ein Werk, das bestrebt ist, den seelischen Bedürfnissen seiner Epoche gerecht zu werden, trotz aller Schwierigkeiten imstande sein wird, vielen Suchenden Anhaltspunkt und Wegweiser zu sein.

Broch schrieb diesen als Verlagsprospekt gedachten Selbstkommentar 1942 nach Fertigstellung der vierten Version des Romans, aber noch vor der großen Umarbeitung zur fünften Fassung. Bei dem Original handelt es sich um ein sechsseitiges, englisch geschriebenes Typoskript (YUL). Die deutsche Vorlage zu diesem englischen Text ist verlorengegangen. Die hier vorliegende Übersetzung besorgte H. F. Broch de Rothermann.

Bemerkungen zum *Tod des Vergil*

1. Inhalt des Werkes

Das Buch schildert die letzten achtzehn Stunden des sterbenden Vergil, beginnend mit seiner Ankunft im Hafen von Brundisium bis zu seinem Tod am darauffolgenden Nachmittag im Palast des Augustus.

Obwohl in der dritten Person dargestellt, ist es ein innerer Monolog des Dichters. Es ist daher vor allem eine Auseinandersetzung mit seinem eigenen Leben, mit der moralischen Richtigkeit oder Unrichtigkeit dieses Lebens, mit der Berechtigung und Nicht-Berechtigung der dichterischen Arbeit, der dieses Leben geweiht war – Vergil wollte sein gesamtes Werk vernichtet haben –, doch da jedes Leben in die Epoche seines Daseins eingebunden ist, umfaßt die Auseinandersetzung die Ganzheit der geistigen und vielfach mystischen Strömungen, von denen das Römische Reich in diesem letzten vorchristlichen Jahrhundert durchpulst gewesen ist, und die Vergil zu einem Vorahner des Christentums gemacht haben.

Nicht nur also, daß der seines Sterbens bewußte Vergil zur Auseinandersetzung mit dem Phänomen des Todes gedrängt ist, daß auch die ganze mystische Haltung des Zeitalters, deren er sich – verstärkt durch die Luzidität des Fieberkranken – bewußt wird, solcherart zum Ausdruck kommt, nicht nur daß Vergil seine eigene Dichtung als Todeserkenntnis legitimiert sieht, es legitimiert sich als solche nun auch das Brochsche Werk: nur wenige Werke der Weltliteratur haben es gewagt, sich – wohlgemerkt mit rein dichterischen Mitteln – so nahe an das Todesphänomen heranzupirschen, wie es dieses tut.

2. Darstellungsmethode

Das Brochsche Buch ist ein innerer Monolog und demgemäß als ein lyrisches Werk anzusehen. Dies entspricht auch den Absichten des Autors.

Das Lyrische erfaßt die tiefsten seelischen Realitäten. In diesen sind die irrationalen Sphären des Gefühls und die rationalen des klarsten Verstandes gleichrangig eingeschlossen, und es gehört zu den besonderen Leistungen dieses Buches, daß es das unaufhörliche Wechselspiel zwischen dem Rationalen und dem Irrationalen in jedem Augenblick aufdeckt, d. h. in jedem Lebensaugenblick des Helden, wie in jedem Satz des Buches.

Es geht also hier um die Einheit von Rationalität und Irrationalität, deren – scheinbare – Gegensätzlichkeit sich eben in der tieferen seelischen Realität auflöst. Es ist jene Einheit, von der jedes Menschenleben bestimmt ist: wer sein Leben überschaut, der sieht es als ungebrochene Einheit trotz aller scheinbar unauflösbaren Gegensätze, von denen es erfüllt gewesen ist.

Das Lyrische und nur das Lyrische vermag diese Einheit der antinomischen Gegensätze herzustellen. Und um dieses Zieles willen hat das Brochsche Werk ein Gedicht werden müssen. Denn die Lebenseinheit, um die es sich hier handelt, ist die nämliche wie die Einheit des Gedichtes, das kraft seines innersten Gesetzes, seiner »innersten Realität«, auch die kontradiktorischsten Inhalte zu einer Ganzheit macht: in jedem echten Gedicht gibt es etwas Unausgesprochenes und Unaussprechbares, die Spannung zwischen den Worten und Zeilen, kurzum einen »Ausdruck des Zwischenraumes«, und von diesem wird die eigentliche Einheit hergestellt, in ihm lösen sich die scheinbar unauflöslichen Gegensätze, in ihm wird das Gedicht zur Wahrheit und zur Erkenntnis.

Der Brochsche innere Monolog ist also nicht mit dem von Joyce zu vergleichen, da dieser pointillistisch die Gegensätze nebeneinander stellt; er hat aber auch nichts mit der Proustschen Gedächtnismethode zu schaffen, noch viel weniger mit Bemühungen Thomas Manns, die in ähnliche Richtung gehen. Nein, hier ist etwas durchaus Neues versucht, etwas, das man einen lyrischen Selbstkommentar nennen könnte: beginnend mit der äußersten Realitätsebene wird Schicht um Schicht tiefer gegangen, wobei jede Schicht den Inhalt der vorigen als Material, als lyrisches Material behandelt und nun ihrerseits wieder lyrisch verarbeitet.

Am ehesten wäre diese Methode noch als »musikalische« zu bezeichnen. In die Epik ist bisher bloß das unmusikalischeste aller musikalischen Hilfsmittel, nämlich das Leitmotiv eingedrungen; hingegen ist die Lyrik – ihrem Wesen gemäß – seit jeher stark von musikalischen Elementen durchsetzt gewesen, und gerade dies bildet den Grundstock der Brochschen Darstellungsweise: nimmt man dieses 550 Seiten starke Buch als ein einziges Gedicht, so sieht man, daß es musikalisch »durchkomponiert« ist, daß die Methode des »lyrischen Kommentars« eben nichts anderes ist als die der musikalischen Motiv-Variation (welche ja auch zu immer tieferen Ausdrucksmöglichkeiten strebt); und man wird schließlich finden, daß das ganze Buch durchaus nach den Prinzipien eines Quartettsatzes oder, vielleicht noch richtiger, nach denen einer Symphonie gebaut ist – sogar die an sich völlig natürliche Vierteilung spricht hiefür.

Dank dieser Musikalität scheint hier eines der schwersten Probleme der Epik, nämlich das der Simultaneität, einer neuen Lösung zugeführt worden zu sein: alle epische Darstellung hat sich mit der Frage der Simultaneität auseinanderzusetzen, d. h. sie muß Situationen eines einzigen Augenblickes in zeitlicher Aufeinanderfolge darstellen und trotzdem die Augenblicksimpressionen festhalten; auch die Musik hat auf ihre Weise mit diesem Problem zu schaffen, ja es ist sogar eines ihrer Hauptprobleme, denn selbst die längste Symphonie muß dem Hörer ein Einheitserlebnis geben, sie ist geradezu um dieses Einheitserlebnisses, um dieser wahrhaften Zeitaufhebung willen konstruiert. Indem nun Broch dieses musikalische Grundprinzip konsequent durchführt, gelingt es ihm, auch für die epische Darstellung einen neuen Zugang zum Simultaneitätsproblem zu finden. Die Einheit des Gesamtlebens, einschließend die Vergangenheit und sogar die Zukunft, in einem einzigen Gegenwartspunkt – die Gedächtnis- und Prophezeiungs-Einheit, wenn man sie so nennen darf – ist wohl noch nie so deutlich gemacht worden wie in diesem Buch.

3. Der Stil

Stil ist die äußere Oberfläche der Darstellungsmethode, bildet also mit dieser ein Ganzes und kann daher eigentlich nicht von ihr getrennt werden. Nichtsdestoweniger, eben weil die Darstellungsoberfläche sich im Stil konkretisiert, kann man an ihm die Methode der Darstellung ablesen.

Der Brochsche Stil ist von folgenden Elementen bestimmt:

a) er trachtet in jedem Darstellungsmoment das Kontradiktorische der Seele zur Einheit zu bringen;

b) er trachtet unaufhörlich, die gesamte (musikalische) Motivenfülle in Bewegung zu erhalten;

c) er trachtet eben hiedurch, die Simultaneität des Geschehens allüberall festzuhalten.

Höchst vereinfacht ausgedrückt, lassen sich diese Prinzipien in einem einzigen zusammenfassen: ein Gedanke, ein Moment, ein Satz.

Nur von hier aus ist die – anscheinend angreifbare – Länge der Brochschen Sätze zu verstehen. Der Satz ist die syntaktische Einheit jeder sprachlichen Darstellung, darüber bauen sich die höheren Einheiten des Absatzes, des Kapitels, des Abschnittes auf – auch hierin ist die Parallelität zum musikalischen Aufbau zu erkennen –, und der Satz ist daher für Broch die Urzelle, in welcher die Einheitsdarstellung bereits enthalten sein muß, um von hier aus zu den höheren syntaktischen Einheiten sich sukzessive zu entfalten.

Dies alles ist von »künstlicher« Konstruktion weit entfernt; so kompliziert der Brochsche Stil auch manchmal erscheinen mag, er ist vollkommen natürlich gewachsen, d.h. er ist nicht aus Prinzipien, sondern aus dem Gegenstand selber entstanden. Gerade in ihrer komplizierten Durchsichtigkeit spiegeln diese Sätze die Luzidität des Fieberkranken, aber in ihrem schwingenden Rhythmus sind sie das getreue Abbild des wogenden Dahinziehens, mit dem der Todesnachen den Sterbenden dahinträgt.

Broch schrieb diesen Selbstkommentar 1945 und plante, ihn in der Erstauflage des *Vergils* zu publizieren, doch lehnte dies der Verlag ab. Das Original, ein sechsseitiges Typoskript, befindet sich in YUL. Unter dem Titel »Der Tod des Vergil. Skizze einer Einführung in das Werk« wurde es erstmals veröffentlicht 1954 im Almanach der Buchhandlung Martin Flinker, Paris, S. 5-9. Der Kommentar wurde ferner aufgenommen in: H. Broch, *Dichten und Erkennen*, (Zürich: Rhein-Verlag, 1955), S. 265-268. Allerdings fehlen dort die Zwischentitel.

Eine englische Übersetzung des Kommentars mit dem Titel »Draft for a Translator's Note« befindet sich in YUL, 9 Seiten, maschinenschriftlich, in der Übertragung von Jean Starr Untermeyer. Zugefügt sind dort noch die folgenden beiden Abschnitte: »4.) *The translation.* The German language is a language of many dimensions: its words and especially the multitude of composita give way to a concentration of meaning out of which – in associations, but sometimes also grammatically – results the possibility of an expression in many layers; e. g. a German sentence may have at the same time a concrete and a metaphysical meaning. Broch has developed this capacity of the German language to a virtuosity which, certainly, must be acknowledged as an enlargement of the language, of the poetical and human power of expression. He was compelled to do so because he moves constantly on the borders of expressibility, forced to express the inexpressible. It is one of the great achievements of his book that he succeeded in this effort.

The English language can be called a language of one dimension; its words avoid double meanings, and composita are against the spirit of the language. That doesn't mean that English is a rigid language but its elasticity is not that of a multitude of layers; it has other and especially syntactical sources. Joyce who, like Broch, was on the search of an expression of many dimensions, therefore, had to surpass the syntactical elasticity of the English language – he often dropped the syntax completely – and was compelled to form new words which gave him the possibility to reach an associative and grammatical multitude of dimensions in his expression.

In view of these basic differences between German and English the translator saw himself confronted with an extremely difficult task. Neither was it possible to introduce a new English vocabulary in the manner of Joyce – a translation is not the place for such an undertaking –, nor was it permitted to change the syntax of the German text completely and to replace it by an original English syntax; all this would have dissimulated the character of the book, all the more as the specific rhythm of Broch's had to be maintained.

It was not easy to find a way out of this dilemma; the translator has chosen one which seemed to her the only possible one: as well as Broch penetrates in his work from one lyrical layer to the next one, using the precedent always as material for the next, just in the same way the translation had to face the whole work, i. e. the translation, too, had to be a lyrical layer in itself using the German text as material of a poetical act of its own in English. Shortly, it is the method of translating a poem. And, therefore, the translator believes to be entitled to the claim of having transformed Broch's German poem into a new one, namely into an English poem, which by its poetical qualities, and only by these, was able to be really truthful to the original, although it is centered in the poetical force of the English language. Of course, such an undertaking cannot be successful to 100%, but as far as it succeeded – and to a certain extend it did so –, the translator hopes to have rendered a service not only to the work of Broch, but also to English literature and perhaps even to the English language.

5.) *Acknowledgements*. The translator is happy to thank all those who – eager to serve a work they loved like the translator herself – were helpful to her in her difficult task. Besides Mrs. Marianne Schlesinger of New Rochelle, who made nearly the whole raw translation, there is Miss Jule Brousseau and Mrs. Josephine Kahler, as well as Mr. Wieland Herzfelde, Dr. Victor Polzer and Mr. Paul Rosenfeld, all of New York City, and Professor Roger Sessions in Princeton, who deserve the warmest thanks.

Technische Bemerkungen zum Stil im *Tod des Vergil*

Die stilistische Ausdrucksform im *Tod des Vergil* ist vielfach angegriffen worden. Sie wurde als »dunkel« und (in ihren angeblich übermäßig langen Sätzen) als »unverständlich kompliziert« empfunden und darum einerseits als Originalitätssucht beschimpft, andererseits für einen Versuch mit untauglichen Mitteln oder sonst für eine Unzulänglichkeit gehalten, bestenfalls für eine Art dekadenter Verirrung. Über die Beschimpfungen braucht nicht geredet zu werden, und den Vorwurf der Unzulänglichkeit muß man hinnehmen, denn ein solcher trifft stets bis zu einem gewissen Grad zu.

Immerhin, richtig verstanden ist weder »Dunkelheit« noch »Unverständlichkeit« etwas Ehrenrühriges. Im Gegenteil, Dunkelheit ist fast ein Ehrentitel, ist es immer, wenn es sich um die echte, aus den Tiefen des Irrationalen aufsteigende Dunkelheit handelt, und wenn auch Unverständlichkeit weit mehr im Rationalen als im Irrationalen beheimatet ist – dies ihr Unterschied vom Dunklen –, so ist sie darum nicht weniger legitim, vorausgesetzt, daß sie die Lösung eines neuentdeckten technischen Problems zutage bringt. Denn ohne das Phänomen des »Neuen« gibt es überhaupt kein Kunstwerk, und ob nun in seinen rationalen oder irrationalen Partien, es hat, will es Kunstwerk sein, sich durchgängig mit dem Neuen auseinanderzusetzen.

Ob das Schwergewicht des Kunstwerkes im Rationalen oder Irrationalen liegt, wird in der Hauptsache vom Verhältnis zum Ausdrucksmittel bestimmt. Wenn das Kunstwerk das »Neue«, das ihm aufgetragen ist, im Rahmen alter Ausdrucksmittel auszudrücken sucht, und wenn ihm dies – ein Wunder im wahrsten Wortsinn – tatsächlich gelingt, so entsteht »Dunkelheit«, die Dunkelheit der unmittelbaren Irrationalität, die Dunkelheit der Tiefe. Der Prophet, der Seher und ebendamit auch der große Dichter, sie sprechen die Sprache der Dunkelheit. Sie brauchen kein neues Ausdrucksmittel zu erfinden, sie benützen unbekümmert die traditionelle Sprache, obwohl sie für den Ausdruck des »Neuen« eigentlich nicht genügt, und sie wird doch in ihrem Munde zur neuen Sprache, denn das »Neue« wird bei ihnen in die Spannung zwischen den Worten, in das Unausgesprochene und Unaussprechbare, in das Architektonische verlegt. Kafka ist in diesem Sinne »dunkel«. Doch diese seherische Kraft der Irrationalität ist nicht das Übliche. Im allgemeinen schlägt die Kunst, darin zwar weniger naturgewachsen, dafür aber kunstwerklicher, tunlichst rationalere Wege ein; d. h. sie verlangt, daß das Ausdrucksmittel sich in rationaler Präzision dem »Neuen«, den neuaufzudeckenden Realitäten, sei es denen der Seele, sei es denen anderer Bereiche, ausdrücklich anpasse, kurzum, daß eine neue Formensprache zur Anwendung gebracht werde. Dies kann jedoch nicht in freier Erfindung geschehen, vielmehr müssen die neuen Formen, da das Kunstwerk ein Organismus ist, aus ihm selber, also organisch selbsttätig hervorgehen und tatsächlich zeigt die ganze Geschichte der Künste bis zum heutigen Tage, bis zu Joyce und Picasso, solch organisches Wachstum neuer Formen. Der Vorgang ist kein anderer als der einer jeden Sprachentstehung: jede junge Sprache ist kompliziert, ist überformalisiert und oftmals indirekt, und jede entwickelt sich nur langsam zur Vereinfachung und zur Direktheit. Unverwunderlich daher, daß jegliche neue Kunstform den Eindruck ungeheuerer Kompliziertheit bei den Zeitgenossen erweckt, einer Kompliziertheit, die ihnen um so unverständlicher sein muß, je weniger sie deren Notwendigkeit einzusehen vermögen; sie ist ihnen ebenso befremdlich wie das »Dunkle«, dem sie hie und da begegnen. Indes, niemals kann das Kunstwerk diese »Unverständlichkeit«, in der die – an sich stets rationale – Mannigfaltigkeit der Oberfläche zur Kompliziertheit der Mittel führt, gänzlich vermeiden, mag auch die Sendung der Kunst erst mit dem »Dunklen« erfüllt werden, mit jener Dunkelheit, in der die – irrationale – Tiefe sich mit Einfachheit, mit der Einfachheit des Abgrunds paart.

Der *Tod des Vergil* ist häufig in Abhängigkeit zum Joyceschen Werk gebracht worden. In der Tat sind Ähnlichkeiten vorhanden; sie sind beiläufig so groß wie die zwischen einem Dackel und einem Krokodil. Wer auf solche Absurdität sich festlegt, weiß nicht nur nicht, daß er Joyce Unrecht tut und offenbar tun muß, weil er von dieser Sprach- und Stilstruktur keine Ahnung hat, sondern er weiß auch nicht, daß Joyce unnachahmlich ist. Nirgends also ist im *Tod des Vergil* auch nur der leiseste Versuch gewagt, Joyces Methode, etwa die seiner Wortkondensation usw., zu übernehmen: im Gegenteil, so weit nur irgend angängig ist das traditionelle Vokabular unangetastet gelassen, und wenn die Proteste dem Buch die Ehre erweisen, ihm eine neue Form zuzusprechen, so liegt diese höchstens in der angefeindeten Überlänge der Sätze und Absätze sowie im Mangel einer wirklichen Kapitelteilung, mit einem Wort, in der angeblich »anomalen« Kompliziertheit der syntaktischen und stilistischen Struktur.

Sooft in der Musik ein Vorstoß zu etwas Neuem stattgefunden hat, ist dem Komponisten »Abnormität« vorgeworfen worden, und jedesmal noch ist es dem Betroffenen gelungen, den Nachweis für seine vollständige Übereinstimmung mit den normalen Regeln der Kompositionslehre zu erbringen. Die Stilistik besitzt keinen derartigen wissenschaftlich allgemeingültigen Kompositons-Kanon, ist aber darum nicht weniger logisch, und auch hier lassen sich, eben wie in der Musik, aus solcher Logik gewisse Regeln mehr oder minder apriorischen Charakters ableiten. Überflüssig zu sagen, daß sie nicht als Rezept dem *Tod des Vergil* vorangestellt gewesen sind; wohl aber lassen sie sich an dem Buch exemplifizieren:

Allgemeine Regeln für syntaktische und kognitive Einheiten.

1. Die kleinste syntaktische Einheit, kurz die »Syntax-Einheit« genannt (das Syntax-Element), ist der Satz. Es gehört zum Wesen des Satzes, daß er sich mit andern Sätzen zu höheren Syntax-Einheiten, also vor allem zu Absätzen zusammenfügen läßt, aus denen in analoger Entwicklung die nächsthöheren Einheiten wie Kapitel, Buchabschnitte etc. zu kombinieren sind.

2. Im Rahmen der Sprache vollzieht sich alles nach ihrer eigenen autonomen Logik, und alles, was in ihr geschieht, ist an dieser und an nichts anderem zu begründen. Warum also gibt es Sätze, Absätze und weitere Syntax-Einheiten? etwa, um dem Auge des Lesers Ruhepunkte zu gewähren? oder um ornamental-dekorative Gliederungen anzubringen? Das sind Begründungen, die mit der Autonomie der Sprache nichts zu schaffen haben und für sie sinnlos sind. Dagegen hat die Sprache – das ist ihre einzige Aufgabe – kognitive Gebilde, die im Geist des Sprechenden und letztlich im Menschengeist als solchem aufgetreten sind und auftreten, tunlichst genau hör- und sichtbar

zu machen. Das sind sprachpsychologische Prozesse, nämlich so weit als sprechende Individuen (insbesondere, wenn sie eine gleichsprachige Gruppe bilden) in Betracht kommen, doch der Prozeß der Sprachbildung ist nicht nur vom – empirischen und halbempirischen – psychologischen Bereich her bedingt: dahinter steht der erkenntnistheoretische, und wenn auch zugegeben werden muß, daß manches in ihm nur Schein-Apriorität ist, d. h. sich als Rückwirkung des Psychologischen, ja des Sprachlichen entpuppt oder noch entpuppen wird (– schon daß es keine eigentliche chinesische Erkenntnistheorie gibt, zeigt offenbar, daß sie, gäbe es sie, von der indogermanischen differieren müßte –), so haben doch die Husserlschen Untersuchungen einwandfrei gezeigt, daß bei noch so weit vorgetriebener, wenn auch niemals beendbarer phänomenologischer Säuberung immer noch ein echt apriorischer Rest als Domäne der rein abstrakten, rein deduktiven Erkenntnistheorie verbleibt. Es ist daher durchaus nicht überflüssig, sondern notwendig, die Wurzeln von Sprachstrukturen, wenn diese zur Erwägung gestellt werden, im Erkenntnistheoretischen aufzusuchen. Kurzum, von der Sprache her wird nichts »gemeint«, vielmehr wird sie, unbeschadet ihrer Autonomie, von einem »meinenden Akt« der Erkenntnis dirigiert, und ihre Struktur-Gebilde, also vor allem die Syntax-Einheiten wie der Satz, der Absatz usw. werden bloß sinnvoll, u. z. sprachlich sinnvoll, wenn zu ihnen ideale, nicht-empirische Kognitiv-Gebilde angenommen werden, mit denen sie in einem Entsprechungs-Verhältnis stehen und deren Ausdruck sie sind. Den Syntax-Einheiten dürfen und müssen daher ideale der »meinenden« Erkenntnis zugeordnet werden; es ist sinngemäß, sie »Eidos-Einheiten« zu nennen.

3. Die »Eidos-Einheit« ist auf einen bestimmten äußern oder innern Weltausschnitt bezogen, der an einer bestimmten Stelle des Raumes und der Zeit lokalisiert ist und für die Dauer seines Bestehens als »Ganzes« erfaßt wird. Ließe sich ein derartiger Weltausschnitt vollkommen isolieren, so könnte er, besonders wenn er bloß einen einzigen Augenblick andauerte, als in sich veränderungslos betrachtet werden, als eine veränderungslose, absolut statische »Situation«, sozusagen als »Elementarsituation«. Eine solche Isolierung ist jedoch nur höchst selten möglich (am allerwenigsten in der aus rapid aufeinanderfolgenden Gedanken und Gefühlen bestehenden Innenwelt) und prak-

tisch wird daher fast immer [eine] Reihe konsekutiver »Situationen« als Ganzheit erfaßt. Entweder also werden die Veränderungen innerhalb eines Weltausschnittes mehr oder weniger willkürlich vernachlässigt und hiedurch eine (über jenen einzigen Augenblick hinausreichende) fiktiv statische »Situation« hergestellt – z. B. in dem Ausdruck »das flackernde Licht«, das trotz seiner Flackerveränderungen als unveränderliche Situation für Leuchtdauer genommen wird –, oder aber es werden die »Grenzen« zwischen »Situation« und »Nachbarsituation«, d. h. eben auch deren beider Unterschied ausdrücklich miterfaßt und solcherart der Weltausschnitt zu einem »Vorgang« verwandelt. Eine Aussage wie »Verlöschendes Licht« ist beispielsweise ein spezifischer »Situationsgrenzen-Vorgang« – wohlunterschieden vom Sachverhalt »Flackerndes Licht« –, und vollkommene Isolierung vorausgesetzt, könnte in Parallele zur »Elementarsituation« hier von einem »Elementarvorgang« gesprochen werden. Im Gegensatz zur statischen »Situation« ist der »Vorgang« ein dynamisches Phänomen, freilich ohne daß darum sein Ganzheitscharakter sich verringert. Dies wird in den indogermanischen Sprachen besonders deutlich: auch wenn ein »Vorgang« länger als einen einzigen Augenblick währt, erhält er infolge der Stabilität des Satz-Subjektes (Projektion des sprechenden Subjektes) einen gewissen statischen Anstrich, während umgekehrt die anscheinend veränderungslose »Situation« durch das Satz-Verbum (Verhältnis des unveränderlichen Subjektes zur veränderlichen Umwelt) immer bis zu einem gewissen Grad dynamisiert wird. Die Zusammenfassung der beiden Ganzheitsphänomene unter dem gemeinsamen Begriff »Eidos-Einheit« erhält von hier aus eine zusätzliche Stütze.

4. Die »Eidos-Einheit« darf demnach als logische »Erzeugerin« der »Syntax-Einheit« betrachtet werden; sie hat diese erzeugt, um durch sie (und durch kein anderes Mittel) ans sprachliche Licht gebracht zu werden. Eine Eidos-Einheit kann nur und muß durch eine Syntax-Einheit dargestellt werden.

Diese Forderung scheint im Fall der »kleinsten« Einheiten, also einerseits der »Elementarsituation« und des »Elementarvorganges«, andererseits des »Satzes« leicht erfüllbar zu sein. Sowohl Elementarsituation wie -vorgang, gleichgültig ob auf die äußere oder innere Welt bezogen, werden in einem einzigen Augenblick erfaßt, sind gewissermaßen »Augenblicks-Ganzheiten« vornehmlich statischen Gepräges, und ähnliches läßt sich vom »Satz« behaupten, denn ein richtig konstruierter Satz bringt alle seine Teile in eine Simultan-Beziehung zueinander, und in der Simultaneität ist auch das Augenblickshafte und Statische enthalten. Hieraus ergibt sich eine Grundregel, die sich in der Sprachpraxis immer wieder verifiziert, nämlich »Ein Gedanke, ein Satz – ein Satz, ein Gedanke«. Heißt dies aber nun, daß ein Satz unter allen Umständen ohne Bruch bis zur Erschöpfung des Gedankens weitergeführt werden muß? Ein Gedanke kann ja in einem einzigen Augenblick Ganzheiten von außerordentlicher Ausdehnung umfassen, eben ganze Serien konsekutiver Situationen, deren fiktive Statik durch Vernachlässigung der Veränderungen erzielt ist, und die Syntax muß hiefür Vorsorge treffen: sie tut es, indem sie anstelle des Satzes die nächsthöheren Syntax-Einheiten, also zuerst einmal den Absatz verwendet und für diesen die Satzregel entsprechend abändert, so daß sie nunmehr »Ein Gedanke, ein Absatz – ein Absatz, ein Gedanke« zu lauten hat. Wird ein solcher Übergang vom Satz auf den Absatz vollzogen, so wird auch die Unterteilung des Hauptgedankens in einzelne Kurzsätze (gemäß den konsekutiven Situationen) innerhalb des Absatz-Rahmens unzweifelhaft gestattet, wenn auch nicht unbedingt gefordert. Ein Musterbeispiel für einen derartigen Sachverhalt liefert das letzte Kapitel des *Ulysses,* in dem in einem einzigen kapitellangen Absatz, in einem einzigen kapitellangen Satz die Ganzheit einer einzigen (vielleicht bloß sekundenlangen) Situation, eines einzigen Vorganges, wahrhaft einer Elementarsituation und eines Elementarvorganges, innermonologisch als ein ungebrochen-einziger [Gedanke dargestellt ist.]

Broch verfaßte diesen Kommentar Ende 1945. Das Originaltyposkript (Fragment) befindet sich in YUL, 6 Seiten. Ohne den Abschnitt »Allgemeine Regeln...« ist der Text erstmals veröffentlicht worden in: H. Broch, *Dichten und Erkennen,* a.a.O., S. 268-270.

Stilprobleme im *Tod des Vergil*

Vielen Lesern scheint der Stil in *Der Tod des Vergil* in mancher Hinsicht sonderbar; sie glauben, dieser Stil sei angewandt worden, um einen Mangel an natürlicher Ausdruckskraft zu verbergen, oder etwa aus Arroganz, die es vorzog, ungewöhnliche Umwege einzuschlagen, anstatt auf den üblichen Pfaden zu bleiben.

Was den ersten dieser Einwürfe angeht, möchte ich nur auf meine früheren Bücher verweisen, in denen ich, wie ich glaube, mit dem sogenannten »natürlichen Stil« mehr oder weniger fertig geworden bin. Was aber den *Tod des Vergil* betrifft, läßt sich dieser Einwurf nicht ganz von der Hand weisen. Dieses Buch (mehr von seiner eigenen Dynamik fortentwickelt als von der seines Verfassers) versucht, einen Zugang zu jenen Sphären der menschlichen Seele zu finden, die bisher fast unzugänglich waren, und da ja Inhalt und Ausdrucksform (in einem organisch gewachsenen im Gegensatz zu einem »ersonnenen« Werk) stets eine Einheit bilden, müssen die Versuche auf diesem neuen Gebiet notwendig zu einer neuen Art des Ausdrucks führen, die aus einer Sprache heraus neu zu formen eine undankbare und nicht immer von Erfolg gekrönte Aufgabe ist. Jede neue, jede junge Sprache ist kompliziert und oft umständlich. Klarheit ist in jeder Sprache erst die Frucht einer Entwicklung. Daher gebe ich auch gern zu, daß ich nicht vollständig mit dieser Aufgabe und all ihren Schwierigkeiten fertig geworden bin. Die Aufgabe selbst aber, wie ich sie mir gestellt hatte, war eine reine Notwendigkeit, und im Hinblick darauf scheint es mir überflüssig, mich mit dem zweiten Einwurf zu befassen, der tatsächlich nur ein beleidigender Zweifel an der Aufrichtigkeit eines Künstlers ist. Wahrscheinlich mußte sich jeder Künstler, seitdem es die Künste auf Erden gibt und wann immer er versuchte, neue Ausdrucksformen auf seinem Gebiet zu finden, ähnlich verletzende Vorwürfe anhören; doch gäbe es, wenngleich sich natürlich nicht alles Neue auf die Dauer hat halten können, keine Entwicklung in der Kunst, spürte nicht der Künstler diesen Drang zum »Neuen« und zu dessen Entdeckung.

Ich brauche daher wohl nicht zu sagen, daß ich mich nun aber auch nicht an die Formen des Stiles klammere, den ich im *Vergil* benutzt habe, oder, genauer gesagt, der sich von selbst aus diesem Werk heraus entwickelte; denn der Stil und die Formen ergaben sich von selbst mit dem Fortschreiten des Werkes.

Doch möchte ich nun einige Beobachtungen wiedergeben über diesen »lyrischen Stil« besonders in Bezug auf die »langen« Sätze und Absätze im *Tod des Vergil,* denn seine unglücklichen Leser sind offenbar von vornherein verwirrt durch die syntaktischen Formen. Das folgende grobe Schema wird das Problem vereinfachen.

A. Allgemeine Regeln für die syntaktischen Einheiten:

1. Die kleinste syntaktische Einheit (Grundelement der Satzlehre) ist der Satz. Er ist geeignet, mit anderen Sätzen zu höheren (weiter entwickelten) Einheiten verbunden zu werden, d. h. zu Absätzen, Kapiteln, Abschnitten etc.

2. Was hier eine stilistische Einheit genannt werden soll, entsteht, wenn eine »Situation« der inneren oder äußeren Welt in Worten oder Sätzen zu beschreiben ist. Eine Situation als solche entsteht durch Festlegung auf einen bestimmten räumlichen oder zeitlichen Punkt. Sie kann nur für einen Augenblick andauern, da nämlich schon im nächsten Moment der Wechsel zur folgenden Situation eintreten kann und wird: Die Schilderung hätte sich dann nicht mit einer, sondern mit zwei oder mehr Situationen zu befassen. Dies trifft ganz besonders für den Bereich des menschlichen Innenlebens zu, wo die Situationen aus Gedanken und Gefühlen bestehen, die mit äußerster Schnelligkeit von einer »Einheit« in die andere überwechseln. Die stilistische Einheit ist an den Augenblick gebunden. Sie ist ein statisches Phänomen.

3. Jede stilistische Einheit muß durch eine einzige syntaktische Einheit wiedergegeben werden. Diese syntaktische Einheit kann sowohl ein Satz sein, als auch ein Absatz oder ein Kapitel. Welche Möglichkeit man wählt, hängt ab von dem darzustellenden Inhalt. (In seinem *Ulysses* zum Beispiel wendet Joyce alle drei Möglichkeiten an, bleibt aber innerhalb jeden übergeordneten Abschnitts konsequent. Das ganze letzte Kapitel schildert einen einzigen Augenblick.)

4. Eine stilistische Einheit wird gewöhnlich durch eine der größeren syntaktischen Einheiten wiedergegeben, die aus

mehreren Sätzen aufgebaut ist. Wenn das der Fall ist, so sollte das Verhältnis zwischen der Länge eines Absatzes und der eines Satzes aufrechterhalten werden: die stilistische Einheit verliert ihre Geschlossenheit, wenn die entsprechende syntaktische Einheit in zu viele Sätze aufgespalten wird. Daher verlangt, wenn auch mit Vorbehalt, der lange Absatz den langen Satz, um das Gleichgewicht zu erhalten. (Das ganze letzte Kapitel von Joyces *Ulysses* besteht trotz seiner Länge aus einem einzigen Absatz und einem einzigen Satz.) Die ganze »höhere Einheit«, die eine einzige Situation wiedergibt, hat »statische Struktur«.

5. Dieses statische Gefüge wird ein dynamisches, wenn die höhere syntaktische Einheit, das Kapitel oder der Absatz, nicht nur eine, sondern mehrere stilistische Einheiten darstellen soll, d. h. mehrere Situationen in ihrem Verhältnis zu einander, in ihrem Kausalnexus und die Entwicklung von einer Situation zur nächsten. Wenn zum Beispiel eine dynamische Einheit als Verbindung mehrerer Situationen (stilistische Einheit) in einem einzigen Absatz wiedergegeben wird, so ist eine jede dieser Situationen auf einen einzigen Satz beschränkt (die entsprechende syntaktische Einheit). Mit anderen Worten: die kleinste Einheit auf der stilistischen Seite (die Situation) verlangt die kleinste Einheit auf der syntaktischen Seite (den Satz), denn beide sind »statische« Bausteine des ganzen Gefüges. Im Rahmen eines einzigen Absatzes die stilistische Einheit durch mehrere Sätze wiederzugeben wäre einfach unlogisch, da dies die Vermischung eines statischen mit einem dynamischen Gebilde bedeuten würde. Der Satz trägt die statische Situation in sich, und die Entwicklung von einem Satz zum nächsten kennzeichnet den dynamischen Wechsel. Um eine Verwirrung dieser zwei Grundsätze zu vermeiden, sollte eine einzige Regel eingeschärft werden: ein Gedanke – ein Satz, ein Satz – ein Gedanke. Diese Regel ist aber natürlich auch eine der Ursachen für die langen Sätze, denn sie gestattet nicht, einen Satz zu beenden, bevor der Gedanke, der wiedergegeben werden soll, seinen vollen Ausdruck gefunden hat, so umfassend dieser Gedanke auch manchmal sein mag.

6. Das dynamische Gebilde, das, dargestellt durch einen Absatz oder ein Kapitel, eine Verbindung von stilistischen Einheiten herbeiführt, begründet eine höhere syntaktische Einheit, und es muß betont werden, daß diese Einheit wieder alle die

Forderungen erfüllen muß, die man an eine Einheit stellt, die eine Situation der inneren oder äußeren Welt schildert. Diese höhere Einheit erscheint in der äußeren Welt gewöhnlich in der Form einer Handlung. In der inneren Welt stellt sie sich gewöhnlich dar als ein rationales oder irrationales (emotionales) Problem und seine Lösung. Und ebenso wie der Satz nicht abgeschlossen werden kann, ehe der Gedanke, den er darstellt, seinen vollen Ausdruck gefunden hat, ebenso muß der Absatz oder das Kapitel fortgeführt werden, bis die Handlung oder das Problem und seine Lösung ihre volle Wiedergabe gefunden haben. Jede Handlung trägt ihr Ende bereits in ihrem Anfang, und jedes Problem enthält bereits seine Lösung. Ebenso muß auch der Absatz oder das Kapitel am Ende stets zu seinem Anfang zurückkehren, wenn auch auf einer logisch höheren Stufe. In diesem Sinne hat jeder Absatz und jedes Kapitel zyklische Struktur.

7. Die Kreisgestalt des Absatzes und des Kapitels beeinflussen nun wiederum die Konstruktion und Länge der darin enthaltenen Sätze. Das Gleichgewicht eines Stils beruht auf diesem Wechselverhältnis der syntaktischen Einheiten niederer und höherer Stufe.

Formale Regeln haben in der Kunst niemals absolute Gültigkeit. Das gilt auch für diese sieben Punkte; aber soweit sie Gültigkeit haben, sind sie logisch begründet. Daß der Komponist nicht völlig »frei«, sondern an die Regeln der musikalischen Theorie gebunden ist, das beruht auf der tiefen Logik dieser Theorie. Die Musikwissenschaft ist durchgehend deduktiv und in mancher Hinsicht ist ihre Logik die jeglicher künstlerischen Ausdrucksform. So ist vielleicht jedes Kunstwerk auf Grund dieser gemeinsamen logischen Wurzel musikalisch. Vor allem trägt der lyrische Gehalt aller Dichtung den Stempel dieser gemeinsamen Logik. Der beste Beweis für diese selbstverständliche Tatsache ist die Art, in der man ein Gedicht in Musik überträgt. Sehr häufig offenbart ein Gedicht seine innere Bedeutung und Größe erst durch die Übertragung in die Musik, indem es auf diese Weise zu einem »Lied« wird. Wahrscheinlich war es der lyrische Gehalt des »Vergil«, der dieses Buch an die Logik der Regeln band, wie sie oben aufgezeigt sind.

a) Von Anfang bis Ende stellt dies Buch einen inneren Monolog dar (obwohl es in der dritten Person geschrieben ist), und als ununterbrochener innerer Monolog gestattet es keine Aufteilung in Kapitel. Was in anderen Büchern durch Kapitel wiedergegeben ist, erscheint hier in Form von Absätzen, d.h., der Absatz bildet die kleinste syntaktische Einheit.

b) Das Buch schildert 18 Stunden auf 530 Seiten. Es enthält wenig Handlung und entwickelt sich daher nur sehr langsam. Dies ist der Hauptgrund für die Länge der Absätze, da jeder nur einen Schritt der Handlung darzustellen hat und eine Aufteilung in Unterabsätze nicht zuläßt.

c) Da es sich um einen inneren Monolog handelt, so entspricht jeder Schritt der äußeren Handlung genau einem inneren Geschehnis, d. h., einem rationalen oder irrationalen Problem und seiner Lösung. Jeder Absatz ist ein Zyklus (ein kleineres Gegenstück zu dem großen Zyklus, den das ganze Buch darstellt.)

d) Ein stilistischer Zirkel ist nicht nur ein ununterbrochener Bogen, er enthält in sich auch noch stilistische Bewegungen und Verdichtungen, kurz, er umfaßt Anstieg und Abstieg. Die Länge des Absatzes ist eines der Mittel, das zum Entstehen dieser inneren Bewegung beiträgt. Ohne den langen Anstieg und den langen Abstieg würde der Übergang vom lyrischen inneren Monolog in wirkliches Gedicht, wie etwa die »Elegien« (die den stilistischen Kern des ganzen Buches bilden), nicht folgerichtig durchgeführt sein.

e) Die Länge des Satzes ist genau durch die Länge des Absatzes vorgeschrieben. »Ein Satz – ein Gedanke, ein Gedanke – ein Satz«. In diesem Falle erscheint die Regel ganz naturgegeben. Natürlich sind die Gedanken sehr verwickelt, da in dem inneren Monolog all die gegensätzlichen Elemente menschlichen Seelenlebens wie auch die Vereinigung dieser Elemente in der Seele Ausdruck suchen. Doch kein Satz in dem Buch beruht auf einem bloß genießerischen Spiel mit der Form. Jeder Satz versucht, eine lyrische Darstellung der stilistischen Einheit als solcher zu sein.

Aus diesem Grunde glaube ich, soweit es den deutschen Text angeht, die Verantwortung für die ungewöhnliche Darstellungsform des Buches übernehmen zu können, und wenn ich die Gelegenheit hätte, dies Buch noch einmal zu schreiben (denn kein Buch ist wirklich »vollendet«), so würde ich an seiner Form nichts ändern. Die englische Übersetzung ist eine getreue Übertragung dieser Form bis in alle Einzelheiten und als solche erkenne ich sie nicht nur an, sondern bewundere sie im höchsten Grade. Zur Frage der besonderen Schwierigkeiten bei der Übersetzung dieses Buches und seiner stilistischen Sonderheiten ins Englische genügt es, auf Mrs. Untermeyers »Anmerkungen des Übersetzers« im Anhang der englischen Ausgabe des Buches hinzuweisen.

Broch schrieb den Text dieses Kommentars zu Anfang 1946 auf englisch und ließ ihn durch seine Übersetzerin Jean Starr Untermeyer korrigieren. Das Originaltyposkript mit dem Titel »Problems of Style in *The Death of Virgil*«, maschinenschriftlich, 6 Seiten, befindet sich in YUL. Für die *Hamburger Akademische Rundschau* übersetzte Egon Vietta den Text ins Deutsche. Dort erschien er unter dem Titel »*Der Tod des Vergil*. Betrachtungen Hermann Brochs zum Stil seines Werkes«, 2. Jg., 9./10. Heft (1948), S. 497-501. Die Übersetzung Viettas ist hier abgedruckt.

Technische Bemerkungen zur Übersetzung

Der Tod des Vergil ist ein nahezu unübersetzbares Werk. Doch da es trotzdem übersetzt wurde, hält sich der Übersetzer für verpflichtet, die Schwierigkeiten des Unternehmens aufzuweisen, und die Mittel, mit denen sie zu überkommen versucht wurden, zu erläutern.

Kein Gedicht ist vollkommen übersetzbar, und der *Tod des Vergil* ist ein Gedicht, wenngleich nicht im Sinn eines einzigen lyrischen Ausbruches und auch nicht im Sinn einer Gedichtserie zu einem gemeinsamen Thema, dennoch ein Gedicht, und zwar eines, das sich in einem einzigen Atem über mehr als 500 Seiten hin erstreckt; seinem Inhalt nach ließe es sich noch am ehesten mit den antiken Epen (zu denen es ja durch Vergil eine innere Konnexion besitzt) vergleichen, da es wie diese das Erzählerische bis ins Kosmogonische steigert; doch allzuweit läßt sich der Vergleich nicht führen, vielmehr muß das Brochsche Werk als eine durchaus neuartige und moderne Dichtungsform angesprochen werden. Daß aber diese Form tatsächlich als eine rein dichterische anzusprechen ist, das zeigt sich vor allem an der gedichtartig einheitlichen und, fast möchte man sagen, musikalischen Komposition des Gesamtwerkes: die vier Hauptteile des Buches stehen wie Symphonie- oder Quartettsätze zueinander, sind wie solche ebensowohl inhaltlich-motivisch wie strukturell-formal gegeneinander abgewogen, und in der Gliederung eines jeden der vier, ja in jedem einzelnen seiner Glieder wird die Gesamtstruktur echoartig gespiegelt, wird das Motivenmaterial, ähnlich der musikalischen Variation, wiederholt und in der Wiederholung entfaltet.

Es versteht sich nun von selbst, daß diese dichterisch-musikalische Struktur allenthalben ins Sprachliche selber, ja sogar in die Wortbildung als solche sich fortsetzt, und damit beginnt die eigentliche Übersetzungsschwierigkeit. Ein paradigmatisches Beispiel hiefür ist in der Rolle des Substantivs zu sehen: die deutsche Sprache verwendet das Substantiv gewissermaßen als konzentrierten Satz in sich selbst, erlaubt daher auch in schier unbegrenzter Weise, Substantiva zu Komposita zusammenzuziehen, während das Englische, ungeachtet seiner germanischen Wurzeln, doch so viel keltische, lateinische und französische Elemente enthält, daß dem Substantiv eine ganz andere syntaktische Funktion zugewiesen wird, Komposita aber nahezu völlig ausgeschaltet werden. Wenn also Broch aus dem Geist der deutschen Sprache heraus seine musikalische Konstruktion im Substantiv verankern darf, wenn er die Wiederkehr seiner Themen durch leitmotivische Wiederholung der Substantiva in den verschiedensten Zusammenfügungen anzeigt, so durfte solche Technik in einer englischen Übersetzung nicht nachgeahmt werden: hätte man etwas Derartiges versuchen wollen, so hätte man eine durchgreifende Umwandlung des englischen Ausdruckes vornehmen müssen, etwa wie Joyce (übrigens der Autor, zu dem – abgesehen von Kafka – für Broch, trotz völlig anderer Technik, eine gewisse Verwandtschaft nachgewiesen werden könnte) es getan hat, als er, gleichfalls aus psychologischen wie aus artistischen und musikalischen Gründen, daran ging, Wort-Neubildungen unter Verwendung aller möglichen Sprachen zu erfinden; indes, ein solches Experiment ist bloß für eine Originaldichtung und außerdem nur einem Genie wie Joyce gestattet, nicht jedoch einer Übersetzung, und es hatte daher der Versuch gemacht zu werden, aus dem Geist der englischen Sprache selber das Äquivalent für den Brochschen Ausdruck und seiner Substantivstruktur zu bilden. Dies geschah durch eine – dem Unterschied zwischen den beiden Sprachen gemäße – »Umlagerung« der Sinngebung: der Sinn des Ausdruckes ruht in der Übersetzung nicht mehr hauptsächlich im Substantiv, vielmehr ist er auf den Satz verteilt; hiedurch konnten nicht nur die un-englischen Komposita vermieden werden, sondern auch die leitmotivischen Wortwiederholungen, die im Englischen zu satz-getragenen Sinn-Wiederholungen wurden, so daß es in deren Rahmen auch möglich wurde, statt des im Deutschen stereotyp beibehaltenen einzigen Ausdruckes nun wechselnde Synonyma zu verwenden.

Unbeschadet solch tiefgreifender, prinzipieller Differenz zwischen der deutschen und englischen Sinngebung mußte aber trotzdem die spezifisch Brochsche Syntax, die ja eines der wesentlichsten Elemente seines Werkes ist, getreulich bewahrt werden, und das war für den Übersetzer eine womöglich noch schwierigere Aufgabe. Die Brochsche Syntax ist der Hauptsache nach Funktion zweier Grundbedingungen, die freilich unlösbar miteinander verbunden sind: sie entspringt einerseits der musikalischen Konstruktion, andererseits dem innern Monolog, als welcher das Gesamtgedicht – obwohl in der dritten Person vorgetragen – aufgefaßt werden muß. Dieser innere Monolog bringt, wie allerwärts in der Literatur üblich, Erinnerung und Gefühlskonfession, vertieft bis zu der von Körpergefühlen, geht aber hier noch darüber hinaus, indem er zeigt, wie aus alldem sich metaphysische Grundhaltungen und philosophische Theoreme assoziativ entwickeln; selbst die Konversationsszenen des Buches gehen in den innern Monolog ein, sind nichts anderes als monologisierende und ebenhiedurch so stark abstrahierende Reproduktion des äußern Geschehnisses und des realen Dialogs, daß dieser, zumeist fern aller naturalistischen Darstellung, eine geradezu platonische Färbung erhält. Aus dieser Art des innern Monologs ergeben sich gewisse stilistische Forderungen, beispielsweise hinsichtlich des Darstellungstempos, und es ist eben diese Forderung, der die Brochsche Syntax folgt, wenn sie – um im musikalischen Vergleich zu bleiben – die vier Symphonieteile des Buches durch alle Zeitmaße hindurch vorwärtstreibt, vom Andante des Anfangs bis zum Maestoso des Schlusses; je mehr sich hiebei das Tempo beschleunigt, desto kürzer werden die Sätze, je mehr es sich verlangsamt, desto komplizierter wird der Satzbau, und man kann wohl behaupten, daß die Sätze im Adagio des zweiten Teils zu den längsten der Weltliteratur gehören. Denn da hier der innere Monolog Gedankengruppen bringt, in denen die verschiedensten emotionalen und eben auch philosophischen Inhalte, oftmals sogar höchst disparater Natur, versammelt sind, um solcherart gemeinsam innerhalb einer einzigen flüchtigen Sekunde durch das Bewußtsein zu huschen, hielt es der Autor für notwendig, eine derartige Inhaltseinheit, und mag sie noch so komplex sein, auch immer in je einem einzigen Satz zusammenzufassen: während der »lange Satz« anderer Schriftsteller, etwa Prousts oder Thomas Manns, lediglich »Stileigentümlichkeit« ist, ein Ausfluß der in seiner Subjektivität größtenteils unerforschlichen ästhetischen (rhythmischen und ornamentalen) Bedürfnisse des Autors, hat er bei Broch eine rein funktionale Bedeutung, d. h. er fügt sich einer Grundregel aller Syntax, nämlich »Ein Satz – ein Gedanke – eine Sekunde«. Es ergab sich also als wichtiges Übersetzungsproblem die Frage nach der Anwendbarkeit dieser Regel im Englischen.

Nun ist allerdings die deutsche Sprache (und sogar auch die französische) für die strikte Durchführung eines solchen Prinzips besonders geeignet, weil sie vermittels der ihr eigentümlichen, logisch abgestuften Nebensätze die Periodenkonstruktion fördert; sinnlos jedoch wäre es, zu behaupten, daß die englische Tendenz zur Elimination des Nebensatzes keinerlei ausgedehnte Periodenbildung zulasse: es muß diese bloß anders konstruiert werden, um zulässig zu werden, und ein Blick auf die großen englischen Autoren des 18. Jahrhunderts vermag für jedermann die Zulässigkeit des »langen Satzes« erweisen. Der Übersetzer hat sich daher entschlossen, das syntaktische Grundprinzip des Brochschen Stils ohne Einschränkung zu übernehmen, und wenn auch die grammatische Umkonstruktion der Perioden keine leichte Arbeit war, so dürfte sie sich doch gelohnt haben, da es durch sie möglich wurde, die sprachliche Wellenbewegung, welche sich durch das ganze Buch hindurchzieht und die Fahrt der Todesbarke wiedergibt, getreulich in den englischen Text zu übertragen.

War es also in dieser Beziehung vorteilhaft, die grammatischen Wesenheiten der Brochschen Sprache adäquat beizubehalten, so sah sich der Übersetzer gezwungen, an andern Punkten von der Originalstruktur abzuweichen und eigene Wege zu gehen. Einer dieser Punkte ist die Verwendung der grammatikalischen Zeiten. Der deutsche innere Monolog erlaubt es ohneweiters, vom Imperfekt zum Präsens zu wechseln, macht es oftmals sogar notwendig, und Broch macht von dieser Erlaubnis reichlich Gebrauch, insbesondere dort, wo Vergils Gedanken zu allgemeinen philosophischen Feststellungen werden, oder wo sie sich zu Prophezeiungen erheben. Im Englischen mußte dieser Zeitenwechsel erheblich eingeschränkt werden, weil das englische Präsens, und gar wenn es sich um philosophische Feststellungen handelt, sehr leicht einen didaktischen Anstrich erhält, der unbedingt vermieden zu werden hatte: denn *Der Tod des Vergil* ist ein Gedicht und nichts anderes.

Niemals also durfte der Übersetzer den Gedichtcharakter des Werkes vergessen. Wenn irgendwo, so war hier die Gedichtform unbedingtes Erfordernis: der innere Monolog Vergils hat nicht nur die unzähligen Variationen der seelischen Inhalte darzustellen, sondern er hat sie auch, mit und trotz aller ihrer

Disparatheit, in der Schwarz und Weiß, Böse und Gut unvermittelt nebeneinander auftreten, wieder zur Einheit zu binden, nicht zuletzt, weil eben der monologisierende Mensch in der Rückschau auf sein Leben sich selbst darin als Einheit sieht und stets als Einheit empfindet, mag er noch so sehr um seine Widersprüche wissen. Nur die Gedichtform aber ist imstande, eine solche Einheit des Disparaten herzustellen und plausibel zu machen, denn im Gedicht vollzieht sich die Aussage nicht im rationalen Ausdruck, sondern in der irrationalen Spannung zwischen den Worten, zwischen den Zeilen, kurzum in der »Sinnarchitektur«. Auf diese – im letzten Grunde also wieder ausschließlich musikalische – Sinnarchitektur kommt es in der Dichtung allüberall und daher auch bei Broch an, ja bei ihm erst recht, weil es ihm bloß durch sie gelingen konnte, das Unerahnbare, die Unendlichkeits- und Todeserkenntnis, die sowohl im geistigen wie im realen Mittelpunkt seines Werkes – am klarsten nämlich in den großen Schicksalselegien – steht, annäherungsweise erahnen zu lassen. Von diesen Schicksalselegien aus hat der Übersetzer das Gesamtgedicht erfaßt, von ihnen aus hat er den Impuls empfangen, seine eigene dichterische Arbeit in der Übertragung zu beginnen, und er kann nur hoffen, daß sie halbwegs geglückt ist.

Ist sie aber geglückt, dann darf die Übersetzung – in aller Bescheidenheit – den Anspruch erheben, auch als eigenes englisches Gedicht betrachtet zu werden, dies umsomehr, als sie ja auf die dichterischen Mittel, welche das Original, mit aller Legitimation, verwendet hat, nämlich die syntaktische und vokabularische Erweiterung der deutschen Sprache, ihrerseits im Englischen weitgehend verzichten mußte; sie mußte im allgemeinen mit dem englischen Sprachschatz, wie er eben vorliegt, sich begnügen, glaubt aber hiedurch auch manches zur leichteren Verständlichkeit dieses schwierigen Werkes beigetragen zu haben.

Es muß wohl nicht eigens betont werden, daß trotz dieser Differenzen die Übersetzung mit minutiöser Worttreue vorgenommen worden ist. Geringfügige Abweichungen, die bei genauer Textvergleichung auffallen könnten, sind auf nachträgliche Korrekturen des Autors im deutschen Text zurückzuführen, denn der englische ist vor dem deutschen in Druck gegangen, so daß die letzten, übrigens sehr kleinen Abänderungen des Autors nicht mehr in der Übersetzung berücksichtigt werden konnten.

Broch verfaßte diesen für die englische Übersetzung vorgesehenen Kommentar Ende 1944. Das Originaltyposkript, 7 Seiten, befindet sich im Deutschen Literaturarchiv, Marbach (DLA). Erstmals abgedruckt wurde er in: H. Broch, *Dichten und Erkennen,* a.a.O., S. 271-275. Brochs englische Übersetzung mit handschriftlichen Änderungen von Jean Starr Untermeyer befindet sich in YUL, sechsseitiges Typoskript. Die in die Erstauflage von *The Death of Virgil* aufgenommene »Translator's Note« ist nicht mit diesem Text identisch. Sie ist vielmehr eine von Jean Starr Untermeyer verfaßte Notiz, die sowohl Brochs »Technischen Bemerkungen zur Übersetzung« wie seinen »Bemerkungen zum *Tod des Vergil*« verpflichtet ist.

Quellen

Das historische Quellenmaterial zu Vergils Leben und Werk ist nicht sehr umfangreich. Daß dieses Material seine Berücksichtigung im *Tod des Vergil* gefunden hat, versteht sich von selbst. Im allgemeinen handelt es sich dabei um so wohlbekannte Standardwerke, daß eine Bibliographie überflüssig erscheint.

Hingegen dürfte es von Interesse sein, ein Beispiel der Legenden, die sich im Mittelalter um die Vergil-Gestalt gerankt haben, hier anzuführen:

»Publius Vergilius Maro stammte von bescheidenen Eltern, besonders hinsichtlich seines Vaters, von dem einige überliefern, daß er Töpfer gewesen sei; die Mehrzahl erzählt, daß er anfangs bezahlter Diener eines gewissen Reisenden Magus, bald aber wegen seines Fleißes sein Schwiegersohn geworden sei. Als ihm sein Schwiegervater die Aufsicht über Ackerbau, Landwirtschaft und die Herden übertrug, vermehrte er seine Habe durch den Ankauf von Wäldern und durch Bienenzucht.

Er (Vergilius) ist am Idus des Oktober geboren in dem Dorf Andes nicht weit von Mantua.

Die schwangere Mutter Maja träumte, sie sei auf einen Lorbeerast gestiegen, den sie nach einer Berührung mit der Erde Wurzel fassen und wachsen sah wie einen reifen Baum mit verschiedenen Blüten und Früchten. Am nächsten Morgen mit ihrem Gatten eine benachbarte Gegend aufsuchend, wandte sie sich vom Wege ab und gebar. Man erzählt, das Kind habe, als es geboren war, nicht gewimmert und sei von so mildem Antlitz gewesen, daß schon damals sich unzweifelhafte Hoffnung auf ein günstiges Geschick anzeigte. Und es kam noch ein anderes Vorzeichen hinzu. Ein Pappelzweig, der nach dortigem Brauch bei der Geburt am selben Ort gepflanzt wurde, faßte so schnell Wurzel, daß er die um vieles früher gepflanzten Pappeln (sehr bald an Höhe) erreichte. Er wurde daher der Baum des Vergil genannt und geweiht zum höchsten Heiligtum der schwangeren Mütter, die dort Gelübde auf sich nahmen und einlösten.

Die erste Kindheit bis zum siebten Lebensjahr verbrachte er in Cremona. Und im siebzehnten Jahr empfing er die toga virilis. Es geschah, daß am gleichen Tag der Dichter Lucretius starb.

Aber Vergil ging von Cremona nach Mailand und von dort bald darauf nach Neapel. Nachdem er dort eifrigst griechische und lateinische Wissenschaft studiert hatte, verwendete er endlich seine größte Sorgfalt und allen Fleiß auf das Studium der Medizin und Mathematik.

Als er nun darin allen an Wissen und Erfahrung überlegen war, begab er sich nach Rom und heilte bald, nachdem er die Freundschaft des Stallmeisters des Augustus erworben hatte, viele verschiedene Krankheiten, die die Pferde befielen. Und nach wenigen Tagen ließ jener dem Vergil (als wäre er vom Range) wie einer der Stallmeister Brot zum Lohne geben.

Inzwischen wurde von Crotoniaten dem Cäsar ein junges Pferd von wunderbarer Schönheit als Geschenk geschickt. Dieses gab nach dem Urteil jedermanns Hoffnung auf Tüchtigkeit und ungeheure Geschwindigkeit. Als Vergil es sah, sagte er dem Stallmeister, daß es von einem kranken Pferd geboren sei und weder kräftig noch schnell sein werde. Und das wurde auch für wahr befunden. Als der Stallmeister dies Augustus meldete, befahl er, ihm den Lohn zu verdoppeln.

Als Augustus wieder aus Spanien Hunde zum Geschenk geschickt wurden, sagte Vergil ihnen Mut und Schnelligkeit zu. Als er dies erfuhr, ließ er wieder den Lohn des Vergil verdoppeln.

Augustus wußte nicht, ob er der Sohn des Octavius oder eines andern sei und glaubte, Vergil könne ihn darüber aufklären, weil er die Beschaffenheit der Hunde und Pferde (sowie) ihre Eltern erkannt hatte; er rief ihn in einen entlegenen Teil seines Hauses und befragte ihn allein, ob er wisse, wer er sei und welche Möglichkeiten er habe, um Menschen glücklich zu machen.

»Ich weiß«, sprach Maro, »daß du, Cäsar Augustus, beinahe die gleiche Macht wie die unsterblichen Götter besitzest, daß du, wenn du willst, glücklich machen kannst.«

»Ich habe die Absicht«, antwortete Cäsar, »dich, wenn du die Fragen wahr beantwortest, sehr glücklich zu machen.«

»Oh, könnte ich doch«, sagte Maro, »dir deine Fragen wahr beantworten!«

Darauf Augustus: »Alle glauben ich sei der Sohn eines andern Mannes.«

Maro sprach lächelnd: »Leicht werde ich dies sagen, wenn du befiehlst, daß ich ungestraft und frei sprechen soll, was ich denke.«

Cäsar schwur, daß er ihm keinen Ausspruch übelnehmen werde, vielmehr daß er nur dann von ihm gehen werde, bis er ihn getan hätte.

Darauf sprach Maro, dem Augustus stark in die Augen sehend: »Leichter kann man bei den übrigen Geschöpfen durch Mathematik und Philosophie die Eigenschaften der Eltern erkennen; beim Menschen ist es unmöglich. Aber über dich habe ich eine der Wahrheit sehr ähnliche Mutmaßung, so daß ich wissen könnte, was dein Vater war.«

Aufmerksam wartete Augustus, was er nun sagen würde.

Aber jener: »Soweit ich die Sache beurteilen kann«, sprach er, »bist du der Sohn eines Müllers.«

Cäsar war erstaunt und überlegte sogleich, auf welche Weise dies geschehen konnte.

Vergil unterbrach ihn und sagte: »Höre, wie ich darauf komme. Als ich einiges verkündete und vorhersagte, was von niemandem anderen als von den erfahrensten und gebildetsten Männern gewußt werden kann, da befahlst du, Herr der Welt, immer und immer wieder, mir Brot zum Lohn zu geben. Das aber war die Art der Müller und ihrer Söhne.«

Cäsar gefiel dieser Ausspruch: »Endlich«, sprach er, »wirst du nicht von einem Müller, sondern von einem großzügigen König Geschenke empfangen.«

Er schätzte ihn sehr hoch.

Vergil war von stattlichem Wuchs, dunkler Farbe, ländlichem Aussehen, (doch von) wechselnder Gesundheit, denn meistens litt er an Kopf- und Halsschmerzen; oft hat er sogar Blut gespuckt. Speise und Wein nahm er sehr wenig.

Man sagte von ihm, daß er Knaben leidenschaftlich zugeneigt gewesen sei. Aber die Guten glauben, daß er die Knaben so geliebt habe, wie Sokrates den Alkibiades, und Plato seinen Knaben. Aber unter allen liebte er am meisten Cebes und Alexander. Letzteren nannte die Bucolische Ekloge Alexis. Beide wurden ihm von Asinius Pollio gegeben, und er entließ keinen von ihnen unausgebildet: den Alexander als Sprachgelehrten, den Cebes als Dichter.

Es wurde bekannt, daß er Plotia Hieria liebe. Aber Ascanius behauptet, daß er selbst später Jüngern zu erzählen pflegte, er sei zwar von Varius zur Gemeinschaft mit der Frau aufgefordert worden, habe sich aber auf das hartnäckigste geweigert.

Im übrigen steht fest, daß er in seinem Leben, seiner Gesinnung und seinem Aussehen so rechtschaffen gewesen sei, daß er in Neapel allgemein »Parthenias« genannt wurde. Und wenn er in Rom, wohin er selten kam, öffentlich gesehen wurde, pflegte er vor denen, die ihm folgten, in das nächste Haus zu fliehen.

Als ihm Augustus die Güter eines Verbannten anbot, bestand er darauf, sie nicht anzunehmen. Er besaß nahezu zehn Millionen Sesterzen aus der Freigebigkeit seiner Freunde und hatte ein Haus in Rom am Esquilin nahe den Mäcenas-Gärten. Dennoch benützte er meistens die Abgeschiedenheit der Campagna und Siziliens. Was er auch von Augustus verlangte, niemals wurde es ihm abgeschlagen.

Unter seinen Studien, die wir oben erwähnten, widmete er weiter der Medizin und hauptsächlich der Mathematik seine größte Mühe.«

Diese Legende, deren Wurzeln offensichtlich – das Klosterlatein ist dem Text noch anzumerken – ins Mittelalter zurückreichen, hat der Verfasser in einer deutschen *Äneis*-Übersetzung des 17. Jahrhunderts gefunden. (Seine Aufzeichnungen mit den Daten der Ausgabe – Übersetzer, Erscheinungsjahr, Erscheinungsort – gingen bei seiner Flucht aus Hitler-Deutschland verloren, und eine Identifikation[1] der Ausgabe in den amerikanischen Bibliotheken ist bisher nicht gelungen. Der hier abgedruckte Text stammt von einem Blatt, das sich zufälligerweise erhalten hat, konnte also nicht nochmals revidiert werden, dürfte aber, sofern der Verfasser sich richtig erinnert, vollkommen korrekt sein.)

Der Tod des Vergil enthält nahezu hundert Stellen aus den Vergilschen Dichtungen; sie sind meistenteils in die Erzählung als solche fortlaufend eingewoben, manche jedoch sind als distinkte Zitate eingesetzt. Von diesen Zitaten seien die bedeutenderen im folgenden angeführt:

S. 131 Leicht ist der Pfad, der zum Hades hinabführt, und immer findest du offen ... *Äneis* VI, 126/52

S. 149 Aber kikonische Weiber, die er aus Liebe zur Toten verschmäht, rissen in Stücke ... *Georgica* IV, 520/27

S. 161 Es schäumet die Meerflut, zerwühlt von gezogenen Rudern ... *Äneis* VIII, 689/90

S. 183/5 Alles um ihn herum verlockte den Geist und die Blicke, schwer von Vergang'nem ... *Äneis* VIII, 310/69

S. 223 Hingelagert auf trockenem Meersand pflegen wir müde den Leib ... *Äneis* III, 510/11

S. 237 Nie mehr singe ich Lieder, und nicht mehr bin ich euer Hüter ... *Ekloge* I

S. 242 Neu entspringt jetzt frischer Geschlechter erhabene Ordnung ... *Ekloge* IV

S. 246 Zwiefach ist der Ausgang der Träume: war es ein Wahrtraum ... *Äneis* VI, 893/901

S. 256 Nimmer entfliehst du mir heut; wohin du auch rufst, ich erscheine! ... *Ekloge* III

S. 265 Alles, was einst Apollo sang und Eurotas glückselig hörte, alles sang jener ... *Ekloge* VI

S. 278 Nunmehr sei es der Wolf, der flieht vor den Schafen, die harte Eiche ... *Ekloge* VIII

S. 286 Actiums Strand wird im ilischen Kampfspiel verherrlicht ... *Äneis* III, 280

S. 288/9 Sieh in der Mitte des Schildes die actische Schlacht, das Gewimmel ... *Äneis* VIII, 675/688

S. 294 Andere mögen aus Erz beseeltere Bilder gestalten, mögen dem Marmor ... *Äneis* VI, 847/53

S. 316 Des Äons Herrlichkeit ... *Ekloge* IV

S. 337 Oh, es hebet Lucifer, der von den ozeanischen Wellen Umspülte ... *Äneis* VIII, 589/91

S. 337 Selbst die leuchtende Kugel des Mondes, selbst die Feuer der Sonne ... *Äneis* VI, 725/27

S. 358 Dir, dem neuen Gestirne, von langsamen Monden umfüget, dort wo Erigones Bahn ... *Georgica* I, 32/35

S. 359 Im Himmel regiert der Donnerer Zeus, doch auf Erden bist du der sichtbare Gott ... *Zitat aus Horaz, Carmina, Liber Tertius,* V

S. 371 Siehe den Cäsar dort und das ganze Juliergeschlecht aufsteigend zum hohen Gewölbe ... *Äneis* VI, 789/800

S. 389 Siehe, aufsteiget der Stern, das Gestirn des Äneas, dem Cäsar zu eigen ... *Ekloge* IX

Für die Zitierung der Stellen aus den *Eklogen* konnte vielfach die ganz vorbildliche deutsche Ausgabe von Theodor Haecker (Hegner, Leipzig, 1932) benützt werden. Alle andern Stellen sind Neuübertragungen aus dem Originaltext. Die metrischen Übersetzungen der umfangreicheren Zitate aus der *Äneis* stammen von Dr. Erich Kahler, Princeton.

[1] Bei der von Broch angeführten Quelle handelt es sich um eine Kontamination von Ausschnitten aus der »Vita Suetonii« und dem »Donatus auctus«, deren Originaltext hier wiedergeben sei:

Vita Suetonii

P. Vergilius Maro Mantuanus parentibus modicis fuit ac praecipue patre, quem quidam opificem figulum, plures Magi cuiusdam viatoris initio mercennarium, mox ob industriam generum tradiderunt egregieque substantiae silvis coemendis et apibus curandis auxisse reculam. Natus est Cn. Pompeio Magno M. Licinio Crasso primum coss. Iduum Octobrium die in pago, qui Andes dicitur et abest a Mantua non procul.

Praegnans eum mater somniavit enixam se laureum ramum, quem contactu terrae coaluisse et excrevisse ilico in speciem maturae arboris refertaeque variis pomis et floribus, ac sequenti luce cum marito rus propinquum petens ex itinere devertit atque in subiecta fossa partu levata est. Ferunt infantem, ut sit editus, neque vagisse et adeo miti vultu fuisse, ut haud dubiam spem prosperioris geniturae iam tum daret. Et accessit aliud praesagium, si quidem virga populea more regionis in puerperiis eodem statim loco depacta ita brevi evaluit tempore, ut multo ante satas populos adaequavisset; quae arbor Vergilii ex eo dicta atque etiam consecrata est summa gravidarum ac fetarum religione suscipientium ibi et solventium vota.

Initia aetatis Cremonae egit usque ad virilem togam, quam XVII anno natali suo accepit isdem illis consulibus iterum [duobus], quibus erat natus, evenitque, ut eo ipso die Lucretius poeta decederet. Sed Vergilius a Cremona Mediolanum et inde paulo post transiit in urbem.

Donatus auctus

Neapolim transiit. Ubi cum litteris et Graecis et Latinis vehementissimam operam dedisset, tandem omni cura omnique studio indulsit medicinae et mathematicis. Quibus rebus quom ante alios eruditior peritiorque esset, se in urbem contulit statimque magistri stabuli equorum Augusti amicitiam nactus multos variosque morbos incidentes equis curavit. Et ille in mercedem singulis diebus panes Virgilio ut uni ex stabulariis dari iussit. Interea a Crotoniatis pullus equi mirae pulchritudinis Caesari missus dono fuit. Qui omnium iudicio spem portentabat virtutis et celeritatis immensae. Hunc cum aspexisset Maro, magistro stabuli dixit natum esse ex morbosa equa et nec viribus valiturum nec celeritate: idque verum fuisse inventum est. Quod cum magister stabuli Augusto recitasset, duplicari sibi in mercedem panes iussit. Quom item ex Hispania Augusto canes dono mitterentur, et parentes eorum dixit Virgilius et animum celeritatemque futuram. Quo cognito mandat iterum augmentari Virgilio panes. Dubitavit Augustus, Octaviine filius fuerit an alterius, idque Maronem aperire posse arbitratus est, quia canum [et] equi naturam parentesque cognorat. Amotis ergo omnibus arbitris illum in penitiorem partem domi vocat et solum rogat, an sciat, quisnam esset et quam ad felicitandos homines facultatem haberet. Novi, inquit Maro, te Caesarem Augustum et ferme aequam cum diis immortalibus potestatem habere, ut, quem vis, felicem facias. Eo animo sum, respondit Caesar, ut, si verum pro rogatu dixeris, beatum te felicemque reddam. Utinam, ait Maro, interroganti tibi vera dicere queam. Tunc Augustus: putant alii me natum Octavio, quidam suspicantur alio me genitum viro. Maro subridens: facile, inquit, si impune licenterque, quae sentio, loqui iubeas, id dicam. Affirmat Caesar iure iurando nullum eius dictum aegre laturum, immo non nisi donatum ab eo discessurum. Ad haec oculos oculis Augusti infigens Maro: facilius, ait, in caeteris animalibus qualitates parentum mathematicis et philosophia cognosci possunt. In homine nequaquam possibile est. Sed de te coniecturam habeo similem veri, ut, quid exercuerit pater tuus, aperire possim. Adtente expectabat Augustus, quidnam diceret. Quantum rem ego intellegere possum, pistoris filius es, inquit. Obstupuerat Caesar, et statim, quo id facto fieri potuerit, animo volvebat. Interrumpens Virgilius: audi, inquit, quo pacto id coniicio. Quom quaedam enuntiarim praedixerimque, quae intellegi scirique non nisi ab eruditissimis summisque viris potuissent, tu, princeps orbis, item et item panes in mercedem dari iussisti. Quod quidem aut pistoris aut nati pistore officium erat. At deinceps, inquit Caesar, non a pistore, sed ab rege magnanimi dona feres. Placuit Caesari facetia illumque plurimi fecit et Pollioni commendavit.

Vita Suetonii

Corpore et statura fuit grandi, aquilo colore, facie rusticana, valetudine varia; nam plerumque a stomacho et a faucibus ac dolore capitis laborabat, sanguinem etiam saepe reiecit. Cibi vinique minimi [...]

Donatus auctus

Fama fuit libidinis pronioris in pueros fuisse. Sed boni ita eum pueros amare putaverunt, ut Socrates Alcibiadem et Plato τὰ παιδικά. Verum inter omnis maxime dilexit [...]

Vita Suetonii

[...] Cebetem et Alexandrum, quem secunda Bucolicorum ecloga Alexim appellat, donatum sibi ab Asinio Pollione, utrumque non inerudidum, Cebetem vero et poetam. Vulgatum est consuesse eum et cum Plotia Hieria. Sed Asconius Pedianus adfirmat ipsam postea maiorem natu narrare solitam invitatum quidem a Vario ad communionem sui, verum pertinacissime recusasse. Cetera sane vita et ore et animo tam probum constat, ut Neapoli Parthenias vulgo appellatus sit ac, si quando Romae, quo rarissime commeabat, viseretur in publico, sectantis demonstrantisque se subterfugere[t] in proximum tectum.

Bona autem cuiusdam exulantis offerente Augusto non sustinuit accipere. Possedit prope centiens sestertium ex liberalitatibus amicorum habuitque domum Romae Esquiliis iuxta hortos Maecenatianos; quamquam secessu Campaniae Siciliaeque plurimum uteretur.

Donatus auctus

Quaecumque ab Augusto peteret, repulsam numquam habuit. [...]

Vita Suetonii

Inter cetera studia medicinae quoque ac maxime mathematicae operam dedit.

(Zitiert nach »Vergil-Viten«, in: *Vergil. Landleben,* München: Heimeran, 1970, S. 215ff. u. 351ff.)

Das Originaltyposkript der »Quellen« befindet sich in YUL im Anhang der sich dort befindenden 5. Fassung des Romans, die Broch Hannah Arendt widmete; eine Kopie ist im Kahler-Typoskript des Romans im DLA enthalten. Unwesentlich gekürzt erschienen die »Quellen« bisher in jeder Auflage des *Tod des Vergil.* Hier wurde das Originaltyposkript zugrundegelegt.

Danksagungen

Der Verfasser ist 1938 völlig mittellos aus Deutschland geflüchtet. Während seines Aufenthaltes in England wurde ihm die Fortführung der Arbeit am *Tod des Vergil* durch eine Beihilfe des P.E.N. Club, London, ermöglicht, und das nämliche geschah nach seiner Ankunft in Amerika durch Beihilfen der American Guild for German Cultural Freedom, New York, sowie des Oberlaender Trust, Philadelphia; die eigentliche Fertigstellung des Werkes geschah unter einer Fellowship der John Simon Guggenheim Memorial Foundation. – Es ist dem Verfasser eine freudige Pflicht, seinen Dank an diese Organisationen und ihre Funktionäre hier zu wiederholen.

Sehr bewegten Gefühls gedenkt der Verfasser – und solches auszusprechen will er auch hier, in dieser deutschen Ausgabe nicht unterlassen – der Freundschaft und der Mitarbeit Jean Starr Untermeyers, die für nahezu fünf Jahre ihr eigenes Werk unterbrochen hat, um sich ganz dem *Tod des Vergil* und seiner englischen Übersetzung zu widmen; ihre menschliche und künstlerische Aufopferungsbereitschaft kann mit keinem Dank entgolten werden.

Zutiefst dankbar ist der Verfasser auch seinem Freunde Dr. Erich Kahler, der ihm bei den schwierigen Fertigstellungsarbeiten in selbstlosester Weise beigestanden hat und ihm eine unschätzbare Hilfe gewesen ist.

Schließlich sei all den andern Freunden, die – darunter besonders Miss Marian Paschal – das Werden dieses Buches mit lebendiger Anteilnahme begleitet haben, herzlichster Dank gesagt, nicht zuletzt aber dem Verlag und damit Kurt und Helene Wolff; ihrer beider rückhaltloser Einsatz für das Werk hat sie nicht nur das verlegerische Wagnis seiner Publikation unternehmen lassen, sondern hat sie auch – zusammen mit dem Freunde Wolfgang Sauerländer – zu einem persönlichen Betreuen der Drucklegung bewogen, das über das rein Technische weit hinausreicht und als wahrhaft liebevoll bezeichnet werden muß.

Die Übersetzerin hat während ihrer Arbeit bei auftretenden Schwierigkeiten oftmals wertvollen Beistand empfangen, dauernd von Mrs. Marianne Schlesinger, aber auch von Mrs. Josephine Kahler, Dr. Wieland Herzfelde und Dr. Victor Polzer; sie sagt all diesen wärmsten Dank. Mit freundlichem Dank gedenkt sie auch Dr. Roger Sessions und Dr. Paul Rosenfeld, die beide mit hilfreichem Interesse den ersten Entwurf des Übersetzungsmanuskripts gelesen haben. Ein besonderer Dank gebührt jedoch vor allem ihrer lieben Freundin Jule Brousseau; mit ihr hat die Übersetzerin die gesamte Schlußkorrektur vorgenommen und fühlt sich ihr, wie ihrer reichen schriftstellerischen Begabung aufs tiefste für solche Mitarbeit verpflichtet.

Dem Verfasser ist es eine Freude, sich diesem Dank der Übersetzerin in Herzlichkeit anschließen zu dürfen.

Wie die »Quellen«, befinden sich auch die »Danksagungen« im Anhang des Arendt-Typoskripts in YUL bzw. des Kahler-Typoskripts im DLA. In gekürzter Fassung erschienen die »Danksagungen« in der Erstausgabe des Romans von 1945. Hier ist das Originaltyposkript zugrundegelegt.

Arbeitsdaten

Die Arbeit am *Tod des Vergil* wurde im März 1936 in Aussee (Steiermark, Österreich) begonnen. Ursprünglich als kurze Erzählung gedacht, wurde das Buch allmählich erweitert und war 1937 in seiner heutigen Grundstruktur entworfen. Der Einbruch Hitlers in Österreich brachte den Verfasser ins Gefängnis, und die unterbrochene Arbeit konnte erst nach seiner Flucht wieder aufgenommen werden. Die Fertigstellung des Manuskripts erfolgte in New York im Mai 1941, die letzte Ausarbeitung aber erst 1944 in Princeton, wohin der Verfasser inzwischen übersiedelt war.

Die englische Übersetzung wuchs parallel mit der Fertigstellung des deutschen Textes. Sie wurde von der Übersetzerin im Sommer 1939 in »Yaddo«, Saratoga Springs, begonnen und 1944 in New York beendet.

Die Drucklegung der englischen Ausgabe wurde im Dezember 1944, die der deutschen im Februar 1945 vorgenommen. In der Zwischenzeit hat der Verfasser noch einige – übrigens sehr geringfügige – Korrekturen im deutschen Text angebracht, die also in der Übersetzung nicht mehr berücksichtigt werden konnten.

Wie die »Quellen« und »Danksagungen«, so befinden sich auch die »Arbeitsdaten« im Anhang des Arendt-Typoskripts in YUL bzw. des Kahler-Typoskripts im DLA. Die »Arbeitsdaten« waren bisher unveröffentlicht.

Anmerkungen des Herausgebers

Textkritische Hinweise

Es wird ein Überblick vermittelt über die Textversionen, ihre Entstehungs- und Erscheinungsdaten, ihre Publikationsorte bzw. Aufbewahrungsstellen in Archiven und privaten Sammlungen.

1. Fassung: »Die Heimkehr des Vergil«

a) Entstanden 1936. Maschinenschriftliches Manuskript (Durchschlag des Originals), 9 Seiten, eng beschrieben, mit wenigen handschriftlichen Korrekturen, Deutsches Literaturarchiv Marbach (DLA). Versehen mit Brochs handschriftlicher Notiz »Ur-Ur-Vergil. In Freundschaft für Dani – Hermann, Jänner 40«. Nach Fertigstellung der vierten Fassung des *Vergil* Anfang 1940 verschenkte Broch die Manuskripte der früheren Fassungen an Freunde. Den Durchschlag des Originals dieser ersten Fassung schickte er an seinen Verleger Daniel Brody.

b) Entstanden 1936/1937. Maschinenschriftliches Original der obigen Fassung mit wenigen handschriftlichen Zusätzen und Änderungen. Versehen mit zahlreichen Unterstreichungen von Einzelwörtern, die Broch wahrscheinlich als Intonationszeichen anbrachte für seine Vorlesung der Erzählung im Rundfunk. Die Unterstreichungen gehen bis Seite vier (Abschnittsende »Wer wollte schlafen, da Troja brennt!«), was einer viertelstündigen Vortragszeit entspräche. Broch trug die Hauptpartie der Erzählung am 17. März 1937 im Wiener Rundfunk vor. Das Manuskript befindet sich in der Yale University Library (= YUL). Dieses Originaltyposkript trägt den handschriftlich von Broch als Überschrift gesetzten Titel »Die Heimkehr des Vergil«. In den ersten vier Fassungen des Romans gibt es noch keine äußerliche Einteilung in vier Abschnitte mit den nach den vier Elementen benannten Einzeltiteln. Trotzdem kann man in allen vier Fassungen diese Einteilung bereits erkennen, denn Aufbau und Handlungsablauf sind grundsätzlich jeweils identisch. Um die Entwicklung des Romans von der ersten bis zur fünften Fassung leichter veranschaulichen zu können, wird daher in der Folge auch bei den ersten Fassungen von vier Abschnitten die Rede sein.

Der erste Abschnitt der ersten Fassung beschreibt wie alle ferneren Fassungen auch die Ankunft Vergils in Brundisium mit den Motiven des Meeres, des Hafens, des Schiffes, mit dem Erlebnis der Masse, dem Transport durch Brundisium und dem Vergleich Brundisiums mit Troja. Der zweite Teil weist bereits die Kindheitserinnerungen Vergils auf, die Skepsis seinen eigenen Dichtungen gegenüber, die Erwähnung der Bücherverbrennungen (ein Motiv, das in den späteren Fassungen fehlt), die Infragestellung der Kunst, die Erinnerung an das brennende Troja und den Engel an seinem Lager. Im dritten Abschnitt erhält Vergil Besuch von Mäcenas statt – wie später – von seinen Freunden Plotius und Lucius. Der Besuch des Augustus wird nur angedeutet aber nicht dargestellt. Entsprechend entfalten sich die Reflexionen über Dichtung und Politik hier nicht in der Diskussion zwischen Augustus und Vergil, sondern im inneren Monolog Vergils. Der vierte Teil enthält das Todeserlebnis mit den Motiven des Sphärenlieds, der Erinnerung an die mütterliche Liebe und dem Knabenmotiv aus der vierten Ekloge.

Erstdruck

– *Neue Rundschau,* Jg. 64, Bd. 1 (1953), S. 45-55.

Ferner in:

– H. Broch, *Die unbekannte Größe,* (Zürich, Rhein-Verlag, 1961), S. 203-214.
– *Les Lettres Nouvelles,* Jg. 2, Nr. 13 (März 1954), S. 321-332, als »Le Retour de Virgile«, übersetzt von Denise Naville.
– *Hermann Broch der Dichter. Eine Auswahl aus dem dichterischen Werk,* hrsg. v. Harald Binde (Zürich: Rhein-Verlag, 1964), S. 242-255.
– *Hermann Broch. Short Stories,* hrsg. v. Eric W. Herd, (London: Oxford University Press, 1966), S. 98-120.
– *Hermann Broch: Barbara und andere Novellen,* hrsg. von Paul Michael Lützeler, (Frankfurt am Main: Suhrkamp, 1973), S. 236-249.
– *Materialien zu Hermann Broch ›Der Tod des Vergil‹,* hrsg. v. Paul Michael Lützeler, (Frankfurt am Main: Suhrkamp, 1976), S. 11-22.
– H. Broch, *Novellen. Prosa. Fragmente* (Frankfurt am Main: Suhrkamp, 1980), Bd. 6 der »Kommentierten Werkausgabe«, S. 248-259.

2. Fassung: [titellos]

Entstanden 1937. 48seitiges Typoskript, engzeilig beschrieben mit den Seitenzahlen A bis D und anschließend 1 bis 44, mit wenigen handschriftlichen Korrekturen. Das Original befindet sich in YUL.

Im ersten Abschnitt erscheint gegenüber der ersten Fassung neu das Motiv des Musikantenknaben auf dem Schiff. Neu ist auch die Beschreibung der Rudersklaven und die Erwähnung des Mantelträgers sowie der Hure, die Ausmalung der Jahrmarktsituation vor dem Palast, der Eintritt ins Sterbezimmer des Palastes gemeinsam mit dem als »Schreiber« ausgegebenen knabenhaften Mantelträger und das Gespräch zwischen Vergil und dem Knaben. Im zweiten Abschnitt ist der Wortwechsel der drei Pöbelgestalten vor dem Fenster des Sterbezimmers eingeschaltet. Ausgeweitet sind die apokalyptischen Visionen und die selbstkritischen Reflexionen über die Funktion der Dichtung. Der Knabe (in den späteren Fassungen Lysanias genannt) trägt keine bäuerischen Züge, wird vielmehr als »parfümierter Hübschling« vorgestellt. Der dritte Abschnitt weist erstmals den Besuch der Freunde Plotius Tucca und Lucius Varius auf, ferner den Disput mit Augustus, wobei bereits der scherzhafte Streit über die weißen Fesseln des Hengstes erwähnt wird. Dieser Abschnitt schließt mit der Testamentsverkündung Vergils. Im letzten Teil ist die Gestaltung des Todeserlebnisses um die Motive des Ringes, der Barken und der Schlange vermehrt.

Erstdruck
– *Materialien,* a.a.O., S. 23-87.

3. Fassung: »Erzählung vom Tode«

Entstanden zwischen Frühjahr und Herbst 1938. Broch arbeitete an dieser Fassung als er am 13. März 1938 in Alt-Aussee verhaftet wurde. Bis dahin hatte er den ersten und den größten Teil des zweiten Kapitels fertig. Bei diesem Fragment handelt es sich um ein 55seitiges Typoskript, einzeilig beschrieben, mit wenigen handschriftlichen Korrekturen. Das Fragment trägt die maschinenschriftliche Überschrift »Erzählung vom Tode«

und weist folgende von Broch stammende handschriftliche Widmung auf: »Noch nicht und doch schon, die Hoffnung. Das Göttliche, trotzdem immer wieder. Für Joseph Hans Bunzel dieser Ur-Vergil, HB«.

Im Gefängnis in Bad Aussee (13. 3. bis 31. 3. 1938) arbeitete Broch an dieser Fassung weiter. Ein ihm aus Alt-Aussee bekanntes Bauernehepaar, das ihn während der Gefängniszeit mit Lebensmitteln versorgte, schmuggelte Schreibpapier, das in Viehpässe eingehüllt war, in seine Zelle. (Den Umschlag mit der Aufschrift »Viehpässe« klebte Broch 1945 in das Exemplar der Schlußfassung des *Vergil,* das er seinem Freund Erich von Kahler widmete, DLA.) Bei diesem handschriftlichen Fragment aus der Gefängniszeit handelt es sich um 17 Blätter (33 Seiten), die die Fortsetzung des 55seitigen Typoskript-Fragments bilden. Sowohl das 55seitige Typoskript als auch die 33-seitige Handschrift schenkte Broch im Frühjahr 1940 Joseph H. Bunzel. Sie befinden sich in YUL. Im schottischen Exil, bei seinen Freunden und Übersetzern Edwin und Willa Muir in St. Andrews, stellte Broch diese dritte Fassung fertig, d. h. er schrieb dort den dritten und vierten Teil. Mit Bekannten in St. Andrews diskutierte er schon damals den symphonischen Aufbau der Erzählung. Das abgeschlossene Typoskript (etwa 90 Seiten) schenkte Broch Anfang 1940 seiner Freundin Jadwiga Judd. Nach Mitteilung von Mrs. Judd, New York, ist dieses Typoskript verlorengegangen.

Im ersten Teil des 55seitigen Typoskripts sind im wesentlichen die schon in der zweiten Fassung vorhandenen Motive ausgebaut. Neu ist vor allem die Schilderung des Ganges durch die Elendsgasse mit den geifernden Weibern. Erstmals taucht in Vergils Träumen die Gestalt der Plotia auf; mit ihr assoziiert wird die Sibylle Cumae aus der vierten Ekloge.

Im zweiten Teil ist vor allem der Disput zwischen den drei Gestalten vor Vergils Fenster erweitert und umgeändert. Neu ist bei den Reflexionen über die Funktion der Dichtung der Rekurs auf den Orpheus-Mythos. In dem handschriftlichen 33seitigen Manuskript sind die Prosa-Vorformen der späteren siebten und achten Elegie (der »Schicksalselegien«) enthalten.

Erstdruck:
– *Materialien,* a.a.O., S. 88-169.

4. Fassung: Die Heimfahrt des Vergil

Entstanden zwischen Dezember 1938 und März 1940. Es handelt sich um ein 315 (faktisch 338, da unregelmäßig numeriert) Seiten zählendes, einzeilig beschriebenes, mit wenigen handschriftlichen Änderungen versehenes Typoskript, das sich im Privatbesitz von Anja Herzog, Mexico City, befindet. Das Manuskript ist ein maschinenschriftlicher Durchschlag, dessen Original sich im Nachlaß Jean Starr Untermeyers in der Lockwood Memorial Library in Buffalo befindet. Broch widmete es seiner Übersetzerin Jean Starr Untermeyer 1945 zu ihrem Geburtstag. Dieses Untermeyer-Exemplar ist mit derartig vielen handschriftlichen Änderungen für die fünfte Fassung übersät, daß sein Ursprungszustand zuweilen nur noch schwer auszumachen ist. Zu diesen handschriftlichen Änderungen bzw. Einfügungen gehören auch die drei Kapitelüberschriften »WASSER –, DIE ANKUNFT«, »FEUER –, DER ABSTIEG« (S. 34) und »ERDE –, DAS WARTEN« (S. 134), wie sie identisch bzw. ähnlich in die Reinschrift der fünften Fassung übernommen wurden. (Die dort zu findende letzte Kapitelüberschrift »AETHER –, DIE HEIMKEHR« fehlt hier noch wie im Kahler-Manuskript der fünften Fassung.) In der Folge ist immer von der Originalversion der vierten Fassung, nämlich dem Herzog-Manuskript, die Rede. Ein Fragment dieser Fassung (S. 1-150) findet sich schließlich noch in YUL. Es ist in einer Mappe enthalten, auf deren Deckel Broch handschriftlich die Titel notierte, die er nach Abschluß der vierten Fassung und dem Beginn der fünften Version im Frühjahr 1940 für den Roman plante: »Erzählung vom Tode«, »Feuer, Erde, Wasser, Luft«, »Hand, die uns hält«, »Noch nicht und doch schon«, »Schicksal des Schicksals«.

Der erste Teil weist als neu nur die Unterhaltung zwischen Vergil und Lysanias auf, dem Knaben aus Epiros, der jetzt als »bäuerisch« beschrieben wird; ansonsten sind die früheren Motive und Reflexionen angereichert und ausgedehnt. Im zweiten Teil sind erstmals die Prosa-Vorformen der ersten sieben Elegien vorhanden, ferner die »Heimat«-Reflexionen sowie die Versformen der siebten bis zehnten Elegien (»Schicksals-Elegien«). Da der dritte und vierte Teil der dritten Fassung nicht mehr erhalten ist, können die entsprechenden Abschnitte der vierten Fassung nur mit denen der zweiten verglichen werden. Ihnen gegenüber sind im dritten Teil neu die Diskussionen Vergils mit den Freunden über die griechischen und römischen Klassiker sowie über den römischen Dichternachwuchs, die Einführung der Figur des Sklaven, die Fachsimpelei über medizinische Probleme mit dem Hofarzt Charondas und die staatsphilosophischen Erörterungen mit Augustus. Der vierte Abschnitt enthält nichts wesentlich Neues.

Die vierte Fassung ist bisher unpubliziert; lediglich die Vorformen der »Elegien« sind abgedruckt in: *Materialien*, a.a.O., S. 170-178.

5. Fassung (Schlußfassung): Der Tod des Vergil

Entstanden – mit größeren Unterbrechungen – zwischen Mitte 1940 und Anfang 1945. Von dieser Fassung liegen zwei Varianten vor. Erstere ist noch im Zusammenhang mit der vierten Fassung zu sehen, denn der Titel lautet »Die Heimfahrt des Vergil«, doch ist sie gleichzeitig wie die letzte Fassung bereits 527 (faktisch 528, da S. 416a eingeschoben wurde) Seiten umfangreich. Es fehlen die nach den Elementen benannten Kapitelüberschriften, und die Elegien 1–6 sind wie in der vierten Fassung in Prosaform gehalten. Broch ließ das Typoskript – es handelt sich um einen Durchschlag – binden und schenkte es Else Staudinger, die es YUL vermachte, wo es sich jetzt befindet. In das Exemplar miteinbinden ließ Broch das handgeschriebene Widmungs-Akrostichon »Erst wenn der Tag...« (siehe Bd. 8 dieser Ausgabe: *Gedichte.*, S. 131-132). Die Widmung ist mit dem handschriftlichen Vermerk Brochs versehen »Für Else Staudinger, September 1945, Hermann«.

Die zweite Variante unterscheidet sich von der ersteren vor allem dadurch, daß es den Titel »Der Tod des Vergil« trägt, daß es die nach den Elementen benannten Kapitelüberschriften (wie sie uns aus der Druckfassung bekannt sind) aufweist, und daß auch die Elegien 1–6 in Versform geschrieben sind. Es handelt sich um ein 527 (faktisch jedoch, da unregelmäßig numeriert, 578) Seiten langes Typoskript, das zusätzlich einen zehnseitigen Anhang (Quellenangaben und Danksagungen) enthält. Das Typoskript liegt in drei Exemplaren vor: mit einer Widmung vom 14. 10. 1944 an Erich von Kahler im DLA, mit einer Widmung vom 14. 10. 1947 an Hannah Arendt in YUL und mit einer undatierten Widmung an AnneMarie MG Broch in deren Privatbesitz in Saint-Cyr-sur-Mer/Frankreich. Die Typoskripte enthalten zahlreiche handschriftliche Änderungen. Sie weichen zuweilen etwas von der Druckfassung ab, da Broch noch während der Drucklegung kleinere Fahnenkorrekturen vornahm. Diese Änderungen sind aber zu geringfügig, als daß man bei den Fahnen bzw. Umbruchbögen von einer eigenständigen neuen Fassung sprechen könnte.

Gegenüber der vierten Fassung enthält die fünfte kaum neue Handlungselemente und Motive, vielmehr wird bereits Vorhandenes ausgeweitet und umgeformt. Im ersten Kapitel fallen die Umänderungen bei der Schilderung des Ganges durch die Elendsgasse auf. Die Rufe der Weiber – bisher in der indirekten Rede berichtet – werden in der direkten Rede wiedergegeben. Im zweiten Teil sind die ersten sechs Elegien nun lyrisch umgeformt und – teils beträchtlich – erweitert. In der ersten und dritten Elegie taucht das neue Skorpion-Motiv auf. Im dritten Teil sind die philosophischen Diskussionen mit Augustus erweitert; neu ist auch die Traumvision, in der Vergil den Augustus als Sklaven sieht. In dem vierten Abschnitt sind keine wesentlichen Erweiterungen oder Umarbeitungen zu erkennen.

Erstdruck
- Hermann Broch, *Der Tod des Vergil*, (New York: Pantheon, 1945).

Ferner:
- HB, *D.T.d.V.*, (Zürich: Rhein-Verlag, 1947).
- HB, *D.T.d.V.*, (Zürich: Rhein-Verlag, Bd. 3 der Gesamtausgabe, 1952).
- HB, *D.T.d.V.*, (Zürich: Rhein-Verlag, Sonderausgabe des Bandes 3 der Gesamtausgabe, 1958).
- HB, *D.T.d.V.*, (München: Deutscher Taschenbuch-Verlag, 1965).
- HB, *D.T.d.V.*, (Frankfurt am Main: Suhrkamp, Sonderausgabe als Suhrkamp Hausbuch, 1970).
- HB, *D.T.d.V.*, (Frankfurt am Main: Suhrkamp, Band 4 der neuen kommentierten Werkausgabe, 1976).
- HB, *D.T.d.V.*, (Berlin [Ost]: Volk und Welt, 1978).

1936-37: Anfang der dreißiger Jahre las Broch die Studie von Theodor Haecker, *Vergil, Vater des Abendlands,* (Leipzig: Hegner, 1931). Das Buch gab einen entscheidenden Anstoß zur Niederschrift der ersten Fassung »Die Heimkehr des Vergil«, deren Konzipierung in das Frühjahr 1936 zurückreicht und die Anfang 1937 fertig war. In einer viertelstündigen Lesung trug Broch den Anfangsteil dieser Erzählfassung am 17. März 1937 im Wiener Rundfunk vor. »Die Heimkehr des Vergil« weist die gleiche kultur- und gesellschaftskritische Intention wie die Schlußfassung des Romans *Der Tod des Vergil* auf und enthält in nuce bereits wichtige Motive der Endfassung. Im Lauf des Jahres 1937 überarbeitet und erweitert Broch die erste Version. Diese abgeschlossene zweite Fassung, die keinen Titel trägt, hat den fünffachen Umfang der ersten Fassung.

1938: Im Winter 1937/1938 formt Broch den Stoff erneut um und nennt die nun entstehende dritte Fassung »Erzählung vom Tode«. Broch arbeitete an ihr als er nach dem »Anschluß« Österreichs am 13. März 1938 in Alt-Aussee im Hause des mit ihm befreundeten Ehepaares Ernst und Trude Geiringer verhaftet wird. Während seiner Gefängniszeit in Bad Aussee vom 13. - 31. März verhilft ihm ein ihm bekanntes Bauernehepaar aus Alt-Aussee zu Schreibpapier, das zur Tarnung in Viehpässe eingerollt ist, die die Bauern beim Bahnversand von Vieh benutzten. In den achtzehn Tagen seiner Haft verfaßt Broch auf siebzehn Blättern dreiunddreißig handschriftliche Manuskriptseiten und erweitert damit die entstehende dritte Fassung. In den Monaten April bis Juli wird die Arbeit am »Vergil«-Projekt unterbrochen, da Broch auf der verzweifelten Suche nach einem Emigrantenvisum ist. Ende Juli erhält er ein englisches Visum, und mit seiner Ankunft in London am 29. Juli beginnt sein Exil. In den beiden Monaten Juli und September beendet Broch bei seinen Übersetzern, dem Ehepaar Edwin und Willa Muir, in St. Andrews/Schottland die dritte Fassung. Gegen Ende September erhält Broch ein US-Visum, und am 10. Oktober kommt er in New York City an. Im Dezember beginnt Broch mit der erneuten Umarbeitung des Romanstoffs. Diese nun beginnende vierte Fassung betitelt er *Die Heimfahrt des Vergil.*

1939-40: Von Anfang 1939 bis Frühjahr 1940 arbeitet Broch fast ununterbrochen an der vierten Fassung. Für sie erhält er in den Monaten März bis Mai 1939 ein kleines Stipendium der »American Guild for German Cultural Freedom«. Damit Broch konzentrierter am Roman arbeiten kann, lädt ihn der amerikanische Literaturkritiker Henry Seidel Canby, der in der »Guild« die Funktion des Chairman im »Committee on Awards« innehat, in sein Landhaus nach Killingworth/Connecticut ein. Dort verbringt Broch die Monate März und April 1939. Zu der Zeit beschäftigt er sich mit Rilkes *Duineser Elegien,* die die damals vorgenommene Umformung der »Elegien« des *Vergil*-Romans beeinflussen. Canby vermittelt Broch für zwei Monate (Mitte Juni bis Mitte August 1939) den kostenlosen Aufenthalt in der Künstlerkolonie »Yaddo« in Saratoga Springs/New York. Damals war die vierte Fassung etwa bis zum ersten Drittel fortgeschritten. Als Broch in »Yaddo« seine spätere Übersetzerin Jean Starr Untermeyer kennenlernt, arbeitet er gerade an den »Vier Elegien an das Schicksal«, deren Prosafassung Broch teilweise im Bad Ausseer Gefängnis entworfen hatte. Er beschäftigt sich mit Hölderlin, und unverkennbar hat die antikisierende Form des daktylischen Versmaßes in Hölderlins »Elegien« die Form von Brochs »Schicksals-Elegien« geprägt. Im Zuge der Antikisierung des Romans, der stärkeren und differenzierteren Grundierung des historischen Gemäldes, werden gegenüber den früheren Fassungen wesentlich mehr Zitate aus den Vergilschen Werken angeführt. Im Oktober 1939 beantragt Broch für die Fertigstellung des *Vergil* ein Guggenheim-Stipendium, das er für die Zeit von Mitte 1940 bis Mitte 1941 erhält. Im März 1940 wird die vierte Fassung fertiggestellt. Schon einen Monat später beginnt Broch mit der erneuten Überarbeitung. Er unterbricht diese Arbeit im Juni 1940 als er sich nach der Besetzung Frankreichs durch deutsche Truppen den Rettungsaktionen für die europäischen Exulanten zu widmen beginnt. Parallel dazu läuft die nun intensivierte Arbeit an der Massenwahntheorie, so daß die Beschäftigung mit dem *Vergil* für über zwei Jahre bis zum Sommer 1942 ruht.

1942-43: Im Sommer 1942 nimmt Broch Kontakt auf zu Kurt Wolff, dem damaligen Leiter des Pantheon Verlages in New

York. Kurt Wolff will Brochs Roman gleichzeitig in deutscher und englischer Fassung publizieren. Als Ablieferungstermin vereinbart er den 31. Dezember 1943. Broch nimmt im Sommer 1942 die Arbeit an der bereits begonnenen fünften Fassung wieder auf, die jetzt den endgültigen Titel *Der Tod des Vergil* trägt. Ende 1943 kann Broch den Ablieferungstermin nicht einhalten.

1944-45: Ende Mai 1944 schickt Broch das druckfertige Manuskript an den Verlag. Gleichzeitig bemüht er sich, die tausend Subskribenten für den Roman zu finden, ohne die die Drucklegung nicht vorgenommen werden kann. Der Subskriptionsplan scheitert (es finden sich nur vierhundert Interessenten), doch wird die Finanzierung gesichert durch eine Spende (revolving fund) der Duke-Foundation über viertausend Dollar. (Broch hatte erfolgreich verhandelt mit der Finanzmanagerin dieser Stiftung, Marian Paschal, die er in den »Danksagungen« dieser Ausgabe erwähnt.) Ende 1944 erhält Broch die Druckfahnen. Die zahlreichen kleinen Fahnenkorrekturen ziehen sich hin bis zum Februar 1945. Im März 1945 erscheint der Roman in deutscher und englischer Sprache gleichzeitig bei Pantheon in New York.

Verzeichnis der Übersetzungen

Englisch:
- *The Death of Virgil,* übersetzt von Jean Starr Untermeyer, (New York: Pantheon, 1945).
- *The Death of Virgil,* übersetzt von Jean Starr Untermeyer, (London: Routledge & Kegan Paul, 1946), 2. Auflage 1977.
- *The Death of Virgil,* übersetzt von Jean Starr Untermeyer, (New York: Grosset & Dunlap, 1965; mit einer Einleitung von Hannah Arendt).

Spanisch:
- *La muerte de Virgilio,* übersetzt von Arístides Gregori, (Buenos Aires: Editorial Peusner, 1946).

Französisch:
- *La Mort de Virgile,* übersetzt von Albert Kohn, (Paris: Gallimard, 1952).

Serbo-Kroatisch:
- *Vergilijeva Smrt,* übersetzt von Vera Stojić, (Beograd: Kosmos, 1958).

Italienisch:
- *La morte di Virgilio,* übersetzt von Aurélio Ciacchi, mit einer Einleitung von Ladislao Mittner, (Milano: Feltrinelli, 1962).

Polnisch:
- *Smierc Wergilego,* übersetzt von Maria Kurecka und Witold Wirpsza, (Warszawa: Czytelnik, 1963).

Schwedisch:
- *Vergilii död,* übersetzt und eingeleitet von Harry Järv, (Staffenstorp: Bo Cavefors, 1966).

Japanisch:
- *Vergil no shi,* (Tokio: Shuei-sha, 1966).

Tschechisch:
- *Smrt Vergilova,* übersetzt von Rio Preisner, (Praha: Odeon, 1967).

Rumänisch:
- *Moartea lui Virgiliu,* übersetzt von Ion Roman, (Bukarest: Editura Univers, 1975).

Ungarisch:
- *Vergilius Halála,* übersetzt von Györffy Miklós, (Budapest: Europa, 1976).

Auswahlbibliographie zur Sekundärliteratur

Anders, Günther. »*Der Tod des Vergil*... und die Diagnose seiner Krankheit«, in: *Austro American Tribune,* 4. Jg., Nr. 2 (September 1945), S. 9 und 12.

Bier, Jean Paul. *Hermann Broch et ›La Mort de Virgile‹,* (Paris: Larousse, 1974).

Blanchot, Maurice. »*La Mort de Virgile*«, in: *La Nouvelle Revue Française,* Bd. 6, Nr. 34 (1. 10. 1955), S. 747-759.

Collmann, Timm. *Zeit und Geschichte in Hermann Brochs Roman ›Der Tod des Vergil‹,* (Bonn: Bouvier, 1967).

Dubost, Jean Pierre. *Pour une lecture selon l'espace de ›La Mort de Virgile‹ de Hermann Broch.* Diss. Aix-en-Provence 1969.

Durzak, Manfred. »Hermann Brochs *Der Tod des Vergil*: Echo und Wirkung. Ein Forschungsbericht«, in: *Literaturwissenschaftliches Jahrbuch,* Jg. 10 (1969), S. 273-348.

Durzak, Manfred. *Hermann Broch. Erkenntnis und Dichtung* (Stuttgart: Kohlhammer, 1978), S. 80-124.

Fuchs, Albert. »Hermann Broch: *Der Tod des Vergil*«, in: *Der deutsche Roman vom Barock bis zur Gegenwart,* hrsg. v. Benno von Wiese, (Düsseldorf: Bagel, 1963), S. 326-360.

Faber du Faur, Curt von. »Der Seelenführer in Hermann Brochs *Tod des Vergil*«, in: *Wächter und Hüter: Festschrift für Hermann J. Weigand,* (New Haven: Yale University, 1957), S. 147-161.

Heydemann, Klaus. *Die Stilebenen in Hermann Brochs ›Der Tod des Vergil‹,* (Wien: Notring, 1972).

Hinderer, Walter. *Die ›Todeserkenntnis‹ in Hermann Brochs ›Tod des Vergil‹,* Diss. München 1961. Ein bearbeiteter Auszug ist abgedruckt in: *Hermann Broch. Perspektiven der Forschung,* hrsg. v. Manfred Durzak, (München: Fink, 1972), S. 89-134.

Huxley, Aldous. »Why Virgil Offered a Sacrifice«, in: *New York Herald Tribune Weekly Book Review* (8. 7. 1945), S. 5.

Jaffé, Aniela. »Hermann Broch: *Der Tod des Vergil.* Ein Beitrag zum Problem der Individuation«, in: *Studien zur analytischen Psychologie C. G. Jungs,* Bd. 2 (Zürich. Rhein-Verlag, 1955), S. 288-343.

Kahle, Irmgard. *Anfang und Kindheit – die Korrelate von Mythos und Poiesis in Hermann Brochs »Tod des Vergil«,* Diss. Aachen 1976.

Kiss, Endre. »Zur Theorie und Praxis des modernen Romans«. Über Hermann Brochs »*Der Tod des Vergil*«, in: *Neophilologus,* 62 (1978), S. 279-289.

Knowlton, James. *»Spätzeit« und »Spätzeitlichkeit« in Hermann Brochs Roman »Der Tod des Vergil«,* Diss. Graz 1975.

Kraft, Werner. »Hermann Brochs *Tod des Vergil*«, in: *Eckart-Jahrbuch,* Jg. 27 (1958), S. 325-345.

Kristiansen, Børge. »Hermann Brochs Roman *Der Tod des Vergil*«, in: *Orbis Litterarum,* 32 (1977), S. 116-139.

Landgren, Bengt. *Hermann Brochs »Der Tod des Vergil«. Studier i romanens källor, struktur och ideinnehåll* (Stockholm: Almqvist & Wiksell, 1978).

Lützeler, Paul Michael. (Hrsg.) *Materialien zu Hermann Brochs ›Der Tod des Vergil‹,* (Frankfurt am Main: Suhrkamp, 1976).

Mauser, Wolfram. »*La Morte di Virgilio* di Hermann Broch ossia des mito della carità«, in: *Revista di Letterature Moderne e Comparate,* Jg. 9 (1956), S. 259-271.

Meinert, Dietrich. *Die Darstellung der Dimensionen menschlicher Existenz in Brochs ›Der Tod des Vergil‹,* (Bern, Francke, 1962).

Mittner, Ladislao. (Hrsg.) *Guida a ›La Morte di Virgilio‹ di Hermann Broch,* (Torino: Feltrinelli, 1962).

Preisner, Rio. »Prolegomena zum Roman *Der Tod des Vergil*«, in: *Filosofický časopis,* Nr. 5 (1967), S. 734-753 (in tschechischer Sprache).

Sarrabezolles, M. »Hermann Broch. *Der Tod des Vergil* ou *L'Énéide* en Autriche a l'epoque de l'Anschluss. Une psychoanalyse vraisemblable du génie de Virgile«, in: *Présence de Virgile,* hrsg. v. R. Chevallier (Paris: Les Belles Lettres, 1978), S. 443-455.

Simon, Dietrich. »Autobiographie im Spiegel der Weltgeschichte«, in: Hermann Broch, *Der Tod des Vergil* (Berlin: Volk und Welt, 1978), S. 553-603.

Schlant, Ernestine. »The Descent ad infernos«, in: E. S., *Hermann Broch* (Boston: Twayne, 1978), S. 93-124.

Stephan, Doris. »Der innere Monolog in Hermann Brochs Roman *Der Tod des Vergil*«, Diss. Mainz 1957.

Stephan, Doris. »Thomas Manns *Tod in Venedig* und Hermann Brochs *Vergil*«, in: *Schweizer Monatshefte,* 40. Jg. (1960), S. 76-83.

Ternes, Charles-Marie. »Le dialogue entre le prince et le poète dans *Der Tod des Vergil* de Hermann Broch«, in: *Présence de Virgile,* a.a.O., S. 457-468.

Untermeyer, Jean Starr. »Midwife to a Masterpiece«, in: *Private Collection,* (New York: Alfred A. Knopf, 1965), S. 218-277.

Weigand, Hermann J. »Broch's *Death of Virgil*: Program Notes«, in: *Publications of the Modern Language Association of America,* Jg. 62, Nr. 2 (Juni 1947), S. 525-554.

Wenger, Paul. »Caesarenkult in der Emigrantenliteratur?«, in: *Das goldene Tor,* Jg. 2 (1947), S. 1101-1104.

Wienold, Götz. »Die Organisation eines Romans. Hermann Brochs *Der Tod des Vergil*«, in: *Zeitschrift für deutsche Philologie,* Jg. 86, Nr. 4 (November 1967), S. 571-593; ferner in: *Materialien zu Her-*

mann Broch ›Der Tod des Vergil‹, hrsg. v. Paul Michael Lützeler, (Frankfurt am Main: Suhrkamp, 1976), S. 248-276.
Winkel, Maria Angela. *Denkerische und dichterische Erkenntnis als Einheit. Eine Untersuchung zur Symbolik in Hermann Brochs »Tod des Vergil«* (Frankfurt: Peter D. Lang, 1980).
Wolfram, Wieslawa Erna. *Der Stil Hermann Brochs: Eine Untersuchung zum ›Tod des Vergil‹*, Diss. Freiburg i. Br. 1959.

Editorische Notiz

»Kommentierte Ausgabe« bedeutet im Rahmen dieser Edition ein Doppeltes: Zum einen werden bei der Ausgabe der dichterischen Werke Brochs die essayistischen Selbstkommentare des Autors mitabgedruckt, und zum anderen werden die einzelnen Bände mit erklärenden Anmerkungen des Herausgebers versehen. Diese Anmerkungen umfassen bei der Edition der Dichtungen entstehungschronologische, textkritische und bibliographische Hinweise, bei den Essays und Briefen zusätzlich einen Fußnotenapparat. Grundlage der Edition bilden die von Broch selbst veröffentlichten Texte; einbezogen werden ferner die posthum erschienenen Publikationen und unveröffentlichte Manuskripte. Der Abdruck der Texte erfolgt unter Zugrundelegung der Erstveröffentlichungen und der Originalmanuskripte. Offensichtliche Schreib- und Kommafehler werden stillschweigend korrigiert, doch wird, was die Zeichensetzung im allgemeinen anbetrifft, grundsätzlich der Brochsche Usus als Richtschnur anerkannt. Eingriffe in den Text – etwa im Falle einer Wortauslassung oder bei Unleserlichkeit – werden als solche gekennzeichnet.

Brochs *Vergil*-Roman liegt in fünf Fassungen vor. Lediglich die letzte, von ihm selbst für den Druck bestimmte fünfte Version von 1945 mit dem Titel *Der Tod des Vergil* wird hier publiziert. Ergänzt wird die Ausgabe des Romans durch den vom gleichen Herausgeber edierten Band *Materialien zu Hermann Brochs ›Der Tod des Vergil‹*, (Frankfurt am Main: Suhrkamp, 1976). Dieser Materialienband vermittelt durch den Abdruck der frühen Fassungen einen Einblick in die Genese von Brochs Roman.

Copyright-Angaben zu den bisher erschienenen Bänden

Band 2: *Die Unbekannte Größe:* Berlin: S. Fischer, 1933.
Das Unbekannte X: Frankfurt am Main: Suhrkamp, 1977.
Band 3: *Die Verzauberung:* Frankfurt am Main: Suhrkamp, 1969.
Band 4: *Der Tod des Vergil:* New York: Pantheon Books, 1945.
Band 5: *Die Schuldlosen:* Zürich: Rhein-Verlag, 1950.
Band 9/1 + 2: *Schriften zur Literatur:* Frankfurt am Main: Suhrkamp, 1975 bis auf folgende Studien:

- »Hofmannsthal und seine Zeit« (Kapitel I und II); »Hofmannsthals Prosaschriften« (3. Fassung); »Denkerische und dichterische Erkenntnis«; »Einige Bemerkungen zur Philosophie und Technik des Übersetzens«; »Das Weltbild des Romans«; »Das Böse im Wertsystem der Kunst«; »Einige Bemerkungen zum Problem des Kit-

sches«; »Die mythische Erbschaft der Dichtung«; »Mythos und Altersstil«: Zürich: Rhein-Verlag, 1955.
- »Philistrosität, Realismus, Idealismus der Kunst«; »Notizen zu einer systematischen Ästhetik«; »Geist und Zeitgeist«; »Neue religiöse Dichtung?«: Zürich: Rhein-Verlag, 1961.
- »Nachruf auf Georg Heinrich Meyer«: Frankfurt am Main: Buchhändler-Vereinigung, 1971.

Band 10/1 + 2: *Philosophische Schriften:* Frankfurt am Main: Suhrkamp, 1977 bis auf folgende Studien:
- »Logik einer zerfallenden Welt«: Berlin: Zsolnay, 1931.
- »Erwägungen zum Problem des Kulturtodes«; »Werttheoretische Bemerkungen zur Psychoanalyse«; »Gedanken zum Problem der Erkenntnis in der Musik«; »Über syntaktische und kognitive Einheiten«: Zürich: Rhein-Verlag, 1955.
- »Autobiographie als Arbeitsprogramm«: Zürich: Rhein-Verlag, 1959.
- »Leben ohne platonische Idee«; »Zum Begriff der Geisteswissenschaften«: Zürich: Rhein-Verlag, 1961.
- »Philosophische Aufgaben einer Internationalen Akademie«: Frankfurt am Main: Suhrkamp, 1969.

Band 11: *Politische Schriften:* Frankfurt am Main: Suhrkamp, 1978 bis auf folgende Studien:
- »Theorie der Demokratie (1938-1939)«; »Nationalökonomische Beiträge zur ›City of Man‹ (1940)«; »Die Demokratie im Zeitalter der Versklavung«; »Völkerbundtheorie (1936-1937)«; »Die Zweiteilung der Welt«: Zürich: Rhein-Verlag, 1959.
- »Bemerkungen zum Projekt einer ›International University‹, ihrer Notwendigkeit und ihren Möglichkeiten«: Frankfurt am Main: Suhrkamp, 1969.
- »Konstitutionelle Diktatur als demokratisches Rätesystem«: Frankfurt am Main: Suhrkamp, 1970.
- »Völkerbund-Resolution«: Frankfurt am Main, Suhrkamp, 1973.

Von Hermann Broch erschienen im Suhrkamp Verlag

(Stand Januar 1984)

Kommentierte Werkausgabe
Herausgegeben von Paul Michael Lützeler
Band 1: Die Schlafwandler. Eine Romantrilogie. st 472. 760 S.
Band 2: Die Unbekannte Größe. Roman. st 393. 262 S.
Band 3: Die Verzauberung. Roman. st 350. 417 S.
Band 4: Der Tod des Vergil. st 296. 522 S.
Band 5: Die Schuldlosen. Roman in elf Erzählungen. st 209. 352 S.
Band 6: Novellen. st 621. 359 S.
Band 7: Dramen. st 538. 428 S.
Band 8: Gedichte. st 572. 232 S.
Band 9/1: Schriften zur Literatur. Kritik. st 246. 448 S.
Band 9/2: Schriften zur Literatur. Theorie. st 247. 320 S.
Band 10/1: Philosophische Schriften. Kritik. st 375. 314 S.
Band 10/2: Philosophische Schriften. Theorie. st 375. 334 S.
Band 11: Politische Schriften. st 445. 514 S.
Band 12: Massenwahntheorie. st 502. 584 S.
Band 13/1: Briefe (1913–1938). st 710. 510 S.
Band 13/2: Briefe (1938–1945). st 711. 478 S.
Band 13/3: Briefe (1945–1951). st 712. 638 S.

Kommentierte Werkausgabe (Leinenausgabe)
textidentisch mit der Taschenbuchausgabe. In limitierter Auflage

Briefe von 1929–1951. 1957. 460 S. Ln.
Der Dichter. 1964. 256 S. Ln.
Die Entsühnung. 1961. 80 S. Pp.
Die Erzählung der Magd Zerline. 1967. 80 S. *Bibliothek Suhrkamp* Band 204

›Die Schlafwandler‹ in der *Bibliothek Suhrkamp:*
Pasenow oder die Romantik. 1962. 203 S. *Bibliothek Suhrkamp* Band 92
Esch oder die Anarchie. 1969. 224 S. *Bibliothek Suhrkamp* Band 157
Huguenau oder die Sachlichkeit. 1970. 328 S. *Bibliothek Suhrkamp* Band 187

Brochs *Verzauberung*. Herausgegeben von Paul Michael Lützeler. 1983. 296 S. *suhrkamp taschenbücher materialien* 2039
Sprechplatte Hermann Broch